KB237177

일본 현대 문학사

상

문학과지성사
1998

일본 현대 문학사 (상)

초판발행/ 1998년 3월 2일
2쇄발행/ 1999년 3월 10일

옮긴이/ 고재석
지은이/ 호쇼 마사오 외
펴낸이/ 김병익
펴낸곳/ ㈜**문학과지성사**
등록번호/ 제10-918호(1993. 12. 16)

서울 마포구 서교동 363-12호 무원빌딩(121-210)
편집: 338)7224~5 · 7266~7 FAX 323)4180
영업: 338)7222~3 · 7245 FAX 338)7221

ISBN 89-320-0974-0
89-320-0973-2(전2권)
값 18,000원

일본 현대 문학사

 상

일본 현대 문학사 **상**

제1부 다이쇼 문학에서 쇼와 문학으로(호쇼 마사오)
　　　 ─간토 대지진에서 '문예 부흥'까지
제1장 쇼와 문학 전사 11
제2장 쇼와 초년대의 문학

제2부 전전 · 전중의 문학(소네 히로요시)
　　　 ─1933년에서 패전까지
제1장 문단의 재편성 121
제2장 소설의 방법 143
제3장 다양한 수확 170
제4장 전쟁 시대의 문학자들 210

제3부 전후 문학사(가와니시 마사아키)
　　　 ─패전에서 1955년까지
제1장 서 249
제2장 전후 문학의 의미 306

일본 현대 문학사 하

제4부   쇼와 문학의 성숙(스즈키 사다미)
　　　　—1955년부터 1970년까지

제1장   '쇼와 문학'의 총합적 발전 11
제2장   소설 표현의 전환 44
제3장   전통과 현대 86
제4장   55년 체제의 균열과 새로운 모색의 시작 105

제5부   현대 문학의 현상(구리쓰보 요시키)
　　　　—미시마 유키오의 죽음에서 헤이세이까지

제1장   쇼와 말기의 시대와 엇갈림 123
제2장   언어 공간의 변모와 그 주제 164
제3장   세기말 문학에 대한 전망 203

부록
일본 현대 문학사 연보 1919~1989 252
인명 색인 293
한자식 일본 인명 색인 338
사항 색인 372

옮긴이 후기 383

제1부

다이쇼 문학에서 쇼와 문학으로
—— 간토 대지진에서 '문예 부흥'까지

제1장

쇼와 문학 전사

쇼와의 문학은 '쇼와'라는 연호와 함께 시작되었다는 견해가 있다. 폭넓은 독자층을 가지고 있는 히라노 겐(平野謙, 1907~1978)의 『쇼와 문학사』(지쿠마 총서, 1963)도 제1장 제1절을 쇼와 2년(1927)의 '아쿠타가와 류노스케의 죽음'에서 시작하고 있다. 다이쇼 15년(1926) 12월 25일, 다이쇼 천황이 서거하자 쇼와 천황(당시 섭정 친왕)이 승계했으므로 쇼와 원년은 꼭 1주일 정도였다. 따라서 실질적으로 쇼와 2년을 쇼와 제1년으로 생각할 수도 있다. 이 해 7월에 아쿠타가와 류노스케(芥川龍之介, 1892~1927)가 자살했기 때문에 다이쇼 문학 나아가 다이쇼 시대는 끝났다고 말하기도 한다. '아쿠타가와 류노스케의 죽음'으로 쇼와 문학사를 시작하는 것은 하나의 뚜렷한 확인이라고 할 수 있다.

그러나 쇼와 문학은 이미 다이쇼 시대에 배태되었다. 요컨대 다이쇼 시대부터 쇼와 문학은 성립한다는 견해도 있다. 가령, 이 또한 히라노 겐의 학설로 유명하지만, 쇼와 문학이 '삼파 정립(三派鼎立)'——메이지 · 다이쇼 이후의 기성 문학과 신흥 문학으로 나온 프롤레타리아 문학 그리고 '신감각파'에서 비롯된 모더니즘 문학 세 유파의 병립 진행——의 형태로 성립한다

아쿠타가와 류노스케와
도쿄판『씨 뿌리는 사람』
창간호(1921. 10)

는 것도 잘 알려진 사실이다.

여기에서 말하는 '신감각파'의 활동 무대였던 잡지『문예시대』도 간토(關東) 대지진이 일어났던 다이쇼 13년(1924)부터 발간된다. 이 해에는 프롤레타리아 문학의 거점이었던『문예전선(文藝戰線)』도 탄생한다. 그러나 1921년부터 나온 잡지『씨 뿌리는 사람(種蒔く人)』까지 소급해서 프롤레타리아 문학의 수맥을 찾아보지 않으면 안 될 것이다. 쇼와 문학 전사(前史)에 해당하는 부분을 보고, 다이쇼 문학에서 쇼와 문학에 이르는 통로를 확인하려면 이 무렵부터 살펴보는 것이 올바른 순서라고 생각한다.

『씨 뿌리는 사람』

──프롤레타리아 문학으로의 첫걸음

『씨 뿌리는 사람』제1호(1921. 2. 25)는 아키타(秋田)의 쓰치자키미나토(土崎港)에서 인쇄했다. 이른바 쓰치자키판이며 제3권(1921. 4)까지 나온다. 표지에 밀레의「씨 뿌리는 사람」을 넣고, 여기에 그의 말──"나는 농부 중의 농부다. 나의 강령은 노동이다"도 덧붙이고 있다. '강령은 노동,' 이는 당시『씨 뿌리는 사람』의 기치였다. 발행인은 오미야 고마키(近江谷駒)로서 프랑스 문학자이기도 했던 고마키 오미(小牧近江, 1894~1978)의 본명이다.

고마키 오미는 파리에서 앙리 바르뷔스H. Barbusse의 클라르테 운동(국제 평화 운동. 클라르테clarté는 프랑스어로 '빛'의 뜻)에 참가하고, 국제 공산당 Komintern에서도 활동했기 때문에 귀국 후에 낸 쓰치자키판『씨 뿌리는 사람』에는 그 체험이 다채롭게 나타나고 있다. 고마키가 집필한「은혜 모르는 거지(恩知らずの乞食)」(제1호),「제3인터내셔널과 의회 정략」(제2호)에는 복자도 있다. "이 잡지는 주로 문학적으로 나아간다"(제1호「편집 후기」)라고

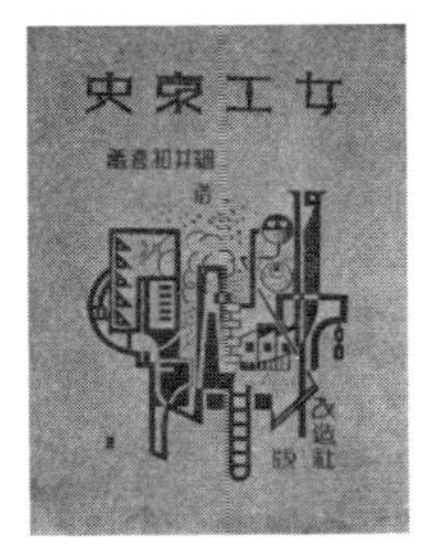

호소이 와키조의
『여공애사』(개조사, 1925. 7)

하여 '위험 사상'을 품고 있음을 의식하고 있었다.

『씨 뿌리는 사람』에는 고마키 외에도 역시 쓰치자키 출신인 가네코 요분(金子洋文, 1894~1985), 이마노 겐조(今野賢三, 1893~1969) 등도 가담하고 있으며, 친구 여섯 사람의 유대감으로 만든 팸플릿 모양의 소책자이지만, 프롤레타리아 문학을 향한 첫걸음이 있었음을 분명히 알 수 있다. 도호쿠(東北) 아키타에서 국제적인 시야를 가진 잡지를 간행했다는 사실도 주목된다.

같은 해 10월, 『씨 뿌리는 사람』은 표지에 '행동과 비판'이라는 글자를 넣고 '세계주의 문예 잡지'라고 인쇄한 붉은 띠를 붙이고 새로 제1권 제1호를 낸다. 쓰치자키판에 대한 이른바 도쿄 진출판이다. 권두언에 해당하는 「사상가에게 호소함」에서 "마침내 침묵하고 있을 수 없는 시기가 도래했다"고 외치고 있다. 필자도 늘어 재간행본 제1호에는 미야지마 스케오(宮嶋資夫, 1886~1951), 사사키 다카마루(佐佐木孝丸, 1898~1986)의 이름도 볼 수 있다. 사사키의 소설(「히에의 눈[比叡の雪]」)이 이미 잡지 『민중(民衆)』(1918~1921)에 일부 실렸던 글임을 알리고 있으며, 『민중』 시파(詩派)인 후쿠다 마사오(福田正夫, 1893~1952), 시라토리 쇼고(白鳥省吾, 1890~1973)의 시도 실어 한층 연대의 범주가 확대된 느낌이 든다. 비평란에서 기쿠치 간(菊池寬, 1888~1948)을 가리켜 "참으로 현대의 졸부 사상에 젖어 있다"고 비난하면서 "그와 우리는 전혀 반대되는 입장에 서 있다"고 단언하고 있는 대목도 눈에 띈다.

제2호 이후를 차례대로 살펴보면 가네코 요분, 이마노 겐조, 오가와 미메이(小川未明, 1882~1961), 가미치카 이치코(神近市子, 1888~1981), 마이다코 히로이치로(前田河廣一郎, 1888~1957), 호소이 와키조(細井和喜藏, 1897~1925. 『여공애사[女工哀史]』의 저자) 등이 거의 매호마다 소설을 쓰고 있다. 제3호 '비군국주의호'(1921. 12)에는 무샤노코지 사네아쓰(武者小路實篤, 1885~1976)가 시 「전쟁은 좋지 않다(戰争はよくない)」를 기고하고 있

다. '다네마키샤(種蒔き社)'의 사론인 「예술 운동에 있어서의 공동 전선」을 실은 제2년 제9호(1922. 6)에는 히라바야시 하쓰노스케(平林初之輔, 1893~1931)가 평론 「문예 운동과 노동 운동」을 썼다. 제3년 제15호(1923. 1)는 '표현파 희곡'으로 나카니시 이노스케(中西伊之助, 1893~1958)의 원작을 가네코 요분이 각색한 「붉은 땅에 싹트는 것(赭土に芽ぐむもの)」(표현좌 상연 각본)을 싣고 있다. 문예면에서 보더라도 선구적인 볼 거리를 많이 갖고 있는 잡지이다.

이 잡지는 1961년에 일본근대문학연구소에서 복간해서 전호를 볼 수 있는데, 도쿄로 옮겨 간행했던 제1호부터 '어조가 조금 높다는 이유'로 발매 금지를 당했다. 제2년 신년호(1922)도 다시 발매 금지를 당하였다. 다음달 호의 편집 후기에 "『씨 뿌리는 사람』은 문예 잡지라는 사실을 기억해주세요"라고 썼지만, '문예 잡지'로 단언할 수 없는 측면을 적지 않게 보여주고 있다.

앞에 적었던 '비군국주의호'를 비롯해서 '적색 프롤레트 컬트 인터내셔널 연구'(12호), '수평사 운동(水平社運動)'(16호), '무산 부인호(無産婦人號)'(17호), '반군국주의·무산 청년 운동'(20호) 등을 소특집으로 냈던 '문예 잡지'인 동시에 '사상' 잡지였던 것이다. 간행 후 얼마 안 되었을 때 이미 "불독 같은 잡지"라는 평가를 받았는데(제4호 속표지), '정부'와 '반동'에 대해 상당히 물고 늘어졌던 잡지였다.

『씨 뿌리는 사람』은 제3년 제5권 제2호(1923. 8)까지 총 20권이 나왔으며, 간토 대지진 이후 「제도진재호외(帝都震災號外)」(1923. 10. 양면 4페이지 분량)에 '휴간에 대하여'를 싣고 있다. "우리들은 세계주의 정신을 갖고 서 있는 프롤레타리아 예술가이며 사상가이다"와 '씨 뿌리는 사람의 입장'을 선언했던 글이다. 이 글은 지진이 일어났을 때 자행했던 '조선인에 대한 행위'도 적고 있다. 다네마키샤는 이후 '가메이도의 수난자를 애도하기 위해'라

간토 대지진 당시 대피하는 군중

는 부제로 별책 『씨 뿌리기 잡기(種蒔き雜記)』를 발간했다(1924. 1). 가메이도(龜戶) 사건으로 학살당한 히라사와 게이시치(平澤計七, 1889~1923) 등 '동지'들을 추도한 별책이다(도쿄판 『씨 뿌리는 사람』의 편집 발행인은 제8호까지 고마키 오미가 담당했고 이후는 이마노 겐조가 담당하였다. 단 『씨 뿌리기 잡기』는 가네코 요분이 담당했다).

잡지에서는 광고도 하나의 볼 거리가 된다. 『씨 뿌리는 사람』은 사회주의 문예 잡지 『시무운』(이후 『열풍〔熱風〕』, 1922)과 잡지·서적 광고는 물론 다네마키샤 문예 강연회 광고 등을 많이 실어 여기에서도 프롤레타리아 문학 양성기의 상황을 다양하게 엿볼 수 있다. 덧붙여 말하면 일찍부터 이 잡지를 연구했던 이나가키 다쓰로(稻垣達郎, 1901~1986)의 「『씨 뿌리는 사람』 개관」(『이나가키 다쓰로 학예 문집 3』, 지쿠마서방, 1982)은 지나칠 수 없는 참고 문헌이다.

「선언 하나」
——쇼와 문학으로의 전환점

『씨 뿌리는 사람』 최종호로 볼 수 있는 제3년 제5권 제2호(1923. 8. 1)는 '아리시마 다케오 씨의 추억'을 소특집으로 꾸미고 「조사(弔辭)」도 싣고 있다. 그 일절에는

「선언 하나(宣言一つ)」를 발표한 이후 유산 지식 계급에게 준 파동은 얼마나 컸던가.

문단의 공기를 현실로 끌어내려 부르주아 작가들의 심리에 혼란의 돌을 던졌고, 프롤레타리아 문예 운동에도 광명 어린 암시를 주었다.

아리시마 다케오

> 그는 스스로 부르주아의 말로 그 자체로서 비극의 올가미를 만들었다.
> 부르주아의 한 사람으로 그만큼 정직하게 붕괴의 도상에서 자신을 직시했던 사람은 많지 않을 것이다.

라고 쓰고 있다. 「조사」라고는 하지만 한 편의 아리시마 다케오론이라고 해도 좋은 측면을 갖고 있는 글이다.

아리시마 다케오(有島武郎, 1878~1923)는 이 해 6월 9일 가루이자와(輕井澤)의 별장에서 『부인공론(婦人公論)』의 기자였던 유부녀와 정사(情死)를 했다(7월 5일 시체 발견). 대장성에서 근무했으며 나중에는 국채국장(國債局長)까지 지냈던 아버지의 장남으로 태어났고, 다이쇼 천황의 '학우' 이기도 했던 아리시마는 분명 '부르주아의 한 사람' 이었다. 둘째 아리시마 이쿠마(有島生馬, 1882~1974), 막내 사토미 돈(理見弴, 1888~1983. 본명 야마우치 히데오〔山內英夫〕)과 함께 '아리시마 삼형제' 라고 불리기도 한다.

그러나 그 세 사람 중에서도 다케오는 '문단의 공기를 현실로 끌어내려' 보여주었으며 '유산 지식 계급' 작가로서 독자적인 지위를 갖고 있었다. 가장 '현실' 적인 표출은 죽기 일 년 전에 홋카이도(北海島) 가리부토(狩太, 현재의 니세코〔ニセコ〕 마을)에 소유하고 있던 광대한 농장을 소작인들에게 나누어주었던 사건이다. 이는 그가 수년 동안 고심하던 현안이었으며 그 자신의 '생활 혁명' 에 다름아니었다. 「선언 하나」는 이보다 앞서 썼던 '유산 지식 계급' 의 한 사람인 '나' 의 대단히 '정직한' 고백이다. 이 글은 1922년 『개조(改造)』 1월호에 발표되었다.

> 나는 제4계급 이외의 계급으로 태어나고 자랐으며 교육을 받았다. 따라서 나는 제4계급에 대해서는 인연이 없는 중생의 한 사람이다. 나는 절대 신흥 계급자가 될 수 없으며 스스로 될 수 있다고 생각하지도 않는다. 〔……〕

무샤노코지 사네아쓰

어떤 위대한 학자·사상가·운동가·두령이건 제4계급적인 노동자가 되지 않고 제4계급에 무엇인가 기여하려고 한다면 이는 분명 외람된 짓이다.

무산 계급, 즉 프롤레타리아를 의미하는 '제4계급'이라는 용어는 이 글에서 몇 번 나오지 않지만, 여기에서 인용한 부분만을 보면 「선언 하나」는 '제4계급'이 될 수 없는 '나'를 '선언'한 것이다. 그러나 실제로 그는 이 직후에 가리부토 농장을 '해방'시켰으므로 여기에서 말한 '외람된 짓'을 감행한 것이 된다. 다네마키샤의 「조사」에서도 말했듯이 아리시마는 "스스로 부르주아의 말로 그 자체로서 비극의 올가미를 만들었다"고 볼 수 있다.

그럼에도 불구하고 이 「선언 하나」에는 분명히 '자신'을 '제4계급'의 진출로 견주어 비교하고 있는 측면이 있다. 이를 둘러싸고 문단 안팎에서 많은 발언과 논의가 교환되었다(「「선언 하나」를 둘러싼 논쟁」, 『현대 일본 문학 논쟁사』 상권, 미래사, 1956 참조). 아리시마 다케오 연구자로 유명한 세누마 시게키(瀬沼茂樹, 1904~1988)는 "문학과 정치 문제 더욱이 지식 계급의 문제 등의 중요한 발단이 되었으며, 쇼와 문학으로의 전환점을 내포하고 있다"고 「선언 하나」의 의의를 평가하였다. '쇼와 문학으로의 전환점'의 하나를 여기에서도 인정할 수 있는 것이다.

「선언 하나」를 발표했던 잡지 『개조』는 다이쇼 데모크라시의 고양기였던 1919년에 창간됐고, 종합 잡지로 메이지 시대부터 실적을 올리고 있었던 『중앙공론(中央公論)』과 나란히 세력을 과시하면서 『중공(中公)』『개조』로 부르게 되었다. 「선언 하나」를 실었던 1922년의 『개조』에는 오스기 사카에(大杉榮, 1885~1923)가 「자서전」을 연재했으며, 무샤노코지 사네아쓰가 시평(時評)으로 「러시아의 기근」을 쓰기도 했다(『씨 뿌리는 사람』에도 사론 「세번 굶는 러시아를 위해서〔三度飢ゑたるロシアのために〕」 등이 있다). 또 당시이 잡지의 창작란은 시가 나오야(志賀直哉, 1883~1971)의 「암야 행로(暗夜

왼쪽부터 공산당을 창립한 사카이 도시히코,
아라하타 간손, 야마카와 히토시

行路)」, 무샤노코지 사네아쓰의 「어떤 남자(或る男)」 등도 연재해서 『중앙공론』의 창작란과 함께 문단의 영광스러운 무대가 되었다.

또 1922년은 오스기 사카에를 대표로 하는 무정부주의자 *anarchist*와 사카이 도시히코(堺利彦, 1871~1933), 야마카와 히토시(山川均, 1880~1958), 아라하타 간손(荒畑寒村, 1887~1981) 등을 중심으로 하는 마르크스주의자 *bolsheviki* 사이에 '아나 · 볼 논쟁'이 격화되었던 시기이기도 하며, 그 결과 급진적인 노동자와 지식 계급이 볼셰비즘*bolshevism* 방향으로 이행하는 사태도 일어났다. 마르크스주의를 지도 방침으로 하는 비합법 일본 공산당이 조직되었던 것도 이 해이다.

『문예춘추』
——기쿠치 간과 요코미쓰 리이치, 가와바타 야스나리

1922년 연말이 다가왔을 때 『문예춘추(文藝春秋)』가 판매되기 시작했다(발행은 1923. 1. 1). 요즘의 두툼한 『문예춘추』로는 상상도 할 수 없는 본문 28페이지, 정가 10전의 수필 잡지였다(4단으로 짜는 지면 체제는 현재의 『문예춘추』 수필란 형태로 이어지고 있다). 발행 편집자 겸 인쇄 명의자는 기쿠치 간이었고 그는 이때 35살이었다. 기쿠치는 1920년에 최초의 통속소설 「진주 부인(眞珠夫人)」을 발표해서 성공했고, 또 그해에 야마모토 유조(山本有三, 1887~1943) 등과 극작가협회를, 다음해에는 도쿠다 슈세이(德田秋聲, 1871~1943) 등과 소설가협회를 설립하고 작가의 상부상조를 도모하면서 문단에서 지위를 차지했다(두 협회는 1926년 통합되어 문예가협회가 되었으며, 현재의 일본문예가협회로 이어진다).

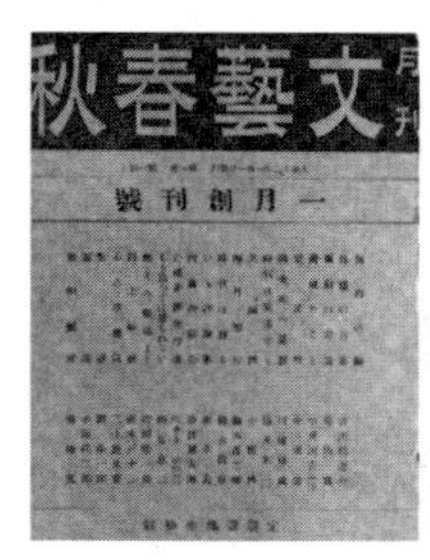

『문예춘추』 창간호(1923. 1)와
75주년 기념호(1998. 2)

나는 빌려서 말하는 데 질렸다. 자기가 생각하고 있는 것을 독자나 편집자에게 스스럼없이 자유로운 기분으로 말하고 싶다. 친구들 중에도 나와 동감인 사람들이 많을 것이다. 또 내가 알고 있는 젊은 사람들 중에도 말하고 싶어 안타까워하는 사람들이 많다. 하나는 자신을 위해서, 또 하나는 남을 위해서 이 작은 잡지를 내게 되었다.

『문예춘추』의 창간사 전문이다. 무뚝뚝하다고 할 만큼 단순하다. 이 글의 '나'는 두말할 나위 없이 기쿠치 간이다. 그러므로 『문예춘추』는 기쿠치의 '개인' 잡지로 발족했다고도 볼 수 있다.

그리고 여기에서 말하고 있는 '친구'로 아쿠타가와 류노스케와 구메 마사오(久米正雄, 1891~1952)가 당연히 예상대로 들어 있다. '내가 알고 있는 젊은 사람들'로는 요코미쓰 리이치(橫光利一, 1898~1947)와 가와바타 야스나리(川端康成, 1899~1972) 등을 들 수 있다.

『문예춘추』는 발간 제2호부터 표지에 '기쿠치 간 편집'이라고 인쇄했으며, 이 호의 편집 동인으로 요코미쓰, 가와바타, 곤 도코(今東光, 1898~1977), 사사키 미쓰조(佐佐木味津三, 1896~1934) 등의 이름을 싣고 있다. 그리고 같은 해 11월호부터 '『문예춘추』 동인'으로 기쿠치, 아쿠타가와, 구메, 고지마 마사지로(小島政二郎, 1894~), 사사키 모사쿠(佐佐木茂索, 1894~1966), 야마모토 유조 등의 이름을 거론하고 있다. 전자는 '젊은 친구들'이며, 후자는 '친구'에 해당한다. 『문예춘추』는 기쿠치 간과 함께하는 동인제로 출발하였다(1924. 9호부터 동인제 해소). 창간호 후기에는 역시 기쿠치가

본래 일시적인 기분으로 낸 잡지이기 때문에 어떤 정견도 없다. 원고를 모을 수 없으면 다음달이라도 폐간할지 모른다. 또 잡지도 많이 팔리고 경기도 좋으면 확대해서 창작 작품도 싣는 당당한 문예 잡지가 될지도 모른다.

1922년 무렵의 기쿠치 간

라고 쓰고 있기도 한데, 잡지 판매는 호에 따라 순조롭게 신장되었다.

창간호는 3,000부를 찍었으며 제4호부터 10,000부를 찍게 되었다. 수필 잡지·잡문 잡지로 소탈하게 팔았고 더구나 값도 저렴했기 때문이겠지만, 문단 가십 등을 넣은 편집도 성공의 요인이었다. 가십류의 필자이며 발안자, 이른바 이 잡지의 배후 조종자로 볼 수 있는 사람은 나오키 산주니(直木三十二 나중에는 산주고〔三十五〕, 1891∼1934)이다. 발간 제5호는 처음으로 신진 작가들을 중심으로 작품 20편을 실은 창작란을 만들었다. 쇼와 문학을 볼 때 빠뜨릴 수 없는 요코미쓰 리이치의 「파리(蠅)」도 여기에 발표했던 작품이다.

다만 이 잡지는 아무래도 초기에는 페이지가 한정되었기 때문에 단편만 실었다. 「파리」도 오늘날로 말하면 초단편(超短篇) 비슷한 작품이다. 가와바타 야스나리의 독특한 예술이 된 '장편소설(掌の小說)'을 실었던 1925, 26년 무렵에야 150페이지 정도로 늘어나 배문자(背文字)도 넣었으며 발행 부수도 10만 부를 넘었다. 또 이 무렵에는 '단막극' 희곡 특집호를 내기도 했다. '문예 잡지로 만든다'는 기쿠치의 계획이 점차 실현되면서 문예 잡지로 명망이 높았던 『신조(新潮)』에 육박할 정도의 역량을 보여주게 된다.

그러나 초기 『문예춘추』의 매력은 역시 수필란에 있었으며, 매호 권두에 실은 아쿠타가와 류노스케의 「주유의 말(朱儒の言葉)」(1925. 7월호까지)을 비롯한 단문 에세이와 기사에는 세태를 가장 빨리 파악해서 반영한 읽을 거리들이 적지 않았다. 사카이 마히토(酒井眞人, 1898∼1974)의 「시네마 시대 오다(シネマ時代來る)」(1925. 3)도 그 예의 하나이리라.

또 이 잡지의 초기에서 지나칠 수 없는 사실은 대프롤레타리아 문학의 자세를 볼 수 있다는 점이다. 요코미쓰 리이치는 창간호에 발표한 「시대는 방탕하다」에서 '계급 문학자 제씨에게'라는 부제를 달고 "계급 문학의 제창은

하세가와 신

이미 문학의 세계에서는 시대착오"라고 쓰고 있다. 주재자인 기쿠치 간도 「예술에는 본래 계급이 없다(藝術本体に階級なし)」(『신조』, 1922. 5)는 입장에서 '계급 예술 논쟁'에 관계했고, 유행 작가가 되면서 자연히 프로측의 공격에 대치하는 측면이 있었기 때문에 『문예춘추』가 대 프로, 반프로의 자세를 내세웠던 것은 당연하다고 생각된다.

『문예춘추』를 발간하던 무렵의 기쿠치에 대해서는 당시 『신조』가 기획·연재하고 있던 '인간 수필'의 「최근의 기쿠치 간 씨」(1924. 4)를 참고할 수 있다. 여기에는 가와바타 야스나리의 「젊은이들의 응석을 받아준다(若い者を甘やかせる)」라는 글도 있는데 '응석을 받아주는' 일면, 그 돌보아주는 역할을 기쿠치가 했던 것이다. '젊은' 작가들은 기쿠치를 많이 의지했고 존경했다. 이것도 한 예이지만 요코미쓰 리이치는 첫 작품집 『옥체(御身)』(금성당, 1924)에서 '기쿠치 스승님께 드립니다'라는 헌사를 쓰고 있다.

또 '젊은 작가'들에 그치지 않고 하세가와 신(長谷川伸, 1884~1963) 같은 대중 문단 작가를 출세시키기 위해서도 기쿠치는 많은 노력을 했다. 야마모토 슈고로(山本周五郎, 1903~1967)의 출세작 「스마지 부근(須磨寺附近)」도 『문예춘추』(1926. 4)에 실렸던 작품이다. 결과적으로 기쿠치는 『문예춘추』를 통해서 '문단의 대가'로 급부상했던 것이다. 마쓰모토 세이초(松本清張, 1909~1992)는 『형영 —— 기쿠치 간과 사사키 모사쿠(形影 —— 菊池寛と佐佐木茂索)』(문예춘추, 1922)에서 기쿠치의 풍모를 자세하게 이야기하고 있다.

간토 대지진
—— 신감각파의 등장

융성 일로를 걷고 있던 『문예춘추』에 "최초로 시련의 날이 왔다"(『문예춘

간토 대지진 직후의
히비야(日比谷) 교차점

추 35년 사고[文藝春秋三十五年史稿]』, 문예춘추신사, 1959). 1923년 9월 1일의 간토 대지진이다. 이 지진을 말할 때는 반드시 '대' 자를 붙인다. 그 '대지진'이 보다 정확하게는 대지진 화재였다는 사실에 유의하지 않으면 안 된다. 에도(江戶)의 자취를 간직하고 있던 도쿄는 며칠 사이에 거의 폐허가 되었다. 『문예춘추』에 대해 말하자면 "거의 다 만들었던 9월호가 인쇄소에서 전부 불타고 말았다"(같은 책).

하지만 이런 일은 비단 『문예춘추』에서만 일어난 것은 아니다. 앞에서 말했던 『씨 뿌리는 사람』도, 메이지 43년(1910)부터 나왔던 『시라카바(白樺)』도 이 지진으로 사라지고 말았다. 3만 부 이상 발행하고 있던 잡지가 지진이 일어나기 전에는 약 370종이 있었으나, 10월에는 70여 종이 되었다는 기록도 있다. 문단 저널리즘은 출판 저널리즘과 일체였기 때문에 인쇄소와 출판소의 소실은 문학에도 치명적이었다.

쇼와 문학을 개척했다고 볼 수도 있는 요코미쓰 리이치는 뒤에 "지금 생각해보면 1923년의 간토 대지진은 일본 국민에게는 제1차 세계 대전과 필적할 정도의 큰 영향을 주었다"(「잡감(雜感)」, 1934)고 술회하고 있다. 다이쇼의 시대사에서 제1차 세계 대전(1914~1918)과 비교할 수 있는 재앙으로 간토 대지진을 보고 있는 것이다. 요코미쓰는 후에 다시

1923년의 대지진이 내게 덮쳐왔다. 그리고 내가 믿었던 미에 대한 신앙은 이 불행으로 갑자기 파괴당했다. 사람들이 내게 신감각파라는 이름을 붙였던 시기가 이때부터 시작되었다. 눈에 보이는 대도시가 까마득하게 믿을 수 없이 불타는 초원이 되어 주위로 퍼져나가는 한가운데를 자동차라는 속력의 변화물이 처음으로 세상을 이리저리 질주하기 시작했고, 곧 라디오라는 음성의 기형물이 나타났고, 비행기라는 조류 모형이 실용물로 공중을 날기 시작했다. 이것은 모두 지진 직후에 우리나라에 처음 생겼던 근대 과학의 구상물이

22

요코미쓰 리이치

다. 불타는 초원에 이런 근대 과학의 첨단이 잇달아 형태를 갖고 나타났던 청년기의 감각은 어떤 의미에서건 바뀌지 않을 수 없었다. (「해설을 대신하여」, 1941)

라고 쓰고 있다. 이는 '대지진 직후,' 간토 대지진 다음해에 신진 작가들을 규합해서 『문예시대』를 발간하고 '신감각파'로 불렸던 요코미쓰 자신이 '청년기의 감각'을 요약한 글인 만큼, 여기에서 그는 지진으로 '파괴'된 '불타는 초원'에서 '시작된' 것들을 대단히 구체적으로 또 단적으로 달하고 있다. 여기에 나타난 '변화물' '기형물' '모형'에 걸맞은 문학을 요코미쓰를 비롯한 '신감각파'들은 지향했던 것이다. '대지진'으로 "바뀌지 않을 수 없는" '첨단' 문학이 창출되었다고 말하고 있는 대목으로 읽을 수도 있는 이 글에서 말하는 '청년기의 감각'이란 '신감각'에 다름아니다. 지진이 일어났을 때 요코미쓰 리이치는 25살이었다.

기쿠치 간도 간토 대지진으로 많은 충격을 받았다. 그러나 이는 요코미쓰 등이 받아들였던 양상과는 상당히 이질적인 것으로 보인다. 기쿠치의 「진재문장(震災文章)」은 수필집 『문예왕래(文藝往來)』(개조사, 1926)에도 수록되었는데, 그 중에 '낙향'하기로 결심했던 심경을 적고 있는 「낙향하지 못했음을 부끄러워함(落ちざるを恥づ)」이 있다.

지진 당시 나는 일념으로 분발하여 좀더 올바른 생활을 하고 싶었다. 어떤 시대가 오더라도 하늘을 우러러 부끄럽지 않은 생활을 하고 싶었다. 그것은 내가 먹을 것을 모두 스스로 짓고 싶다는 생각이었다. 시골에 돌아가 무샤노코지 사네아쓰처럼 농사꾼이 되고 싶다고 생각했다〔무샤노코지가 1918년부터 규슈의 휴가(日向)에 '신촌(新しき村)'을 열었던 사실을 가리킴: 역주〕. 자급자족한 다음 예술과 가까워져도 늦지 않다고 생각했다. 〔……〕 나는 초

가와바타 야스나리

지일관하지 못한 내 행동을 부끄러워한다. 낙향하려고 했던 심정을 부끄러워하는 것은 아니다. 지진 후에 도쿄에 머무는 것이 그렇게 훌륭한 일이었을까.

1924년의 『문예연감』을 보면 이 글을 '기쿠치 간의 비관설'이라고 적고 있다. "시골에 돌아가서" "농사꾼이 되고 싶다" 등등 이는 당시의 기쿠치라면 그야말로 웃지 않을 수 없는 심회이겠지만 '예술'과 문학은 그 다음이라고 하는 기분을 그는 여기에서 진심으로 말하고 있다. 이는 요코미쓰 등과는 상당히 다른 '일념 분발'이다. 또 그야말로 재빨리 '간사이(關西)'로 이주했던 다니자키 준이치로(谷崎潤一郎, 1886~1965)의 심정과도 분명히 다른 '비관설'이다.

「낙향하지 못했음을 부끄러워함」은 "도쿄에 머물러 슬쩍 눌러앉아 옛날 그대로 잠시 편안한 문필 생활을 하고 있는 나를 부끄러워한다"고 맺고 있는데, 이런 심경은 지진이 엄습한 다음 곧장 '큰 불구경(大火見物)'에 나섰던 가와바타 야스나리의 그것과도 분명히 다르다고 생각된다. 가와바타의 대지진 체험은 『아사쿠사 잇꽃단(淺草紅團)』(선진사, 1930) 근처까지 자취를 남기면서 작품으로 형상화되고 있는데, 여기에도 "11시 58분에서 두 시간도 지나지 않았을 때 친구와 함께 아사쿠사의 모습을 보러 갔다"는 일절이 나온다('11시 58분'은 지진 최초의 대동요가 왔던 시간).

기쿠치 간 문하에 있던 요코미쓰, 가와바타와 '어른'이었던 기쿠치 사이에는 간토 대지진을 수용하는 양상과 이로 인한 작용에서 판이한 차이가 있었던 셈이다. 여기에 문자 그대로 동요하고 '비관'했던 사람과 이를 '구경'하고 여기에서 '시작했던' 사람이 있다. 요코미쓰와 가와바타는 '슬쩍 눌러앉지' 않고 지진 후의 문학을 새로 일으키려는 의식을 가졌다. 그들이 대지진 다음해인 1924년부터 『문예시대』로 결집했던 것은 '기쿠치 스승' 문하를 떠나려는 의욕을 간직했기 때문이다. '신감각파' 문학은 간토 대지진에 편

오스기 사카에와
장녀 마코, 이토 노에

승해서 생긴 문학이며, 지진 후에 일어난 '도시 부흥(帝都復興)'에 부응해서 새로운 도시의 문학을 겨냥했던 문학이라고 할 수 있다.

그러나 간토 대지진은 그 혼란의 와중에서 문학사에서도 몇 개의 상처를 남겼다. 그 하나는 앞에서도 말한 바 있는 『씨 뿌리기 잡기』에 나오는 가메이도 경찰서에서 일어났다. '가메이도 사건'으로 히라사와 게이시치 등이 학살당했고, 또 하나는 오테마치(大手町) 헌병 사령부에서 자행된 오스기 사카에 등의 학살이다. '불령 조선인(不逞朝鮮人)'에 대한 학살도 있었다. 이런 사실들을 포함해서 상세히 조사해서 쓴 요시무라 아키라(吉村昭, 1927~)의 장편 『간토 대지진』(문예춘추, 1973)은 귀중한 작품이다. 또 대지진 이후 오사카에서 발간했던 문예 잡지로는 플라톤사에서 나온 『고락(苦樂)』(1924~1928)이 있으며, 같은 출판사의 『여성』(1922~1928)도 간토 대지진 이후의 문단에 활기를 불어넣었던 잡지이다.

『치인의 사랑』
──새로운 여성상의 창조

태어나서 자라고 살았던 그리고 불타버린 도쿄(요코하마)를 가장 빨리 단념하고 '간사이 이주'를 감행했던 다니자키 준이치로가 지진 이듬해부터 몰두했던 작업은 장편 『치인의 사랑(痴人の愛)』이다. 처음에는 오사카 아사히 신문(大阪朝日新聞)에 연재됐으나 중단되었으며 속편은 『여성』에 다시 연재됐다. 1925년 작가가 39살 되던 해에 한 권으로 나왔다.

신문에 연재가 중단된 것은 "신문사 사정으로 게재를 보류해달라"(「『치인의 사랑』의 작자로부터 독자에게」, 1924)는 요청이 있었기 때문이라고는 하지만 요컨대 다수의 독자들이 보는 작품으로는 '위험하다' ──연재를 중지하

다니자키 준이치로

지 않을 수 없다──고 판단했기 때문일 것이다. 실제로 다니자키는 그때까지 몇 번이나 발매 금지를 당했던 작가였다. "그러나 이 소설은 최근의 저의 회심작이며 또 대단히 감흥이 많이 솟아오르는 때이므로 될 수 있으면 빨리 기회를 얻어 다른 잡지나 신문 지상에 속편을 발표하고 싶습니다"(같은 글)라고 했던 그 '속편'을 『여성』에 다시 연재했던 것이다.

다니자키는 간사이로 이주하기 전에 약 2년 동안 요코하마에서 지냈다. 그 이유는 요코하마에 창설된 다이쇼 활영(大正活映)(다이쇼활동사진주식회사, 훗날의 다이쇼활영주식회사 약칭 '대활[大活]')의 각본 고문으로 초빙되었기 때문인데, 다치바나 히로이치로(橘弘一郎)의 노작 『다니자키 준이치로 선생 저작 총목록』 별권(갤러리 고하치[呉八], 1966)은 다이쇼 활영 당시의 자료도 다수 수록하고 있어 다니자키가 '활동 사진'에 열중했던 시절을 극명하게 보여주고 있다. 그 다이쇼 활영을 통해 처음 만들어진 작품이 다니자키 준이치로의 「아마추어 구락부」(개봉 상영, 1920)이며, 주연을 맡은 여배우 하야마 미치코(葉山三千子: 당시 다니자키의 부인 이시카와 치요[石川千代]의 여동생 세이코[せい子])는 『치인의 사랑』의 히로인 나오미의 모델이 되었다.

『치인의 사랑』을 『여성』에 연재할 때 다니자키는 이를 "일종의 '사소설'"이라고 쓰고 있는데, 이 장편의 서두에서 나오미를 "활동 여배우 메리 픽포드M. Pickford와 닮은 부분이 있어 분명 서양인처럼 보였습니다"라고 묘사하고 있다. '활동 사진'과 '서양,' 이 두 가지를 다니자키는 요코하마 시절에 자기 것으로 충분히 소화했다고 생각된다(메리 픽포드는 무성 영화 시절의 미국의 인기 여배우. 그녀가 출연한 작품은 일본에서도 상영되어 인기가 많았다).

실제로 이 장편의 결말에는 나오미를 위해 '나'가 준비한 요코하마 혼모쿠(本牧)의 살림집과 그곳에서의 생활이 묘사되고 있다. "그녀(나오미)는 때때로 나(가와이 조지[河合讓治])를 서양식으로 '조지'라고 부릅니다"라는 대목이 있는데 여기에서의 '서양식'은 미국식이라고 바꿔 말해도 좋다. 간

하야마 미치코

토 대지진 이후 특히 '미국식'은 급속하게 일본인의 풍속과 생활 의식(양식) 속에 수용되었다. 이는 1980년대의 풍조에서도 볼 수 있는 사실이며, 그런 의미에서 『치인의 사랑』은 대단히 선구적이고 현대적인 작품이라 할 수 있다.

다니자키 준이치로의 문학을 평가했던 이토 세이(伊藤整, 1905~1969)는 나오미에 대해 "이 작품의 여주인공은 다이쇼 말기부터 쇼와 초기에 걸쳐 있는 전형적인 신여성의 모습"(「해설」, 『다니자키 준이치로 전집』 제15권, 중앙공론사, 1958)이라고 말하였다. '나오미즘(ナオミズム)'이라는 말도 생겨 "인습적 정조 관념이 없는, 여성의 변태 성욕적인 연애를 말한다"(『모던 용어 사전』, 실업일본사, 1930)라고 해설하고 있다. 나오미는 다니자키의 문학 이념인 '아름다운 것은 강한 것'을 보여주는 하나의 전형이며, 그녀가 '조지'로 부르는 조지는 나오미의 '새로운' 아름다움 앞에서 오로지 자기를 양보하고 받드는 자, '치인의 사랑'으로 봉사할 수밖에 없는 자이다. 『치인의 사랑』은 다이쇼에서 쇼와로 넘어가는 시대를 다니자키 본래의 문학 방식으로 묘사했던 '회심작'인 것이다.

1927년 다니자키와 아쿠타가와 류노스케 사이에 '소설의 줄거리 논쟁'이 일어났다. "'이야기' 다운 이야기가 없는 소설"을 소설의 바람직한 모습으로 보았던 아쿠타가와에 대해 다니자키는 '줄거리가 있는' '구조적 미관(美觀)'이 있는 소설을 주장했다. 『치인의 사랑』은 시대의 문학으로서 산문성을 '구조적'으로 갖춘 장편이라고 할 수 있다. 아쿠타가와가 이 해에 자살한 데 비해 '회심작'을 썼던 다니자키는 쇼와 작가로서의 길을 개척해나간다.

이 논쟁을 하면서 다니자키는 '근년의 내 취미'로 "솔직한 것보다도 삐뚤어진 것, 천진한 것보다 악의가 있는 것, 가능한 한 기교적인 것을 좋아하게 되었다"(『요설록(饒舌錄)』, 1927)라고 적고 있다. 그러나 '삐뚤어진 것' '악의가 있는 것' '농간이 들어간 것'에 대한 '취미'를 다니자키 소설은 처음부터 갖고 있었고, 이 경향은 『준이치로 범죄 소설집』(신조사, 1929), 『일본 탐

1927년 간행된 『부인수첩』에서
묘사한 모던 걸과 활보하고 있는 모던 걸

정 소설집』 제5권, 『다니자키 준이치로집』(개조사, 1929)의 계통까지 이어졌다.

쇼와 시대로 들어와 1931년부터 1932년에 걸쳐 『신청년(新靑年)』에 연재했던 장편 『무주공비화(武州公秘話)』도 '농간'을 부린 '악의가 있는' 작품이며, 사토미 돈은 이 책이 출간되었을 때 '천하 제일 기서(奇書)'라고 제자(題字)를 쓰고 있다. 『신청년』은 1920년부터 나와 '괴기탐정소설'을 간판으로 내세우고 판매했던 잡지이며, 다이쇼 시대부터 쇼와 시대에 걸쳐 에도가와 란포(江戶川亂步, 1894~1965)의 「D 비탈길의 살인 사건(D坂の殺人事件)」(1925), 「파노라마 섬 기담(パノラマ島奇譚)」(1926)을 비롯한 해외 탐정소설을 많이 번역해서 싣고 영화 특집호도 꾸몄던 일종의 청소년 잡지로 당시의 모던 보이(モボ)와 모던 걸(モガ)을 겨냥했다고 할 수 있는 지면을 만들고 있다. 에도가와 란포도 젊은 날에 "다니자키 씨의 소설을 한번도 빠짐없이 읽었던" 시기가 있었다(『탐정소설 30년』, 암곡서점, 1954).

『신청년』에 대해서는 『신청년』연구회가 편집한 『신청년 독본』(작품사, 1988)이 참고가 된다. 또 최근에 편집한 『쇼와의 엔터테인먼트 50편』(『올요미모노[オール讀物]』 7월 증간호, 1988)은 『신청년』에 발표했던 사토 하루오(佐藤春夫, 1892~1964), 요코미조 세이시(橫溝正史, 1902~1981) 등의 작품을 담고 있다. 쇼와의 오락소설entertainment의 계보도 다이쇼 시대부터의 흔적을 가지고 있다.

『문예전선』과 『문예시대』

간토 대지진 다음해인 1924년, 쇼와 문학에 크게 작용한 두 개의 잡지가 나왔다. 하나는 6월에 창간한 『문예전선』(1924~1932)이며, 다른 하나는 10

『문예전선』
창간호(1924. 6)

월에 창간한 『문예시대』(1924~1927)이다. 모두 '문예'를 앞에 달고 있지만 『문예전선』의 방향은 프롤레타리아 문학의 '공동 전선' 의식에 입각했던 것이며(일본근대문학관에서 복간한 『문예전선』 별권 『해설』, 1968. 이 글에서 가네코 요분은 "잡지명은 소련의 문예 잡지 리테라추어 프론트에서 왔다"고 말하고 있으며, 같은 책의 사사키 다카마루에 의하면 "전년도에 나왔던 단행본 『예술전선』에서 힌트를 얻었던 것으로 나는 기억하고 있다"고 한다), 『문예시대』의 방침은 새로운 '시대 감각'의 문학을 목표로 했던 것이다.

『문예전선』 창간호에 실린 동인 13명 ──이마노 겐조, 가네코 요분, 나카니시 이노스케, 무토 나오하루(武藤直治, 1896~1955), 무라마쓰 마사토시(村松正俊, 1895~1981), 야나세 마사무(柳瀬正夢, 1900~1945), 마이다코 히로이치로, 마쓰모토 고지(松本弘二, 1895~1973), 고마키 오미, 사노 게사미(佐野袈裟美, 1886~1945), 사사키 다카마루, 아오노 스에키치(靑野季吉, 1890~1961), 히라바야시 하쓰노스케는 모두 『씨 뿌리는 사람』 동인이다. 조금 늦게 가담한 야마다 세이자부로(山田淸三郎, 1896~1987)도 『씨 뿌리는 사람』 동인이다. 그러나 초기의 『문예전선』은 『씨 뿌리는 사람』만큼 격렬한 활동을 보여줄 수는 없었다(창간 다음해에는 치안유지법이 공포되었다). 동인들 사이에서도 '너무 문학적'이라는 비판이 나왔으며, 다음해인 1924년 1월호까지 8권을 내고 자금난으로 휴간할 때까지 하야마 요시키(葉山嘉樹, 1894~1945)의 소설 「감옥의 반나절(牢獄の半日)」, 사토무라 긴조(里村欣三, 1902~1945)의 현지 보고 *reportage*인 「막노동꾼 이야기(立ン坊物語)」, 하야시 후미코(林芙美子, 1903~1951)의 시 「여공의 노래(女工の唄へる)」 등을 싣고 있다.

1925년 6월 복간호부터 1927년 11월호까지 야마다 세이자부로가 편집·발행 책임을 맡았다. 이 사이에 하야마 요시키, 사토무라 긴조, 하야시 후사오(林房雄, 1903~1975), 구로시마 덴지(黑島傳治, 1898~1943), 후지모리 세

아오노 스에키치

이키치(藤森成吉, 1892~1977), 무라야마 도모요시(村山知義, 1901~1977), 구라하라 고레히토(藏原惟人, 1902~1991), 히라바야시 다이코(平林たい子, 1905~1972) 등이 동인으로 가담했으며, 하야마의 「매음부」「시멘트 통 속의 편지(セメント樽の中の手紙)」, 사토무라의 「대장 쿨리의 표정(苦力頭の表情)」, 구로시마의 「동전 두 냥(銅貨二錢)」과 「돼지떼(豚群)」, 하야시의 「사과(林檎)」 등을 실었고, 평론으로는 아오노 스에키치의 「'조사한' 예술('調べた' 藝術)」「자연 생장과 목적 의식(自然生長と目的意識)」, 구라하라 고레히토의 「현대 일본 문학과 무산 계급」「마르크스주의 문예 비평의 기준」 등을 실어 프롤레타리아 문학 운동의 '제2투쟁기'(야마다 세이자부로)에 들어 갔던 것이다. 발매 금지도 몇 번 당했다.

그러나 다이쇼 말기부터 쇼와 초기에 걸쳐 『문예전선』에는 세 번이나 동인의 '분열'이 일어났다. 1927년 7월호, 『프롤레타리아 예술』은 일본프롤레타리아예술연맹의 이름으로 「잡지 『문예전선』을 박멸하라」를 싣고 있다. 이를 전후한 『문예전선』 나아가 프롤레타리아 문학 운동의 '분열' 양상은 신일본출판사에서 나온 『일본 프롤레타리아 문학집』 별책 『자료집』(1988) 등을 통해서도 살펴볼 수 있다. 같은 책 끝에 붙어 있는 도표 「일본 프롤레타리아 문학 운동의 발걸음(日本プロレタリア文學運動のあゆみ)」도 갈지자로 '분열'된 상황을 전해주고 있는데, 프롤레타리아 문학 운동에는 '상호 비판'에 따르는 격렬한 이합집산과 골육상쟁이 있는 것이다.

『일본 프롤레타리아 문학집』 별책에 우라니시 가즈히코(浦西和彦, 1941~)가 편집한 '프롤레타리아 문학 연표'도 정성들인 연표로 신뢰할 수 있으며, 여기에서 노농예술가연맹(약칭 '노예〔勞藝〕')의 기관지가 된 『문예전선』(1927년 8월호 이후)에 실린 소설을 보아도 히라바야시 다이코의 「진료소에서(施療室にて)」「밤바람(夜風)」, 이와토 유키오(岩藤雪夫, 1902~1990)의 「가토·후섹터(ガトフ・フセグダア)」「쇠(鐵)」 등이 눈에 띌 뿐 기세가 많이

『전기』 창간호(1928. 5)

떨어졌다. 거듭되는 발매 금지도 있었지만 일보 후퇴한 느낌을 지울 수 없다.

1928년—치안유지법 위반으로 공산당 관계자가 전국적으로 일제히 검거를 당한 '3·15'(3월 15일) 사건이 일어났던 해—사건 직후에 결성된 전일본무산자예술연맹(약칭 'NAPF'—Nippona Artista Proleta Federacio의 약자)이 기관지 『전기(戰旗)』(1928~1931)를 발간하면서 프롤레타리아 문학의 주류는 방향을 바꾸었다. '나프와 문전(『문예전선』)' 시대라고도 부르는데, 분명 프롤레타리아 문학에서는 전자가 '전위'로 앞서나갔다. 공산주의를 입장으로 삼은 '나프'에 대해 '노예'는 사회민주주의의 입장을 취했던 것으로 볼 수 있다. '나프' 파를 대표하는 작가로는 구레하라 고레히토, 나카노 시게하루(中野重治, 1902~1979), 고바야시 다키지(小林多喜二, 1903~1933), 도쿠나가 스나오(德永直, 1899~1958), 미요시 주로(三好十郎, 1902~1958), 구보카와 이네코(窪川いね子, 사타 이네코〔佐多稲子, 1904~ 〕의 초기 이름) 등을 들 수 있다.

『문예전선』은 1931년부터 『문전(文戰)』으로 바뀌었고, 다음해 '노예'가 해산되면서 종간되었다(일본근대문학관에서 복간한 후 『문예전선』『문전』도 전기사복각판간행회에서 복각하고 있다). 『문예전선』 출신이라고 해도 좋은 작가로는 아무래도 하야마 요시키가 발군으로 활약했으며, 쇼와 초기에는 구로시마 덴지가 「소용돌이치는 까마귀떼(渦卷ける鳥の群)」(『개조』, 1928)로, 히라바야시 다이코가 「때리다(毆る)」(『개조』, 1928)로 종합 잡지의 창작란에 진출한다. 1929, 30년이 되면 나카노 시게하루, 고바야시 다키지, 도쿠나가 스나오 등의 작품이 『중앙공론』『개조』의 창작란에 등장한다.

『문예시대』 창간호를 보면 동인으로 활동한 사람은 이토 다카마로(伊藤貴麿, 1893~1967), 이시하마 긴사쿠(石浜金作, 1899~1968), 가와바타 야스나

『문예시대』 창간호(1924. 10)

리, 가미야 기이치(加宮貴一, 1891~1968), 가타오카 뎃페이(片岡鐵兵, 1894~1944), 요코미쓰 리이치, 나카가와 요이치(中河與一, 1897~), 곤 도코, 사사키 모사쿠, 사사키 미쓰조, 주이치야 기사부로(十一谷義三郎, 1897~1937), 스가 다다오(菅忠雄, 1899~1942), 스와 사부로(諏訪三郎, 1896~1974), 스즈키 히코지로(鈴木彦次郎, 1898~1975)의 14명이다. 여기에 다음 호(1924. 11)부터 기시다 구니오(岸田國士, 1890~1954), 미나미 유키오(南幸夫, 1896~1964), 사카이 마히토 세 사람, 1926년 3월호부터 미야케 이쿠사부로(三宅幾三郎, 1897~1941), 이나가키 다루호(稻垣足穗, 1900~1977) 두 사람이 가담하고 있다(단 발간 제2년 중반에 곤 도코가 동인을 탈퇴한다고 했던 일이 있다). 동인제를 취하고 있지만 동인지의 수준을 벗어나 이미 문단에 얼굴을 내밀고 있던 사람이 많았다. 문예 출판으로 이름이 났던 금성당(金星堂)에서 발행했고 "원고료는 창작 한 장에 3엔, 평론 수필은 1엔"(이토 세이)이었다고 한다. 창간호는 100페이지가 넘었고 정가는 40전이었다. 덧붙여 말하면『문예전선』창간호는 60페이지, 정가 20전이었다.

　동인으로는 이미『문예춘추』에 작품을 발표하고 있는 사람이 많았으며 『문예춘추』가 없었더라면『문예시대』는 있을 수 없었다고 생각된다. 그만큼 『문예시대』를 낼 때『문예춘추』의 기쿠치 간에 대한『문예시대』동인들의 고려와 생각은 적지 않았다(『문예시대』창간호에 요코미쓰 리이치는「문예시대와 오해」에서 이 사실을 신중하게 기록하고 있다). 그러나『문예시대』발간 다음달에 나온『문예춘추』는 잡담식으로 만든 '문단 제작가 가치 조사표'를 실었는데 여기에 지금 막 발족한『문예시대』동인들을 야유했다고 볼 수 있는 부분이 있어 요코미쓰 리이치 등이 분통을 터뜨렸다. "우리『문예시대』사람들의 경쟁심을 저지하고 선동해서 단결심을 방해하고 그 틈을 타 대가들을 뒷짐지고 앉아 있게 만들려는 속셈을 갖고 있는 증오스러운 놈들이다." 그 당시 요코미쓰가 가와바타 야스나리에게 보낸 편지의 일절인데, 곤

『문예시대』 동인들.
왼쪽부터 이케타니 신자부로,
나카가와 요이치, 이시하마 긴사쿠,
가와바타 야스나리, 스가 다다오

도코의 『문예시대』 탈퇴도 여기에서 비롯되었다.

그러나 요코미쓰와 가와바타는 1921년 기쿠치 간 집에 모여 맺어졌던 친구였다. 『문예시대』 동인 중에서도 가와바타, 이시하마, 곤, 사카이, 스즈키는 일찍이 기쿠치, 아쿠타가와, 구메 등이 낸 『신사조』를 인계했던 사람들이고, 요코미쓰, 가와바타, 이시카와, 곤, 사카이, 사사키, 스즈키, 미나미, 나카가와는 맨 마지막까지 기쿠치 문하에서 『문예춘추』 편집 동인으로 이름을 올렸던 사람들이다. 기성의 '대가'에 대항하는 패기와 신진으로 자부했던 '단결'만 갖고 있던 『문예시대』 동인들은 기쿠치 간을 이탈할 수 없는 면을 갖고 있었던 셈이다.

『문예시대』의 창간은 그러나 문단에서는 신흥 문학의 진출로 인정을 받았고, 당시 평론가로 유명했던 지바 가메오(千葉龜雄, 1878~1935)가 문예 시평에서 「신감각파의 탄생」(『세기〔世紀〕』, 1924. 11)이라고 평가하면서 『문예시대』는 '신감각파'의 본거지로 주목을 받게 되었다. 동인 중에는 이 호칭을 즐겁게 받아들이지 않았던 사람들도 있었지만, '신감각파'의 '신감각'이란 요약하면 새로운 시대의 감각이며, 이 일파의 활동은 간토 대지진 이후에 일어난 새로운 표현 운동이었다고 볼 수 있다. 이들은 메이지의 자연주의 이후의 일상적인 리얼리즘에 대한 반항을 '젊은 독자들'에게 호소했던 것이다. 당시 구제(舊制) 고등학교(일고)의 신입생이었던 다카미 준(高見順, 1907~1965)은

우리들은 저 『문예시대』 창간호를 얼마나 눈을 반짝이며 손에 넣었던가. 〔……〕 나는 『문예시대』를 사서 책방을 나서기가 무섭게 펼쳐들고는 걸어가면서 읽었다. 여기에 우리 젊은 세대들이 이전부터 찾고 있던, 갈망하고 있던 문학이 비로소 나타났다. (『쇼와 문학 성쇠사〔昭和文學盛衰史〕』, 문예춘추사, 1958)

하야마 요시키

고 회상하고 있다.

『문예시대』의 상표가 되었던 '신감각'은 간토 대지진 이후, 요컨대 지진 후에 일어난 모더니즘이었다고 할 수도 있고, 더 소급한다면 제1차 세계 대전 이후 일어났던 전위 예술 운동 *avant-garde*의 계보를 받아들였던 것이라고 생각할 수도 있다. 『문예시대』 창간호에 "대낮이다. 특급행 열차는 사람들을 가득 싣고 전속력으로 치달린다. 철로 길의 작은 역들은 돌처럼 묵살되었다"(「머리 그리고 배〔頭ならびに腹〕」)는 머리말로 시작되는 '신감각파'의 표본 같은 작품을 발표해서 이 일파의 '맹장'이 되었던 요코미쓰 리이치는 「신감각론」(『문예시대』, 1925. 2. 원제목은 「감각 활동」)의 일절에서 "미래파·입체파·표현파·다다이즘·상징파·구성파·사실파의 어떤 일부, 나는 이 모두를 신감각파에 속하는 것으로 인정하고 있다"고 적고 있다. 여기에서 거론하고 있는 여러 유파는 거의 전위 예술의 각 유파를 말하고 있다.

문학의 '전위'를 자임하는 의식이 '신감각' 표현으로 이어진 것이다. 프롤레타리아 문학이 '혁명의 문학'이었다면, 신감각파는 '문학의 혁명'을 목표로 했다고 볼 수 있다. 문학의 '전위'라는 사실에서 양자는 기성 문학과 대치했던 것이다. 가와바타 야스나리 등도 문예 시평에서 프롤레타리아 문학 진영의 작품을 평가했고, 무라야마 도모요시, 하야시 후사오, 하야마 요시키 등도 『문예시대』에 소설을 싣고 있다.

『문예시대』에 실은 대표적인 작품이라면 스가 다다오의 「징(銅鑼)」, 나카가와 요이치의 「수놓은 야채(刺繡せられた野菜)」, 곤 도코의 「군함」, 이나가키 다루호의 「WC」, 스즈키 히코지로의 「무네지로는 절름발이다(宗次郎は跛だ)」「7월의 건강미」, 요코미쓰 리이치의 「거리의 밑바닥(街の底)」「나폴레옹과 버짐(ナポレオンと田虫)」, 가와바타 야스나리의 「단편집」「제2단편집」('장편소설' 집〔掌の小說 集〕), 「이즈의 무희(伊豆の踊子)」 부근으로 좁혀지

가타오카 뎃페이

지 않을까. 이 잡지가 종간되기 얼마 전에 나가이 다쓰오(永井龍男, 1904~), 후지사와 다케오(藤澤桓夫, 1904~1989) 등의 소설과 고바야시 히데오(小林秀雄, 1902~1983) 등의 번역을 싣고 있는데, 이 또한 프롤레타리아 문학에 대응하는 예술파의 후속이라는 사실을 의식했던 표현이다. 괴기환상소설호(1926. 8), 영화호(시나리오 편을 포함. 1926년 10월호)를 내고 있는 것도 새로운 취향으로 주목된다.

그러나『문예시대』말기에 동인들의 동조 의식은 점차 희박해졌다. 이 잡지가 종간(1927년 5월호로 종간)되자 마치 이를 잇기라도 하듯이 '좌경'의 시기가 온다. '신감각파'의 중심 세력이었던 가타오카 뎃페이를 비롯해서 이미 탈퇴했던 곤 도코 등이 프롤레타리아 문학으로 급속하게 기울어졌다. 가타오카 뎃페이의「살아 있는 인형(生ける人形)」(도쿄 아사히 신문, 1928), 「아야자토무라 쾌거록(綾里村快擧錄)」(『개조』, 1929)은 '좌경'——좌익으로의 전환——을 보여주는 작품이다.『문예시대』도 일본근대문학관에서 복각(1973)됐으며, 이 일파를 개관한 책으로는 사사키 기이치(佐佐木基一, 1914~1994)의『신감각파와 그 이후』('암파강좌 일본 문학사' 15, 1959)를 들 수 있다.

쓰키지 소극장
——선구적인 표현 운동

『문예시대』동인 중에서 사사키 모사쿠와 기시다 구니오는 '신감각파'와는 초연한 자세를 가지고 있었으며, 기시다는 이 잡지에 겨우 한 번 단막 희곡「제1막」(1926)을 발표했을 뿐이다. 기시다는『문예시대』가 창간된 해(1924)에 이미「낡은 장난감(古い玩具)」과「티롤의 가을(チロルの秋)」을『연극신조(演劇新潮)』(제1차, 신조사, 1924~1926)에 발표하였으며, 다시 여기

쓰키지 소극장

에 「극단 시평 ── 희곡 시대」를 쓰기도 했다. 확실히 이 시기는 '희곡의 시대'였다. 1924년에 국한해서 보더라도 『중앙공론』은 창작란에 무샤노코지 사네아쓰의 「달마대사(だるま)」, 마야마 세이카(眞山靑果, 1878~1948)의 「겐파쿠와 조에이(玄朴と長英)」를 비롯한 희곡을 거의 매호마다 싣고 있다. 『개조』도 다니자키 준이치로의 「무명과 애염(無明と愛染)」, 마사무네 하쿠초(正宗白鳥, 1879~1962)의 「인생의 행복」, 사토 하루오의 「모춘삽화(暮春挿話)」 등을 실었다. 『문예춘추』도 다음해인 1924년에 단막극 특집을 꾸몄다. 『연극신조』도 이 '희곡 시대'에 호응해서 발간됐던 잡지였다.

제1차 『연극신조』는 처음 1년은 야마모토 유조가 편집 주임을 맡았고 그 뒤를 구메 마사오가 이어받았는데, 발간한 지 꼭 6개월 되었을 때(1924. 6) 동인의 한 사람이었던 오사나이 가오루(小山內薰, 1881~1928)가 쓰키지(築地) 소극장 창립 성명을 냈다. '쓰키지 소극장 건설까지'라는 제목으로 썼던 글에서 그는 '우리들의 연구 극장'을 히지가타 요시(土方與志, 1898~1959) 등과 함께 만들고, 라인하르트 게링 R. Goering의 「해전(海戰)」을 무대에 올릴 연습을 하고 있다고 말하였다.

제1회 공연(1924. 6)의 프로그램을 보면 「해전」은 금성당에서 나온 '선구 예술 총서' 제1편, 이토 다케오(伊藤武雄, 1895~1971)의 번역본을 대본으로 삼고 있으며, 연출은 히지가타 요시, 무대 장치는 요시다 겐키치(吉田謙吉, 1897~1982)가 담당하고 있다. 히지가타는 독일에서 표현주의 연극을 배웠으며, 소련에서는 모스크바 예술좌의 메이에르홀리드 V. E. Mejerkhol'd의 영향을 받고 귀국했는데 '연출'이라는 말이 널리 쓰여지게 된 것도 이때부터라고 한다. 독일 표현파의 대표적인 희곡 「해전」의 무대를 훌륭하게 꾸며 보여준 요시다 겐키치의 장치는 획기적인 것으로 평가되었다. "일본 최초의 호리존트와 프롬프터 박스"(요시다 겐키치)가 있는 무대 구조를 가졌던 쓰키지 소극장은 이제까지 없었던 실험 극장이며 전위 극장이기도 하였다(호

오사나이 가오루

리존트 *horizont*는 무대 후방의 조명 효과를 높이기 위한 벽면을, 프롬프터 *prompter*는 관객들이 보지 못하는 장소에서 배우에게 대사나 계기를 가르쳐주는 사람을 말한다).

역시 제1회 공연으로 올렸던 프랑스의 극작가 에밀 마조 Emile Mazaud의 「휴일」도 오사나이 가오루가 번역한 '선구 예술 총서' 한 권을 대본으로 삼고 있으며, 오사나이 스스로 연출을 맡았다. 이 밖에도 체코의 카렐 차페크 K. Čapek의 「로봇」(극에서는 「인조인간」)도 공연으로 올리고 있다. 무라야마 도모요시가 장치한 게오르그 카이저 G. Kaiser의 「아침부터 밤까지」도 평판이 높았다. 쓰키지 소극장은 이 시대 표현 운동의 선구자였다.

물론 번역극인 셰익스피어와 입센, 체호프의 작품도 상연되었다. 이는 개장 직전에 오사나이가 게이오(慶應) 대학에서 했던 강연 「쓰키지 소극장과 나」에서 "지금은 2년 정도 서양물만 상연할 것"이라는 방침을 실천했던 것이다. 그런데 이 강연을 요시이 이사무(吉井勇, 1886~1960), 나가타 히데오(長田秀雄, 1885~1949), 구보타 만타로(久保田万太郎, 1889~1963), 구메 마사오, 야마모토 유조, 기쿠치 간 여섯 명이 『연극신조』(1924. 7)의 「담화회——동인 만담」에서 화제로 삼고 비판했다. 야마모토 유조는 같은 호에 「쓰키지 소극장의 반성을 촉구함」을 발표하였다. 여기에서 야마모토는 마조의 「휴일 La Folle journée」에 나오는 오역을 지적하면서 "도대체 쓰키지 소극장이 현대 작가를 거부하고 외국 희곡만을 고집하려는 것은 〔……〕 어째서 그토록 자신을 편협하게 만들려고 하는가. 어째서 그렇게 타인을 용납하지 않으려고 하는가"라고 말했다. 그리고 이 호는 소특집 '쓰키지 소극장 제1회 공연 비판'도 마련하였다.

이에 대해 오사나이는 같은 잡지의 다음달 호에 「쓰키지 소극장은 무엇 때문에 존재하는가——야마모토 유조 군과 다른 『연극신조』 동인들에게 다시 생각할 것을 촉구함」을 쓴다. 이는 '연극을 위해' '미래를 위해' '민중을

기시다 구니오

위해'를 결의로 다졌던 "쓰키지 소극장의 '선언'적인 글이었다"(「쓰키지 소극장 논쟁」, 『근대 일본 연극 논쟁사』, 미래사, 1959). 같은 호에 기시다 구니오, 히지가타 요시, 오사나이 등이 합세해서 동인들의 '담화회—쓰키지 소극장에 대해서'를 개최하였다. 이 경과가 '쓰키지 소극장 논쟁'인데, 이러한 쓰키지 소극장의 태도와 자세는 당시 '현대 작가(극작가)'로 자임하고 있던 야마모토 유조, 기쿠치 간, 구메 마사오 등이 용납할 수 없었던 이질적인 '운동'이었다고 할 수 있다.

기쿠치 간은 제2차 『연극신조』(1926~1927)를 문예춘추사에서 다시 간행하고 하타나카 료하(畑中蓼坡, 1877~1959) 일파의 신극협회를 응원한다. 그리고 기시다 구니오, 요코미쓰 리이치, 세키구치 지로(關口次郎, 1893~1979), 다카타 다모쓰(高田保, 1895~1952) 등에게 이 신극협회에서 상연할 작품의 선정과 '무대 지휘'를 위촉하였다. 쓰키지 소극장도 후지모리 세이키치와 기타무라 고마쓰(北村小松, 1901~1964)의 작품을 올렸으나 점차 '적화'되었고, 오사나이가 사망(1928)한 다음에는 내부 대립이 격화되고 '분열'되면서 히지가타를 중심으로 신쓰키지 극단을 결성한다(창단 공연으로 가타오카 뎃페이의 「살아 있는 인형」[1929]을 올렸다).

오사나이는 엔치 후미코(円地文子, 1905~1986)의 「만춘소야(晩春騷夜)」를 쓰키지 소극장에서 상연하던 마지막 날 갑자기 사망했다. 엔치는 훗날 당시의 자신은 '심정적으로 좌익'이었다고 회고하고 있다. 쓰키지 소극장에 대한 자료로는 미즈시나 하루키(水品春樹, 1899~1988)의 『쓰키지 소극장사』(오동서원, 1931) 및 기타가 있으며 요시다 겐키치의 『쓰키지 소극장의 시대』(팔중악서방, 1971)는 귀중한 증언으로 가득 찬 자료의 하나이다.

파묻혀버린 미야자와 겐지
──『봄과 아수라』와 『주문이 많은 요리점』

쓰키지 소극장에서 '무대 뒤의 일에 전념' 했던 미즈시나 하루키가 1925년 『쓰키지 소극장』 팸플릿에 썼던 시가 있는데, 그 일절에서 그는

연극의 하인
무대의 파수꾼
그의 일은 모두 이것
인스피레이션
말 이상의 말
그러므로 언제나
침묵하네 침묵하네

라고 노래하고 있다. 1925년이라면 하기와라 사쿠타로(萩原朔太郎, 1886~1942)의 시집 『순정 소곡집(純情小曲集)』과 호리구치 다이가쿠(堀口大學, 1892~1981)의 번역 시집 『월하의 일군(月下の一群)』이 나왔던 해이며, 전년도에는 당시 무명 작가였던 미야자와 겐지(宮澤賢治, 1896~1933)가 시집 『심상 스케치 봄과 아수라(心象スケッチ 春と修羅)』를 이와테(岩手) 현 하나마키(花卷)에서 인쇄해서 세상에 냈다. 세상에 냈다고는 하지만 그 복각판(일본근대문학관, 1969)에 붙은 나카무라 미노루(中村稔, 1927~)의 해제에 의하면 자비로 출간했던 오자투성이의 이 시집은 "간행한 1,000부 가운데 100부나 팔렸는지 어떤지 의문"이라고 하며 "쇼와 초기에는 어느 헌책방에 5전으로 나와 있었다고 한다"(덧붙이면 판권의 정가는 2엔 40전). 겐지

하나마키 농학교 부근을
산책하는 미야자와 겐지

가 생전에 유일하게 시집을 냈던 1924년은 그가 27살 되던 해이다.

　　나라는 현상은
　　가정된 유기 교류 전등의
　　한 개의 푸른 조명이다

　『봄과 아수라』의 서시 첫머리 3행인데, 이 해에 창간한 『문예시대』의 '신감각파'의 표현이 연상된다. 미즈시나 하루키의 시와 비교해보면 여기에도 겐지의 '영감 inspiration'이 '말 이상의 말'로 작용하고 있다. 그래서 '나라는 현상'이라고 말하거나 '유기 교류 전등(有機交流電燈)'을 가져와서 '푸른 조명'이라고 표현하지 않을 수 없었을 것이다. 겐지의 시는 색채가 풍부하고 '전선'과 '전신주'도 나오며 전류처럼 흐르는 영감이 있다.

　『봄과 아수라』가 '나'의 그때그때의 '심상 스케치'라는 것도 '영감'의 '스케치'이며, '심상'으로 말할 수밖에 없는 '나라는 현상'을 불타오르는 '봄'으로, 그리고 억누를 수 없는 '아수라'로 이 시집에 가져왔고 고양되었다는 것이리라. 여기에는 20대 중반인 겐지의 아수라계(阿修羅界) 인식이 '유기 교류 전등'처럼 연소하면서 울려퍼진다.

　시인 나카하라 주야(中原中也, 1907~1937)가 헌책방에 5전을 받고 팔았던 『봄과 아수라』를 찾아와서 친구에게 읽게 했다는 이야기가 있다. 겐지와 주야는 모르는 사이에 '교류'가 있었던 것이다. 겐지가 자신의 '심상'을 '아수라'로 보지 않을 수 없었던 것은 주야와 상당히 공통되는 점이다. 그럼에도 겐지는 도호쿠의 이와테 땅에서 이 시집을 만들었다——만들지 않을 수 없었다는 사실에도 주목하고 싶다. 시인은 오히려 각자의 향토에서 싹이 트고 꽃을 피운다. 이토 세이가 자비로 출판했던 처녀 시집 『눈빛으로 환한 길(雪明りの路)』(1926) 등은 그 전형이다.

　다이쇼 말기에 처녀 시집을 냈던 시인으로는 『삼반규관상실(三半規管喪失)』(1926)의 기타가와 후유히코(北川冬彦, 1900~1990)와 『바다의 성모(海の聖母)』(1926)의 요시다 잇스이(吉田一穗, 1898~1973)가 있으며 『봄과 아수라』를 일찍부터 인정했던 시인으로는 구사노 신페이(草野心平, 1903~1988)가 있는데 그의 첫째 시집은 『제백계급(第百階級)』(1928)이다. 또 다이쇼 말기부터 쇼와 초기에 걸쳐 나온 동인지 『당나귀(驢馬)』(1926~1928)를 통해 프롤레타리아 시를 썼던 나카노 시게하루, 모더니즘 시를 썼던 호리 다쓰오(堀辰雄, 1904~1953)도 있다.

　　　우리들은 일을 하지 않으면 안 된다
　　　그래서 상의하지 않으면 안 된다
　　　그럼에도 우리들이 상의하면
　　　순경이 와서 눈과 코를 때려
　　　그래서 우리들은 이층을 개조했다
　　　골목길과 비밀 통로를 고려해서

라고 노래했던 나카노 시게하루의 「동트기 전의 안녕(夜明け前のさよなら)」은 『당나귀』에 발표했던 시이다. 『당나귀』에는 다카무라 고타로(高村光太郎, 1883~1956), 무로 사이세이(室生犀星, 1889~1962) 등도 시를 기고하고 있다. 다카무라 고타로는 미야자와 겐지의 '아수라성(阿修羅性)'을 높이 평가했던 시인이다.

　겐지의 '아수라' 인식의 기본에는 『법화경』이 있었다고 말하고 있는데, 그를 '코스모스의 소유자' ──독자적인 우주를 소유한 시인── 라고 평가했던 것도 다카무라 고타로이다. 쇼와 시대를 통해 나온 현대의 시인들도 겐지를 주시하지 않으면 안 되는 것은 그의 시집에서 우주 은하라고 할 수 있는

하기와라 사쿠타로

세계를 인정할 수 있기 때문이다. 그러나 그것은 '아수라' 계 은하이기 때문에 좀처럼 쉽게 파악되지 않는다.

　　저런 말은 누가 가더라도 붙잡을 수 없겠지요

『봄과 아수라』의 한 행인데 이 시집을 썼던 겐지는 그런 성난 말(奔馬)이 아니었을까.

　　분노의 쓰라림 또 푸르고
　　사월 하늘의 빛나는 밑바닥을
　　침 뱉고 이 갈며 살아가는
　　나는 하나의 아수라 (「봄과 아수라」)

요시모토 다카아키(吉本隆明, 1924~)는 이 대목을 가리켜 "아수라가 된 분노"의 '나'가 여기에 있다고 말한다(『미야자와 겐지』, 근대 일본 시인선 13, 지쿠마서방, 1989).

『봄과 아수라』를 냈던 1924년, 겐지는 역시 생애의 유일한 동화집 『이하토부 동화 주문이 많은 요리점(イハトヴ童話 注文の多い料理店)』을 자비로 출판하였는데, 그 서문의 일절에는

　　이 중에는 당신을 위한 것도 있고 단지 그것으로 끝나는 것도 있지만 저는
　　그 구별이 잘 안 됩니다. 무엇인가 의미를 모르는 것도 있겠지만 저 또한 그
　　이유를 알 수 없습니다.

라고 쓰고 있다. 서문으로 볼 때 겸손의 뜻이라고 할 수만은 없는, 무엇인가

하마다 히로스케

"까닭을 알 수 없는" 것이 있다. 사실 겐지 동화는 오가와 미메이나 하마다 히로스케(浜田廣介, 1893~1973)의 동화처럼 아이들이 충분하게 '구별'할 수 있는 자질을 갖고 있는 동화는 아니었다. 겐지의 동화 또한 '심상'에 치우쳐 있기 때문에 "저 또한 그 이유를 알 수 없는" 부분이 있을 것이다.

예를 들면 이 동화집의 처음에 나오는 「도토리와 들고양이(どんぐりと山猫)」에서는 들고양이가 도토리들에게 "이 중에 제일 멍청하고 엉망이고 도무지 되어먹지 않고 머리가 나쁜 놈이 가장 훌륭한 거야"라고 '선고'하는 장면이 나오는데, 이런 말에도 겐지의 '심상'이 담겨 있지 않을까. 유명한 시, 「비에도 지지 않고(雨ニモマケズ)」 끝에 나오는

모두 멍청이라 부르고
칭찬도 받지 못하고
부담도 주지 않는
그런 사람이
나는 되고 싶다

라는 생각과 통하는 부분이 있다고 보여진다. 이런 '심상' = '사상'은 역시 이제까지 없었던 개성이며, 크게 보면 시대의 문학이었다. 겐지 또한 선구자이며 실험자의 한 사람이었던 것이다.

겐지 동화를 연구했던 사노 미쓰오(佐野美津男, 1932~1987)는 "「도토리와 들고양이」에는 현대 동화 작가들이 이미 묘사할 수 없는 표현이 얼마나 많이 포함되어 있는가"라고 하면서 "어린아이라면 이렇게 생각했을 것이라거나 이것이 어린이다운 발상이라는 인식만큼 혐오스런 것은 없다. 이것을 미야자와 겐지는 갖고 있지 않다"(『미야자와 겐지의 동화를 읽는다』, 변경사, 1988)고 말하고 있다. "현대 동화 작가들이 이미 묘사할 수 없는 표현"이란

오가와 미메이

거기까지 자기의 전부를 걸지 못했던, 골똘하게 생각하지 못했던 '표현' 양식이라는 것이며, '심상 스케치'만 해도 감히 변형deform을 한, 아이들에게 아첨하지 않는 '표현'으로 이루어진 작품이라는 사실을 말하고 있는 것이리라. '이하토부 동화'라는 발상도 여기에서 나왔을 것이다.

"이하토부는 하나의 지명이다." "실은 이것은 저자의 심상에서 이런 모습으로 실재했던 꿈의 나라인 일본의 이와테 현이다." "여기에서는 모든 일이 가능하다." "그것은 실로 이상하게도 즐거운 국토이다." 『주문이 많은 요리점』의 광고에서 이런 말을 볼 수 있는데 여기에서도 그 향토성에 뿌리를 내린 꿈의 나라dreamland가 "이상하게도 즐거운," 즉 '이상하기' 때문에 바로 '즐거운' 세계를 전개하고 있다. 겐지의 동화는 '가능성'의 동화였으므로 현대의 환상fantasy 동화의 원형질이 여기에 있다고 생각되기도 한다. 동화 문학에 하나의 쐐기를 박았던 것이다.

다이쇼에서 쇼와에 걸쳐 이루어진 동화(아동 문학)라고 하면 당연히 잡지 『빨간 새(赤い鳥)』(1918~1936) 운동을 거론하지 않으면 안 된다. 다이쇼 말기부터 쇼와 초기에 걸쳐 『빨간 새』에는 주재자였던 스즈키 미에키치(鈴木三重吉, 1882~1936)를 비롯해서 우노 고지(宇野浩二, 1891~1961), 우노 지요(宇野千代, 1897~1996), 쓰보타 조지(坪田讓治, 1890~1982), 도요시마 요시오(豊島與志雄, 1890~1955), 모리 센조(森銑三, 1895~1985) 등이 상당한 양의 작품을 기고했고, 이부세 마스지(井伏鱒二, 1898~1993), 우치다 햣켄(內田百閒, 1889~1971)도 작품을 발표하였다. 기타하라 하쿠슈(北原白秋, 1885~1942)의 동요를 훑어볼 때도 이 시기의 『빨간 새』를 지나칠 수는 없다. 1929년까지 전기가 끝나고 1931년부터 복간했던 후기에 들어가면 니이미 난키치(新美南吉, 1913~1943)와 도요다 마사코(豊田正子, 1922~) 등이 여기에서 출발하였다. 미야자와 겐지의 동화는 이런 운동, 집단적 움직임과는 다른 독립 독행(獨立獨行)의 동화였다.

아동 잡지 『빨간 새』(1918)와
스즈키 미에키치

　그러나 다이쇼 말기에 『유년 구락부(幼年俱樂部)』(1926~1958)가 발간되고 다음해인 1927년부터 『일본 아동 문고』 『소학생 전집』이 병립하는 형태가 되었다. 프롤레타리아 문학으로 이어진 『소년 전기(少年戰旗)』(1929~1931)도 간행된다. 그리고 『소년 구락부』에 연재했던 야마나카 미네타로(山中峯太郎, 1885~1966)의 『적중 횡단 300리(敵中橫斷三百里)』가 한 권으로 나온 것은 만주사변이 일어났던 1931년이다. 이 시기에 소년 독서물로 '대중 아동 문학' 시대가 확립되었던 것이다. 덧붙여 말하면 다가와 스이호(田河水泡, 1899~1989)의 만화 「검정 강아지(のらくろ)」가 『소년 구락부』에 연재되기 시작했던 것도 1931년이다.

번역 시집 『월하의 일군』

　1926년의 미야자와 겐지 연보를 보면 베토벤 사후 100년제를 하나마키 농학교에서 개최했고, 상경해서 에스페란토어를 개인 교수에게 배웠으며, 도쿄 국제 구락부에서 핀란드 공사와 농촌 문제에 대해 이야기를 나누는 등 외국에 대한 관심을 상당히 갖고 있었음을 알 수 있다. 전년도는 간토 대지진 이후의 '도시 부흥'으로 오차노미즈(お茶の水)에 문화 아파트가 들어서고 댄스가 유행했던 시기이기도 하다. 미야자와 겐지의 문학에서도 현대적인 일면을 적지 않게 볼 수 있는 것이다.

　호리구치 다이가쿠가 호화판 번역 시집 『월하의 일군』을 제일서방에서 간행했던 것은 1925년이다. 호리구치 다이가쿠는 일 년 전에 신조사에서 '현대 프랑스 문예 총서'의 한 권으로 폴 모랑 P. Morand의 『밤을 열다(夜ひらく)』를 번역했는데, 이는 '신감각파' 문학의 한 모태로 간주되기도 한다. 이 총서 가운데 야마노치 요시오(山内義雄, 1894~1973)가 앙드레 지드의 『좁은

호리구치 다이가쿠

문』을, 이시카와 준(石川淳, 1899~1987)이 『배덕자』를 번역하기도 했다. 번역도 '현대' 시대에 들어선 것이다.

특히 『월하의 일군』에서 주목되는 것은 아폴리네르, 발레리, 장 콕토, 라디게 R. Radiguet 등의 작품까지 다루고 있어 쇼와 문학이 새로운 프랑스 문학자들을 통해서 태어난 느낌이 든다는 점이다. 곧 지드 애호자를 지지앙, 발레리 애호자를 발레리앙이라고 부르기도 했다. 이렇게 볼 때 호리구치 다이가쿠의 번역은 번역시에 그치지 않고 쇼와 문학에 현대 프랑스 문학을 폭넓게 동화시켰던 임무를 완수했음을 알게 된다. 여기에도 선구자 한 사람이 있었던 것이다.

『월하의 일군』을 출판한 제일서방의 창업자 하세가와 미노키치(長谷川巳之吉, 1893~1973)는 시 잡지와 연극 잡지를 편집했고 자신도 시인이었기 때문에 특색 있게 출판하는 데 항상 신경을 썼으며, '호화판'이라는 용어도 그가 만든 것이라고 한다. 1926년부터 '고이즈미 야쿠모 전집(小泉八雲全集)'을, 1927년부터 입센 탄생 100주년을 기념해서 '근대극 전집'을 냈으며, 여기에는 이와다 도요(岩田豊雄, 시시 분로쿠〔獅子文六, 1893~1969〕의 본명)의 프랑스 현대극도 들어 있다. 훗날 시시 분로쿠가 기지*esprit*를 발휘했던 대중적인 작품도 이런 사실에서 유래한다.

그러나 문예 출판의 규모와 내용에서 본다면 이 시기에는 신조사가 단연 다른 출판사를 압도하였다. '현대 프랑스 문예 총서'와 같은 시기에 '해외 문학 신선'(전 39권)을 간행했으며, 여기에는 헤르만 헤세, 로맹 롤랑도 들어 있다. 1925년부터는 '도스토예프스키 전집'을 전 10권 형태로 내고 있으며, 러시아 문학에 대해 말한다면 다이쇼는 톨스토이, 쇼와는 도스토예프스키라는 약도를 만들 수도 있다. 1927년부터 나온 신조사판 '세계 문학 전집'은 번역본 '엔혼(円本)'으로는 대표적인 전집이었다. 또 1929년에는 중앙공론사에서 하타 도요키치(秦豊吉, 1892~1956)가 번역한 레마르크의 『서부 전

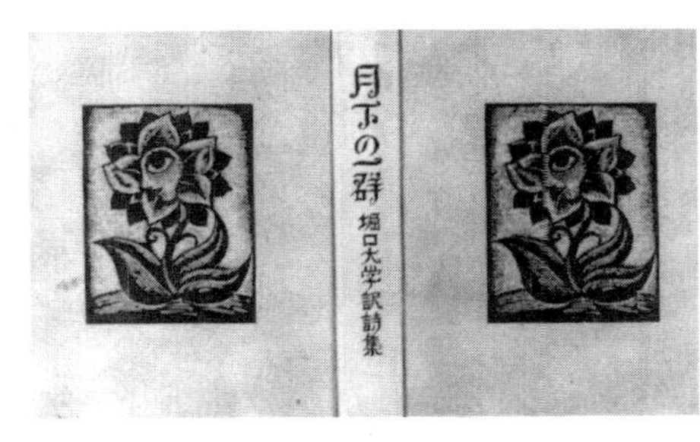

하세가와 기요시의
목판화로 장정한 『월하의 일군』 표지

선 이상 없다』가 나와 베스트 셀러가 되었다. 세계 대전을 적나라하게 고발했던 보고 문학이며 쓰키지 소극장에서도 상연됐는데, 이 무렵에는 취직난이 심각해서 '대학은 나왔지만'이라는 말이 유행했으며 실업자가 늘어 '취직 전선'이 가혹했던 시기였다.

일본근대문학관 편『일본 근대 문학 대사전』(강담사) 제4권의 「사항」에는 '일본 근대 문학과 발레리' '일본 근대 문학과 카롯사' 등 100여 항목이 있어 다이쇼에서 쇼와에 걸친 시기의 번역사와 비교 문학사를 볼 때 많은 참고가 된다. 문학사에서 번역사도 지나칠 수 없는 분야인 것이다.

대중 문학의 토양
─『킹』

베스트 셀러라면 두말할 나위 없이 어떤 기간에 많이 팔린 책을 의미하며, 이를 상회하는 책이 밀리언 셀러이다. 문자 그대로는 100만 부가 팔린 책을 말하지만 그런 책이 있을 수는 없다. 월간 잡지라도 100만 부를 넘는 예는 드물기 때문이다. 1925년 1월호를 창간호로 냈던 강담사(講談社)의 대중 종합 잡지 『킹(キング)』(1925~1957. 태평양 전쟁 때는 『후지〔富士〕』로 개제)은 당초 75만 부를 찍었지만 1928년에는 150만 부를 발행하는 기록을 세웠다. 책을 팔기 위한 예비 선전도 이전에 없던 것이었고 오늘날의 '직송 배달'로 볼 수 있는 선전을 했으며, 선전하는 사람과 그림 연극까지 동원했던 대규모 작전이었다고 한다. 출판계도 선전의 전쟁 시대로 들어간 것이다.

대중 문학 연구자로 유명한 오자키 호쓰키(尾崎秀樹, 1928~)는 "교육자 출신답게 대중의 계몽을 숙원으로 삼았던" 강담사의 노마 세이지(野間清治, 1878~1938)를 필두로 주부의 벗(主の友) 회사를 창업한 이시카와 다케요시

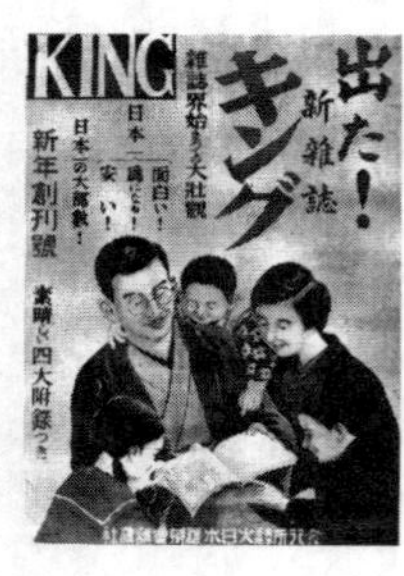

『킹』 창간 당시의 광고

(石川武美, 1887~1961), "백과사전 출판에 전력했던" 평범사(平凡社)의 시모나카 야사부로(下中彌三郎, 1878~1961), "문예 도서 출판에 힘을 쏟았던" 신조사(新潮社)의 사토 기리요(佐藤義亮, 1878~1951), "종합 잡지 시대를 열었던" 중앙공론사의 시마나카 유사쿠(嶋中雄作, 1887~1949), 개조사의 야마모토 사네히코(山本實彦, 1885~1952) 6명을 "출판계의 체질을 근대 기업으로 바꾼 대표적인 사람들"로 들면서 다이쇼에서 쇼와로 넘어오는 "출판 문화를 상징하는 존재"라고 말하고 있다(「대중의 광장으로」, 『일본 문학의 역사』 11, 각천서점, 1968). 그 중에서도 노마 세이지가 『킹』의 창간에 몰두한 모습은 광고와 선전면에서도 획기적이었다.

『킹』 창간호 지면을 살펴보면 발간사에 해당하는 「찬란한 킹의 출현」에는 "『킹』은 잡지계의 왕이다" "『킹』은 잡지계의 국립공원이다" "우리 『킹』은 잡지계의 일대 경이"라는 문구가 새겨 있고, "일본 제일의 오락 잡지"——『강담 구락부』, "일본 제일의 고급 잡지"——『현대』, "일본 제일의 부인 잡지"——『부인 구락부』, "일본 제일의 소년 잡지"——『소년 구락부』, "일본 제일의 골계 잡지"——『재미 구락부(面白倶樂部)』, "일본 제일의 변론 잡지"——『웅변』, "일본 제일의 대잡지"——『킹』을 거론하고 "잡지를 읽는다면 시비는 여기에서부터"라고 자기 회사의 '8대 잡지'를 광고하고 있다. '일본 제일'이라고는 하지만 분명 '대중' 지향이었다. 노구치 우조(野口雨情, 1882~1945)가 작사한 「킹의 노래」가 안무 사진과 함께 실려 있는 것도 놀랍다.

목차에도 "일본에서 가장 재미있다! 일본 제일이 되다! 일본 최고의 부수!"라고 인쇄되어 있는데, 소설에서는 무라카미 나미로쿠(村上浪六, 1865~1944), 와타나베 가테이(渡邊霞亭, 1864~1926), 나카무라 무라오(中村武羅夫, 1886~1949) 등과 함께 요시카와 에이지(吉川英治, 1892~1962)의 「검난여난(劍難女難)」(1925~1926)이 눈에 띈다. 요시카와 에이지는 같은 시기에 『소년 구락부』에 「신슈 천마협(神州天馬俠)」을 연재해서 강담사 잡지

나카자토 가이잔과 「다이보사쓰도우게」 연재 부분

를 무대로 문단에 데뷔했다. 『킹』은 조금 뒤에 기쿠치 간의 「도쿄 행진곡」(1928~1929)도 연재했는데, 이는 영화로 만들어졌고 사이조 야소(西條八十, 1892~1970)가 작사한 주제가는 유행가가 되었다. 대중 문학이 폭넓은 매스미디어가 되어 큰 물결을 이루었던 것이다.

대중 문학도 기쿠치 간이 「진주부인」(1920)을 도쿄 일일(東京日日), 오사카 마이니치(大阪每日) 두 신문에 연재하면서 '시대소설'에 그치지 않고 '현대 소설'로 범위가 넓어졌으며, 노름꾼의 유랑 생활을 다룬 작품, 막말의 시대물(개화물), 탐정물 등 '시대소설'과 가정소설, 연애소설, 유머소설, 탐정소설 등 '현대 소설' 분야에서 많은 작가들이 활동하게 된다. 그러나 나카자토 가이잔(中里介山, 1885~1944)의 「다이보사쓰도우게(大菩薩峠)」(1913~1941) 등은 특별한 대중 문학이 아니었을까 생각된다. '소년 문학'도 포함해서 생각한다면 대중 문학이야말로 국민 문학이라고도 할 수 있을 것이다.

'대중 문예'라는 호칭을 사용하기 시작했던 것은 1924년이라고 하며, 간토 대지진 이후부터 쇼와 초기에 걸쳐 대표적이라고 할 수 있는 대중 문학 작품(소년물 포함)을 보면, 시라이 교지(白井喬二, 1889~1980)의 「신센구미(新撰組)」「후지산에 선 그림자(富士に立つ影)」, 오사라기 지로(大佛次郎, 1897~1973)의 「구라마덴구(鞍馬天狗)」「아코의 낭인 무사(赤穗浪士)」, 요시카와 에이지의 「신슈 천마협」「나루토히초(鳴門秘帖)」, 구니에다 시로(國枝史郎, 1888~1943)의 「신슈 고게쓰시로(神州纐纈城)」, 사토 고로쿠(佐藤紅緑, 1874~1949)의 「아아 옥배에 꽃 받고(ああ玉杯に花うけて)」, 시모자와 간(子母澤寛, 1892~1968)의 「신센구미 시말기(新撰組始末記)」, 사사키 미쓰조의 「우몬 체포 수첩(右門捕物帖)」「하타모토 다이쿠쓰오토코(旗本退屈男)」, 다나카 고타로(田中貢太郎, 1880~1941)의 「선풍시대」, 사사키 구니(佐佐木邦, 1883~1964)의 「가라마사돈(ガラマサどん)」, 나오키 산주고의 「남국 태평기

시라이 교지

(南國太平記)」, 에도가와 란포의 「황금 가면」 등을 들 수 있다. 쇼와 대중 문학의 다채로운 개막이다.

또 이 사이에 『고락』(앞에서 말했던 오사카의 프랜드사에서 나온 '오락 잡지')과 『킹』을 비롯해서 '고급 오락 잡지'라고 간판을 내걸었던 제1차 『대중 문예』(1926~1927), 강담사에서 나왔던 『재미 구락부』를 게재한 『후지』(1928~1941) 등도 발간되었다. 주간지 『선데이 마이니치(サンデー─毎日)』가 1926년부터 대중 문예 현상 공모를 시작했으며, 특집 『대중 문예 걸작집』을 내기도 했다. 또 이 시기에 『신청년』이 '오락소설'을 게재하는 잡지로 거두었던 역할도 간과할 수는 없다.

평범사가 대중 문학 '엔혼'인 '현대 대중 문학 전집'을 간행한 것은 1927년이며, 개조사가 '일본 탐정 소설 전집'을 간행한 것은 1929년이다. 또 이 해에는 평범사와 박문관이 동시에 '세계 탐정 소설 전집'을 내면서 탐정소설이 유행하게 되는데, 쇼와 추리소설의 원류도 이 주변에서 흘러나왔다. 다이쇼에서 쇼와에 걸친 대중 문학을 조망할 때 야기 노보루(八木昇, 1934~)의 편저 『대중 문학 도지(大衆文學圖誌)』(신인물왕래사, 1977)가 재미있으며, 『대중 문학 대계』(강담사)의 별권으로 나온 『통사 · 자료』(1977)는 대단히 유익한 자료이다.

동인지 붐
─신인 작가의 수업

대중 문학 작가들도 동인지를 거쳐 문단에 나온 예가 적지 않다. 예를 들면 「우몬 체포 수첩」(1928~1932)을 쓴 사사키 미쓰조는 『문예시대』 동인이기도 한데, 그는 이보다 앞서 훗날 문예춘추사의 요직에 앉은 사이토 류타로

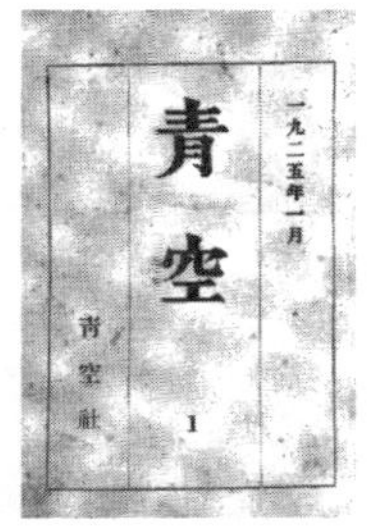

『산누에』 창간호(1924. 12)와
『청공』 창간호(1925. 1)

(齊藤龍太郎, 1896~1970)와 『문예시대』의 친구 미나미 유키오 등과 1921년
부터 『지주(蜘蛛)』의 동인으로 가담하기도 했다. 『문장세계』(1906~1920),
『문장 구락부』(1916~1929) 등의 투고란이나 신문·잡지의 현상 응모를 통
해 문단에 이름을 알릴 수도 있었지만 역시 동인지에서 '절차탁마'한 효과
가 있어 그 이후를 개척했던 작가들이 다이쇼에서 쇼와에 걸쳐 많이 나왔으
며, 오히려 동인지를 체험하지 않은 작가가 적을 정도였다.

'신감각파'의 선두에 섰던 요코미쓰 리이치의 경우도 와세다에서 학우였고
환상적인 작품을 쓰고 요절했던 도미노사와 린타로(富ノ澤麟太郎, 1899~
1925) 등과 1921년부터 『거리(街)』를, 다음해에는 훗날 아쿠타가와 상을 수
상한 나카야마 기슈(中山義秀, 1900~1969)와 프롤레타리아 문학 진영에서
활동했던 고지마 쓰토무(小島勗, 1900~1933) 등과 『탑(塔)』이라는 동인지를
내고 있다. 쇼와 문학을 선도했다고 볼 수 있는 『문예시대』 동인으로 한정해
서 보더라도 대부분 동인지에서 '수업'을 하고 있다.

『문예시대』는 차세대 동인지의 젊은 필자들에게 제법 많은 집필 기회를
준 것 같은데, 가령 1925년 11월호의 「문단 관조어(文壇觀潮語)」란에 각 동
인지를 대표하는 듯한 형태로

『포도원(葡萄園)』(1923~1931)의 구노 도요히코(久野豊彦, 1896~1971)

『청공(青空)』(1925~1927)의 도노무라 시게루(外村繁, 1902~1961)

『신사조(新思潮)』(제9차. 1925~1928)의 데즈카 도미오(手塚富雄,
1903~1983)

『주조(主潮)』(1925~1926)의 고미야마 아키토시(小宮山明敏, 1902~1931)

『아침(朝)』(1925~1926)의 헨미 히로시(逸見廣, 1899~1971)

『산누에(山繭)』(1924~1929)의 나가이 다쓰오

『합승마차(辻馬車)』(1925~1927)의 사키야마 유이쓰(崎山猷逸, 1901~

가지이 모토지로

1961)

등이 각각 '젊은이'의 입장에서 문단을 조망하는 의견을 써서 보내고 있다. 나가이 다쓰오(「두 분에 대해서」)가 시가 나오야를 '지나치게 음미한다'고 평가하고, 무샤노코지 사네아쓰를 "십 년 동안 변함없는 작풍"을 보여주고 있는 작가라고 지적하고 있는 것도 이 시점에서 이루어진 동인지 작가들의 진지한 발언으로 볼 수 있다.

위의 잡지는 이 무렵의 동인지의 일부인데 간략하게 주를 첨가한다.

『포도원』은 게이오 의숙(미타〔三田〕) 계열이며 다른 동인으로 구라하라 신지로(藏原伸二郎, 1899~1965), 오다 다케오(小田嶽夫, 1900~1979), 요시유키 에이스케(吉行榮助, 1906~1940), 도와다 미사오(十和田操, 1900~1978) 등이 있는데 이들은 이후 『미타문학』에서 활동하였다.

『청공』은 교토의 삼고(三高)에서 도쿄 대학으로 진학한 사람들이 중심이 되었으며, 다른 동인으로는 가지이 모토지로(梶井基次郎, 1901~1932), 나카타니 다카오(中谷孝雄, 1901~1995), 미요시 다쓰지(三好達治, 1900~1964), 이지마 다다시(飯島正, 1902~), 기타가와 후유히코 등이 있었다. 가지이의 「레몬(檸檬)」, 미요시의 시, 「벽돌 위(甃のうえ)」 등은 여기에 실렸던 작품이다.

『신사조』는 메이지 이후의 일고, 도쿄 대학 계열의 명문 동인지이며 제9차의 다른 동인으로는 마루야마 가오루(丸山薰, 1899~1974), 쓰네카와 히로시(雅川滉 또는 나루세 마사카쓰〔成瀬正勝, 1906~1973〕), 후카다 규야(深田久彌, 1903~1971) 등이 있다.

『주조』와 『아침』은 와세다 계열로서 이 두 잡지는 합류해서 『문예성(文藝城)』(1925~1927)이 된다. 『주조』의 다른 동인으로는 오자키 가즈오(尾崎一雄, 1899~1983) 등이 있으며 『아침』의 다른 동인으로는 아사미 후카시(淺見

미요시 다쓰지

淵, 1899~1973)가 있다. 이들은 1934년부터 나온 『와세다 문학(早稻田文學)』(제3차)에서 작품을 쓰게 된다.

『산누에』는 미타 계열의 『청동시대(靑銅時代)』(1924)에서 탈퇴한 사람들을 중심으로 점차 동인을 확대했던 잡지이다. 동인으로는 고바야시 히데오, 도미나가 다로(富永太郎, 1901~1925), 호리 다쓰오, 다키구치 슈조(瀧口修造, 1903~1979), 다케야마 미치오(竹山道雄, 1903~1984), 진자이 기오시(神西淸, 1903~1957) 등이 있다.

『합승마차』는 오사카 고등학교 그룹의 『용방(龍舫)』(1923~1924)을 모태로 합류했던 잡지로서 동인으로는 후지사와 다케오, 다케다 린타토(武田麟太郎, 1904~1946), 오노 도자부로(小野十三郎, 1903~) 등이 있다. 후지사와의 소설 「머리(首)」는 요코미쓰 등에게 평가를 받았다(위의 잡지 가운데 『청공』 『산누에』 『합승마차』는 일본근대문학관에서 복간).

이렇게 살펴보면 학우와 재학하는 학교를 주축으로 동인을 결성하고 만들었던 잡지들이 압도적으로 많은 것을 알 수 있다. 또 당연한 말이지만 '동인지 작가'라는 말도 있듯이 이 단계에서 잠시 이름을 내걸었다가 '사라진' 사람 또한 많다. 한 동인지에서 문단 작가가 한 명이라도 나오면 좋다는 이야기가 있을 정도이므로 여기에서 살펴본 잡지는 엘리트 동인지라그 할 수 있다.

간토 대지진 이후 몇 년은 유례없이 동인지가 많이 출현했던 시대였으며, 그 활발한 모습은 앞에서도 보았던 다카미 준의 『쇼와 문학 성쇠사』(1)에서도 읽어볼 수 있는데 거기에도 있듯이 문예 중심지였던 『신조』가 다이쇼 마지막 해였던 1926년 10월호 창작란을 동인지의 경쟁 작품 특집으로 볼 수 있는 '신인호' 형태로 내고 있는 것도 빠뜨릴 수 없는 사실이다. 여기에 실린 작가와 작품을 주(*)를 붙여 열거해본다(앞에 적었던 작품은 소속 잡지 생략).

『주조』 창간호(1925. 4)와
『합승마차』 창간호(1925. 3)

　　─기무라 쇼자부로(木村庄三郞, 1902~1982), 「아이 잃은 이야기(子を失う話)」(* 기무라는 『청동 시대』 『산누에』 동인).

　　─하야시 후사오, 「N 감옥 징벌 일기」(* 하야시는 이 해 『문예전선』에 「사과」 발표).

　　─아사미 후카시, 「앨범」.

　　─야기 도사쿠(八木東作, 1901~1964), 「연인을 확인하다(戀人を確かめる)」(* 야기는 『기린〔麒麟〕』〔1932~1933〕 동인. 1921년 『시사신보〔時事新報〕』의 현상 단편소설에 입선).

　　─후나바시 세이이치(舟橋聖一, 1904~1976), 「하얀 팔(白い腕)」(* 후나바시는 도쿄 대학 문예 기관지 『아카몬〔朱門〕』〔1924~1926〕 동인. 『아카몬』 동인으로는 이 밖에 아베 도모지〔阿部知二, 1903~1973〕, 기타가와 후유히코, 히사이타 에이지로〔久板榮二郞, 1898~1976〕 등).

　　─사키야마 유이쓰, 「맑게 갠 후지산(晴れた富士)」.

　　─나카야마 신이치로(中山伸一郞)「누나의 죽음과 그(姉の死と彼)」(* 편집 후기인 「기자 편지〔記者便り〕」에 의하면 "나카야마 신이치로 씨만은 어느 잡지에도 속하지 않는 전혀 무명의 작가이다. 히로쓰 가즈오 씨의 추천에 의해 〔……〕"라고 적혀 있다).

　　─구노 도요히코, 「분홍빛의 상아탑(桃色の象牙の塔)」.

　　─후지사와 다케오, 「결혼의 꽃」.

　　─쓰보타 마사루(坪田勝, 1904~1941), 「만추의 선율」(희곡)(* 쓰보타는 와세다 영문과 동급생을 중심으로 만든 『거리』〔1926~1927〕 동인. 『거리』의 동인으로 이 밖에 나카야마 쇼자부로〔中山省三郞, 1904~1947〕, 히노 아시헤이〔火野葦平, 1907~1960〕, 다바타 슈이치로〔田畑修一郞, 1903~1943〕, 니와 후미오〔丹羽文雄, 1904~ 〕 등. 『거리』에 기시다 구니오가 평가했던 쓰보타의

1927년 졸업할 무렵의 오자키 가즈오

희곡 「트로이의 목마」, 니와의 처녀작 「가을」 등을 실었다).
　　—오자키 가즈오, 「이른봄의 꿀벌(早春の蜜蜂)」.

이상 모두 11편이며 이 호에 히로쓰 가즈오(廣津和郎, 1891~1968) 등이 「동인 잡지와 그 작가」를 썼고, 마이다코 히로이치로, 고지마 마사지로, 오가와 미메이 등 20명의 앙케이트 「내가 촉망하는 신진 작가」도 있어 다이쇼 말기의 특색 있는 '신인호' 이자 동인지호가 되고 있다.

오자키 가즈오의 「이른봄의 꿀벌」 말미에는 '1925년 2월 작' '1926년 9월 개작' 이라고 써 있는데, 이는 오자키가 자전적 회상 『어제와 오늘(あの日この日)』(강담사, 1975)에서도 회고하고 있듯이, 『주조』에 「이월의 꿀벌」로 발표했던 작품을 '개작' 한 것이다. 그럼에도 이 「이월의 꿀벌」은 2년 전 와세다 예과의 제일고등학원의 『학우회 잡지』에 실었던 작품을 초고로 하고 있으므로 4년에 걸쳐 가까스로 햇빛을 보았다고 할 수 있다. 동인지에는 이런 편력의 예 또한 적지 않았다. 『주조』 주변에 대해서도 그는 『어제와 오늘』에서 상세하게 기록하고 있는데, 이 자전풍의 회상록은 다이쇼에서 쇼와로 넘어가는 문학을 볼 때도 꼭 필요한 자료라고 할 수 있다.

덧붙이면 『어제와 오늘』을 보면서 『주조』 이후, 쇼와 초기까지 당시 오자키 가즈오가 가담했던 동인지를 열거해보면 『문예성』 『신정통파』(1928~1930. 와세다 계통의 동인지 합본), 『문예도시』(1928~1929) 등이 있고, 그때부터 쇼와 10년대에 걸쳐 몇 개의 잡지에도 가담하고 있다. 오자키는 1937년에 「무사태평 안경(暢氣眼鏡)」과 그 밖의 작품으로 아쿠타가와 상을 수상했는데, 오자키뿐만 아니라 쇼와 10년대 작가들 중에는 다이쇼 말기부터 쇼와 초기에 걸쳐 동인지에서 오랫동안 고통의 세월을 보냈던 사람들이 많다.

『신조』에서 '신인호' 를 냈던 다음해인 1927년에는 나카무라 무라오를 중

히라바야시 다이코

심으로 사사키 모사쿠와 『문예시대』를 탈퇴한 곤 도코 등이 동인이었던 『부동조(不同調)』(1925~1929) 역시 동인지에서 발굴한 멤버로 창작란을 꾸민 '신인호'를 내고 있다. 그러나 놀랍게도 이 두 편의 '신인호' 어디에서도 여성 작가를 한 명도 볼 수 없다. 여류 문예 잡지 『여인예술』이 나온 것은 1928년이다. 『문예전선』에서는 히라바야시 다이코가 나왔지만, 사타 이네코의 경우 앞에서 말했던 『당나귀』에서 준동인의 입장이었다. 아미노 기쿠(網野菊, 1900~1978)는 1926년 『중앙공론』에 「미쓰코(光子)」를 발표하고 있는데, 이는 시가 나오야가 추천했기 때문이다. 『문장 구락부』의 현상 소설 당선자로 나카모토 다카코(中本たか子, 1903~) 등을 볼 수 있다. 나카모토는 1925년에 당선되었다.

쇼와로 접어든 이후의 현상 모집으로는 『개조』가 창간 10주년을 기념해서 시작한 '현상 창작'(1928~1939)이 있는데, 제1회는 류단지 유(龍膽寺雄, 1901~)의 「방랑 시대」가 1등(상금 1,500엔), 야스타카 도쿠조(保高德藏, 1889~1971)의 「진창(泥濘)」이 2등(상금 750엔)이었다. 이 당시 사립 대학 출신자의 첫 월급은 평균 50엔에서 60엔이었다고 한다.

다음 1929년에는 역시 『개조』도 문예 평론을 현상 모집했는데 여기에서 1등은 미야모토 겐지(宮本顯治, 1908~)의 「'패배'의 문학——아쿠타가와 류노스케의 문학에 대하여」(상금 300엔)이었고, 고바야시 히데오의 「다양한 의장(樣樣なる意匠)」은 2등이었다. 이런 측면에서도 좌익 사상과 프롤레타리아 문학이 활발했던 국면을 엿볼 수 있다. 미야모토 겐지는 당시 도쿄 대학의 경제과에 입학했을 때 꼭 스무 살이었는데, 이미 마쓰야마(松山) 고등학교(구제)에 재학할 때에도 좌익 문예 동인지 『백아기(白亞紀)』에 가담하였다. 동인지의 폭도 넓고 층도 두터웠던 것이다.

개조사판 '현대 일본 문학 전집' 광고

'엔혼 시대'
—— 쇼와 문학의 지반을 만들다

『일본 출판 백년사 연표』(일본서적출판협회, 1968)의 1925년 11월 부분을
보면

> 개조사, '현대 일본 문학 전집' 전 37권(국판·고급제, 6호 활자, 작은 토
> 달기·3단, 각 권 평균 500페이지)을 배포, 가격 1권 '1엔'으로 예약 모집 발
> 표, "우리 회사는 출판계의 대혁명을 단행하고 특권 계급의 예술을 전민중 앞
> 에 해방"한다고 선언. 이는 35만여 권이라는 공전의 예약을 획득하여 출판계
> 의 난관과 불황을 타개하는 횃불이 되었고, 이후 염가 전집류가 속출하면서
> 이른바 '엔혼 시대'가 출현했으며, 각 방면에 지대한 영향을 미쳤다.

라고 되어 있다. '엔혼'은 따라서 정가 1엔의 전집본을 가리키며, 이에 앞서
1엔의 균일 가격으로 시내를 달리는 '엔택시'가 있었다.

'대혁명' '특권 계급' '민중' '해방' 같은 단어가 나오는 광고의 언저리
에는 아무래도 개조사다운 성격과 시대 풍조가 나타나고 있는데, 출판계만
'불황'에 빠졌던 것이 아니며 '실업자' '가난 과부' 등이 유행어가 되었던
시기이다. 국판(현재의 보통 잡지보다 약간 큰 판형), 500페이지 책이 1엔이
라면 확실히 '염가'이며, 모두 작은 토를 달고 삼단 조판을 했으므로 1페이
지의 가격은 2리로 계산되는 셈이다. 그러나 예약제를 하고 그 단계에서 35
만 부가 나갔다면 이는 대기록이 아닐 수 없다. 초판을 2,000부에서 3,000부
가량 찍고, 다 팔면 "찹쌀 팥밥을 끓여서 축하했다"는 시대이기도 하다.

다음해에는 당초 전 30권이었던 기획을 50권으로 늘렸고 다시 13권을 추

도쿠나가 스나오

가해서 전 62권과 별책 1권의 형태로 1931년에 나오게 되었다. 쇼와 문학으로 볼 수 있는 작품은 제50권 '신흥 문학집'으로 나온 마이다코 히로이치로, 기시다 구니오, 요코미쓰 리이치, 하야마 요시키, 가타오카 뎃페이 5인집(1929), 제60권 '신흥 예술파 문학집'으로 나온 주이치야 기사부로, 가와바타 야스나리, 이케타니 신자부로(池谷信三郎, 1900~1933), 나카가와 요이치, 류단지 유 5인집(1931), 제62권 '프롤레타리아 문학집'으로 나온 하야시 후사오, 고바야시 다키지, 다케다 린타로, 후지사와 다케오, 무라야마 도모요시, 나카노 시게하루, 기시 야마지(貴司山治, 1899~1973), 도쿠나가 스나오, 사사키 다카마루 9인집(1931) 세 권이 눈에 띈다. 제61권과 제62권은 1930년의 시점에서 추가했던 책이며 이 해에는 『오사라기 지로집』도 내고 있다.

'신흥 예술파'는 1929년 '문단의 오쿠보 히코자에몬(大久保彦左衛門, 1560~1639)'을 자임했던 나카무라 무라오가 중심이 되어 반마르크스주의의 '예술파의 십자군'을 기치로 내세운 '13인 구락부'를 결성했고, 이를 주체로 다음해에 『문예도시』 동인인 아베 도모지, 쓰네카와 히로시 등도 가담해서 '신흥 예술파 구락부'를 만든 사실에서 유래한다. 예술파 혼성 그룹인 이 일파의 취지로 볼 수 있는 「예술파 선언」(1930)을 쓴 것은 쓰네카와 히로시였으며, 나카무라 무라오는 프롤레타리아 문학에 대한 대항 선언인 「누구냐? 꽃밭을 망가뜨리는 자는!——이즘의 문학에서 개성의 문학으로(誰だ? 花園を荒らす者は!——イズムの文學より, 個性の文學へ)」를 1928년에 쓰고 있다. 마르크스주의 문학인 프롤레타리아 문학이 이 무렵부터 뚜렷하게 융성하기 시작하자 이에 대항하는 예술파들이 결집을 도모했던 것이다.

그런데 '엔혼'의 효시라고 하는 개조사판 '현대 일본 문학 전집' 제1회 배본은 『오자키 고요집』(1926)이었다. 개조사의 성공을 뒤따라오듯이 메이지 시대부터 문예 출판을 하고 있던 춘양당이 1927년부터 '메이지 다이쇼

오자키 고요

문학 전집'을 내기 시작했는데, 이 제1회 배본도『오자키 고요집』이었다. 문학 전집의 제1회 배본은 판매고를 점유하고 구독자를 획득하는 특별 상품인데, 두 개의 '엔혼' 문학 전집이 모두 고요를 첫 주자로 결정한 것은 주목된다. 1903년에 사망한 오자키 고요(尾崎紅葉, 1867~1903)는 쇼와 초기에는 아직도 상품 가치가 있는 일류 작가로 손꼽혔던 것이다.

'메이지 다이쇼 문학 전집'도 중간에 '메이지 다이쇼 쇼와 문학 전집'으로 제목을 고치고 자동적으로 연장된다. 제51권부터 60권에 이르는 10권 (1931~1932)이 '쇼와' 편에 해당하며, 여기에는 가토 다케오(加藤武雄, 1888~1956)와 나카무라 무라오 편, 오사라기 지로와 마키 이쓰마(牧逸馬, 1900~1935)(하야시 후보〔林不忘〕, 다니 조지〔谷讓次〕라는 필명도 썼으며 '일인 삼인 전집'을 만들었다) 편, 에도가와 란포, 오시타 우다루(大下宇陀兒, 1896~1966), 고가 사부로(甲賀三郎, 1893~1945), 고자카이 후보쿠(小酒井不木, 1890~1929) 편, 사사키 구니, 다쓰노 규시(辰野九紫, 1892~1962), 나카무라 마사쓰네(中村正常, 1901~1981), 마사키 후조큐(正木不如丘, 1887~1962) 편, 하세가와 신과 시라이 교지 편 등이 있었고, 탐정소설·유머소설 등을 포함한 대중 문학으로도 영역을 넓히고 있다. 또 1927년부터 1932년에 걸쳐 평범사에서 '1,000페이지 1엔'을 노래한 '현대 대중 문학 전집' 전 60권을 간행했는데, 여기에는 요코미조 세이시 등의 작품을 수록한『신선 탐정 소설집(新選探偵小說集)』(1932)이 들어 있다.

'엔혼' 문학 전집의 인세로 작가들은 생각하지도 못한 수입을 갖게 되었으며, 그래서 '세계 일주'에 나섰던 작가도 있고, 생활을 고려해서 아파트를 지었던 작가도 있다. 어쨌든 200종 이상의 '엔혼'이 나왔으며 나중에는 1권에 50전인 문학 전집도 나타났다. 평범사의 '신진 걸작 소설 전집'(전 15권, 1929~1930)이 그것인데, 반국판(대략 문고판에 해당)이며 권당 약 400페이지 분량이다. '엔택시'가 주화(50전짜리 은화) 하나로 도쿄 시내를 달리는

마키노 신이치

'센(錢)택시'가 되었던 무렵이기도 하다.

'신진 걸작 소설 전집'에 들어 있는 '신진' 작가는 이누카이 다케루(犬養健, 1896~1961), 이케타니 신자부로, 사사키 모사쿠, 요코미쓰 리이치, 가타오카 뎃페이, 주이치야 기사부로, 가네코 요분, 고지마 마사지로, 하야마 요시키, 오자키 시로(尾崎士郎, 1898~1964), 오카다 사부로(岡田三郎, 1890~1954), 가와바타 야스나리, 하야시 후사오, 다키이 고사쿠(瀧井孝作, 1894~1984), 마키노 신이치(牧野信一, 1896~1936), 세키구치 지로, 스가 다다오, 난부 슈타로(南部修太郎, 1892~1936), 이시하마 긴사쿠, 주조 유리코(中條百合子, 미야모토 유리코〔宮本百合子, 1899~1951〕의 본명), 우노 지요 등 21명이다.

이 중에 제9권 『하야마 요시키집』까지가 1인 1집이고 나머지는 2인 1집 양식이다. 문학 전집류의 부록은 그때그때의 작가 평가로 일종의 일람표이다. 또 이 전집의 제12권 『다키이 고사쿠집 · 마키노 신이치집』에 대해서는 고바야시 히데오가 『문예춘추』에 연재하기 시작한 '문예시평'(1929~1930)에서 "알려지지 않은 두 작가"로 평가했다. 평범사는 이에 앞서 '신흥 문학 전집'도 냈는데, 처음 10권은 일본 편에 해당한다. 프롤레타리아 문학의 집대성으로 선구적인 전집이었다.

쇼와 초년대의 '엔혼' 시대는 쇼와 문학의 지반을 조성했다고 생각할 수 있는 시기이며 출판계와 문단이 떨어질 수 없이 결속하게 되었던 시기이기도 하다. '현대 일본 문학 전집'을 비롯한 '엔혼 시대'에 관해서는 일본근대문학관 편 '일본 근대 문학 대사전' 제6권(강담사, 1978)에 수록된 고노 도시로(紅野敏郎, 1922~)의 노작 『총서 · 문학 전집 · 합저집 총람』 등에서도 그 실상을 자세하게 살펴볼 수 있다.

또 이 사이에 1927년부터 "휴대하기 간편하고 싼 가격을 최우선"으로 내세운 '암파문고'(★ 하나는 약 100페이지, 정가 20전)가 발간된다. 각 권의 끝

이와나미 시게오의
「독자들에게 부침
―암파문고 발간에 즈음하여」

에 이와나미 시게오(岩波茂雄, 1881~1946)의 이름으로 나온 「독자들에게 부침 ―암파문고 발간에 즈음하여」에서 "바야흐로 특권 계급이 독점한 지식과 미를 탈환하는 것은 언제나 진취적인 민중의 절실한 요구이다"라는 부분은 '현대 일본 문학 전집'의 광고로 걸맞은 인상을 주며, 한편 "최근 대량 생산 예약 출판의 유행을 보라. 그 선전 광고의 광태는 〔……〕"이라는 대목에서는 '엔혼'의 성행에 대한 비판적인 자세도 분명히 보여주고 있다. 같은 '염가'라도 질이 다르다는 마음가짐을 엿볼 수 있다. 그러나 1930년 야마모토 유조의 『파도(波)』가 나올 무렵부터 '암파문고'에 쇼와 문학이 처음 들어가게 된다.

1929년에는 '100페이지 · 10전' '궁극 염가판'을 내세운 '개조문고'가 포장되어 나오기 시작한다. 분명 '암파문고'에 당당히 맞섰던 것이다. 1931년부터는 '춘양당문고'도 나왔다. 이 문고본들도 쇼와 문학을 잇달아 수용해서 '엔혼' 시대는 '문고' 시대를 이끌어냈다고 할 수도 있다.

아쿠타가와 류노스케의 죽음
―― 다이쇼 시대 · 문학과의 구분

'암파문고'의 「독자들에게 부침」 말미에는 1927년 7월이라고 적혀 있는데, 이 해(1927)의 같은 달의 대서(大暑)였던 24일, 아쿠타가와 류노스케가 '극약을 마시고 자살'했다. 35살이었다. 유서의 하나로 「어떤 옛 친구에게 보내는 수기」가 있는데 '자살의 동기'로 "나의 장래에 관한 어떤 몽롱한 불안"을 적고 있다. 또 여기에서 그는 "나는 2년 동안 죽는 일만을 생각하고 있었다"고 말하고 있다. 1925년에 나온 「사후(死後)」라는 작품에서도 죽음의 암시를 엿볼 수 있다.

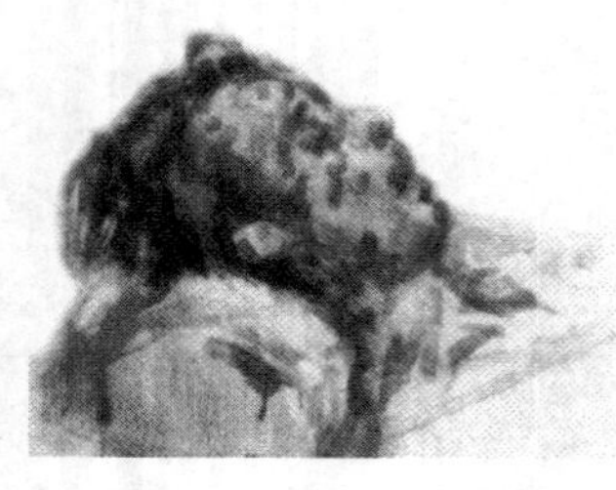

아쿠타가와 류노스케의
데스 마스크 그림

　아니, 이 무렵에 나온 그의 작품들에는 죽음에 연결된 의미가 적지 않았다. 「점귀부(点歸簿)」「현학산방(玄鶴山房)」「신기루(蜃氣樓)」「갓파(河童)」, 그리고 '유고'로 발표된 「톱니바퀴(齒車)」「암중문답(闇中問答)」「어떤 바보의 일생(或阿呆の一生)」 등이 그것으로 아쿠타가와는 최후의 시기까지 글을 썼다. 자살하던 해에 다니자키 준이치로와 '소설의 줄거리'를 둘러싸고 벌였던 논쟁은 「문예적인, 너무나 문예적인」으로 발표되었다. 「서방인(西方の人)」도 '사자(死者)의 서'로 읽지 않으면 안 된다.

　『중앙공론』(9월호)과 『개조』(9월호)는 추도 특집호를 냈다. 『중앙공론』의 '아쿠타가와 류노스케 씨의 '죽음'과 그 예술' 특집에는 노동당 중앙집행위원장이었던 오야마 이쿠오(大山郁夫, 1880~1955)가 「실천적 자기 파괴의 예술」을 쓰고 있다. 아쿠타가와의 죽음은 문단만의 일은 아니었다. 문학자의 자살은 시대의 죽음이다. 1936년 마키노 신이치의 죽음, 1948년 다자이 오사무(太宰治, 1909~1948)의 죽음, 1970년의 미시마 유키오(三島由紀夫, 1925~1970), 1972년 가와바타 야스나리의 죽음이 그러하다. 쇼와 문학사는 작가의 자살로 구분할 수 있다고 생각되기도 한다. 그 최초가 쇼와의 실질적 원년이었던 1927년 아쿠타가와의 죽음이다. 아쿠타가와의 '실천적 자기 파괴'로 다이쇼 문학과 다이쇼 시대는 구분되었던 것이다.

　아쿠타가와가 창간호부터 자살할 때까지 「주유의 말」「추억」 등을 쓰고 있던 『문예춘추』(9월호)는 거의 전지면을 할애해서 '아쿠타가와 류노스케 추도호'를 내고 있다. 그 중에 문자 그대로 친구였던 기쿠치 간이 유서에 있는 "장래에 대한 어떤 몽롱한 불안"을 가리켜

　　아쿠타가와가 때때로 흘렸던 말에 의하면 social unrest에 대한 불안도 어느 정도 '몽롱한 불안(ボンヤリシタ不安)' 속에 들어 있었던 것으로 나는 생각한다. (「아쿠타가와의 일들〔芥川の事ども〕」)

아쿠타가와 류노스케

고 언급하고 있는 것이 눈에 띈다. '어느 정도'라고는 했지만 이 또한 '시대에 대한 불안'으로 보아도 좋을 것이다.

아쿠타가와가 주목했던 호리 다쓰오와 함께 『당나귀』의 동인이었던 나카노 시게하루가 훗날 그 무렵을 회상하며 썼던 자전소설 『마음(むらぎも)』(강담사, 1954)에는 최후 시기의 아쿠타가와 류노스케가 등장하고 있는데, 그는 그의 인상을 "낡았다, 낡았다, 낡았다"라고 적고 있다. "사상적으로도 감각적으로도" '새로운' 나카노 등에 비하면 '낡았다'고 자기를 인식하지 않을 수 없었던 아쿠타가와의 모습이 묘사되고 있다. 도쿄 제대의 마르크스주의를 지주로 삼았던 조직 '신인회(新人會)'에 몸을 담고 있던 나카노 시게하루의 생각이 아쿠타가와가 죽은 다음 미야모토 겐지로 하여금 「'패배'의 문학——아쿠타가와 류노스케의 문학에 대하여」를 쓰게 했다고 할 수 있다.

아쿠타가와의 사후 평가로는 시가 나오야의 회상 「구쓰가케에서——아쿠타가와 군의 일(沓掛にて——芥川君のこと)」(1927)을 빠뜨릴 수 없다. 여기에서 시가는 아쿠타가와를 만났을 때의 일들을 쓰고 있는데 "아무래도 도시인 같던" '작가로서'는 "조금 거드름을 부렸던" "나에게는 가장 공감을 하는 독자였던" 아쿠타가와 그리고 자신과는 '기질 차이'가 있던 아쿠타가와를 적확하게 관찰하고 있다. 이 글을 읽으면 시가와 아쿠타가와의 작가로서의 행방과 태도의 차이를 분명하게 알 수 있다.

아쿠타가와는 시가 나오야가 '두렵다'고 끝없이 말하고 있다. "지금의 다니자키 준이치로는 느려터진 말"이라고 말하기도 한다. 다니자키에 대한 이 평가는 시가에 대한 선망의 뒤집기로 볼 수 있다. 〔……〕 대개 두 사람(시가, 아쿠타가와)의 체질은 정반대이다. 시가는 의심을 모르는 자아의 작가이지만, 아쿠타가와는 끊임없이 의심하지 않을 수 없는 작가였다. (마쓰모토 세이

다니자키 준이치로

초, 「아쿠타가와 류노스케의 죽음」, 『쇼와사 발굴』)

　이 일절은 지나치게 '의심'을 많이 품고 있던 아쿠타가와가 죽음으로 가는 도정을 암시하고 있다. '시대'에 대한 '의심'을 품고 죽음으로 향하지 않을 수 없었던 아쿠타가와와 자신의 '체질'과 '기질'을 작가로 살렸던 시가를 나누어서 설명하고 있다. 다니자키도 마지막 시기의 아쿠타가와와 대비하면 '느려터진 말'이 아니라 오히려 '성난 말'이 아니었을까. 다니자키 또한 그 '체질'과 '기질'에서 쇼와 문학에 파고들어가는 마력(활력)의 소유자였다. 덧붙이면 요코미쓰 리이치도 아쿠타가와를 가리켜 "만나기만 하면 반드시 시가 나오야를 칭찬하던 사람"(「조심스러운 감상 3〔控へ目な感想 (三)〕」)이라고 회고하고 있다.

　시가와 아쿠타가와를 함께 논했던 이노우에 요시오(井上良雄, 1907~)의 역작 「아쿠타가와 류노스케와 시가 나오야」는 1932년에 발표했던 글인데, 여기에서 그는 고바야시 히데오의 「시가 나오야」(1929)도 재평가하고 있다. 고바야시는 이른 시기에 「아쿠타가와 류노스케의 미신과 숙명(芥川龍之介の 美神と宿命)」(1927)이라는 평론을 썼다. 아쿠타가와와 시가 나오야는, 아쿠타가와의 죽음을 통해서, 쇼와 문학을 목전에 둔 두 사람으로 논하지 않으면 안 되는 존재로 있었던 것이다.

　1940, 41년부터 다카미 준, 히라노 겐, 시부카와 교(澁川驍, 1905~), 노구치 후지오(野口富士男, 1911~1993) 등이 발족해서 만든 '다이쇼문학연구회'가 연구 성과의 제1권으로 냈던 책이 『아쿠타가와 류노스케 연구』(하출서방, 1942)이다. 여기에 기고한 기쿠치 간은 아쿠타가와의 최후 시기를 "그 당시의 시세의 불안 등도 상당히 마음에 걸렸던 것 같다"고 회고하고 있다. 이 '다이쇼문학연구회'가 제2권으로 간행한 책이 『시가 나오야 연구』(하출서방, 1944)이며, 여기에는 나카노 시게하루가 쓴 상세한 노트 「『암야행로』

시가 나오야

잡담」 등이 수록되어 있다. 시가 나오야가 장편 『암야행로』를 끈기 있게, 즉 자기 페이스로 『개조』에 썼던 것은 1921년부터 1937년까지이다. 아쿠타가와 가 죽었던 것은 『암야행로』 전편이 그 반을 넘겼던 시기에 해당한다.

제2장

쇼와 초년대의 문학

'쇼와 문학 전사(前史)'라고 기둥을 세우면서 제1장에서는 1944년, 패전 전년도 정도까지 기술할 수 있었다. 문학의 동향·상황을 따라가노라면 문학사라는 흐름은 소용돌이의 파문을 이루게 마련이며, 각각의 소용돌이 눈(항목)의 파동(주변)까지 따라가게 된다. 전후좌우의 물결이 닿는 기슭에 저절로 눈길이 가서 여기저기에 들르지 않을 수 없는 형태가 되었던 것이다. 선착장에 올라 딴전을 부렸던 적도 있다.

가까스로 '쇼와 문학 전사'의 정박지를 '아쿠타가와 류노스케의 죽음'에서 찾을 수 있었으므로 이제부터는 각 항목(제목)을 새로운 소용돌이 눈으로 가정하고 '쇼와 초년대의 문학'이라는 강을 따라 내려가려고 한다. 이제까지 들러보지 않았던 곳도 시야에 넣으면서 대개 '문예 부흥'이라는 강가 근처를 목적지로 삼아갈 터인데, 지금과 마찬가지로 전후좌우를 기술하게 될 것으로 생각된다.

시대사 연표를 보면 '3·15'(1928), '4·16'(1929), '만주사변'(1931), '상해사변'(1932), '국제연맹 탈퇴'(1933) 등 쇼와의 격동의 조짐이 매년 나타나고 있다. 이 사이에 '에로 *erotic* 그로 *grotesque* 난센스 *nonsense*'라는

1933년 2월 22일 고바야시 다키지의 시신 앞에 모인 친구들. 앞줄 왼쪽부터 센다 고레야, 가지 와타루, 야마다 세이자부로, 다테노 노부유키, 우에노 다케오, 다나베 고이치로, 하라 이즈미(나카노 시게하루 부인)와 『여인예술』 창간호(1928. 7)

세태도 있었다. 문학사 연표를 내려다보면 프롤레타리아 문학의 우세에서 프로·모던의 병립, 프롤레타리아 문학 운동의 붕괴에서 '문예 부흥'으로 크게 묶어볼 수 있는 시대이며, 여기에도 격류와 소용돌이가 있다.

처음에 『쇼와 문학사』의 저자로 거론했던 히라노 겐은 『문학·쇼와 10년 전후』(문예춘추, 1972)라는 책을 썼는데, 1933년의 '고바야시 다키지의 죽음'부터 쓰고 있다. 여기에서 '쇼와 초년대의 문학'을 죽음의 문학사로 본다면 아쿠타가와 류노스케의 자살 이후 고바야시 다키지의 학살까지 묶을 수도 있지 않을까. 더구나 히라노 겐은 죽기 한 해 전에 『쇼와 문학사론』(마이니치신문사, 1977)이란 제목의 책도 썼는데, 이는 '쇼와 초기의 조류' '쇼와 10년 전후의 조류' '쇼와 10년대의 조류' 3부로 구성되어 있다. '쇼와 초기의 조류' 부분 등을 참고하면서 가능한 한 나름대로 그 '조류'에 노를 저어가고 싶다. '노 젓기'에는 노로 물을 당겨 배를 나아가게 하는 의미가 있는데, 노가 닿는 물밑의 곳곳에 노를 저어 배를 나아가게 한다는 사실은 지금까지도 바뀌지 않았다.

『여인예술』
——여성 작가 진출의 장

1928년 3월 15일 새벽, 전국(3부 1도 20현)에 걸쳐 공산당원 및 동조자 *sympathizer*의 대량 검거가 시행되었고 이를 약칭해서 '3·15' 사건이라고 하며, 다음해인 1929년 4월 16일 마찬가지로 전국적으로 시행된 검거를 '4·16' 사건이라고 부른다. 이 두 번에 걸친 대규모 검거로 일본 공산당의 조직은 큰 타격을 받았다. '3·15' 직후 당시 홋카이도의 오타루(小樽)에 있던 고바야시 다키지는 「1928년 3월 15일」을 쓰고, 여기에서 경찰서에서 자행된 필설로

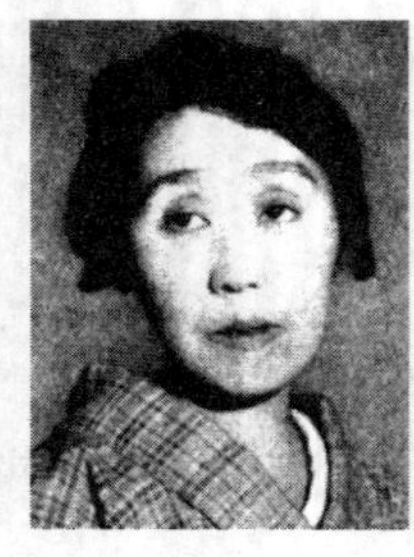

하세가와 시구레

다할 수 없는 고문의 모습을 극명하게 묘사한다. 「1928년 3월 15일」은 1933
년 쓰키지 경찰서에서 고바야시가 학살당한 중요한 원인이 되었다.

1928년은 먼저 '3·15'의 해로 기억되지만 문학사에서는 이 해에 두 잡지
가 발간되고 있는 사실을 지나칠 수 없다. 하나는 『여인예술(女人藝術)』
(1928~1932)이며, 다른 하나는 계간지 『시와 시론(詩と詩論)』(1928~1931)
이다. 『여인예술』은 용계서사(龍溪書舍)(1981)에서, 『시와 시론』은 교육출
판센터(1979)에서 복간되었다.

『여인예술』을 주재했던 하세가와 시구레(長谷川時雨, 1879~1941)는 1923
년 오사나이 가오루의 여동생인 오카다 야치요(岡田八千代, 1882~1962)와
『여인예술』을 창간했지만 2호를 내고 끝났는데, 이 해(1928)에 동거하고 있
던 대중 문단 작가 미카미 오토키치(三上於菟吉, 1891~1944)가 자금을 원조
해서 새로 발간했던 것이다. 시구레는 메이지 무렵부터 희곡을 썼고(『시구
레 각본집』〔여인예술사, 1929〕), 『여인예술』에 연재했던 기록적 회상 『구문
니혼바시(舊聞日本橋)』(원제 『니혼바시』, 1929~1932), 『근대 미인전』(사이렌
사, 1936) 등도 간행했다. 『여인예술』은 미카미 오토키치, 하세가와 시구레
가 있어서 햇수로 5년(총 48책) 동안 월간지로 나왔으며, 쇼와의 '여성 해
방' 지로 주목을 받았던 여성 작가 진출의 장으로 간과할 수 없는 잡지이다.
『여인예술』이 발간되던 해에 도쿄의 백화점에 '직업 부인'으로 처음 마네킹
걸이 등장했고, 다음해에는 도쿄 마네킹 구락부를 만들기도 했다.

『여인예술』 제1권 제1호(1928. 7)는 권두화로 「모스크바의 주조 유리코
씨 근영」을 실었고, 평론란에는 야마카와 기쿠에(山川菊榮, 1890~1980. 야
마카와 히토시의 부인)의 「페미니즘의 검토」와 가미치카 이치코의 「부인과
무산정당」을 실었다. '신구 배우 인기 순위'를 마련하고 있는 지면은 하세
가와 시구레가 주재했던 부인 잡지답다. 또 '문단 인기 순위' 외에 '신흥 문
단 순위'도 만들었는데, 이는 프롤레타리아 문학 계열의 작가 순위로 여기

요사노 아키코

에서도 이 잡지의 진취적인 성격의 일단이 나타나고 있지 않은가 생각된다. 또 1호에는 사사키 후사(ささき ふさ, 1897~1949. 사사키 모사쿠의 부인), 히라바야시 다이코, 마스기 시즈에(眞杉靜枝, 1901~1955)의 소설을 싣고 있다. 정가는 40전으로 도쿄의 댄스 홀에서 티켓 1장(레코드 1장을 걸고 춤출 동안)에 20전을 받던 시기이므로 티켓 2장 값에 해당한다(단 댄서의 몫은 20전 가운데 9전).

그 다음 호를 따라가보면 미야케 야스코(三宅やす子, 1890~1932), 아미노 기쿠, 모리 미치요(森三千代, 1901~1970. 가네코 미쓰하루[金子光晴, 1895~1975] 부인) 등의 작품이 나오는 가운데 하야시 후미코의 「방랑기(放浪記)」를 연재하였다(1928~1929). 하야시 후미코는 미카미 오토키치의 '추천'으로 등장할 수 있었다. 우에다(엔치) 후미코의 희곡 「만춘소야」도 나왔다. 구보카와(사타) 이네코, 나카모토 다카코 등도 쓰고 있으며, 히로쓰 가즈오, 나오키 산주고, 미카미 오토키치 등이 여성 결점 적발 좌담회를 개최하기도 하였다(1929. 4). 같은 호에는 요사노 아키코(與謝野晶子, 1878~1942) 씨 탄생 50년 축하 강연회 예고도 싣고 있다. 점차 여성 잡지로서의 면모를 갖추었던 것이다.

하야시 후미코와 왕래가 있었던 오자키 미도리(尾崎翠, 1896~1971)도 희곡 「애플 파이의 오후」와 기타 제법 많은 작품을 『여인예술』에 연재하고 있음을 『오자키 미도리 전집』(창수사, 1979)의 권말 연보에서 알 수 있다. 포의 작품도 번역했다. 오자키는 1920년에는 『신조』, 1928년에는 『부인공론』에 작품을 발표하였다. 『여인예술』에서 1930년에 연재하고 있는 「영화만상(映畵漫想)」도 새로운 맛의 발상(표현)을 느끼게 한다.

다카미 준, 시부카와 교 등이 만든 『일력(日曆)』(1933~1941)에 동인으로 가담했던 오타니 후지코(大谷藤子, 1901~1977)도 작품을 발표하였다. 등단 초기의 오타 요코(大田洋子, 1903~1963), 야다 쓰세코(矢田津世子, 1907~

가와카미 하지메(좌)
노로 에이타로(우)

1944)의 작품도 있다. 오카다 데이코(岡田禎子, 1902~)가 신진 극작가로 인정을 받았던 무렵의 작품도 있다. 『여인예술』은 쇼와의 여성 작가들의 한 온상이었다.

발간 만 3주년을 맞이하면서 간행한 기념호에는 일찍이 『세이토(青鞜)』의 '신여성'으로도 유명한 도미모토 가즈에(富本一枝, 1893~1966. 본명은 오다케 베니요시〔尾竹紅吉〕, 도미모토 겐키치〔富本憲吉, 1886~1963〕의 부인)가 「『여인예술』이여, 뒤떨어진 전위가 되지 말라」를 쓰고 있다. 마지막 일 년에 접어들었던 시기에도 신쓰키지 극단의 야마모토 야스에(山本安英, 1906~)가 「폭력단에 맞은 이야기」를 썼으며, 주조 유리코가 「프롤레타리아 부인 작가와 문화 활동의 문제」를 썼다. 젊어서 공산당의 학식 있는 지도자였던 노로 에이타로(野呂榮太郎, 1900~1934)가 쓴 「10월 ○○과 부인의 해방」의 '○○'는 '혁명'일 것이다. 가와카미 하지메(河上肇, 1897~1946)의 「오늘날 세계의 침체(今の世の行き詰り)」, 미키 기요시(三木清, 1897~1945)의 「헤겔 부흥의 의미」도 있다. 이처럼 『여인예술』은 종합 잡지와 시대의 잡지로 평가받을 수 있는 일면도 가지고 있다.

1932년에 들어서면서 나카모토 다카코가 종간호(1932. 6)까지 6회 연재한 ——자신이 동양 모슬린 공장에서 겪은 쟁의 체험에 바탕을 두었던——「동모슬린 제2공장(東モス第二工場)」은 아무래도 첫째로 손꼽을 수 있는 수확이다. 또 『여인예술』에는 발간 이듬해부터 부록으로 『여인대중』을 냈으며 여기에 하세가와 시구레가 소설 「일생」을 연재했다. 이 잡지에 대해서는 오가타 아키코(尾形明子, 1944~)의 『『여인예술』의 세계——하세가와 시구레와 그 주변』(도메스출판사, 1980), 『『여인예술』의 사람들』(도메스출판사, 1981)이 참조가 된다. '만주사변'에서 '상해사변'으로 들어가고 이누카이 쓰요시(犬養毅, 1855~1932) 수상에 대한 '문답무용(問答無用)'의 사살 테러, '5·15 사건'이 일어났던 시대에 『여인예술』은 모습을 감추게 되었던 것이다.

하야시 후미코(좌)
쓰보이 사카에(우)

『여인예술』과 같은 시기의 여성 동인지로는 『화조(火の鳥)』(1928~1933)
가 있었고, 오야마 이토코(小山いと子, 1901~1989), 나카자토 쓰네코(中里
恒子, 1909~1987)도 여기에 가담했지만 『여인예술』에 비하면 '온순한' 작품
이었고, 가와바타 야스나리가 칭찬했던 야마카와 야치에(山川彌千枝,
1918~1933)의 유고집 『장미는 살아 있다』(갑조서림, 1939)가 처음 발표되었
던 잡지라고 하여 화제가 되었다. 조금 후에는 가미치카 이치코의 『부인문
예』(불이출판, 1934~1937. 1987년 복간)도 나왔으며, 여기에는 오하라 도미
에(大原富枝, 1912~), 쓰보이 사카에(壺井榮, 1900~1967)도 쓰고 있다.

『여인예술』이 발간되었던 1928년에는 『부인공론(婦人公論)』에서 독자들
에게 희망하는 소설의 집필자를 투표한 결과 고지마 마사지로와 이케타니
신자부로가 당선되어 이듬해부터 각자 장편을 연재하기 시작하였다. 부인
잡지에 연재소설을 쓰는 것은 유행 작가라는 사실의 상징이었던 것이다. 또
문예춘추사의 부인 잡지 『부인살롱(婦人サロン)』이 나왔던 것은 1929년
(1929~ 1932)이며, 가와이 스이메이(河井醉茗, 1874~1965), 시마모토 히사
에(島本久惠, 1893~1985) 부부가 중심이 되어 만든 여성 문예지 『여성시대』
가 나왔던 것은 1930년이다(1930~1944). 이 시기에 쇼와의 여성 문학은 확
실한 지반을 조성했다고 할 수 있다. 여성 작가들도 이때부터 잡지와 여러
유파를 통해 교제하면서 친숙하게 결속하기 시작했다.

『시와 시론』
— '포에지'의 주장

1928년부터 1931년에 걸쳐 후생각(厚生閣) 서점에서 계간 형태로 『시와
시론』을 총 14권 간행하였다. 이 잡지는 단순한 시 잡지라기보다는 시 정신

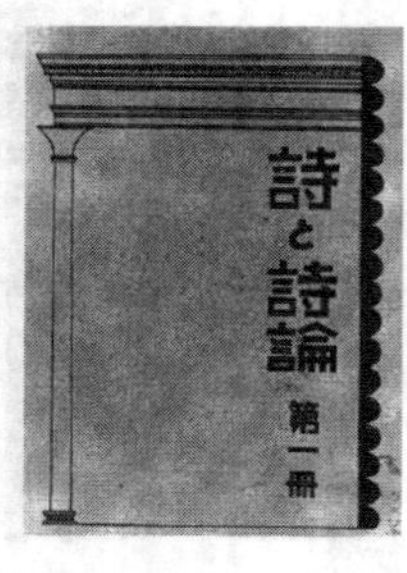

『시와 시론』 창간호(1928. 9)

poésie 운동지 혹은 새로운 정신 *esprit nouveau*을 내세운 그룹지로 볼 수 있다. 발간호(1928. 9)에 동인으로 서명한 사람은 안자이 후유에(安西冬衛, 1898~1965), 이지마 다다시, 우에다 도시오(上田敏雄, 1900~1982), 간바라 다이(神原泰, 1898~), 기타가와 후유히코, 곤도 아즈마(近藤東, 1904~1988), 다키구치 다케시(瀧口武士, 1904~), 다케나카 이쿠(竹中郁, 1904~1982), 도야마 우사부로(外山卯三郎, 1903~1980), 하루야마 유키오(春山行夫, 1902~1994), 미요시 다쓰지 11명이며, 중심 인물로 편집을 담당했던 사람은 후생각에서 근무했던 하루야마 유키오이다.

　1930년 기타가와, 간바라 등이 하루야마의 쉬르리얼리즘, 포멀리즘 경향을 비판하고 따로 계간지 『시 · 현실』(~1931)을 냈고, 『시와 시론』을 제목을 바꾸어 계승한 『문학』(1932~1933)과 이토 세이가 편집한 『신문학 연구』(1932~1933) 역시 계간지였기 때문에 계간지 시대가 찾아왔던 셈이다. 그리고 이들을 통해 유럽과 미국의 새로운 문학을 다채롭게 섭취할 수 있었다.

　하루야마 유키오에 대해서는 고지마 데루마사(小島輝正, 1920~1987)가 쓴 『하루야마 유키오 노트』(지주출판사, 1980)가 있는데, 그는 『시와 시론』의 편집 자세를 '포에지'의 주장, '무시학(無詩學) 시대'와의 결별로 개괄하고 있다. 『시와 시론』은 하기와라 사쿠타로의 시마저 '낡았다'고 보았던 것이다. 하루야마는 cube와 ego를 가진 상징주의를 착상했던 것이라고 한다. 큐비즘 *cubism*은 미술 용어로는 입체파로 번역되지만, 이것을 대표로 해서 새롭게 해석하고 질서를 부여한 예술 표현을 폭넓게 가리킨다고 생각할 수 있다. 『시와 시론』이 제1권의 권두화를 '형이상학적 회화'로 평가받았던 이탈리아 작가 키리코 G. de Chirico의 작품 「시인의 출발」로 장식했던 점에서도 그 취지가 드러난다. 이 잡지는 '포에지'를 지향하면서 새로운 표현 예술을 폭넓은 시야에 담았던 것이다.

　또 ego라는 것도 서정시파는 물론 민중시파, 프롤레타리아시와 다른 별개

니시와키 준자부로

의 ego를 소유한——이제까지의 '현실' 본위의 시작법과는 전혀 다른——
'에스프리 누보'를 의식했던 것이다. 따라서 '상징주의'도 종래의 시에서
볼 수 있던 '상징'의 영역을 초월해서 쉬르리얼리즘, 이미지즘에 연결되는
것으로 생각된다. 덧붙여 '에스프리 누보'란 프랑스의 시인 아폴리네르가
같은 제목의 논문에서 추구하고 화가와 음악가들에게도 소리 높여 제창했던
말이다(보통 '새로운 정신'으로 번역된다).

『시와 시론』은 지면 구성에서도 에세이, 시(포에지), 노트, 에스키스, 비
평 기타 등 정연하게 분할된 편집을 볼 수 있는데, 제1권부터 연재한 간바라
다이의 「미래파의 자유어를 논함——동료 마리네티에게 보낸다」만 해도
cube와 ego 노선에서 대단히 첨단적이고 전위적이었던 '에세이'이다. '에
세이' 그 자체에 전위의 의향이 담겨 있다고 할 수 있다(마리네티 F. T.
Marinetti는 이탈리아의 시인으로서 1950년 「미래파 선언」을 발표하였다).

기타가와 후유히코가 막스 자콥 Max Jacob에 대해서, 사토 사쿠(佐藤朔,
1905~)가 장 콕토에 대해서, 이지마 다다시가 '극시 cine-poem'에 대해서
쓰고 있는 것은 아무래도 '새로운' 인상이다. 제4권(1929. 6)의 「세계 현대
시 리뷰」(1900~1939)는 지금 보아도 『시와 시론』이 아니면 볼 수 없는 하나
의 귀중한 자료이며, 여기에 호리 다쓰오, 이토 세이, 아베 도모지 등도 집
필하고 있어 문학 모태를 탐색하고 있던 그들의 초기 모습을 볼 수 있다.
『시와 시론』은 '현대' 문학의 '포에지'를 과감하고 진지하게 그리고 광범위
하게 본격적으로 질문했던 의미를 갖는다.

『시와 시론』의 중요한 존재인 니시와키 준자부로(西脇順三郎, 1894~1982)
는 이 계간지가 나오기 일 년 전에 다키구치 슈조, 사토 사쿠와 함께 『향기
로운 화부여(馥郁タル火夫ヨ)』를 편집했는데, 여기에서는 이미 쉬르리얼리
즘, 이미지즘에 대한 관심이 하나의 결실을 맺고 있다. 그는 『시와 시론』에
서도 왕성하게 비평 활동을 하였으며 1930년에는 '신예술 시스템' 시리즈의

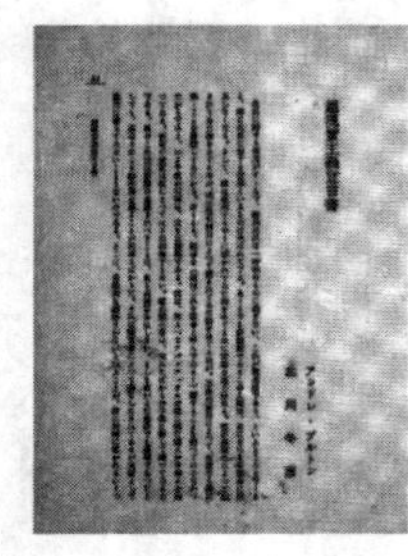

앙드레 브르통 지음, 기타가와 후유히코 역
「초현실주의 선언」(『시와 시론』 제4권)

한 권으로 『쉬르리얼리즘 문학론』(천인사)을 간행하였다. 니시와키의 집필은 『시와 시론』에서는 거의 언제나 '에세이'란의 첫머리에 놓였다. '에세이'에는 앙드레 브르통, 루이 아라공, 엘리엇 등의 번역과 소개가 잇달아 연재되어 해외의 새로운 시인들의 행진을 보는 듯하다. 제5권의 특집 「폴 발레리 연구」도 100페이지에 가까운 양을 번역을 위주로 한 '연구' 스타일로 꾸미고 있는데 이 또한 새로운 취향이다.

가지이 모토지로의 "벚나무 밑에는 시체가 묻혀 있다!"는 한 줄로 시작되는 「벚나무 밑에는(櫻の樹の下には)」은 처음에는 『시와 시론』의 '시'('포에지')란에 발표되었다. '포에지'에는 앞의 발행 동인 이외에도 요시다 잇스이, 고 에이(黃瀛, 1906~), 마루야마 가오루, 기타조노 가쓰에(北園克衛, 1902~1978), 헨미 유키치(逸見猶吉, 1907~1946) 등이 작품을 발표하고 있어 쇼와 초년대의 '현대 시인' 상점가라 할 만하다. 성미가 까다로운 시인들의 작품을 이만큼 실을 수 있었던 것도 계간이 아니면 불가능한 일이며, 또 무엇보다 경쟁의 장소로서 '포에지'가 있었기 때문에 쇼와 시의 장관이 되었던 것이다.

더구나 편집을 맡았던 하루야마 유키오의 정력에는 놀라운 바가 있다(『시와 시론』을 발간할 때 하루야마는 26살). 전 14권의 『시와 시론』을 내는 동안 그는 별책 『현대 영미 문학 평론』(1930. 12)을 만들었고, 또 후속 계간지인 『문학』 전 6권을 편집하였으며, 그 사이에 역시 『시와 시론』 별책으로 연간 『소설』(1932. 1)을 발간했다. 여기에는 이토 세이의 「M 백화점」, 이부세 마스지의 「도망기(逃亡記)」(훗날의 장편 『사자나미 군기〔さざなみ軍記〕』로 이어짐), 사카구치 안고(坂口安吾, 1906~1955)의 「풍박사(風博士)」 등 30편을 수록했고, 「월평 일 년」도 덧붙이고 있다. 이 연간 『소설』은 500페이지에 가까운 신진 소설의 연감이기도 하다(1925년 4월부터 소설가협회 편, 다음해부터는 문예가협회 편으로 1932년까지 연간 『일본 소설집』 전 7권이 신조사에서

이토 세이(좌)
아베 도모지(우)

간행되었는데 이와는 완전히 별개인 '신진' 집으로 주목된다).

『문학』도 제3권(1932. 9)부터 '창작'을 싣는다. 이토 세이의 「이카루스 추락(イカルス失墜)」과 이나가키 다루호의 「비행기 이야기」 등이 그것이다. 제2권의 제임스 조이스 특집도 쇼와 문학의 한 장면을 차지하는 문헌이다. 이 시기는 조이스와 프루스트의 이입 시대였다. 하루야마 유키오의 저서 『문학평론』(1934)도 후생각서점에서 출판되었는데, 이 또한 쇼와 초년대의 문학에서 빠뜨릴 수 없는 책으로 색인을 살펴보면 신문학에 대한 시야와 전망이 한눈에 들어온다. 『시와 시론』과 『문학』은 이렇게 이루어졌다는 사실을 거의 남김없이 전해주고 있는 듯하다.

하루야마 유키오가 후생각서점에서 했던 작업으로는 '현대의 예술과 비평 총서'(1929~1932)의 편집과 간행도 있다. 호리 다쓰오가 번역한 『콕토초(コクトオ抄)』, 안자이 후유에의 시집 『군함마리(軍艦茉莉)』(여기에 '단시'의 표본으로 간주되는 「한 마리 나비 달단 해협을 건너갔다〔てふてふが一匹海峡を渡つて行つた〕」가 수록되어 있다) 등 22권을 편집했는데 그 중에서도 아베 도모지의 『주지적 문학론』(1930)과 이토 세이의 『신심리주의 문학』(1932)은 이 시기의 새로운 문학 경향의 이론을 달성한 대표적인 두 권의 저서이다.

『주지적 문학론』에서는 문학에 있어서의 '지적인 것' '지성 *intelligence*'을 영국의 비평가 흄 등을 매개로 하여 검토하고 그 '주지'의 유래와 이를 원용한 문학론을 제시하고 있다. 한편 표지에 'L'ESPRIT NOUVEAU'라고 인쇄한 『신심리주의 문학』은 프루스트와 조이스의 문학 방법을 논하고 있어 문학 평론가로서의 이토 세이의 출발을 살펴볼 수 있다. 소네 히로요시(曾根博義, 1940~)의 『전기 이토 세이』(육흥출판, 1977)의 연보를 보면 1932년에는 "신문학을 담당하는 신진 비평가로 주목을 받았다"고 적혀 있는데 그는 이 해에 첫 평론집 『신심리주의 문학』과 첫 소설집 『생물제(生物祭)』(금성당)

안자이 후유에의 『군함마리』(1929)

을 간행하였다.

또 당시의 현대 시인 시리즈로 제일서방에서 나온 '오늘의 시인 총서'(1930~1931)가 있었던 것도 덧붙여둔다. 호리구치 다이가쿠 역, 폴 발레리의 『시론·문학』, 미요시 다쓰지의 명품 「봄의 곶(春の岬)」「유모차」「눈(雪)」「벽돌 위」 등을 수록한 제1시집 『측량선(測量船)』과 기타 작품들을 이 총서에 싣고 있다. 제일서방에서는 이후 다케나카 이쿠의 시집 『상아해안(象牙海岸)』(1932), 마루야마 가오루의 제1시집 『돛·램프·갈매기(帆·ランプ·鷗)』(1932)도 내고 있다. 하루야마 유키오가 후생각서점에서 제일서방으로 옮기고 나서 문화 종합 잡지 『세르팡(セルパン)』(1932~1941)에 새로운 바람을 불어넣은 것은 1934년부터이며, 그 독자적인 편집 자세는 전후의 국제 문화 정보지 『웅계통신(雄鷄通信)』(1955~1956)에도 영향을 미치고 있다. 『시와 시론』 이후 하루야마 유키오가 편집했던 작업은 쇼와 문학사에서 한층 높이 평가되어도 좋은 측면을 갖고 있다.

『문학』과 『작품』
——반프롤레타리아 문학의 거점

여기에서 다루는 『문학』은 1929년부터 1930년에 걸쳐 전 6권으로 제일서방에서 발행됐던 잡지이다. 요컨대 이 월간 『문학』이 끝나면서 『시와 시론』의 계승지에 해당하는 계간 『문학』이 나왔던 것이다. 겨우 6권으로 끝났지만 『문학』이 쇼와 문학사에서 자리잡고 있는 의미는 적지 않다. 개괄해서 말한다면 그 당시 강력한 세력을 떨치고 있던 프롤레타리아 문학에 대해 예술파, 혹은 모더니즘 문학이 이 잡지를 거점으로 삼고 새로운 반격을 보여주었기 때문이다.

쇼와 초기에
성황을 이루었던 댄스 홀

예술파라고 하면 이 시기에 '신흥 예술파'들의 결집을 들 수 있으며 잡지
『근대생활』(1929~1932)도 점차 이 일파들의 활동 장소가 되었다. 『근대생
활』이 특집으로 꾸민 '시대상' 소설 21인집'(1930)에는 「거리의 그로테스크
(街のグロテスク)」(후나바시 세이이치), 「연애 소녀(戀態ガアル)」(류단지 유)
와 같은 작품이 나타나면서 '에로·그로·난센스'의 '시대상'을 여실하게
반영한 지면 구성을 보여준다.

1929년 아사쿠사에서 새로 리뷰 극장으로 문을 열었던 '카지노 폴리'를
언급하면서 가와바타 야스나리는 「아사쿠사 잇꽃단」(1929~1930)에서

에로티시즘과 난센스, 스피드와 시사 만화가풍의 유머와 재즈 송, 그리고
여자의 발 ―

이라고 쓰고 있는데 도시의 번화가 풍속이 '에로·그로·난센스'로 집약되
었던 시대에 '어처구니없는 오락관'을 의미하는 '카지노 폴리 casino folie'는
그야말로 시대의 첨단을 달리고 있는 존재로 보였다. 『현대 엽기 첨단 도감
(現代獵奇尖端圖鑑)』(신조사, 1931)이라는 제목으로 당시로서는 상당히 큰
책도 나왔는데 '에로·그로·난센스' 시대를 전해주는 더할 나위 없이 좋은
자료이다. '신흥 예술파'의 문학은 '첨단' 풍속과 모던상을 가장 빨리 작품
에 받아들였던 시대의 문학이다.

이에 대해 『문학』의 멤버는 '순정 예술파'를 지향했다고 할 수 있다. 『문
학』 제1호(1929. 10) 권말에 2단으로 실린 편집 동인들은 이누카이 다케루,
가와바타 야스나리, 요코미쓰 리이치, 나가이 다쓰오, 후카다 규야, 호리 다
쓰오, 요시무라 데쓰타로(吉村鐵太郎, 1900~1945) 7명인데 앞에 적은 세 명
을 상단에, 이하 4명을 하단에 나누어 적고 있다. 이것은 아마도 예술파로서
의 세대 구분으로 보인다(요시무라 데쓰타로는 호리 다쓰오, 진사이 기요시 등

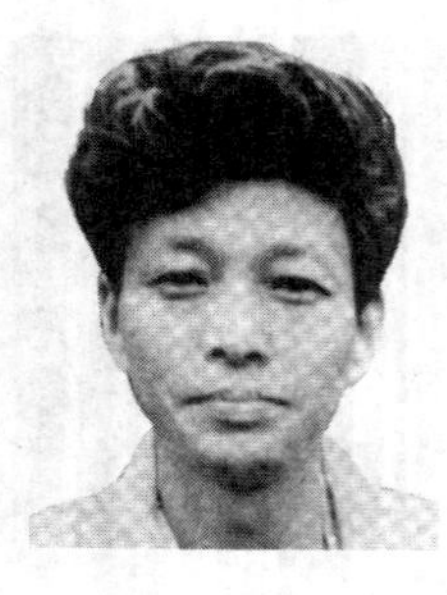

고바야시 히데오

과 동인지 동료였다). 그 편집 후기(이누카이 다케루 집필)는 "『문학』은 문학의 월간 잡지이다"라고 하면서 "『문학』이라고 자칭하는 문학 잡지를 내는 것은 그 자체로 하나의 간단명료한 선언"이라고 쓰고 있기도 하다.

이 해는 고바야시 히데오의 「다양한 의장」이 『개조』의 현상 문예 평론에서 2등으로 입선했던 해이기도 한데, 이 글에서 고바야시는 지금 융성하고 있는 '마르크스주의 문학'을 '한 의장'의 '상품'으로 보았다. 크게 본다면 현대에 횡행하는 "오늘날 일본 문단의 다양한 의장"으로 존재하는 문학을 지적하고 비판했던 것이다. 『문학』은 그 문단적인 '의장'을 제거하려고 했던 잡지 이름이다. 고바야시는 여기에서 아르튀르 랭보의 「지옥의 한 계절」을 번역해서 연재했다. 고바야시 히데오도 『문학』의 동지였던 것이다.

그러나 이 잡지에 연재했던 번역으로는 요도노 류조(淀野隆三, 1904~1967), 사토 마사아키(佐藤正彰, 1905~1975) 등이 번역한 프루스트의 「스왕네 집 쪽으로——잃어버린 시간을 찾아서(スワン家の方——失ひし時を求めて)」가 의의 깊다. 편집 후기에서도 "일본에서 처음으로 본격적으로 소개하는 기획"이라고 강조하고 있다. 『문학』은 니시와키 준자부로, 다키구치 슈조 등도 발표하고 있어 『시와 시론』과 호응하는 측면이 있다. 쇼와 초년대의 '순정 예술파'는 바다 건너의 새로운 문학을 흡수하면서 조성되었다고 할 수 있다.

이 잡지를 움직였던 사람은 이누카이, 가와바타, 요코미쓰 등보다 예술파의 신세대에 해당하는 호리, 후카다, 나가이 등이었을 것이다. 그런 의미에서 3, 4호의 「수첩」란이 볼 만한데 여기에 호리 다쓰오 등과 함께 얼굴을 내밀고 있는 이부세 마스지, 아베 도모지, 이케타니 신자부로도 『문학』 일당이었음을 알 수 있다. 소설로는 후지사와 다케오의 「로자가 될 수 없었던 여자(ロオザになれなかった女)」, 이부세 마스지의 「옥상 위의 사왕(屋根の上のサワン)」, 진사이 기요시의 「회복기」, 나가이 다쓰오의 「그림책(繪本)」 등을 실었다.

또 『문학』에는 오노 마쓰지(小野松二, 1920~1970)가 문예 시평 등을 썼

호리 다쓰오

다. (오노 또한 『1928』 등의 동인지 시대를 거쳤다). 오노 마쓰지는 1930년부터 1940년까지 만 10년 동안 『작품』의 편집을 맡게 되는데 『문학』이 1930년 3월에 종간되고 『작품』이 같은 해 5월에 발간되었으므로 '순정 예술파'는 거의 시차 없이 『문학』에서 『작품』으로 연결되었던 것이다. 『작품』이라는 잡지 이름도 『문학』과 마찬가지로 '간단명료' 하게 작품 그 자체로 간다는 '선언' 적인 이름이었다. 고바야시 히데오의 명명이라고 한다.

『작품』 발간호의 편집 후기에는 "『작품』은 작품 그 자체로 대문단적인 작업을 한다"고 하면서 "『작품』에서는 매달 반드시 외국 문학을 이식한다. 〔……〕 『작품』은 잡지계의 가장 신뢰할 만한 무역항의 하나가 되려고 생각하고 있다"고 쓰고 있기도 한데, 이것은 『작품』이 『문학』을 계승한 잡지라는 사실을 나타내는 것이다. 여기에서 '『작품』의 동료' 로 거론하고 있는 사람은 후카다 규야, 호리 다쓰오, 이부세 마스지, 진자이 기요시, 고바야시 히데오, 곤 히데미(今日出海, 1903~1984), 구라하라 신지로, 나가이 다쓰오, 나카무라 마사쓰네, 오노 마쓰지, 소 에이(宗瑛, 1907~ . 요시무라 데쓰타로의 누이), 요시무라 데쓰타로이며, 이들은 『문학』의 벤치에 있었던 멤버들이다(이부세 등이 쓰고 있는 바에 의하면 이 밖에 마키노 신이치, 미요시 다쓰지, 가와카미 데쓰타로〔河上徹太郎, 1902~1980〕, 나카지마 겐조〔中島健藏, 1903~ 1979〕 등도 '동료' 로 손꼽을 수 있다). 『문학』 6권이 있고 『작품』 10년(120권)이 있었다.

『작품』 발간호 첫머리에 호리 다쓰오의 소설 「루벤스의 위화(ルウベンスの偽畵)」를 실었다. 마키노 신이치의 「서부극 통신(西部劇通信)」(1930), 이부세 마스지의 「도망기」(1930~1931), 가지이 모토지로의 「교미(交尾)」(1931), 이시카와 준의 「가인(佳人)」(1935)은 그 무렵까지 나왔던 대표적인 작품이다. 오오카 쇼헤이(大岡昇平, 1909~1988)의 소설(「청춘」, 1934)드 『작품』에서 시작되었다. 1935년의 '신진 작가 소설호' 에는 니와 후미오, 사카

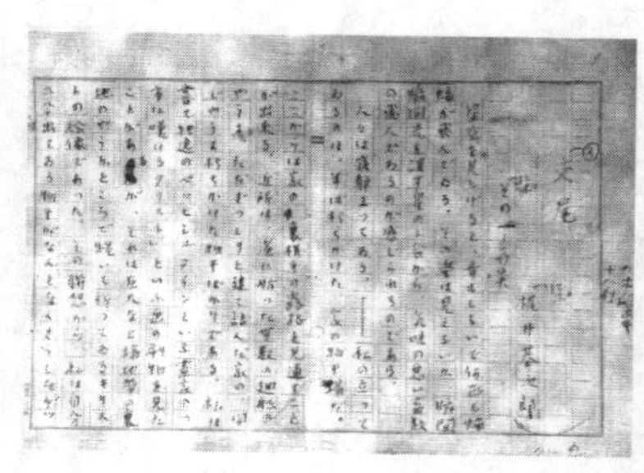

가지이 모토지로의
「교미」 원고

구치 안고, 다바타 슈이치로, 다자이 오사무 등도 등장한다.1936년(하반기)의 아쿠타가와 상을 수상한 이시카와 준의 「보현(普賢)」은 『작품』에 연재됐던 글이다.

그리고 이 잡지에는 볼 만한 번역물 작품이 많다. 고바야시 히데오가 랭보의 「식화(飾畵)」(1930), 기시다 구니오가 르나르J. Renard의 「홍당무(にんじん)」(1931~1932), 요도노 류조와 이노우에 규이치로(井上究一郎, 1909~) 등이 프루스트의 「잃어버린 시간을 찾아서」, 구와바라 다케오(桑原武夫, 1904~1988)가 알랭Alain의 「산문에 대해서」(1933), 가와카미 데쓰타로가 셰스토프L. Shestov의 「비극의 철학」, 야마노우치 요시오가 지드의 「사전(私錢)꾼들」(1933~1934), 진자이 기요시가 도스토예프스키의 「스타브로긴의 고백」(1933~1934) 등을 끊임없이 번역해서 연재했다. 여기에서 이 잡지가 쇼와의 번역사 특히 프랑스 문학을 섭취하면서 거둔 역할이 얼마나 대단한 것인가를 되돌아보게 된다. 쇼와 초년대의 모더니즘과 예술파 문학은 이들의 새로운 번역으로 새로 장식하고 옷을 갈아입을 수 있었다.

『작품』은 쇼와의 평론가들이 비상할 수 있는 기지이기도 했다. 작품사가 간행했던 서적 중에도 간과할 수 없는 것이 적지 않은데 나카지마 겐조의 『회의와 상징』(1934), 고바야시 히데오의 『사소설론(私小說論)』(1935), 가와카미 데쓰타로의 『현실 재건』(1936)도 작품사에서 간행했던 평론집이다. 또 이 잡지에서 볼 만한 기획으로 '지상 기념회'가 있다. 요코미쓰 리이치의 『기계』, 호리 다쓰오의 『성가족(聖家族)』, 가지이 모토지로가 생전에 냈던 유일한 작품집 『레몬』, 고바야시 히데오의 처녀 평론집 『문예평론』 등을 다루고 있는데, 이는 쇼와 초년대의 문학으로 지워버릴 수 없는 작품들이다.

『작품』과 상호 연장 노선으로 운행된 형제 잡지로는 마키노 신이치가 주도한 『문과(文科)』(춘양당, 1931~1932)가 있다. 그러나 1933년 『문학계』가 고바야시 히데오, 후카다 규야 등을 편집 동인으로 하고 발간되었으므로

80

고바야시 다키지의 『해공선』(1929)

『작품』의 주요 멤버들은 점차 그 쪽으로 가게 되었다. 일본근대문학관에서 복간한 쇼와 10년대 무렵까지를 보면 이 잡지의 독자적인 활기를 알 수 있다(『문학』『문과』도 일본근대문학관에서 복간). 한편 '신흥 예술파' 계열의 신진 작가들이 두드러지게 집필했던 잡지로『근대생활』과 함께『문학시대』(신조사, 1929~1932)가 있다. '탐정소설호'(1929), '스포츠소설호'(1930), '세계엽기물 전집호'(1930) 등의 특집이 있다.

　『문학』에서『작품』으로 걸친 이 시기는 요코미쓰 리이치, 고바야시 히데오, 호리 다쓰오의 시대였다고 할 수 있다. 고바야시 히데오가『문예춘추』에 문예 시평을 연재하면서 요코미쓰의『기계』(1930)를 격찬하고, 요코미쓰 리이치가 호리 다쓰오의『성가족』(1932)에 서문을 보냈던 시기, 즉 모더니즘과 '순정 예술파'가 결속해서 쇼와 문학으로 약진했던 시대이다. 나카지마 겐조의『회상의 문학』(평범사, 1977)에서 볼 수 있는『작품』모임,『문과』모임 등을 둘러싼 기록은 이 시기를 구체적으로 언급하고 있는 자료이다.

『해공선』과『태양이 없는 거리』

　쇼와 초년대의 신흥 문학을 말할 때 '프로 · 모던'이라는 용어로 묶고 있다. 프롤레타리아 문학과 모더니즘 문학의 순서로 부르는 것이 통례이지만 '프롤레타리아 문학'은 오늘날에는 문학사의 술어로 된 느낌도 없지 않다. 그러나 쇼와 문학사에서 프롤레타리아 문학은 오늘날에는 상상도 할 수 없을 정도의 세력, 그리고 시대의 문학으로서 실질적 역량을 보여주었던 문학으로 평가하고 검토하지 않으면 안 된다. 프롤레타리아 문학은 쇼와의 문학이 부정할 수 없는 문학으로 존재했던 것이다.

　프롤레타리아 문학 전집으로 가장 최근에 나온 신일본출판사 판 '일본 프

구라하라 고레히토

롤레타리아 문학집'(전 40권, 별책 1권)에서는 프롤레타리아 문학 운동의 역사를 더듬으면서 『문예전선』 시대에 이어 『전기』『나프』 시대를 편집하고 있다. 『전기』는 1928년 5월호부터 발간되었으며, 그 창간호 권두에 전일본무산자예술연맹의 '일본프롤레타리아예술연맹·전위예술가동맹에 관한 성명'을 1928년 3월 25일자로 싣고 있는데, 이는 '3·15' 사건 직후에 해당한다. 대립했던 두 파는 3월 15일의 일본 공산당에 대한 검거와 탄압에 대항하고 오히려 이를 계기로 '합동'했던 것이다.

이 '성명'은 전년도의 '일본프롤레타리아예술연맹'(약칭 프로예, 기관지 『프롤레타리아 예술』)과 '노농예술가연맹'(약칭 노예, 기관지 『문예전선』)의 '분열,' '노농예술가연맹'과 '전위예술가동맹'(약칭 전예, 기관지 『전위』)의 '분열'을 언급하면서 "노농예술가연맹은 최후에 그 진실한 정치적 입장을 사회민주주의에 놓은 예술 단체로 남아 전프롤레타리아 해방 전선에서 전투적 마르크스주의의 가면을 쓴 사회민주주의자들의 일개 진영이 되고 말았다"고 선언하고 있다. 요컨대 '사회민주주의'에 머문 '노농예술가연맹'(『문예전선』파)과 정치적 입장을 달리하는 '전투적 마르크스주의'에 입각해서 비합법적인 일본 공산당을 지지하는 '전일본무산자예술연맹'의 기관지로 『전기』의 존재를 내세웠던 것이다.

'전일본무산자예술연맹'은 이어 '전일본무산자예술단체협의회'로 개칭하는데, 에스페란토 Nippona Artista Proleta Federacio의 대문자를 연결한 NAPF가 『전기』를 거점으로 삼았던 것이다. 『전기』 창간호에 실린 나카노 시게하루의 「『문예전선』은 어디로 문을 열 것인가?」, 구라하라 고레히토의 「프롤레타리아 리얼리즘으로의 길」은 '나프'의 자세를 대단히 단적으로 보여주고 있는 평론으로 볼 수 있다. 그러나 이 직후에 구라하라와 나카노가 '예술 대중화 논쟁'을 교환하면서 프롤레타리아 문학에서 내부 논쟁이 격렬하게 일어났던 사실도 간과할 수 없다.

나카노 시게하루

같은 해 1928년에는 구라하라 고레히토와 요코미쓰 리이치가 '형식주의 문학 논쟁'을 벌였다. 구라하라가 '마르크스주의적 견지'에서 "예술은 이데올로기인 동시에 형식"이라고 하면서 "일부러 형식의 신기함을 자랑하는, 말하자면 형식이 내용을 앞지르는" 경향을 비판했다면, 요코미쓰는 '예술적 표현'으로 '포멀리즘'을 주장해서 프롤레타리아 문학 진영과 모더니즘·예술파 그룹은 서로 양보하지 않았다. 이 응수는 다음해인 1929년까지 교환되었고 쇼와 초년대의 '프로·모던' 논쟁으로 빠뜨릴 수 없는 의미를 갖는다.

구라하라 고레히토가 『전기』 창간호에서 주창한 「프롤레타리아 리얼리즘으로의 길」을 가장 온몸으로 받아들였던 작가는 고바야시 다키지였다. 다키지가 노농예술가연맹에서 전위예술가동맹으로 갔다가 다시 나프에 참가해서 초기의 대표작 「방설림(防雪林)」과 '3·15' 사건 당시 경찰서 내부에서 자행했던 고문을 활자화한 「1928년 3월 15일」을 『전기』에 발표했던 것은 1928년으로서, 그가 25살 되던 해이다. 이 사이에 구라하라를 만났고 이후 그 이론적 영향을 창작으로 실천했던 것이다(덧붙이면 1928년은 치안유지법의 최고형이 사형으로 개정되었던 해이다).

다음해인 1929년에는 나프의 문학부가 독립해서 결성한 일본프롤레타리아작가동맹 NALP 중앙위원으로 선정되어 「해공선(蟹工船)」을 『전기』에 발표했으며, 『중앙공론』에도 「부재지주(不在地主)」를 실었는데 이것이 이유가 되어 오타루의 홋카이도척식은행에서 해고를 당했다. 「해공선」은 '북위 50도 이북'으로 제목을 바꾸고 각색해서 히지가타 요시의 연출로 신쓰키지 극단이 제국극장에서 상연하기도 했다. 프롤레타리아 연극의 전국적 통일 조직인 일본프롤레타리아연극동맹 PROT도 창립되었으며 『전기』를 중심축으로 삼은 프롤레타리아 문학은 폭넓게 조직되면서 활기를 띠었다. 프롤레타리아 시로 유명한 나카노 시게하루가 「비 내리는 시나가와 역(雨の降る品川驛)」을 『개조』에 발표했던 것도 1929년이다.

고바야시 다키지

　「해공선」과 「1928년 3월 15일」을 한 권으로 묶은 '일본 프롤레타리아 작가 총서' 제2편 전기사판 『해공선』(1929)은 발행 직후에 판매 금지가 되었으나(조직의 배포망을 통해 반년 동안에 37,000부를 발행했다고 한다), '제국주의' 국가 권력의 폭압과 이에 대한 노동자 계급의 '동지' 투쟁을 묘사해서 프롤레타리아 문학이 가야 할 길을 명시했던 작품으로 평가된다. "오호츠크 해의 해공선에서 학대당하는 노동자와 마루 빌딩(丸ビル)의 중역(重役)들을 하나의 광경 속에서 조망하고 있다"(히라바야시 하쓰노스케)고 평가되었던 『해공선』은 저자가 후기에서 말한 대로 "식민지의 자본주의 침입사"로 읽을 수 있다. '자본주의'에 대한 노동자 계급의 투쟁 문학, 계급 투쟁의 문학으로서 프롤레타리아 문학은 존재했던 것이다. 그런 의미에서 "해공선이라는 제재를 해공선의 세계뿐만 아니라 현대 일본의 자본주의적 전사회 조직과의 관계에서 묘사하고 있는"(가쓰모토 세이이치로) 점이 주목을 받았던 것이다.

　고바야시 다키지는 시가 나오야를 존경해서 발매 금지된 전기사판 『해공선』을 헌책방에서 사서 증정했고, 1931년에는 시가 나오야를 나라(奈良)로 방문해서 하룻밤을 자기도 했다. 『시가 나오야 전집』 별권 『시가 나오야에게 온 편지(志賀直哉宛書簡)』에도 고바야시가 보낸 편지 몇 통이 수록되어 있다. 시가가 『해공선』과 기타 작품을 읽은 감상을 고바야시에게 써서 보낸 편지도 있는데, 여기에는 "제 기분으로 말한다면 프롤레타리아 운동 의식이 나오고 있는 부분이 마음에 걸립니다. 소설에 주인이 따로 있다는 점이 좋지 않습니다." "운동 의식에서 완전히 독립한 프롤레타리아 예술이 진정한 프롤레타리아 예술이 될 것이라고 생각합니다"라고 말한 대목이 있다.

　'프롤레타리아 운동'을 '주인'이라고 보고, 프롤레타리아 문학이 일본 공산당 조직 밑에 놓여 그 '의식'과 '방침'에 종속되고 있는 문학이라는 사실을 기탄 없이 실감 있게 전했던 것이다. 이는 프롤레타리아 문학의 현실에

도쿠나가 스나오의
『태양이 없는 거리』(1929)

대한 대단히 솔직하고 날카로운 견해이며, 직설적인 지적이다. 시가가 고바야시 다키지에게 편지를 보낸 전년도(1930)에는 소비에트국제혁명작가회의(하리코프회의)가 열렸으며 그 결의에 따라 '공산주의 예술 확립'을 지향하게 된다. 다음해인 1931년의 잡지 『나프』는 이 '방침서'를 실었으며 다키지는 여기에 "새로운 단계의 지도 정신에 따라" 장편 『전형기의 사람들』을 쓴다. 다키지가 일본 공산당에 입당했던 것도 이 해이다. 고바야시 다키지에 대해서는 주요 작품의 해제도 함께 싣고 있는 『고바야시 다키지 문학관 해설(小林多喜二文學館解說)』(호르프출판, 1980)을 참고하기 바란다.

　『전기』의 작품으로는 "오늘날 프롤레타리아 문학이 가질 수 있는 최고 전형의 하나"(가와바타 야스나리, 「문예시평」, 1930)라고 평가되었던 도쿠나가 스나오의 「태양이 없는 거리」를 빠뜨릴 수 없다(도쿠나가 스나오는 앞에 적었던 신일본출판사 판 『일본 프롤레타리아 문학집』에서도 고바야시 다키지와 함께 실렸으며 각각 두 권을 차지하였다). 이 장편은 작가 자신이 체험했던 공동 인쇄(共同印刷) 쟁의에서 재료를 얻어 1929년 『전기』에 연재하고 가필해서 '일본 프롤레타리아 작가 총서' 제4편으로 전기사에서 간행되었다. 이 공동 인쇄 쟁의는 1926년 5월, 8일 간에 걸쳐 일어났던 대규모의 쟁의이며, 쟁의단의 일원이었던 도쿠나가가 간직하고 있던 내용을 작품으로 쓴 것이다(도쿠나가 스나오도 이 쟁의 때문에 동료 1,700명과 함께 해고당했다).

　'도쿄 제일의 빈민가' 오이시카와(小石川)의 '밑바닥'에서 살고 있는 노동자의 생활과 그 쟁의에 몰두하는 모습을 "이만큼 전폭적으로 모든 측면에서 상세하게 전개하면서 보여준 사실만으로도 기념할 만한 작품일 것이다." "그럼에도 통속 문학의 장점을 이만큼 적절하게 받아들인 작가의 수완은 놀라운 바 있다"(가와바타 야스나리)고 평가되기도 했다. 이 '통속 문학의 장점'을 '수용'한 것은 당시 나프가 내세운 예술 대중화 노선을 실현한 것이기도 하다.

노가미 야에코

『태양이 없는 거리』끝에 '제1부 끝'이라고 썼는데 그 제2부로 쓴 작품이 「실업 도시 도쿄」(『중앙공론』, 1930. 2)이다. 그러나 중일 전쟁이 시작된 1937년 작가는 자기 비판 성명을 내고 『태양이 없는 거리』를 절판하였다. 프롤레타리아 문학의 막다른 한 골목이었다. 우라니시 가즈히코 편 『인물 서지 대계 1: 도쿠나가 스나오』(일외어소시에즈, 1982)는 도쿠나가 스나오의 작업을 살펴보는 데 많은 참고가 된다.

1929년('3·15'에 이어 '4·16' 대검거가 있었던 해)은 프롤레타리아 문학 운동이 최고조에 도달했던 시기이며 작가들이 잇달아 '좌경'화된 시기였다. 다이쇼 시대부터 문단 작가였던 히로쓰 가즈오가 「나의 마음을 말한다」(『개조』6월호, 1929)에서 "과거를 뿌리치고 새로운 일보를 내딛자"는 심정을 토로했으며, 이후(1931) 미야모토 겐지가 그 '동반적 과도성'을 지적했던 소설을 썼다. '동반적'이란 프롤레타리아 문학에 대해 그렇다는 것이며 '동반자 작가'라는 용어도 생겼다.

노가미 야에코(野上彌生子, 1885~1985)의 대표작의 하나인 「마치코(眞知子)」(1928~1930)에도 그 경향이 뚜렷하게 나타나고 있다. 프롤레타리아 문학의 시대가 여기에 그림자를 드리우고 있다. 1933년 아사히신문에 「여자의 일생(女の一生)」을 연재하다가 공산당에 자금을 제공한 혐의로 검거되었던 야마모토 유조도 동반자 작가로 간주되었다. 우리는 히로쓰 가즈오와 노가미 야에코의 집필 태도를 보면서 동반자적이라는 사실에서 오는 한계보다는 오히려 여기에서 생긴 강인한 가능성을 엿볼 수 있다.

또 1930년에 있었던 하리코프회의의 결정에 근거해서 다음해에 일본프롤레타리아작가동맹 밑에 농민문학연구회를 설치했다. 농민 문학도 이를 계기로 프롤레타리아 문학으로 존재를 과시하기 시작했으며, 『전기』와 『나프』에 나카노 시게하루, 고바야시 다키지, 구로시마 덴지, 혼조 무쓰오(本庄陸男, 1905~1939) 등의 소설과 평론이 실렸다. 작가동맹농민문학연구회가 『토지

'신흥 예술파 총서.'
왼쪽부터 『사랑과 아프리카』
『벼랑 끝』『심야와 매화』

를 농민에게』『농민의 깃발』을 간행하기도 하였다(신조사, 1931). 작가동맹 파가 이누타 시게루(犬田卯, 1891~1957. 아내 스미이 스에〔住井すゑ, 1902~ 1997〕)가 대표로 있던 잡지 『농민』파와 '농민 문학 논쟁'을 교환한 것도 이 해(1931)이다. 또한 이 해는 '만주사변'이 발발하여 '15년 전쟁'에 돌입했 던 해이기도 하다. '비상 시국'의 도래가 고시된 가운데 발매된 레크드「술 은 눈물인가 한숨인가(酒は涙か溜息か)」는 16만 장이나 팔렸다고 한다.

'신흥 예술파 총서'와 '신예 문학 총서'

『해공선』『태양이 없는 거리』가 수록된 전기사판 '일본 프롤레타리아 작 가 총서'에는 다테노 노부유키(立野信之, 1903~1971)의 『군대병 ── 병사와 농민에 관한 단편집』(1929), 구보카와(사타) 이네코의 『캐러멜 공장에서』 (1930), 나카노 시게하루의 『강철 이야기(鐵の話)』(1930), 가타오카 뎃페이 의 『아야자토무라 쾌거록』(1930)도 들어 있다. 이 밖에 당시의 프롤레타리 아 문학 계열의 작가를 묶은 시리즈로 '현대 폭로 문학 선집'(천인사, 1930, 정가 30전)도 있으며, 이와토 유키오의 『공장 노동자』, 구로시마 덴지의 『파 르티잔 · 울코프』, 다케다 린타로의 『폭력』, 하시모토 에이키치(橋本英吉, 1898~1978)의 『탄갱(炭坑)』, 나카모토 다카코의 『아침의 무례(朝の無禮)』, 후지사와 다케오의 『생활의 깃발(生活の旗)』 등을 수록했다. 프롤레타리아 문학은 '폭로 문학' ── 고발 문학이기도 했던 것이다. 다만 이 선집에는 룸 펜(부랑자, 실업자)으로 알려진 시모무라 지아키(下村千秋, 1893~1955)의 『어느 창녀와의 경험(ある私娼との經驗)』, '신흥 예술파'의 멤버이기도 했던 아사하라 로쿠로(淺原六朗, 1895~1977)의 『어떤 자살 계급자』, 사사키 도시 로(佐佐木俊郎, 1900~1933)의 『곰이 나오는 개간지(熊の出る開墾地)』와 같

가와바타 야스나리(좌)와
장기를 두는 요코미쓰 리이치

은 작품도 섞여 있다.

대개 당시 신진으로 주목을 받았던 작가들의 집합 시리즈로 보이며, 그런 의미에서 다시 그 집합의 크기와 규모 있는 출판사가 만들고 있는 신진 작가 시리즈로 눈을 돌려볼 필요가 있을 것이다. 그 하나는 신조사에서 나온 '신흥 예술파 총서'(1930. 정가 50전)이다. 먼저 그 일람표를 보자.

이부세 마스지, 『심야와 매화(夜ふけと梅の花)』
오카다 사부로, 『물질의 탄도(物質の彈道)』
사사키 도시로, 『검은 지대(黑い地帶)』
나라사키 쓰토무(楢崎勤, 1901~1978), 『신성한 나부(神聖な裸婦)』
요코미쓰 리이치, 『고가선(高架線)』
아사하라 로쿠로, 『여자들의 행진(女群行進)』
가무라 이소타(嘉村礒多, 1897~1933), 『벼랑 끝(崖の下)』
가와바타 야스나리, 『나의 표본실(僕の標本室)』
구노 도요히코, 『연상의 폭풍(聯想の暴風)』
류단지 유, 『거리의 난센스』
아베 도모지, 『사랑과 아프리카(戀とアフリカ)』
오자키 시로, 『비극을 찾는 남자』
기타무라 히사오(北村壽夫, 1895~1982), 『담채의 처녀(淡彩の處女)』
사사키 후사, 『표범의 집(豹の部屋)』
나카가와 요이치, 『R기선의 장도(R汽船の壯圖)』
나카무라 마사쓰네, 『보아키치의 구혼(ボア吉の求婚)』
주이치야 기사부로, 『양배추의 윤리(キャベツの倫理)』
후나바시 세이이치, 『애욕의 한 순가락(愛慾の一匙)』
요시유키 에이스케, 『여백화점(女百貨店)』

나카무라 무라오

이케타니 신자부로, 『유한 부인』

가와바타 야스나리, 『꽃이 있는 사진(花ある寫眞)』

나라사키 쓰토무, 『아이카와 마유미라는 여자(相川マユミといふ女)』

요시유키 에이스케, 『신종족 노라(新種族ノラ)』

아베 도모지, 『바다의 애무(海の愛撫)』

각 제목만 살펴보아도 쇼와 초기 문학의 정황과 분위기의 일면을 상당 부분 알 수 있다. 대개 메이지·다이쇼에 나온 소설들의 제목과 다르며, 우선 인상적인 것은 문학의 현대적인 양상이다. '신흥 예술파 총서'는 이 시리즈를 간행하는 동시(1930. 4)에 발족했던 '신흥 예술파 구락부'라는 이름을 거의 그대로 담은 형태이며, 저자의 면모에서도 모더니즘 = 예술파 문학의 동원이었음을 알 수 있다.

이 가운데 요코미쓰 리이치, 가와바타 야스나리, 나카가와 요이치, 주이치야 기사부로는 과거 『문예시대』(1924~1927)의 동인이며 '신감각파'로 손꼽혔던 작가들이다. 『문예시대』에 대항했던 『부동조』(1925~1929)의 오카다 사부로, 아사하라 로쿠로, 오자키 시로도 가담하고 있다. 가무라 이소타도 『부동조』 편집에 관계한 작가이다. 반프롤레타리아 문학의 두 유파와 후속 멤버들도 여기에 등용되었다. 이 총서에 이름을 올린 류단지 유, 나라사키 쓰토무, 구노 도요히코, 나카무라 마사쓰네, 요시유키 에이스케 등은 '신흥 예술파 구락부'의 주력 멤버이다.

'신흥 예술파 구락부'가 결성되기 한 해 전에 '예술파의 십자군'을 자임했던 '13인 구락부'가 새로 구성되었다. 그 멤버는 『신조』의 편집장이었던 나카무라 무라오를 중심으로 아사하라 로쿠로, 이지마 다다시, 가토 다케오, 가와바타 야스나리, 가무라 이소타, 구노 도요히코, 나라사키 쓰토무, 오카다 사부로, 오자키 시로, 오키나 규인(翁久充, 1888~1973), 류단지 유, 사사

가무라 이소타

키 도시로 등이다. 이 '13인 구락부'는 '신흥 예술파 구락부'의 모체가 되었다. 주로 『부동조』 이후 나카무라 무라오가 주선 역할을 했던 '13인 구락부'는 나카무라 이외에도 가토 다케오, 가무라 이소타, 나라사키 쓰토무, 사사키 도시로가 신조사 관계로 '예술파의 십자군'의 흐름을 이끌었으며, 그 확대 기획으로 볼 수 있는 '신흥 예술파 총서'는 신조사에서 나올 수밖에 없었던 시리즈였다.

'신흥 예술파 총서'는 당시의 도시상을 반영한 작품을 다수 수록하고 있다. 그것은 모던 보이, 모던 걸의 문학, 에로티시즘, 난센스의 문학, 첨단 풍속의 문학 등 그만큼 피상적인 문학으로 평가되기도 한다. 또한 이 총서에는 이부세 마스지, 아베 도모지의 첫 작품집에 해당하는 것이 들어 있어 그 사람의 출발을 알려준다. 이부세의 난센스도, 아베 도모지의 주지적 경향도 시대의 모더니즘이었으며 또 각자의 문학의 뿌리가 되었다. 가무라 이소타만 해도 '신흥 예술파'와는 대개 이복형제라고 해도 좋은 독립독행의 사소설의 외길을 걸었으며, 사사키 도시로는 프롤레타리아 문학으로 이어지는 작품의 맛을 보여주었다. '신흥 예술파 총서'는 '신흥 예술파' 문학으로만 볼 수 없는 단면을 보여주었다.

'에로·그로·난센스' 문학으로 평가되기도 했던 '신흥 예술파' 문학을 문학 잡지의 측면에서 본다면 『문학시대』(신조사, 1929~1932)는 하나의 빼어난 존재일 것이다. 또 운노 히로시(海野弘, 1939~) 등이 편집한 『모던 도시 문학』(평범사, 전 10권)도 '신흥 예술파' 자료로 참고가 될 것이다.

'신흥 예술파 총서'와 함께 쇼와 초기 신진 작가 시리즈로 개조사에서 나왔던 '신예 문학 총서'(1930~1931. 정가 30전)도 일람하지 않으면 안 된다.

이부세 마스지, 『그리운 현실(なつかしき現實)』
이와토 유키오, 『시체의 바다(屍の海)』

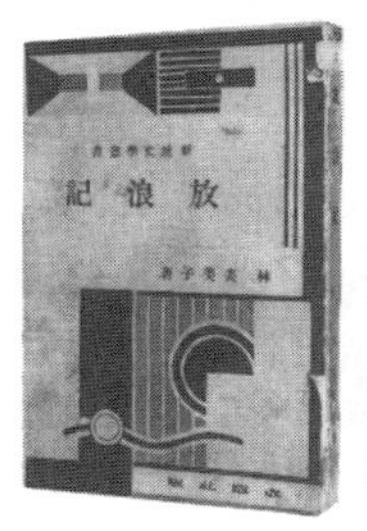

'신예 문학 총서.'
『방랑기』『히가시굿창행』

오카다 데이코, 『마사코와 그 직업(正子とその職業)』

구로시마 덴지, 『부동하는 땅값(浮動する地價)』

세리자와 고지로(芹澤光治郎, 1897~), 『부르주아』

다케다 린타로, 『반역의 리듬(反逆の呂律)』

나카무라 마사쓰네, 『운석의 침상(隕石の寢床)』

나카모토 다카코, 『싸움(闘ひ)』

하야시 후미코, 『방랑기』

히라바야시 다이코, 『경지(耕地)』

후지사와 다케오, 『상처투성이의 노래(傷だらけの歌)』

호리 다쓰오, 『서투른 천사(不器用な天使)』

류단지 유, 『방랑 시대』

구노 도요히코, 『마분지의 황제 만세(ボール紙の皇帝萬歲)』

구보카와(사타) 이네코, 『연구회 삽화(研究會挿話)』

다테노 노부유키, 『정보(情報)』

아카시 데쓰야(明石鐵也, 1905~), 『강철의 규율(鐵の規律)』

가지 와타루(鹿地亘, 1903~1985), 『노동자 일기와 구두(勞動者日記と靴)』

기시 야마지, 『폭로독본(暴露讀本)』

하시모토 에이키치, 『노동 시장』

하야시 후사오, 『바다와 날치 새끼와(海と飛魚の子と)』

하야시 후미코, 『속방랑기』

후지사와 다케오, 『합승마차 시대』

가타오카 뎃페이, 『걷고 있는 남자(歩きつづける男)』

도쿠나가 스나오, 『약속어음 3,800엔(約束手形三千八百円也)』

나카노 시게하루, 『동트기 전의 안녕』

류단지 유, 『19살의 여름(十九の夏)』

류단지 유

고바야시 다키지, 『히가시굿창행(東俱知安行)』

　'신흥 예술파 총서'와 중복되는 작가도 보이지만 이쪽은 오히려 프롤레타리아 문학 계열의 세력이 눈에 띈다(나카노 시게하루의 『동트기 전의 안녕』에는 「예술에 정치적 가치 따위는 없다」라는 평론도 수록되어 있는데, 이는 마르크스주의 문학에서 '정치적 가치와 예술적 가치'를 둘러싼 논쟁의 글이다). 또 '신예 문학 총서'에서 두 권을 낸 작가도 있는데 두 총서를 합쳐보면 이 시기의 대표적인 신진 작가와 평판 작품을 저절로 알게 된다.

　그 대표적인 사람의 하나인 류단지 유는 1928년 『개조』의 현상 모집에서 소설 「방랑시대」로 일등으로 당선됐고, 이어 「아파트의 여자들과 나(アパートの女たちと僕と)」(『개조』, 1929)를 발표하면서 '신흥 예술파'의 선두에 섰다. '마쓰코(魔子)'라는 이름의 모델이 등장했던 그의 작품은 당시 도시 문학의 선두를 달리는 것으로 간주되었으며 『거리의 에로티시즘』(적로각, 1930) 등의 작품집도 있다. 『운석의 침상』의 나카무라 마사쓰네, 『부르주아』의 세리자와 고지로도 『개조』의 현상 모집에 당선되면서 등단했던 작가들이다. 1935년에 아쿠타가와 상이 창설될 때까지 『개조』의 현상 문예는 문단에 나오는 유력한 등용문으로 간주되었던 것이다.

　'신예 문학 총서'에는 신진 여성 작가도 몇 명 들어 있는데 그 중에서도 하야시 후미코의 『방랑기』는 베스트 셀러가 되었고 속편도 나와 아사쿠사에 있던 카지노 폴리(가벼운 연극과 리뷰로 유명)에서 각색·상연하기도 했다. 일종의 '룸펜 프롤레타리아' 문학으로 받아들여졌던 것이다. '신예 문학 총서'에 수록된 여성 작가들은 쇼와 여성 문학의 이른바 개척자에 해당하지만, 여성 작가에 국한되지 않고 '사라진' 작가 또한 적지 않다. '신흥 예술파 총서'와 '신예 문학 총서'를 조망하면서 새삼 쇼와 문학사의 강목(綱目), 그 유행과 불변을 생각하게 된다.

요코미쓰 리이치의
『기계』(『개조』, 1930. 9)

'신흥 예술파 총서'는 요코미쓰 리이치, 가와바타 야스나리의 작품도 수록하고 있는데 요코미쓰는 1928년 중국에 건너가 국제 도시 상해를 보고 6년에 걸쳐 장편 『상해』(개조사, 1932)를 썼다. 가와바타도 1929년부터 1930년에 걸쳐 간토 대지진이 일어나면서 부흥하기 시작한 아사쿠사를 무대로(카지노 폴리 등도 받아들였던) 『아사쿠사 잇꽃단』(선진사, 1930)을 썼다. 이 두 작품에서도 모더니즘 문학이 도시의 문학을 지향하면서 꿈틀대고 있던 모습을 볼 수 있다. 또 이 사이에 요코미쓰는 『기계』(1930)를 발표하고 고바야시 히데오의 격찬을 받으면서 모더니즘 문학이 심리주의로 전개하는 모습을 보여주었다. 가와바타도 심리주의 발상에서 「수정환상(水晶幻想)」(1931)을 썼다. 프롤레타리아 문학에 대한 예술파의 반격이 도래했던 것이다.

메이지 · 다이쇼 시대부터 활약했던 작가들

요코미쓰가 『기계』를 발표했을 때 고바야시 히데오는 '문예 시평'에서 "『기계』는 세상 사람들의 어휘에 없는 말로 쓴 윤리서이다. 책방에서는 팔지 않는 작가의 소양이다"라고 평가하였다. '윤리서'란 이 작품의 요체라고 할 수 있는 '나'의 '무구성(無垢性)'에 관계되는 용어일 터이고, "세상 사람들의 어휘에 없는 말로 썼다"는 것은 '나'의 자의식을 추구해 마지 않는 『기계』의 당초(唐草) 문양을 연상하게 하는 특이한 스타일을 지적하고 있는 것으로 볼 수 있다. 이런 의미에서 고바야시는 새로운 '사' 소설의 제시와 과감한 심리주의 실험에 대한 '작가의 소양'으로 작가와 작품을 칭찬했던 것이다.

그러나 고바야시 히데오가 전년도(1929)에 쓴 「시가 나오야(세상의 젊고 새로운 사람들에게)」에서 '울트라 에고이스트'라고 적었던 시가 나오야는

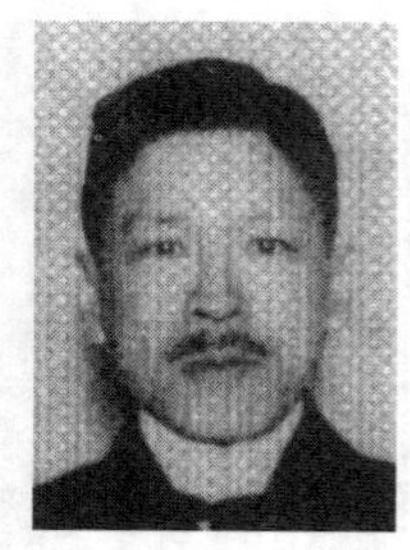

도쿠다 슈세이

『기계』와 요코미쓰 리이치의 기타 소설에 대해 "지독하게 불유쾌한 기분이 남는, 말하자면 도깨비의 느낌이었어요. 도깨비를 본 느낌처럼 기분 나쁜 것이 남아 가위에 눌리는 느낌이었어요"라고 평가하였다. 이는 훗날 다키이 고사쿠가 쓴 「시가 나오야 대담 일지」(1936)에 나오는 이야기인데, 이 말은 실감의 작가가 실험의 작가에 대해서 언급했던 견해라 할 수 있다.

요코미쓰가 『기계』를 발표했던 1930년의 시가 나오야의 「저작 연표」를 보면 발표된 작품이 한 편도 없다. "쓰고 싶지 않을 때 아무리 책상에 앉아보아도 헛일이라 생각한다. 요즘은 완전히 그렇다. 무리하게 쓰면 생기가 없는 작품밖에 쓸 수 없다"고 아미노 기쿠에게 편지를 쓰고 있던 해이다. "물때를 기다리는 편이 내 경우에는 좋은 결과가 나온다"고 쓰고 있기도 하다. 이 물때를 기다리는 시간은 이후에도 이어져 「만력적회(万曆赤繪)」를 『중앙공론』에 발표한 것은 '문예 부흥'이 논의되기 시작했던 1933년이다. 시가는 끝내 '자신의 경우'로 강행했던 셈이다.

1930년 시가 나오야보다 나이는 물론 문단 경력도 훨씬 많은 도쿠다 슈세이는 고향 이시카와 현에서 사회민중당 후보로 나오려고 준비를 하면서 '생기 없는' 창작 활동기를 보내고 있었다. 1933년에 이르러 「마을의 무도장(町の踊り場)」(무도장은 댄스홀)을 발표하면서 가까스로 문단에 복귀했다. 메이지의 자연주의 시대부터 계속 작품을 발표했던 마사무네 하쿠초도 1930년 이후에는 창작보다 문예 시평과 문단 인물론에 전념했다.

메이지의 자연주의 이후의 작가로 쇼와 초년대의 창작 활동에서 간과할 수 없는 사람은 『동트기 전(夜明け前)』을 쓴 시마자키 도손(島崎藤村, 1872~1943)이다. 이 장편은 연 4회라는 자기 페이스로 『중앙공론』에 1929년부터 1935년에 걸쳐 실렸다. 완결되던 해 시마자키 도손은 63살이었다(이 당시 60대 현역 작가는 대단히 적었으며 1930년에 죽은 다야마 가타이〔田山花袋, 1871~1930〕는 58살이었다).

시마자키 도손

"기소지(木曾路)는 모두 산속에 있다." 이 유명한 첫머리로 『동트기 전』은 시작되는데, 일본 근대의 '동트기 전'을 작가는 자기 고향인 기소다니(木曾谷)의 '산속'에서 묘사하였다. 이 '산속'은 작품 속에 나오는 '풀숲 속'이라는 발상에 연결되어 있으며, 1932년에 한 단락을 맺은 제1부의 끄트머리에 다음과 같은 일절이 나온다.

원래 풀숲에서 일어났던 일이기 때문에 가령 제후가 무엇을 생각한다고 해도 결코 그렇게 자유로워지는 것은 아니다. 풀숲의 비천한 곳에서 사건이 일어난 것은 도대체 무슨 까닭인지 생각해보는 것이 좋다. 결국 대의명분이라는 것은 밑에서 올려다보는 쪽이 분명하다.

이 장편의 주인공인 아오야마 한조(青山半藏)(도손의 아버지 마사키〔正樹〕가 모델임)가 탐독하고 있는, 친구에게 빌려온 사본에서 나오는 말인데, 이는 『동트기 전』에서 확인하고 있는 작가 자신의 '풀숲(草叢)' 역사관을 전해주고 있는 일절이다. 막부 말기부터 유신에 걸친 격동의 역사를 도손은 '산속'과 '풀숲 속'에서 파악해서 엮었던 것이다.

"풀숲의 비천한 곳에서 사건이 일어났다." "대의명분이라는 것은 밑에서 올려다보는 쪽이 분명하다." 이런 말의 이면에는 이 대작을 썼던 시대의 사상과 문학의 동향도 작용하고 있다. 자연주의 본토박이 작가가 '산속'과 '풀숲 속'에서 정밀하게 조사하면서 자신의 역사관을 손에 넣고 쇼와의 문학에 들어왔던 것이다.

그럼에도 이 장편은 기우장대한 역사소설인 동시에 우리의 가슴 아픈 아버지의 기록이다. 도손의 소설은 『집(家)』(1911) 이후 형제의 기록, 가족의 역사, 가문의 역사이기도 한데, 그는 『동트기 전』에서 미친 아버지를 희생양처럼 내세웠다. "나는 천황도 보지 못하고 죽는다"고 울부짖으면서 옥에 갇

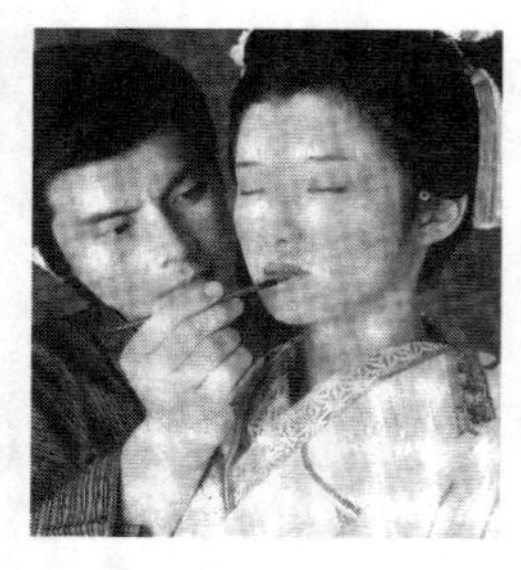

영화 「춘금초」의 한 장면(1976)

혀 미쳐 죽는 아오야마 한조를 도손은 '동트기 전'의 사람으로 머물게 하지 않고 쇼와 문학의 장으로 끌어냈던 것이다. 『동트기 전』 제1부는 간행 2년 후인 1934년에 무라야마 도모요시가 각색해서 프롤레타리아 연극의 맥을 이은 신협극단의 창단 공연으로 상연됐다.

메이지 40년대에 반자연주의 계열의 작가로 문단에서 유명했던 다니자키 준이치로는 '간사이 이주'(1923) 이후에도 왕성한 집필을 보여주었다. 그는 1930년에 「만(卍)」을 완성했고, 이어 「난국 이야기(亂菊物語)」(1930), 「요시노의 칡(吉野葛)」(1931), 「장님 이야기(盲目物語)」(1931), 「무주공비화(武州公秘話)」(1931~1932), 「갈대 베기(蘆刈)」(1932), 「춘금초(春琴抄)」(1933) 등 화제작을 잇달아 발표했다. 「만」은 1928년부터 쓰기 시작했던 작품이며, 이와 병행해서 「여뀌를 먹는 벌레(蓼喰ふ蟲)」(1928~1930)도 썼다. 이 시기의 다니자키는 문자 그대로 풍요로운 사람이었다.

「만」은 작가에 의하면 "간사이 부인의 붉은 입술에서 나오는 간사이 사투리의 감미로움과 유려함에 매료된 지 오래되어 시험삼아 회화도 지문도 오사카 사투리를 써서 일관된 산문 이야기로 만들었다"는 작품이며, 이 무렵부터 다니자키는 '간사이 지방 사투리(上方言葉)' 뿐만 아니라 '간사이' 그 자체를 자신의 작품에 흡수하고 배양해서 '산문 이야기(物語)' 시대를 구축한다. 「난국 이야기」는 '대중 소설'이라고 못박고 썼으며 「무주공비화」는 읽을 거리 잡지인 『신청년』에 연재했던 작품이다. 모두 '비화(秘話)'의 수법으로 '산문 이야기'를 이끌어냈다고 할 수 있다.

「요시노의 칡」 「장님 이야기」 「춘금초」는 이 작가의 상설 무대였던 『중앙공론』에 발표했던 '산문성'이 짙은 작품들로서 이토 세이는 다니자키 준이치로의 이 시기를 "산문 이야기가 층을 이루고 있다"고 보았다. '이야기(語り)'는 '기만,' 즉 속이기와 통한다고 하지만 다니자키의 '산문 이야기' 소설은 허구만재(虛構滿載), 더구나 한 작품마다 취향을 담고 주도면밀하여

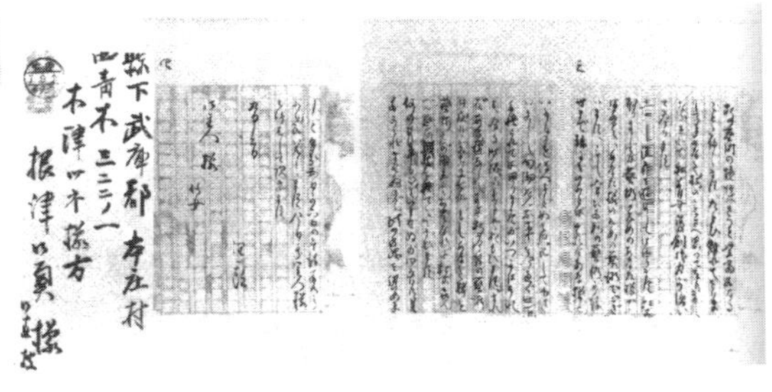

다니자키 준이치로가
네즈 마쓰코에게 보낸
편지(1932. 9. 2)

‘층을 이루고 있는’ 것이다.

또 이토 세이는 ‘회화도 지문도’ ‘일관’된 스타일을 ‘시도’했던 「만」의 수
법이 「갈대 베기」를 거쳐 「춘금초」에 이르는 ‘형식’으로 역시 층을 이루고
있는 사실에 주목하고, 여기에서도 작가의 준비와 유의, 취향이 주도면밀하
게 작용하고 있음을 지적하였다. 요코미쓰 리이치 등이 신심리주의 소설의
실험에 몰두하고 있을 때, 다니자키 준이치로는 "어째서 (일부러) 심리를 묘
사할 필요가 있을까"라며 「춘금초」의 주밀한 ‘이야기’ 스타일을 획득했던
것이다.

또 이 사이에 다니자키는 네즈(根津) 부인 마쓰코(松子)를 ‘몸이 상할’ 정
도로 사모했는데 「장님 이야기」 「갈대 베기」는 마쓰코를 ‘염두에 두고’ ‘머
리에 넣고’ 쓴 작품이라고 한다(다니자키 마쓰코, 『의송암의 꿈』). 시마자키
도손도 『동트기 전』에 착수했던 준비 단계에서 가토 시즈코(加藤靜子)에게
"몇 년이 걸릴지 모르겠지만 〔……〕"이라면서 반려자로 삼고 싶은 뜻을 고
백하고 있다(시마자키 시즈코 편, 『아내에의 편지(妻への手紙)』). 이 두 여인
은 쇼와 문학사에서 둘도 없이 귀중한 반려였던 것이다.

다니자키 준이치로의 쇼와 초년대의 「저작 연표」를 훑어보면 「나태설(懶
惰の說)」(1930), 「연애와 색정」(1931), 「내가 본 오사카와 오사카 사람」
(1932), 「‘예’에 대하여」(1933) 그리고 「음영예찬(陰翳禮讚)」(1933~1934)
등의 수필을 많이 썼다(1932년에 그는 『의송암 수필〔倚松庵隨筆〕』을 발표하였
다. ‘의송암’의 ‘의송’에는 마쓰코에게 앉는다는 의미가 들어 있다고 한다). 이
것은 다니자키의 신변(나)잡기이며 ‘간사이’ 문화론이자 일본 문화론이며,
동시에 ‘내가 본’ 것을 창작 활동에서 바로 ‘내가 창작’할 수 있다는 것을
보여주는 글이다. 다니자키는 ‘사소설’로 볼 수도 있는 작품을 아마 수필로
확대했던 것이리라.

가타이, 도손과 교제하면서도 ‘사소설’을 싫어했던 야나기타 구니오(柳田

야나기타 구니오

國男, 1875~1962)가 민속학의 채록기 등을 통해 활기를 불어넣었던 '수필'의 필치와 함축미는 1928, 29년부터 1933, 34년에 걸친 그의 작업에서 적지 않게 발견할 수 있다. 또 나쓰메 소세키(夏目漱石, 1891~1934) 문하에 있던 데라타 도라히코(寺田寅彦, 1878~1935)가 1933, 34년 무렵에 썼던 수필도 일품이다. 1932년도부터 개조사에서 나온 『문예연감』은 전년도에 나온 '수필'을 발췌 수록해서 쇼와 문학으로 수필의 존재를 독립적으로 인정하였다(전년도까지 문예가협회 편 신조사 간행으로 제4집까지 나왔던 『시와 수필집』이 형태를 바꾼 것이다). 덧붙여 말하면 문예가협회 편 『쇼와 수필집』(일본학예사) 제1권이 간행되었던 것은 1936년이다.

대중 문학의 동향

다니자키 준이치로는 앞에서도 인용했던 「춘금초 후일담(春琴抄後語)」(1934)에서 자신은 "좀처럼 잡지의 창작란에 눈길을 주지 않는다"라고 쓰고 있다. 이 '잡지의 창작란'이란 대개 종합 잡지·문예 잡지의 창작란, 즉 '순문학' 계열의 창작을 가리키는 것이리라. '대중소설'로 「난국 이야기」를 쓰고 「무주공비화」를 『신청년』에 연재하는 한편 「춘금초」에 이르는 '산문 이야기'를 썼던 다니자키는 '순문학'과 '대중 문학'을 장황하게 구분할 필요를 느끼지 못했으며 '형식'상에서도 나름대로 궁리가 있고 재미있게 읽히는 것이 소설의 본령이라고 생각하고 있었던 것으로 보인다.

실제로 수필 「'예'에 대하여」(뒤에 「예담[藝談]」)에서 그는 "본래 우리들이 갖고 있는 문학의 직분은 세간의 노고를 잊게 하는 데 있다" "일본의 현대 문학, 즉 특히 소위 순문학을 읽는 것은 18, 19살부터 30살에 이르는 문학 청년들이며 〔……〕 우리 동업자들 이외의 독자들이 과연 몇 사람이나 이

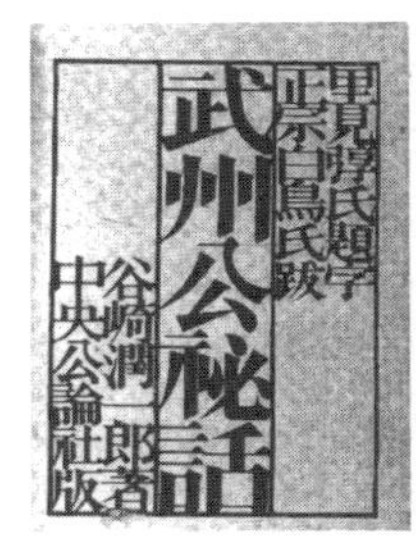

다니자키 준이치로의
『무주공비화』 케이스와 표지
(중앙공론사, 1935. 10)

것을 읽을지 언제나 불가사의하게 생각"한다고 말하고 있다. 다니자키는 '세간의 노고' 따위에 구애받지 않고, '문학 청년들'이 아닌, '동업자' 이외의 문학을 생각했던 것이다.

또 같은 글에서 "대중 문학에는 문학 청년의 체취가 없고, 일본의 많은 역사나 전통에 입각하면서도 그 가운데 우수한 작품은 '어른이 읽는 문학'이라고 할 수 있는 느낌이 없는 것도 아니다"라는 일절도 나와 있어 다니자키가 '어른이 읽는 문학'으로 '대중 문학'을 의식했음을 알 수 있다. 이 당시의 '대중 문학'이란 대개 시대 소설을 일컫는데, 다니자키도 "일본의 역사나 전통에 입각해서" '산문 이야기성'이 있는 소설을 썼다고 할 수 있다.

다니자키는 「대중 문학의 유행에 대하여」(1930), 「나오키(산주고) 군의 역사소설에 대하여」(1934) 등의 평론도 썼는데, 전자는 『문예춘추』가 처음 임시 증간호로 냈던 '올 요미모노호(オール讀物號)'에 실렸던 글이다. 이 호는 요시카와 에이지, 하세가와 신, 시라이 교지, 나오키 산주고, 오사라기 지로 등 종래의 '대중 문학' = 시대소설 작가들의 작품과 나카무라 마사쓰네, 이부세 마스지, 고바야시 다키지 등 '현대' 작가와 고가 사부로, 오시타 우다루 등 '탐정소설' 작가들의 작품을 함께 싣고 있어 '대중 소설'의 영역을 '읽을 거리'로 확장했던 편집 의도를 볼 수 있다.

『문예춘추』는 표지에 '기쿠치 간 편집'이라고 적었던 잡지이며(기쿠치는 '통속소설'의 대표적인 작가로 유명했으며 '문단의 어른'으로 행세했다), 이미 1928년 무렵에는 '새로운 읽을 거리(新讀物)' 특집을 꾸며 '대중 문예란'을 만들었다. 특히 창간 5주년 기념호에 해당하는 1928년 1월호의 '새로운 읽을 거리'는 100페이지가 넘는 특집으로 시라이 교지, 나오키 산주고, 오사라기 지로 등과 요코미쓰 리이치, 하야시 후사오, 무라야마 도모요시 등의 작품이 실려 있으며, 이 밖에 '탐정 콩트'로 오시타 우다루, 요코미조 세이시 등도 얼굴을 내밀고 있다. 가와구치 마쓰타로(川口松太郎, 1899~1985)가 이

에도가와 란포

특집의 편집을 맡았는데 『고락』이나 『문예구락부』 같은 잡지와 '똑같다'는 비판이 나오기도 했다.

그러나 1929년부터 1930년에 걸쳐 아사히신문에 가와바타 야스나리가 「아사쿠사 잇꽃단」을 연재하였다. 1930년에는 오사카 마이니치, 도쿄 일일 (현재의 마이니치신문)에 요코미쓰 리이치가 「침원(寢園)」을 연재하였다(「침원」의 속편은 1932년 『문예춘추』에 연재). 1931년에는 요코미쓰가 『부인지우 (婦人之友)』에 「화화(花花)」를 연재하기도 하였다. '순문학'이라는 꽃밭에 있던 작가들이 신문소설, 혹은 부인 잡지의 연재소설로 진출한 모습이 눈에 띈다. '순문학이면서 통속소설'이라는, 이후(1935) 요코미쓰 리이치가 「순수소설론」에서 내세웠던 주장은 1935, 36년 무렵부터 제법 문학의 한 동향으로 나타났던 것이다(『문예춘추』에서 『올 요미모노』가 독립해서 월간이 된 것은 1931년이며, 여기에 노무라 고도(野村胡堂, 1882~1936)가 「제니가타 헤이지 체포 수첩[錢形平次捕物帖]」을 연재하였다).

『대중 문학 대계』 별권(강담사, 1980)에 수록된 「대중 문학 통사」는 '시대소설' '현대소설' '추리소설'로 구분하고 있어 여기에서도 '대중 문학'의 영역과 분야를 크게 확인할 수 있다. 이 한 권의 자료 편에는 개인 전집의 일람도 부록으로 나와 있는데, 이를 살펴보면 1930, 31년부터 1932, 33년에 걸쳐서

『에도가와 란포 전집』(평범사)

『한시쓰 체포 수첩(反七捕物帖)』(오카모토 기도, 춘양당, '일본 소설 문고')

『구메 마사오 전집』(평범사)

『사사키 구니 전집』(강담사)

『시라이 교지 전집』(평범사)

『나오키 산주고 전집』(개조사)

오카모토 기도

『장편 삼인 전집』(나카무라 무라오 · 가토 다케오 · 미카미 오토키치, 신조사)

『일인 삼인 전집』(마키 이쓰마 = 하야시 후보 = 다니 조지, 신조사)

『요시카와 에이지 전집』(평범사)

등이 잇달아 편집 · 간행되고 있다. 대중 문학의 성황은 문학 대중화의 그 어떤 것보다 좋은 상징이었다.

위의 작가 가운데 사사키 구니는 '유머소설'을 대표하는 작가로 「소년소설」(1927~1929), 「고심하는 학우(苦心の學友)」 등 많은 작품을 썼다. 마키 이쓰마라는 이름으로 가정소설 「지상의 성좌」(1932~1934) 등을 썼고, 하야시 후보라는 이름으로 외눈 외팔이 검사 단카 사젠(丹下左膳)이 등장하는 「신판 대강정담(新版大岡政談)」(1927~1928) 등 일련의 작품을 썼으며, 다니 조지라는 이름으로 미국 체험을 묘사한 「메리칸 잽(めりけん じゃっぷ)」을 썼던 '일인 삼인'의 작자(본명은 하세가와 우미타로〔長谷川海太郎〕)도 대중 문단의 광야를 달렸던 한 사람이다.

그리고 오카모토 기도(岡本綺堂, 1872~1939)의 『한시쓰 체포 수첩』(전 11권)이 포함된 '일본 소설 문고'에서 기쿠치 간의 『도쿄 행진곡』, 나오키 산주고의 『남국 태평기』, 시모자와 간의 『신센구미 이야기』, 유메노 규사쿠(夢野久作, 1889~1936)의 『오시에의 기적(押繪の奇蹟)』 등도 나와(모두 1932년) 당시 대중 문단의 활기를 전해주고 있다. 다이쇼 말기부터 『신청년』 등에서 작품을 볼 수 있던 '괴상한' 작가 유메노 규사쿠가 10년에 걸쳐 쓴 작품 『도구라 마구라(ㅏグラ · マグラ)』를 자비로 출간했던 것은 1935년인데, 이 해는 "무명의 젊은 신진 작가의 대중 문예" 작품을 대상으로 했던 나오키 산주고 상이 아쿠타가와 류노스케 상과 동시에 발족했던 해이기도 하다.

앞장에서도 말했지만 1932년부터 개조사에서 간행하게 된 문예가협회 편

오자키 시로

『문예연감』은 전년도의 소설 · 희곡 · 대중 소설 · 평론 · 수필 등을 발췌 · 수록하면서 '대중소설'을 '순문학' '소설'과 구분하고 있어 문학 · 문단이 병행했던 정황도 역력하게 볼 수 있다.

유머 작가의 한 사람인 다쓰노 규시는 그가 쓴 '대중소설'의 한 작품인 「초콜릿 스타(チョコレート花形)」(『신청년』 게재작)에서 "부끄러운 이야기이지만 나는 아직 토키라는 것을 모른다"고 쓰고 있다. 외국에서 들여온 발성 영화 *talkie*의 흥행이 일반화된 것은 1931년 무렵이며 본격적인 일본의 토키 「마담과 여인(マダムと女房)」(기타무라 고마쓰 원작, 마쓰타케〔松竹〕영화사 작품)이 개봉되었던 것도 같은 해이다.

1932년판 『문예연감』은 권두 사진으로 전년도에 상연한 일본 영화의 스틸 *still* 등도 싣고 있는데 요시카와 에이지 원작 「지로키치 격자(次郎吉格子)」(일활), 사사키 미쓰조 원작 「우몬 체포 수첩」(동아), 군지 지로마사(群司次郎正, 1905~1973) 원작 「미스 일본」(일활) 등도 함께 실려 있다. 대중 문학 작품의 영화화가 이때부터 성행했고 점차 순문학 작품의 '문예 영화'가 잇달아 상영되었다.

장편은 수록할 수 없었지만 연간 문학 선집의 형태를 갖추었던 개조사판 『문예연감』은 1935년판까지 간행되었다. 그 사이에 1933년부터 두 편의 장편소설이 발표되어 좋은 평판을 받았다. 하나는 오자키 시로의 『인생 극장』이며, 또 하나는 이시자카 요지로(石坂洋次郎, 1900~1986)의 『젊은이(若い人)』이다. 전자는 미야코신문(都新聞)(도쿄신문의 전신)에 연재됐으며, 가와바타 야스나리는 「청춘 편」에서 시작되는 이 작품이 한 권으로 나왔을 때 (1935) "문단에 알려지지 않은 채 쓰고 있었던" "장편소설다운 진실한 대소설"이라고 평가했다. 작자 스스로 아오나리 효키치(靑成瓢吉)의 이름으로 등장했던 '의리와 인정'이 볼 만한 장편인데, 분명 '문단소설'과는 성격이 달랐던 장편이다(『인생 극장』은 작가 35살 때의 「청춘 편」에서 시작해서 61살

이시자카 요지로

때의 「탕자 편」에 이른다).

「젊은이」는 『미타문학』에 1933년부터 1937년에 걸쳐 단속적으로 연재했던 미션 스쿨 여학교가 배경인 청춘소설이며, 작가 자신의 교사 체험이 빛을 발하고 있다. 「젊은이」에 대해서도 가장 먼저 가와바타 야스나리가 문예 시평에서 거론했으며, 그는 이 작품에서 화제가 되었던 자유분방한 여학생 에나미 게이코(江波惠子)를 주목하였다. 『인생 극장』 「청춘 편」의 아오나리 효키치와 「젊은이」의 에나미 게이코는 '어두운 계곡'으로 접어들었던 시대에 친근한 명랑함을 독자들에게 널리 전해주었던 두 개의 청춘상이다.

오자키 시로는 1921년부터, 이시자카 요지로는 쇼와 초기부터 각자 창작 활동을 했는데, 모두 기성 '문단소설'의 틀을 벗어난 신선미가 있는 장편을 쓰면서 많은 독자들을 확보했다. '순문학은 어디로 가는가'를 화제로 삼기 시작했던 직후에 두 작품이 출현한 것은 대단히 상징적이다.

이 두 장편소설이 발표되기 한 해 전이었던 1932년부터 신조사에서 '대중 잡지'로 『일출(日の出)』을 발간했는데, 나중에 편집을 맡았던 와다 요시에 (和田芳惠, 1906~1977)의 『하나의 문단사(ひとつの文壇史)』(신조사, 1968. '와다 요시에 전집' 하출서방신사판, 제5권 수록)는 '문예 부흥'을 전후하여 '대중 문예의 황금 시대'라고 불렸던 시기에 활약했던 작가들의 모습을 적어놓은 귀중한 기록이다.

『아라라기(アララギ)』와 『아시비(馬醉木)』

단카 종합 잡지 『단카연구(短歌研究)』는 1932년 10월에 개조사에서 발간되었다. 이 해에는 전년도의 만주사변에 이어 상해사변이 잇달아 일어났으며, 같은 달에는 또 국제연맹의 리튼 V. A. Lytton 조사단이 "만주사변은 일본

사이토 모키치

의 침략"이라고 명기한 「리튼 보고서」를 발표해서 일본은 다음해 8월 국제
연맹에서 부득이 탈퇴할 수밖에 없었던 시기였다. 이누카이 쓰요시 수상을
해군 장교들이 '문답무용'이라고 주장하면서 사살했던 '5·15' 사건이 일어
났던 것도 1932년이다. 사이토 모키치(齋藤茂吉, 1882~1953)는 이를

　　사람들 앞에서 군복을 입고 침입한 자를 무엇이라 생각하지 않으면 안 되
　　는가.
　　비겁한 테러리즘은 늙은 수상의 얼굴을 피스톨로 쏘다.

라고 읊었다. 위의 두 수는 이 해에 '암파강좌 일본 문학'의 한 권으로 간행
된 쓰치야 분메이(土屋文明, 1890~1990)의 『현대의 단카』에서 인용하고 있
는 작품이며, 이 책의 처음에 있는 「단카단의 현상(短歌壇の現狀)」에는

　　현대 가단의 한 특색은 지금도 여전히 사전상승(師傳相承)의 유풍이 행해
　　지고 있는 것이다. 이는 일본의 현대 문학에서는 이미 그 자취를 볼 수 없으
　　며, 회화·조각 등 미술계에 약간 남아 있고, 연예유예(演藝遊藝)류에 과거의
　　정태(靜態)를 그대로 간직하고 있는 데 지나지 않을 것이다.

라는 일절이 있다. 그러나 이 '사전상승의 유풍'은 '가단'에만 있는 것이 아
니라 '하이쿠단(俳壇)'에도 유파나 결사, 우두머리와 부하, 의형제로 '지금
도 여전히' 있다("일본의 현대 문학에서는 이미 그 자취를 볼 수 없다"는 말도
'문단'이라는 존재를 생각한다면 여기에도 '가단'이나 '하이쿠단'과 통하는 다
양한 면이 있음을 알 수 있다).
　이·「단카단의 현상」에서 현대 가단을 대표하는 가인으로 들고 있는 작가
는 기타하라 하쿠슈, 마에다 유구레(前田夕暮, 1883~1951), 도기 젠마로(土

오리구치 시노부

岐善麿, 1885~1980), 가와다 준(川田順, 1882~1966), 구보타 우쓰보(窪田空穗, 1877~1967), 오타 미즈호(太田水穗, 1876~1955) 등이며, 사이토 모키치, 나카무라 겐키치(中村憲吉, 1889~1934) 등은 '아라라기파'로 일괄해서 묶고 있으나 가령 샤쿠 조쿠(釋迢空, 1887~1953. 오리구치 시노부〔折口信夫〕의 필명)는 '아라라기를 떠난 사람'의 한 명으로 취급하여 "아라라기 가풍 이외의 독자적인 작품을 갖고 있는 사람이지만 그 작품에는 무엇인가 쇄말적인 부분이 있고 그 점이 직재간명(直裁簡明)한 아라라기 가풍과 다르다"고 평가하고 있다.

여기에서 분메이의 가인 평은 상당히 엄격하고 격렬해서 구보타 우쓰보의 근작에 대해서도 "무미건조하고 성조가 무척 낮으며 더구나 안이함에 지나지 않은 내용을 난해한 어구를 갖고 버티고 있는 듯한 수법"이라고 평하고 있다. 쇼와 초기의 가단은 '사전상승'에서 나온 일국일성(一國一城)의 각 결사가 서로 격전을 벌였던 것이다. 그럼에도 분메이는 같은 글에서 '아라라기파'야말로 "오늘날 모든 유파에 작용하면서 많건 적건 영향을 주고 있는 사실을 아무리 백안시해도 부정할 수 없는" 유파 중의 유파라고 선언하였다. 이로 미루어 유파 의식, 즉 가인 의식이나 그 역 또한 사실이라 할 수 있을 것이다.

『단카연구』를 유파를 초월한 단카 종합지로 발간한 것은 "실로 대단히 자연스런"(창간호 후기) 일이었다. 그러나 그 제1권 제1호의 권두에서 '아라라기파'를 대표하는 사이토 모키치는 「단카의 품격에 대하여」에서 "단카는 작가의 땅값을 잘 폭로하는 것이기 때문에 작가 스스로 가인 스스로 말을 아끼면서 조심스럽게 싸워야 할 성질의 것"이라고 하면서 "지금 무산자 단카 무리들"이 "프롤레타리아연 하는 일을 먼저 단카를 짓는 근원으로 간주하고 있는" 자세를 지적하고 규탄하고 있다. 말하자면 '말을 아끼지' 않는 일파의 '무산자 단카' 혹은 '신자유율,' 구어 단카도 이 시기의 가단에서는 무시

쓰치야 분메이

할 수 없는 존재였다.

실제로 『단카연구』 창간호에 당대 제일선의 가인으로 여러 명이 나오는 가운데 약간 예외적인 존재로 한때 무산 계급의 입장에서 단카를 짓자고 주장했던 니시무라 요키치(西村陽吉, 1892~1959)의 「시국관」 몇 수,

일본은 힘세다고 뽐내는 참으로 어린아이 같구나.

애국주의자 일본인! 그렇게 노호하지 않아도 세계는 인정하고 있다.

농촌은 자치하라 ── 그렇다, 정부는 농촌에 참견하지 않는 것이 좋다.

등은 시대의 노래를 실현하고 있는 것이었으리라.

또 이 잡지에는 도기 젠마로의 알선으로 모키치 등과 함께 아사히신문사의 비행기를 탔던 일을 상기하고 있는 마에다 유구레의 단카 수상도 있는데 '시속 200킬로'의 기상 체험 때문에 "나는 신흥 단카의 자유 형태로 전향했다"는 취지를 술회하고 있다. 정형 단카가 '비행기' 탑승으로 자유율로 '전향' 한다는 사태도 있었던 것이다. 모키치도 이때의 비행 체험에서 적지 않은 파격조 단카를 쓰고 있다.

단카와 쇼와라는 시대와의 유착은 소설보다 한층 단적으로 확인할 수 있다. 그러나 가단 내부에서는 각 유파와 결사의 '사전상승'의 역학 관계가 여전히 위력을 갖고 있어 단카사의 파도를 형성한다. 그런 의미에서 800페이지가 넘는 『아라라기』 25주년 기념호(1933. 1)를 보면 쇼와의 『아라라기』 존재를 새삼 주목하지 않을 수 없게 된다. 이 대단한 분량의 기념호 편집 후기에 해당하는 「편집소 소식(編輯所便)」은 사이토 모키치와 쓰치야 분메이가 썼다.

『아라라기』에서 사이토 모키치는 단카에서의 '사생(寫生)'을 '실상관입(實相觀入)'으로 재정의했고, 1929년에는 『단카사생설(短歌寫生の說)』(철탑

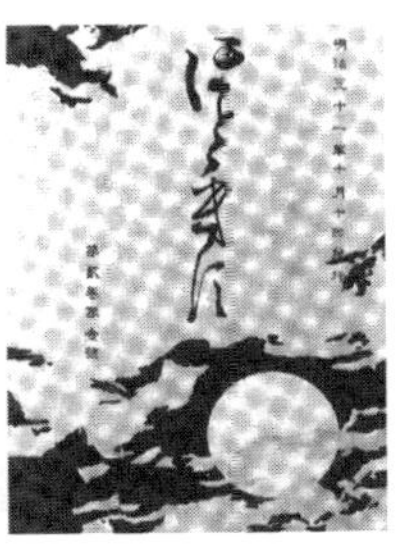

다카하마 교시와
『호토토기스』(1898)

서원)을 냈다. 이것을 계기로 다카하마 교시(高浜虚子, 1874~1959)가 주재하는 『호토토기스』에서는 「만담회」에 모키치를 초대하고 '사생' 태도를 둘러싸고 좌담했는데, 여기에서 모키치가 "가인 제씨가 사생에 객관사생이라는 식으로 한정된 말을 붙이고 있는 것은 문제가 있다"는 의견을 제시하면서 적지 않은 논쟁이 일어났다(논쟁을 좋아했던 모키치는 이 해부터 다음해에 걸쳐 오타 미즈호 등과 모키치의 작가〔作歌〕에 관계된 '병든 기러기〔病雁〕' 논쟁을 펼쳤다).

'객관사생'에서 주관을 배척해서는 안 된다는 것이 모키치의 취지였지만 '객관사생(客觀寫生)'과 '화조풍영(花鳥諷詠)'은 『호토토기스』의 간판이었다. '화조풍영'에 대해 교시는 1928년 「화조풍월을 풍영한다고 하는 것」에서 "한층 세밀하게 말하면 춘하추동 사계절의 변화에 따라 일어나는 자연계의 현상 및 그에 수반하는 인간계의 현상을 풍영하는 것을 말한다"고 규정하고 있다. '객관사생'도 '화조풍영'도 『호토토기스』에서는 둘이면서 하나였던 기치였다고 생각된다. 바꾸어 말하자면 대구적 교조(教條)였던 것이다.

이때 『호토토기스』는 다이쇼 말엽부터 미즈하라 슈오시(水原秋櫻子, 1892~1981), 야마구치 세이시(山口誓子, 1901~1994), 아와노 세이호(阿波野青畝, 1899~), 다카노 스주(高野素十, 1893~1976)를 사천왕으로 삼았던 '4S 시대'의 전성기였다고 볼 수 있다. 『호토토기스』가 하이쿠단을 제패했던 시대라고 할 수 있으며, 교시는 문자 그대로 하이쿠단의 총수였다. 그러나 '4S' 가운데 슈오시는 『호토토기스』를 이끌던, 교시의 권위주의적 매너리즘에 불만을 느껴 '객관사생' '화조풍영'의 '쉬운 길'은 오히려 일문(一門)의 '공부'를 방해한다고 보았다.

슈오시는 1928년 『아시비(馬醉木)』를 발간한다. 자신의 하이쿠 "아시비 피어나고 금당 문에 내가 닿누나(馬醉木咲く金堂の扉にわが觸れぬ)"에서 따

미즈하라 슈오시

온 잡지 이름이다. 이 하이쿠는 첫번째 하이쿠집으로 간주되는 『갈식(葛飾)』(아시비발행소, 1930)에도 수록되고 있는데, 자서(自序)에서 슈오시는 '사생 하이쿠'에 대한 작가의 태도로 "자기 마음을 무로 돌리고 자연에 충실하려는 태도"와 "자연을 존중하면서도 아직 자기 마음에 애착을 갖는 태도"가 있다면서, 자신은 후자에 서 있으며, "얼마나 마음을 (하이쿠의) 가락 위에 나타낼 수 있을까 고심"했는가를 자기 작품을 통해 추적하고 있다.

단순히 '자연에 충실'하기보다는 '자기 마음'을 하이쿠 가락 위에 '나타내려고' 했던 고심을 일단 이론으로 정리했던 글이 다음해 『아시비』에 발표한 「자연의 진과 문예상의 진」이다. 여기에서 그는 '자연의 진실'을 추구하는 데 그치고 있는 '객관사생' '화조풍영'의 『호토토기스』와 '창조성'을 갖고 '문예상의 진실'을 지향하면서 '근대적 하이쿠'를 목표로 '발심' '공부'하고 있는 사람의 자세의 상이와 차이를 대조적으로 또한 전투적으로 논하고 있다. 결국 슈오시가 『호토토기스』에 보낸 절연장이 되었던 셈이다.

또 「자연의 진과 문예상의 진」은 쇼와 하이쿠 가단사에서 보면 '신흥 하이쿠 운동'이 시작된 의미를 갖는다. 『아시비』를 통해서 이시다 하쿄(石田波鄕, 1913~1969), 가토 슈손(加藤楸邨, 1905~) 등이 잇달아 등장한다. 야마구치 세이시도 1932년에는 슈오시와 '연작 하이쿠'를 둘러싸고 응수를 주고받았고, 1935년에는 『호토토기스』를 떠나 『아시비』에 가담한다. 그러나 『호토토기스』와 결별할 때까지 슈오시의 안타깝고 애달프고 그리운 생각은 한두 가지가 아니었다. 그것은 그의 저서 『다카하마 교시와 주위의 작가들』(문예춘추신사, 1952)에서 생생하게 묘사되고 있다. 한편 구라하시 요손(倉橋羊村, 1931~)의 『슈오시와 그 시대』(강담사, 1989)도 많은 참고가 된다.

「자연의 진과 문예상의 진」을 발표했던 1931년부터 다음해에 걸쳐 슈오시는 『하이쿠 신강좌』(우산당서점, 전 3권)를 간행하는데 이 책을 다 편집했을 때 권말에서 "나는 (우리 나이) 마흔 살을 넘어 마흔한 살, 요즘의 기백이 옛

날 같을 수 없다는 느낌을 갖고 있지만 오늘의 시련을 견딜 수 있는 충분한 자신을 회복하고 있다"고 쓰고 있다. 자신에게 큰 구분과 단락을 지을 수 있었던 '자신감'이었으며, 다음해인 1933년에는 히노 소조(日野草城, 1901~1956) 등과 '무계절 하이쿠 논쟁'도 벌였다. '신흥 하이쿠 운동'도 몇 번이나 '오늘의 시련'을 헤쳐나왔던 것이다. 하이쿠 종합 잡지 『하이쿠 연구(俳句研究)』가 개조사에서 발간된 것은 1934년 3월이며(야마모토 겐키치 편집 담당), 마찬가지로 개조사에서 같은 해에 회갑 기념으로 '다카하마 교시 전집'(전 12권)이 나오기 시작했다.

『코기토』 발간

『코기토』라는 잡지는 1932년부터 1944년에 걸쳐 146호가 나왔다(1984년 임천서점에서 복간). 매호마다 한번도 빠지지 않고 집필하고 있는 사람은 이후 쇼와 10년대에 문예 평론가로 눈부신 활동을 보여주는 야스다 요주로(保田與重郎, 1910~1981)이다. 『코키토』를 발간할 당시 야스다는 도쿄 제대 문학부의 미학미술사학과에 다니던 학생(우리 나이로 23살)이었다. 전집에 수록된 연보를 보면(1932. 3) "오사카 고등학교 동창인 히게 도시오(肥下恒夫), 다나카 가쓰미(田中克己, 1911~), 마쓰시다 다케오(松下武雄), 나카지마 에이지로(中島榮次郎, 1910~1945) 등과 동인지 『코키토』를 창간하였다. 간행에 필요한 경비는 히게 도시오가 부담했고 발행소는 종간될 때까지 히게가타(肥下方)에 있었다"라고 적혀 있으며 『코기토』의 리더는 줄곧 야스다 요주로였다. 『코기토』는 야스다 요주로에게 발진 기지가 되었던 잡지이다.

『코기토』라는 잡지 이름은 17세기의 프랑스 철학자 데카르트의 『방법서

『일본 낭만파』 창간호(1935. 3)

설』에 있는 "코기토 에르고 숨 *cogito ergo sum*"(나는 생각한다 고로 존재한다)에서 따온 것으로 보인다. 야스다는 『코기토』 제1호의 편집 후기에서 "'코기토'라는 이름이 고답적이라는 말을 들었다"고 적고 있으나, 그는 오히려 여기에서 문학에 대한 자신의 의지를 움츠리지 않고 쓸 것을 의식했다고 생각된다. 같은 후기에는 이어

　　우리들은 '무엇을 위해' '무엇을' 쓰는가라고 새로운 각도에서 묻기 전에, 결국 문학의 효용을 말하지만 그 이전에 '왜 문학을 하는가' '문학을 했던가' 라고 그 생의 의식을 질문하고 싶은 정열을 느낀다.

라고 말한다. '새로운 각도'나 '문학의 효용'보다 먼저 '문학을 했던' 사실에서 '생의 의식'을 묻고 문제로 삼고 싶었다는 것이다. 이것은 '우리들' = 『코기토』라는 사실 이상으로 '나' 야스다 요주로의 '정열'로 받아들여도 좋을 것이다.

　야스다가 재학했던 오사카 고등학교는 "좌익 학생이 많은 것으로 알려져 있었다"고 나중에 『코기토』에 가담했던 동창 이토 사키오(伊藤佐喜雄, 1910~1971)는 회상하고 있다. 오사카 고등학교 재학 시절(1930) 단카 회지 『불꽃(炫火)』에 실려 있는 야스다의 작품에서 "공산주의에 대한 공감"과 "테러리즘의 심정적 경사"를 알 수 있다고 이소다 고이치(磯田光一, 1931~1987)는 지적하기도 했다. 당시의 야스다는 '급진주의자였다'고 쓰루미 슌스케(鶴見俊輔, 1922~)는 평가하고 있다. 야스다 요주로 또한 쇼와 초기에 좌익 체험을 겪었던 것이다.

　그러나 같은 시기의 잡지 『사상』(암파서점)에 응모했던 논문「'호거호래의 노래'에 있어서의 언령에 관한 고찰──상대 국가 성립에 관한 아우트라인('好去好來の歌'に於ける言靈についての考察──上代國家成立についてアウ

トライン）」은 "유물사관의 국가관을 일본 고대사에 적용하고 그럼에도 야마노우에노 오쿠라(山上憶良, 660~733)를 '낭만적 반항자'로 자리매김한 글로 쇼와의 좌익 운동과 일본 낭만파가 같은 심정의 표현이었음을 보여주고 있다"(이소다 고이치)고 한다. 『일본 낭만파』는 1935년 야스다가 마르크스주의에서 '전향'한 가메이 가쓰이치로(龜井勝一郎, 1907~1966) 등과 창간했던 동인지의 이름이며, 이 잡지는 프롤레타리아 문학이 후퇴한 다음 쇼와 10년대 초기의 문학 동지들이 활약했던 한 거점이 되었는데, 그 '낭만적' 심정의 징후는 야스다 요주로가 젊었을 때부터 나타났다.

같은 해(1930) 오사카 고등학교의 『교우회 잡지』에 쓴 「바쇼잡조(芭蕉雜組)」는 '일본 낭만주의 시안 단장(日本浪漫主義試案斷章)'이라는 부제를 달았는데, 이로 미루어 스스로 '낭만적 반항자'로 자처했던 야스다의 '언령'에 대한 관심과 고전을 매개로 한 '일본 낭만주의'의 발굴은 일찍부터 싹튼 것이었음을 알 수 있다. 야스다 요주로가 『코기토』 제1호의 편집 후기를

우리들은 고전을 가장 깊이 사랑한다. 우리들은 이 나라의 돌보지 않은 고전을 사랑한다. 우리들은 고전을 알맹이로 사랑한다. 그리고 우리들은 알맹이를 깨뜨리는 의지를 사랑한다.

고 맺고 있는 것은 당연한 이치였으며, 이는 그가 거쳐왔던 삶의 한 집약이라 볼 수 있다. 여기에 나와 있는 '고전을 사랑한다'와 그것을 '알맹이로 사랑한다'와 '알맹이를 깨뜨리는 의지를 사랑한다'는 일련동체(一連同體)이며, '사랑하기' 때문에 '고전'을 '성찰'하고 재평가하려는 '의지'를 가졌던 사실을 토로하고 있다.

그러나 야스다 요주로가 처음에 『코기토』에 쓰고 있는 글 가운데에는 마쓰오 바쇼(松尾芭蕉, 1644~1694), 이하라 사이카쿠(井原西鶴, 1642~1693)를

마쓰오 바쇼(좌)
이하라 사이가쿠(우)

통해 '일본 문학의 전통'을 언급했던 글도 있으며, 한편 현대 문학론으로 요코미쓰 리이치, 고바야시 히데오를 평가한 글도 있어 주목된다. 『코기토』가 나온 첫 해만 한정해서 보더라도 「인상 비평」「문학과 심리학——신심리주의 문학파의 '의의' 비판」「작가의 논리 활동과 스틸리지룽 *stilisierung* 의 문제」 등에서는 요코미쓰의 『기계』, 고바야시의 「X에의 편지」를 거론하면서 그 시대의 문학으로서의 의의를 극명하게 논하고 있다. 또 야스다는 『코기토』가 나왔던 첫 해에 많은 창작을 하였는데 여기에서도 '고전과 현대'를 분리하지 않고 함께 아우르는 자세를 엿볼 수 있다.

나중에 야스다 요주로는 『코기토』 발간 당시를 회고하면서

이 1931년을 중심으로 하는 시대에 우리나라 청년들 사이에 하나의 로맨틱한 사상과 문학의 신운동이 싹텄다. 일체의 표현을 구질서 파괴의 감정으로 표현하지 않으면 안 되는 상태에 절망하면서 그런 절망을 토대로 이 민족적인 기운은 움직였다. (『사토 하루오』, 1940)

고 술회하고 있는데, 1931년이라면 만주사변이 일어난 해로 '15년 전쟁'에 들어갔던 해이다.

이 일절은 문학을 포함한 '일체의 표현'이 좌익 사상으로 인해 '구질서 파괴의 감정'을 불러일으켰고, 거기에서 '절망'에 빠졌던 "우리나라 청년들 사이에 하나의 로맨틱한 사상과 문학의 새로운 운동이 싹텄다"는 것, 그것이 결국 『코기토』의 탄생이었고, 이는 곧 '민족적인 기운'으로 이어졌음을 전해주고 있다. 쇼와 문학사와 그 전시기를 살펴보면 『코기토』는 1932년에 발간된 다음해부터 '문예 부흥'으로 제창된 기운을 앞질렀다고 할 수 있다.

1934년의 『코기토』는 야스다 요주로, 가메이 가쓰이치로 등이 연명한

'사노 마나부와 나베야마 사다치카의
옥중 전향'을 보도한 도쿄 일일신문
(1933. 6. 10)

『일본 낭만파』광고'를 실었고, 이어 1935년 벽두에 야스다가 발표한 「후퇴하는 의식 과잉 ——『일본 낭만파』에 대해서」는 『일본 낭만파』의 발간(1935. 3)보다 앞서 나온 글이다. 『코기토』가 있고 『일본 낭만파』가 있었던 것이다. 1934년 야스다는 독일의 서정시인 횔덜린을 연구하고 대학을 졸업했는데, 독일 낭만파 시인들도 『코기토』와 『일본 낭만파』에 영향을 미친 점이 적지 않았다.

『코기토』가 발간되었던 1932년에는 프롤레타리아 문학 진영에서 눈부신 활동을 보여주고 있던 하야시 후사오가 동란 막말기(幕末期)에 분주하던 '일본'의 청년상을 묘사한 장편 「청년」을 『중앙공론』에 연재하였다. 이는 프롤레타리아 문학 내부에서 '우경화'를 보여준 작품으로 논의를 불러일으켰는데, 문학에서의 '전향'은 1933년 일본 공산당의 지도자였던 사노 마나부(佐野學, 1902~1953), 나베야마 사다치카(鍋山貞親, 1901~1979)가 옥중에서 쓴 '전향' 성명(공동 피고 동지에게 고하는 글〔共同被告同志に告ぐる書〕) 이전에 시작되었다고 볼 수 있다.

작가의 삶과 죽음에서

하야시 후사오가 '학련 사건(學聯事件)'('교토대〔京大〕사건')이라고 부르는 최초의 치안유지법 위반 사건으로 교토의 미결 형무소에 5개월 동안 수감되었던 것은 1926년 23살 때의 일이다(보석 후 도쿄에 돌아와 쓴 「N 감옥서 징벌 일지」가 『신조』 신인호에 실렸던 것은 「동인지 붐」에서 적었다). 이 사건의 판결이 확정되어 형기 2년을 선고받고 수감된 것은 1930년이며, 수감되어 있는 동안에 메이지 유신의 역사와 그 주역들의 전기를 읽고 「청년」을 구상했다고 한다.

하야시 후사오

　1932년 「청년」을 『중앙공론』에 연재하기 직전에 하야시 후사오는 「작가를 위해서 ── 작가의 자격과 임무와 권리」 「문학을 위해서」라는 제목으로 감상을 발표했다.

　「작가를 위해서」에서 스탈린의 "프롤레타리아 문학은 마르크스주의의 통속적 해설서"라는 말을 인용하면서 "이는 작가에 대해 대단히 실례되는 말이다"라고 비판했던 그는 '작가의 임무'는 "과학자나 정치가 자격으로는 들어갈 수 없는" 경계에 '작가의 모든 자격'으로 들어가는 것이라고 쓰고 있다. 이는 프롤레타리아 문학도 '마르크스주의'에 얽매이지 말고 '작가의 임무'를 최우선으로 하고 여기에 '작가의 모든 자격'을 걸고 써야 한다고 강조하고 호소했던 것이다.

　이 주장은 「문학을 위해서」에도 이어지며, 그는 「청년」을 발표한 직후 거듭 「작가로서」라는 제목의 글을 썼다. 훗날 하야시는 『문학적 회상』(신조사, 1955)에서 당시를 회고하면서

　나는 1932년 4월말에 충실한(일본 프롤레타리아 작가) 동맹원이라는 마음으로 출옥했지만 출옥과 동시에 동맹 간부와 크게 충돌해서 급속도로 그들과 공산당과 헤어졌다. '전향' 문제가 일어나기 전에 작가동맹과 크게 다투었던 것이다.

라고 적고 있다. 이 '출옥과 동시에'가 「작가를 위해서」 「문학을 위해서」 「청년」 연재, 「작가로서」 등의 집필은 물론 나아가 '큰 다툼'과 연관되었다는 것은 확실하다. '공산당' 밑에 있던 일본프롤레타리아작가동맹과 이 시점에서 하야시는 '헤어졌던' 것이다. "'전향' 문제가 일어나기 전"이라고 했지만 여기에서 그는 스스로 실질적인 '전향'을 했던 것이다.

　프롤레타리아작가동맹측의 하야시에 대한 비판은 고바야시 다키지가 쓴

「우익적 편향의 제문제——동지 하야시 후사오의 「청년」에 대하여」(『프롤레타리아 문화』, 1933. 2)에서 가장 단적으로 나타나고 있다. 「청년」의 연재가 완료된 시점에서 썼던, 이 글에서 고바야시 다키지가 말하는 '동지'는 진심으로 말한다면 '반동지'이다.

고바야시 다키지

> 이 작품 및 두서너 가지 감상 가운데 '문학 그 자체'에 대한 정열, '작가 그 자신'에 대한 집착, '이상 그 존재'에 대한 감격〔……〕 등등의 주장은 객관적으로는 문학·예술의 초계급성, 정치와 문학의 분리를 보여주며, 부르주아 작가·예술가에 대해 그 이론적·창작적 근거를 주고 있으며, 또 그것은 프롤레타리아 문학을 무당파성으로 유도하는 것이라는 사실을 지적할 필요가 있다.

라고 쓴 다음 고바야시 다키지는 '외면의 적'에 호응하는 '내면의 적'의 출현을 '위험'하게 보면서 이 글을 마치고 있다.

여기에서 말하는 '외면의 적'이라는 조직이 고바야시 다키지를 학살했던 것은 이 글을 쓴 직후였다. 프롤레타리아 문학은 내외 양면의 '적'에게 압살당했다고 해도 좋다. 죽은(살해당한) 고바야시 다키지와 살아 남았던 하야시 후사오라는 대조적인 두 사람을 생각하면, 여기에는 당연히 '전향'이 개재하게 된다. 작가로 살기 위해서, 하야시 후사오가 말하는 '작가를 위해서' '전향'이 필요했다는 견해도 나온다.

고바야시 다키지가 죽음을 앞에 두고 지적했던 "'문학 그 자체'에 대한 정열, '작가 그 자신'에 대한 집착, '이상 그 존재'에 대한 감격"이 '전향'을 조성했다고 말할 수 있다. '전향'에는 프롤레타리아 문학의 '내부'도 관여했던 것이다. 마르크스주의에 대한 경사 = '좌경'이 이 시기에 바로 반동적으로 '우익적 편향' = '우경'으로 뒤집혔던 것이다. '전향'하기로 검사와

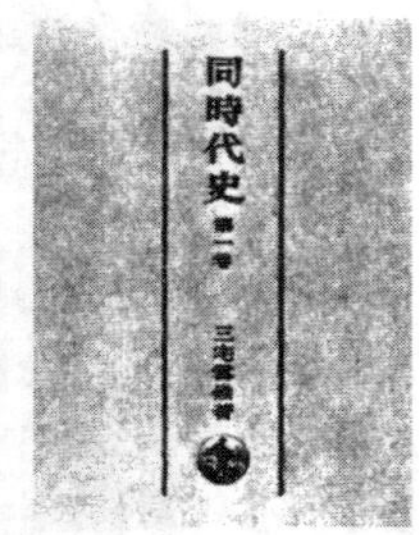

미야케 세쓰레이의
『동시대사』(1949)

'밀약'하고 보석으로 나온 다음 일본프롤레타리아작가동맹에 가담했던 가메이 가쓰이치로 같은 예도 있지만, 한편 「태양이 없는 거리」의 작가 도쿠나가 스나오가 작가동맹을 탈퇴했던 것은 1933년(고바야시 다키지 학살 후)이다. 이 해는 쇼와 문학사에서 커다란 갈림길의 한 해였다.

마지막으로 또 하나, 오랫동안 세태를 기록했던 사람의 자료를 들어 1932년부터 1933년에 걸친 이 시기를 총괄하고자 한다.

자신이 태어났던 만엔(万延) 원년(1860)부터 그가 죽은 해이기도 했던 '15년 전쟁'에서 패배했던 1945년까지를 편년체의 『동시대사』(암파서점, 전6권. 1949~1954)로 쓰고 있었던 미야케 세쓰레이(三宅雪嶺, 1860~1945)는 1932년 7월에 대한 장문의 기술에서

3·15(1928), 4·16(1929) 사건은 공판 개시 이후 만 1년, 7월 2일까지 108회(내부 증거 조사 4회), 당일 190명의 피고의 조사를 끝냈고 공판 개시 당시 전피고인은 272명이며 그 후 병·전향·사망 등으로 분리된 자 수십 명, 7월 7일 검사의 논고 및 구형이 있었고〔……〕10월 29일 판결을 언도하고 당일 언도를 받은 자 185명.

이라고 기록하고 있다. 시대의 '공판'이며, '판결'이라는 사실을 뚜렷하게 전해주고 있는 일절이다. 이때 "검사의 논고는 계급적인 논고 구형이며, 우리들은 죄인이 아니며 인류를 일보 전진시키기 위해 투쟁한다"고 사노 마나부가 공판에서 했던 말도 적고 있으나, 그 사노 마나부가 다음해 옥중에서 '공동 피고 동지에게 고하는 글'로 '전향' 성명을 냈던 것은 앞항(『코기토』 발간)의 말미에 덧붙였던 그대로이다.

고바야시 다키지의 하야시 후사오 비판에서 보았던 '초계급성'과 '무당파성'은 프롤레타리아 문학의 '계급성'과 '당파성'을 뒷보증하는 말이기도 하

가와바타 야스나리

지만, 그 희생으로 다키지는 학살당했다고 생각된다. 그리고 그 학살을 경계로 '전향' 사태가 일어났고 '문예 부흥'의 목소리가 드높아졌음을 생각하면, 새삼 아쿠타가와 류노스케가 자살했던 1927년부터 고바야시 다키지가 학살당했던 1939년까지를 쇼와 문학사의 둘째 단락으로 볼 수 있는 것이다. 작가의 죽음이 오히려 새로운 생의 한 단원을 열었던 것이다.

제2부

전전 · 전중의 문학
—— 1933년에서 패전까지

제1장

문단의 재편성

프롤레타리아 문학 운동의 종언

1933년 2월 21일 각 신문 석간(22일자)은 일제히 프롤레타리아 작가 고바야시 다키지의 체포와 '급사'를 보도했다. 도쿄아사히신문은 2면에 2단 크기로 '고바야시 씨/쓰키지 경찰서에서 급서/가두 연락중 체포되다'라는 제목으로 고바야시 다키지의 얼굴 사진을 넣고 다음과 같이 보도했다.

「부재지주」「해공선」 등 계급 투쟁적인 소설을 발표하면서 일약 프로 문단에 나왔던 작가동맹의 맹장 고바야시 다키지 씨(31)는 20일 정오경 당원 1명과 함께 아카사카(赤坂) 후쿠키치 마치(福吉町)의 사창가에서 가두 연락중 쓰키지 경찰서의 고바야시 특고과원(特高課員)에게 추적을 받고 백주에 약 20분에 걸쳐 거리에서 거리로 도망쳤으나 끝내 저수지의 전차 도로에서 붙잡혀 그대로 쓰키지 경찰서로 연행되었다. 〔……〕 그리고 취조를 속행하던 중 오후 5시경에 돌연 창백해지며 고통을 느끼기 시작해서 같은 경찰서 안에 있는 쓰키지 병원의 마에다 박사를 불러 조치한 후 오후 7시경 병원에 수용했으

시가 나오야의
1933년 수첩 부분.
고바야시 다키지의
학살을 언급하고 있다

나 이미 심장마비로 절명했다. 〔……〕 체포될 당시 격렬하게 펼쳤던 대격투가 그의 죽음을 재촉한 것으로 보인다.

이 기사를 읽고 체포 당시의 격투로 인한 '심장마비'가 사인이라고 믿을 사람은 아무도 없었다. 경찰에서 무슨 일이 일어났는지는 누구나 짐작할 수 있었다. 가령 이런 세상사에 전혀 무관심한 시가 나오야조차 일기에서

고바야시 다키지 2월 20일(나의 생일) 체포되어 죽다. 경찰에게 살해된 듯하며 실로 불유쾌, 한 번밖에 만나지 못했지만 나는 고바야시에게 좋은 인상을 받고 좋아했는데, 암담한 기분이 든다. 문득 그들의 의도대로 될 것이라는 생각이 든다.

라고 적고 있다. 오타루 상고 시절 이후 다키지는 시가 나오야를 존경해서 편지를 보내거나 저서를 보내 비평을 청하기도 했다. 그가 시가를 나라로 방문해서 만났던 것은 1931년 11월이었다.

21일 밤늦게 스기나미(杉並) 구의 마바시(馬橋)의 자택으로 인수한 시신의 전신에는 잔혹하고 끔찍한 고문 흔적이 너무나 뚜렷했다. 병원은 경찰을 두려워해서 해부를 거부했고 밤샘을 하거나 고별식에 참가했던 사람들은 검문을 받고 구류를 살았다.

가와바타 야스나리는 『신조』 4월호의 문예 시평 「3월 문단의 한 인상」의 첫머리에 『문학신문』에 실렸던 고바야시 다키지 추도호의 복자투성이 기사를 인용하면서 다음과 같이 썼다.

이와 같은 고바야시 다키지 씨의 '급사' 진상은 역시 이 『문학신문』 추도호의 「죽음의 진상을 보고함」이란 제목의 장문으로 거의 상상할 수 있겠지만,

시가 나오야

그 시신의 무참한 모습을 여기 쓴다고 해도 복자가 될 뿐이리라. 또 가령 그의 '급사'에 대한 ○○를 여기에 나열한다 해도 내 말은 끝내 그의 죽음의 참된 의미를 파악할 수 없으리라. 슬퍼해야 할 일이다. 그러나 요즘을 되돌아볼 때 고바야시 씨가 죽자 돌연 큰 목소리를 내는 것 또한 오히려 부끄러운 일이 될 것이다. 고바야시 씨 사건이 일어난 지 얼마 안 되었을 때, 가령 도박에 관계한 여자를 고문했다든가 해서 어느 경찰서가 신문의 공격을 받았지만, 그것과 이 사건은 전혀 의미가 다르다는 사실을 누구나 알고 있을 것이다. 고바야시 씨의 운명은 결국 다른 프롤레타리아 작가들에게도 잇달아 떨어질 위험이 많기 때문에 소위 예술파 문학자들도 그런 수난의 연속을 예방하기 위해서 적어도 무엇인가 ○○○○○○○○○○○은 자유주의 문필가의 양심적인 의무라고 생각하지만, 이 또한 고바야시 씨 등의 사상에 입각하지 않는 한, 이와 같은 미온적인 움직임은 무의미에 다름아닌 오늘이다. 고바야시 씨의 급사로 인해 새삼 세태의 험악함에 놀랐다기보다도 나는 먼저 자신의 암담함을 견디기 어려운 것이다. 고바야시 씨의 비통한 죽음을 부러워하는 생각이 고바야시 씨를 애도하는 내 마음에서 떠나지 않는다. 이런 나는 고바야시 씨의 '급사'에 대해 아무것도 말할 자격이 없다. 〔……〕

매우 이상 야릇한 말을 하는 것 같으나 가령 죽음을 당한 고바야시 씨보다도 살아 있는 요코미쓰 리이치 씨가 불행하다는 느낌이 나의 거짓 없는 본심이다.

시가 나오야가 고바야시 다키지가 보내주었던 「1928년 3월 15일」「해공선」「오르가나이저(オルグ)」 등의 소설을 읽고 그에게 보낸 편지에서 '주인이 따로 있는' 소설, 즉 이데올로기나 정치 운동을 의식적으로 갖고 있는 소설은 예술로서는 미약하며 희박하게 된다고 감상을 말했던 것은 일 년 반 정도 전이었던 1931년 8월 무렵이다. 물론 이는 다키지 개인에게 대해서는 그

쇼와 시대에 학문 탄압의
단서가 된 다키가와 사건(1933)

만두고라도 프롤레타리아 운동 전체에 거의 무관심했던 다이쇼 작가의 소박한 감상을 벗어나지 못한 말이지만, 특히 같은 해 9월에 일어난 만주사변 이후 좌익 문화 단체에 대한 탄압이 한층 엄격해지면서 일본프롤레타리아문화연맹KOPF 밑에서 재편성된 작가동맹NALP의 방침은 문학보다 정치를 우위에 놓는 '주인 소유' 경향을 더욱 강화했다. 그리고 이런 정치 편향주의는 정치보다 문학을 중시하는 하야시 후사오, 도쿠나가 스나오, 가메이 가쓰이치로 등의 내부 비판을 낳게 된다. 고바야시 다키지는 그들의 비판을 '우익적 편향'과 '기회주의'라고 단정하고 그들의 '패배'적 견해에 대한 투쟁에 나섰다가 약 반년 후에 쓰러졌다. 그를 직접 죽음에 이르게 했던 요인은 관헌들의 고문이며 최후까지 굴복하지 않았던 전위로서의 그의 순교 정신이었지만, 이는 또 동시에 거기까지 내몰리고 있던 프롤레타리아 문학 운동의 정치적 경직화와 대중으로부터의 괴리가 가져왔던 비극이기도 하다. "문득 그들의 의도대로 될 것이라는 생각이 든다"는 시가 나오야의 예상과는 반대로 고바야시 다키지의 죽음은 혁명 그 자체의 관헌에 의한 교살과 내부 붕괴의 전조였다. 경찰에 체포된 직후 '급사'했던 사람은 다키지뿐만이 아니었다. 이와타 미쓰요시(岩田道義, 1898~1932), 노로 에이타로도 같은 운명을 만났으며, 같은 해 연말에는 '린치 공산당 사건' 등이 내부에서 일어나고 있었다.

고바야시 다키지의 죽음에 이어 당 안팎의 사람들에게 그 이상으로 심각한 타격과 동요를 준 사건은 사노 마나부와 나베야마 사다치카의 전향 성명이다. 1933년 6월 8일 지방 법원의 무기 징역 판결을 받고 항소중이던 공산당의 거두 사노 마나부와 나베야마 사다치카는 오래 전부터 사상에 중요한 변화를 일으켜 이치카야(市ヶ谷) 형무소 미결 감호소에서 변호사를 통해 연명으로 소감을 발표했다. '공동 피고 동지에게 고하는 글'이라는 제목의 이 문서는 11년에 걸친 공산주의 운동의 오류를 고백한 '전향' 성명으로 신

문·잡지에 대대적으로 발표되었다. 두 사람은 이 성명문에서 종래 일본 공산당이 세계 공산주의 운동의 최고 기관인 코민테른의 결의에 무조건 복종하고, 특히 '32년 테제' 이후 '천황제 타도'를 거의 유일한 슬로건으로 삼았던 것은 황실을 민족적 전통의 중심으로 느끼고 있는 일본 근로자 대중의 심정을 무시한 근본적 오류였다는 것, 코민테른의 전쟁 절대 반대론도 소부르주아적이며, 중국 군벌이나 미국에 대한 전쟁이 일본으로서는 오히려 진보적 의의를 가지며 국민적 해방 전쟁으로 전환할 수 있다는 것 등을 주장하면서 당은 코민테른에서 분리해서 조선·대만·만주·중국을 포함하는 일본의 독자적인 사회주의 국가의 건설에 매진해야 할 것이라고 주장했다.

이처럼 사노, 나베야마의 전향 성명은 단지 당이 코민테른에서 분리할 것을 주장한 것이 아니었고, 마르크스주의 사상을 포기한다는 선언에 그쳤던 것도 아니었다. 만주사변 이후 1932년 1월의 상해사변, 3월의 만주국 건국선언, 5월의 5·15 사건을 거쳐 고바야시 다키지가 죽은 다음달인 1933년 3월에 일본은 국제연맹 탈퇴를 정식으로 통고하였다. 이런 일련의 사건 직후에 코민테른에서 이탈하여 독자적으로 동아 사회주의권을 건설하자고 주장했던 공산주의자들의 구상은 국제연맹에서 탈퇴하고 외부와의 관계를 차단하고 닥치는 대로 일본주의와 군국주의의 길을 치달으며 대동아 공영권의 건설에 도달한다는 국책을 앞지르고 여기에 일치하는 '사회주의' 건설을 지향하려는 결의를 표명한 것에 다름아니었다. 이 성명 이후 마르크스주의에서 이탈하는 사람들이 속출하면서 전향의 계절이 찾아왔으나 대부분의 경우 사상적인 제어 장치가 없어 배타적인 일본주의로 직결되는 전향이었다는 점에 큰 문제가 있다. 문학자의 경우도 예외는 아니었다. 사노, 나베야마의 전향 성명은 마르크스주의의 무오류성이라는 신화를 뒤엎으면서 프롤레타리아 운동의 퇴조를 유도하고 전향이라는 눈사태 현상을 초래했을 뿐 아니라, 여기에 이미 전향의 일본적 성격이 나타났다는 의미에서도 앞으로 닥칠 사상

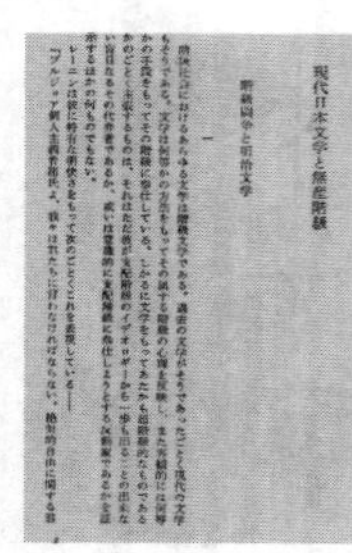

구라하라 고레히토의
「현대 일본 문학과 무산 계급」
(『문예전선』, 1927. 3)

과 문학을 미리 암시하는 사건이었다.

　이보다 앞서 구라하라 고레히토와 고바야시 다키지로 대표되는 마르크스 주류파의 정치주의적 편향에 의문을 품고 있던 하야시 후사오가 출옥 직후인 1932년 5월부터 9월에 걸쳐 「작가를 위해서」「문학을 위해서」「작가로서」 등 일련의 문학지상주의적인 내용의 감상을 발표하면서 고바야시 다키지 등의 엄중한 비판을 받았던 것은 이미 말했는데, 고바야시 다키지의 죽음과 이어 나온 사노, 나베야마의 전향 성명은 하야시 후사오와 같은 내부 비판자들의 영향력을 단숨에 증대시켜 작가동맹이 내부에서부터 붕괴되는 계기가 되었다. 도쿠나가 스나오는 『중앙공론』, 1933년 9월호에 발표한 평론 「창작 방법상의 신전환」에서 구라하라 고레히토가 다니 모토세이(谷本淸)라는 이름으로 발표했던 「예술 방법에 관한 감상」(『나프』, 1931. 9. 10)을 공격의 대상으로 삼았다. 그는 이 글에서 구라하라가 제창한 이후 작가들이 금과옥조로 삼았던 '유물변증법적 창작 방법'은 정치나 논문과 다를 수밖에 없는 창작의 무엇인가를 변별하지 않는 '주관적·관념론적 독충'이라고 비판하면서, 작가로서의 실천을 정치로 바꿔버릴 수는 없으며 세계관이 없어도 프롤레타리아 작품은 가능하다고 말했다. 그리고 그는 마지막에 "문학 비평의 관료적 지배를 일축하고 거침없이 자유롭게 마음껏 창작해서는 안 되는가"라고 호소했다. 작가의 체질적인 정치 혐오와 이론 혐오를 표명한 데 지나지 않는다고 할 수 있는 이 평론이 작가동맹 지도부가 신뢰를 잃게 되는 하나의 계기가 되었던 것도 이 시대의 추세였을 것이다. 이런 일련의 과정을 거친 후, 다음해인 1934년 3월 작가동맹은 마침내 해산을 맞게 되었고, 일본에서의 프롤레타리아 문학 운동의 불길은 꺼지게 되었다.

1933년에 창간된 『문학계』
동인을 중심으로 모인 작가들.
앞줄 왼쪽부터 고바야시 히데오,
다케다 린타로, 히로쓰 가즈오,
가와바타 야스나리, 하야시 후사오,
우노 고지, 뒷줄 오른쪽부터
후카다 규야, 도요시마 요시오

'문예 부흥'의 목소리

1933년 10월, 우노 고지, 가와바타 야스나리, 고바야시 히데오, 후카다 규야, 다케다 린타로, 하야시 후사오, 히로쓰 가즈오 7명을 편집 동인으로 한 잡지 『문학계』가 문화공론사에서 창간되었다. 창간호가 나오기 전부터 문단에 화제를 뿌렸던 이 잡지의 큰 특징은 공통된 문학 이념을 가진 무명 청년들의 작품을 발표하는 무대라는 종래의 동인지의 통념을 깨뜨렸고, 프롤레타리아파와 예술파의 기성 문학자들이 두 명의 다이쇼 작가 밑에 의지한다는, 이전에는 생각할 수 없었던 동인의 편성이라는 점이다. 곧 이어 도요시마 요시오, 요코미쓰 리이치, 시마키 겐사쿠(島木健作, 1903~1945), 후나바시 세이이치, 아베 도모지, 가와카미 데쓰타로 등이 가담했고, 우노 고지, 히로쓰 가즈오가 탈퇴했으며, 1936년에 문예춘추사로 발행소를 옮기면서 다시 기시다 구니오, 미키 기요시, 아오노 스에키치, 이부세 마스지, 호리 다쓰오, 가메이 가쓰이치로, 나카무라 미쓰오(中村光夫, 1911~1988) 등이 참가해서 문단의 '강자연맹(強者連盟)'이라고 불리기도 했던 큰 세력이 된다. 전후 『문학계』는 문예춘추사에서 발행하는 순문학 잡지로 복간되었으며, 오늘날까지 계속 발행되고 있다.

창간을 발안했던 사람은 프롤레타리아 문학 출신인 다케다 린타로와 하야시 후사오인데, 두 사람이 문화공론사의 다나카 나오키(田中直樹)에게 말을 꺼내는 한편, 하야시는 고바야시 히데오와 후카다 규야를 부추기고, 다시 다케다, 하야시, 고바야시 세 사람이 가와바타 야스나리에게 상담하자 이에 응한 가와바타가 히로쓰 가즈오에게 말을 전했다. 6월에는 거의 준비를 마쳤으며 8월에 들어 「『문학계』 창간의 인사」를 배포하자 미야코신문은 '대파소파(大波小波)'란에서 재빨리 '완전한 프로, 부르 합동'의 '문예소비조합'

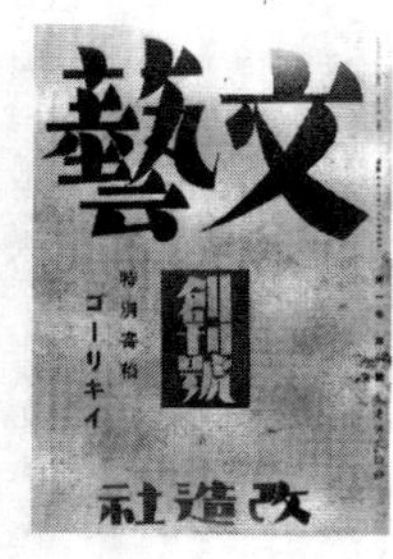

『문예』 창간호(1933. 11)

'오월동주(吳越同舟)' 등이라고 보도했다. 이를 전후해서 『행동』과 『문예』가 창간된다는 풍문도 들려왔다. 동인 잡지로는 이미 1933년 1월부터 야스타카 도쿠조가 주재하는 『문예수도』가 나오기 시작했고, 9월에는 다카미 준, 시부카와 교, 아라키 다카시(荒木巍, 1905~1950) 등이 『일력』을 창간했다. 그때까지 순문학적 상업 잡지는 『신조』 하나뿐이었으나 이때부터 활발한 활동을 보이기 시작했으며, '문예 부흥'의 서막이 열렸다. "시대도 마침 문예 부흥의 싹이 트고 문학 잡지가 속출하는 장관도 있어 일찍부터 이 잡지는 주목의 대상이 되었으며, 우리들은 이 시류를 기뻐하며 이를 이 잡지로 옳게 발전시키려는 동시에 또 시류와는 다른 우리들의 입장을 지키려고 한다"는 『문학계』 창간호의 「편집 후기」(가와바타 야스나리)는 이상과 같은 흐름에서 비롯된 것이다.

하야시 후사오에 의하면 창간하기 위해 중심 인물로 활동했던 사람은 가와바타 야스나리였다고 하지만, 반대로 가와바타는 하야시 후사오가 열심이었다고 말하고 있다. 하야시는 '문학 건설'과 '문예 부흥'의 기운이 일어남에 따라 "자신의 가슴속에서 문예가 부흥 또는 발흥하는 것을 느꼈기 때문에 다른 작가도 그럴 것이고 그렇지 않으면 안 된다고 느껴 희망의 흐름에 편승"(「문예 부흥이란」)해서 잡지명을 결정하였다. 하야시 후사오는 작가동맹 주류파의 정치 편향주의에 대해 비판하는 가운데 「작가로서」(『신조』, 1932. 9)의 마지막 부분에서 프롤레타리아 문학과 속악한 '대중 문예,' 그 사이에 끼여 허덕이고 있는 '순문학,' 이 세 개의 흐름 속에서 일본의 '르네상스'를 완성하는 것은 프롤레타리아 문학이며, 일본의 '르네상스'는 '프롤레타리아 르네상스'가 아니면 안 된다는 '조그만 꿈'을 말한 바 있다. 그런 하야시 후사오에게 1년 후의 『문학계』 창간은 1932년 8월부터 연재를 시작한 장편 『청춘』(1934)의 집필과 함께 '프롤레타리아 르네상스'에 대한 꿈을 '순문학 르네상스'로 전환·확대해서 실현하는 일에 다름아니었다. 또 그런

우노 고지

하야시 후사오를 중심으로 바라본다면 "프롤레타리아 문학이 퇴조하게 된 제반 사정이야말로 동시에 문예 부흥 현상을 초래한 그것에 다름아니다"라는 구보카와 쓰루지로(窪川鶴次郎, 1903~1974)와 "소위 '문예 부흥'이라는 것과 전향 문학의 출현이란 칼날의 양면이었다"는 혼다 슈고(本多秋五, 1908~)의 지적 그대로일 것이다. 그러나 순문학 부흥의 조짐이나 기대는 하야시 후사오의 흉중에만 있었던 것은 아니다. 또 프롤레타리아 문학이 퇴조하고 전향 문학이 출현하면서 거의 동시에 문단과 저널리즘 전체에 분명히 '문예 부흥'의 기운이 높아졌다고는 하지만 양자가 반드시 직접적 인과관계로 연결되었던 것은 아니다.

지금 '문예 부흥'과 결부된 당시 문단의 움직임을 살펴보면, 우선 1933년 1월에 야스타카 도쿠조가 신인 발굴을 주요 목적으로 삼고 히로쓰 가즈오와 우노 고지의 응원을 받아 창간했던 『문예수도』를 들 수 있다. 『문예수도』는 창간호 권두언에서 '순문예' 부흥의 의지를 강력하게 선언하면서 신인뿐만 아니라 순문학 신봉자들을 고취했다.

신진 작가여, 신진 작가를 지망하는 사람들이여, 또 진정한 문예 애호가들이여, 순문예 소멸의 목소리에 결코 위축되어서는 안 된다. 결코 낙담해서는 안 된다. 우리 『문예수도』는 순수 문예 진흥을 위해 스스로 전선에 나가 싸울 것이다. 불우한 신인들에게 문호를 개방하고 재능 있는 신인의 발견에 노력하며 순문예의 맥박 뛰는 생기를 다시 문단에 불어넣는 일을 사명으로 삼을 것이다.

그리고 연초부터 사람들의 눈길을 끌었던 것은 메이지·다이쇼 시대부터 활약했던 기성 작가들이 약속이라도 한 것처럼 일제히 부활했다는 점이다. 우노 고지가 병으로 인한 수년 간의 침묵을 깨뜨리고 이전의 요설체와는 다

이즈미 교카

른 작풍으로 「고목이 있는 풍경(枯木のある風景)」(『개조』1월)과 「메마른 들판의 꿈(枯野の夢)」(『중앙공론』3월)을 쓰면서 재기했으며, 도쿠다 슈세이는 누이가 죽어 고향으로 돌아갔던 심경을 적은 「마을의 무도장」(『경제왕래』3월)을 발표했는데, 이를 읽고 가와바타 야스나리는 '해탈'의 '거룩함'을 느끼게 하는 '신품(神品)'이라고 격찬했다. 슈세이는 독신 노의사의 스러지는 듯한 죽음을 쓴 명작 「죽음과 친하다(死に親しむ)」(『개조』10월)도 발표하였다. 다니자키 준이치로의 「춘금초」(『중앙공론』6월)를 보고 마사무네 하쿠초, 가와바타 야스나리를 비롯한 여러 작가들이 찬사를 터뜨렸으며, 이 해의 최고 걸작이라고 환호했다. 시가 나오야는 「만력적회」(『중앙공론』9월)를, 가미쓰카사 쇼켄(上司小劍, 1874~1947)은 「U 신문 연대기(U新聞年代記)」(『중앙공론』11월)를 발표했다.

이처럼 메이지·다이쇼 작가의 부활에 호응하여 『중앙공론』과 『개조』에 이어 종합 잡지 『경제왕래(經濟往來)』는 7월에 『하계 증간 신작 33인집』이라는 600페이지가 넘는 임시 증간호를 내고 도쿠다 슈세이, 이즈미 교카(泉鏡花, 1873~1939)부터 이부세 마스지, 하야시 후사오, 다케다 린타로까지 33인의 신작을 한곳에 모았다. 여기에 「자식의 내력(子の來歷)」을 발표한 42살의 우노 고지는 나중에 이 해를 회고하면서 '신작 33인집'이 순문학 부흥의 한 징후였다고 술회하고 있다. 물론 메이지·다이쇼 작가들은 이 해에 국한되어 활동했던 것만은 아니다. 도쿠다 슈세이, 시마자키 도손, 나가이 가후(永井荷風, 1879~1959), 시가 나오야, 무로 사이세이는 이후 1937, 38년까지 생애의 대작과 명작을 잇달아 완성하였다.

기성 작가들의 부활에 이어 '문예 부흥'의 징후로 화제가 되었던 것은 『문학계』를 비롯한 새로운 잡지들의 창간이다. 『문학계』와 같은 10월에 창간된 『행동』은 후나바시 세이이치, 아베 도모지, 도요다 사부로(豊田三郎, 1907~1959) 등이 편집하고 기노구니야(紀伊國屋)의 다나베 모이치(田邊茂

요시카와 에이지의
『미야모토 무사시』

一, 1905~1981)가 출자해서 냈던 월간지로 2년 정도 발간되었으며, 1934년 후반부터 행동주의의 거점이 되었다. 다음해 11월에 창간된 『문예』는 개조사가 『개조』와는 별도인 순문학 전문 상업지로 창간했던 잡지로서 『문학계』 『신조』와 함께 1935년대의 주요 문예 잡지의 하나가 되었다. 여기에 전후로 계승되는 대출판사의 상업 문예지 중심의 문단 저널리즘의 기본적인 포석이 깔린다.

『문예』 창간호의 「창간사」에서 "우리는 문학 부흥의 목소리가 우리 문단에 넘쳐흐르기 때문에 일시적인 마음에서 이 잡지를 창간한 것은 아니다"라고 선언한 개조사는 반년 후인 1934년 4월이 되자 '문예 부흥 총서' 전 24권을 내기 시작했고, "우리들은 문예 부흥 운동의 기치를 올리고 이에 본 총서를 간행한다"고 광고했다. 이런 추이에서도 '문예 부흥' 붐이 급속하게 보급·침투되는 모습을 엿볼 수 있는데, 여기까지 오면 야자키 단(矢崎彈, 1906~1946) 등이 비판했던 것처럼 '문예 부흥'은 프롤레타리아 문학 퇴조 후의 문단 공백을 메우려고 했던 상업 저널리즘의 간판이라는 성격이 두드러지게 된다.

대중 문학에 대항하다

여기에서 확인삼아 한마디 한다면 '문예 부흥'에서 '문예'는 '순문학'에 한정되므로 '문예 부흥'이란 '순문학 부흥'이라는 의미이다. '순문학'이란 개념은 다이쇼 말기부터 쇼와 초기에 걸쳐 사소설이 문학의 본령이라는 문단 통념과 새롭게 발흥한 대중 문학과 프롤레타리아 문학에 대해 과거의 문학을 어떻게 해서라도 지키려고 했던 문단 의식에서 생긴 개념이며, 쇼와 초기에는 대중 문학도 아니고 프롤레타리아 문학도 아닌 문단 문학, 즉 사소설

히로쓰 가즈오

에 '예술파'를 막연하게 포함한 문학을 가리킨다. 주의할 것은 이는 전통적인 문단의 위기 의식에서 비롯된 자위적이고 자기 보존적인 개념이라는 사실이다. 따라서 '순문학'을 옹호하는 문단 작가들에게 대중 문학은 결국 울타리 바깥의 문학이었고, 프롤레타리아파는 울타리 안에 침입해서 '꽃밭을 망가뜨리는 자'(나카무라 무라오)들이었다. 그러나 상업 저널리즘이 떠받친 이후의 대중 문학과 프롤레타리아 문학의 융성은 '순문학'을 점점 궁지에 몰아넣었다. 그래서 1931, 32년경부터 문단에서는 '순문학의 위기'를 부르짖게 되었다. 그것이 1933년에 들어서자 일변해서 '순문학 부흥'의 구호로 바뀌었다. 여기에 180도의 전환을 가져와 탄력을 붙였던 것은 당장은 울타리 안의 적이었던 프롤레타리아 문학의 쇠퇴와 마르크스주의로부터 벗어난 해방감임에 틀림없으나, 울타리 안의 적이 해소되면서 그 외측의 그늘에 숨어 있던 대중 문학이라는 보다 큰 적과 나아가 그 외부에서 문학 전체를 지배하고 있던 상업 저널리즘이 대항하기 어려운 힘으로 대두하게 되었다.

『문학계』 창간만 보더라도 중심 인물이었던 하야시 후사오는 최근 '순문학'이 프롤레타리아 문학과 속악한 대중 문학 사이에 끼여서 "황색 즙과 청색 즙을 토하고 있다"고 말하고 있으며, 창간 인사문에서 "문학의 상품화와 작가의 자기 비하"에서 "문학의 정도(正道)로 되돌아올 것"을 주장했다. 그리고 창간 당시의 동인인 히로쓰 가즈오는 일찍이 다이쇼 말기에 『킹』을 비롯한 대중 문학 잡지들이 출현했을 때부터 미국식 출판 대자본주의가 순문학에 대한 최대의 위협이 될 것이라고 경고했으며, '킹적인 저널리즘'에 대한 주시와 대책을 소설 「쇼와 초기의 인텔리 작가」(『개조』, 1930. 4)와 평론 「문사의 생활을 비웃다(文士の生活を嗤ふ)」(『개조』, 1930. 5)에서 썼다. 저널리즘과 영합하는 일을 떳떳하게 여기지 않는 점에서는 가와바타 야스나리도 마찬가지였다. 그는 고바야시 다키지의 죽음을 가장 먼저 다루었던 앞의 시평에서 "대중 문학을 위해 사라져야 할 순문학이라면, 그 수명을 하루이틀

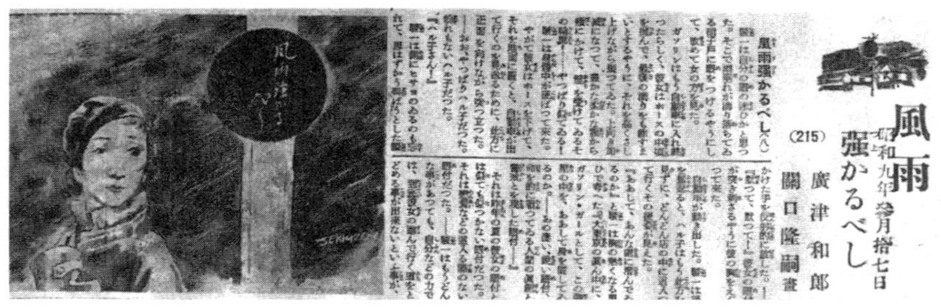

히로쓰 가즈오의 「비바람 강하리라」 최종회

연장하기보다 오히려 나는 그 죽음을 재촉하는 쪽에 힘을 보태고 싶은 기분"이라고 말하였다. 그들 쪽에서 『문학계』를 창간하자는 이야기가 나왔던 것은 바로 그 무렵이었다.

'문예 부흥'의 복잡한 배경을 생각할 때 흥미로운 것은 나중에 나오키 산주고와 히로쓰 가즈오가 벌인 조그만 논쟁이다. 나오키 산주고는 『문예』, 1933년 11월 창간호에 「연민을 느끼다(憐憫を催す)」라는 통렬한 순문학 작가 매도문을 발표했다. 우노 고지가 다시 건강을 회복해서 작품을 썼고 『문학계』와 『문예』 『행동』이 나왔을 뿐인데 무엇이 순문학의 부활인가. 10년 동안 세상은 변하고 있는데 순문학 작가는 여전히 비사회적인 작품만을 쓰고 있다. "예술성과 동시대성 나아가 한걸음 앞서, 타인과 객관을 묘사할 수 있는 구성력을 가진 사람, 그런 작가가 나오지 않는 이상 순문학은 절대로 부활할 수 없다." 직설적으로 순문학 작가들의 가장 아픈 곳을 찔렀던 나오키의 이런 공격에 대해 예전부터 친구였던 히로쓰 가즈오는 다음달 『문예춘추』의 문예 시평 「순문학을 위해서」에서 반론을 제기하면서 나오키의 최근작인 현대 소설 『일본의 전율(상해 편)』(1932)의 얕은 바탕을 비판했다. 이를 받은 나오키가 『일본의 전율』은 잘 된 작품이 아니므로 다음 기회에 '실감나는 현대 소설'을 경쟁적으로 써보지 않겠는가라고 제안했고, 히로쓰 가즈오는 이 제안에 따라 "순문예와 통속소설의 중간 형태"의 '문예적 장편'의 길을 개척하고 싶다고 생각하고 있었던 터이므로 지금 호치신문(報知新聞)에 연재중인 「비바람 강하리라(風雨强からべし)」로 대답하겠다고 약속했다. 좌익 운동 퇴조 후의 양심적이고 자유주의적인 지식인 청년의 방황을 묘사했던 「비바람 강하리라」는 다음해인 1934년 3월에 연재가 끝나고 7월에 개조사에서 출판해서 히로쓰의 대표작의 하나가 되었지만, 나오키 산주고는 논쟁 1개월 후에 급사해서 약속을 지킬 수 없었다.

이 조그만 논쟁은 기성 작가의 부활이나 하야시 후사오를 중심으로 한

요시카와 에이지

『문학계』 창간의 동향 등에서 파악할 수 있던 것과는 다른 '문예 부흥'의 몇 가지 중요한 국면을 보여주고 있다. 하나는 대중 문학의 공세에 대해 순문학을 어떻게 지키는가 하는 이전부터의 문제가 나오키 산주고의 도전과 히로쓰 가즈오의 대항이라는 형태로 표면에 떠올랐다는 점이다. 다이쇼 말기 이후 매스컴의 비약적인 발달로 과거의 협소한 문단 저널리즘을 초월하는 광범위한 문학의 새로운 시장이 개척되었으며, 대중 문학이 신문소설과 기타 소설로 순문학 작가의 침투를 제압하고 새로운 시장을 석권하면서 지금까지 해왔던 것처럼 대중 문학을 문단의 울타리 바깥에 있는 존재로 무시할 수 없게 되었다. "프롤레타리아 문학은 내우(內憂)이고 대중 문학은 외환(外患)"이라고 말했던 기쿠치 간은, 이제 순문학은 쇠멸하는 '내우'를 끌어안았지만 대중 문학이라는 '외환'에 대항할 필요가 있었다. 문단과 상업 저널리즘이 협력하고, 『문학계』로 상징되듯이 부르와 프로가 대동단결해서 순문학의 확대와 부흥을 도모하지 않으면 안 되었던 이유가 여기에 있다. 이 시점에서 큰 출판사가 발행하는 상업 문예 잡지를 중심으로 새로운 '문단'이 성립했던 것은 이미 언급했거니와, 이후 1935년에 만든 아쿠타가와 상과 나오키 상을 비롯한 각종 문학상의 설정 방법을 보더라도 이렇게 재편성된 '문단' 및 '순문학'이 프롤레타리아 문학 혹은 전향 문학은 포함해도 대중 문학은 배제하면서 전후까지 존속하게 되는 이유를 알 수 있다.

여기에서 대중 문학 자체를 언급할 여유는 없다. 그러나 국책에 대한 추수와 그 밖의 다른 문제가 있었다고는 하지만, 나오키 산주고가 죽은 다음에 나온 요시카와 에이지의 대작 「미야모토 무사시(宮本武藏)」(아사히신문, 1935. 8~1941. 7)나 시대소설이라고 하기보다 역사소설에 가까운 하세가와 신의 「아라키마타에몽(荒木又右衛門)」(미야코신문, 1936. 10~1937. 6) 등으로 대표되는 대중소설의 융성을 제외하면 역시 이 시대에 순문학이 놓였던 상황 전체를 이해할 수 없다. '문단'과 '순문학'의 재편성으로 순문학 대 대

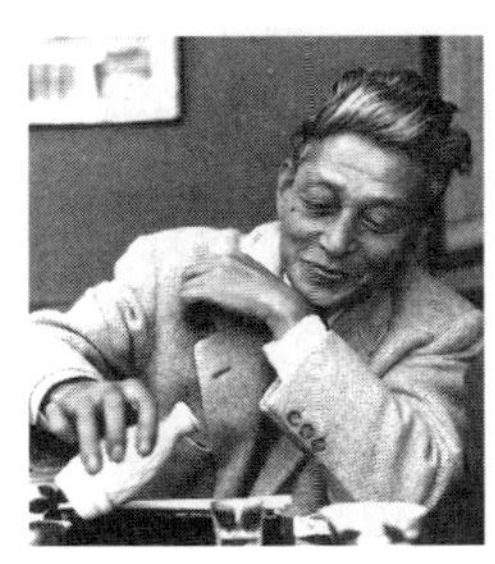

고바야시 히데오

중 문학의 문제가 전부 해결될 수는 없었다. 말하자면 눈가림만 하였을 뿐이다. 눈가림한다고 해도 같은 시장에서 같은 손님을 상대로 문학 상품을 판매할 필요가 증가한다면 경쟁을 피할 도리는 없다. 히로쓰 가즈오는 나오키 산주고의 격렬한 순문학 비판과 '현대 소설'을 경쟁적으로 제작하자는 제안을 수세에 몰리면서도 필사적으로 대응하려고 했다. 그리고 여기에서 자기를 굽히지 않고 그럼에도 시장과 고객의 요구에도 들어맞는 순문학 작품의 '질' 문제, 요컨대 현대 소설은 어떻게 존재해야 하는가 하는 소설 방법상의 문제가 필연적으로 일어난다. 덧붙인다면 마침 그때 고바야시 히데오는 '문예 부흥 좌담회'(『문예춘추』, 1933. 11)에서 '현대 소설' 대망론을 말하면서

> 가까운 장래에 일본에서 가장 좋은 현대 소설이 나타난다면 문제는 그것을 대중 소설가가 쓸 것인가, 아니면 순문학 작가가 쓸 것인가 하는 점에 달려 있다고 생각한다. 〔……〕 물론 장편이며, 어느 쪽이 빨리 훌륭한 현대 소설을 쓸까. 그것은 서양에는 있어도 일본에는 없다. 그것이 일본에서 나와 문단을 결정할 것이라 생각한다.

라고 발언하고 있다. 이런 문단 의식의 연장선상에서 결국 요코미쓰 리이치의 「순수소설론」이나 장편소설 요망론이 나오게 되었던 것이다.

나오키와 히로쓰 논쟁에서 부상하는 문제는 이것으로 그치는 것이 아니다. 논쟁의 배경에는 분명히 양자의 정치적인 대립이 있었다. 잘 알려져 있듯이 나오키 산주고는 만주사변 발발 이전부터 스스로 파시스트를 자임하고 육군 관계자들과 친교를 맺었으며 경보국장(警保局長) 마쓰모토 가루(松本學, 1886~1974), 미카미 오토키치, 기쿠치 간, 요시카와 에이지 등과 1934년 1월에 문예간화회(文藝懇話會)라는 관민 합동 문학 단체를 발족한 바 있다. 「일본의 전율」은 상해사변 직후 현지로 날아가서 썼던 최초의 '사회소설'이

나오키 산주고

며, 파쇼적이고 군국주의적인 경향이 노골적으로 나타났던 최초의 국책 소설이다. 히로쓰 가즈오는 연재중인 「비바람 강하리라」로 그런 파쇼적인 경향에 저항하려고 하였다. 「일본의 전율」에 분명하게 나타났던 나오키 산주고의 파쇼적 몸짓에 대해서는 이미 단행본이 나온 직후 하야시 후사오가 미야코신문에서 비판하기도 했다. 『문학계』를 창간할 당시 동인 중에서 다케다 린타로가 반파시즘적 자세를 갖고 있었다. 『문학계』를 중심으로 하는 순문학자들에게 난입하려고 했던 나오키의 도전은 대중 소설가로서의 인기와 자신감 위에 서 있었고 그들의 비판을 일축하기 위한 측면도 가지고 있었다.

이렇게 보면 『문학계』 창간 혹은 '문예 부흥'의 밑바닥에 순문학자들의 반파시즘적 연대라는 요소가 존재하고 있었던 점을 부정할 수 없다. 히라노 겐처럼 반파시즘적 통일 전선을 '문예 부흥'의 최대 공약수로 보는 것은 개인적인 확신에 지나지 않지만, 일부 그런 요소를 잠재하고 있던 '문예 부흥'의 실상은 상당히 복잡하다. 그러나 그 중에 무엇이 가장 중요한가 돌이켜보면 역시 대중 문학에 대항하기 위해 '문단'과 '순문학'이 재편성되었다는 사실을 들어야 할 것이다. 다만 거듭 말한다면 이 재편성은 순문학자들의 손으로만 이루어진 것이 아니고, 반 이상은 이런 의향과 기운에 편승했던 저널리즘에 의해 추진되었다는 점이다. 상업 저널리즘의 측면에서 말하자면, 순문학과 대중 문학의 분리로 양자의 공존을 도모하면서도 양자를 포함하는 일본 문학 전체를 지배하는 체재가 여기에서 확립되었던 것이다.

'불안의 문학'과 행동주의

순문학의 진정한 적이 프롤레타리아 문학이 아니라 대중 문학이었다고 해

미키 기요시의
「불안의 사상과 그 초극」
(『개조』, 1933. 6)

도 프롤레타리아 문학 운동의 궤멸이 문학자와 지식인들에게 준 충격과 동요는 심각했다. 그때까지 마르크스주의는 운동에 직접 관여했는가 아닌가를 불문하고, 대부분 양심적인 청년·지식인 들에게 이론적으로나 윤리적으로 대항할 수 없는 절대적인 진리와 세계관으로 그들의 머리 위에 군림하였다. 그것은 세계의 모든 현상을 실증적으로 밝혀주는 과학인 동시에 사회적인 실천을 촉구하는 교양이었다. 그런 강제력을 수반하는 사상으로 자기의 생활과 문학을 다스리고 있던 마르크스주의자는 물론 그렇지 않았던 사람들도 마르크스주의에 대해 이론적·도덕적으로 어떤 태도를 취할 것인가를 생각하지 않고 살기란 거의 불가능했다. 그런 의미에서 마르크스주의는 자신과 자신의 입장을 확인하는 유일한 기준의 역할을 하고 있었다. 그런 기준과 토대의 붕괴는 정치·사회 정세가 긴박해지면서 지식인들 사이에 그때까지의 마르크스주의에 대한 입장이나 태도에 따라 허탈·불안·해방 그리고 다양하고 격렬한 심적 변화를 일으키지 않을 수 없었다. '문예 부흥'을 주장하기 시작했던 1933년 후반부터 불안의 문학, 행동주의, 능동 정신, 지식 계급 등을 둘러싼 논의가 일어났던 배경에는 이런 동요와 혼란으로 가득한 복잡한 시대적 분위기가 있었다.

최초로 '불안'을 문제로 삼았던 글은 미키 기요시의 「불안의 사상과 그 초극」(『개조』, 1933. 6)이다. 미키 기요시는 만주사변 후 대두한 파시즘과 마르크스주의 운동의 후퇴 밑에 있는 인텔리겐치아의 정신적 분위기는 바로 '불안'이며, 그것이 제1차 세계 대전 후의 유럽의 사상과 문학에서 자신의 유동성, 사물의 상대성, '인격의 분해,' 주관성 등으로 나타난 '불안의 사상'에 다름아니라는 것을 크레뮤와 하이데거를 거론하면서 해설했고, 그 초극을 위해 새로운 인간 유형을 창출할 필요가 있다고 말했다. 미키 기요시와 다니카와 데쓰조(谷川徹三, 1895~1989)에게 수학했던 후지와라 사다무(藤原定, 1905~1990)가 곧 이를 문학론으로 전개했으며, 가라키 준조(唐木順

다니카와 데쓰조

三, 1904~1980)가 재차 부연했다. 다니카와 데쓰조 문하에 있던 세누마 시게키는 여기에서 프롤레타리아 문학 발생 이후의 대중 문학, 신감각파를 포함한 문예 사조 전체를 '자아의 해체'에 바탕을 둔 '불안의 문학'으로 받아들이는 문학 사관을 키웠다. 그러나 마사무네 하쿠초가 가라키 준조를 비판하면서 메이지 이후의 문학은 모두 불안의 문학이 아닌가 반문하고 있는 점에서도 알 수 있듯이, 현대 문학론으로는 너무 일반적이었으며 유럽의 전후 사조를 그대로 일본에 적용하려고 했던 무리한 측면이 있었다.

그런 점에서 이어 나온 '셰스토프적 불안'도 행동주의 문학론과 큰 차이가 없었지만 이야기가 보다 구체적이었기 때문에 훨씬 많은 화제를 일으켰다. 1934년 1월, 러시아 철학자로 혁명 후에 프랑스로 망명했던 레오 셰스토프의 도스토예프스키론과 니체론인 『비극의 철학』을 가와카미 데쓰타로와 아베 로쿠로(阿部六郎, 1904~1957)가 공역해서 시바서점(芝書店)에서 출판했다. 이성과 이성주의에 대한 불신과 사회 진보에 대한 복수심에 불탔던 이 '유독(有毒)의 서'(역자)는 30여 년 전인 19세기말에 쓴 책이었음에도 불구하고 출판 직후부터 마사무네 하쿠초와 고바야시 히데오가 한결같이 절찬했고, 마르크스주의 운동 궤멸 이후의 사상적 공백을 메울 수 있는 가장 좋은 사상으로 많은 지식인들을 매료시켰다. 이어 7월에 나온 체호프론 『허무로부터의 창조』에 붙은 장문의 후기 「레오 셰스토프에 대해서」에서 역자 가와카미 데쓰타로는 『비극의 철학』이 보여준 예상 밖의 반향에 대해 언급하면서, 마사무네 하쿠초와 고바야시 히데오의 비평은 "사람은 사상을 붙잡으려하지만 사상은 늘 인간보다 현실적이다"(도스토예프스키)라는 셰스토프 사상의 핵심을 다른 각도에서 공통적으로 지적했던 것이라고 말했다. 이렇게 우연히 셰스토프 유행으로 표면화된 지식인의 내적 풍경을, 미키 기요시는 '불안'에 대한 스스로의 관심 연장선상에 놓고 '셰스토프적 불안'이라고 불렀다. 미키 기요시의 논의나 이타가키 나오코(板垣直子, 1896~1977), 도사

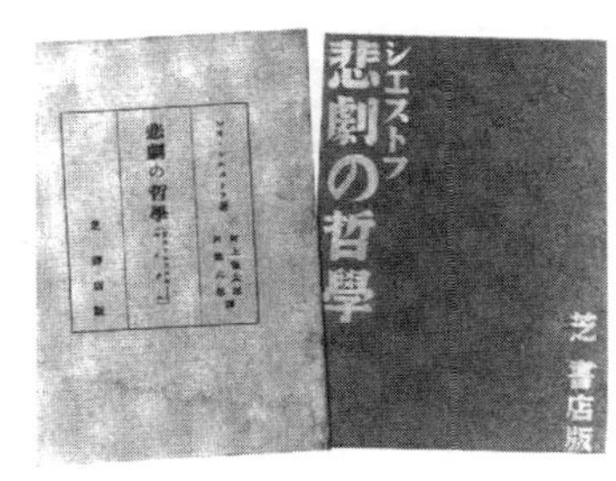

셰스토프의 『비극의 철학』

카 준(戸坂潤, 1900~1945)의 부정론은 셰스토프 유행의 객관적 분석으로는 탁월하지만, 그 독을 온몸에 끼얹고 정신의 심층부에 받아들였던 것은 마르크스주의 운동의 패배를 주체적으로 체험하고 거기에서 어떻게 해서라도 몸을 일으키려고 발버둥치고 있던 젊은 세대였다. 예를 들면 가메이 가쓰이치로 비평의 출발점이 되었던 평론 「살아 있는 유다(生けるユダ)」(『일본 낭만파』, 1935. 5~6)는 사상에 대한 배교와 순교의 문제를 자신의 체험으로 끌어들여 추구했던 정열적인 셰스토프론이다. 동세대인 하니야 유타카(埴谷雄高, 1910~1997), 히라노 겐, 혼다 슈고 등 나중에 『근대문학』 동인이 된 사람들에게도 셰스토프 체험이 큰 그늘로 드리우고 있었던 것을 알 수 있다.

이보다 앞서 1933년 10월에 『문학계』와 동시에 창간된 『행동』은 5년 전 예술파 신인들이 모였던 『문예도시』의 중심 멤버인 아베 도모지, 후나바시 세이이치 등이 그때와 마찬가지로 기노구니야의 다나베 모이치의 재정적 후원을 받아 창간했던 순수 월간 문예 잡지인데, 처음에는 프롤레타리아 문학의 퇴조와 함께 무산된 과거 신흥 예술파가 재흥하는 것처럼 생각되는 점이 있었다. 『행동』이라는 잡지 이름도 아베 도모지가 전위 예술의 '액션'을 염두에 두고 붙인 것이라 한다. 이 잡지는 다음해인 1934년 10월의 '일주년 특별 증대호'를 계기로 이른바 행동주의 문학의 기관지로서 취지를 드러내는 동시에 신문지법에 따라 종합 잡지로 바꾸고 1935년 9월까지 통산 만 2년 동안 발간되었다.

행동주의의 계기가 되었던 글은 고마쓰 기요시(小松清, 1900~1962)가 소개한 프랑스 작가 라몽 페르낭데스R. Fernandez의 「지드에게 보내는 공개장(ジイドへの公開狀)」(『개조』, 1934. 6)이다. 1933년 독일에 히틀러 정권이 성립하면서 이를 전후하여 유럽의 작가와 지식인들 사이에 반파시즘 운동이 왕성해졌고, 그때까지 자아주의자로 간주되었던 앙드레 지드가 공산주의로 전향할 것을 표명해서 화제가 되었는데, 처음에는 지드에 반대했던 페르낭

『행동』 창간호(1933. 10)

데스도 곧 「지드에게 보내는 공개장」을 발표하면서 반파시즘 태도를 분명히 했다. 이 소개에 이어 고마쓰 기요시는 『행동』 8월호에 「불문학의 한 전기(佛文學の一轉機)」를 쓰고 지드나 페르낭데스의 전향 의의를 설명하면서, 그들뿐만이 아니라 지금까지 순예술파로 손꼽혔던 많은 사상가나 문학자가 페르낭데스가 결성한 '프랑스지식계급연맹'으로 몰려가 반파시즘 운동에 가담하고 있다는 뉴스를 전했고 "거대한 유럽의 불안을 앞에 두고 혼돈과 동요로 고뇌하고 있는 오늘의 프랑스에서 무엇인가 이상한 능동적인 정신이 탄생하고 있다고 생각한다"라고 말했다. 이 소개에 촉발된 후나바시 세이이치는 『신조』 9월호의 문예 시평에서 이렇게 썼다.

> 부질없이 말초적인 방향을 더듬고 있던 근대주의 문학이 몰락과 정체의 고난을 거쳐 새롭게 의지력을 더할 때가 온 것이다. 또 오랫동안 방자와 불검문(不檢問)의 대하를 표류하고 있던 자유주의가 어쨌든 밝은 쪽으로 그리고 건설적인 쪽으로 사상적 방향을 부여받을 때가 온 것이다.

이렇게 말한 다음 후나바시 세이이치는 지금까지 우리 예술파 작가들은 프롤레타리아 문학의 지배로 인해 반동으로 비난을 받고 비겁과 침묵과 위축을 강요당했지만 지금이야말로 진보적인 의지를 자각하고 발휘할 수 있다는 의미의 말을 하고 있다. 동시에 시평에서 후나바시는 호리구치 다이가쿠가 번역한 생텍쥐페리의 『야간비행』에서도 '의지력'의 필요를 느꼈다고 말하면서 "근대주의 문학의 재출발, 혹은 모더니즘의 개조"는 이 '의지의 자유'라는 새로운 정신을 파악하는 곳에서 출발하지 않으면 안 된다고 주장하였다. 이처럼 후나바시 세이이치의 생각은 반파시즘이라기보다 프롤레타리아 문학에서 해방된 느낌 속에서 자유로운 행동에 대한 의지와 정열을 추구하고 그것을 문학으로 살려 예술파의 이른바 실지 회복을 이룬다는 비정치

적 내지는 반정치적인 색조가 짙은 것이었다. 그 실천으로 『행동』 10월호에 발표한 단편 「다이빙」은 행동주의의 대표적인 작품으로 주목받았음에도 불구하고, 자의식이나 불안과는 거의 무관한 청년이 자신을 짓누르고 있는 생각을 떨쳐버리고 여자와 함께 호수에 다이빙한다는 아나키스틱한 행동에 대한 정열만을 설명적으로 쓴 얕은 소설이 되어버린 것 또한 어쩔 수 없는 일이었다고 해야 할 것이다.

어쨌든 「다이빙」을 게재한 『행동』 10월호의 권두언에서 "행동 두 글자는 오늘날의 정세에서 탄력적인 신선미를 갖기 시작했다"고 말했듯이, 이후 『행동』을 거점으로 행동주의 문학론, 능동 정신론, 지식 계급론이 문단을 뒤흔들게 된다. 논의의 중심은 마르크스주의 운동 패퇴 이후 지식인 문학자들이 과거의 운동과 그 실패 체험에 입각해서 밀려오는 파시즘의 물결을 어떻게 대처하느냐라는 점에 달려 있었다. 아오노 스에키치가 일본의 지식 계급 사이에 지식 계급으로서의 자각을 가진 능동적인 정신이 대두하기 시작한 것은 높이 평가되어야 한다고 말한 데 대해, 오모리 기타로(大森義太郎, 1898~1940)는 변함없이 공식주의를 내세우면서 아오노 스에키치로 대표되는 능동 정신론이나 행동주의는 노동 계급과는 분리된 지식 계급의 자주성을 말하는 반마르크스주의적인 미망이며 반파시즘은커녕 파시즘으로 귀착할 가능성을 갖고 있다고 비판했다. 이 밖에 하루야마 유키오, 아베 도모지, 도사카 준, 가쓰모토 세이이치로(勝本清一郎, 1899~1967), 나카노 시게하루 등 예술파와 프롤레타리아파 양쪽에서 다양한 의견이 나왔지만, 전자의 문학론과 후자의 지식 계급론은 평행하면서 잘 교환되지 않는 가운데 『행동』의 폐간과 함께 논쟁도 점차 소멸하게 되었다. 프롤레타리아파는 지식 계급론이나 반파시즘 운동을 주체화해서 문학의 문제로 삼을 수 없었고, 예술파는 소설의 사회성과 능동성에 착안해서 사소설이나 심경소설을 극복하는 실마리만을 붙잡았을 뿐 이론과 창작에서 그 이상의 성과를 거둘 수는 없었다.

후나바시 세이이치의 『다이빙』

행동주의에 관해서는 기노구니야 출판부에서 했던 역할이 크며, 잡지 『행동』 외에도 1935년 2월부터 6월에 걸쳐 '기노구니야 팸플릿'으로 다나베 모이치가 편집한 논문집 『능동 정신 팸플릿』 『순문학을 위해서』, 후나바시 세이이치의 『다이빙』, 도요다 사부로의 『조화(弔花)』, 고마쓰 기요시의 『행동주의 문학론』 등을 간행하였다.

제2장

소설의 방법

전향 문학과 사소설

이른바 전향 문학은 작가동맹 해산 직후인 1934년 봄, 작품으로 말하면 무라야마 도모요시가 소설 「백야(白夜)」를 발표하면서부터 시작된다. 전위 연극 운동에서 좌익으로 '전환' 하고 프롤레타리아 연극 활동의 리더로 구라하라 고레히토와 함께 일본프롤레타리아문화연맹의 지도적 입장에 있었던 무라야마 도모요시는 1932년 4월에 대표작 「지촌하강(志村夏江)」을 스기모토 료키치(杉本良吉, 1907~1939)의 연출로 좌익 극장에서 상연하기 직전에 검거되었으며, 1933년 12월에 전향·출옥했다. 6개월 후인 1934년 『중앙공론』 5월호에 발표한 「백야」는 수감중에 자기 곁을 떠나 훌륭한 운동의 지도자와 가까워진 아내에 대해 고민하면서도 그 지도자와 아내를 함께 존경하지 않을 수 없는 남편의 소심함을 숨이 길고 약간 요설적인 문장으로 쓴 단편이다. 주인공의 마르크스주의관은 분명하지 않고 그 애정관도 낡았지만, 전향자가 전향하지 않은 동지들에게 열등감을 느낀다는 테마와 마르크스주의 운동 체험을 남녀·부부간의 애정이라는 측면에서 다시 생각하려고 했던 자세

무라야마 도모요시(좌)
시마키 겐사쿠(우)

에서 이후의 많은 전향 문학과 공통되는 특징을 보인다.

이를 전후해서 지금까지 무명 작가였던 시마키 겐사쿠가 「문둥이(癩)」 「장님(盲目)」을 비롯한 전향소설로 데뷔하면서 일약 주목을 받았다. 시마키 겐사쿠는 다이쇼 말기에 센다이(仙台)에서 학생 운동·노동 운동에 가담한 후 시코쿠(四國)로 건너가 농민 운동에 투신했다가 1928년에 검거되었고, 심하게 결핵을 앓아서 일찌감치 옥중에서 전향하고 1932년 3월에 출소하면서 갱생의 길을 찾아 형무소의 체험을 소설로 쓰기 시작했다. 과거에 창작했던 경력을 가진 프롤레타리아 작가들과 달리 그에게 전향이란 정치와 문학 문제 이전에 자기의 생사나 윤리와 관계되는 문제였다. 그 강력함과 나약함이 그의 작품을 전향 문학 중에서도 특이한 존재로 만들었다. 「문둥이」(『문학평론』, 1934. 4)는 그 최초의 작품인데 형무소에서 각혈하면서 생사의 경계를 헤매는 주인공이 문둥병에 걸렸으면서도 여전히 사상을 버리려고 하지 않는 동지를 만나 자신을 깊이 반성한다는 소설이다. 이 작품은 이어 나온 「장님」(『중앙공론』, 1934. 7)과 함께 전향 작가에게 엄격했던 비평가들에게도 호평을 받았다. 가령 이타가키 나오코는 「문학의 신동향」(『행동』, 1934. 9) 말미에서 신인 시마키의 작품은 옥중 생활 그 자체의 참혹함을 묘사하여 "밑바닥에서 사물을 파악하는 힘"을 느끼게 하며, 여기에서 프롤레타리아 문학이 순문학에 접근하고 있는 방향을 볼 수 있다고 평가했다. 첫 창작집 『감옥(獄)』(1934)에 수록된 초기 작품은 소설로서 미숙한 관념성에도 불구하고 사상과 육체의 상극을 극한까지 추구했던 실존적인 깊이에 도달하고 있으며, 조금 후에 나온 호조 다미오(北條民雄, 1914~1937)의 「생명의 첫날밤(いのちの初夜)」(『문학계』, 1936. 2), 「광대놀음(道化芝居)」(『중앙공론』, 1938. 4)과 함께 '불안의 문학'과 셰스토프 붐을 밑에서 떠받쳤던 얼마 되지 않는 작품이다. 그 후 시마키는 『문학계』 동인으로 가담했으며 시코쿠에서의 농민 운동 체험을 회고했던 미완의 장편 『재건(再建)』(1937)을 발매 금지

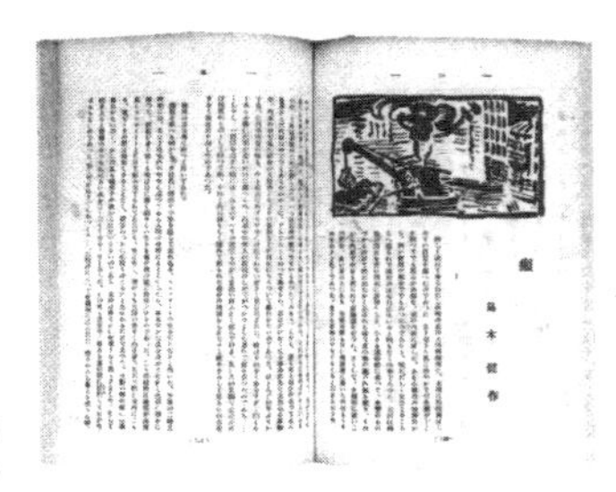

시마키 겐사쿠의 「문둥이」
(『문학평론』, 1934. 4)

당한 다음 더 깊숙이 전향하게 되었다. 도회의 공기를 접촉한 청년이 장래의 인생에 대해 진지하게 이리저리 생각하다 귀농하는 과정을 쓴 장편 『생활의 탐구』(1937)는 베스트 셀러가 되었던 시마키의 대표작이다. 그러나 여기에서는 이미 비전향자를 우러러본다는 테마는 물론 과거의 사상과 거기에서 이탈하는 문제를 추구할 수 없었다. 그리고 패전 동안 병상에서 집필하여 유작이 된 「검은 고양이(黑猫)」 「빨간 개구리(赤蛙)」 등 단편은 과거의 좌익 운동 체험을 밑바닥에 가라앉히면서도 우주 전체의 생명의 흐름 속에 일개 생물인 자신을 귀의시키려고 하는 심경을 묘사해서 시가 나오야, 오자키 가즈오 등의 탁월한 심경소설에 접근하고 있다. 시마키 겐사쿠가 더듬었던 이런 과정을 사상적 후퇴로 간주하기는 쉬운 일이지만, 그것만으로는 그의 문학적 성과를 놓칠 수 있다.

무라야마 도모요시, 시마키 겐사쿠에 이어 다테노 노부유키의 「우정」(『중앙공론』, 1934. 8), 구보카와 쓰루지로의 「풍운」(『중앙공론』, 1934. 11) 등 전향소설이 잇달아 발표되면서 전향 작가와 전향 문학을 둘러싼 논의가 왕성해졌다. 본래부터 마르크스주의를 혐오했던 사람으로 알려진 나카무라 무라오가 프롤레타리아 작가는 혀라도 깨물고 죽는 편이 낫다는 등 거침없이 떠들어 화제가 되었고, 이타가키 나오코는 앞에서 보았던 「문학의 신동향」에서 "프롤레타리아 작가는 사상적으로 사는 한 전향한다는 일은 있을 수 없다" "그럼에도 만일 전향을 했다면 그는 본능에 집착하고 거기에 길을 양보했을 뿐이다. 이런 제이의적인 종류의 생활자에게 제일의적인 문학이——어떤 의미에서도——생길 수 있다는 것은 상상에 지나지 않는다"고 단언했다. 기시 야마지는 이런 비난과 비판을 거의 전면적으로 인정하고, 그러나 아직 프롤레타리아 작가 쪽이 부르주아 작가보다 앞서 나아가고 있으며 제일의적인 작품이 무리라면 하다못해 제이의적인 작품으로라도 버티고 싶다고 대답했다(「문학자에 대하여」). 이를 읽고 침묵하고 있을 수 없다고 느낀 나카노

나카노 시게하루

시게하루는 『행동』, 1930년 2월호에 「「문학자에 대하여」에 대해서」를 통해 기시 야마지에게 맹렬한 반론을 제기했다. 우리들이 전향으로 잃어버린 것은 제일의적인 생활이며, 제이의적이고 제삼의적 생활은 아직 남아 있다는 따위의 말을 하는 것은 달콤한 사고 방식이라고 비판하면서 나카노는 다음과 같이 말했다.

내가 ○○당을 배신하고 그에 대한 인민의 신뢰를 배반했다는 사실은 미래에도 소멸되지 않을 것이다. 그러므로 나는 혹은 우리들은 작가로서의 신생의 길을 제일의적인 생활과 제작에 관계된 이외의 부분에는 놓지 않을 것이다. 만일 우리가 자초한 항복의 부끄러운 사회적·개인적 요인의 착종을 문학적 종합 속에서 손질하고 문학 작품으로 내세우는 자기 비판을 통해서 일본 혁명 운동 전통의 혁명적 비판에 가담한다면 우리들은, 그때도 과거는 과거로 있겠지만, 그 지워지지 않는 점을 볼에 붙인 채 인간 및 작가로서의 제일의의 길을 가는 것이다.

나카노 시게하루는 1932년 4월에 체포되었으며 옥중에서 전향, 1934년 5월에 출옥하고 「제1장」(『중앙공론』, 1935. 1)을 비롯한 일련의 전향소설을 쓰기 시작했다. 「「문학자에 대하여」에 대해서」에서 토로했던 불굴의 의지는 곧 발표한 소설 「시골집(村の家)」(『경제왕래』, 1935. 5)에서 훌륭하게 형상화된다. 전향하고 출소해서 고향 시골집에 돌아온 주인공 벤지(勉次)에게 부친 마고조(孫藏)는 네가 잡혔다고 들었을 때 오쓰카하라(小塚原)에서 뼈가 되어 돌아온다고 각오하고 있었다. 글을 쓰는 것보다 인간의 수양이 제일이다. 지금까지 썼던 글을 살리고 싶다면 붓을 놓으라고 따갑게 말한다. 묵묵히 듣고 있던 벤지는 마지막에 "잘 알겠습니다. 그러나 역시 쓰고 싶습니다"라고 대답한다. "벤지는 자신의 대답은 옳다고 생각했다. 그러나 그것은 그

나카무라 미쓰오

말만 옳을 뿐, 옳게 될지 그렇게 되지 않을지는 나중의 일이라고 느꼈다"라고 지문은 계속된다. 나카노 시게하루는 전향 작가는 혀를 깨물고 죽는 편이 낫다는 문단 사람들을 포함해서 마고조로 대표되는 일본 민중의 마음의 깊은 곳에 뿌리를 내리고 있는 비난에 굴복하지 않고 대결하면서 '일본 혁명 운동 전통의 혁명적 비판'을 하려는 강력한 결의를 표명하는 동시에 그것을 아름다운 긴장으로 가득 찬 작품으로 완성해서 전향 문학의 수준을 사상적·문학적으로 높이 끌어올렸다. 그 후 나카노 시게하루는 고바야시 히데오 등 『문학계』파와 대립하면서 문학에서의 관료주의와 군국주의에 대해 계속 비판하는 한편 노동자를 다룬 「기차 화부(汽車の罐焚き)」(『중앙공론』, 1937. 6) 등의 소설을 썼다. 그러나 전시 통제가 엄격해지자 그는 그 틈을 이용해서 다이쇼 말기의 우울한 청춘을 쇼와 10년대로 재현한 연작 「노래의 이별(歌のわかれ)」(『혁신』, 1939. 4~8)과 구청 호적계 직원이 된 자신의 일상을 자유로운 산문 형식으로 쓴 「공상가와 시나리오」(『문예』, 1939. 8~11)와 평론 「사이토 모키치 노트」(1942)를 발표했다. 이 작품들은 작가의 자율적인 작품의 완성도라는 점에서는 문제가 있지만 그럼에도 불구하고 최종적으로는 작가의 개성으로 환원되는 보기 드문 미의식과 윤리성을 갖고 있었기 때문에 나카노 시게하루는 전향 문학뿐만 아니라 쇼와 10년대 문학 전체를 대표하는 작가의 한 사람이 되었다.

그러나 전향 문학을 둘러싼 중요한 문제의 하나는 나카노 시게하루의 작품을 포함해서 그들 모두 전통적인 사소설 형식으로 썼다는 점이다. 나카노 시게하루의 전향소설 첫 작품인 「제1장」이 발표된 다음달 나카무라 미쓰오는 『문학계』에 「전향 작가론」을 쓰고 「제1장」을 중심으로 이 문제를 거론하면서 "사소설의 전통을 가장 용감하게 두들겨 부수었던 것은, 아니 적어도 깨뜨리려고 했던 것은 프롤레타리아 작가 제군들이 아니던가. 제군들은 '정치적 입장'과 함께 자기의 문학 이론도 내던져버린 것인가"라고 가혹하게

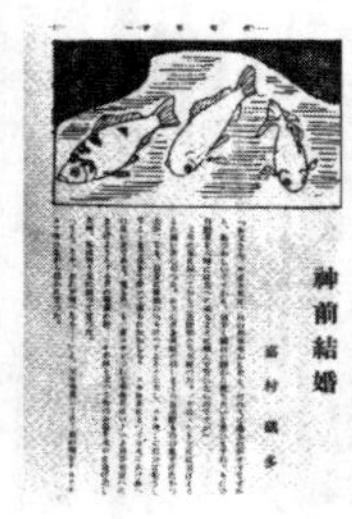

가무라 이소타의 「신전 결혼」
(『개조』, 1933. 1)

추궁했다.

　쇼와 초기 이후 사소설은 프롤레타리아 문학과 모더니즘 문학이 대립하는 그늘에 숨어 거의 가무라 이소타 한 사람만이 그 고독한 보루를 지키고 있었던 상태였으나, 그 역시 사소설의 북극이라고 일컬어지는 「신전 결혼(神前結婚)」(『개조』, 1933. 1)을 남기고 1933년 11월에 병으로 죽고 말았다. 하지만 그의 죽음과 함께 사소설이 끝난 것은 아니었다. 그와는 반대로 바로 그 무렵부터 다시 소생하기 시작했던 것이다. 더구나 사소설의 부활은 전향 문학에서만 볼 수 있는 것이 아니었다. 이른바 문예 부흥이 메이지 · 다이쇼 작가들의 부활을 하나의 커다란 징표로 삼고 있다는 것은 앞에서도 말한 바 있다. 도쿠다 슈세이, 지카마쓰 슈코(近松秋江, 1876~1944), 우노 고지 등이 오랜만에 발표했던 작품 대다수가 심경소설의 명작으로 극찬을 받았던 것이다. 그런 가운데 우노 고지는 『문예수도』, 1933년 9월호에 발표한 「사소설 사견」에서 일본 근대 소설의 주류는 지금도 여전히 사소설에 있으며 주로 사소설에서 걸작이 많이 나온 것은 일본만이 갖고 있는 불가사의한 현상이라는 감상을 토로했다. 이것을 고바야시 히데오가 재빨리 문제삼아 「사소설에 대하여」(『문학계』 창간호, 1933. 10)를 썼으며, 가와카미 데쓰타로가 문예 시평(『문예』, 1933. 12)에서 고바야시에 이어 사소설에 대한 주의를 촉구하면서 그때부터 비평가들 사이에서 사소설에 대한 논의가 갑자기 활발하게 일어났다. 프롤레타리아 문학 운동이 사소설의 전통을 단절했다는 생각은 고바야시 히데오가 「사소설에 대해서」에서 이미 말한 바 있다. 나카무라 미쓰오의 「전향 작가론」은 이를 이어받아 직접 전향 작가에게 비판의 화살을 날렸던 논의이다. 고바야시 히데오의 사소설관은 이듬해에 발표한 「문학계의 혼란」(『문예춘추』, 1934. 1)과 나중에 「『문장』과 『비바람 강하리라』를 읽고」로 제목을 바꾼 문예 시평(『개조』, 1934. 10)을 거쳐 「사소설론」(『경제왕래』, 1935. 5~8)으로 묶어볼 수 있는데, 이 일련의 평론을 통해 우리는 고바야시

요코미쓰 리이치

히데오가 나카무라 미쓰오와는 달리 전향 문학이 사소설로 나타나기 시작한 다음에도 여전히 잠시 동안이나마 전향 문학에서 사소설을 초극한 사상성과 사회성을 가진 작품이 나올 것을 기대하고 있었음을 알 수 있다. 그리고 그 기대는 다른 방향에서의 사소설 비판과 겹쳐지면서 1935년을 전후하여 일어난 소설 방법상의 중심 문제가 어디에 있었는지를 시사하고 있다. 다른 방향이란 말할 나위 없이 한쪽은 대중 문학, 한쪽은 서구의 근대 소설을 염두에 두었던 순문학 장편에 대한 요망이라는 방향에 다름아니다.

「순수소설론」의 사정 거리

1935년 4월호 『개조』에 발표한 요코미쓰 리이치의 「순수소설론」은 당시 독자들은 물론 지금 우리가 읽어도 용어가 애매하며 논리적인 수미일관성을 결여하고 있는 성가신 평론이지만, 1935년 전후의 문학과 문학 상황의 핵심을 찌르고 있을 뿐만 아니라 그 사정 거리는 쇼와 문학 전체에 미치고 있다. 발표 직후부터 대단한 반향을 불러일으켰고 그 해석이나 의미를 둘러싸고 오늘날까지 다양한 논의가 이루어지고 있을 정도로 문제성이 많은 글이다. 「순수소설론」은 다음과 같은 유명한 구절로 시작된다.

> 만일 문예 부흥이라는 것이 있다면 순문학이면서 통속소설, 이것 이외에 문예 부흥은 절대로 있을 수 없다고 지금도 나는 생각한다. 문학에 대해 숙달된 사람이라면 여기에 내가 더 이상 어떤 말을 덧붙이지 않아도 곧장 통할 수 있는 말일 것이다.

이것이 '문예 부흥'의 목소리가 일어난 지 2년밖에 안 되었을 때 했던 발

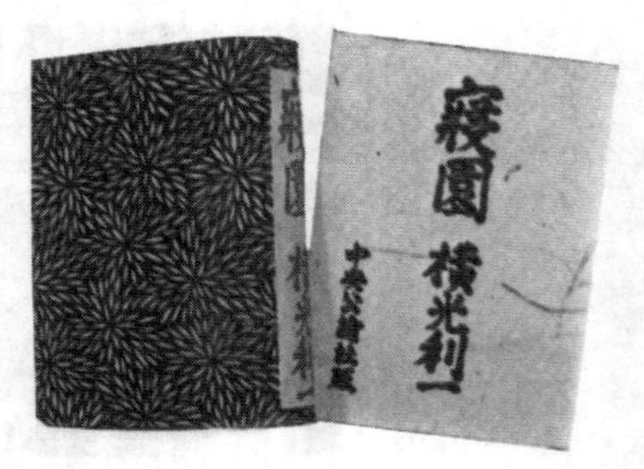

요코미쓰 리이치의 『침원』

언이라는 사실을 생각하면 요코미쓰 리이치는 '문예 부흥' 당초부터 순문학 부흥을 위해서는 '순문학이면서 통속소설'을 쓰는 일 이외에는 없다고 생각하고 있었던 셈이 된다. 더구나 문학을 알고 있는 사람은 이렇게만 말해도 이미 통할 수 있다는 것이다. 이어 요코미쓰는 그런 불순한 소설을 굳이 '순수소설'이라고 불렀으며, '순수소설'은 통속소설의 전매특허로 간주되는 우연성이나 감상성도 수용하는 장편이 아니면 안 된다고 말한 다음, 표현론으로 나아가 '자의식이라는 불안한 정신'이 새로운 현실로 바뀌면서 '순수소설'이 필요하게 되었으므로 그 표현에 리얼리티를 부여하기 위해서는 '사람으로서의 눈' '개인으로서의 눈' '그 개인을 보는 눈'이라는 세 개의 눈과 '작가로서의 눈'을 갖지 않으면 안 된다고 말하면서 제4의 눈, 즉 '4인칭'을 설정해서 쓴 장편이야말로 '문예 부흥'을 가능하게 하는 '순수소설'에 다름 아니라고 주장했다.

「순수소설론」 마지막 부분에서 요코미쓰 리이치는 1932년에 간행한 『상해』 『침원』 이후 3년 동안 발표했던 「문장(紋章)」 「시계」 「화화(花花)」 「성장(盛裝)」 「천사」 등의 장편을 거론하면서 이 "장편들 제작에 관한 노트를 쓴 것 같은 결과가 되었다"고 말하고 있다. 이 작품들은 「상해」와 「문장」을 『개조』에 발표했을 뿐 나머지는 모두 신문이나 부인 잡지에 연재하였다. 다이쇼 중기 이후 신문이나 부인 잡지에 발표하는 작품은 대부분 통속적인 읽을 거리라는 통념이 있었으나 다니자키 준이치로와 야마모토 유조의 작품은 예외였다. 대중 문학과 함께 신문이나 부인 잡지에 싣는 소설이라면 문단 잡지에 발표하는 단편과는 달리 독자층이 나뉜다. 그러므로 사소설처럼 "작가가 혼자 심각하게 고민하고 있다고 생각하면서 생활하고 있는 장편소설"이 아니면 안 된다는 생각이 나왔던 것은 당연하리라.

대중 작가에 대항해서 순문학 작가들도 장편을 써야 한다는 주장은 결코 요코미쓰 리이치만의 신념은 아니며, 이미 '문예 부흥'이 시작될 때부터 문

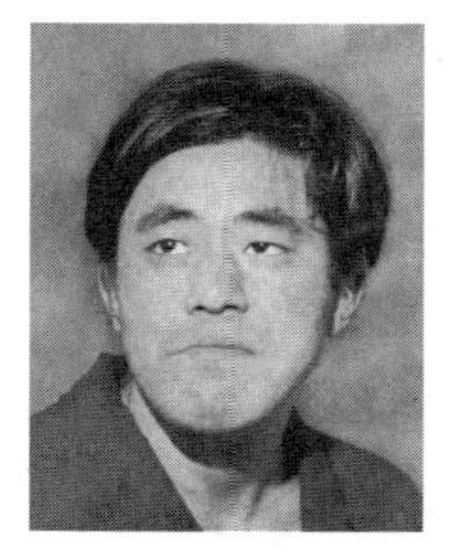

다케다 린타로

단에서 끊임없이 제기되고 있었다. 가령 『문예춘추』, 1933년 11월호의 문예 부흥 좌담회에서 고바야시 히데오가 서양에는 있지만 일본에는 아직 없는 장편 현대 소설을 대중 소설가와 순문학 작가 어느 쪽이 먼저 쓸 것인지에 대해 언급하면서 그것이 이후의 문단을 결정할 것이라는 의미의 발언을 했던 것은 앞에서 소개했던 대로이며, 그 점에서 주목되는 작품이 1933년부터 1934년에 걸쳐 히로쓰 가즈오가 『시사신보』에 삽화를 넣어 연재했던 「비바람 강하리라」(1934)이다. 히라노 겐이 말하고 있듯이 히로쓰 가즈오는 그런 자신감 위에서 『개조』, 1935년 1월호의 '문예잡감'에서 "순문예적 장편소설의 발표 기관으로 신문의 연재소설란을 획득"하고 "일반 독자들에게 어느 정도까지 흥미를 갖게 하고 종래의 통속소설에 없는 방법으로 조금씩이라도 독자를 끌어올릴" 필요가 있다고 주장했으며, 이를 순문학 작가의 '진지 회복'이라고 불렀다.

이런 경위를 생각하면 「순수소설론」을 우선 무엇보다도 순문학 작가들에게 통속을 두려워하지 않는 장편을 집필하라고 했던 제언으로 받아들인다고 해도 이상한 일은 아니다. 순문학 작가들은 독자를 대중 문학에게 빼앗기는 사태를 그저 손놓고 바라보지 말고 과거의 문단적 · 사소설적인 단편 중심의 순문학을 대신해서 보다 광범위한 독자의 기대에 부응할 수 있는 장편을 써야 할 것이라는 제안으로 받아들였던 것이다. 더구나 그것이 '순문학의 신'으로 추앙을 받고 있던 요코미쓰 리이치가 터뜨렸던 문단 구제의 목소리였다면 그 영향력은 절대적이어서 단숨에 순문학 장편에 대한 문단의 요망과 의욕에 박차를 가했으리라는 것은 너무나 당연하다.

「순수소설론」이 발표된 직후부터 저널리즘에서 순문학 장편을 위한 다양한 기획이 잇달아 나타났다. 1936년에 들어서자 우선 다케다 린타로의 『하계의 조망(下界の眺め)』을 제1회 배본으로 한 '순수소설 전집' 전 13권(유광사, 1936~1937)이 나오기 시작했고, 이어서 오자키 시로의 『인생극장』을 첫

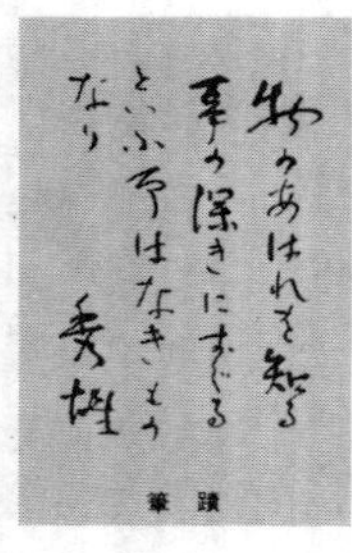

고바야시 히데오의 필적

권으로 한 '현대 장편 소설 전집' 전 15권(삼립서방, 1936~1938)이 간행되었다. 오늘날 일반화된 순문학 잡지에 장편을 전재하는 관행도 이 시기에 시작되었다. 우선 『문예』가 1936년 8월호에 이시자카 요지로의 「보리 죽지 않다(麥死なず)」 480매를 전재했으며, 『신조』도 뒤이어 다음해인 1937년 2월호에 후쿠다 기요토(福田淸人, 1904~)의 「구니키다 돗포(國木田獨步)」 350매를 전재한다. 다시 1937년 10월에는 하출서방에서 '신작 장편 소설 총서(書き下ろし長篇小說叢書)'를 간행하였다. 그 제1권은 시마키 겐사쿠의 『생활의 탐구』이며, 처음에는 14권을 낼 예정이었지만 인기가 높아 1943년까지 35권이 나왔다. 1937년에는 『인민문고』의 주변 잡지로 『장편소설』이 나왔고, 1939년에는 국내외 장편에 힘을 쏟았던 삼립서방에서 『장편문고』라는 장편 연재 잡지까지 창간되었다. 이리하여 쇼와 10년대에는 일찍이 없던 장편 유행 시대가 된다. 오늘날의 순문학 저널리즘 형태는 문예 잡지뿐만 아니라 신작 장편도 포함해서 이 시기에 성립했던 것이다.

그러나 「순수소설론」의 문학사적 의의가 장편이 유행하는 기운을 만들거나 순문학의 대중화·풍속화를 재촉한 점에 있는 것만은 아니라는 사실은 두말할 나위도 없다. 그 이상으로 중요한 것은 소설 방법론상의 큰 의미이다. 「순수소설론」을 발표하기 전에 요코미쓰 리이치는 1934년 1월부터 장편 『문장』을 『개조』에 연재하고 9월에 개조사에서 간행했다. 『문장』은 그 직전에 역시 개조사에서 출판한 히로쓰 가즈오의 『비바람 강하리라』와 함께 순문학 장편으로 대단한 기대를 받았지만 어느 쪽도 좋은 평가를 받지 못했다. 고바야시 히데오는 『개조』 10월호 문예 시평에서 "역량 있는 작가가 현대의 지식 계급을 나름대로 열심히 다룬 대표적인 현대 소설 가운데"라고 전제하면서 가장 먼저 두 작품을 다루고 있으나, "어느 작품도 내 마음을 깊숙이 움직인 소설은 아니었다"면서 작품의 내용에는 거의 관여하지 않았고, 마지막에 두 작품 모두 이런 것을 쓰지 않으면 안 되었던 작가의 발자취나 수고

요코미쓰 리이치의 『문장』

는 잘 알겠지만 『비바람 강하리라』의 결점은 '발명력의 부족'에 있고, 『문장』의 결점은 "왕성한 발명력에 따르는 공허한 요설"에 있다고 매정하게 일축했다. 『문장』에 대해서는 이렇게 말하기도 했다.

『문장』은 작가가 자신의 관념을 장편 속의 인물로 의식적으로 인간화하려고 했던, 아마 우리 일본 최초의 시도일 것이다. 하지만 이런 작업에서 『문장』에 나오는 다양한 '나'라는 가공의 인물을 필요로 하는 한 요코미쓰 씨의 발명은 완성될 수 없을 것이다.

이것이 1930년의 『기계』 이후, 함께 걸어온 것처럼 보였던 요코미쓰 리이치의 작품에 대한 고바야시 히데오의 거의 마지막 인사가 되었다. 그러나 고바야시는 이 글의 앞부분에서 현대 소설론을 전개하고 넓은 시야에서 두 작품을 비판하는 근거를 명백히 제시했다.

요즘 장편소설을 요망하는 목소리가 나오고 있는데 이는 당연한 일이라고 생각한다. 오늘날 우리 일본처럼 소위 순문학이라는 것이 극단적으로 말하면 단편소설의 다른 이름인 듯한 현상은, 대중물이라고 하면 시대물의 다른 이름인 것 같은 광경과 함께, 아마 세계에 유례가 없을 것이다. 대중 작가가 현대를 묘사하려고 노력하지 않으면 그 대중소설이 막다른 골목에 이르는 모습이 눈에 보이는 것처럼, 순문학 작가도 장편으로 달려가지 않으면 결코 새로운 길을 개척할 수는 없다고 나는 생각한다.

이렇게 말한 다음 고바야시는 지금까지 단편이 세력을 떨쳤던 원인은 '사상성의 결여'에 있었다고 말한다. 본격소설이건 심경소설이건 결국은 작가의 주관적인 소설류에 지나지 않으며, 여기에 사상이 들어갈 여지는 없다.

요코미쓰 리이치의
「순수소설론」(『개조』, 1935. 4)

일본 문학이 본격적으로 사상을 다루기 시작한 것은 마르크스주의 문학을 수입한 이후의 일이며, "인간 내면에서 사상이 살고 죽는 광경"은 새삼 놀라운 광경이었다. 이렇게 마르크스주의 문학이 사회소설의 명료한 개념을 가져오는 한편, 19세기 리얼리즘에 대한 반항에서 일어난 자기 구명과 심리 모색의 문학이 개인소설의 명료한 개념을 가르쳐주었다. 여기에서 생긴 혼란과 불안 속에서 좌우 양진영의 작가가 함께 부딪쳤던 문제는 "사상의 간섭을 받은 인간의 정열이라는, 우리 일본 문학에 열린 하나의 새로운 리얼리티 문제"였다. 장편소설을 요망하는 목소리는 여기에서 일어났다. 한편 개인이라는 존재도 옛날처럼 믿지 못하게 된 오늘, 성격은 개인 속에서 안정되지 않으며 '개인과 개인의 관계' 위에서 나타나게 된다. "이 인간의 성격에 관한 문학적 가정의 변동이라는 한 가지 사실만으로도 현대 단편소설의 가능성은 흔들리지 않을까"라는 것이 고바야시 히데오의 결론이다.

이 현대 소설론은 마르크스주의 문학이 거둔 역할을 높이 평가하고 있는 점을 포함해서 이 시기의 고바야시 히데오의 대표적 평론인 「사소설론」의 원형을 이루지만, 여기에서 주목하고 싶은 것은 반년 후에 요코미쓰 리이치가 발표한 「순수소설론」의 소설 방법론상의 큰 골격이 『문장』을 비판한 이 시평에서 제시되고 있다는 점이다. 하지만 히라노 겐이 말하듯이 「순수소설론」에는 고바야시가 갖고 있던 마르크스주의 문학 운동에 대한 평가가 누락되어 있다. 고바야시는 현대 장편소설이 마르크스주의 문학의 사회소설적 측면과 지드로 대표되는 서구 현대의 새로운 개인소설 양쪽에서 배워야 할 필요성에 대해 말했고, 이 의견은 그대로 「사소설론」으로 이어졌지만, 요코미쓰 리이치는 말하자면 개인소설적 측면만 착목해서 "자의식이라는 불안한 정신"의 방법화를 시도했다고 말할 수 있다. 고바야시는 나중에 「『문장』과 『비바람 강하리라』를 읽고」라는 제목으로 평론집에 이 시평을 재수록할 때, 마지막의 "인간의 성격에 관한 문학적 가정의 변동"이라는 말을 "바꾸

어 말하면 한 시점에서 다수의 인간을 바라보는 것만으로는 이미 충분하지 않으며, 서로 바라보는 사람들 다수의 시점을 작가는 혼자 갖지 않으면 안 된다"고 말했는데, 그 홀로 갖지 않으면 안 되는 '작가로서의 눈'을 요코미쓰는 '4인칭'이라고 불렀다. 그럼에도 불구하고 '4인칭'을 시도한 『문장』의 '나'를 고바야시 히데오는 처음부터 부정했다.

그렇다면 '4인칭'에는 어떤 의미도 없었는가. 그렇지는 않다. 『문장』의 '나'로 구체화된 '4인칭'이란 도대체 어떤 필요에서 생겼으며, 소설에서 어떻게 작용하며 어떤 식으로 표현되는가. 우리는 이것을 요코미쓰의 논리에 입각해서 생각해볼 필요가 있다.

'4인칭'이 복수의 작중인물 각자의 자의식과 그 관계를 객관적으로 바라보면서 묘사하는 한 작가의 시점이라는 사실은 대개 알 수 있다. 하지만 단순히 그것뿐이라면 작가의 시점이라거나 표현 주체라고 하면 끝나며, '4인칭' 따위의 기묘한 말을 꺼낼 필요는 물론 그것이 작중인물이 될 필요도 없다. 『작품』, 1935년 6월호의 좌담회「'순수소설론'을 말한다」는 '순수소설론'을 이해하기 위한 필독서인데, 여기에서 요코미쓰는 '4인칭'이란 육체를 갖지 않은 '나' 또는 "외국의 신을 대신할 무엇" "문법학자들이라도 만들어주었으면 좋겠다"고 말하고 있다. 이로 미루어 4인칭이란 단순히 작가의 시점은 아니고 작가와 작중인물, 존재와 비존재 중간에 있는 '나'라는 존재인 듯하다. 『문장』의 '나'는 확실히 그런 추상적 인물로 등장한다. 고바야시 히데오가 그것을 아무리 기묘한 '가공 인물'로 보았다고 해도, 직접 작품을 쓰는 그로서는 복수 개인의 관계를 객관적으로 리얼리티를 갖고 묘사하려면 아무래도 그런 '나'가 필요했다고 생각된다.

요코미쓰는 작중인물 각자의 내부와 외부, 그들의 뒤엉킨 관계 전체를 묘사하기 위해 서구 19세기 소설과 같은 객관적인 시점, 전지적 시점을 찾고 있었음이 분명하다. 그러나 서구 19세기 소설과 달리 그것은 작품 세계 전체

도요시마 요시오

에 대해서 초월적이고 불가시적인 단순한 시점이 아니라 신과 같은 시점인 동시에 '4인칭'으로 작품에 구현된 존재, 말하자면 전지 시점 인물이 아니면 안 된다. 두말할 나위 없이 이것은 원리적으로 불가능한 요청이다. 그러나 요코미쓰는 이론적으로 불가능한 것을 소설에서 무엇인가 실현하기 위해 '발명'이라도 하지 않는 한, 일본에서는 서구의 근대 소설과 같은 객관적인 장편 이른바 본격 소설은 성립할 수 없으며, 설사 성립한다고 해도 진정한 리얼리티를 가질 수 없다고 생각했던 것이다. 만일 이것이 기괴한 발상이라면 기괴한 것은 그렇게 생각했던 요코미쓰 리이치의 두뇌 구조가 아니라 오히려 일본의 근대 소설 구조 그 자체였다고 해야 하리라. 장편이 유행하던 쇼와 10년대에 실제로 장편에 몰두하면서 작가로도 작중인물로도 파악되지 않는 '나'의 필요를 통감했던 것은 결코 요코미쓰 리이치만이 아니었기 때문이다.

예를 들면 『작품』 좌담회에서 '순수소설'의 방법과 '4인칭' 문제에 열심히 관심을 기울이고 있는 도요시마 요시오는 자기도 이전부터 '4인칭'에 대해서 생각하고 있었다고 말하고 있어 두 사람 사이에서만 이야기가 통하는 기미를 느낄 수 있다. 실제로 도요시마는 1933년경부터 문예 시평 등에서 자주 장편에 대한 요망을 말했고 "작가의 '나'"를 표현하는 방법에 지속적인 관심을 보여주었다. 그는 고바야시 히데오의 문예 시평이 실린 『개조』, 1934년 10월호에 발표한 「『문장』의 '나'(『紋章』の '私')」에서 단순한 서술의 편법이 아닌 언어의 여과 장치로서 작가와 같은 지위까지 끌어올린 '나'의 중요한 의미를 논하고 있다. 그리고 스스로 소설집 『익살꾼역(道化役)』(1935)과 『소악마집 하얀 아침(小惡魔集 白い朝)』(1938)에 수록한 여러 작품에서 작가의 시점을 작중인물로 만드는 다양한 실험을 시도하기도 했다.

도요시마 요시오뿐만이 아니다. 조금 넓게 생각하면 '4인칭' 혹은 작가의 '나' 문제는 호리 다쓰오의 『아름다운 마을』(1934)의 '나(僕)'나 '나(私)'

가와바타 야스나리의
『설국』

언저리부터 시작되어 다카미 준의 「묘사의 뒤에 누워 있어서는 안 된다(描寫のうしろに寝てゐられない)」(『신조』, 1936. 5)는 유명한 주장이나 『옛 벗을 어찌 잊으리(故舊忘れ得べき)』(1936)의 화자, 호리 다쓰오와 요코미쓰 리이치의 계보를 이은 마루오카 아키라(丸岡明, 1907~1968)의 가루이자와(輕井澤) 소설 『살아 있는 것의 기록(生きものの記錄)』(1936)의 '나,' 아베 도모지의 대표적 장편 『겨울 하숙(冬の宿)』(1936)의 '나,' 좀더 넓혀보면 가와바타 야스나리의 『설국(雪國)』(1937)의 시마무라(島村), 나가이 가후의 『보쿠토키탄(濹東綺談)』(1937)의 '나,' 도쿠다 슈세이의 『가장 인물(假裝人物)』(1938)의 화자와 주인공 요조(庸三)에 이르는 이 시기의 대표적인 장편에서 공통적으로 나타나고 있던 창작 방법상의 중심 문제라고 할 수 있다. 그리고 흥미로운 것은 장편뿐만 아니라 단편에서도 같은 문제가 약간 다른 형태로 나타나고 있다는 점이다. 우리는 지금부터 이 문제를 살펴보고 다시 한번 그 의미를 생각해보기로 하자.

소설의 자기 의식화

쇼와 문학을 프롤레타리아 문학, 모더니즘, 사소설의 삼파 정립으로 파악했던 것은 히라노 겐이며, 이 유명한 도식은 무릇 오늘날 여기에서 문제로 삼고 있는 쇼와 10년대 초기에 당시 문학 상황의 겨냥도로 착상되었다가 나중에 쇼와 문학 전체로 부연되었던 것이다. 그런 유래도 있어 이는 적어도 1935년을 전후하여 나온 순문학에 관한 한 그 복잡한 상황을 적확하게 파악했던 도식으로 생각된다. 전향 문학에서 프롤레타리아 문학이 사소설로 되돌아간 것처럼, 모더니즘을 계승한 사람들 사이에서도 사소설로 기울어지는 모습을 볼 수 있으며, 사소설로 흡수되는 형태로 삼파가 접근하면서 정립

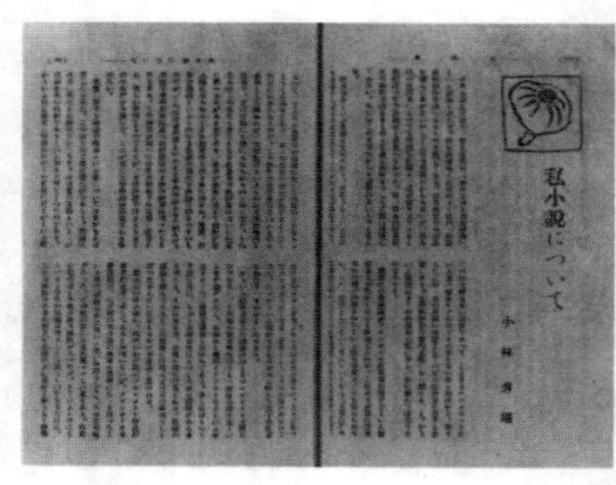

고바야시 히데오의
「사소설에 대하여」(『문학계』, 1933. 10)

(鼎立)했던 것이 이 시대 문학의 커다란 특징이다. 말할 것도 없이 이는 주로 단편 장르에서 생긴 현상이며, 특히 모더니즘과 사소설이 만나는 지점에서 장편 장르의 '4인칭'에 대응하는 소설 방법상의 문제가 나타나서 지금까지 볼 수 없었던 새로운 표현이 생겼다.

여기에서 다이쇼 말기 이후의 모더니즘 문학의 역사를 대충 되돌아보면 요코미쓰 리이치 등의 신감각파가 소설을 지적이고 관념적으로 구성하려고 노력했다면, 이토 세이나 아베 도모지, 호리 다쓰오로 대표되는 쇼와 초기의 모더니즘은 외국 소설의 기법을 받아들여 소설의 내면화와 의식화를 한층 더 밀고 나갔다고 할 수 있다. 이들은 표현의 주체이며 대상인 인간이나 표현의 형식 자체에 대해 그때까지 의식했던 적이 없었던 것을 의식 속에 받아들여서 표현하려고 생각했던 것이다. '무의식'이나 '자의식'이 중요한 문제가 되었던 이유도 여기에 있다. 그러나 모더니즘에서 표현의 대상과 문체는 분명히 의식되었지만, 표현의 주체나 표현 행위 그것은 충분히 의식되지 않은 채 남아 있었다. 그런데 1935년을 전후하여 사소설적인 1인칭 문체 속에서 명료하게 의식화되면서 소설의 자기 의식화라고 할 수 있는 현상이 나타나게 된다.

마르크스주의 문학이 남긴 공적과 지드를 중심으로 한 서구 현대의 자의식 문학이 갖고 있는 의의를 강조했던 고바야시 히데오의 「사소설론」은 역시 그 필연성을 간과하지 않고 있다. 그는 「사소설론」 끝부분에서 "작가의 비밀이라는 것은 작가가 말해야 하는 것은 아니다. 그렇지만 이 비밀을 말하지 않으면 안 되는 곳에서 근대 작가의 씨름판은 새롭게 만들어졌다"는 요코미쓰 리이치의 말을 인용하면서 이 말은 사소설 작가가 자신의 실생활적인 비밀을 고백하게 되었다는 것이 아니라 표현의 대상이 바뀌었다는 것, 현실 그 자체가 아니라 현실의 사유 방법 · 묘사 방법이 표현의 대상이 되었다는 것이며, 그런 '새로운 씨름판'을 용감하게 구축하고 "묘사 문학 · 고백

집에서 손님들과 함께한
다자이 오자무(맨 뒤)

문학도 믿을 수 없어 단지 자의식이라는 추상적 세계만이 작업의 중심이 되는 문학"에 온몸을 던졌던 사람은 지드밖에 없지만, 일본에서는 아직 그런 "거의 문학적 수법이라 말할 수 없는 공허한 수법"에 온몸을 던지는 작가는 나타나지 않았다고 말하고 있다.

표현 그 자체가 새로운 표현의 대상이 되었던 이 경향은 고바야시 히데오보다 앞서 하루야마 유키오나 도요시마 요시오, 아베 도모지도 지적했다. 예를 들면 아베 도모지는 『문예』, 1934년 2월호의 문예 시평에서 최근에는 작품을 작가의 창작 과정에서 분리해서 독립된 존재로 생각하지 않고, "작가의 정신의 작용과 한덩어리가 되어 있는 유기물"로, 평면적이 아니라 입체적으로 바라보면서 작가와 작품 사이의 "허실에서 일어나는 리얼리티 문제"를 생각하는 일이 중요해졌다고 말하면서, 이는 "'사소설'에서 나타나는 진실의 문제와는 차원을 달리하는" 문제라고 단언했다.

비평가들 사이에서 이 논의가 일어난 것은 이런 '새로운 씨름판'에 서 있는 표현이 일본에서도 나타나기 시작했기 때문이다. 이 점에 관해서는 고바야시 히데오가 앞에서 보여준 현상 인식은 너무 가혹하다고 생각된다. 지드의 수법과 다르기는 하지만 요코미쓰 리이치가 장편 「화화」의 제작 과정을 편지 형식으로 쓴 소설 「서간」(『문예』, 1933. 11)과 그 다음에 발표한 「문장」은 분명 그런 의도를 포함해서 써보았던 창작이다. 그러나 그 이상으로 주목해야 할 것은 기묘하게도 고바야시 히데오가 「사소설론」을 연재하기 시작한 그 달에 발표했던 신인 두 사람의 단편이다. 다자이 오사무의 「익살꾼의 꽃(道化の華)」과 이시카와 준의 「가인」이 각각 1935년 5월에 발행된 『일본 낭만파』와 『작품』에 실렸던 것은 단순한 우연이었지만, 이 두 편의 다음과 같은 첫머리를 읽어보는 것만으로도 알 수 있듯이, 한결같이 지금 문제가 되고 있는 새로운 표현을 의도적으로 내세우려고 했던 작품이라는 사실은 단순히 우연으로 돌릴 수만은 없다.

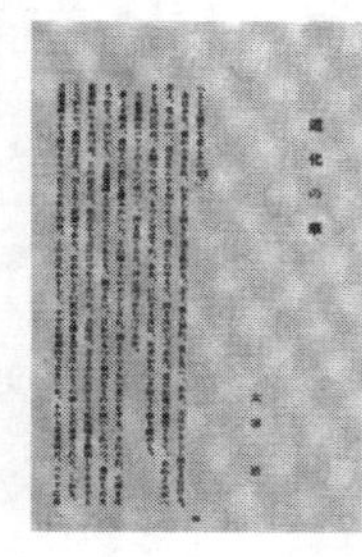

다자이 오자무의 「익살꾼의 꽃」
(『일본 낭만파』, 1935. 5)

'여기를 지나서 슬픔의 도시.'

친구는 모두 떠나고, 슬픈 눈으로 나를 바라본다. 친구여, 나와 말하고 나를 비웃어라. 아아 친구는 공허하게 얼굴을 돌린다. 친구여, 내게 물어보렴. 나는 무엇이든지 알려주마. 나는 이 손으로, 소노(園)를 물에 빠뜨렸다. 나는 악마의 오만함으로 내가 다시 살아나더라도 소노는 죽어버리라고 빌었던 것이다. 좀더 말해볼까. 아아 그렇지만 친구는 그저 슬픈 눈으로 나를 바라본다.

오오바 요조(大庭葉藏)는 침대 위에 앉아 멀리 해변을 보고 있다. 해변은 비로 흐려져 있다.

꿈에서 깨어나 나는 이 몇 줄을 몇 번 읽고 그 추악함과 비겁함에 죽어버렸으면 좋겠다고 생각을 한다. 맙소사 허풍이 대단하다. 우선 오오바 요조라니 무슨 일이냐. 술이 아닌 다른 좀더 강렬한 것에 취하면서 나는 이 오오바 요조에게 박수를 쳤다. 이 이름은 내 주인공에게 꼭 들어맞는다. 오오바는 주인공의 심상치 않은 기백을 남김없이 상징하고 있다. 요조는 또 왠지 신선하다. 고풍스러움의 밑바닥에서 솟구쳐오르는 참된 신선함이 느껴진다. 게다가 대정엽장(大庭葉藏)이라고 이렇게 네 글자를 늘어놓은 이 유쾌한 조화. 이 이름부터 이미 획기적이지 않은가. 그 오오바 요조가 침대에 앉아 비에 젖은 해변을 멀리 바라보고 있는 것이다. 더욱더 획기적이지 않은가. (「익살꾼의 꽃」)

나는 〔……〕 어떤 노파를 쓸 작정이었지만, 막상 쓰려고 하면 노파의 모습이 앞에 떠오르는 대신, 나는 나는 하면서, 펜촉 끝이 뚝방 입구처럼 나라는 저수지 물이 끝도 없이 넘쳐흐르는 그런 기분이 드는 것은 일단 내가 자신의 일로 터질 듯이 되어 있기 때문이라고 생각되기도 하지만, 실은 첫째 줄부터 의지가 작용할 수 없을 만큼 대개 의지 따위가 없는 혼란에 빠지는 증거일지도 모르며, 혹은 단지 사물을 명확하게 나타내려는 노력을 잘할 수 없을 만큼

앙드레 지드 지음, 아시카와 준 역의
『배덕자』(신조사, 1924. 10)

나태한 것이라고 할 수 있을지도 모른다. 정말 그때 비탈 위에 선 나라는 존재는, 마치 믿음직스럽지 않은 게으름뱅이처럼, 흔들흔들 바람에 흩날리면서 비탈길로 미끄러져갔다. (「가인」)

자의식의 소설이라고 할까, 소설의 자의식이라고 할까. 어쨌든 여기에서 우리는 자의식이 창작 행위 그 자체까지 파고들어간 듯한 새로운 표현을 볼 수 있다. 이는 주인공을 둘러싼 현실의 표현이라는 단일한 레벨에 머물고 있는 표현이 아니라, 그런 표현 행위 자체의 표현이라고 할 수 있는 레벨을 포함한 다층 구조의 표현이 되고 있다. 언뜻 보면 사소설처럼 보이지만 아베 도모지가 말했듯이, 참으로 "'사소설'에서 나타나는 진실 문제와 차원을 달리하는" 문제가 여기에서 나타나고 있는 것이다.

사소설의 표현 대상은 기본적으로 작가 자신의 주위 현실을 뛰어넘을 수 없었다. 물론 그 현실 속에는 작가인 자신과 소설을 쓸 수 없어 괴로워하고 있는 작가 생활의 현실 등이 포함되는 경우가 자주 있다. 다이쇼 시대의 가사이 젠조(葛西善藏, 1887~1928)나 마키노 신이치, 시가 나오야마저 그런 유형의 소설을 쓰고 있으며, 나중에 나카노 시게하루도 「소설을 쓰지 못하는 소설가」(『개조』, 1936. 1) 같은 작품을 썼다. 또 이토 세이는 가무라 이소타에 이르러 "작가가 되려는 자아 그 자체가 묘사하는 대상이 되었다"(『소설의 방법』)라고 말했으며, 자신의 장편 『도쿠노 이야기(得能物語)』(1942)에서는 작가가 생활의 위기 한복판에서 "됐어, 이건 쓸 수 있어"라고 마음속으로 외치는 모습을 부주인공의 수기라는 형태로 썼다. 도쿠다 슈세이의 「가장 인물」에서도 그와 유사한 작가 기질이 표현되고 있는 것을 볼 수 있다. 그러나 이런 쇼와 10년대의 작품을 포함해서, 일반적으로 사소설은 「익살꾼의 꽃」이나 「가인」처럼 지금 실제로 그 작품을 원고지와 마주하고 앉아 한 줄 한줄 쓰고 있는 그 제작 행위, 표현 과정 자체를 표현의 대상으로 삼아

마키노 신이치의, 『귀루촌』
(시바서점, 1936. 2)

묘사하는 그런 작품은 아니었다.

사소설에서는 '나'의 직접적인 체험을 '나'가 말한다. 작중인물 '나'를 3인칭으로 쓴다고 해도 기본적인 구조는 바뀌지 않는다. 작품의 리얼리티를 본인이 말하고 있기 때문에 그만큼 정확한 것은 없으리라는 전제, 요컨대 체험자이자 주인공인 '나'와 그것을 말하고 있는 '나'가 동일 인격이라는, 작가와 독자 사이의 묵계 위에서 성립한다. 그 전제 밑에서 시작해서 본래 이야기의 기능일 뿐인 화자인 '나'가 주인공인 '나'와 마찬가지로 육체성과 현실성을 부여받으면서 '나'의 인간으로서의 생활 태도나 성격 · 윤리 · 죄의식 등이 의미를 갖게 된다. 화자의 배후에는 그것을 작품으로 쓰고 있는 표현 주체가 존재하겠지만, 필자는 의식에 올라오지 못하거나 올라온다고 해도 막연하게 주인공이나 화자와 동일시되며 그것이 다시 현실의 작가와 자주 겹쳐지면서 실체화된다. 그러나 과거의 자신과 현재의 자신을 다른 존재처럼 생각하거나, 자기와 자기 표현에 대해 작가의 자의식이 작용해서 자기가 주체와 객체 사이에서 끝없이 분열하게 되면 주인공 '나'와 화자 '나'의 인격적 아이덴티티는 의심스러워지고, 그 위에서 성립한 '나'와 현실 전체의 리얼리티도 희박해지지 않을 수 없다. 다이쇼 시대의 가사이 젠조나 우노 고지에 이어 쇼와 초기의 마키노 신이치는 그런 장소에서 대담한 환상의 세계를 개척해서 「제론(ゼ-ロン)」이나 「귀루촌(鬼淚村)」 등을 썼는데, 이 작품들이 수록된 소설집 『귀루촌』을 냈던 다음달인 1936년 3월에 목을 매 죽었다.

다자이 오사무나 이시카와 준은 마키노 신이치처럼 '나'의 리얼리티가 희박한 것을 역으로 취해 환상의 세계로 비상하지 않고, 일보 후퇴해서 '나'의 리얼리티를 필자로서의 '나'에게 찾아서 보증하려고 했다고 할 수 있다. '나'의 이야기 내용도 그것을 말하고 있는 '나'의 존재도 의심스러울지 모르지만, 이에 대해 이렇게 '나'가 잇달아 말을 쓰고 있다는 것만은 확실하다

는 점에서 표현의 궁극적인 근거를 발견했던 것이다. 물론 그런 필자인 '나'도 말로 표현하는 극단에서, 쓰고 있는 '나'라는 사실을 멈추고 씌어진 '나,' 즉 작중인물이 된다. 그렇지만 또 그 덕분에 '나'는 주인공이나 화자인 '나' 속에 잠복하거나 벗어나면서 현실과 허구의 벽을 자유롭게 초월해서 놀 수 있다. 그리고 여기에 현실도, 현실의 표현도, 표현의 표현도 모든 작가의 의식도 언어가 산출하는 운동으로서 동일한 허구의 레벨과 병행하며, 필자로서의 '나'가 절대로 따라잡을 수 없는 '나'를 어디까지라도 말로 따라잡는 운동 전체를 통해서 '나'를 표현한다는 국면이 전개된다.

이 새로운 표현의 장은 사소설의 장과 분명히 구별되지 않으면 안 된다. 그 차이는 단순히 사소설이 주인공＝화자＝'나'라는 형식이었다면, 여기에 새롭게 필자를 추가해서 주인공＝화자＝필자＝'나'라는 형식이 되었다는 것이 아니다. 필자의 등장은 사소설 형식과 구조의 질적인 변용을 포함하고 있다. 애당초 필자를 등장시키지 않으면 안 되게 되었던 것은 주인공＝화자＝'나'라는 전제가 붕괴하면서 위기에 빠진 사소설에 최종적인 리얼리티의 근거를 주려고 했기 때문이다. 하지만 아이로니컬하게도 그래서 등장했던 필자는 주인공과 화자를 공통으로 지탱하고 있던 사소설의 장 그 자체가 필자가 만든 허구, 요컨대 텍스트에 지나지 않는다는 사실을 드러냈을 뿐만 아니라, 필자인 '나'조차, 등장하건 그렇지 않건, 허구의 인물로 되고 말았음을 폭로했고 나아가 소설 전체의 허구성, 텍스트성이 부상하게 되는 결과가 되고 말았다. 그러나 이를 소설의 막다른 골목이 아니라 오히려 표현의 탄력으로 삼아 새로운 소설의 장을 개척한 곳에 「익살꾼의 꽃」과 「가인」의 결정적인 차이가 있다.

오타루 상고 시절의
고바야시 다키지(좌)와 이토 세이

자의식과 일본어의 화법

「익살꾼의 꽃」과 「가인」 등 단편에서 이루어진 표현 혁신과 장편의 '4인칭' 제창, '4인칭' 적 시점 인물의 설정은 이 시기 소설 방법의 가장 중요한 줄기에서 나온 두 개의 가지였다고 생각된다. 그것은 현상적으로는 필자 혹은 화자의 작중인물화로 나타난, 궁극적인 표현 주체의 추구와 그 대상화이다. 말할 것도 없이 여기에는 지드적인 자의식 문제가 깊이 관계하고 있다. 그러나 이를 단지 소설에 서구적인 자의식 운동이 나타난 것이라고만 생각해서는 안 된다. 언뜻 그렇게 보이지만 역시 그것과는 결정적으로 다른 측면에 문제의 본질이 있다고 생각되기 때문이다. 서구 근대와 같은 명확한 주객 의식이 없는 일본에서는 자의식도 독자적인 발현 형태를 갖지 않을 수 없다. 그리고 이 사실은 너무나 당연해서 오히려 잊기 쉬울 정도이지만, 아무래도 여기에서 서구와 일본의 소설에 있는 말의 차이와 화법의 차이라는 점을 생각하지 않으면 안 된다. 특히 일본어에서는 말이 화자와 그 장소에서 벗어나 자율적으로 되기 어렵다는 사정을 고려할 필요가 있다.

가령 일본에서 일상어를 운용할 때, '슬펐다' 고 하면 그렇게 말한 사람이 '슬프기' 때문에 '나' 라는 주어를 생략해도 충분히 통한다. 그러나 메이지 이후의 근대 소설은 서양어처럼 이것을 3인칭에도 적용해서 '(분조는) 슬펐다.' '(그는) 슬펐다' 는 의미로도 사용할 수 있는 화법을 만들었다. 아무리 생각해도 일본어로는 어색한 이 화법이 처음부터 소설에서만은 허용되어 극히 짧은 기간에 대단히 자연스럽게 정착해서 오늘날에 이르고 있다. 이것은 어떤 일에도 적응력이 강한 일본인이 서구어의 객관적인 화법을 가장 빨리 정확하게 이해하고 거기에 익숙해졌기 때문이 아니라 새로 창안한 '(그는) 슬펐다' 는 화법은 어미 '~다' 를 포함해서 가령 영어의 'He was sad' 와는

언문 일치와 번역 문체를
확립한 후타바테이 시메이

전혀 다른 일본의 독자적인 소설 언어였기 때문이다. 'He was sad'가 어디까지나 '그'의 객관적인 상태를 지시하는 표현이라면 일본어의 '(그는) 슬펐다'는 '(그는) 슬프다고 느꼈다'라는 '그' 자신의 '주관'을 화자(내레이터)가 제3자에게 '객관적'으로 전하는 화법으로 사용되었다. 언뜻 객관적으로 보이면서도 실은 발화 주체(내레이터)와 대상(주인공)의 구별이 대단히 애매한 화법이다. 형태만으로 말한다면 이는 일본의 근대 소설가가 모범으로 삼았던 19세기 서구의 객관 소설보다 오히려 20세기에 들어오면서 그 주관화와 내면화로 나타난 자유 간접 화법이나 체험 화법으로 부르는 새로운 소설 화법과 그 발전으로 생긴 '내적 독백'이나 '의식의 흐름' 문체에 가깝다. 일본 근대 소설의 역사는 서구의 19세기적인 객관 소설의 단계를 거치지 않고, 처음부터 서구 20세기 소설의 새로운 주관적인 화법과 유사한, 그러나 당연하게도 발생적으로 다른, 독특한 화법의 발전과 그에 대한 저항의 역사였다고 할 수 있다.

 그 결과 다음과 같은 문제가 발생한다. '(그는) 슬펐다'고 할 때, 분명 '슬픈' 것은 '그'라고 해도 '그' 이외의 누가 어떤 근거와 권위로 그런 판단을 내릴 수 있느냐는 문제이다. 서구와 달리 일본에는 그런 객관적인 판단을 내릴 수 있는 초월적인 주체의 관념이 없기 때문이다. '그'를 '그'라고 부르는 화자는 존재한다. 그러나 그 화자는 '그'와 자기, '그'의 안과 밖의 말하자면 중간에 몸을 두고 있다고 할 수 없고 양자가 명확하게 구별되지 않는 주객 미분화의 국면에서 말하고 있다. 그래서 '슬픈' 것은 확실히 '그'이지만 동시에 그렇게 말하고 있는 '나'이기도 하며, 그렇게 말하고 있는 것은 분명 '나'이지만 동시에 그렇게 느끼고 있는 '그'이기도 하다는 주객 상호의 삼투와 혼효가 발생한다. 그럼에도 불구하고 우리들은 그것을 조금도 이상하다고 생각하지 않고 오히려 대단히 자연스러운 화법으로 받아들였다. 쇼와 10년대의 소설로 말한다면 「암야행로」의 마지막에서 시점이 돌연 주인공 겐

『암야행로』 전편 케이스와 표지
(신조사, 1922. 7)

사쿠(謙作)에서 나오코(直子)로 이동하는 것도 그 현상일 터이며, 「가장 인물」에서는 첫머리부터 3인칭의 주인공 유조와 그에 대해 말하려고 하는 화자가 구별되지 않는다. 이런 현상은 작가가 부주의했기 때문이 아니라 자연스럽다고 생각했기 때문에 그렇게 된 것이며, 독자 쪽에서도 거의 알아차리지 못한다. 3인칭 '그'에게 그런 것이기 때문에 1인칭 '나'의 경우는 말할 필요도 없다.

표현에 있어서의 주체와 객체, 화자와 주인공의 미분화, 상호 삼투를 특징으로 하는 이 화법에서는 작가 쪽에서도 독자 쪽에서도 주인공과 대단히 쉽게 일체가 되며, 독자는 주인공을 통해서 작가 그 사람의 '고백'을 듣는 것이 가능하다. 그러나 그렇다면 사소설은 쓸 수 있어도 본격소설은 쓸 수 없다. '그는 슬펐다' 뿐만 아니라 '그녀도 슬펐다'는 표현이 발화자인 '나'를 벗어나 가능하지 않는 한, 서구적인 객관소설은 성립할 수 없다. 그렇다고 해서 이를 강행해서 3인칭 순객관적인 화법으로 소설을 쓰려고 하면, 표현은 곧 일본어로서의 리얼리티를 잃어 부자연스러워지며 거짓말 같은 것이 되고 만다.

'4인칭'의 설정, 즉 발화자이며 작가인 '나'를 시점 인물로 작품에 등장하게 하려는 노력은 이 딜레마를 해결하기 위한 고육지책이었다. 이렇게 본다면 이는 일본어로서의 리얼리티를 부여하기 위해 '그는 슬펐다'는 화법을 ''그는 슬펐다'고 '나'는 생각했다'는 화법으로 변환시켜서 이를 작품으로 구조화하려는 시도였던 것이다.

이에 대해 「익살꾼의 꽃」은 "오오바 하나조는 침대 위에 앉아 멀리 해변을 보고 있다"는 3인칭 객관소설의 리얼리티를 뒤엎고, 그 화자인 '나'와 주인공 '오오바 하나조'의 공범 관계를 폭로한 것만은 아니다. 그런 '나' 자신의 폭로 행위 주체인 '나'도 표현의 대상으로 받아들여 끝없이 주체를 탐색하는 동시에 대상화하고 있다. 이렇게 보면 그것은 ''오오바 하나조는 침대

다카미 준

위에 앉아 멀리 해변을 보고 있다'고 '나'는 썼다, 고 '나'는 썼다, 고 '나'는 썼다. [……]'라고 무한으로 이어지는 자기 언급 화법이다. 「가인」에서는 거의 동일한 화법을 주인공·화자·필자라는 레벨이 다른 '나'를 분명히 구별한 다음 일부러 그 경계를 걷어버리고 동일한 허구 레벨에 병치시킴으로써 새로운 표현의 장을 열고 있다.

어느 쪽이건 서구적인 자의식이 소설에서 발현된 것처럼 볼 수 있지만 결코 그런 것만은 아니다. 서구적인 자의식은 대상에서 스스로를 떼어낸 주체가 객관적 인식을 자기 자신에게 향했을 때 생기는 의식이며, 그렇기 때문에 자기는 주체와 대상으로 분열되지 않을 수 없다. 그러나 원래 그렇게 확연하게 구별되는 주객 인식의 기반을 갖지 못한 일본에서는 주체로서의 자기도 객체로서의 자기도 서로 이반되면서도 유착하고 결국은 공모의 관계를 갖는다. 소설의 화자와 주인공의 상호 삼투, 무언중의 공범 관계도 원래 여기에서 생긴 것이다. 그러나 여기에서 주의하지 않으면 안 되는 것은 우리들의 자의식이 그런 공모의 관계를 벗어나지 못한다는 것, 일본어의 표현이 발화 주체에서 벗어나 스스로 자율적으로 되기 어렵다는 것, 아마 서로 관계가 있는 이 두 가지 이유 때문에 일본인들은 주체인 자기와 객체인 자기, 혹은 표현하는 자기와 표현되는 자기를 분리하기 대단히 어려운 반면 그 관계를 끊임없이 알아차리지 않으면 안 된다는 것, 그래서 자의식보다 오히려 자의식의 과잉이 문제가 된다는 점이다. 그리고 그 결과 현저하게 자기 언급적이고, 끝없이 요설을 통해 자신을 숨기면서 나타내는 표현이 된다.

이렇게 생각하면, 다자이 오사무나 이시카와 준은 종래 일본 소설의 화법을 해체했을 뿐만 아니라 일본적인 자의식과 일본어의 구조에 걸맞은 새로운 요설체의 장을 만들었다고 할 수 있다. 아니, 나중에 다카미 준이 「묘사의 뒤에 누워 있어서는 안 된다」는 유명한 평론을 발표하면서, 19세기 소설에서 "객관적 공감성에 대한 불신"을 표명하고 작가가 묘사의 뒤에서 베개

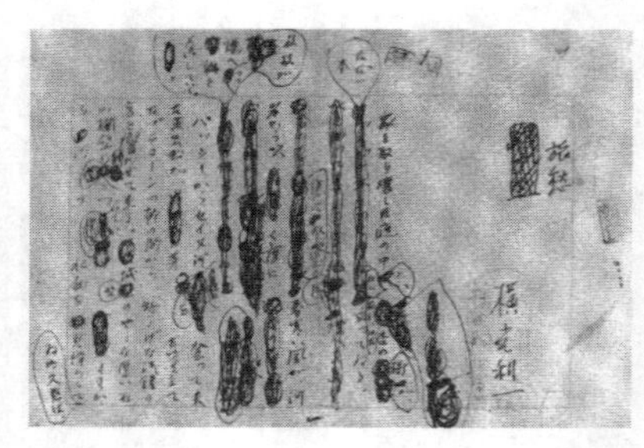

요코미쓰 리이치의
「여수」원고

를 높이 베고 있어서는 안 되며, 작품에 등장해서 '이야기한다'는 설화체 소설 형식이 필요하다고 주장하고 「옛 벗을 어찌 잊으리」나 그 밖의 다른 요설체 작품을 썼던 것도 이와 같은 흐름 위에 놓고 생각할 수 있다. 이들의 시도가 19세기 소설에 대한 회의라고 해도, 요코미쓰 리이치의 경우와 마찬가지로, 그것이 그대로 서구 20세기 소설의 방법과 겹쳐지지 않는다는 것은 새삼 되풀이해서 말할 필요도 없다.

마지막으로 다시 요코미쓰 리이치로 되돌아간다면 그는 일찍이 『가키카타소시(書方草紙)』(1931)의 「서」에서 신감각파 시대부터 「기계」「침원」에 이르는 초기 약 15년 간을 회고하면서 "국어와의 불순을 극한 혈전 시대로부터 마르크시즘과의 격투 시대를 거쳐 국어에 대한 복종 시대"로 들어왔다고 썼다. 하지만 「순수소설론」은 단지 '국어에 대한 복종'의 결과로 생겼던 것은 아니다. 무의식적인 '국어에 대한 복종'의 산물이었던 사소설적 화법을 극복하고 서구 언어와 일본어의 구조적인 차이를 자각하면서 종래의 일본어 화법을 초월해서, 그럼에도 또 일본어로서의 리얼리티를 잃지 않는 장편의 방법을 작가적인 직관을 유일한 근거로 삼고 모색한 끝에 얻었던 생각이다.

그러나 요코미쓰의 불행은 그 방법을 『문장』을 비롯한 실제 작품에서 충분히 살리지 못하고 끝났다는 데 있는 것만은 아니다. 모처럼 이렇게 수립한 '4인칭'이라는 '외국의 신'을 대신하는 방법적 시점, 일본어의 표현 주체는 전시 치하라는 시대 상황 속에서 곧 '일본의 신'에 자기를 동일화하려는 실체적 주체로 바뀌고 최후의 장편 『여수(旅愁)』(1940~1951)에 도착한다. '국어에 대한 복종'이 '일본' 및 '일본인'에 대한 '복종'으로 직결하고 말았던 것이다. 그리고 다시 패전 후의 허탈 상태에서 그의 마음을 조금이라도 위로했던 것은 결국 소개지에서의 체험을 솔직하게 썼던 사소설적인 표현의 세계였다.

요코미쓰 리이치의 『여수』
제1편 표지(개조사, 1940. 6)

　그럼에도 불구하고 요코미쓰 리이치의 비극은 단지 시대 상황이나 전쟁 때문에 생긴 비극은 아니다. 그것은 그가 일본의 근대 소설 전체에 대한 '불순을 극한 혈전'을 관철하려고 했기 때문에 펼치지 않으면 안 되었던 비극이다. 그는 이길 승산도 거의 없는 그 싸움에서 좌절하고 패배함으로써 역으로 모든 것을 삼켜버리는 늪과 같은 일본어의 무서움과 일본어로 쓰는 소설의 가능성과 불가능성을 입증했던 것이다.

제3장

다양한 수확

메이지 · 다이쇼 작가의 도달점

1933년부터 1937, 38년경까지의 이른바 '문예 부흥기'는 일본의 역사에서
는 대륙에서 중국과 벌였던 전쟁이 전면전으로 확대되고 '비상 시국' 체제
가 매년 강화되면서 일상화되었던 어두운 '겨울 시대'이다. '비상 시국'이
라는 말이 사용되었던 것은 1932년이며, '문예 부흥'의 목소리가 높았던 다
음해인 1933년은 국정 교과서를 개정해서 군국주의적인 「벚꽃 독본(サクラ
讀本)」을 채택했던 해이기도 하다. 1934년에는 육군 팸플릿 「국방의 본의와
그 강화의 제창」이 발표됐고, 1935년의 천황 기관설 문제, 국체명징(國體明
徵) 성명, 1936년의 2·26 사건을 거쳐 1937년 12월에는 '지나사변'이 일어
났다. 좌익 사상은 물론 자유주의적인 사상에 대한 탄압이 더욱 가혹해졌다.
그러나 그 이후와 비교하면 아직 그런대로 이 시대에는 혼미와 불안 속에
자유가 있었다고 할 수 있다. 이런 상대적인 안정기를 사회적 기반으로 삼고
문학의 세계에서 다양한 세대의 다채로운 경향의 탁월한 작품들이 집중적으
로 발표되면서 일본 근대 문학사는 손에 꼽을 수 있는 수확기를 맞이하게 된

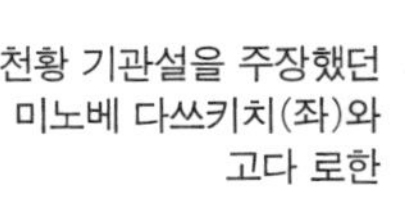
천황 기관설을 주장했던
미노베 다쓰키치(좌)와
고다 로한

다. 처음에는 문단의 구호나 저널리즘이 내세운 간판에 불과한 것처럼 보였던 '문예 부흥'이라는 표어는, 반드시 당초의 의도대로는 아니었지만, 거의 아닌밤중에 홍두깨처럼 누구도 예상할 수 없었던 정도의 실질적인 성과를 가져왔다. '문예 부흥'이라는 정체 불명의 말이 어느 사이엔가 '문예 부흥기'라는 문학사의 시대 구분 용어로 정착된 까닭도 여기에 있다. 이런 성과의 배경에는 재편성된 문단과 저널리즘의 새로운 체제 밑에서 메이지·다이쇼 작가들의 수확기와 쇼와 작가들의 성숙기, 유력한 신인들의 대두가 겹쳤던 우연 외에도 다양한 요인이 복잡하게 작용하고 있다. 그러나 개별 작가들이 각자 풍부한 결실을 거두게 된 공통의 내적 요인이 있었다면, 그것은 역시 앞장에서 본 것처럼, 이 시대가 프롤레타리아 문학과 모더니즘과 사소설이 삼파 정립하면서 교류했던 시기였을 뿐만 아니라, 메이지 이후의 근대 소설이 최초로 완성된 시기인 동시에 근본적으로 그 반성기에도 해당하며, 작가들이 단지 서구의 새로운 방법을 모방하는 것이 아니라 자신의 처지에 새롭게 눈을 돌려 과거 반세기 동안에 일본어로 썼던 소설의 역사와 그 가운데에서 자기 나름대로 모색했던 소설 방법을 반성하고 그 위에서 새롭고 그럼에도 리얼리티가 있는 무리 없는 방법으로 소설을 쓰려고 했기 때문이라고 할 수 있다.

'문예 부흥'을 알려주는 최초의 증거의 하나가 메이지·다이쇼 작가들의 잇따른 부활이었다는 것은 앞에서도 언급한 바 있다. 메이지 시기에 문단에 등장했던 작가는 1935년 시점에서 49살로 최연소였던 다니자키 준이치로를 제외하면 모두 쉰 고개를 넘었으며 고다 로한(幸田露伴, 1867~1947), 도쿠다 슈세이, 시마자키 도손, 이즈미 교카 등은 이미 환갑이 넘었다. 다이쇼 작가는 가장 젊은 사토 하루오만 해도 43살, 최연장자격인 시가 나오야는 52살이었다. 60대부터 40대의 그들을 똑같이 '노대가'라고 부르는 데 저항을 느끼는 사람도 분명 있겠지만, 당시 문단의 중심에 있던 요코미쓰 리이치,

1927년 무렵의 야마다 슌코와
도쿠다 슈세이

가와바타 야스나리, 나카노 시게하루, 고바야시 히데오 등이 30대 중반이었다는 것, 그리고 1935년 당시 일본인의 평균 수명이 남자 47살, 여자 50살이었다는 사실을 생각한다면 메이지·다이쇼 작가들은 역시 '노대가'라고 부르기에 걸맞은 존재였다. 그런 작가들이 거의 청년 문학이 차지하고 있던 일본 근대 문학의 역사 속에서 이 시기에 한결같이 노년의 명작을 쓰고 생애의 대작을 완성했다는 것은 기성 작가의 단순한 '부활'이 아니라 메이지 이후의 일본의 근대 문학의 도달점을 한꺼번에 펼쳐서 보여주었던 장관으로 특기할 만하다.

메이지 자연주의 이후의 작가들인 도쿠다 슈세이, 시마자키 도손, 마사무네 하쿠초 등의 활약상부터 보도록 하자. 도쿠다 슈세이는 1926년에 아내를 잃은 후 젊은 여제자 야마다 슌코(山田順子, 1901~1961)와 연애에 빠졌고 그 체험을 일련의 단편으로 써서 마사무네 하쿠초 등의 눈길을 끌었으나, 쇼와 초기 이후 슌코와 헤어지고 프롤레타리아 문학과 모더니즘의 폭풍우 속에서 수년 동안 침묵을 지켰다. 1933년에 「마을의 무도장」「죽음과 친하다」 등 탁월한 심경소설을 발표하고 부활했던 것은 이미 말했으며, 1935년에 들어서자 「훈장(勳章)」과 기타 단편들을 잇달아 발표하는 한편 야마다 슌코와의 과거 연애 생활을 10년 간의 거리를 두고 냉정하게 되돌아본 장편 「가장 인물」을 연재하기 시작했고, 1938년 12월에 중앙공론사에서 간행했다. 여자와 헤어지고 난 다음 가장무도회에서 산타클로스 가면을 쓴 주인공이 달걀에 불을 붙이려 하자 산타클로스 수염에 불이 옮겨붙은 일이 있었다는 상징적인 머리말을 보아도 알 수 있듯이, 애욕과 작가 근성의 허실 사이를 왕복하는 자기 자신의 모습 전체를 '가장의 등장인물'로 떼어내서 묘사하려고 했던 점에 작가의 숨은 의도가 있다는 것은 분명할 것이다. 그 의도에 따라 주인공과 상대 여자를 객관적이고 냉혹하게 묘사한 점이 자주 지적되고 있지만, 작품의 구조 자체는 오히려 대단히 주관적이다. 작가와 화자와 주인공

「축도」 최종회
(미야코신문, 1941. 9)

의 구별은 애매하며 시간을 다루는 방법도 자유분방한데 이를 통일하고 있는 것이 있다면 필자의 현재라고 할 수밖에 없다. 따라서 그것은 서구적인 의미에서의 객관은 아니며 사소설적 주관을 이른바 안에서 뚫고 나온 객관이라고 할 수 있다. 작가 자신이 '가장의 등장인물'로 작중인물이 되어 필자의 입장을 전면에 내세워 쓰는 방법으로 썼던 것은 어떤 이론에 바탕을 둔 것이 아니라, 30년 이상 소설을 쓴 다음 결국 그렇게 하는 것이 가장 자연스럽고 자신에 맞는다고 생각했기 때문이다. 그럼에도 불구하고 여기에는 당시 요코미쓰 리이치와 다자이 오사무, 이시카와 준 등 젊은 후배 작가들이 생각하고 있었던 새로운 소설의 방법과 일맥상통하는 바가 있다. 「가장 인물」 이후 슈세이는 1941년에 야마다 슌코와 헤어진 다음 친하게 지내던 하쿠산(白山)의 기생을 모델로 쓴 장편 「축도(縮圖)」를 미야코신문에 연재했다. 여기에서도 그는 시간을 뒤섞고 자유로운 화자를 통해 일본 사회의 후미진 구석에서 살아가는 한 여인의 생활사를 넓은 시야와 깊이로 묘사해서 자기 문학의 집대성을 만들었으나, 태평양 전쟁 개시 직전의 시국에 맞지 않는 작품이라 해서 연재가 중단되었다.

시마자키 도손의 「동트기 전」도 근대 일본 및 일본인의 문제를 유럽 소설과는 다른 독특한 방법으로 쓴 기념비적인 대작 역사소설이다. 1929년부터 1935년에 걸쳐 『중앙공론』에 단속적으로 연재되었으며, 1935년 11월에 신조사에서 간행되었다. 잘 알다시피 이는 기소 마고메(馬籠)의 혼진(本陣)·쇼야(庄屋)에서 태어나 히라타(平田) 일파의 국학을 배우고 메이지 유신에 걸었던 기대를 배신당하고 실의와 광기 속에서 죽은 작가의 아버지를 모델로 하면서 메이지 유신 전후의 동란의 시대를 '수풀 속에서' 묘사하려고 했던 웅대한 작품이다. 개인의 운명과 시대의 동향이 이중으로 겹쳐졌던 이 작품은 일본 근대 역사소설 가운데 걸작으로 평가되고 있다. 그러나 발표 직후부터 아오노 스에키치 등이 지적했던 것처럼, 아오야마 한조가 주인공으로 나

마사무네 하쿠초

오는 소설이라고 생각하면 객관적인 사료에 바탕을 둔 시대와 역사의 서술이 지나쳤다고 볼 수 있으며, 역사 서술을 의도한 작품이라고 생각하면 한조의 이야기는 주변인들의 감상을 별로 벗어나지 못한 셈이다. 시노다 하지메(篠田一士, 1927~1989)는 역사를 주제로 삼은 "가장 비유럽적인 소설"이라고 했으나, 한조 내면에 담긴 아버지에 대한 작가의 생각을 빼고 작품을 읽지 않는다면, 역시 여기에서도 사소설적인 주관과 객관의 관계가 문제될 것이다. 도손은 「동트기 전」을 쓴 다음 1943년에 그 변용이라고 할 「동방의 문」을 『중앙공론』에 연재했는데, 연재 도중 1943년 8월에 급사했다. 슈세이도 같은 해 11월에 죽었다. 도손이 죽은 다음 사가판(私家版)으로 나온 미완의 『동방의 문』을 읽은 이토 세이는 「동트기 전」이나 「동방의 문」을 소설이 아니라고 말할 수 있다면 이는 이 작품들이 보통 소설의 산문이 아니라 일본인의 은근한 예절 태도의 문체로 썼기 때문이라고 평가했다.

마사무네 하쿠초는 1934년에 아버지를, 1942년에 어머니를 잃은 체험을 「금년의 봄」과 「금년의 초여름」으로 썼고, 이는 두 동생의 죽음을 쓴 전후의 걸작 「금년의 가을」과 「리형(り-兄さん)」으로 이어지지만, 이 시대에는 소설보다 오히려 평론이나 수상 부문에서 많이 활약했다. 특히 1936년에 톨스토이가 만년에 가출한 사건을 둘러싸고 고바야시 히데오와 벌였던 '사상과 실생활' 논쟁은 작품에 표현된 '사상'과 작가의 '실생활' 가운데 어느 쪽을 문학에서 추구할 것이냐는 문제인데, '사상'에 걸려고 했던 고바야시와 '실생활'에서 작가의 진실한 모습을 보려고 했던 하쿠초와의 차이를 쇼와를 대표하는 비평가와 메이지 시대의 대표적 자연주의자였던 작가 사이의 결정적인 대립으로 본다면, 쇼와 10년대 초기의 문학사적인 에피소드로 무척 흥미롭다. 그러나 나중에 고바야시가 인정한 것처럼 두 사람 모두 '관념'에 사로잡혀 있었기 때문에 '인간'에 구애받지 않을 수 없는 이상주의적인 비평가였음을 알 수 있다. 오늘날의 관점에서 보면 근대 비평의 길을 개척한 두 사람

1907년 무렵의 이즈미 교카

사이의 차이보다 이 공통점 쪽에 보다 중요한 문제가 있다고 생각된다. 슈세이, 도손, 하쿠초 등 자연주의 작가보다 십여 년 전인 메이지 22년(1889)에 문단에 나왔고, 오자키 고요와 병칭되었던 고다 로한이 70살을 넘기면서 「환담(幻談)」「눈 털기(雪たたき)」「연환기(連環記)」 등을 발표하고 작품집 『환담』(1941)을 내면서 작가로서 최후의 빛을 뿜었던 것은 메이지 작가의 큰 그릇을 느끼게 했던 사건이다. 나쓰메 소세키와 동갑인 로한은 평생 서양 문학의 영향권 바깥에 있었고, 유교나 교쿠테이 바킨(曲亭馬琴, 1767~1848)의 전통을 이어 근대 소설보다 시(詩)와 문(文)을 중시했던 독특한 문학자이다. 만년의 대표작 「연환기」만 해도 역사소설은커녕 서구 근대 소설과 전혀 다르고 인물이나 삽화를 병렬해서 사슬처럼 연결하는 독특한 형식으로 되어 있어, 「동트기 전」과 다른 의미에서 그 이상으로 소설적이지 않은 작품이다. 동시에 우리는 이 작품에서 자연주의에서 사소설에 이른 일본 근대 소설의 주류에 대한 그의 근원적인 비판을 읽을 수도 있다. 이는 쇼와 전전(戰前)에 일본의 근대 소설이 이미 '제도'가 되었다는 점을 이면에서 분명히하고 있는 동시에 그런 '제도'를 파괴하는 힘이 반드시 새로운 시대의 새로운 작가들만이 갖는 전유물이 아니라는 사실을 가르쳐주고 있다.

자연주의를 중심으로 하는 근대 문학의 주류에서 등을 돌렸다는 점에서는 고요 문하에 있던 이즈미 교카도 또 나가이 가후와 다니자키 준이치로도 동일하다. 교카는 1937년에 「박홍매(薄紅梅)」를 신문에 연재했고, 1939년에는 그의 문학의 낭만적이고 환상적인 여러 요소가 조용하게 가득 담긴 최후의 단편 「루코신소(縷紅新草)」를 발표했다. 훗날 미시마 유키오는 "신선의 경지에 도달하고 있다"고 말한 바 있다.

다이쇼 중기의 「솜씨 겨루기(腕くらべ)」「우소소(雨瀟瀟)」 이후 창작의 쇠퇴를 보여주었던 나가이 가후는 1931년 「장마철 전후(つゆのあとさき)」, 1934년에 「그늘의 꽃(ひかげの花)」을 발표하면서 소설가로서의 건재함을 보

나가이 가후와
『보쿠토키탄』

여준 다음, 1937년에는 보쿠토다마노이(濹東玉の井) 거리의 창녀와의 교제를 쓴 「보쿠토키탄」을 도쿄와 오사카 양쪽 아사히신문에 연재해서 호평을 받았다. 새로 개업한 사창집의 여자 오쓰유(お雪)와 만나 헤어질 때까지의 이야기에 담긴 담담하고 고풍스런 정서는 노인의 감상적인 회고 취미로 끝나지 않고, 모든 것이 시대풍으로 경박해지고 있는 도시의 풍속과 '지나사변'이 발발한 틈이라는 '비상 시국'의 폐쇄된 상황에 대한 통렬한 비판이 되었다. 그럼에도 장편이라고 하기에는 너무 짧은 이 작품은 「실종」이라는 소설을 집필중인 '나' 오에 다다스(大江匡)가 취재를 겸해 산보하는 도중에 다마노이까지 걸음을 옮겨 오쓰유를 만난다는 구성을 갖고 있으며, 「실종」의 일부도 작중의 작품으로 인용하고 있을 뿐 아니라 마지막에 덧붙인 '작후췌언(作後贅言)'에서는 그때까지의 이야기를 쓴 작가인 '나'가 등장해서 간토 대지진 이후의 도쿄의 변화에 대해서 문명 비판을 행하는 등 이중 삼중의 복잡한 형식으로 구성되어 있다. 요컨대 '나'에게 이 소설의 작가, 화자, 「실종」의 작가로 오쓰유와 친해지는 작중인물이라는 세 가지 혹은 네 가지 역할을 부여하면서 그 사이의 구별을 일부러 얼버무리고 있다. 그 결과 독자들은 다 읽고 난 후에도 이것이 나가이 가후가 쓴 소설인지 수필인지 문명 비판인지 잘 알 수가 없다. 어쨌거나 리얼리티가 있는 좋은 작품이라고 생각된다. 이는 구작 「우소소」나 지드, 다메나가 슌스이(爲永春水, 1790~1843)를 떠올리면서 썼다고 생각되는 이 작품의 안목이며, 앞에서 말했던 이 시기의 소설 방법상의 문제와 만나는 중요한 접점이다.

작가인 것처럼 그럴듯하게 보이는 화자가 독자를 이야기 속으로 안내하는 취향은 다니자키 준이치로가 그의 명작 「춘금초」(1933)에서도 채택하고 있다. 그러나 다니자키 준이치로의 경우 「춘금초」에 국한되지 않고 화자는 작가가 직접 만들고 쓴 이야기라는 사실을 숨기기 위해 자료나 소문을 통해 독자를 이야기 속으로 유도하기 위한 편의적인 안내역에 지나지 않으며, 작가

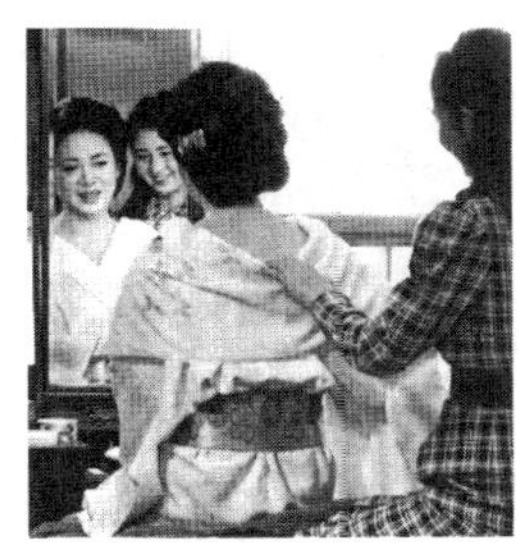

영화 「세설」의 한 장면(1983)

인 '나'는 물론 작품의 구조와 필연적인 관계를 갖지 않는다. 그러므로 화자는 처음부터 필요 없는 경우도 있고 아니면 도입부에서만 독자를 안내하는 역할을 하고 일단 독자가 이야기 속으로 들어오면 작품에서 모습을 감추기도 한다. 1931년 이후 「요시노의 칡」「장님 이야기」「갈대 베기」를 거쳐 「춘금초」에서 절정을 이루는 다니자키 준이치로의 이른바 고전 회귀 시대의 작품은 거의 이런 수법으로 이루어져 여러 사람들의 절찬을 받았다. 이는 작가의 권위와 초월적인 시점으로 쓴 서구식의 객관적인 이야기 방법이 일본인에게는 역시 친숙하지 않다고 판단했던 다니자키가 이야기 채록이나 고증이라는 간접적 형식의 일본어 화법을 따르는 전통적인 이야기 쓰기 방식을 의식적으로 채용한 결과이다.

요코미쓰 리이치가 '국어와 불순을 극한 혈전 시대'에서 '국어에 대한 복종 시대'로 들어가고 난 이후에도 여전히 장편을 쓰기 위해 새로운 일본어 화법을 만들려고 고심했다면, 다니자키는 쇼와 시대에 들어와 고전적인 이야기 수법에 의지하는 동시에 적극적으로 국어에 복종하고 그 장점을 살린 문체로 소설을 쓰려고 했다. 그가 「춘금초」를 발표하고 난 다음해에 『문장독본』(1934)을 썼던 것은 그 동안 실제로 작품을 쓰면서 성공했던 자신감을 표명한 것에 다름아니다. 여기에서 그는 서양과 일본의 언어와 문장을 구체적으로 예를 들어 비교하면서 "언어학적으로 전혀 계통이 다른 두 나라의 문장 사이에는 영원히 뛰어넘을 수 없는 울타리가 있다," 지금이야말로 "그들의 장점을 받아들이려고 하기보다 지나치게 받아들여서 일어난 혼란을 정리하는 편이 급선무가 아닐까"라고 말했으며, 1935년부터 『겐지모노가타리(源氏物語)』 구어 역에 착수했다. 이를 완성하고 다음해인 1942년에는 대작 「세설(細雪)」을 집필하기 시작했고 전후 1948년에 탈고했다. 쇼와 10년대 오사카의 부유한 가정에서 자란 네 자매의 생활을 쓴 「세설」이 풍속적으로도 탁월한 문호의 대표적인 현대 소설인 동시에 일본어와 일본의 산문 이야

1953년에 버나드 리치가
스케치한 시가 나오야

기의 전통을 얼마나 교묘하게 살린 작품인가에 대해서는 이미 많은 사람들이 언급한 바 있다.

쇼와 10년대에 주목할 문학 활동을 했던 다이쇼 작가는 시가 나오야, 무샤노코지 사네아쓰, 우노 고지, 히로쓰 가즈오, 무로 사이세이, 도요시마 요시오, 우치다 햣켄, 노가미 야에코, 야마모토 유조 등이다. 시가 나오야는 1919년경부터 썼던 장편「암야행로」의 대미 5절을 9년 동안의 휴지 기간을 가진 다음 1937년 4월호『개조』에 발표하면서 완결했다. 구성의 미비함이나 주인공 도키토 겐사쿠(時任謙作) 나아가 작가 자신의 사회성과 생활성의 결여라는 수많은 난점에도 불구하고, 이 장편이 일본 근대 소설에서 부동의 지위를 차지하고 있는 이유는 자기를 사회와 타인 속에서가 아니라 자연 속에서 일개 '생명'으로 발견한다는 근대 일본인의 자기 인식의 현실을 넓지는 않지만 깊은 곳에서 파악해서 작품으로 만들고 있기 때문이라고 생각한다. 이는 사소설이나 사소설적인 작품에 국한되지 않고 가와바타 야스나리나 이부세 마스지, 가지이 모토지로, 이토 세이 등 쇼와 작가나 오바 미나코(大庭みな子, 1930~), 히노 게이조(日野啓三, 1929~) 등 현대 작가의 작품에서도 볼 수 있는 인식 방법이다. 혼다 슈고에 의하면「암야행로」는「기노사키에서(城の崎にて)」의 '확대 심화판'이며, "유례없이 강렬한 자아주의자인 주인공이 그 강인한 '자아' 때문에 오랫동안 괴로워하다 마침내 '자아'의 갑옷을 벗고 '자아'보다 큰 있는 그대로의 '자기'를 자기 것으로 만들기까지의 무명(無明)의 도정을 묘사한 작품"(『시가 나오야』)이라고 한다.

'생명'이나 '생장'이라는 말은 같은 시라카바파인 무샤노코지 사네아쓰가 애용한 말이기도 하다. 쇼와 10년대의 작가인 그는 1940년의「사랑과 죽음(愛と死)」처럼 뛰어난 연애소설도 썼으나, 전쟁중에 전쟁 협력적인 발언을 한 바 있어 전후 공직에서 추방을 당하는 고통을 겪었다.

우노 고지는 1933년에 화가 고이데 나라시게(小出楢重, 1887~1931)를 모

무로 사이세이

델로 쓴 「고목이 있는 풍경」을 비롯한 소설로 문단에 복귀한 후, 재주가 있음에도 고통이 끊이지 않는 서민 여자의 반생을 묘사를 억제한 서술체로 쓴 『손재주 가난(器用貧乏)』(1940) 등이 있으며 평론이나 수필에서 순문학에 대한 열의를 보여준 결과 '순문학의 귀신'으로 불렸다.

순문학을 지키려는 정열에서는 히로쓰 가즈오도 우노 고지에게 뒤지지 않았다는 것은 지금까지 여러 번 언급했던 대로이지만, 한마디로 말하면 우노의 경우 그 정열이 순예술적으로 내부를 향했다면, 히로쓰의 경우는 양식적인 인생파로 외부를 향하고 인생이나 사회와 맞부딪치면서 싸우는 곳에서의 산문 예술(소설)다운 내력을 찾았다. 1936년에 다케다 린타로 등이 만든 잡지 『인민문고』가 파시즘의 압력과 야스다 요주로 등의 『일본 낭만파』의 주장에 대항해서 산문 정신을 주장했을 때, 히로쓰 가즈오는 『인민문고』가 주최한 강연이나 좌담회에 나가 산문 정신이란 "어떤 일이 있어도 굴복하지 않고 인내심 강하고 집념 있게 함부로 비관하지도 않고 낙관도 하지 않으며 끝내 살아가는 정신"이라고 말했다. 전후의 오에 겐자부로(大江健三郎, 1935~)까지 계승하고 있는 이 작가적 양심은 1940년의 소설 「부두의 역사(巷の歷史)」나 1944년의 평론 「도쿠다 슈세이론」 등에서도 엿볼 수 있는데, 무엇보다도 전후에 끈덕지고 강인하게 마쓰카와(松川) 재판을 비판했던 것은 그 훌륭한 실천에 다름아니다.

무로 사이세이는 1931년 무렵부터 서정시와 그 연장에 지나지 않았던 산문에서 야성적인 에너지로 가득한 본격적인 소설로 방향을 바꿔 1934년에 「오누이(あにいもうと)」를 썼고 다음해 제1회 문예간화회상(文藝懇話會賞)을 수상했다. 그는 이 해에 주로 역경을 헤치며 살아가는 소녀들의 반항과 투쟁의 절규를 소설화한 '복수의 문학'을 주장하고 「여자의 지도(女の圖)」 등 주목할 작품을 썼는데, 이 일련의 소설들을 '시정 귀신물'이라 부르기도 한다. 이후 전시하에 들어가면서 자전적이고 사소설적인 작품이나 왕조물로

오카모토 잇페이가 그린 나쓰메 소세키

나아갔으며 패전까지 수필을 포함한 엄청난 양의 작품을 썼다.

이 시기의 도요시마 요시오의 소설과 평론이 문학사적으로 큰 의미를 갖고 있다는 사실에 대해서는 이미 제2장에서 말했으므로, 여기에서는 「소악마집 하얀 아침」의 시점 인물인 '소악마'는 요코미쓰 리이치의 '4인칭' 뿐만 아니라 소세키의 「나는 고양이로다(吾輩は猫である)」의 영향을 받은 것이 아닌가 하는 점만을 덧붙여둔다.

소세키라고 하면, 1935년을 전후해서 가까스로 많은 독자들에게 알려지게 되었던 우치다 햣켄이라는 특이한 존재를 간과할 수 없다. 1922년의 『명도(冥途)』 이후 햣켄의 환상적 단편은 1934년에 『여순 입성식(旅順入城式)』으로 암파서점에서 간행되었다. 생각지도 못한 시점이나 유례없는 유머로 독자를 끌어당기는 햣켄의 수필도 이를 전후해서 잇달아 나왔으며, 이에 힘입어 그 이색적인 재능을 주목받게 되었다.

마찬가지로 소세키 문하에 있던 노가미 야에코는 쇼와 초기에 좌익 운동에 대한 공감과 동정을 드러내서 동반자 문학이라는 평가를 받았던 장편 「마치코(眞知子)」와 단편 「어린 아들(若い息子)」을 발표한 다음 1936년과 1937년에는 전후 6부작으로 완성한 대표적 장편 「미로(迷路)」의 제1부와 제2부를 『중앙공론』에 발표하였다.

다이쇼 중기에 극작가로 출발해서 마찬가지로 동반자 작가의 한 사람으로 알려졌던 야마모토 유조는 쇼와 시대로 접어들면서 「모든 살아 있는 것(生きとし生けるもの)」「파도」 등 민중의 고뇌와 양식을 대표하는 장편을 아사히신문에 연재해서 폭넓은 지지를 받았다. 1933년에는 공산당에 자금을 원조했다는 혐의로 검거되었지만 가혹한 검열 밑에서도 집필을 계속했던 그는 1936년의 『진실일로(眞實一路)』, 1941년의 『길가의 돌(路傍の石)』 등의 성장소설을 발표하면서 이 시대의 국민적 작가가 되었다.

이 밖에 다이쇼 이후 작가의 수확으로는 30여 살 연하의 소녀와의 연애

야마모토 유조(좌)
사토미 돈(우)

도피 행각을 썼던 오카다 사부로의 『가을·겨울(秋·冬)』(1938)과 『신로쿠 행장기(伸六行狀記)』(1940), 우노 지요의 『애욕참회(色懺悔)』(1935)와 『인형 사천구옥구길(人形師天狗屋久吉)』 등 산문 이야기 작품, 오자키 시로의 『인 생극장(청춘 편)』(1935)과 「화톳불」(1939), 사토미 돈의 「돈(かね)」(1937), 구보타 만타로의 「꽃샘 추위(花冷え)」(1938) 등이 있다.

쇼와 작가의 성숙

이 시기에는 메이지 이후 달려왔던 근대화와 서구화, 도시화의 직선 코스가 가파른 각도로 접어들어 모든 면에서 사람들이 주춤거리거나 갈림길을 생각했으며 뒤돌아보거나 뒤를 향해 달려가기도 했다. 그러나 쇼와 작가의 경우 러일 전쟁 후 거리낌없이 발전한 근대화 시대에서 자랐고 다이쇼 말기부터 쇼와 초기의 급격하게 국제화되고 도시화되었던 시대에 문학의 세계에 뛰어들었던 만큼 특히 가파른 커브를 돌지 않으면 안 되었다. 프롤레타리아 문학자뿐만 아니라 모든 쇼와 작가들이 넓은 의미에서의 '전향'을 체험하지 않으면 안 되었던 것이다. 국가를 외부로 팽창시키기 위해서는 그 힘을 내부에서 찾고 비축하고 자신감을 길러야만 했다. 외국에서 일본으로, 일본의 도시에서 교외로, 시골로, 고향으로의 전환과 이동이 시작되었다. 간토 지방에서 최초로 방공 연습을 실시했던 것은 1933년 8월이었으며, 그때부터 국민들은 그 사실도 모른 채 부지불식간에 '소개(疎開)' 연습도 하게 되었다. 유턴 현상은 인민에서 국민으로, 국민에서 민족으로, 전위에서 전통으로, 유럽적인 것에서 일본적인 것으로, 이런 형태로 국민의 의식에서도 이루어지지 않으면 안 되었다.

신감각파에서 「기계」 「문장」을 거쳐 「여수」에 이르렀던 요코미쓰 리이치

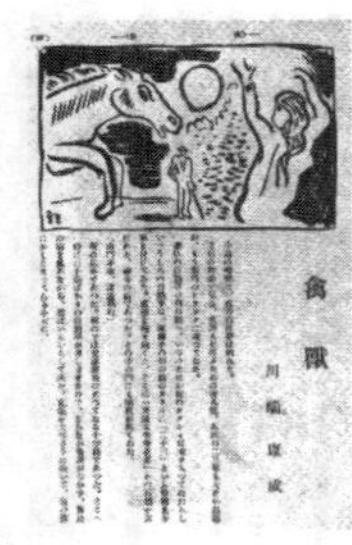

「금수」(『개조』, 1933. 7)

의 코스는 그런 의미에서 일반 일본인들이 더듬어나가야만 했던 코스를 대표하고 있다. 같은 신감각파 멤버의 한 사람이었던 나카가와 요이치의 경우는 작품 외부에서 보다 과격한 전환이 일어났다. 연상의 유부녀에 대한 사모를 로맨틱하게 노래하여 그의 대표작이 되었던 가작 「하늘의 저녁 나팔꽃(天の夕顔)」(1938)을 발표하기 조금 전부터 『일본 낭만파』에 접근했던 그는 1939년에는 야스다 요주로와 하기와라 사쿠타로를 설득해서 민족주의적 경향이 강한 잡지 『문예세기(文藝世紀)』를 주재했으며, 전쟁중에는 전쟁 협력적인 발언이 두드러졌을 뿐 아니라 자유주의적인 문학자를 적발하는 역할까지 했다.

가와바타 야스나리는 1935년부터 그의 대표작이 된 「설국」을 연재하기 시작했으며, 1937년 6월에 창원사에서 초판을 냈다. 터널 너머에 있는 '설국'의 자폐성과 작가의 분신인 시점 인물의 방관자적인 성격은 분명 아베 도모지의 「겨울 하숙」이나 나가이 가후의 「보쿠토키탄」과 서로 통하는 점이 있지만, 그것은 시대의 폐쇄성을 상징적으로 표현하는 동시에 소설의 방법으로도 생각해보아야 할 문제이다. 어쨌든 일본적인 것으로의 전환은 「설국」에서 비로소 나타난 것이 아니라 훨씬 전부터 일어나고 있었다.

가와바타는 초기부터 자신을 금수충어(禽獸蟲魚)와 마찬가지로 '살아 있는 것'으로 보는 만물일여(萬物一如), 그리고 생사는 이웃하고 있으며 그 사이에서 자유로운 교신이 가능하다는 생사일여(生死一如)라고 할 수 있는 사상을 갖고 있었다. 표현 방식은 대조적이었지만 인식의 질에서는 시가 나오야와 대단히 가깝다. 아니 그렇게 말하기보다는 그것은 아마 우리 일본인 혹은 동양인의 바탕에 있는 유럽인들과 뚜렷이 다른 자기와 생의 인식이다. 기독교 문화권에서는 살아 있는 존재 가운데 인간에게만 특권적인 지위를 인정하는 인간중심주의 *humanism*가 지배적이다. 그러나 19세기 서양에 출현한 진화론과 생물학, 기타 과학의 발달은 기독교적인 인간중심주의를 뒤엎

가와바타 야스나리

고 인간을 다른 생물과 같은 대열에 놓으려고 해서 격렬한 저항에 부딪혔다. 또 그것을 받아들이더라도 다양하게 은폐하면서 받아들였다. 생사의 관념이라고 해도 마찬가지이다. 그러나 일본인에게는 그것은 당연한 사유 방법이었기 때문에 저항도 은폐도 필요없었다. 메이지 이후 진화론은 서양의 최신 과학으로서 사상이나 입장의 차이를 초월해서 열광적으로 수용되었다.

가와바타 야스나리는 만물일여와 생사일여적인 사상을 내면에 간직하고 쇼와 초기의 모더니즘을 빠져나가는 과정에서 서양과 일본, 서양인과 일본인의 근본적인 차이를 자각했다고 생각된다. 『잇꽃단』을 낸 다음해인 1931년에 발표한 「수정환상」의 주인공은 산부인과 의사의 딸로 기독교 교육을 받고 발생학자와 결혼해서 강아지를 기르고 있는 유한 부인이다. '의식의 흐름' 수법으로 묘사한 그녀의 상념은 오로지 인간과 생물의 성, 생식에 관계되고 있다. 그녀는 아이가 없는 자기 부부의 성을 꿀벌이나 짚신벌레의 생식과 같은 차원에 놓고 생각하는 한편, 그런 과학적인 관점에 격렬하게 저항을 느끼면서 "과학의 길은 죽음의 빙하"로 통한다고 생각한다. 생물학주의적 인간관에 대한 그녀의 공감과 반발은 작가의 만물일여 사상과 서양의 과학과 기독교를 겹치려고 했을 때 나오는 공명음과 마찰음이었다고 할 수 있다. 여기에서 일본인이라면 마찰음은 사라지고 순수한 공명음만이 남을 것이고, 서양인에게는 불가능한 '비정의 미'가 울릴 것이다.

이처럼 가와바타 야스나리는 서양에서 일본으로 전환했고, 이후 주저하지 않고 서양인과 다른 일본인의 강인함을 살린 작품을 쓰는 방향으로 나아갔다. 다음해인 1932년의 「서정가(抒情歌)」, 1933년의 「금수(禽獸)」나 감상 「말기의 눈(末期の眼)」은 그 이정표이며, 「설국」은 그 훌륭한 도달점이었다. 그러나 요코미쓰나 나카가와와 달리 가와바타는 전쟁중에도 시국에 영합하지 않고 자기의 페이스를 지켜 「명인(名人)」 등의 수작을 남겼다.

가와바타의 '생물' 사상을 일상적이고 서민적인 레벨로 옮겨 인간에 대해

이부세 마스지

가혹한 실험을 시도하고, 그럼에도 서민의 강인함과 애환을 무심한 필치로 그리는 경지를 개척했던 사람이 이부세 마스지이다. 이부세는 쇼와 초기에 마르크스주의에 위협을 느껴 신흥 예술파적인 작품을 썼지만 그 이전부터 「도롱뇽(山椒魚)」「잉어(鯉)」 기타 작은 동물을 다룬 단편을 장기로 삼았다. 1932년의 「냇물(川)」은 냇물을 주인공으로 하고 인간을 그 배경으로 묘사했던 놀라운 소설이었다. 전쟁이나 자연의 맹위에 고통을 받고 있는 인간에 대한 관심은 1934년의 「아오가시마 대개기(青ヶ島大概記)」와 장편 『사자나미 군기』, 나오키 상을 수상했던 1937년의 『존 만지로 표류기(ジョン万次郎漂流記)』, 1938년의 「신불(御神火)」을 거쳐 전후의 『검은 비(黒い雨)』(1966)나 전쟁물·표류기로 연결되고 있다. 「검은 비」의 마지막에서 원폭으로 검게 그을린 인간의 시체가 둥둥 떠 있는 냇가를 남양의 심해에서 사는 뱀장어 치어떼들이 거슬러 올라가고 있다. 이 광경이 상징하는 것처럼 이부세의 휴머니즘은 인간도 살아 있는 생물의 하나라는 반휴머니즘으로 지탱되고 있다는 점을 잊어서는 안 된다. 1939년에는 선량한 서민의 생활을 묘사한 「다진코 마을(多甚古村)」, 1940년에는 단편 명작 「순례여관(へんろ宿)」을 발표했고, 태평양 전쟁중에는 육군으로 징용되어 싱가포르에 파견되었다.

쇼와 초기에 신감각파를 계승한 모더니즘의 신인으로 출발했던 호리 다쓰오, 이토 세이, 아베 도모지 등은 그 후 수년 동안 괴로운 모색을 거듭했으며 쇼와 10년대에 들어와 각자 방향을 발견하고 중견 작가로서 이 시대의 문학을 지탱하는 역작을 잇달아 발표했다. 도시에서 시골로, 서양적인 것에서 일본적인 것으로의 전환이 시작되었던 1933년, 이들과 거의 동세대인 고바야시 히데오는 「고향을 잃은 문학」에서 도쿄에서 태어나 처음부터 서양 문학 속에서 자란 자신들에게는 새삼스레 돌아갈 고향도 청춘도 전통도 없고, 서양 문학이 이른바 제2의 고향이 되었다고 술회했다. 그러나 서양이 고향이 될 수 없다는 것은 고바야시 그 자신의 이후의 삶이 증명하고 있다. 고바

호리 다쓰오의
『바람 일었거니』

야시와 마찬가지로 도쿄의 상공 지역(下町) 출신인 호리 다쓰오는 가루이자와에서 제2의 고향을 발견하고, 말하자면 오이와케(追分)에서 시나노미치(信濃路)를 거쳐 야마토미치(大和路)로 여행하는 형태로 고전의 세계에 친숙해졌으며, 프루스트나 모리아크 등의 프랑스 문학과 헤이안조(平安朝)의 산문 이야기와 일기 문학을 융합함으로써 우아한 일본적 로망의 세계를 구축하려고 했다. 작품으로 말한다면 1930년의 「성가족」에서 「아름다운 마을」(1933), 「하루살이의 일기(かげろふの日記)」(1937), 『바람 일었거니(風立ちぬ)』(1938)를 거쳐 『나오코(菜穂子)』(1941)에 이르는 길이다. 그 동안 그는 결핵과 이로 인한 연인의 죽음 등을 체험하면서 그 체험을 사소설과는 다른 형식으로 창작해서 잘 구운 카스텔라처럼 서양과 일본을 혼용한 불가사의한 매력을 갖고 있는 작품으로 빚어냈다. 특히 다카하라(高原) 산에 있던 세나토리움에서의 사랑과 죽음을 묘사한 「바람 일었거니」는 쇼와 연어 문학의 걸작으로 젊은 독자들의 애독서가 되었다.

호리 다쓰오는 또 1933년에 미요시 다쓰지, 마루야마 가오루 등과 함께 시 잡지 『사계(四季)』를 내고 전통적인 서정 정신을 앙양하는 장소로 만들었다. 다치하라 미치조(立原道造, 1914~1939), 쓰무라 노부오(津村信夫, 1909~1944), 진보 고타로(神保光太郎, 1905~) 등을 배출한 『사계』는 다나카 가쓰미, 이토 시즈오(伊東靜雄, 1906~1953) 등의 『코기토』, 구사노 신페이, 다카하시 신키치(高橋新吉, 1901~1987), 나카하라 주야 등의 『역정(歷程)』과 함께 쇼와 10년대를 대표하는 시 잡지로 전쟁중이던 1944년까지 발간되었다.

고바야시 히데오나 호리 다쓰오와 달리 이토 세이는 다행인지 불행인지 돌아갈 고향과 문학이 있었다. 그는 프로이트와 조이스의 영향을 받은 신심리주의에서 난관에 봉착한 자신을 느끼자, 과거 홋카이도에서 방황했던 시와 청춘의 세계로 돌아가 자기의 산문 세계를 다시 세우겠다는 고통으로 가

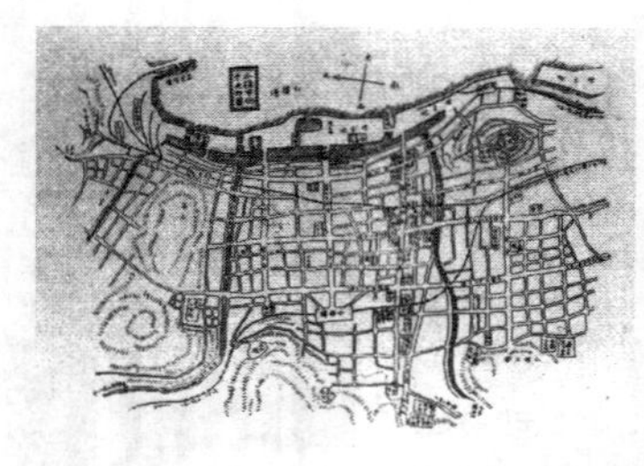

「유령의 거리」에 나오는
오타루 시가 중앙부 지도
(『문예』, 1937. 8)

득 찬 작업에 매달렸다. 1935년, 홋카이도 어촌의 야성적인 인간 심리를 객관적으로 묘사한 「탐식의 끝(馬喰の果)」으로 호평을 받았으나, 그 방향에 만족하지 않고 시와 사소설과 조이스를 조합한 실험적인 자전소설을 지향하여 1937년부터 1938년에 걸쳐 「유령의 거리(幽鬼の街)」 「유령의 마을(幽鬼の村)」 연작을 발표하고 『거리와 마을(街と村)』(1939)로 묶어 간행했다. 영락해서 오타루의 거리로 돌아온 주인공이 유령이 된 고바야시 다키지와 옛 애인, 부친에게 쫓겨 도망다닌다는 환상적인 장편으로 주인공의 죄책감과 여기에서 벗어나려는 구원 의식을 테마로 하고 있으며, 그 구원은 작가 자신이 과거에 썼던 서정시의 근저에 놓여 있는 생명적 자연관·인간관으로 되돌아가면서 이루어진다. 이는 전후의 장편 『나루미 센키치(鳴海仙吉)』(1950)나 노년기의 성을 써서 걸작으로 일컬어졌던 만년의 『변용(變容)』(1968)에서도 바뀌지 않는다. 「유령의 거리」에서 고바야시 다키지를 희화적으로 묘사한 점을 둘러싸고 미야모토 유리코 사이에 일어났던 논쟁에서도 볼 수 있듯이, 이토 세이는 좌우 양진영의 정치적인 압력에 시달리면서도 자율적인 개아와 예술을 집요하게 추구했으나, 1938년 이후 점차 시국에 말려들어가면서 사소설로 깊이 기울어졌다. 쇼와 10년대에는 하출서방에서 낸 신작 장편소설 총서의 한 권으로 나온 『청춘』(1938), 전쟁 치하의 지식인의 일상 생활을 기록식으로 쓴 『도쿠노고로의 생활과 의견(得能五郎の生活と意見)』(1941), 『소설의 운명』(1937)과 기타 평론집을 냈다. 또한 전후에 나온 『소설의 방법』(1948)이나 기타 평론으로 그의 독자적인 문학관을 엿볼 수 있다.

　이토 세이의 신심리주의에 대해 일찍이 주지주의를 주장했던 아베 도모지도 자질적으로는 이토 세이와 유사한 문학자였지만, 평생 지성과 서정 사이에서 동요하면서도 작가뿐만 아니라 평론가와 영문학자로 탁월한 업적을 남겼다. 서정적이고 환상적인 자질은 1934년의 자전적 단편 「지도(地圖)」에 잘 나타나 있으며, 같은 해에 나온 평론집 『문학의 고찰』은 서양 문학을 이

1930년 무렵의
아베 도모지

해하면서 현대 소설의 방법을 근본적으로 생각했던 주목할 만한 평론집이다. 이보다 앞서 후나바시 세이이치 등과 『행동』을 냈고, 『행동』이 폐간된 다음에는 『문학계』 동인이 되었으며, 1936년에 같은 잡지에 장편 「겨울 하숙」을 연재하고 연말에 제일서방에서 출판했는데 호평을 받아 그의 대표작이 되었다. ‘겨울 하숙’이라는 제목은 비행동적이고 내향적인 문학부 학생인 ‘나’가 학생의 신분으로 마지막 겨울을 보내는 교외의 하숙이라는 의미이지만, 동시에 이 ‘겨울의 시대’에 꼼짝도 못 하고 몸을 숨길 수밖에 없는 ‘칩거’라는 상징적인 의미도 담고 있다. 2년 전인 1934년말에는 「겨울을 넘기는 꽃봉오리(冬を越す蕾)」라는 제목으로 미야모토 유리코가 쓴 평론도 나왔다. 묘사하고 있는 사람은 주로 무뢰한 같은 하숙집 주인과 경건한 기독교도인 그의 아내이며, ‘나’는 어디까지나 방관자에 지나지 않는다. 요코미쓰 리이치의 「문장」이 행동적인 발명가와 자의식의 과잉으로 고뇌하는 청년을 대비하면서 두 사람을 비추는 거울로 ‘나’를 등장시켰던 정황과 매우 비슷하지만, 「문장」이 실패작이었음에 비해 「겨울 하숙」이 성공했던 이유는 제목으로 상징된 당시 청년 지식인의 폐쇄된 심상 풍경을 서정적인 얇고 투명한 막으로 감싸서 묘사하고 있기 때문이다. 이렇게 본다면 쇼와 10년대의 “그래도 우리들은 날마다——”였던 것이다. 이후 아베 도모지는 「행복」「북경」「거리」「풍설(風雪)」 등의 장편을 잇달아 발표했으며 지적 서정으로 감싸인 어두운 시대의 조용한 휴머니즘으로 쇼와 10년대 유행 작가의 한 사람이 되었다. 자유주의자로서 그가 보여준 저항의 자세는 전후에 사회적·문화적인 면에서 적극적으로 나타났으며, 『검은 그림자(黑い影)』(1949), 『세월의 창(日月の窓)』(1959), 『포수(捕囚)』(1978) 등의 가작을 남겼다.

이 밖에 모더니즘 계열의 작가로는 아베 도모지와 가까웠던 후나바시 세이이치가 『행동』이 폐간된 다음 아베와 함께 『문학계』에 들어가 전통적인 작풍으로 썼던 「목석(木石)」「모대(母代)」「천음(川音)」「조적(篠笛)」 등의

세리자와 고지로

단편으로 성가를 높였으며, 전쟁을 치르면서 장편「시쓰카이야코키치(悉皆屋康吉)」를 썼다. 세리자와 고지로는 1930년의 데뷔작「부르주아」이후 모더니즘에서 리얼리즘으로 바뀌면서 동반자적 경향을 보였으며, 쇼와 10년대에『사랑과 죽음의 서(愛と死の書)』(1939),『파리에서 죽다(巴里に死す)』(1942) 등 외국 체험을 살린 서정적인 장편을 발표했다. 기시다 구니오의 희곡「세월」(1935)과「난류(暖流)」(1938), 기타 뛰어난 신문소설도 주목할 만하다. 전후 사소설 작가로 각광을 받았던 간바야시 아카쓰키(上林曉, 1902~1980)와 가와사키 조타로(川崎長太郎, 1901~1985)가 각자 소설집『부모기(ちちははの記)』(1939)와『나목(裸木)』(1938)을 내고 사소설 외길을 걷기 시작했던 것도 이 무렵이다. 전시하에서는 사회에 등을 돌리고 자신과 자기의 신변에만 관심을 쏟고 국책적인 소재에는 손을 대지 않는 사소설 작가나 풍속소설 작가의 자세가 오히려 예술적인 저항의 의미를 갖는 일도 있었다. 이밖에 후카다 규야는『쓰가루의 들판(津輕の野づら)』(1935),『친우(親友)』(1943)를 썼고, 후쿠다 기요토는 단편「탈출」(1935)과『신조』에서 처음으로 전재했던 전기소설「구니키다 돗포」(1937) 등을 썼다.

여기에서 구프롤레타리아 계열의 작가들 동향에 대해서도 간단하게 언급하고자 한다. 이미 거론했던 나카노 시게하루, 시마키 겐사쿠, 하야시 후사오, 도쿠나가 스나오, 무라야마 도모요시, 다테노 노부유키 외에 미야모토 유리코, 다케다 린타로, 하야마 요시키, 이토 에이노스케(伊藤永之介, 1903~1959), 사타(구보카와) 이네코 등의 작가들은 1934년 작가동맹 해산 후의 가혹한 상황 아래에서도 문학을 계속했다.

1932년 2월에 미야모토 겐지와 결혼한 미야모토 유리코는(1937년까지의 필명은 주조 유리코) 1933년말에 검거된 겐지가 구라하라 고레히토 등과 함께 옥중에서 끝내 비전향을 선택하자 이후 12년 동안 만날 수 없었다. 유리코는 감옥 바깥에서 전향 작가들을 엄하게 타이르듯이 비판했으며, 자신도

「긴자 8번지」 삽화와
1936년의 아사쿠사 6가

1934년과 1935년에 두 번 검거되었고, 1938년까지는 거의 집필 금지 상태에 놓였다. 이 틈을 이용해서 전향 작가와 함께 파시즘 시류에 대해 강인한 투쟁을 계속했으며, 앞에서 말했던 「겨울을 넘기는 꽃봉오리」를 비롯한 많은 평론을 썼다. 옥중의 겐지와 주고받았던 편지를 묶어 전후에 출판한 『12년의 편지』(1950~1952)는 이 시대의 귀중한 기록이다.

다케다 린타로는 「일본 서푼 오페라(日本三文オペラ)」(1932) 등의 시정물(市井物)에서 익힌 이야기를 살려 긴자의 바를 무대로 한 장편 「긴자 8번지(銀座八丁)」(1934)를 아사히신문에 연재했는데 사상성을 겸비한 풍속소설로 주목을 받았다. 1936년에 잡지 『인민문고(人民文庫)』를 창간하고 파시즘에 저항해서 산문 정신을 주장했으며, 다카미 준 등 젊은 작가를 발굴하여 세상에 내보냈다. 「동짓달 첫 유일(一の酉)」(1935), 「불길한 추첨(大凶の籤)」(1939) 등으로 '단편의 명수'로 불리기도 했으나 애석하게도 패전 다음해 병으로 죽고 말았다.

하야마 요시키는 1934년에 도쿄를 등지고 덴류(天龍)나 기소에 파묻혀 「산냇가에 사는 사람들(山溪に生くる人人)」(1934), 「아들을 보호하라(子を護る)」(1941) 등을 발표했으며, 1944년 만주의 개척촌에 건너갔다가 패전 후 얼마 안 되어 죽었다. 요시키와 마찬가지로 『문예전선』파 작가로 출발하여 농민 문학 방향으로 나아갔던 이토 에이노스케는 1936년의 「올빼미(梟)」를 비롯한 '조류물'로 도호쿠의 농촌에서 취재한 농민 문학의 새로운 경지를 개척했다. 사타(구보카와) 이네코의 쇼와 10년대는 사상적으로는 전향에서 국책 추종으로, 가정적으로는 남편 구보카와 쓰로지로와의 불화에서 이혼이라는 문제가 겹쳤던 괴로운 시대였다. 『잇꽃(くれなゐ)』(1938), 『맨발의 처녀(素足の娘)』(1940) 등의 장편은 이 과정에서 이루어졌다.

프롤레타리아 연극 관계에서는 미요시 주로의 「참수당한 센다(斬れた仙太)」(1934)와 히사이타 에이지로의 「단층(斷層)」(1935) 등에서 가장 먼저 혁

미요시 주로

명 운동을 비판하는 관점이 나왔다. 히사이타는 구보 사카에(久保榮, 1901~1958)와 함께 1934년에 시마자키 도손 원작, 무라야마 도모요시 각색, 구보 사카에 연출로 역사극 「동트기 전」을 공연하면서 기치를 올렸던 신협극단을 대표하는 극작가이다. 그가 쓴 「북동풍(北東の風)」 「천만 명도 누구도 우리는 안된다(千万人と誰も我行かん)」 2부작(1937)이 노동자가 아닌 자본가 쪽에서 일본 자본주의의 모순을 예리하게 공격한 것이라면 구보의 대표작인 「화산회지(火山灰地)」 2부작(1937, 38)은 '일본 농업 특질의 개괄화'를 주제로 삼았던 전쟁 전의 리얼리즘 희곡의 최고 걸작으로 간주된다.

아쿠타가와 상과 동인지

'문예 부흥기'는 쇼와 10년대부터 전후에 걸쳐 활약하는 수많은 유력한 신인들이 잇달아 등장했던 시기이다. '문예 부흥'과 함께 신인을 발굴하라는 목소리가 높았고, 여러 잡지가 이를 위해 기획을 세웠는데, 그 중 1935년 『문예춘추』 1월호에서 발족을 선언한 아쿠타가와 류노스케 상과 나오키 산주고 상이 창설과 동시에 가장 권위 있는 신인 등용문이 되어 오늘에 이르고 있다. 아쿠타가와 류노스케, 나오키 산주고와 친했던 기쿠치 간이 전년도에 나오키가 급사한 후 고인을 현창하고 잡지 『문예춘추』와 문예춘추사를 위해 만든 상인데, 아쿠타가와 상은 프롤레타리아 문학 이외의 '젊은 무명 신진 작가들의 창작,' 나오키 상은 역시 이들의 '대중 문예'를 대상으로 했으며 전향 작가의 작품이 후보로 올랐던 적도 있다. 쇼와 10년대의 신인 대다수는 아쿠타가와 상을 통해 문단에 등단하였다. 1935년 상반기 제1회부터 1944년 하반기 제20회까지 아쿠타가와 상 수상작과 최종 후보작을 다음에 게재한다. 괄호 안이 주요한 최종 후보작이다.

190

이시카와 다쓰조

제1회 1935년 상반기

이시카와 다쓰조(石川達三, 1905~1985), 「창맹(蒼氓)」(도노무라 시게루, 「풀멧목〔草筏〕」/다카미 준, 「옛 벗을 어찌 잊으리」/기누마키 쇼조〔衣卷省三, 1900~1978〕, 「부추김을 당한 남자〔けしかけられた男〕」/다자이 오사무, 「역행〔逆行〕」)

제2회 1935년 하반기

해당자 없음(단 가즈오〔檀一雄, 1912~1976〕, 「석장호정숙경관〔夕張胡亭塾景觀〕」/마루오카 아키라, 「살아 있는 것의 기록」/가와사키 조타로, 「여열(余熱)」/미야우치 간야〔宮內寒彌, 1912~1983〕, 「중앙고지〔中央高地〕」)

제3회 1936년 상반기

쓰루타 도모야(鶴田知也, 1902~   ), 「고샤마인기(コシャマイン記)」/오다 다케오, 「성밖(城外)」(우치키 무라지〔打木村治, 1904~1990〕, 「부락사〔部落史〕」/다카기 다쿠〔高木卓, 1907~1974〕, 「견당선〔遣唐船〕」/호조 다미오, 「생명의 첫날밤」/야다 쓰세코, 「가구라사카〔神樂坂〕」/오가타 다카시〔緒方隆士, 1905~1938〕, 「무지개와 자물쇠〔虹と鎖〕」/요코타 후미코〔横田文子, 1909~   〕, 「백일의 서〔白日の書〕」)

제4회 1936년 하반기

이시카와 준, 「보현」/도미자와 우이오(富澤有爲男, 1902~1970), 「지중해」(이토 에이노스케, 「올빼미」)

제5회 1937년 상반기

오자키 가즈오, 「무사태평 안경」(나카무라 지헤이〔中村地平, 1903~1963〕, 「모구라돈모 호쓰쿠리〔もぐらどんもほつくり〕」/헨미 히로시, 「악동〔惡童〕」)

제6회 1937년 하반기

히노 아시헤이, 「분뇨담(糞尿譚)」(나카모토 다카코, 「백의 작업」/오시카

히노 아시헤이

다쿠〔大鹿卓, 1898~1959〕, 「탐광 일기〔探鑛日記〕」/마미야 모스케〔間宮茂輔, 1899~1975〕, 「원광〔あらがね〕」/와다 덴〔和田傳, 1900~1985〕, 「옥토〔沃土〕」/나카타니 다카오, 「봄의 에마키〔春の繪巻〕」/이토 에이노스케, 「올빼미」)

제7회 1938년 상반기

나카야마 기슈, 「국화꽃 피우기(厚物咲)」(다바타 슈이치로, 「도바 가의 아이들〔鳥羽家の子供〕」/시부카와 교, 「용원사〔龍源寺〕」/이토 에이노스케, 「까마귀〔鴉〕」/나카무라 지헤이, 「남방우신〔南方郵信〕」/이치노세 나오유키〔一瀬直行, 1904~1978〕, 「이웃집 사람들〔隣家の人人〕」/오하라 도미에, 「축 출정〔祝出征〕」)

제8회 1938년 하반기

나카자토 쓰네코, 「승합마차(乘合馬車)」(기타하라 다케오〔北原武夫, 1907~1973〕, 「아내〔妻〕」)

제9회 1939년 상반기

하세 겐(長谷健, 1907~1957), 「아사쿠사의 아이(あさくさの子供)」/한다 요시유키(半田義之, 1911~1970), 「닭소동(鷄騷動)」(이와쿠라 마사지〔岩倉政治, 1903~ 〕, 「도열병〔稻熱病〕」/오사미 기조〔長見義三, 1908~ 〕, 「희준〔姬鱒〕」/기야마 쇼헤이〔木山捷平, 1904~1968〕, 「억제의 날〔抑制の日〕」)

제10회 1939년 하반기

사무카와 고타로(寒川光太郎, 1908~1977), 「밀렵자」(김사량〔金史良, 1914~1950〕, 「빛 속에서〔光の中に〕」/오다 사쿠노스케〔織田作之助, 1913~1947〕, 「속취〔俗臭〕」)

제11회 1940년 상반기

다카기 다쿠 수상 사퇴로 해당자 없음(기야마 쇼헤이, 「개구리연〔河骨〕」/모토키 구니오〔元木國雄, 1914~ 〕, 「분교장의 겨울〔分校場の冬〕」/이케다 미치코〔池田みち子, 1914~ 〕, 「상해〔上海〕」/다카기 다쿠, 「노래와 문의 방패

나카지마 아쓰시

〔歌と門の盾〕」)

제12회 1940년 하반기

사쿠라다 쓰네히사(櫻田常久, 1897~1980), 「히라가 겐나이(平賀源內)」

제13회 1941년 상반기

다다 유케이(多田裕計, 1912~1980), 「장강델타(長江デルタ)」

제14회 1941년 하반기

시바키 요시코(芝木好子, 1914~1991), 「청과시장(靑果の市)」

제15회 1942년 상반기

해당자 없음(이시즈카 도모지〔石塚友二, 1906~1986〕, 「솔바람〔松風〕」/나카지마 아쓰시〔中島敦, 1909~1942〕, 「빛과 바람과 꿈〔光と風と夢〕」)

제16회 1942년 하반기

구라미쓰 도시오(倉光俊夫, 1908~1985), 「연락원」(하시모토 에이키치, 「감나무와 송충이〔柿の木と毛蟲〕」)

제17회 1943년 상반기

이시즈카 기쿠조(石塚喜久三, 1904~1987), 「전족 시절(纏足の頃)」(고이즈미 유즈루〔小泉讓, 1913~ 〕, 「상원 지대〔桑原地帶〕」/단 가즈오, 「요시노의 꽃〔吉野の花〕」/류 간키치〔劉寒吉, 1906~1986〕, 「옹〔翁〕」)

제18회 1943년 하반기

도노베 가오루(東野邊薰, 1902~1962), 「일본 종이(和紙)」(와카스기 사토시〔若杉慧, 1903~1987〕, 「담묵〔淡墨〕」)

제19회 1944년 상반기

야기 요시노리(八木義德, 1911~), 「유광복(劉廣福)」/오비 주조(小尾十三, 1909~1979), 「등반(登攀)」(쓰마키 신페이〔妻木新平, 1905~1967〕, 「명의록〔名醫錄〕」/와카스기 사토시, 「청색청광〔青色青光〕」/시미즈 모토요시〔清水基吉, 1918~ 〕, 「우현기〔雨絃記〕」)

구로시마 덴지

제20회 1944년 하반기
시미즈 모토요시, 「안립(雁立)」

　이 명단을 보면 특히 쇼와 10년대 전반에 얼마나 많은 신인들이 아쿠타가와 상을 수상하거나 후보가 되면서 직업 작가의 길을 걸었는지 알 수 있다. 그러나 이 수상작과 후보작 거의 모두 처음에는 동인지에 게재했던 작품이다. 그 점이 전후와 상당히 다르다. 1935년 전후는 순문학 상업지가 한꺼번에 쏟아져나왔던 시대인 동시에 다이쇼 말기에 이어 동인지가 한꺼번에 나온 시기이다. 더구나 대부분의 잡지들을 『문학계』와 마찬가지로 프롤레타리아 문학 운동 말기의 내부 비판이나 전향으로 인해 생겼으며, 예술파와 상호 삼투하면서 구프롤레타리아 문학자를 쇼와 10년대의 문단과 맺어주는 역할을 했다. 신인의 탄생 과정은 물론 이 시기의 문학의 저류를 엿보기 위해서라도 아쿠타가와 상과 동인지의 동향을 일별해두지 않으면 안 되는 이유가 여기에 있다.

　프롤레타리아 문학 운동 내부의 비판파들이 만들었던 동인지의 선구는 고바야시 다키지가 학살당한 직후인 1933년 6월 작가동맹 지도부에 있던 하세가와 스스무(長谷川進, 1900~)가 구로시마 덴지 등과 창간하고 1935년 2월까지 냈던 『문화집단(文化集團)』이다. 창간호에는 고바야시 다키지와 그의 어머니에게 보낸 시가 나오야의 편지, 가와바타 야스나리의 평론을 실었으며, 하야마 요시키, 사토무라 긴조 등 구 '문전' 파와 가메이 가쓰이치로, 모리야마 게이(森山啓, 1904~) 등 프롤레타리아 문학자뿐만 아니라 도요시마 요시오, 모리타 소헤이(森田草平, 1881~1949) 같은 자유주의자를 포함하여 폭넓은 문학 잡지를 지향했다. 소설로는 히라타 고로쿠(平田小六, 1903~1976)의 장편 「갇혀 있는 대지(囚はれた大地)」를 연재했고, 이 밖에 혼조 무쓰오, 사사키 가즈오(佐佐木一夫, 1906~) 등 신인들의 작품도 실었다.

『문학평론』 창간호(1934. 3)

　프롤레타리아 시 분야에서는 1934년 2월에 아라이 데쓰(新井徹, 1899~1944), 온치 데루타케(遠地輝武, 1901~1967), 오구마 히데오(小熊秀雄, 1901~1940), 오에 미쓰오(大江滿雄, 1906~　) 등이 주요 멤버로 있던 『시정신』이 발간되었고 이는 1935년 12월까지 계속되었다.

　1934년 3월 작가동맹 해산과 거의 동시에 창간된 『문학평론』은 작가동맹 해체 후 프롤레타리아 계열 문학자들의 중심적 거점이 되었던 중요한 잡지이다. 나우카사(ナウカ社)에서 발행되었고 와타나베 준조(渡邊順三, 1894~1972), 도쿠나가 스나오 두 사람이 편집했는데 하야시 후사오, 다케다 린타로, 가메이 가쓰이치로 등이 협력했으며 미야모토 유리코, 나카노 시게하루, 구보카와 쓰루지로, 아오노 스에키치, 하야마 요시키, 하기와라 교지로(萩原恭次郎, 1899~1938), 도사카 준 등이 집필하였다. 1934년 4월에 발행된 제2호는 시마키 겐사쿠의 데뷔작인 「문둥이」를 실어 화제가 되었으며, 다음 1935년에는 사회주의 리얼리즘 논쟁의 주요한 무대가 되었다. 하시모토 에이키치의 「탄갱」이나 다테노 노부유키의 「흐름(流れ)」 등의 장편도 연재했던 이 잡지는 1936년 7월에 탄압을 받고 폐간되었다.

　프롤레타리아파와 예술파의 상호 삼투라는 점에서 특히 주목되는 잡지는 1934년 4월에 창간된 『현실』이며, 동인은 구작가동맹의 멤버였던 혼조 무쓰오, 가메이 가쓰이치로, 다나베 고이치로(田邊耕一郎, 1903~　), 호소노 고지로(細野孝二郎, 1901~1977), 와카바야시 쓰야코(若林つや子, 1905~　) 5명과 후지와라 사다무, 오노 야스히토(小野康人), 다키구치 나오타로(瀧口直太郎), 야스다 요주로를 더한 총9명이었다. 「물과 돌(水と石)」을 비롯한 혼조 무쓰오의 창작, 가메이 가쓰이치로, 야스다 요주로의 평론, 오구가 히데오의 시 등이 주요한 수확이었으며, 야스다 요주로와의 관계 때문에 진보 고타로, 하가 마유미(芳賀檀, 1903~　), 나카지마 에이지로 등도 작품을 발표하였다. 제1차는 1934년 8월의 5호까지 내고 끝났으나 1936년 1월에 제2차를 내고 3

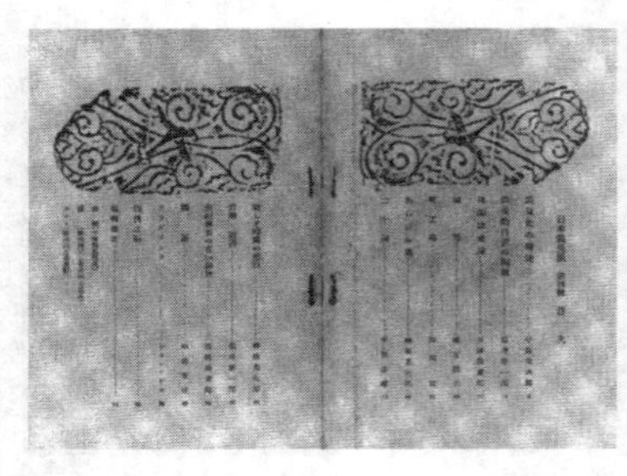

『일본 낭만파』 창간호(1935. 3) 목차

호까지 냈다. 그 사이에 야스다 요주로, 가메이 가쓰이치로 등은 다음에 말하게 될『일본 낭만파』를 창간하게 되었으므로 혼조 무쓰오, 다나베 고이치로가 중심이 되었으며, 제1차 집필 멤버로 이토 세이, 나가마쓰 사다무(永松定, 1904~1985), 히라바야시 효고(平林彪吾, 1903~1939), 야마무로 시즈카(山室靜, 1906~) 등이 새로 가담했다. 볼 만한 작품은 적었지만 동인들의 오월동주 관계가 흥미롭다.

　서로 대립하면서 쇼와 10년대 초기를 대표하는 가장 중요한 동인 잡지였던『일본 낭만파』(1935. 3~1938. 8)와『인민문고』(1936. 3~1938. 1)는 프롤레타리아 문학 퇴조 후의 문학 상황에서 발생한 '배다른 형제'(히라노 겐)이며, "전향이라는 하나의 줄기에서 나온 두 개의 가지"(다카미 준)였다고 평가된다. 오쿠보 쓰네오(大久保典夫, 1938~)에 의하면『일본 낭만파』는 프롤레타리아 문학 운동이 궤멸한 다음 낭만주의 사조가 대두하는 기운에 촉발되어 시정신의 고양과 고전 부흥을 노래한 고답적인 문예 동인지로『현실』 동인이었던 야스다 요주로, 가메이 가쓰이치로와『세기』의 나카타니 다카오가 중심이 되어 창간됐다. 나카타니 다카오는 1925년에 가지이 모토지로, 도노무라 시게루 등과『청공』을 낸 다음 착실하게 작가 활동을 했으며, 1934년 삼고생(三高生)의 연애 심리를 그린 「봄의 에마키」(뒤에 같은 제목의 창작집을 내고 아쿠타가와 상 후보에 오름)와 그 밖의 단편으로 널리 인정을 받았던 예술파의 베테랑이었으며, 야스다, 가메이 두 사람은 좌익 운동을 체험한 작가로 야스다는 같은 동인이었던 나카지마 에이지로와 함께『코기토』(1932. 3~ 1944. 9)의 중심 멤버이기도 했다. 이상 4명에 진보 고타로, 오가타 다카시가 가담하여 6명이었는데 곧 이토 시즈오, 이토 사키오, 이마하루베(伊馬春部, 1908~1984), 하가 마유미, 요도노 류조, 다자이 오사무, 단 가즈오, 야마기시 가이시(山岸外史, 1904~1977), 기야마 쇼헤이 그리고 얼마 후에 사카모토 에쓰로(阪本越郎, 1906~1969), 구보타 마사후미(久保田

196

『인민문고』 창간호(1936. 3)

正文, 1912~), 하야시 후사오, 하기와라 사쿠타로, 사토 하루오, 나카가와 요이치, 미요시 다쓰지, 도노무라 시게루, 히라바야시 에이코(平林英子, 1902~), 요코타 후미코, 마스기 시즈에 등이 가담했다. 『일본 낭만파』는 단순한 문예 동인지라고 하기보다는 야스다 요주로라는 강렬한 개성이 떠받쳤던 전환기의 사상 잡지라는 취지를 갖고 있으며, 자연주의적인 사실(寫實)에 대해 문학에 있어서의 낭만주의를 표방했을 뿐만 아니라 문명 개화 이후의 일본의 근대화에 대한 급진적인 비판에 바탕을 두고 '일본적인 것'을 주장한다는 명확한 방향성을 갖고 있었던 점에서 큰 특징을 갖고 있으나, 그렇기 때문에 또한 정치적 반동이라는 오해를 받기 쉬웠다. 이런 잡지의 성격으로 인해 야스다, 가메이의 글을 비롯한 탁월한 평론들이 많았으며, 다자이 오사무의 「익살꾼의 꽃」과 아쿠타가와 상 후보로 올랐던 단 가즈오, 오가타 다카시의 작품도 있었다.

이에 대해 『인민문고』는 정치적으로는 프롤레타리아 문학의 계보를 계승하면서 파시즘에 저항하는 야당 정신을 관철했으며, 문학적으로는 서민적 리얼리즘과 산문 정신을 주장해서 『일본 낭만파』와 첨예하게 대립했다. 관민 합동 문학 단체로 1934년에 발족했던 문예간화회에 대해서는 앞에서 언급한 바 있는데, 그 기관지 『문예간화회』는 1936년 1월에 발간되었으며, 다음달에는 2·26 사건이 일어났다. 『인민문고』는 이런 일련의 파시즘 압력에 대한 반발에서 다케다 린타로가 냈던 소설 중심 잡지로서 2·26 사건은 창간호가 나온 후 10일 정도 뒤에 일어났다. 다카미 준에 따르면 다케다 린타로가 『인민문고』를 창간하려고 했던 것은 파시즘적 풍조에 대한 반발 심리 외에도 하야시 후사오와의 반목, 혼조 무쓰오, 히라바야시 효고 등 젊은 작가를 응원하려는 마음이 있었기 때문이며, 『문학계』의 헤게모니를 하야시 후사오에게 빼앗긴 점도 간과할 수 없을 것이라고 한다. 어쨌든 다케다 린타로가 명실상부한 중심이 되었고, 1933년 9월 창간했던 구좌익 계열의 잡지 『일

다미야 도라히코

력』의 다카미 준, 아라키 다카시, 시부카와 교, 닛타 준(新田潤, 1904~
1978), 오타니 후지코, 이시미쓰 시게루(石光葆, 1907~), 다미야 도라히코
(田宮虎彦, 1911~1988), 나가 고헤이(那珂孝平, 1904~), 야다 쓰세코, 엔치
후미코 등과 『현실』의 혼조 무쓰오, 히라바야시 효고, 호소노 고지로, 우
에노 다케오(上野壯夫, 1905~1979), 이노우에 도모이치로(井上友一郎,
1909~) 등이 주요 집필 멤버로 참가했고, 도쿠다 슈세이, 히로쓰 가즈오,
우노 고지, 아키타 우자쿠(秋田雨雀, 1883~1962) 등에게도 응원을 요청했
다. 편집은 혼조 무쓰오가 맡았다. 창간호에는 『일력』에 중반까지 연재했던
다카미 준의 장편 「옛 벗을 어찌 잊으리」(제1회 아쿠타가와 상 후보작) 속편
과 다케다 린타로의 「이하라 사이카쿠」, 야다 쓰세코의 「가구라사카」(제3회
아쿠타가와 상 후보작), 히라바야시 효고의 「호텔의 교겐(ホテルの狂言)」 등
을 실었다. 이후 이 잡지는 이노우에 도모이치로의 「파도 위(波の上)」, 엔치
후미코의 「산문연애」, 혼조 무쓰오의 「여자남자(女の子男の子)」, 쓰보타 조
지의 「도깨비의 세계(お化けの世界)」, 도쿠나가 스나오의 「8년제」 등의 단편
과 다무라 다이지로(田村泰次郎, 1911~1983)의 「대학」, 야다 쓰세코의 「아
내 이야기(妻の話)」, 시부카와 교의 「다루키리코(樽切湖)」, 홋타 쇼이치(堀
田昇一, 1903~)의 「자유의 언덕 파르테논(自由ケ丘パルテノン)」, 마미야 모
스케의 「원광」(제6회 아쿠타가와 상 후보작) 등의 장편, 도쿠다 슈세이, 히로
쓰 가즈오, 다케다 린타로, 다카미 준 등의 좌담회 「산문 정신을 묻는다」,
히라노 겐이 비평가로 출세하게 된 「다카미 준론」 등 다채로운 수확을 거두
었다.

이 밖의 대학 계통의 동인지로는 『미타문학』과 『와세다 문학』을 빠뜨릴
수 없다. 1926년에 복간한 제3차 『미타문학』은 이시자카 요지로, 마루오카
아키라, 기타하라 다케오, 미나미카와 준(南川潤, 1913~1955), 평론에서는
야자키 단 등의 신인을 배출했다. 특히 1933년부터 1937년에 걸쳐 단속적으

마루오카 아키라

로 연재했던 이시자카 요지로의 장편 『젊은이』는 연재할 때부터 청순한 청춘소설로 화제가 되었고, 1937년에 개조사에서 출판되어 베스트 셀러가 되었다. 제2회 아쿠타가와 상 후보로 올랐던 마루오카 아키라의 「살아 있는 것의 기록」도 같은 잡지에 연재됐던 작품이다.

1934년 6월에 다니자키 세이지(谷崎精二, 1890~1971)를 중심으로 복간해서 전후까지 냈던 제3차 『와세다 문학』에서는 다바타 슈이치로, 야기 요시노리, 미야우치 간야, 노무라 쇼고(野村尚吾, 1912~1975) 등 신인 작가와 아오야기 유타카(青柳憂, 1904~1944), 데라오카 미네오(寺岡峰夫, 1909~1943), 이치카와 다메오(市川爲雄, 1911~) 등의 신인 평론가가 나왔다.

새로운 작가의 등장

이 수많은 신인들 가운데 중요하다고 생각되는 작가는 이미 앞장에서 다루었지만 새로운 표현의 장을 열었던 다자이 오사무, 이시카와 준, 다카미 준, 마루오카 아키라를 비롯하여 1935년을 전후해서 장편 작가로 화려하게 데뷔했던 이시카와 다쓰조와 이시자카 요지로, 꽤 오래 전부터 창작 활동을 계속하다가 이 시기에 비로소 문단의 지반을 굳힌 오자키 가즈오, 니와 후미오, 쓰보타 조지, 사카구치 안고, 다무라 다이지로, 기타하라 다케오, 나카야마 기슈, 오다 다케오, 전향 작가 시마키 겐사쿠, 혼조 무쓰오, 히라바야시 효고, 마미야 모스케, 『문학계』 출신으로 얼마 안 되어 죽은 호조 다미오, 오카모토 가노코(岡本かの子, 1889~1939), 나카지마 아쓰시 이 밖에 아쿠타가와 상 수상 작가와 후보 작가였던 쓰루타 도모야, 다카기 다쿠, 야기 요시노리 등이 있다. 히노 아시헤이를 비롯해서 전쟁물을 썼던 작가들에 대해서는 다음 장에서 살펴보기로 한다.

다자이 오사무

　다자이 오사무의 최초의 창작집 『만년(晩年)』은 1936년 6월, 27살 때 사자옥서방(砂子屋書房)에서 출판되었다. 여기에 수록된 「익살꾼의 꽃」을 포함한 15편의 단편은 이후 12년 동안 그가 썼던 다양한 작품에 나타나는 다채로운 재능과 야심을 남김없이 보여주고 있어 '만년'이라는 제목에 담고 있는 자신감의 정도를 엿볼 수 있다. 이 창작집은 「추억(思ひ出)」 등 자전적인 작품, 「어복기(魚服記)」 등 전통적 수법으로 쓴 작품, 「잎(葉)」 「익살꾼의 꽃」 「원면관자(猿面冠者)」 등 실험적 작품의 세 계통으로 나누어진다. 이 한 권 때문에 10년이 날아갔다는 작가의 말에는 약간 과장이 섞여 있다고는 하겠지만, 그 바탕이 된 원고의 대부분은 2, 3년 동안에 씌어진 것들이다. 흥미로운 사실은 구작 단편들을 조합하거나 다시 읽으면서 손을 보는 과정에서 「잎」을 비롯한 제3계통의 새로운 방법을 만들었고 그래서 오늘날과 같은 작품이 태어났다는 점이다. 이는 다자이의 작가적 기질이 스스로 독창적인 이야기를 만든다기보다 오히려 자기 작품이나 체험, 타인의 그것 등 무엇인가 바탕이 되는 것들을 갖고 이를 바꾸어 짓고 바꾸어 말할 때 가장 잘 발휘되는 유형이었음을 보여주고 있다. 그가 엄밀한 의미에서는 사소설이라고 할 수 없는 자전적 소설을 조금씩 손질한다거나 자신이나 남이 쓴 작품, 고전, 옛날이야기의 패러디를 장기로 삼았던 것은 이런 점 때문이었다고 생각된다. 그리고 그는 이런 방법을 통해서 아무리 독창적으로 보이는 소설도 결국은 다양한 텍스트의 인용이나 바꿔쓰기에 지나지 않을 뿐 아니라 자신이 쓰고 있는 작품도 마찬가지로 또 하나의 텍스트, 즉 말로 쓴 것 이상도 이하도 아니라는 사실을 분명히했다. 무엇보다도 여기에 다자이 오사무 문학의 탁월한 현대적 성격이 있다. 그는 「만년」을 쓴 다음, 한때 약물 중독과 자살 소동을 일으키며 흐트러진 생활을 했지만, 결혼하면서 재기했고, 전쟁중에는 오히려 안정된 생활을 하면서 『쓰가루(津輕)』(1944), 『오토키소시(お伽草紙)』(1945) 등 명작을 잇달아 발표해서 쇼와 10년대를 대표하는 작가가 되었다.

이시카와 준

　이시카와 준도 다자이 오사무와 마찬가지로 이른바 사소설에 움직임을 부여함으로써 사소설을 뛰어넘는 새로운 표현의 지평을 열었던 작가이며, 그 방법은 다자이 오사무 이상으로 과격한 현대성을 갖고 있었다. 「가인」이 일본 소설사에서 「익살꾼의 꽃」과 거의 같은 의의를 갖고 있다고는 하지만 이시카와 준과 다자이 오사무의 격차는 컸다. 「가인」은 1935년 5월, 이시카와 준이 36살 되던 해의 작품이다. 그러나 이전에는 프랑스 문학을 번역하거나 평론이나 습작을 썼을 뿐이므로 「가인」은 그의 실질적인 처녀작이라고 할 수 있다. 연령의 차이뿐만이 아니라 다자이 오사무가 쓰가루 출신이었음에 반해 이시카와 준은 순수한 도쿄 토박이 출신으로 프랑스 문학이나 게사쿠(戱作), 하이카이(俳諧), 한시문 등에 빼어났다. 다자이가 자신을 상품으로 바깥에 내놓았다면, 이시카와 준은 철저하게 자기를 숨기고 오로지 말로 '정신의 운동'을 통해 자기를 표현하려고 했다. 다자이는 자신과 현실과 말의 차이에 괴로워했지만, 이시카와 준은 처음부터 말 이외는 믿지 않았다. '나'의 자기 동일성이 아니라, '나'라는 말의 자기 동일성에 살아 있는 듯한 에너지를 부여하면서 리얼리즘의 벽을 쉽게 뛰어넘었다. 현실과 환상의 구별은 제거되었고 현실과 표현은 동일한 평면 위에서 표현되었다. 실제 창인지 그린 것인지 알 수 없는 마그리트 R. Magritte의 그림이 있다. 이와 비슷한 양상을 좀더 철저하게 말의 세계로 밀고 갔던 사람이 이시카와 준이다. 1936년에 아쿠타가와 상을 수상한 중편 「보현」도 「가인」과 거의 같은 방법으로 요설체로 씌어진 작품이다. 1939년에는 장편 「백묘(白猫)」를 썼으며, 1941년의 『모리 오가이(森鷗外)』, 1942년의 『문학대개(文學大槪)』 등 평론에서도 독자적이고 획기적인 문학관을 개진했다. 전쟁에 대한 문인적 저항, 도회(韜晦)의 자세도 훌륭했던 그는, 1938년에 단편 「마르스의 노래(マルスの歌)」가 반전적이라는 이유로 발매 금지를 당한 후 '에도 유학'이라고 자칭하면서 에도 문학에 몰두하고 이를 전후의 작품 양식으로 삼았다.

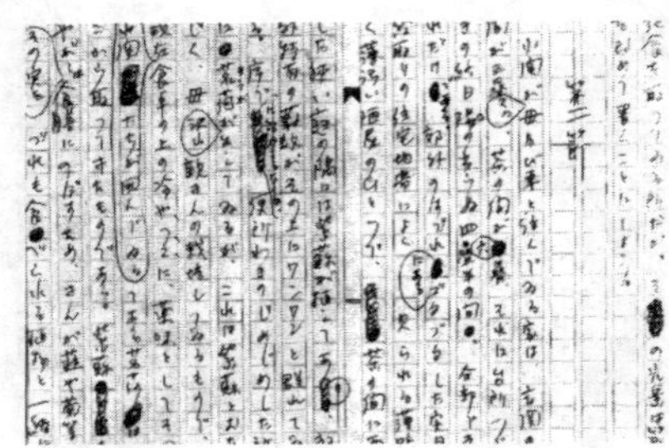

다카미 준의
「옛 벗을 어찌 잊으리」 원고

　　다자이 오사무와 이시카와 준도 과거 마르크스주의 운동의 직접적 · 간접
적인 영향을 받았던 흔적을 볼 수 있으나, 다카미 준의 경우는 전향의 한복
판에서 ‘좌익 퇴물’의 새로운 문체를 창출하였다. 다이쇼 말기부터 쇼와 초
기에 일고와 도쿄 대학을 다닌 다카미 준은 시라카바파에서 전위 예술 운동
을 거쳐 좌익으로 ‘전환’했고, 대학을 졸업한 후에도 비합법적인 조합 활동
을 계속했으며, 1932년 연말에 검거 · 수감되었다가 아내의 불륜을 겪었으
며, 1933년 9월 전향의 꺼림칙함을 못난 남편의 탄식에 겹쳐 쓴 요설체의 단
편 「감상(感傷)」을 『일력』창간호에 발표했다. 『일력』에 1935년 2월호부터 7
월호까지 자신의 전향과 세속화를 고등학교 시절의 옛 벗들 소식을 뒤섞으
면서 자조적으로 쓴 「옛 벗을 어찌 잊으리」를 연재했고, 이는 제1회 아쿠타
가와 상 후보작이 되었다. 이 작품이 「익살꾼의 꽃」 「가인」과 똑같은 시기에
발표되고 있는 점에 주목을 요한다. 「옛 벗을 어찌 잊으리」 속편을 다음해
『인민문고』에 연재하고 일단 완결하는 한편, 1935년부터 1936년에 걸쳐 「기
승전전(起承轉轉)」 「사생아」 「아 싫다(嗚呼いやなことだ)」 「허실(虛實)」 등
단편과 「묘사의 뒤에 누워 있어서는 안 된다」 등의 평론을 잇달아 발표했다.
그가 이 작품으로 다자이 오사무나 이시카와 준 이상으로 주목을 받았던 이
유는 스스로 ‘좌익 퇴물’이라고 자조하고 아내를 빼앗긴 체험과 사생아로
자랐던 성장 과정까지 포함하면서 자기의 치부를 대담하게 털어놓은 점과
동시에 사람들이 사소설 작가에 대해 친근한 감정을 느꼈기 때문일 것이다.
그러나 그만큼 방법 의식이 약하고 철저하지 못했던 점도 부정할 수 없다.
“묘사의 뒤에 누워 있어서는 안 된다”고 하여 ‘작가’가 작품에 얼굴을 내미
는 것이 이 시기의 소설에서 공통적으로 나타나는 주목할 만한 표현적 현상
이라고 해도, 그의 작품에서 등장하는 ‘필자’는 너무 지나치게 작가의 그림
자를 끌고 다니고 있었으며, 사소설적 묘사 위에 너무 오랫동안 누워 있었
다. 아사쿠사를 무대로 한 장편 『어느 별 밑에서(如何なる星の下に)』(1940)

도노무라 시게루

등의 인기도 높아 한때 '다카미 준의 시대'라고 불렸던 시대도 있었다. 그러나 그의 작품에서 점차 사소설과 풍속소설이 합쳐하는 경향이 강화되었던 근본 이유는 방법 의식이 철저하지 못했기 때문이라고 생각된다. 전후의 작업으로는 「우리 가슴 밑바닥 여기에는(わが胸の底のここには)」(1946~1947)을 비롯한 자전적 대장편이 있으나 미완성으로 끝났고, 『생명의 나무(生命の樹)』(1958), 『싫은 느낌(いやな感じ)』(1963) 같은 장편 수작이 있으며, 『쇼와 문학 성쇠사』(1958)나 『다카미 준 일기』(1964~1977) 등의 귀중한 기록도 남기고 있다.

앞에서 말했듯이 1935년 상반기 제1회 아쿠타가와 상은 이시카와 다쓰조의 「창맹」, 도노무라 시게루의 「풀뗏목」, 다카미 준의 「옛 벗을 어찌 잊으리」, 기누마키 쇼조의 「부추김을 당한 남자」, 다자이 오사무의 「역행」의 다섯 작품이 후보로 올랐으며 수상작은 아시카와 다쓰조의 「창맹」이었다. 제1회 아쿠타가와 상에서는 낙선한 다자이 오사무가 항의한 일을 비롯해서 많은 에피소드가 전해지고 있으나, 주의할 점은 다섯 후보 작품 가운데 다자이의 「역행」 제외한 네 편이 장편이며, 그럼에도 장편의 일부에 지나지 않았던 이시카와 다쓰조, 도노무라 시게루, 다카미 준의 작품이 심사의 대상이 되었다는 사실이다. 다자이 오사무는 「역행」 이외에 「익살꾼의 꽃」이 일부 심사위원들에게 추천을 받았지만, 장편과 승부하기에는 처음부터 역부족이었다. 도노무라 시게루는 가지이 모토지로, 나카타니 다카오와 함께 『청공』에서 출발해서 전후에 사소설 작가로 대성한 작가이다. 에슈(江州) 상인이었던 도노무라 가문의 역사를 쓴 「풀뗏목」은 완결 후 다시 전편과 후편을 더한 3부작으로 완성되었으며, 도노무라의 출세작인 동시에 대표작이 되었다. 간사이 학원에서 이나가키 다루호와 동급생이었던 기누마키 쇼조는 사토 하루오에게 사사했던 유니크한 모더니즘 시인·작가이며, 「부추김을 당한 남자」 또한 현실과 그 표현의 관계를 골똘하게 묘사했던 연애소설이다.

이시카와 다쓰조의
『창맹』(1935. 10)

　　수상작이었던 이시카와 다쓰조의 「창맹」은 도호쿠의 가난한 농촌에서 고베(神戶)의 수용소로 모여 브라질로 이민을 떠나는 사람들의 모습을 묘사한 장편이다. 심사의 대상이 되었던 작품은 1935년에 『성좌』에 발표했던 제1부뿐이지만 이후 제2부와 제3부를 계속 써서 1939년에 완성했다. 후보작 중에서는 도노무라 시게루의 「풀뗏목」과 함께 전통적인 리얼리즘 작품으로 통속적인 맛도 느낄 수 있지만, 그렇기 때문에 참신한 방법으로 쓴 다른 작품보다 무난한 인상을 주었다. 가장 적극적으로 추천했던 사람이 구메 마사오였다는 점도 관련지어 생각할 수 있다. "요즘 신진 작가들의 제재가 결국 자기 자신의 생활에서 얻은 천편일률적인 것임에 반해 일군의 무지한 이주민을 묘사했고 더구나 여기에 시대의 영향을 보여주고 있으며 수법도 견실하며 상당한 역작"(기쿠치 간, 「이야기 휴지통〔話の屑籠〕」)이라는 견해가 대세를 결정지었던 것이다. 프롤레타리아 문학 퇴조 후 사소설을 극복하기 위한 사회성의 요구가 이런 방향으로 이루어지고 있다고 생각했던 측면에 결국 소재만 중시하는 전쟁 문학과 국책소설이 범람하게 되는 필연성이 있다. 이시카와 다쓰조는 아쿠타가와 상을 수상한 다음 일종의 르포르타주 작가로 인기를 누렸고 1937년에는 댐 밑으로 침몰한다고 하여 화제가 되었던 도쿄의 오가와우치무라(小河內村)를 제재로 한 장편 「음지의 마을(日陰の村)」을 『신조』에 전재했으며, 다음해인 1938년에는 중지 전선(中支戰線)에 파견되었다가 「살아 있는 병사(生きている兵隊)」를 발표해서 신문지법 위반으로 문책을 받았다. 같은 해에 발표한 「결혼의 생태」와 『바람에 흔들리는 갈대(風にそよぐ葦)』(1950~1951)를 비롯한 전후의 장편에서 볼 수 있는 사회파적·인생파적 경향은 그의 초기 작품에서 이미 나타나고 있다.

　　이시자카 요지로는 1935년대 전반에 「젊은이」를 비롯한 장편으로 많은 독자를 확보해서 이시카와 다쓰조와 함께 유명 작가가 되었으며 전후 다시 인기를 얻었던 작가이다. 그는 이시카와 다쓰조보다 다섯 살 위이며 이시카와

이시자카 요지로의
『젊은이』

준보다 한 살 아래인데 1937년 『젊은이』와 그 속편을 책으로 냈을 때 37살이었다. 아오모리(青森) 현 히로사키(弘前)에서 태어난 그는 게이오 대학을 졸업하고 히로사키와 아키타에서 교편을 잡으면서 창작에 힘썼고 쇼와 초기부터 『미타문학』이나 다른 잡지에 발표했던 단편으로 인정을 받았다. 1933년 초기를 대표하는 단편 「금붕어(金魚)」를 썼고, 장편 「젊은이」를 연재하기 시작했다. 1936년에 『문예』에 전재한 장편 「보리는 죽지 않는다(麥死なず)」는 도호쿠 지방에 있는 중학교 교사의 아내가 남편과 아이를 버리고 프롤레타리아 작가를 따라 가출하자 뒤에 남은 남편이 자신도 마르크스주의 운동의 정당함을 믿고 있는 만큼 어찌할 바를 모른다는 이야기를 심각하면서도 골계미가 감돌게 써서 히라노 겐 등 구프롤레타리아 계열의 평론가들에게도 주목을 받았다. 전향을 부부나 남녀간의 위기와 겹쳐 쓰는 것은 이 시대 전향소설의 한 패턴이 되었다. 이 작가의 최대 강점은 무엇보다 여유 있는 이야기의 절묘함에 있는데, 이는 가사이 젠조나 다자이 오사무처럼 쓰가루 출신이라는 점과 연결되고 있지만 그러나 그들과 달리 산문 이야기 작가로서 풍부한 재능을 겸비하고 있었기 때문에 작품이 통속적으로 흐르고 말았다. 그러나 이후에 「어디로(何處へ)」(1941), 「이시나카 선생 행장기(石中先生行狀記)」(1949~1954) 등 기억할 만한 명작을 남겼다.

이시자카 요지로, 마루오카 아키라 등 미타 출신 작가들에 비해 오자키 가즈오, 니와 후미오, 쓰보타 조지, 나카야마 기슈 등은 모두 와세다 대학을 나와 상당한 작가 수업을 쌓았던 사람들이다. 이시카와 준과 동갑내기인 오자키 가즈오는 대학 시절에 썼던 「2월의 꿀벌」을 「이른봄의 꿀벌」로 1926년 『신조』 신인호에 게재한 다음 고절(苦節)의 10여 년을 보내고, 「무사태평 안경」으로 아쿠타가와 상을 수상하면서 문단의 지위를 굳혔다. 이깨 이미 38살이었다. 그는 시가 나오야 직계로 쇼와를 대표하는 사소설 작가였지만, 시가 나오야와 달리 가난과 병으로 고생하는 자신과 가족의 모습을 '무사태평

쓰보타 조지

안경'으로 바라보는 듯한 활달함과 능청스러운 유머를 갖고 있었다. 그러나 그는 이런 자신을 살아 있는 존재로서 주위의 자연 속에 풀어놓고 큰 깨달음의 경지에 도달하기 위해서 다시 전중·전후에 큰 병을 치르지 않으면 안 되었다.

와세다 고등학원 시절에 선배 오자키 가즈오를 알게 되었을 때부터 작가를 지망했던 니와 후미오는 네 살 때 가출했던 어머니의 이야기를 처녀작 「가을」(1926)로 썼으며, 1932년의 「은어(鮎)」「췌육(贅肉)」 등에서 어머니와 자신의 관계를 보다 성숙하고 비정한 눈으로 바라보면서 호평을 받는 한편, 동거하던 술집 마담을 모델로 쓴 일련의 작품에서도 남녀의 애욕을 냉정한 필치로 묘사하여 작가로서의 지위를 확립했다. 1942년에는 해군 보도반원으로 남방에 종군했던 체험을 바탕으로 『해전』을 발표하였다.

쓰보타 조지는 오자키 가즈오보다 9살 연상으로 가업에 종사하는 한편 다이쇼 말기부터 소설과 동화로 인정을 받았으며, 1935년을 전후해서 창작에 전념하여 「도깨비의 세계」(1935)와 장편 『아이들의 사계(子供の四季)』(1938)를 발표하면서 아이들의 세계와 어른의 세계가 만나는 독자적인 문학 세계를 구축했다. 아이들의 세계라면 와세다 대학 출신은 아니지만 이색적인 작가 도와다 미사오가 『판임관의 아들(判任官の子)』(1937)에서 보여준 표일미(飄逸味)도 귀중하다. 나카야마 기슈는 와세다에서 요코미쓰 리이치와 동급생으로 사귀면서 소설을 쓰기 시작했다. 대학을 나와 중학교 교사 생활을 하면서 계속 작가 수업을 했던 그는 1938년에 기괴하고 을씨년스런 인생의 모습을 국화를 가꾸는 두 노인의 대결로 상징한 「국화 피우기」로 아쿠타가와 상을 수상한 다음, 단편 「비(碑)」(1939), 장편 『아름다운 미끼(美し촌囮)』(1940) 등을 썼다. 1944년 「유광복」으로 아쿠타가와 상을 수상한 야기 요시노리도 와세다 대학 출신이며 1975년 이후 환갑을 넘기면서 큰 꽃을 피우게 된다.

사카구치 안고

　사카구치 안고, 다무라 다이지로, 기타하라 다케오 세 사람은 이노우에 도모이치로, 히시야마 슈조(菱山修三, 1909~1967), 마스기 시즈에, 야다 쓰세코 등과 함께 1933년부터 1934년에 걸쳐 나온 『벚꽃(櫻)』의 동인이다. 사카구치 안고는 이 시기에 야다 쓰세코에게 실연을 당하고 교토로 건너가 장편 『취설물어(吹雪物語)』(1938)를 썼다. 그러나 자신의 재능에 절망하여 방랑과 윤락의 생활을 보낸 그는 「자대납언(紫大納言)」(1940)과 설화체의 가작을 남겼다. 전시하의 일본주의와 고전주의에 대해 통렬하게 비판했던 『일본 문화 사관(日本文化私觀)』(1943)은 패전 직후에 소설과 평론으로 나타났던 그의 근원적인 사상을 말해주고 있는 중요한 평론집이다. 사카구치 안고와 마찬가지로 무뢰파 작가의 한 사람으로 전후 저널리즘에서 활약했던 다무라 다이지로의 바탕은 1935년 전후의 『벚꽃』과 『인민문고』를 무대로 쌓은 소설 수업과 1935년 이후 중국에 출정해서 "자고 먹고 싸우는 것밖에 모르는 생활"을 보냈던 6년 간의 전쟁 체험으로 이루어졌다. 제8회 아쿠타가와 상 후보였던 기타하라 다케오의 「아내」(1938)는 한 해 전에 결핵으로 죽은 동거녀와의 생활을 썼던 심리소설이며, 이후 우노 지요와 결혼한 그는 장편 『벚꽃 호텔(櫻ホテル)』(1941)을 썼다. 평론집 『문학과 윤리』(1940)에 수록한 「스타일론」 및 다른 평론에서 그의 예술지상주의적인 일류 댄디즘 *dandyism* 을 엿볼 수 있다.

　『인민문고』파 작가 혼조 무쓰오는 전향 전까지는 주로 교육론이나 농민문학론을 썼는데 전향 후 교사 체험을 살린 「흰 벽(白い壁)」(1934)과 「여자 남자」(1936) 등의 단편으로 문단의 인정을 받았다. 그는 1938년에 『인민문고』가 폐간되자 오이 히로스케(大井廣介, 1912~1976), 홋타 쇼이치 등과 잡지 『괴목(槐)』을 내고, 여기에 메이지 초기의 홋카이도 개척을 다룬 장편 역사소설 「이시카리카와(石狩川)」를 연재했으며 1939년에 출판되었다. 히라바야시 효고는 1935년 『문예』 현상소설에 입선한 전향소설 「닭을 치는 코뮤니

오카모토 가노코

스트(鷄飼ひのコムミュニスト)」로 데뷔하고 실업자의 생활을 쓴 「달이 있는 정원(月のある庭園)」(1938)으로 평가받았으나 혼조 무쓰오와 마찬가지로 1939년에 병사했다. 마미야 모스케는 노동이나 생산 현장을 쓰는 것이 장기였던 전향 작가로 광산을 무대로 한 『원광』(1938)이 대표작이다.

『문학계』 출신 작가의 작품으로는 오카모토 가노코가 1936년 이후 1939년에 죽을 때까지 겨우 3년 동안 한꺼번에 흘러넘치듯이 썼던 소설 몇 편을 빠뜨릴 수 없다. 가노코의 처녀 소설은 외국 여행에서 돌아와 47살 때 아쿠타가와 류노스케를 모델로 쓴 「학은 병들고(鶴は病みき)」(1936)이다. 그 후 파리에 남은 아들 다로(太郎)에 대한 생각을 담은 「모자서정(母子敍情)」(1937)과 노기(老妓)의 늙고 화려한 생명력을 쓴 「노기초(老妓抄)」(1938)를 비롯해서 「초밥(鮨)」 「가령(家靈)」 「동기(童妓)」 등 단편과 『생생유전(生生流轉)』(1939), 『여체개현(女體開顯)』(1940) 등 장편을 폭발적으로 발표해서 많은 사람들을 놀라게 했다. 가노코의 작품은 여성의 자기 도취적인 생명력과 불교 사상과 문학 예술에 대한 동경이 혼연일치되고 있는, 비유할 수 없는 호화찬란한 세계를 형성하고 있다.

마찬가지로 『문학계』 출신인 나카지마 아쓰시도 탐미적 경향을 갖고 있었다. 그러나 그는 전쟁의 한복판에서 이러한 경향성을 한학적 소양과 지적이며 실존적인 자기 분석의 밑바닥에 가라앉히고 완성도가 높고 선이 굵은 역사소설과 전기소설을 썼다. 스티븐슨R. L. Stevenson이 남도에서 보낸 만년을 그린 아쿠타가와 상 후보작 「빛과 바람과 꿈」(1944)과 「이능(李陵)」(1943)이 그의 대표작이다.

이 밖에 아쿠타가와 상 수상자였던 쓰루타 도모야, 오다 다케오, 아쿠타가와 상을 사퇴한 다카기 다쿠는 각각 아이누와 중국에서 취재한 소설로 주목을 받았다. 하야마 요시키 밑에서 노동 운동에 종사했던 체험을 가진 쓰루타의 「고샤마인기」(1935)는 아이누의 구비 전승인 유카라(ユーカラ)에서 취

나카지마 아쓰시의
『빛과 바람과 꿈』

재한 제재를 성서의 영향을 받은 서사시적 문체로 묘사한 작품이며, 오다 다케오의 「성밖」(1936)은 중국 항주 영사관에서 근무했던 체험을 살린 서정적인 작품이다. 창작집 『노래와 문의 방패』(1940)와 『북방의 성좌』(1941)에 수록된 다카기 다쿠의 작품은 전시에 발표된 수많은 역사소설 가운데 특이한 위치를 차지하고 있다. 중일 문화 교섭사를 다룬 작품이 많고, 인간보다 시간과 공간을 주역으로 삼아 묘사한 방법으로 볼 때 전후에 나온 이노우에 야스시(井上靖, 1907~1991)의 역사소설의 선구가 되었던 느낌이 있다.

제4장

전쟁 시대의 문학자들

전향 완성으로의 길

1937년 7월 7일 심야에 북경에서 남서쪽으로 약 6킬로 떨어진 노구교(蘆
溝橋)에 주둔중이던 일본군 훈련장에서 적군과 아군을 구분할 수 없는 수발
의 총성이 울렸고, 병사 한 명이 행방불명되었다. 병사는 20분 후에 무사히
발견되었으나 연대 본부에 늦게 보고했기 때문에 곧 노구교 호반에서 중국
군에 대한 공격이 시작되었다. 이것이 이른바 노구교 사건이다. 이렇게 발단
이 된 침략 전쟁은 나흘 후 '만주사변' 이후의 관례에 따라 '북지사변'으로
부르게 되었다. 전쟁의 불길은 상해에 미쳤고 중일 양쪽 군인이 전면적 전투
태세에 들어간 8월 15일, "중국군의 폭거를 응징함으로써 남경 정부의 반성
을 촉구한다"고 실질상 개전을 선언했으며, 9월 2일 이 전쟁은 다시 '지나사
변' 으로 부르게 되었다. 4년 후인 1941년 12월 8일에 대 영미 전쟁에 돌입하
자 정부는 일련의 전쟁을 "지나사변을 포함하여 대동아 전쟁으로 부른다"고
발표했다.

'사변' 이 발발한 직후부터 신문은 매일 전쟁 열기를 선동하는 기사로 메워

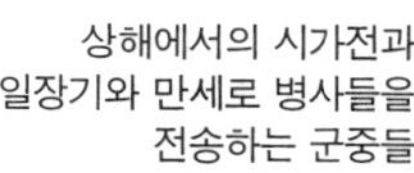

상해에서의 시가전과
일장기와 만세로 병사들을
전송하는 군중들

졌다. 고노에 후미마로(近衛文麿, 1891~1945) 내각은 각계 대표를 모아 국론을 통일하고 거국일치 태세로 전쟁에 임할 것을 요청하는 동시에 국민들의 전쟁 지지를 선동하기 위해 국민 정신 총동원 운동에 나섰다. 만주·조선·일본에서 잇달아 병력이 파견되었고 일장기와 만세로 전송을 받으면서 출정하는 병사의 모습을 전국 각지에서 볼 수 있게 되었다. 제2회 아쿠타가와 상 후보 작가로 7월에 첫 창작집 『꽃바구니(花筐)』를 냈던 단 가즈오는 이 직후에 소집을 받아 출판 기념회는 갑자기 장도 축하연으로 바뀌었다.

일본군이 화북에 진공하자 중국측은 항전의 태세를 보였고 국공 합작을 추진했다. 화북 전선의 확대, 상해 격전에 이어 10월말 일본군은 항주만에 상륙하여 상해전의 배후를 공격하고 남경으로 진격을 개시했다. 11월 미야나카(宮中)에 대본영(大本營)을 설치했고, 12월에는 국민 정부의 수도인 남경을 함락했다. 남경을 점령했을 때 일본군은 엄청난 숫자에 이르는 중국인 비전투원과 포로를 학살했으나 그 사실을 국민들에게 알리지 않았으며, '사변' 후 최초의 대승이라고 하여 전국적으로 제타 행렬을 비롯한 여러 행사들을 대대적으로 거행했다.

이미 말했던 것처럼 사상의 탄압과 교화는 만주사변 이후 조직적으로 진행되었는데, '지나사변'이 시작되기 2개월 전인 1937년 5월 문부성은 "국체를 명징하고 국민 정신을 함양 진작할 현재의 급선무"를 부과하기 위해 『국체의 본의(國體の本義)』라는 150여 페이지가 넘는 책자를 편찬해서 전국의 학교와 교화 단체에 배포했다. "대일본 제국은 만세일계(万世一系)의 천황 황조(皇祖)의 신칙(神勅)을 받들어 영원히 이를 통치한다. 이것이 우리의 만고불이(萬古不易)의 국체"라고 씌어져 있는 이 국민 교과서는 『고사기(古事記)』와 『일본서기(日本書紀)』에 바탕을 두고 '조국(肇國)'의 유래를 설명하면서 '국체'가 일본의 역사에서 현현하는 모습을 분명히 밝혀 국민의 자각을 촉구하였다. 그 이데올로기적 성격은 무엇보다 근대 구미 사상의 근간을

「보쿠토키탄」 삽화

이루는 개인주의와 자유주의의 배격에 있으며, 구미에서도 개인주의가 난관에 봉착해서 공산주의와 전체주의가 일어나고 사상적·사회적 혼란이 일어나고 있는 현재, 우리 일본의 독자적인 입장으로 돌아와 만고불이의 국체를 천명하고 일체의 추수(追隨)를 배격하며 신일본을 건설할 것을 주장하였다. 이후 1941년 7월에는 황국주의를 재차 철저하게 담은 『신민의 길(臣民の道)』을 배포했는데 『국체의 본의』는 그 전단계로 국가에 의한 사상 통제 대상을 좌익 사상에서 개인주의·자유주의로 확대했다는 의미를 갖는다.

이후 중일 전쟁이 진전됨에 따라 국가의 사상 통제는 종전의 마르크스주의의 틀을 넘어 사상·예술·학문상 일체의 자유주의적·개인주의적 경향에 대한 명백한 탄압으로 나타났고, 또 이를 추종하는 지식인과 문학자들이 잇달아 나타나게 되었다. 1937년 6월에 창설한 제국 예술원에 대해서는 문단에서도 아직 반대하는 소리가 높아 도손, 하쿠초, 가후 등은 사퇴했으나, 다음달 7월에는 최초의 국책 문학 단체였던 문예간화회의 창설자인 마쓰모토 가쿠를 중심으로 하야시 후사오, 나카가와 요이치, 사토 하루오 등이 신일본문화회(新日本文化の會)를 결성하고 다음해 1월에 잡지 『신일본』을 창간하였다. 시마키 겐사쿠의 『재건』이 발매 금지되었던 것도 1937년 6월의 일이다. 4월부터 6월에 걸쳐 신문에 연재됐던 가후의 「보쿠토키탄」은 폐쇄된 시대 상황에 한 줄기 맑은 바람을 불어넣었다고는 하지만 그것은 전쟁이 끝나고 난 다음의 정리 방식이며, 그 당시의 많은 사람들이 반드시 그런 실감을 느꼈던 것은 아니다. 「보쿠토키탄」은 마사무네 하쿠초, 사토 하루오, 가와카미 데쓰타로 등 비교적 소수의 사람들만이 극찬했으며, 구프롤레타리아 계열의 비평가나 시국 순응적인 비평가들은 대부분 시대에서 동떨어진 개인주의적인 한 노작가의 치매적인 기록에 지나지 않는 작품으로 치부했다. 「유령의 거리」(『문예』 8월호)에서 고바야시 다키지를 희화적으로 묘사하는 동시에 제국예술원을 통렬하게 풍자하는 일을 잊지 않았던 이토 세이는

야나이하라 다다오

「보쿠토키탄」을 그렇게 취급하는 태도를 참을 수가 없어 「문예 비평의 위기」(『신조』 9월호)와 다른 글에서 최근의 문예 비평은 좌우 어느 한 진영의 입장에서 나온 정치 비평에 지나지 않으며 문예 본래의 기능을 생각하는 예술 비평이 아니라고 격렬하게 비판했다. 그러나 이토 세이도 반년 후에는 이미 그런 예술 우선적인 자유주의적 태도를 관철할 수 없게 된다. 1939년부터 이토 세이는 그 당시를 회고하며 "사변이 시작된 지 반년 정도 지나면서 구좌익계 작가 · 비평가 들이 집필 금지나 검거 등을 당했을 때 문인들은 전체적으로 압박감에 쫓겨 위축되는 경향이 뚜렷해졌다"면서 "1937년 말엽부터 다음해 봄에 걸쳐 허무적인 시기가 아주 잠깐이지만 있었다"(「일본 문학의 현재」)라고 쓰고 있다. 이토 세이 자신을 포함해서 대부분의 문학자들이 시국에 순응 내지 편승하면서 그 '허무'를 메울 수밖에 없는 시대가 왔던 것이다.

그 경위를 연표식으로 좇아가보면 '사변' 발발 3개월 후인 1937년 9월, 내각정보위원회가 내각정보부로 바뀌면서 언론 통제와 사상 선전을 담당하는 일원적 기관이 되었다. 이것은 3년 후인 1940년말에 발족한 내각정보국의 전신이다. 남경이 함락된 12월에는 야나이하라 다다오(矢內原忠雄, 1893~1961) 도쿄 대학 교수가 사직을 강요당했고, 제1차 인민전선 사건이 일어났다. 비공산당계인 야마카와 히토시, 아라하타 간손, 가토 간주(加藤勘十, 1892~1978), 스즈키 모사부로(鈴木茂三郎, 1893~1970), 사키사카 이쓰로(向坂逸郎, 1897~1985), 오모리 기타로 등 일본 무산당(無産黨), 일본노동조합전국평의회, 노농파의 관계자 417명을 코민테른의 지령에 따라 인민전선 결성을 책동했다는 무리한 구실을 내세워 검거했다. 동시에 내무성 경보국은 미야모토 유리코, 도사카 준, 오카 구니오(岡邦雄, 1890~1971), 나카노 시게하루의 집필 금지를 출판사에게 시사했다. 다음해인 1938년 1월 여러 번 발매 금지를 당했던 『인민문고』가 부득이 폐간하게 되었으며, 오카다 요

이시카와 다쓰조의
「살아 있는 병사」 공판 조서(1938. 3)

시코(岡田嘉子, 1902~　)와 스기모토 료키치가 소련에 망명을 시도했다. 2월 오우치 효에(大內兵衛, 1888~1980), 아리사와 히로미(有澤廣巳, 1896~1988) 등 노농파 교수 그룹을 검거한 제2차 인민전선 사건이 일어났으며, 도사카 준 등 유물론연구회가 해산되었고 이시카와 다쓰조의 「살아 있는 병사」를 게재했던 『중앙공론』 3월호가 발매 금지를 당했다. 이시카와 다쓰조는 『중앙공론』 특파원으로 함락 직후의 남경을 가장 먼저 방문하여 전쟁의 실체를 국민들에게 알려야 한다는 일념에서 보고 들은 대로 중국 부녀자들에 대한 일본군의 잔혹한 행위까지 묘사했다. 결국 재판 결과 유죄 판결을 받았다. 원래 발매 금지되었던 것은 사실이 아닌 허구를 썼기 때문이라는 주장도 있다. 어쨌든 이 일련의 검거, 해산, 발매 금지, 집필 금지 등을 거쳐 다음 4월에는 드디어 국가총동원법을 공포하게 된다. 이상이 이토 세이가 말했던 '허무의 시기'에 잇달아 일어난 주요 사건이다.

　이처럼 마르크스주의뿐만 아니라 개인주의와 자유주의도 위험 사상으로 간주되었으며, 서구의 모든 사상을 버리고 국체의 본의로 되돌아오지 않으면 안 된다는 거국적인 사상 개조의 시대가 도래하였다. 그러나 여기서 주의하지 않으면 안 되는 것은 이것이 단지 위에서 강요했기 때문이라고 말하기만은 어렵다는 점이다. 하야시 후사오나 시마키 겐사쿠를 비롯한 마르크스주의에서 전향한 작가들과 마르크스주의와 일정한 한계를 가졌던 자유주의자 · 개인주의자 들까지 스스로 적극적으로 그런 사상 개조에 의한 전향의 완성을 목표로 삼게 된 것이다. 그리고 이 시기에 개인주의 · 자유주의에서 전향했던 사람은 단속을 당했던 쪽의 지식인과 문학자만이 아니라 단속하는 쪽의 엘리트 동료나 사법관 중에도 각자의 양심에 따라 비슷한 전향을 체험하지 않으면 안 되었다는 사실을 잊어버릴 수는 없다.

　예를 들면 그 한 사람으로 당시 나고야(名古屋) 구재판소 검사였던 오사베 긴고(長部謹吾, 1901~　)가 있다. 다이쇼 데모크라시 밑에서 성장했고 서

중국인을 태연히 총검으로
찔러 죽이는 일본 병사

구적인 자유주의와 개인주의를 몸에 익혔던 오사베는 1925년에 도쿄 대학 법학과를 졸업한 후 사법관의 길을 걸으면서 사상범 조사를 담당했던 우수한 검사였다. 치안유지법을 위반한 전향자를 다루는 일에 대해 이전부터 다양한 조치를 강구하고 있었던 정부는 1936년 5월에 '사상범보호관찰법'이라는 법률을 공포하였다. '보호 관찰'이라고는 하지만 실제로는 전향자들의 이후 동정을 끊임없이 감시하고 필요하면 출두를 명령하거나 신병을 구속할 수 있는 제도였다. 미야모토 유리코, 나카노 시게하루, 그 밖의 프롤레타리아 문학자들이 이 제도 때문에 얼마나 많은 속박을 당했는지는 널리 알려져 있다. 오사베 긴고는 전향자들에게 배워 자신도 자유주의·개인주의에서 전향하고, 이 제도의 탁월한 이데올로그가 되었다. 1937년 3월 사법성 조사과에서 발행한 잡지 『사법연구』는 약 450페이지에 이르는 지면을 거의 그가 쓴 「사상범의 보호에 대하여」라는 논문으로 채우고 있다. '사상범보호관찰법'의 성립 경위와 취지를 분명히 밝히고 그 필요성을 역설한 이 논문에서 그는 메이지 이후 일본은 서구화의 길을 걸어왔으나 서구의 개인주의와 자유주의는 가족애와 '인애의 정신'에 바탕을 둔 일본인의 국민성과 부합하지 않는다는 사실이 분명해진 이상, 사상범뿐만 아니라 공무원을 포함한 국민 전체가 개인주의와 자유주의를 '청산'하고 '전향'해서 가족으로서의 국가라는 자각에 도달하지 않으면 안 된다고 주장했다. 그리고 마지막으로 지금까지 자신이 '일개 개인주의적 자유주의자'에 지나지 않았다는 점을 깊이 참회한다고 말하면서, 이것은 오류이며 자신이 '일본인'이라는 사실을 가르쳐준 것은 다름아니라 좌익 전향자였으며, 그래서 이 보고서는 "나의 참회록"이며 "나의 인생에 있어서의 제2의 이정표"라고 결론을 맺는다. 이것이 『국체의 본의』가 나오기 직전에 나카노 시게하루보다 한 살 위였던 성실한 검사가 한 개인의 양심에 바탕을 두고 진지하게 생각하고 모색했던 '이정표'였다. 덧붙이면 오사베 긴고는 전후 최고검 차장에서 최고 재판소 판사

도쿠토미 소호

가 되었으며, 1932년에 태어난 그의 차남 준이치로(舜二郎)는 같은 시기에 작가 구로이 센지(黑井千次, 1932~)라는 이름으로 등단하였다.

오사베 긴고의 「참회록」은 3년 후인 1941년 3월에 사상범의 '보호 선도' 기관의 하나였던 재단법인 상풍회(湘風會)에서 배포한 하야시 후사오의 『전향에 대하여』라는 유명한 팸플릿을 연상케 한다. 여기에서 "전향 생활 이미 10년"이 된다는 하야시 후사오는 '전향'이라는 문제를 새삼 다시 생각할 때가 왔다면서 "전향은 단순한 방향 전환이 아니다. 인간의 갱생이다. 활짝 벗어던지는 것이 아니면 안 된다. 냉수로 피부를 씻는 것만으로는 충분하지 않다. 뼛속까지 씻어내는 것"이라면서 전향의 완성을 목표로 한층 더 노력하자고 주장했다. 그는 전향이란 마르크스주의를 포기하고 선량한 한 시민, 한 개인이 되는 것이 아니라 "비유할 수 없는 국체에 대한 자각"을 가진 신민(臣民)이 되는 것이라고 말한다. 60페이지가 넘는 이 팸플릿의 「서」에서 사법성 보호국장 모리야마 다케이치로(森山武市郎)는 사상범 보호 관찰 제도의 당초 목적은 단지 '전향'을 촉진하는 데 있는 것이 아니라 "전향을 순화하고 완성시켜 소위 전향자를 마음으로부터 일본 신민이 되게 하는 것"이라고 못박아 말하고 있다. 이런 모리야마에게 '참된 전향자의 한 사람'이라는 보증서를 받았던 하야시 후사오는 이 글에서 황실 중심주의자 도쿠토미 소호(德富蘇峰, 1863~1957)와 함께 자유주의에서 공공연하게 전향을 달성한 일개 내무 관료에 대한 경의와 공감을 표하였다. 오사베 긴고는 가장 빨리 이런 '관리의 전향'이라는 모범을 보여주었던 인물의 한 사람이다. 이것은 또 관민 일체·국민 일체가 되어 '전향의 완성'을 목표로 하는 길이 1937년에 이미 마련되고 있었다는 증거이기도 하다.

히노 아시헤이의 『보리와 병사』

국책 문학과 '국민 문학'

1937년 12월에 이시카와 다쓰조가 남경으로 건너가기 전부터 신문이나 종합 잡지에서 파견했던 문학자들이 잇달아 대륙으로 건너갔다. 8월부터 9월에 걸쳐 먼저 도쿄 일일신문에서 요시카와 에이지, 기무라 기(木村毅, 1894~1979), 도쿄 아사히신문에서 스기야마 헤이스케(杉山平助, 1895~1946), 『중앙공론』에서 하야시 후사오, 오자키 시로, 『일본평론』에서 사카키야마 준(榊山潤, 1900~1980), 『문예춘추』에서 기시다 구니오, 『개조』에서 미요시 다쓰지 등을 파견했고, 이들의 현지 보고를 신문과 잡지에 실었다. 이시카와 다쓰조의 「살아 있는 병사」는 그 현지 보고에 이어 발표했던 최초의 '사변' 소설이다. 그러나 군부에서 현지 보고와 전쟁소설을 엄격하게 제약했기 때문에 이후 발매가 금지되었다. 실제로 히노 아시헤이는 일본군이 패배하고 있는 부분, 전쟁의 암흑면, 작전의 전모, 부대 명칭, 군인의 인간적 측면, 여자 문제 등을 써서는 안 되며, 소대장 이상의 군인은 모두 인격이 고결하고 침착하고 용감하며 적은 어디까지나 징그럽고 혐오스럽게 쓰지 않으면 안 된다는 지시를 군부로부터 받았다고 증언하고 있다. 이런 제약 밑에서 씌어져 압도적인 인기를 얻었던 작품이 「보리와 병사(麥と兵隊)」를 비롯한 전쟁소설이다.

규슈(九州)의 와카마쓰(若松) 항의 석탄 하역부 우두머리의 장남으로 태어난 히노 아시헤이는 쇼와 초기에 마르크스주의에 경도되어 석탄 하역부를 이끌고 조합 운동을 했으나 이후에 전향한 전력을 갖고 있다. 1937년 9월, 소설 「분뇨담」을 쓰고 응소(應召), 항주만 상륙 작전에 가담했다. 다음해 1938년 2월 「분뇨담」이 제6회 아쿠타가와 상에 선정되었고, 4월말에 항주에서 문예춘추사 특파원 고바야시 히데오에게 상을 받았다. 그 직후 중지(中

1938년 4월, 전쟁터에서
거행된 아쿠타가와 상 수상식.
가운데가 히노 아시헤이, 뒷모습이 고바야시 히데오

支) 파견군 보도부로 전속 명령을 받고 서주회전(徐州會戰)에 종군하였으며 『개조』 8월호에 「보리와 병사」를 발표했다. 그 후 1939년말까지 전선에 있으면서 「땅과 병사(土と兵隊)」 「꽃과 병사(花と兵隊)」를 발표했다. 이 '병사 3부작'은 스스로 전선에서 실제 일어났던 전투나 장병의 활약상을 생생하게 기록하고 있는 점에서 「살아 있는 병사」나 문학자의 현지 보고와 다른 박력을 갖고 있으며, 모두 발표 직후 개조사에서 출판해서 베스트 셀러가 되었다. 「보리와 병사」의 성공으로 병사 작가들이 쓴 '진중소설(陣中小說)'이 유행하게 되었고, 1938년부터 1939년에 걸쳐 철도 부대에 있던 전향 작가 우에다 히로시(上田廣, 1905~1966)의 「파오시샨(鮑慶鄕)」 「황진(黃塵)」 「건설전기(建設戰記)」와 우숭(吳淞) 강 도하전에서 부상을 당한 히비노 시로(日比野士朗, 1903~1975)가 제대 후에 쓴 「우숭 크리크(吳淞クリーク)」, 제남(濟南) 작전의 기록인 무네타 히로시(棟田博, 1908~1988)의 「분대장의 수기」 등이 나왔다. 그러나 이 작품들은 제일선의 충실한 기록이지만, 실은 앞에서 말했듯이 군부의 엄격한 제약을 받고 국민에게 유해하다고 생각되는 사실을 모두 생략했던 국책 전쟁소설이다. 전후, 히노 아시헤이는 포로에 대한 잔혹 행위를 묘사한 부분 등 당시 삭제되었던 부분을 기억으로 복원한 개정판을 냈는데, 이를 보더라도 전쟁중에 발표했던 작품들이 얼마나 허위의 기록이었는지 알 수 있다.

그러나 국민들은 이것이야말로 진실의 기록이라고 믿었기 때문에 이 전쟁소설들을 다투어 읽고 감동하여 전의를 불태웠다. 정부가 이런 심리를 문학의 국가 통제에 이용하지 않았을 리 없다. 그래서 종군 작가, 이른바 펜부대가 파견되고 다양한 국책 문학 단체가 결성되었으며, 결국 이는 문예총후운동(文藝銃後運動)과 일본문학보국회의 성립에까지 이르게 되었다.

「보리와 병사」가 발표된 직후인 1938년 8월말 내각 정보부는 기쿠치 간, 구메 마사오, 요시카와 에이지, 시라이 교지, 요코미쓰 리이치 등 12명의 문

1938년 9월 중일사변에 파견된 작가들.
왼쪽부터 사토 하루오, 기쿠치 간,
고지마 마사지로, 하마모토 히로시,
기타무라 고마쓰, 요시야 노부코,
요시카와 에이지

예가를 소집하여 작가의 한구(漢口) 공략전 종군에 대해 협의했다. 『문예연감』 1939년 판에 의하면 "문단측은 쌍수를 들어 정보부의 계획에 찬성했고 북지행을 희망한 요코미쓰 씨를 제외하고 전부 종군을 희망했다." 이 밖의 인선은 문예가협회 회장인 기쿠치 간이 중심이 되어 추진되었으며, 결국 구메 마사오, 가타오카 뎃페이, 가와구치 마쓰타로, 오자키 시로, 니와 후미오, 아사노 아키라(淺野晃, 1901~1990), 기시다 구니오, 다키이 고사쿠, 나카타니 다카오, 후카다 규야, 사토 소노스케(佐藤惣之助, 1890~1942), 도미자와 우이오, 하야시 후미코, 시라이 교지 등 육군 부대 14명, 기쿠치 간, 사토 하루오, 요시카와 에이지, 고지마 마사지로, 기타무라 고마쓰, 하마모토 히로시(浜本浩, 1891~1959), 요시야 노부코(吉屋信子, 1896~1973), 스기야마 헤이스케 등 해군 부대 8명, 사이조 야소, 사에키 다카오(佐伯孝夫, 1902~1981), 이다 노부오(飯田信夫), 고세키 유지(古關祐而, 1909~1989), 후카이 시로(深井史郎, 1907~1959) 등 시곡부대(詩曲部隊) 5명 등 27명을 선발하고 9월에 도쿄를 출발했으나, 한구 함락이 예정보다 늦어져서 대부분 기다리지 못하고 약 1개월 후에 귀국했다. 현지에 머물렀던 스기야마 헤이스케, 구메 마사오, 도미자와 우이오, 하야시 후미코 등은 10월 25일에 한구가 함락되자 '황군'을 따라 입성했다. "그 일행 가운데 하야시 여사는 유일한 여성으로 한 달여의 종군 고통을 극복하고 무사히 입성해서 장병들의 감동의 표적이 되었다"(『문예연감』). 11월이 되자 하세가와 신, 나카무라 무라오, 기쿠다 가즈오(菊田一夫, 1908~1973) 등의 작가와 기누가사 데이노스케(衣笠貞之助, 1896~1982) 등 영화인이 가담한 남지 파견 종군 펜부대가 광동으로 향했다.

종군 작가들은 귀국 후 현지에서 보고 들었던 견문이나 종군 감상을 신문이나 잡지에 발표하거나 강연회에서 연설하였다. 그들의 종군 보고는 「보리와 병사」 등 병사 작가들의 긴박감으로 가득한 수기와 전투 기록과 비교하

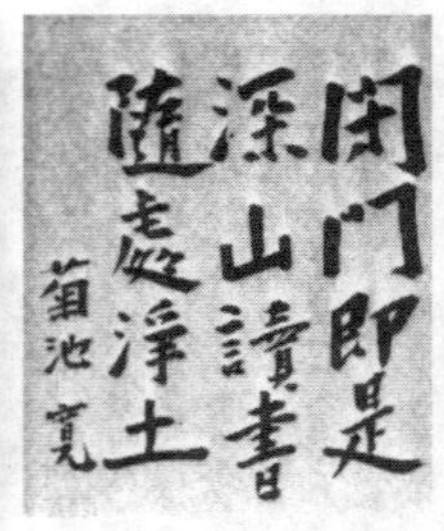

기쿠치 간과 그의 필적

면, 당연한 결과이지만, 느긋한 방관자적 감상과 기행문의 영역을 벗어나지 못했으므로 일반인들 사이에서의 인기는 신통치 않았다. 그러나 이처럼 국가가 문단 사람들을 대량으로 적지에 보낸다는 것은 지금까지 없었던 일이고, 종군 작가들을 신문에서 크게 다루면서 매스컴의 스타가 되자 작가들 사이에서도 인선에 대해 이런저런 소문이 난무했다. 선발되어 종군하는 일은 자신이 문단에서 중시되고 있다는 증거이며, 국민으로서도 명예라고 그들 대다수가 생각했던 그런 시대가 되었던 것이다. 인선을 맡은 기쿠치 간은 선발에서 누락된 사람들의 시기나 선망을 무마하느라 변명하기에 바빴고, 독자들이 많고 젊고 날카롭고 신체가 건강한 작가를 선발하려고 했다면서 이번 면면은 '현문단의 축도'로 상당한 성공으로 생각한다고 자화자찬했다. 문예춘추사 사장이며 1936년부터 문예가협회 회장으로 있었던 기쿠치 간은 이후 정부와 문단을 연결하면서 문학의 국책화에 중요한 역할을 하게 된다. 특히 기쿠치 간의 인선으로 대중 문학자들이 국가에 기용되면서 그들의 사회적 지위는 높아졌고 그 결과 그들이 자진해서 국책에 협력하는 기운이 조성되었다. 본래 다이쇼 자유주의를 대표하는 개인주의적이고 합리주의적인 문학자였던 기쿠치 간이 시국이 바뀌면서 얼마나 즐겁게 낙천적으로 '전향' 했는가는 그가 매달 『문예춘추』에 솔직하게 썼던 시사 감상록인 '이야기 휴지통'을 훑어보면 잘 알 수 있다.

　문학자가 종군하고 무한·삼진(三鎭)을 점령했던 1938년 10월부터 다음 해 1939년에 걸쳐 농민문학간화회, 대륙개척문예간화회, 해양문예협회, 조선문인협회, 일만문예협회(日滿文藝協會) 등 이른바 국책 문학 단체가 잇달아 결성되었다. 그 선두가 되었던 단체는 농민문학간화회였다. 10월 4일 농림대신 아리마 요리야스(有馬賴寧, 1884~1957)는 시마키 겐사쿠, 와다 덴, 우치키 무라지, 마루야마 요시지(丸山義二, 1903~1979), 야리타 겐이치(鑓田硏一, 1892~1969) 등과 간담하고 농민 문학자들이 국책에 협력할 것을 요

혼조 무쓰오

청했다. 석상에서 아리마 농상은 "농촌 문학에서도 다시 『보리와 병사』가 나올 것"을 요망한다고 말했고, 시마키 겐사쿠가 "국책 노선에 따라 적극적으로 활동하자"고 발언하자, 농상은 "국책에 순응하기보다는 오히려 국책을 수립하는 데 참여하는 문학"을 기대한다고 말했다. 시마키는 "농상의 이 제언은 탁월한 식견"이라고 말하며 전면적인 협력을 약속했다. 그리고 다음해 11월에 농민문학간화회가 발족했다. 『문예연감』 기원 2,600년판에 의하면 회장 아리마, 상담 역 니이 이타루(新居格, 1888~1952), 가토 다케오, 가가와 도요히코(賀川豊彦, 1888~1960), 소마 교후(相馬御風 1883~1950), 후지모리 세이키치 등이었고, 그 밑에 이 다섯 사람을 비롯해서 이누타 시게루, 이토 에이노스케, 하시모토 에이키치, 하야마 요시키, 도쿠나가 스나오, 가기야마 히로시(鍵山博史, 1901~), 가미이즈미 히데노부(上泉秀信, 1897~1951), 간바야시 아카쓰키, 다나베 고이치로, 나카야마 쇼자부로, 나카모토 다카코, 마미야 모스케, 마가베 진(眞壁仁, 1907~1984), 고야마 이토코(小山いと子, 1901~1989), 에마 나카시(江馬修, 1889~1975), 아리마 요리치카(有馬賴義, 1918~1980), 사카나카 마사오(阪中正夫, 1901~1958), 모리야마 게이, 스즈키 기요시(鈴木淸, 1907~) 등 약 15명이 회원으로 이름을 올렸다. 언뜻 보아도 알 수 있듯이 프롤레타리아 문학 출신의 작가가 많은 점을 주의할 필요가 있다. 시마키 겐사쿠의 「생활의 탐구」, 이토 에이노스케의 「올빼미」, 와다 덴의 「옥토」, 구보 사카에의 「화산회지」 제1부 등이 잇달아 나온 1937년 무렵부터 농민 문학은 왕성해졌으며, 1938년이 되자 에마 나카시의 「산의 백성(山の民)」, 혼조 무쓰오의 「이시카리카와」 등 장편을 연재하기 시작했으며 사자옥서방에서 '신농민 문학 총서'를 간행했다. 농민문학간화회의 결성으로 지금까지 그다지 각광을 받지 못했던 농민 문학이 한층 활기를 띠게 되었고, 동시에 국책 방향에 따라 국민들을 교묘하게 유도하는 역할을 했다. 1939년이 되자 재빨리 간화회에서 『땅의 문학 작품 연감(土

이토 세이

の文學作品年鑑)』(교재사)을 냈고, 신조사에서 '땅의 문학 총서(土の文學叢書)' 전 10권, 중앙공론사에서 전편 신작인 『농민 문학 10인집』을 간행했다. 이외에도 이토 에이노스케, 와다 쓰토, 이와쿠라 마사지, 쓰루타 도모야, 이누타 시게루 등도 단행본을 출간했다.

대륙개척문예간화회가 창설되었던 것은 농민문학간화회가 결성된 지 4개월 후인 1939년 2월이다. 이 회의 중심 인물이었던 후쿠다 기요토는 명치서원 판 『현대 일본 문학 대사전』(1965)의 '개척 문학' 항에서 다음과 같이 적고 있다.

동기는 일본이 만주에 20년 계획으로 500만 개척민을 보내 민족협화(民族協和)의 이상 국가를 건설하려는 국책에 협력하는 종래의 협소한 섬나라적인 문학을 지양하고 싶다는 기분을 가졌던 당시 30대 작가가 중심이 되었다. 아라키 다카시, 이토 세이, 후쿠다 기요토, 다무라 다이지로, 다고 도라오(田鄉虎雄, 1901~1950), 유아사 가쓰에(湯淺克衛, 1910~1983) 등에 이어 난관에 봉착했던 일본 농촌의 해결책을 대륙에서 발견한 농민 문학자 와다 덴과 마루야마 요시지, 전향 문학자인 시마키 겐사쿠와 도쿠나가 스나오도 동조했다. 척무성(拓務省)과 연락하는 일은 척상(拓相) 핫타 요시아키(八田嘉明, 1879~1964)의 조카 곤도 하루오(近藤春雄)가 맡았으며 회장은 기시다 구니오였다. 회원들은 자주 현지를 시찰하고 일반인들이 대륙 개척 문학이라 불렀던 작품을 발표하였다. 와다 덴의 「대일향촌(大日向村)」, 마루야마 요시지의 「쇼나이 평야(庄內平野)」, 후쿠다 기요토의 「태양막사(日輪兵舍)」, 도쿠나가 스나오의 「선발대(先遣隊)」, 시마키 겐사쿠의 「만주기행」 등이 나왔다. 또 현지에서도 청년 의용대 스가노 마사오(菅野正男)의 「흙과 싸우다(土と戰ふ)」 등이 나왔다. 개척 정신에 창조 정신을 담은 신문학 창조를 염원했지만 전후에는 당시의 국책에 편승하였다는 비판을 받았다.

대륙개척문예간화회의 발안자는 도쿄 대학 법과를 나온 평론가이며 나치 연구자로 알려진 곤도 하루오였다. 곤도가 후쿠다 기요토와 아라키 다카시에게 만주를 여행하지 않겠느냐고 제안했고, 후쿠다는 이토 세이, 도요다 사부로, 다무라 다이지로, 하루야마 유키오 등을 회유했으며, 아라키는 『일력』의 친구인 다카미 준, 닛타 준 등에게 말했다. 대륙개척문예간화회가 설립 후 제일 먼저 한 일은 1939년 2월 기시다, 후쿠다, 이토, 다카미, 시마키, 다무라 등 회원 유지들과 이바라키(茨城) 현 우치하라(內原)의 만몽개척청소년의용군훈련소를 견학하는 일이었다. 이어 4월부터 6월에 걸쳐 제1회 대륙개척국책펜부대를 만주·북지에 파견했다. 참가자는 이토 세이, 곤도 하루오, 다고 도라오, 다무라 다이지로, 후쿠다 기요토, 유아사 가쓰에 6명과 히틀러 유겐트 주일 대표였다. 그 후에도 오다 다케오, 장혁주(張赫宙, 1905~), 가토 다케오, 야리타 겐이치, 히로쓰 가즈오, 마미야 모스케 등을 만주에 파견하는 동시에 '대륙 개척 소설집' 제1편으로 12명 회원들의 창작에 기시다 구니오의 「서」를 붙인 『개척지대(開拓地帶)』(1939)를 편찬했으며, 1940년에는 농민문학간화회와 제휴해서 『개척 문예 선서』 3권을 낙양서원에서 간행했다. 대륙개척문예간화회와 척무성의 외곽 단체였던 만주이주협회와의 제휴도 간과할 수 없다. 만주이주협회는 1937년에 국책 잡지 『개척만몽(拓く滿蒙)』을 발간했다. 이 잡지는 이후 『신만주』 다시 『개척』으로 이름을 바꾸면서 간화회 회원을 중심으로 이루어졌던 개척 문학의 중요한 발표 무대가 되었다. 후쿠다 기요토가 거론한 스가노 마사오의 장편 『흙과 싸우다』(1940)와 자료로 귀중한 후쿠다 자신의 『대륙 개척과 문학』(1942)을 포함한 '만주 개척 총서'(1941~1943)를 발행했던 곳도 만주이주협회이다.

농민문학간화회나 대륙개척문예간화회 등 국책 문학 단체의 활동은 이 시대의 일본 문학과 조선·만주·대만 등 구식민지와의 깊은 관계를 말해주고

1943년 11월 조선인 유학생 학병
권유차 일본에 갔던 조선의 문인들.
왼쪽부터 윤석중, 최남선, 이광수, 마해송

있을 뿐만 아니라, 구식민지의 문학 그 자체의 운명을 생각해보지 않을 수 없게 한다. 문학자를 비롯해서 국민 전체가 구식민지의 사람들과 그 문학에 대해 가해자로서 의식적·무의식적으로 범했던 죄악의 크기는 이른바 일본 본국의 문학만을 보고 구프롤레타리아 문학 출신도 모더니즘 문학자도 모두 국책에 협력하고 말았다든가 그러나 그 속에서도 미약하기는 하지만 '예술적 저항'은 있었다는 식의 종래의 논의 방식을 근본에서부터 반성하게 한다. 전시하의 구식민지 문학에 대해서는 오자키 호쓰키와 최근에는 가와무라 미나토(川村湊, 1951~) 등의 연구가 있으나, 자료나 그 밖의 벽에 부딪혀 그 실태는 좀처럼 분명하지 않다. 여기에서는 『문예연감』 기원 2,600년판, 2,603년판에 기록된 조선 문학 관계의 기사를 몇 편 모아서 그 일단을 지적하는 것으로 그친다.

『문예연감』 기원 2,600년판에는 1939년 11월 항에 조선문인협회 설립 기사가 나온다.

조선의 문학자들에 의해 이번에는 내선일체(內鮮一體)의 문장보국(文章報國)을 지향하는 조선문인협회가 설립되었다. 회장에는 조선 문단의 대가 이광수(李光洙, 1892~?)씨, 간사는 모모세 요시로(百瀨吉郎), 쓰다 다카시(津田剛), 스기모토 나가오(杉本長夫), 가라시마 쓰요시(辛島驍), 김동환(金東煥, 1901~?), 이기영(李箕永 1896~?), 박영희(朴英熙, 1901~?), 정인섭(鄭寅燮, 1905~1983), 주요한(朱耀翰, 1900~1980) 김문집(金文輯, 1909~?) 제씨가 취임했고, 회원은 약 250명에 이른다. 이에 대해 도쿄의 아사히, 요미우리, 미야코의 문예부, 중앙공론, 모던 일본사 등에서 많은 성원을 보냈다.

조선에서는 1937년에 이미 「황국 신민의 서사(皇國臣民の誓詞)」를 제정했

224

이태준

고, 다음해에는 일본어를 상용하고 조선어 교육을 폐지했다. 1939년 11월의 조선문인협회 설립은 1개월 후에 조선총독부가 실시했던 창씨 개명(성과 이름을 일본식으로 고치는 제도)과 때를 같이하고 있다. 1940년 2월에는 조선 예술상을 창설했다. 조선에서 발표된 문학·연극·영화·무용·음악·회화에 대해서 일 년에 한 번 수여하는 상으로 주최는 모던 일본사, 출자자는 기쿠치 간, 문학 부문의 심사는 아쿠타가와 상 위원들이 맡았다. 5월에 발표한 제1회 수상자는 친일 문학의 대표적 작가 이광수이며 1941년 3월 발표한 제2회 문학 부문 수상자는 이태준(李泰俊, 1904~?)이다. 이태준은 일본의 조지(上智) 대학에서 공부했던 친일 작가로 1939년에 잡지 『문장(文章)』을 창간하고 일본 문단에서 일어났던 국민 문학론을 가장 빨리 소개하고 선전했다. 1941년 10월 『문장』과 최재서(崔載瑞, 1908~1964)의 『인문평론』이 합류해서 친일 문학 최대 잡지인 『국민문학』을 창간했다. 처음에는 연 4회 일본어 판, 8회 조선어 판으로 냈지만 이후 점차 일본어의 비율을 높였다. 창간 슬로건은 '국체 관념의 명징' '국민 의식의 앙양' '국민 사기의 진작' '국책에의 협력' '지도적 문화 이론의 수립' '내선 문화의 종합' '국민 문화의 건설'이었다. 그러나 일본의 국책에 대해 분명하게 순응했던 몸짓을 편집자 최재서와 그 동조자들의 책임으로 돌릴 수만은 없다. '내선 일체'의 이름 아래 그들에게 황국민이 될 것을 강요하고 조선어를 버리고 일본어를 사용할 것을 강요했으며, 성명까지 고치게 하고 일본어로 쓴 일본의 국민 문학이 그들 자신의 '국민 문학'이라는 자각을 심어주려고 했던 것은 일본 국가이며, 그들은 국책을 따랐야만 했던 일본인이었기 때문이다. 가령 아사노 아키라가 주장하면서 시작된 전시하의 이른바 국민 문학 논쟁을 단지 일본 문단 내부의 논쟁으로 처리하면서 끝낼 수만은 없는 것이다.

대만과 만주에서도 똑같은 사태가 진행되었다. 그리고 구식민지의 문학자들은 태평양 전쟁 발발 후 1942년 5월에 발족한 일본문학보국회가 주최한

다나카 히데미쓰

대동아문학자대회에 결집했다. 제1회 대회는 1942년 11월, 제2회 결전회의
는 1943년 8월에 도쿄에서 열렸고, 제3회 대회는 1944년 2월 남경에서 개최
되었다. 『문예연감』 기원 2,603년판에 의하면 제1회 대동아문학자대회에 참
가했던 공영권 내 각국 대표자는 만주국에서 고 데이(古丁), 야마다 세이자
부로 등 5명, 중화민국에서 12명, 몽고에서 3명, 이 밖에 일본 외지 대표로
조선에서 가야마 미쓰로(이광수) 등 5명, 대만에서 니시카와 미쓰루(西川滿,
1908~) 등 5명이었다. 이들은 도쿄에 도착하자마자 곧 황실에 봉배(奉拜)
하고 메이지 진구(明治神宮)에 참배했으며, 다음날에는 야스쿠니 진자(靖國
神社)를 참배하고, 메이지진구연성대회를 견학했다. 사흘째는 일본 문학자
약 1,500명이 제국극장에 모여 개회식을 거행했으며 이어 이틀 동안 문학자
대회를 열었다.

　　조선 대표로 회의에 참석했던 이광수 등 3명의 조선인과 가라시마 쓰요시
등 2명의 일본인은 경성으로 돌아갔고, 귀국 도중 경성에 들렀던 중국·만
주·몽고의 대표와 그들을 환영하는 대동아문학자환영회가 조선문인협회
주최로 열렸다. 전후 다나카 히데미쓰(田中英光, 1913~1949)가 발표한 「만
취선(醉いどれ船)」(1948)은 환영회를 배경으로 전시하에 있던 조선 문학자
들의 이상한 모습을 묘사한 소설이다. 가와무라 미나토가 소개하고 있는 것
처럼 다나카 히데미쓰는 1940년에 「올림포스의 과실(オリムポスの果實)」을
발표한 후 다시 근무지인 요코하마 고무 경성(京城) 출장소로 돌아와 소설
을 쓰는 동시에 조선 문학의 국책화에 적극적으로 협력했으며, 조선인 문학
자들에게 '국어'로 쓴 '국민 문학'을 강요했다.

진주만 공습(1941. 12. 8)

태평양 전쟁 개전 전후

다시 문단 내부로 눈을 돌려 대 미영 전쟁이 시작되고 일본문학보국회가 성립될 때까지의 경위를 추적해보자. 1939년 이후 비『문학계』계 동인들이 집단으로 세대를 이루고 있는 듯한 잡지『문학자』(1939. 1~1941. 3), 『문학계』와 관계를 가진 요시다 겐이치(吉田健一, 1912~1977), 야마모토 겐키치, 니시무라 고지(西村孝次, 1907~), 이토 신키치(伊藤信吉, 1906~), 나카무라 미쓰오 등의『비평』(1939. 8~1949. 10), 『인민문고』의 흐름을 이은『괴목』의 후신으로 전후에 나온『근대문학』의 모태의 하나였던『현대문학』(1939. 12~1944. 1), 『문학계』에 대항해서 니와 후미오, 다카미 준, 이시카와 다쓰조, 이토 세이 등이 창간했지만 군부의 압력으로 1호로 폐간된『신풍(新風)』(1940. 7) 등 전시하의 문학의 질을 밑에서부터 지탱했던 중요한 문학 잡지들이 창간되었다. 한편, 오자키 시로, 아사노 아키라, 마키노 요시하루(牧野吉晴, 1904~1957) 등의『문예일본』(1939. 6~1945. 1)과 나카가와 요이치 등의『문예세기(文藝世紀)』(1939. 8~1946. 1) 등 국수주의적인 잡지가 나오기 시작했으며, 1939년 10월에는 구라타 햐쿠조(倉田百三, 1891~1943), 사토 하루오, 사이토 류(齊藤瀏, 1879~1953), 도미자와 우이오, 나니와다 하루오(灘波田春夫, 1906~) 등 "예술가의 국가적 책임을 자각하고 문학에서 고도의 정치성을 찾아 국가의 문화적 사명을 창조하려는 동지"들이 경국문예회(經國文藝の會)를 결성했다.

다음해인 1940년 5월에는 정보부에 관계하고 있던 기쿠치 간의 선창으로 문예가협회가 주최한 문예총후운동 강연회가 시작되었다. 문예춘추사, 오사카 마이니치신문사, 도쿄 일일신문사의 후원 아래 기쿠치 간, 구메 마사오, 기시다 구니오, 요코미쓰 리이치, 요시카와 에이지, 나카노 미노루(中野實,

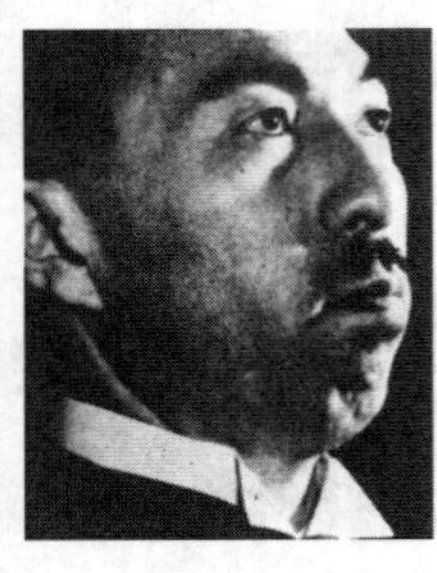

고노에 후미마로

1901~1973), 하야시 후미코 등 제1반이 도카이(東海)·긴키(近畿)의 8개 도시로 강연 여행을 떠난 것을 시작으로 12월까지 대만·조선·만주를 포함한 전국 각지로 모두 11반 50여 명이 떠났다. 다수의 문학자를 동원하는 강연 여행은 쇼와 개원(改元)을 전후해서 개조사가 이른바 엔혼 전집의 시작인 『현대 일본 문학 전집』을 선전하기 위해 전국 각지에서 거행했던 강연회가 그 효시인데, 1931년부터 기쿠치 간이 주재했던 『문예춘추』는 이를 모방한 애독자대회나 문예강연회를 각지에서 열면서 잡지 선전에 힘썼다. 문예총후 운동 강연은 이른바 이것을 출판사의 선전에서 국가의 선전으로 바꾸려고 했던 것으로 아무래도 기쿠치 간다운 발상이다. 강연의 일부는 문예가협회 편 『문예총후운동 강연집』(1941)으로 출판되었다. 또 이 운동은 문예가협회 가 일본문학보국회에 흡수된 후에도 문예보국운동강연회로 명칭을 바꾸어 계속됐다.

1940년 6월 기쿠치 간과 일고의 동급생이었던 고노에 후미마로가 신체제 운동에 나섰고 7월 제2차 고노에 내각이 성립되었다. '버스를 놓치지 말라' '사치는 적이다' 등의 표어가 유행했으며, 9월 일독이(日獨伊) 삼국동맹 체결, 10월 대정익찬회(大政翼贊會) 결성, 댄스 홀 폐쇄, 11월 기원 2,600년 축전, 기시다 구니오 대정익찬회 문화부장 취임, 12월 내각정보국 발족이 말해 주듯이 시국은 점점 긴박감을 더해갔다. 그 사이 10월에 익찬 운동의 일환으로 문예가협회를 해산하고 각종 국책 문학 단체의 일원화를 도모한 일본문예중앙회가 설립되었고 일본 학예 신문은 그 기관지가 되었다. 1941년 8월 대정익찬회가 주최한 '미소기(禊) 특수 연성 강습회'에 요코미쓰 리이치, 다키이 고사쿠, 나카무라 무라오 등이 참가해서 화제가 되었다. 11월 동인지를 통합하기 위해 일본청년문학자회가 결성되었으며, 다음해 1942년 2월에 8개 잡지로 통합되었으나 1944년 4월에는 그것을 다시 하나의 잡지로 묶어 『일본 문학자』를 창간했다. 전쟁중에 마지막 아쿠타가와 상 수상작이 되었

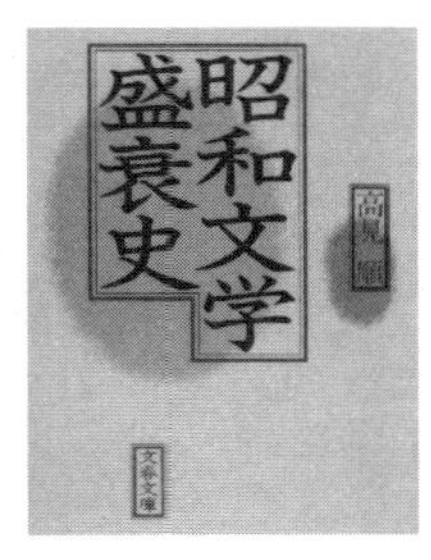

다카미 준의
『쇼와 문학 성쇠사』

던 야기 요시노리의 「유광복」이나 시미즈 모토요시의 「안립」은 여기에 실렸던 작품이다.

『쇼와 문학 성쇠사』에 의하면 다카미 준에게 '흰 종이'가 날아온 것은 1941년 11월 중순이었다고 한다. '빨간 종이'가 소집 영장이라면, 이는 1939년 7월에 공포된 국민징용령에 의한 징용 영장이다. 다른 누구에게 흰 종이가 날아왔는지, 징용의 목적이 어디에 있는지는 극비 사항으로 붙여져 일체 알 수 없었다. 지정된 혼고(本鄕) 구청에 나가 오자키 시로, 다케다 린타로, 시마키 겐사쿠, 다자이 오사무, 기타하라 다케오 등을 만났고, 아베 도모지와 이시자카 요지로에게도 흰 종이가 왔다는 것을 알았다. 그러나 시마키와 다자이는 신체 검사에서 떨어졌다. 곧 다카미 준은 오사카에서 신병 교육을 받고 미얀마로 갔다. 1943년 8월 발행된 『문예연감』기원 2,603년판에는 '군 보도부원으로 활약하는 작가 이름'으로, 나중에 징용된 작가도 포함해서, '말레이지아 방면'의 진보 고타로, 나카무라 지헤이, 이부세 마스지, 나카지마 겐조, 오구리 무시타로(小栗蟲太郎, 1901~1946), 오바야시 기요시(大林淸, 1908~), 사토무라 긴조, 가이온지 조고로(海音寺潮五郎, 1901~1977) 등 13명, '미얀마 방면'의 시미즈 이쿠타로(淸水幾太郎, 1907~1988), 기타바야시 도마(北林透馬), 사카키야마 준, 도요다 사부로, 다카미 준, 오다 다케오 등 9명, '자바·보르네오 방면'의 오야 소이치(大宅壯一, 1900~1970), 아베 도모지, 아사노 아키라, 기타하라 다케오, 도미자와 우이오, 다케다 린타로, 오키 아쓰오(大木惇夫, 1895~1977), 사무카와 고타로 등 10명, '필리핀 방면'의 이시자카 요지로, 오자키 시로, 곤 히데미, 히노 아시헤이, 우에다 히로시, 미키 기요시 등 9명, '해군 관계'로 이시카와 다쓰조, 운노 주조(海野十三, 1897~1949), 이노우에 야스부미(井上康文, 1897~1973), 니와 후미오, 마미야 모스케, 무라카미 겐조(村上元三, 1910~), 야마오카 소하치(山岡莊八, 1907~1978), 하마모토 히로시, 사쿠라다 쓰네히사, 기타무라 고마쓰 등

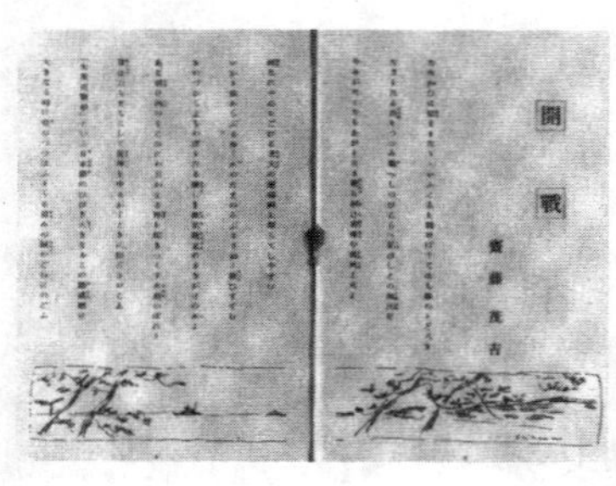

사이토 모키치의 「개전」
(『문예』, 1942. 1)

12명 모두 53명의 이름이 실려 있다. 12월 8일 아침 다카미 준은 사이공으로 향하는 선상의 라디오에서 일미 개전의 보도를 접했다.

태평양 전쟁 개전에 대한 문학자의 소감은 곧 신문이나 잡지에 발표되었는데, 그 대부분은 약속이나 한 듯이 단숨에 암운이 걷히고 온몸에서 투지가 불타오른다는 식이었다. 개전 후 언론 통제가 가혹해졌다는 사실을 고려하더라도 그것은 그들의 본심과 다르지 않았다. 그러나 당시 발표된 시가나 글들이 한결같이 문학적으로는 매우 질이 낮은 작품이 되고 말았다는 사실 또한 잊어서는 안 될 것이다. 『문예』 신년호의 권두에는 사이토 모키치의 단카 「개전(開戰)」 10수가 실렸다. 그 중에서 5수를 들어보자.

전쟁이 시작되었다는 소리를 들으면 곧장 승리의 울림.
끓어오르는 불길을 감싸안고 참고 견디던 이 나라 백성이여.
참을 수 없어 일어난 전쟁을 이기망만(利己妄慢)의 나라들이여 보라.
아아 청명한 가슴속에 맺힌 잔재를 불태워버리는 화염이 치솟다.
위대한 시대를 만나 넘쳐오르는 용감한 눈물을 닦고 닦아.

다음은 같은 잡지에 실렸던 다카무라 고타로의 시 「그들을 물리쳐라(彼ら를 擊つ)」이다.

천황의 말씀 한번 나오니 태양 같도다.
보라, 일억의 백성 얼굴 빛나고 가슴 뛰는 것을.
구름 트이고 길 열려,
만리 끝 눈앞에 있도다.
대적의 소재 마침내 탄로나
우리가 향할 곳 바야흐로 결연하게 정해지다.

구사노 신페이

〔………〕
우리 힘 지금 그들의 힘을 무찌르다.
필승의 군대여.
필사필살의 검이다.
대의를 밝혀 망설이지 말라.
이웃의 벗들 구하라.
그들의 이빨과 손톱을 격파하여,
대동아 본연의 생명을 드러내는 것,
이것이 우리들의 맹세이다.

마찬가지로 구사노 신페이의 시 「우리는 단호히 싸운다(われ斷じて戰ふ)」
는 「기원 2,601년 12월 8일 진눈깨비 부는 남경에서」라는 부제를 달고 이렇
게 노래하고 있다.

아아 마침내
일본 역사 27세기 최초로
드디어 위대한 폭발은 왔다.
어제까지의 장구한 허세와 압박에 대해
우리들의 적의는 다시 무르익는다.
지금은 단 한 사람도 뒷걸음쳐서는 안 된다.
단 한 사람도 주저는 없다.
빛나는 조국을 수호하기 위해
대아세아권을 보호하기 위해
마침내 우리들은 일어난 것이다.

가와카미 데쓰타로

마찬가지로 시마키 겐사쿠는 「12월 8일」이라는 제목으로 다음과 같이 쓰고 있다.

선전의 칙어(勅語)를 받드는 순간 나는 온몸이 떨리는 엄숙한 감동 속에서 무어라 말할 수 없는 광명, 마침내 일은 결정되었다는 침착과 안심을 느꼈다. 라디오 앞에서 나는 자연히 머리를 조아렸고 눈물이 쏟아졌다. 치밀어오르는 용기가 뱃속에서 넘쳐흐르는 것을 느꼈다.

요운(妖雲)을 물리치고 푸른 하늘을 바라본다는 것은 실로 이날 이때의 일이었다. 일체의 주저, 망설임, 혼미, 애매함은 일소되고 단 하나의 의지가 결정되었다. 순식간에 이 의지는 전국민의 것이 되었다. 겨자씨처럼 작은 나 같은 인간이 이 위대한 시대를 만나 살아가는 길도 이 의지 밑에서 결정되었던 것이다. 나는 일본의 국가 인격의 숭고와 존경을 새삼스레 가슴에 되새기면서 느꼈다.

그 중에서도 개전 이튿날에 썼다는 가와카미 데쓰타로의 문예 시평 「광영 있는 날(光榮ある日)」(『문학계』 1월호)은 넘쳐흐르는 기쁨을 감출 수 없는 문학자의 반응을 대표하고 있다고 할 수 있다.

마침내 광영의 가을이 왔다.

더구나 개전에 이르기까지 우리 제국이 보여준 당당한 태도, 지금 여러모로 수긍된다, 지금까지 정부가 취한 빈틈없는 방책과 절차, 특히 개전 벽두부터 들려오는 빛나는 전과. 모든 국민 일동에게 가슴의 후련함을 생각하게 할 뿐이다. 바야흐로 일억 국민이 갱생하는 날이다. 그럼에도 그런 마음을 외부에서 강요받는 것이 아니라 지금 말한 눈앞의 사태가 모두 우리들로 하여금 흔연한 기분을 용솟음치게 하는 것이다. 이렇게 우리들이 폐하 바로 앞에서

무샤노코지 사네아쓰가
그린 자화상

더구나 천황을 지키는 방패가 될 부름을 받기를 기다리고 있는 것은 아무래도 이런 사태가 발생하지 않았으면 깨닫지 못했을 것이다.

　나는 쓸데없이 흥분해서 이런 말을 하고 있는 것은 아니다. 나는 지금 참으로 마음이 후련하여 기뻐 어쩔 줄 모르는 것이다. 태평양의 암운이라는 말 자체가 생각하면 오랫동안 썩은 상태에 있던 말이다. 지금 전쟁이 시작되어 그것이 개었다면 조금 가당치 않은 말인지도 모르지만, 정말 내 기분은 통쾌하다고 해도 좋을 정도이다. 혼돈암흑한 평화는 전쟁의 순일함에 비해 무엇인가 흐리고 불쾌한 것이 아닌가!

　이런 기분을 구프롤레타리아 문학자들도 공통적으로 갖고 있었다는 사실은 『문학계』 같은 호에 아오노 스에키치가 "영미에 선전을 포고했다. 당연한 귀결이라고 할 수밖에 없다. 전승의 뉴스에 가슴이 쿵쿵거리며 뛰는 것을 느낀다. 어떤 거대한 구상이며 구도이리라. 아메리카와 영국이 갑자기 작게 보인다. 우리들처럼 신뢰할 수 있는 황군을 가진 국민은 행복하다. 새삼스럽지만 일본은 위대한 국가이다"(「기도의 강력함 ─ 경당잡기〔祈りの強さ ─ 經堂雜記〕」)라고 쓰고 있는 것만 보아도 알 수 있다. 더구나 이는 『아오노 스에키치 일기』(1964)에 적혀 있는 감격과 조금도 다르지 않다.

　개전 보름 후인 12월 24일에 대정익찬회 회의실에서 문학자애국대회가 열렸다. 국민 의례에 이어 다카하마 교시가 칙어를 봉독하고 익찬회와 정보국 관계자가 인사한 다음 기쿠치 간이 좌장으로 추대되었고 도쿠다 슈세이, 사사키 노부쓰나(佐佐木信綱, 1872~1963), 무샤노코지 사네아쓰, 요코미쓰 리이치 등이 연설하고 다카무라 고타로 등이 시가를 낭독했으며, 전국의 문학자들을 망라하는 강력한 조직을 실현할 것을 결의하고 회의 명칭을 일본문학자회로 결정했다. 그 후 익찬회와 정보국의 지도 아래 조직화가 진행되었

나카자토 가이잔

으며, 다음해 1943년 5월 사단 법인 일본문학보국회를 설립해서 모든 장르의 문학자와 문학 연구자를 흡수한 국책적 단체가 조직되었다. 회장 도쿠토미 소호, 상임 이사 구메 마사오, 나카무라 무라오 밑에 소설, 극문학, 평론수필, 시, 단카, 하이쿠, 국문학, 외국 문학 8부회, 약 4,000명의 회원이 모인 대조직이었다. '요강'에 의하면 "본회는 전일본 문학자의 총력을 결집하여 황국의 전통과 이상을 현현하는 일본 문학을 확립하고 황도 문화의 선양에 익찬하는 것을 목적으로 함"이라 하고, '사업'으로 '황국 문학자로서의 세계관 확립' '문예 정책의 수립 및 수행에 대한 협력' '문학에 의한 국민 정신의 앙양' '일본 고전의 존중 보급과 고전 작가의 현창' '문학을 통한 국책 선전' 등 17개 항목을 실었다. 실제로 시행했던 사업은 대동아문학자대회 3회 개최, '국민 좌우명' '애국 백인 일수(愛國百人一首)'의 선정, 『대동아전 시집 · 가집』의 편찬, 가두 소설, 가두 시의 제작, 문예 보국 운동 강연, 고전 작가의 현창 등이다. 일본문예중앙회의 『일본학예신문』을 인수했고 1943년 8월 이후에는 『문학보국(文學報國)』으로 이름을 바꿔 발행했다. 미야모토 유리코, 나카노 시게하루 등 구프롤레타리아 문학자도 포함한 모든 문학자가 '버스를 놓치지 말라'는 말에 현혹되어 회원이 되었으나, 단 한 사람 나카자토 가이잔만은 입회의 유혹을 뿌리쳤다.

이후 『문학계』, 1942년 9월호와 10월호가 특집으로 꾸민 '근대의 초극'은 대 미영 개전에서 촉발되어 『문학계』와 『일본 낭만파』, 니시타니 게이지(西谷啓治, 1900~1990), 스즈키 시게타카(鈴木成高, 1907~1988) 등 '교토(京都) 학파'가 중심이 되어 유럽과 일본의 '근대'를 여러 각도에서 재검토하려고 했던 중요한 기획이었으나, 이는 이보다 앞서 『중앙공론』, 1942년 1월호에 실었던 '교토 학파'의 좌담회 '세계사적 입장과 일본' 등과 함께 일본문학보국회가 '사업' 제1호로 삼았던 '황국 문학자로서의 세계관의 확립'을 추종했던 기획으로 보아도 마땅할 것이다.

다카미 준의 『패전일기』

전쟁 시대의 문학자

태평양 전쟁 개전 이후 패전까지 문학은 전쟁 일색으로 물들었다. 물론 앞장에서 언급했듯이 사소설이나 역사소설, 풍속소설 분야에서 가작이나 대작을 발표했던 작가도 없었던 것은 아니지만 어디까지나 예외였다. 1941년에 도쿠다 슈세이가 「축도」를, 1943년에 다니자키 준이치로가 「세설」을 연재 중지를 당한 사실에서도 알 수 있듯이, 점차 시국에서 벗어난 작품은 그 이유만으로도 발표를 할 수 없게 되었다. 특히 1940년에 발족했던 일본출판문화협회가 서서히 통제를 강화했고, 1942년 3월 이후에는 서적의 발행 허가제를 실시했으므로 시국에 부합되지 않는다고 판단되는 작품을 출판하기란 사실상 불가능했다. 이런 가혹한 상황 밑에서 나가이 가후, 다니자키 준이치로를 비롯한 상당히 많은 문학자들이 작품을 써서 보관하거나 일기를 썼고, 전후에 이를 발표했다. 그 중에서도 나가이 가후, 다카미 준, 이토 세이 등이 남긴 극명한 일기는 전쟁 치하의 귀중한 기록인 동시에 탁월한 문학작품이다. 태평양 전쟁의 기간에 국한하면 나가이 가후의 『단장정일승(斷腸亭日乘)』(1963~1964)은 약 500매, 다카미 준의 『패전일기』(1964~ 1966)는 약 4,300매로 징용·종군 기간을 빼더라도 약 3,000매이며, 양뿐만 아니라 질에서도 전쟁하의 문학적 공백을 메우는 수확이라 할 수 있다. 지금부터 이토 세이를 중심으로 이들의 일기를 비교하면서 문학자들이 전쟁을 어떻게 헤쳐나왔는가를 살펴보자.

좌우 양진영의 정치적 비판을 배제하고 개아에 뿌리를 내린 예술적 입장을 지켰던 이토 세이가 1938년을 경계로 시국을 좇아 정치 우선적인 태도를 보여주기 시작했던 것은 앞에서도 잠시 언급했다. 결국 대륙개척문예간화회에 입회하고 국가를 위해 예술을 버리지 않으면 안 될 때가 온다면 기꺼이

이토 세이의
『도쿠노 고로의 생활과 의견』

포기하는 일도 사양하지 않겠다고 쓰게 되는 한편, 동시대의 기록과 사소설에 대한 경사가 깊어진 그는 1940년부터 1941년에 걸쳐「도쿠노 고로의 생활과 의견」을 썼으며 이어「도쿠노 이야기」집필에 매달렸다. 태평양 전쟁이 발발했을 때「도쿠노 이야기」를 집필중이던 이토 세이는 만 36살이었으며, 아내와 두 아이와 함께 도쿄 교외에서 살고 있었다. 종군 작가나 총후운동강연회의 강사로 선발되지 않은 점을 보아도 알 수 있듯이 문단의 중심에서 멀었고, 정보도 들어오기 어려운 장소에 있었다. 그럼에도 개전 직전에 작가들이 징용된다는 소문을 듣자 자신에게도 징용 영장이 날아올 것이라 생각했는데 무슨 까닭인지 패전될 때까지 징용 소집 영장이 날아오지 않았다.

개전의 보도를 접했을 때 이토 세이가 느꼈던 기분은 앞에서 소개했던 문학자나 일반 서민들과 거의 다르지 않았으나, 외국 문학을 배운 자유주의자·개인주의자와 달리 의외로 과격한 일면을 내포하고 있었다. 12월 8일 낮 라디오로 개전의 뉴스를 들은 이토 세이는 예정을 바꿔 거리의 모습을 보려고 버스로 신주쿠를 거쳐 황실 앞을 지나 히비야(日比谷)에서 내려 석간신문을 사가지고 돌아왔다. 이날의 일기에는 "나는 하와이 공습을 잘했다고 생각한다" "하와이에서 추락한 사람들, 죽음에 보람 있으라"고 쓰고 징용의 두려움과 가족의 장래에 대한 불안을 적은 후 다음과 같은 감상을 시인하고 있다.

감상——우리들은 백인 제일급자들과 싸우는 것말고는 세계 일류인의 자각을 가질 수 없는 숙명을 갖고 있다.

비로소 나는 일본과 일본인 모습 하나하나의 의미를 현실감과 끝없는 소중함으로 알게 되었다.

1941년의 이토 세이

다음날 밤부터 아침에 걸쳐 단숨에 써서 일주일 후 미야코신문에 실었던 「이 감동 위축되지 않기 위해(この感動萎えざらんが爲に)」에서는 위의 감상이 다시 구체적이고 과격한 말로 표현되고 있다.

나 같은 사람은(그리고 일본의 대부분의 지식 계급인은) 13살부터 영어를 배우고 이를 수단으로 삼아 세계와 접촉했다. 그것은 물론 영어를 쓰는 민족이 지구상의 가장 탁월한 문화와 힘과 부를 보유하고 있기 때문이다. 그 의미는 그들이 지금까지 지구상의 패자(覇者)였다는 것이다. 이 인식은 우리들에게 깊이 뿌리박혀 있다. 그리고 이 인식이 우리들 가슴에 있는 동안 야마토(大和) 민족이 지상의 우수 민족이라는 확신은 방해를 받지 않을 수 없다.

사실 그들은 지구상의 패자였다. 그것을 인정하는 한, 우리들은 그들과 싸울 운명을 갖고 있다. 종래의 그들을 그렇게 인정하지 않는 것은 눈을 감는 일이며, 인정하면서도 싸우지 않고 우리들의 우수성을 확신하려는 것은 자기기만이다.

이런 느낌에서 나는 일본의 지식 계급인들이 야마토 민족으로서 이 전쟁에서 싸워 이기는 것이 절대로 필요하다고 느끼고 있음을 확신할 수 있다. 우리들은 그들이 말하는 '황색 민족'이다. 이 구별된 민족의 우수성을 결정하기 위해 싸우는 것이다. 이는 독일의 전쟁과 다르다. 그들의 전쟁은 동류(同類) 사이에서 이해를 다투는 느낌이 있지만, 우리들의 전쟁은 좀더 숙명적인 확신을 위한 전쟁이라 생각된다.

중국과 벌이고 있던 진흙탕 같은 전쟁이 영국과 미국이 적으로 가담한 '태평양 전쟁'으로 확대되었을 때, 전전·전후의 그 냉정하고 침착했던 인식자가 이런 지경까지 오고 말았던 것이다. 전후 2년 정도 지나면서부터 이토 세이는 "전쟁이 끝난 후 자신의 양심이 상처입지 않았다고 의식하는 문

와쓰지 데쓰로

학자가 한 명이라도 있으리라는 사실을 나는 믿을 수 없다. 또한 붓을 꺾은 문학자가 한 명이라도 있다는 사실도 나는 들은 적이 없다. 다만 상처입은 자, 떳떳하지 못한 자도 빠짐없이 쓰지 않을 수 없다는 사실 그 자체만으로도 반성하게 되는 것이지만, 적어도 인간 심리를 다루는 소설이라는, 우리가 떠날 수 없는 예술에 종사하는 사람으로서 당연한 일이 아닌가 생각한다"(「병든 시대」)라고 썼는데, 이는 먼저 무엇보다 이런 전쟁의 와중에 있던 자신에 대한 깊은 반성에서 나온 말이었다고 생각된다. 백색 인종을 흠모했던 황색 인종의 열등감을 단숨에 뒤엎어버리기 위한 인종 전쟁·문화 전쟁이라는 인식은 쓰루미 슌스케가 지적했듯이 결코 이토 세이만 갖고 있었던 인식은 아니며, '쇄국성의 올가미'에 빠진 '일본 지식인의 궤적'의 일례에 지나지 않을지도 모른다. 이토 세이의 경우, 이 심정은 실은 12월 8일에 돌연히 분출했던 것은 아니며, 이미 1년 정도 전부터 「도쿠노 이야기」에서도 언급되고 있다. 그리고 이 심정은 일본 지식인 일반의 것이라기보다는 중국인이나 조선인에 대한 우월감의 뒤집기이며, 개전 후 '귀축미영(鬼畜米英)'이나 '무찔러 멈추지 않으리'라는 표어를 착실하게 믿고 있던 일반 서민들의 감정에 가까운 것이었다. 아마 이는 러일 전쟁 이후 일본인 의식의 심층부에 존재했으며 '황화(黃禍)' 대 '백화(白禍)'라는 형태로 자주 표면으로 드러나면서 너무나 감정적이기 때문에 논리화를 거부했던 근대 일본인의 심정 그것이었다. 이런 '쇄국성의 올가미'에 빠졌던 지식인의 한 사람으로 와쓰지 데쓰로(和辻哲郎, 1889~1960)가 있다. 와쓰지는 1937년의 '지나사변' 발발 직후에 「문화적 창조에 종사하는 자의 입장」이라는 에세이를 발표하고, 일본인은 동양인 10억의 자유를 지키기 위해 조만간 백인 문화와 대결하지 않으면 안 되는 비장한 세계사적 운명을 부여받았다고 말했다. 그는 이 운명이 '대동아 전쟁'이라는 형태로 현실화되자 『일본의 신도·아메리카의 국민성』(1944)이라는 책자를 내고, 일본인이 생사를 초월

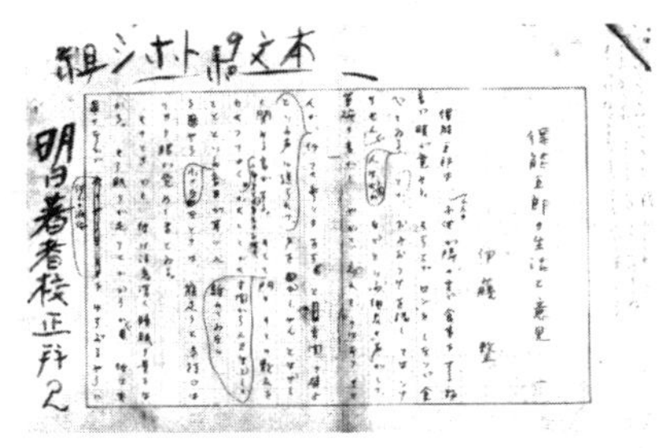

「도쿠노고로의 생활과 의견」 원고

한 '신하'의 입장에 서 있다면, 미국인은 '양(量)'만 중시해서 인륜을 상실하고 있다고 말하면서 "민족의 진정한 저력은 도의적 정신력이지 양은 아니다. 초조해서 일체를 거는 도박자는 의외로 약해서 쓰러지는 법"이라고 하였다.

그러나 이토 세이에게 아이로니컬한 것은 구미 문학의 영향을 받고 문학자가 된 자신이 백인들과 전쟁을 하게 되었다고 단지 황색 인종인 '야마토(大和) 민족'의 입장을 강하게 의식하지 않으면 안 된다는 사실만으로 지식인의 책임이 끝나는 것이 아니라는 점이다. 백인에 대한 이토 세이의 격렬한 적개심은 황색 인종에 대한 백색 인종의 우월을 전제로 하고 있기 때문에 '야마토 민족'의 선험적인 우월을 주장하고 있는 국가로서도 경계하지 않으면 안 되는 것이었다. 이토 세이보다 훨씬 일본주의적이고 이전부터 그의 서구적이고 방관자적인 사고를 불만스럽게 생각하고 있던 친구 모리모토 다다시(森本忠, 1903~)는 앞에서 인용했던 「이 감동 위축되지 않기 위해」를 읽고 그에게 충고의 편지를 보냈다. 이토 세이는 심하게 동요했고 편지를 받은 12월 6일 일기에 "황색인으로서의 결심은 내 쪽이 정당하다"고 생각하면서도 "이번 기회에 나의 사상적 내부 개조를 할 필요가 있다"고 기록하는 한편 미야코신문의 '대파소파'란에서 자신의 잘못을 시인하고 '신민'으로서의 의식을 강조한 평론을 발표하였다. 『신조』 2월호에 발표한 「12월 8일의 기록」에서는 실제로는 버스를 타고 황궁 앞을 지났을 뿐인데, 한조몬(半藏門)에서 버스를 내려 황궁을 예배한 것처럼 썼고, 『지성』 2월호 문예 시평 첫머리에서는 "12월 8일 선전의 조칙(詔勅)을 공포하고 일본은 대동아 전쟁에 들어갔다. 이 조국(肇國) 이후의 대전쟁에 직면하여 나는 한 달 남짓 마음이 정화되어 새로운 인간이 된 듯한 생각을 하고 있다. 8일 니주바시(二重橋) 앞에서 황궁을 예배할 때 내 마음속에 일본인으로서의 국민 의식이 울컥 솟아 그 감동을 억누를 수가 없었다"고 적었다. 그 후에도 그는 백색 인종에

야마모토 이소로쿠

대한 콤플렉스만은 두 번 다시 드러나지 않도록 경계했다. 그 대신 사람들 눈에 띄지 않는 일기에서는 마지막까지 '귀축미영'에 대한 노골적인 증오와 적의를 터뜨렸다. 1943년에 들어오면서 가달커널 섬 철수, 야마모토 이소로쿠(山本五十六, 1884~1943)의 전사, 앗쓰시마(アッツ島) 옥쇄로 일본의 패색이 짙어지자 애국자적인 전의는 점점 더 불타오르고 때에 따라서는 광신적이 되었다.

그러나 『태평양 전쟁 일기』의 뚜렷한 특징은 적에 대한 이런 격렬한 투쟁심과 애국적 심정이 자신과 가족의 생활만은 어떻게 해서라도 지키고 싶다는 가장으로서의 생활 방위 본능, 인생이나 자연에 대한 예리한 관찰, 유연한 감수성, 문학에 대한 애착과 공존하고 있는 다면성과 전체성에 있다.

이에 대해 『단장정일승』에서 가후는 전쟁은 물론 사회의 광분에 대해서도 초연한 태도를 관철하면서도 세태를 예리하게 관찰하고 풍자하고 있다. 예를 들면 개전 5일째의 기록을 살펴보자.

12월 12일. 개전 포고와 함께 거리 위의 전차와 기타 도처에 걸려 있는 광고문을 보니 "거만한 영미 우리들의 적이다. 나아가라 일억의 불덩어리(火の玉)"라고 써 있다. 어떤 사람 비웃으며 이를 빗대어 "옛날 영미 우리들의 스승이다. 곤궁한 일조의 국민 살림(火の車)"이라고 써서 길가의 공동 변소 안에 붙였다고 한다. 현대인이 만든 광고문에는 철이다 힘이다 국력이다 무엇이건 '~다' 자로 박자를 맞추는 버릇이 있다. 실로 타구타자(駄句駄字)라 하겠다.

다음해 벽두부터 국민들이 환호했던 싱가포르 함락 당시의 감상은 다음과 같다. 또 대 영미 개전 후 1942년부터 가후는 일기 표지에 썼던 쇼와 연호 대신 패전까지 서력으로 썼다.

나가이 가후가 태평양 전쟁이
시작된 날 적은 「단장정일승」

　2월 18일. 〔……〕 시라히게(白髭) 진자(神社) 근처에 사람들이 많이 모여
있어 가까이 가보니 다마노이(玉の井) 사창가 여조합의 어린 여자아이들이
사내에게 이끌려 싱가포르 함락 축하 기도를 드리기 위해 무리지어 참배하고
있다. 우스꽝스럽다고 해야 하리라.

　이토 세이뿐만 아니라 국민 전체가 가슴 아파했던 야마모토 이소로쿠의
전사와 앗쓰시마 옥쇄에 관해서는 놀라울 정도로 냉정하다.

　무릇 일국의 흥망은 한때의 승패와 장군 한 사람의 생사로 결정되는 것은
아니다. 패전해서 장군 한 사람이 죽는 것은 그 사람의 자포자기에 바탕한 것
으로 한 개인의 만족에 다름아니다. 자기의 명예와 그 찰나의 감정 때문에 수
많은 무명의 병졸을 희생하고 돌보지 않는 것은 지나친 이기주의라 하지 않
을 수 없다.

　이런 가후의 철저한 방관자적 태도는 가혹한 개인주의로 지탱되고 있다.
그러나 이는 그가 가정을 갖지 않고 생활을 상실했기 때문에 획득할 수 있었
던 입장이었다는 사실 또한 잊어버릴 수는 없다. 일찍이 에토 준(江藤淳,
1933~)은 다카미 준과 가후의 일기를 비교한 후 다카미 준은 가후가 갖고
있던 '자기'와 '거절'의 정신을 완전히 상실하고 있으며 그래서 외계에 대
한 산만한 관심을 과다한 감상적인 문체로 쓸 수밖에 없었다고 비판한 적이
있다. 다카미 준이 '자기'를 상실했다고 한다면, 이는 그가 무샤노코지 사네
아쓰처럼 자기 이외의 자기는 존재하지 않는다고 믿었기 때문이겠지만, 그
점에서는 이토 세이도 다카미 준과 먼 거리에 있었던 것은 아니다. 그러나
이토 세이가 다카미 준뿐만 아니라 가후와 결정적으로 다른 것은 이들이 상

집단 소개하는 학동들

실했던 '생활'을 확실히 갖고 있었다는 점이다.

『태평양 전쟁 일기』에서는 시시각각으로 변화하는 바깥 세계에 대한 관심이 내일의 생활과 행동을 향해 통일되고 일원화되었으며 이토 세이는 완전히 생활자가 되었다. 내일의 생활만을 생각하면서 산다는 것은 전쟁 치하의 가혹한 시대에서 살아남고자 했던 많은 사람들이 강요당했던 공통의 운명이다. 그러나 대부분의 문학자나 지식인은 자신은 보통 인간과는 다르다는 의식을 버리지 못했고, 실제로는 극히 보통 인간으로 뜻대로 되지 않는 생활을 보내면서도 생활에서는 눈을 돌리려고 했다. 이 점에서는 겉으로 군국주의적인 언사를 토했던 전쟁 협력자도, 서재에 틀어박혀 일기를 쓰면서 어리석은 전쟁을 비웃고 부자유한 생활에 화를 내면서도 생활자로 무위무책이던 '거절자'도 그리고 '저항파'도 거의 다른 점이 없었다고 할 수 있다.

앗쓰시마 옥쇄 후 일본군은 후퇴에 후퇴를 거듭하면서 한걸음 한걸음 궁지에 몰렸다. 1943년 6월에는 근로 동원 명령을 내렸고 10월에는 출진학도(出陣學徒)장도회를 거행했다. 1944년에 들어서자 3월부터 신문의 석간이 폐지되었고 6월에는 미군이 사이판 섬에 상륙하여 마리아나 해전이 시작되었다. 8월에는 학동들이 집단 소개(疏開)를 시작했고 정부는 10월의 대만 오키나와 항공전의 진실을 은폐하고 개전 이래 대전과라고 발표했다. 이토 세이는 대부분의 국민들과 함께 기적을 믿는 듯한 기분으로 대본영의 발표를 착실하게 믿어 10월 18일의 일기에 "우리 야마토 민족이 전쟁에서 강하다는 사실은 여기에서 충분히 발휘되었다"고 적고,

나는 올바르고 정확하게 전과를 이해했다. 나는 납득했다. 우리는 원구의 역(元寇の役)처럼, 단숨에 적을 전복시켜 섬멸한 것이다. 나는 정확함을 욕망한다. 나는 살아 있는 내 생명으로 실상을 확인할 것을 욕망한다. 확인하지 않고 감격하는 일이란 나에게 없다. 나의 이 인식 방법이 어떤 비판을 받더라

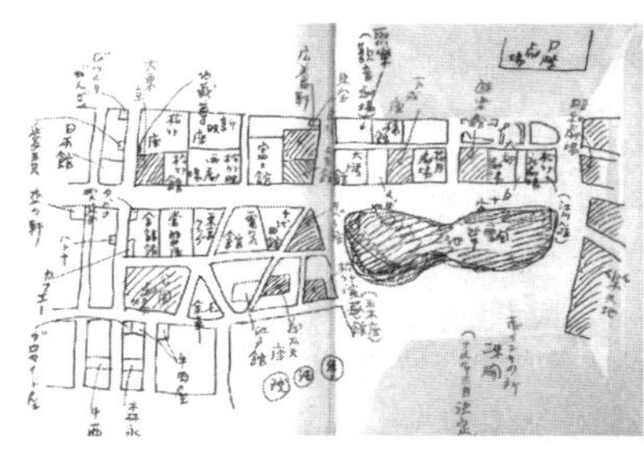

다카미 준의 『패전일기』에 나오는 지도

도 바꿀 수 없다. 일본은 지지 않는다.

라며 믿어지지 않는 대승리를 어떻게 해서라도 자신에게 납득시키려고 노력하였다. 곧이어 레이테만 해전이 시작되었고 가미가제(神風) 특공대가 출격했다. 그러나 다음 11월에는 B29가 처음으로 도쿄를 공습했다. 도심지 이치카야 근처에 살고 있던 우치다 햣켄은 유달리 무서움을 타면서도 "어떻게 되는지 끝까지 지켜보려는 기분"으로 도쿄를 떠나지 못했으며, 11월 1일의 첫 공습부터 패전 직후인 8월 21일까지의 상세한 일기를 나중에 『도쿄소진(東京燒盡)』(1965)으로 출판했다. 1945년 3월 10일의 도쿄 대공습으로 가후가 26년 동안 살았던 아자부(麻布)의 편기관(偏奇館)이 불탔고, 5월말에는 우치다 햣켄의 집도 불타고 말았다.

그런데 이보다 앞서 2월 25일 간다(神田) 주변이 맹폭을 당한 이틀 후 다카미 준은 불탄 자리를 보기 위해 요코마치(橫町)에 발을 들여놓았고 그 모습을 다음과 같이 일기에 적고 있다.

불탄 자리는 아직 생생해서 눈을 뜨고 볼 수 없는 참상이다. 오른쪽도 왼쪽도 앞도 뒤도 불타버려 어디에 눈길을 주어야 좋을지 모를 기분이다. 불탄 자리에서 무엇인가 하고 있는 이재민들은 아마 그럴 수밖에 없겠지만, 더러운 옷을 입었고 모두 창백한 얼굴을 하고 있다. 하지만 남자도 여자도 늙은이도 젊은이도 모두 씩씩하게 서서 일하고 있다. 재기 불능이라는 느낌은 아니다. 그런 일본의 서민들 모습은 합장하고 싶을 정도의 씩씩함과 훌륭함이었다. 그러나 나는 도망치듯이 불탄 자리를 급히 떠났다.

그리고 스루가다이시다(駿河台下)에서 오차노미즈 역으로 나온다.

고구마를 배급하는 여인들

　도중에 무슨 배급을 타는지 아낙네들이 싱글벙글 웃는 얼굴로 집에서 나오는 모습을 보았다. 참담한 비극 옆에서도 늘 변하지 않는 생활이 역시 이루어지고 있다는 것은——틀림없이 믿음직스럽고, 그렇지 않으면 곤란하겠지만, 또 그것이 당연한 일이기도 하겠지만, 묘한 느낌으로 마음에 강하게 닿아온다.

　다카미 준보다 하루 전인 2월 26일, 이토 세이도 우연히 간다 주변의 불탄 자리에서 수많은 사람들이 여러 가지 일을 하고 있는 모습을 기록하고 있으나 감상은 적고 있지 않다. 신바시(新橋)에서 내려 긴자를 걷고 있는 부분에 와서야 비로소 감상이 드러난다.

　간다, 니혼바시 주위에 노면 전차는 거의 다니지 않는다. 긴자 주위의 거리는 아직 눈이 많아 마을 사람들이 나와 눈을 치우고 있다. 저렇게 하루에 몇 킬로평방미터가 불타는데도 같은 옆동네에서 이렇게 사람들이 지내고 창문에 물건을 말리고 취사를 하는 것을 보니 도대체 무엇을 생각하고 있을까 바라보게 된다. 위험하다고 생각하지 않는 것일까. 간다가 하루 만에 불탔다면 니혼바시나 긴자에 사는 사람들은 그날 안에라도 물건을 옮기고 소개해야 하지 않을까. 이상하다. 불타고 폭격당하기를 그저 기다리고 있는 것은 아닐까.

　다카미 준과 이토 세이라는, 어떤 의미에서는 쇼와 10년대를 대표하는 동시대의 두 문학자의 차이가 여기에서 뚜렷하게 나타나고 있다. 다카미 준이 불탄 자리에 서서 일하고 있는 사람들을 '일본의 서민'이라 부르고 '씩씩하고' '믿음직하다'고 했을 때, 여기에는 '서민'으로 살지 않았던 자신의 '서민'에 대한 무의식의 거리와 우월감이 엿보이는 동시에 그 뒤집기의 꺼림칙

이토 세이의
『태평양 전쟁 일기』(1983)

함에서 오는, ‘일본 서민’과 일체가 되고 싶다는 화끈거리는 그런 소망을 느낄 수 있다. 그런 감상이나 자기 기만을 자신에게 허락하지 않고 ‘서민’도 ‘국가’도 거절하고 ‘자기’를 간직했던 것이 가후였다면, 이토 세이는 『태평양 전쟁 일기』에서 처음부터 ‘서민’의 한 사람이며 ‘서민’의 입장을 관철함으로써 생활자로서의 자기를 간직하려고 했다 할 수 있을 것이다. 그리고 우치다 햣켄과 마찬가지로 동시에 그 기록을 남기려고 했던 측면에 ‘서민’ 일반과는 다른 ‘문학자’의 정신이 살아 있음을 알 수 있다. 같은 일기에서 이토 세이는 “살아 있는 인간의 기록 그것이 문학이며, 충분히 사는 것 그것을 쓰는 것이 문학자”라고 쓰고 있다. 대부분의 문학자가 “충분히 사는 것”을 스스로 포기했던 전쟁의 시대에 이토 세이는 많은 과오를 범하면서도 극히 보통 사람의 한 사람으로 ‘충분히 살았’다. 그 사실이 『태평양 전쟁 일기』를 전시 치하의 서민의 귀중한 생활 기록인 동시에 대단히 실감나는 문학 작품으로 만들고 있다. 홋카이도로 소개하고 난 1개월 후에 패전을 맞았던 이토 세이는 일주일 후 일기를 쓰던 붓을 멈추면서 마지막으로 이렇게 적고 있다.

내 일기는 1941년말부터 3년 9개월에 걸쳐 계속 썼지만 이제 끝마쳐야 할 시기가 되었다고 생각한다. 전쟁의 일기는 전후를 포함하지 않으면 완전한 것이 될 수 없다. 그러나 국토를 적병들이 관리하게 되었고 조국의 불패를 자랑하던 병사들이 무기를 버리고 전함을 전부 적에게 건네준 이후의 패전국의 국민 생활은 또 별개의 기록을 형성할 것이다. 그리고 그것을 쓰는 입장은 지금까지 나의 그것과 다르지 않으면 안 될 것이다.

나는 펜과 종이를 갖고 전원에 숨어 조국 일본의 자연의 기록자로서 살든가 또는 저잣거리에 숨어 인정의 슬프고 쓴맛을 기록하면서 살아가리라. 나뭇잎의 살랑거림이 눈에 들어오는 한, 인간의 희로애락 표정을 이 눈으로 보

일본 본토를 공습하는 B29

는 한, 나에게는 살아서 그것을 기록한다는 보람이 주어지리라. 나는 40살과 7개월에 이르렀다. 아직 살 시간은 상당히 남아 있다고 생각해도 좋을 것이다.

제3부

전후 문학사

── 패전에서 1955년까지

제1장

서

1988년 12월 25일 오오카 쇼헤이는 쇼와의 종착지를 눈앞에 두고 죽었다. 1909년 도쿄 시 우치코메(牛込) 구 신오가와(新小川) 정 3정목 10번지에서 태어났던 오오카 쇼헤이는 79세의 생애를 마감했다.

마찬가지로 1901년 4월 29일에 태어났던 쇼와 천황 히로히토(裕人)는 쇼와 1989년 1월 7일에 그 생애를 마감했다.

1970년 11월 25일, 미시마 유키오가 자위대 이치카야 관사를 기습하고 할복 자살을 했을 때, 다케다 다이준(武田泰淳, 1912~1976)은 "죽음은 평등이다. 아무리 장렬하게 거둔 죽음도 아무리 비참한 쇠약사도, 만인들 앞에서 절규한 죽음도, 아무도 모르게 조용하게 죽은 죽음도, 자기 주장의 죽음도, 침묵의 죽음도 평등하지 않으면 안 된다. 만일 죽음에도 가치가 있다면 어떤 죽음의 무게도 같지 않으면 안 된다"(「미시마 유키오 씨의 죽음 이후에」, 1971)라고 말했다.

오오카 쇼헤이의 죽음도, 천황 히로히토의 죽음도, 미시마 유키오의 죽음도, 다케다 다이준의 죽음도 똑같이 한 인간의 죽음이며, 한 일본인의 죽음이며, 그 죽음은 평등하다. 그들은 모두 쇼와라는 시대에 정신적 · 육체적인

8월 15일의
황실 앞 광장과
가미가제로
사라진 조종사들

상징을 새기고 자신의 죽음을 각자 맞았던 것이다.

쇼와 천황 히로히토는 1941년 12월 8일, 영미에 대해 선전 조서를 발표했다. 또 일본의 항복 조건에 대한 연합국측의 회답을 얻어 개최했던 어전회의에서 포츠담 선언을 수락하고 일본의 항복을 결정했으며, 1945년 8월 15일 전쟁 종결의 조서를 발표했다. 다음해인 1946년 1월 1일에는 신격화 부정의 조서를 발표했다. 한 사람의 인간이 신이 될 수는 없다. 그러나 신격화를 스스로 부정할 때까지 쇼와 천황 히로히토는 아라히토가미(現人神)로 있지 않으면 안 되었다. 일본인들은 그런 역사를 살았던 것이다. 쇼와 천황 히로히토의 개인사 또한 그런 역사를 살았다. 아니, 그렇게 살게 되었던 것이다.

미시마 유키오는 그런 쇼와 천황 히로히토에 대해 "어째서 천황 폐하는 인간이 되셨는가. 어째서 천황 폐하는 인간이 되셨는가. 어째서 천황 폐하는 인간이 되셨는가"(「영령의 목소리(英靈の聲)」, 1966)라고 쓰지 않을 수 없었다. 여기에는 신격화 부정에 대한 부정의 논리가 있다. 이 부정의 논리는 다케다 다이준이 죽음은 평등이라고 했던 논리와 대립한다. 하지만 간과할 수 없는 것은 미시마 유키오가 "어째서 천황 폐하는 인간이 되셨는가"라고 쓰고 있다는 점이다. 여기에는 쇼와 천황 히로히토가 '인간'이 되었다는 사실에 대한 미시마 유키오의 인식이 있다. 이 인식 위에서 부정의 논리는 조립되고 있는 것이다.

1944년 3월, 35살 때 소집된 오오카 쇼헤이는 필리핀 민도로 섬에 건너가 생사의 경계를 헤매다 다음해인 1945년 1월 25일 기절한 가운데 미군에게 발견되어 포로가 되었으며, 포로수용소 생활을 거친 후 본토로 송환되었다. 그 오오카 쇼헤이가 8월 15일의 이야기꾼(語り部)이 되었던 것은 1947년 2월에 민도로 섬에 출몰했던 일본군 패잔병 16명이 주민들에게 살해당했을 때부터이다. 그는 같은 해 필리핀에 파견된 유골 수집선 '긴가마루(銀河丸)'가 출발했을 때, 무의식중에 끓어오르는 애끓는 상념을 시로 썼다. "어이,

다케다 다이준

자네들. 이토, 마후지, 아라이, 구리카와, 이치키, 히라야마, 그리고 또 한 친구 이토, 그리고 이름은 잊어버렸지만 산호세에서 죽은 친구들, 니시야 중대장님, 이노우에 소대장님, 오가사와라 군조님, 노베 군조님. 연습선 '긴가마루'가 여러분의 뼈를 모으러 오늘 도쿄를 출발하는 것을 보고합니다. 그때부터 13년이 지난 오늘까지도 부두에서 울고 있는 여자들이 있음을 보고합니다. 벌써 뼈가 되어버린 여러분을 아직도 생각하고 있는 인간이 있습니다. 저 산속, 땅 밑, 숲속의 모든 사람의 뼈에까지 도착할 수는 없겠지만 어쨌든 산호세에서 축제가 열립니다. 〔……〕 '긴가마루'건 무엇이건 누구도 갈 수 없는 산속이다. 또 아무래도 자네의 뼈에는 미칠 수 없다. 그러나 '긴가마루'가 간다고 하면 자네 마누라는 부두에 달려나왔고, '긴가마루'가 저 멀리 조그맣게 사라지면 부두에서 소리없이 울었다. 그리고 나도 이 글을 쓰면서 울고 있다. 엉엉 소리 내서 울고 싶은 것을 참고 있다. 말이 딱딱해졌지만 내 말을 받아주게. 도와주게." 이것은 생사를 함께했던 개인이 개인에게 보낸 말이다. 그것은 동시에 산 자가 죽은 자에게 보낸 말이다. 여기에서 "문학에서 사자의 문제는 얼마나 그들과 함께 사느냐에 달려 있다"는 오오카의 철학이 정착하고 있다. 이 사자와의 공생에 기초해서 "언론은 미래에 대한 희망이 없으면 성립하지 못한다. 그러므로 소멸할 것이라면 아무것도 말할 필요도 없을 것이다"(「38년째의 8월에」)라는 자세가 확립된다.

중일 전쟁이 시작되었던 1937년, 25살 때 소집되어 일개 병졸로 상해의 우슨에 상륙했던 다케다 다이준은 서주 · 무한 작전에 종군했다. 그리고 1944년 6월 이번에는 일중문화협회의 일원으로 황포강 부두에서 상해로 상륙했다. 당시 상해는 '세계'의 축도였다. 다케다 다이준은 '세계'의 중심에 자기 몸을 가로 눕혔던 것이다. 패전은 그에게 '멸망'을 가르쳐주었다. 그러나 그가 '멸망'에 대해 썼던 것은 이때가 처음은 아니다. 그는 「사마천(司馬遷)」(1943)에서 "영광으로 가득한 평화로운 전통은 언제까지 계속되는 것은

1938, 39년 무렵
중국 대륙에서의 다케다 다이준

아니다. 그것은 언제인가 멸망함으로써 끝난다"고 분명하게 쓰고 있다. 「사마천」이 표현했던 '세계'는 멸망을 되풀이하는 지속의 세계였다. 1945년 8월 15일, 그가 상해에서 '보았던' 것은 묵시록의 세계였다. 이때 그는 "파멸의 격렬함"(「멸망에 대하여」, 1948)에 충격을 받고 "일본의 파멸이 최후의 심판"이라고 느꼈던 것이다. 원래 일본인은 멸망을 좋아한다. 그 중에서도 극구 찬양하는 것이 영웅의 멸망이며 일족의 멸망이다. 미나모토노 요시쓰네(源義經, 1159~1189)의 죽음을 좋아하고, 『헤이케모노가타리(平家物語)』의 영탄을 좋아한다. 하지만 진정한 멸망이란 그런 것이 아니다. 우리들은 멸망과 비참을 볼 수 있지만 사실은 볼 수 있다는 수동의 형태가 아니라 적극적으로 그것을 '보는' 것이어야 한다. 여기에 다케다 다이준의 제행무상 사상이 성립한다. "모든 것은 변화한다. 서로 관계하고 변화한다"(「나의 사색 우리의 풍토」, 1971), 그 제일보를 내디뎠던 곳에서 그는 이렇게 썼던 것이다. "전쟁으로 어느 나라가 멸망하고 소멸하는 것은 세계라는 생물의 흔한 소화 작용이며 월경 작용이며 하품이기도 하다. 세계의 자궁 안에서 몇개 혹은 몇십 개의 민족이 싸우고 소멸하는 것은 혈액 순환이 잘되기 위한 세계의 내장 운동에 지나지 않는다. 이 운동이 사라지면 세계 그 자체가 쇠약해져 사멸하지 않으면 안 된다. 우리 인간은 개체 보존의 본능, 그것이 발달해서 생긴 종족 보존의 본능 덕분에 이런 불길한 진리를 몹시 싫어하고, 또 그 본능의 일상적인 격렬함 때문에 멸망의 보편성을 잊고 있기는 하지만, 그러나 그것이 존재하고 있다는 사실은 아무래도 부정할 수 없다. 세계 자체는 자기 육체의 생리적 필요를 잘 납득하고 있다. 그래서 세계에게 자기 태내의 개체나 민족의 소멸은 별로 어둡고 음산한 현상은 아니다"(「멸망에 대하여」). 이런 다케다 다이준이 일본의 패전을 처녀성의 상실 정도로 보았다고 해도 이상한 일은 아니다. '세계'에게 일본의 패전으로 인한 멸망 따위는 단순한 생리 현상의 하나일 뿐이며 "별로 어둡고 음산한 현상은 아니다." 그

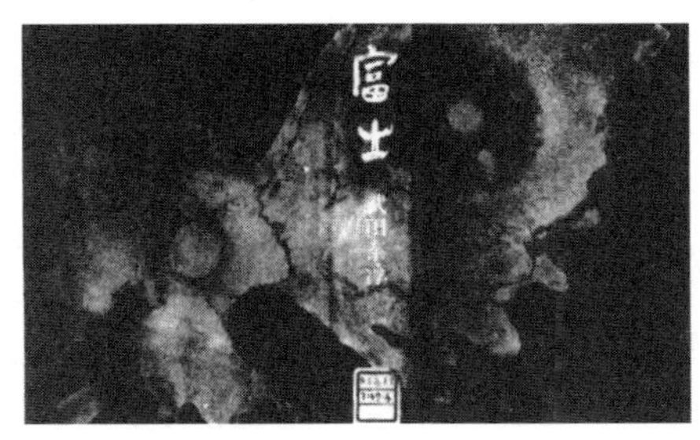
다케다 다이준의 『후지』

것은 중국처럼 몇 번이고 멸망을 되풀이함으로써 "복잡하고 성숙한 정욕을 키운 여체"(같은 글)로 성장하기 위한 첫걸음에 지나지 않는다. 그렇지만 멸망이 문화를 낳는 일이란 멸망 본래의 의미에서 말하면 불가능하다. 문화를 낳는 이상 거기에는 '비멸망'이라는 한 선, 가늘고 거의 분별하기 어려운 선 하나가 있음에 틀림없다. 그것을 '볼' 필요가 있다. 다행스럽게도 일본은 아직 제2의 멸망을 경험하지는 않았다. 그것은 일본인이 '비멸망'의 저 가느다란 한 선에 서서, 여기에 맞서는 원초적 인간의 이미지 창조에 마음을 기울였기 때문이 아닐까.

전후의 공간에서 그들의 문화를 창조했던 오오카 쇼헤이도 미시마 유키오도 다케다 다이준도 지금은 죽고 없다.

오오카 쇼헤이는 1971년 9월 『레이테 전기(レイテ戰記)』를 간행했다. 미시마 유키오는 1971년 2월 '풍요의 바다(豊饒の海)' 4부작의 마지막 권인 『천인오쇠(天人五衰)』를 간행했다. 다케다 다이준은 1971년 11월 『후지(富士)』를 간행했다. 전후 문학의 도달점은 1971년 1월에 간행하고 완결된 노마 히로시(野間宏, 1915~1991)의 『청년의 환(靑年の環)』 6부작 전 5권을 포함해서 모두 1971년에 집중되어 있다. 1971년은 전후 문학이 최종적으로 끝났던 해로 기념해도 좋을 것이다.

1980년대를 대표하는 작가의 한 사람이 된 무라카미 하루키(村上春樹, 1949~)는 "우리들은 1970년에 급속 냉동되었다"(「'이야기'를 위한 모험〔'物語'のための冒險〕, 1985)라고 말했던 적이 있다.

전후 문학이 최후의 불꽃처럼 화려하게 일제히 꽃을 피웠던 1971년과 무라카미 하루키가 급속 냉동되었다고 말한 1971년, 이것이 우리들이 아는 바 동시대의 공간이다. 그리고 쇼와는 끝났다. 우리들은 지금 이 장소에서 전후 문학사를 다시 쓸 필요가 있다.

히로시마(1945. 8. 6)와
나가사키(1945. 8. 9)에
투하된 원자 폭탄

하라 다미키와 일본의 원폭 문학

1945년 8월 6일 오전 8시 15분, 히로시마 상공에서 원자 폭탄이 작렬했다. 그 순간 하라 다미키(原民喜, 1905~1951)는 히로시마의 자택에서 피폭을 당했다. "돌연, 내 머리 위에 일격이 가해졌고 눈앞에 암흑이 굴러떨어졌다. 나는 엉겁결에 울부짖으며 손으로 머리를 붙잡고 일어났다"(「여름의 꽃」, 1947). 집을 나와 인근 이즈미야시키(泉邸)의 냇가에 있는 샛길에 앉았을 때 하라 다미키는 "지금, 문득 내가 살아있다는 것과 그 의미"에 충격을 받고 "이것을 써서 남겨놓지 않으면 안 된다"고 마음속으로 중얼거렸다.

하라 다미키는 타인들마저 "당신은 죽음으로 살았던 작가였다"(하니야 유타카, 「조사」, 1951)고 보았던 작가이다. 1944년생의 모든 것이었다고 해도 좋은 아내를 잃었던 그는 "만일 아내와 사별한다면 일 년 간만이라도 살아남으리. 슬프고 아름다운 한 권의 시집을 남기기 위해서"(「아득한 여행〔遙かな旅〕」, 1951)라고 결심하고 히로시마로 돌아왔다. 그는 "원자 폭탄의 일격으로 이 지상에 새롭게 추락한 인간"(「폐허에서」, 1947)이 바로 자신이라고 느꼈다. 그는 이런 미증유의 시련을 거친 다음 인간은 전혀 '새로운 인간'으로 다시 태어날 것이라고 생각했다. 인간에게 상처를 주고 가만 내버려두지 않는 인간의 악의는 히로시마, 나가사키 사람들의 머리에서 번쩍이면서 인간의 얼굴 모습을 갈가리 파괴한 광선을 하나의 계시로 하여 이 세계에서 추방될 것이라고 굳게 믿었다.

하라 다미키는 사방이 텅 빈 폐허 속에서 새로운 각성을 하였다. 그때까지 그의 작품은 「죽음과 꿈(死と夢)」 연작, 「유년화(幼年畵)」 연작에서 볼 수 있듯이 죽음과 꿈과 환상으로 채색된 것이었다. 그러나 「여름의 꽃」「폐허에서」「괴멸의 서곡」(1949) 3부작, 죽은 아내에 대한 진혼가인 「아름다운

254

하라 다미키

죽음의 언덕에서(美しき死の岸に)」의 연작은 이전 작품들과 달랐다. 이들은 투철한 일상 생활자의 눈길로 하나의 죽음과 무수한 죽음을 묘사하고 있다. 하나의 죽음과 무수한 죽음을 어떤 의미에서는 인간이기를 거부한 것처럼 보이는 눈으로, 객관적인 문체로 쓰고 있는 것을 우리들은 알게 된다. 인간을 투시하려는 순수한 눈으로 '볼' 때, 누구나 똑같이 생의 고통을 받으며 죽어가는 인간의 모습에는 한 조각의 감상도 필요없다.

여기에 「여름의 꽃」 3부작이 일상 생활자의 눈길로 원폭의 참상을 새겨넣으면서도 일상을 초월하는 영원성을 부여받을 수 있었던 비밀이 있다.

전후는 하라 다미키가 생각했던 '새로운 인간'의 원상(原像)을 파괴하는 시기였다. 하나다 기요테루(花田清輝, 1909~1974)는 하라 다미키가 자기 몸이 유리로 만들어져 있다고 생각하는 '유리 학사(びいどろ學士)'를 묘사했던 「빙화(氷花)」(1947)에서 보여준 조형 방법을 더 추구했어야 했다고 지적하였다. 이 지적에는 일리가 있다. 하지만 하라 다미키는 그렇게 하지 않았다. 그는 "나를 생의 심연에 빠뜨리는"(「진혼가」, 1949) '사자'의 '고요' 쪽으로 자기의 시선을 이동시켰다. 그는 "나는 참으라. 고요를 참으라. 환상을 참으라. 생의 심연을 참으라. 참고 참아 참는 것을 참으라. 하나의 탄식을 참으라. 탄식이여, 탄식이여, 나를 관철하라. 돌아올 곳을 잃어버린 나를 관철하라. 떨어져나간 세계의 나를 관철하라"(같은 글)를 고별사로 남기고 죽음의 아름다운 나라로 갔던 것이다. 하라 다미키가 철로에서 자살했던 것은 1951년 3월 14일이다. 이때 우리들은 중요한 그 무엇을 전후의 공간에서 잃었다.

하라 다미키의 「여름의 꽃」은 「원자폭탄」이라는 제목으로 "피폭 직후 재빨리 탈고"(사사키 기이치에게 보낸 1951년 11월 24일자 편지)됐던 작품이다. 일본의 원폭 문학은 「여름의 꽃」을 출발점으로 하여 이후 다음과 같은 세 가지 흐름으로 발전한다.

오타 요코

먼저 첫째는 1945년 8월 6일 히로시마, 8월 9일 나가사키에 원폭이 투하되었을 때 히로시마와 나가사키에 우연히 있었던 문학자들은 자신들이 보았던 참상을 자세하게 기록했다. 이 시기의 작품으로는 하라 다미키의 「여름의 꽃」「폐허에서」「괴멸의 서곡」 3부작, 「진혼가」「소망의 나라(心願の 國)」에 이르는 작품과 오타 요코의 「시체의 거리(屍の街)」(1948), 「반인간(半人間)」(1954) 등 일련의 작품, 도우게 산키치(峠三吉, 1917~1953)의 「원폭시집」(1951) 등이 있다.

둘째는 피폭자는 아니지만 작가로서 히로시마, 나가사키를 만나 자기 내부에 있는 히로시마와 내부에 있는 나가사키를 주제로 작품을 썼던 사람들이다. 이부세 마스지의 「검은 비」, 사타 이네코의 「나무 그림자(樹影)」(1974), 훗타 요시에(堀田善衛, 1918~)의 「심판」(1963), 이이다 모모(いいだ もも, 1926~)의 「아메리카의 영웅」(1965), 이노우에 미쓰하루(井上光晴, 1926~)의 「땅의 무리(地の群れ)」(1963), 「내일(明日)」(1983), 후쿠나가 다케히코(福永武彦, 1918~1979)의 「죽음의 섬」(1971), 다카하시 가즈미(高橋和巳, 1931~1971)의 「우울한 당파」(1965), 오다 마코토(小田實, 1932~)의 「Hiroshima」(1983) 등 탁월한 작품이 있다. 그리고 "핵시대에 인간답게 살아가는 것은 핵병기와 그것이 문명에 가져오고 있는 모든 광기에 대해 가능한 확실한 상상력을 기울이며 살아가는 것"이라는 신념을 가졌던 오에 겐자부로의 「히로시마 노트」(1965)에서부터 「홍수는 나의 영혼에 넘쳐흘러(洪水はわが魂に及び)」(1973), 「'레인 트리'를 듣는 여인들('雨の木'を聽く女たち)」(1982), 「새로운 인간이여 눈을 떠라(新しい人よ眼ざめよ)」(1983)에 이르는 작품들이 우리들의 재산으로 남아 있다.

셋째는 학생 시절에 히로시마, 나가사키에서 피폭을 당했던 사람들이 나중에 작가가 되어 피폭 후유증의 불안에 시달리면서 자기를 응시하고, 동시에 8월 6일 히로시마에서, 8월 9일 나가사키에서 죽은 친구들과 이웃 사람

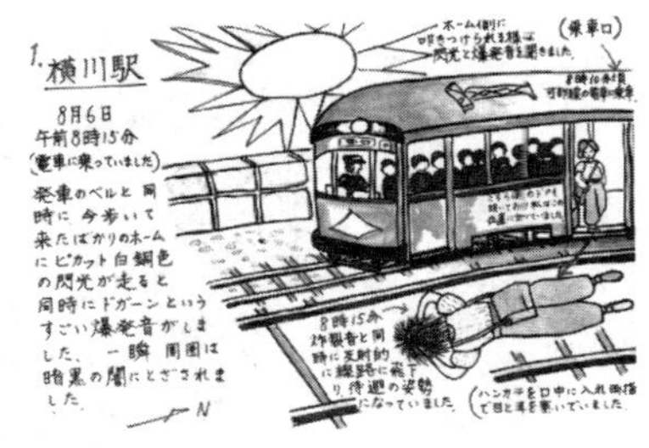

피폭당한 시민이 그린
그림의 일부

들, 그리고 전후 43년 동안에 병들어 죽은 친구나 가족을 진혼하기 위해 쓴 작품이다. 그 중에는 하야시 교코(林京子, 1930~)처럼 8·9 나가사키 이야기꾼으로 된 사람도 있다. 하야시 교코의 「축제의 장(祭りの場)」(1975), 「유리 세공(ギャマンビードロ)」(1978), 「없는 것처럼(無きが如き)」(1981), 다케니시 히로코(竹西寛子, 1929~)의 「의식(儀式)」(1969), 「관현제(管絃祭)」(1978), 와타나베 히로시(渡邊廣士, 1929~)의 「종말 전설」(1978) 등의 작품이 있다.

핵을 둘러싸고 이만큼 광범위하게 또 깊이 파헤친 문학 작품을 쓰고 있는 나라는 일본 이외에는 없다. 이들은 하라 다미키가 전후의 한복판에서는 생각하지 못했던 것을 일상적인 것과 미래적인 것 양면에서 파악해서 표현하고 있다. 하라 다미키에서 시작된 원폭 문학의 계보만큼 전후 문학의 가능성을 잘 달성했던 것은 없다고 할 수 있다.

『근대문학』에서 활약한 문학자들

전후에 가장 빨리 통합적인 활동을 시작했던 것은 1946년 1월에 창간한 동인지 『근대문학』에서 활약했던 문학자들이다. 그 동인이란 아라 마사히토(荒正人, 1913~1979), 오다기리 히데오(小田切秀雄, 1916~), 사사키 기이치, 하니야 유타카, 히라노 겐, 혼다 슈고, 야마무로 시즈카이다.

1945년 10월 3일, 마쓰도(松戶)의 사사키 기이치 집에서 사사키, 아라, 하니야, 히라노, 혼다 등 재경 동인 5명이 모인 것이 『근대문학』이 발족했던 첫날이다. 여기에서 결정된 잡지의 성격은 다음과 같다.

1. 예술지상주의, 정신의 귀족주의

『근대문학』 동인들.
왼쪽부터 아라 마사히토, 혼다 슈고,
야마무로 시즈카, 히라노 겐, 하니야 유타카,
사사키 기이치.

1. 역사전망주의
1. 인간존중주의
1. 정치적 당파로부터의 자유 확보
1. 이데올로기적 착색을 불식한 문학적 진실의 추구
1. 문학에서의 공리주의 배격
1. 시사적 현상에 구애받지 말고 백년 앞을 목표로 함
1. 30대의 사명

하니야 유타카의 「『근대문학』 창간까지」(『근대문학』, 1955. 11)에 의하면 동인들이 공통적으로 갖고 있는 특징의 첫째는 각자 과거에 좌익 운동에 관계했다는 것이다. 여기에서 『근대문학』이 목표로 삼아야 할 문학상(文學像) 세 가지가 거론되었다. 첫째는 정치의 직접적인 착색을 배제한다는 것이다. 이것은 예술지상주의의 대구로 역사전망주의를 내걸고, 둘이면서 하나라는 의미에서 예술지상주의를 중시하는 것이다. 둘째는 실감에서 출발해서 문학적 진실을 추구하는 이른바 주체성의 존중이라는 것이다. 셋째는 혁명 운동, 전향, 전쟁이 거듭되던 시대를 살면서 천국과 지옥을 동시에 들여다보았던 30대의 사명이라는 '주류설(主流說)'에 바탕한 세대론의 견해이다. 이 제1항, 제2항을 중심으로 혼다 슈고는 창간호에 「예술·역사·인간」을 썼고, '주류설'을 주장한 아라 마사히토는 제2호에 「제2의 청춘」을 썼다. 이 글에서 혼다 슈고는 "설령 좌익 운동이 그대로 계속되었다고 해도 일본의 프롤레타리아 문학이 거기에서 다시 크게 성장하기 위해서는 발을 땅에 붙이고 다시 탈피할 필요가 있다"고 지적했으며, 아라 마사히토는 "절망을 알고 심연을 더듬고 허무의 세계를 엿보면서" "역사의 어두운 계곡을 지나왔던 30대"야말로 "제2의 첫사랑처럼 이상을, 인간을, 휴머니즘을 지금 다시 한번 사랑"해야 한다고 주장했다. 혼다 슈고와 아라 마사히토의 주장에는 이미

『근대문학』 창간호(1946. 1)

나카노 시게하루를 비롯한 선행 프롤레타리아 문학자들과 충돌할 관점이 내
포되어 있다. 또 나중 세대인 요시모토 다카아키가 "전후 문학을 내 방식으
로 한마디 한다면 전향자 또는 전쟁 방관자의 문학이다. 그들은 전쟁을 통과
하면서 비로소 전향자·방관자·니힐리스트가 되었던 것이 아니라 전향
자·방관자·니힐리스트의 심정으로 전쟁을 통과했을 것이"(『군상』, 1957.
8)라고 지탄했던 '전후 문학' 전반을 향한 비판의 싹을 『근대문학』은 이미
배태하고 있었다. 아라 마사히토, 오다기리 히데오, 사사키 기이치, 하니야
유타카, 혼다 슈고도 모두 검거당하고 수감된 가운데 전향했지만, 그들은
"전향자·방관자·니힐리스트의 심정으로 전쟁을 통과"했으므로 분명 요시
모토 다카아키가 지적한 것처럼 "전쟁을 통과하고 비로소 전향자·방관
자·니힐리스트가 되었던 것은 아니었"다. 혼다 슈고의 「『전쟁과 평화』론
(『戰爭と平和』論)」(1947)은 전쟁중에 씌어진 것이나, 그의 의식에서 이것은
하야시 후사오나 나카노 시게하루, 무라야마 도모요시 그 밖의 많은 사람들
이 전향 문학을 썼던 것과 같은 의미에서 "전향 문학이다"(『근대문학』, 1948.
4의 좌담회 「비평의 신차원」)라고 생각해서 썼던 글이었다. 하지만 그것이 전
향 문학으로 성립하기 위해서는 '인류학적 등가'(「비평의 기준이 없어서는
안 된다」, 『문학』, 1957. 7), '보편적 인간성'(「'인류학적 등가'에 대하여」, 『문
학』, 1964. 2)의 개념 제시를 거쳐 「시가 나오야」(1990)에서 결실을 맺는 '자
기'와 '자연'관의 확립까지 기다리지 않으면 안 되었다. 여기에서 그는 "보
기 때문에 있는 것인가"와 "있기 때문에 보이는 것인가"를 일체로 삼아 추
구하고 있다. 혼다 슈고는 보다 철저하게 추구하기 위해 로맨티시즘·로마
네스크를 추구하는 일을 단념했던 것이다. 여기에 전후 문학의 한 유형이 있
다. 혼다 슈고는 요시모토 다카아키를 향해서 "'보편 인간성'은 나로서는
어쩔 수 없는 체험이다. 그것을 이해해주었으면 좋겠다"(「'인류학적 등가'에
대해서」)라고 요청하고 있는데, 그 이해가 성립되기 위해서는 그 체험을 절

혼다 슈고

대화하고 보편화할 수 있는 이론을 필요로 한다.

'자연'과 '인간,' '필연'과 '자유'의 싸움은 현실과 이상의 싸움이기도 하다. '인간'에 대한 '자연,' '자유'에 대한 '필연'의 승리는 이상에 대한 현실의 승리이기도 하다. '인간'에 대한 '자연,' '자유'에 대한 '필연'의 승리를 선언하는 숙명론은 이상주의의 승인이기도 하리라. 동시에 이것은 또 현실로 이상을 파괴하는 톨스토이의 자아 확대의 한 형식이기도 하다. (「『전쟁과 평화』론」)

이것이 혼다 슈고가 전후 문학이 출발하는 장소에서 썼던 제일성이다. 그러나 이 말이 톨스토이, 시가 나오야, 자신을 관류하는 '보편 인간성'의 한 형식으로 자기의 세계 속에서 확립되었던 것은 「만습 시가 나오야(晚拾志賀直哉)」에서이다. 그 자기 확립을 위해 「『전쟁과 평화』론」을 쓰고 나서 40여 년의 세월이 필요했다. 거기까지 가지 않았더라면 혼다 슈고의 전후 문학의 공간은 완성될 수 없었다. 이처럼 숙명을 특권화하기 위해서는 오랜 세월이 걸린다. 이 숙명을 특권화하기 위한 필연성과 한계성을 『근대문학』에서 활약했던 문학자들은 출발할 때부터 지니고 있었다. 그 문학이 갖고 있는 혁신성과 여기에서 파생하는 왜곡이 전후 문학에 대한 대립·논쟁을 낳게 되었던 큰 요인이다.

전후 문학자와 전후파 문학자

지금까지 '전후 문학'과 '전후파 문학'이라는 말이 혼란스럽게 사용되었다. 그 요인은 여러 가지가 있다. 이 문제를 다루는 논자의 입장에 따라 그

것은 십인십색이었다. 가령 '제1차 전후파'라고 하는 경우, 그것은 누구누구를 가리킨다는 정설조차 없었다. 또 어떤 사람은 '제1차 전후파' 다음에 '제2차 전후파'가 있고, 다음에 '제3의 신인'이 온다고 말한다. 다른 사람은 '제1차 전후파'의 후속 부대로 '제2의 신인'이 있고, 다음에 '제3의 신인'이 온다고 말한다.

이런 발상에는 두 개의 특징이 있다. 하나는 전후 문학사의 공간을 살았던 문학자가 어디에 악센트를 두고 사고를 시작하느냐에 따라 결정되는 문제이다. 둘째는 이소다 고이치가 지적(「전후 문학의 전환」)했듯이 문단적인 등장 순위가 작용하고 있다는 점이다.

제3의 신인이라는 말은 야마모토 겐키치가 「제3의 신인」(『문학계』, 1953. 1)을 발표하면서 최초로 사용했지만, 진짜 명명자는 『문학계』 편집부였음을 야마모토 겐키치 자신이 증언하고 있다. 제1의 신인이 제1차 전후파를 의미하며, 1952년 시점에서 문예 저널리즘의 현장에 새로 등장했던 신인 작가들을 제3의 신인이라고 명명했다. 그렇다면 제2의 신인은 어디에 있는가? 혼란은 이때부터 시작되었다고 할 수 있다.

주목해야 할 것은 전후 문학을 부정하는 입장에 섰던 야마모토 겐키치조차 제1차 전후파를 제1의 신인으로 생각하고, 제1차 전후파부터 헤아려 세 번째 신인이라는 의미에서 제3의 신인을 취급하고 있다는 사실이다.

히라노 겐은 "노마 히로시의 『어두운 그림(暗い繪)』에 붙인 아프레게르라는 말, 아라 마사히토의 『제2의 청춘』에 적힌 어두운 계곡이라는 말, 그것이 곧 일반화된 사실"(「전후 문학의 달성」, 1952)에서 '전후 문학의 제일성'을 인정하였다.

이 아프레게르라는 말의 명명자는 나카무라 신이치로(中村眞一郞, 1918~)이다. 나카무라 신이치로는 진선미사(眞善美社)에서 내는 새로운 총서의 재킷에 넣을 표어를 생각해달라고 하나다 기요테루가 부탁하자 après-

환담하는 3인의 작가들.
엔도 슈사쿠, 나카무라 신이치로,
후쿠나가 다케히코

guerre créatrice라는 말을 골랐다. 그것은 "창조적 전후 세대라는 정도의 의미"(「전후 문학의 회상」, 1963)였다. 이 '아프레게르 총서'는 노마 히로시의 「어두운 그림」을 필두로 나카무라 신이치로의 「죽음의 그림자 밑에서(死の影の下に)」, 마부치 료지(馬淵量司, 1915~)의 「불모의 묘지(不毛の墓場)」, 후쿠나가 다케히코의 「탑(塔)」, 다키 시게루(田木繁, 1907~)의 「나 하나는 예외이다(私ひとりは別物だ)」, 다케다 도시유키(竹田敏行, 1913~1967)의 「최후의 퇴장(最後に退場)」, 오다 진지로(小田仁二郎, 1913~1979)의 「촉수(觸手)」, 아베 고보(安部公房, 1924~1993)의 「종착로의 표지에서(終りし道の標べに)」, 시마오 도시오(島尾敏雄, 1917~1986)의 「단독 여행자」 등을 간행했다. 나카무라 신이치로가 말하듯이 이들은 전전부터 있었던 일본 소설의 전통적인 수법과는 다른 곳에서 출발했던 작품으로서 당시의 문학적 전위였다. 이들은 '창조적 전후 세대'라는 말에 악센트를 두었다.

이에 대해 전쟁을 매개로 "방법적으로는 전대의 일본적 리얼리즘과 대립하고 세계관적으로는 마르크스주의 문학·민주주의 문학의 정정이라는 역할을 동시에 수행하지 않으면 안 되었던"(「전후 문학의 달성」) 아라 마사히토, 노마 히로시, 하니야 유타카, 시이나 린조(椎名麟三, 1911~1973) 등 전후 문학자가 있다. 여기에 아라 마사히토가 "전후 문학의 공통분모"(좌담회 「전후 문학의 총결산」)로 거론했던 사항, 즉 전쟁을 주체적으로 파악한다는 것, 자연주의적 리얼리즘에 저항한다는 것, 사회적 시야를 확대했다는 것, 실존주의적 경향이 있다는 것 등의 네 가지 점을 덧붙이면 그 전후 문학상이 보다 더 분명해지리라. 이들은 방법론과 세계관에 악센트를 두는 입장이다.

히라노 겐의 말처럼 "한마디로 전후파라고 해도 공통된 문학적 특질을 발견하기란 상당히 곤란하다"(『쇼와 문학사』)는 것이 실상이었다. 노마 히로시, 하니야 유타카도 나카무라 신이치로처럼 악센트를 두면 나카무라 설로 기울고, 히라노 겐처럼 악센트를 두면 히라노 설로 기울어지는 측면을 갖고

있다.

그래서 혼다 슈고는 전후파 문학자를 "그들은 쇼와 초기에 마르크스주의 사상의 세례를 받았고 전시에는 전쟁에 대해 비판적으로 살아왔다"(「전후 문학은 환영인가」, 1962)고 정의하였다. 전후파가 "전력이 뚜렷한 구프롤레타리아 문학 지도자들처럼 사상 조사를 강요당했다든가 자발적으로 사상 조사를 하도록 암묵적으로 강요당한다든가 하는 일이 없었"던 것도, "문사의 종군이나 문사의 징용을 모면한" 것도 "그들이 무명의 청년이었기"(앞의 글) 때문이라는 것이다. 이 문제도 한걸음 깊이 들어가면 다양한 문제와 관계된다. 다만 말할 수 있는 것은 전후 문학이건 전후파 문학이건 나름대로 그 규정에는 "패전 직후 일종의 혁명 상태에 있었고"(히라노 겐, 『쇼와 문학사』), "패전 직후의 폭풍우와 같은 민주적 혁명은 1947년의 이른바 2·1 파업에 대한 탄압으로 최초의 차질을 빚었고, 1950년 6월에 한국 전쟁이 발발하면서 거의 완전하게 종지부를 찍었다"라는 공통된 인식이 깔려 있다.

여기에서는 민주주의 혁명을 믿었는가 믿지 않았는가, 어느 정도의 경사도에서 그것을 믿었는가 믿지 않았는가에 따라서 차이가 생겼다.

전후파 문학을 주도했던 것은 하니야 유타카라는 영구 혁명자를 포함해서 민주주의 혁명을 어떤 형태로든 믿었던 사람들이다.

이들에 대해 나카무라 미쓰오의 「점령하의 문학」(『문학』, 1952. 6)으로 대표되는 전후 문학 부정론이 존재한다.

그 논지는 명백하다. 법적으로는 1952년의 강화 조약 발효까지 7년 동안은 전쟁 상태의 연속으로 점령되었던 시대였고, 그럭저럭 전후라고 불러도 좋은 기간은 지금 시작되었을 뿐이라는 것이다. 그리고 "지금까지 막연하게 전후 문학이라 불렀던 것은 오히려 미군 점령 시대의 문학이라 불러야 하며, 그렇게 부름으로써 여러 가지의 성격이 분명해진다"고 말했다.

나카무라 미쓰오의 의견은 거의 전후 문학을 전면 부정하는 입장에서 나

맥아더를 방문한 히로히토

왔다. 그것은 「풍속소설론」(1950), 「시가 나오야론」(1954)으로 이어지는 나카무라 미쓰오의 골수이다. 이 생각은 "태평양 전쟁은 문화의 황폐라는 점에서는 전형적인 양상을 보여주고"(「점령하의 문학」) 있었으므로, 이 문화의 황폐를 극복하는 관점을 지금까지의 전후 문학은 조금도 창조할 수 없었다는 입장에 서 있다. 이 생각을 소급한다면 파리는 나치에게 점령당한 후 해방되고 자유를 획득했지만, 일본의 패전으로 인한 민주화는 연합군측으로부터 일방적으로 얻은 것이기 때문에 여기에는 자력으로 획득한 참된 독립과 자유가 없다는 생각에 도달한다. "일본이 '독립국'이며 '일등 국가'였던 시대에 이미 우리들의 생활과 문화에 오늘의 '식민지' 도쿄를 낳을 싹이 있었다는 사실을 우리들은 잘 생각해볼 필요가 있다"고 할 때, 나카무라 미쓰오의 시선은 일본의 '근대'가 갖고 있는 병폐까지 내다보고 있다. 이는 미군이 일본 국민에게 준 "이 정도의 '자유' 조차 우리들에게는 일찍이 향수한 적이 없었던 것"이라는 탄식과도 흡사한 표명으로 나타난다. 그리고 "패전으로 일본 사회가 거쳤던 혁명이 설령 참된 의미에서의 인간관의 갱신이 뒤따르는 혁명이었다고 해도, 그것이 문학의 형태를 갖기 위해서는 1940년대 후반에 태어난 아이들이 적어도 20살이 되기까지 기다리지 않으면 안 될 것"이라고 말한다. 나카무라 미쓰오의 이 예측은 나카가미 겐지(中上健次, 1947~1992), 쓰시마 유코(津島佑子, 1947~)와 무라카미 하루키 이후의 작가들과의 단층·대립으로 현실화되었다. 이 단층·대립의 구도 속에 "참된 의미에서의 인간관의 갱신이 뒤따르는" 그런 문학 혁명이 있다고 말하기는 어렵다. 거꾸로 말하면 나카무라 미쓰오가 부정한 전후 문학자들이 도달했던 작품——다케다 다이준의 「후지」, 오오카 쇼헤이의 「레이테 전기」, 노마 히로시의 「청년의 환」, 하니야 유타카의 「사령」 세계 쪽이 훨씬 거대하다. 여기에 역사의 아이러니가 있다. 이 점을 히라노 겐은 다음과 같이 쓰고 있다.

나카야마 기슈(좌)와
대담하는 히라노 겐

　그러나 전쟁으로 ‘사회화된 나’라는 문학적 실체를 심화시킬 수 없었던 고
바야시 히데오처럼 나카무라 미쓰오 역시 전쟁에 필적하는 존재로 점차 명료
해졌던 매스 커뮤니케이션과 대중 사회적 상황 때문에 근대 문학적 이념을
고립시켜 강조했다고 할 수 있다. 그것은 한국 전쟁의 발발에서 샌프란시스
코 회의로 접어들었던 전후 사회의 구획된 시기와 거의 걸맞는다. 여기에서
전후 사회와 전후 문학이 일단락되었으며 다음의 에포크로 접어들게 된다.
(『쇼와 문학사』)

　이렇게 히라노 겐은 쇼와 20년대의 문학을 ‘점령 치하의 문학’과 ‘매스
커뮤니케이션 밑에 있는 문학’으로 재단하였다. 히라노 겐의 ‘점령 치하의
문학’이라는 규정은 나카무라 미쓰오가 말하는 ‘점령 치하의 문학’이라는
인식과 동일한 것은 아니다. 히라노 겐은 통일 전선적인 생각을 갖고 있었으
나 “구체적인 프로그램 설명이 빠진 ‘민주주의 혁명’”(「나의 전후 문학사」)
에 대한 실망도 한층 더 빨랐다. 히라노 겐은 ‘정치와 문학’ 논쟁, ‘예술과
실생활’론, ‘순문학’ 논쟁 등 전후의 문학론을 주도한 문예 평론가의 한 사
람인데 그 눈부신 활약에도 불구하고 전후 문학사의 공간을 확인하는 데 가
장 빨랐다고 생각된다. 히라노 겐의 비평적 관심이 동시에 진행되는 전후 문
학사의 공간에서 불거져나온 적은 없지만, 그의 주된 관심은 오히려 자기의
청춘과 겹쳐졌던 쇼와 초기를 중심으로 역사를 종으로 관류하는 ‘다양한 청
춘’의 해명, 여기에 있었다.
　혼다 슈고는 나카무라 미쓰오의 ‘점령 치하의 문학’론이 “일본인의 주체
의 자각을 무시한 논의”(『이야기 전후 문학사〔物語戰後文學史〕』)였다고 비판
하고 있는데, 전후 10년이 지나고 20년이 지나는 가운데 히라노 겐은 이 일
본인의 주체에 의혹을 품었다고 생각된다. 같은 생각을 갖고 있는 사사키 기

이치도 60년 안보 투쟁이 패배로 끝났을 때, "전후의 인텔리겐치아의 가슴에 음으로 양으로 깃들여 있던 전후라는 이미지 그 소망과 꿈, 이른바 민주주의 혁명을 거쳐 성취되는 전후 사회의 이미지는 그것이 실현된 현실의 결과로 완전히 깨어져버렸다고 할 수 있다"(「'전후 문학'은 환영이었다」, 1962)라고 쓰지 않을 수 없었다. 사사키 기이치에게 '전후라는 이미지'는 "민주주의 혁명을 거쳐 성취되는 전후 사회의 이미지"에 다름아니었다는 사실이 이 글에서 잘 나타나고 있다.

이 '민주주의 혁명'에 대한 꿈이 전후 문학의 아킬레스건이었다. 이 아킬레스건을 어떤 방법으로 베는가, 베었던가, 혹은 베이지 않는가, 베이지 않았던가에 따라 전후 문학을 보는 각도가 결정되었다.

히라노 겐은 가장 먼저 민주주의 혁명의 꿈에서 깨어났던 문학자이다. 그는 '점령 치하'에서 점령군의 손으로 수행된 비군사화와 민주화 이상으로 일본인의 손으로 주체적으로 수행된 민주주의 혁명이란 없다고 파악하고 있었다. 그 페시미즘이 통일 전선에 대한 끝없는 꿈이 되는 한편, 1945년 8월 15일부터 1952년의 강화 발효까지를 '점령 치하의 문학'이라고 자리매김하게 되었던 것이다.

확실히 패전 이후 사람들은 민주주의 혁명의 꿈에 사로잡혀 있었다. 그러나 그 민주주의 혁명의 꿈은 환영에 지나지 않았다. 문학자가 문학 작품에서 세계·시대·정치·사상·사회·인간 등을 말하는 것은 자유이다. 하지만 자유라는 존재는 문학자가 그 문학 작품에서 말하고 있는 인간이라든가 사회·사상·정치·시대·세계 등 어느 쪽에도 예속되지 않으며, 그것들을 파괴하는 장소에 서 있기 때문에 자유라고 부르는 것이다.

이런 의미에서 전후 문학사의 공간은 오류의 공간이라고 할 수 있다. 지금 우리들은 제1차 전후파 문학자, 제2차 전후파 문학자(혹은 제2의 신인), 제3의 신인이라는 구별을 그만두지 않으면 안 된다. 왜냐하면 「전후 작가」

환담하는 다케다 다이준(좌)과
데라다 도오루

(『군상』, 1964. 1)에서 다케다 다이준과 미시마 유키오가 동시에 달하고 있
듯이, 전후 문학자 모두 '나'라는 존재를 새롭게 발견하지 못했더라면 쓸 수
없었으며, 일상성 결여에서 탈출하는 것이 전후 문학자의 중요한 테마가 되
고 있기 때문이다. 전후 문학의 정신을 간직하면서 일상성의 문학으로 이행
하는 지점에 전후 문학이 모색했던 길이 있는 것이다.

이처럼 전체적인 도정을 더듬을 때, 전후 민주주의 혁명에 악센트를 찍고
제1차 전후파, 제2차 전후파(혹은 제2의 신인), 제3의 신인으로 문단적인 분
류를 하려는 태도는 무의미하다. 따라서 이런 분류는 이미 사어(死語)가 되
어도 좋은 것이다.

그리고 노마 히로시의 「어두운 그림」, 하니야 유타카의 「사령」, 사사키 기
이치의 「정지된 시간의 계곡으로(停れる時の谷間に)」, 아라 마사히토의 「제2
의 청춘」, 히라노 겐의 「시마자키 도손」, 나카무라 신이치로의 「죽음의 그림
자 밑에서」, 가토 슈이치(加藤周一, 1919~), 나카무라 신이치로, 후쿠나가
다케히코의 「1946 문학적 고찰」, 시이나 린조의 「심야의 주연(深夜の酒宴)」,
우메자키 하루오(梅崎春生, 1915~1965)의 「사쿠라시마(櫻島)」, 하나다 기요
테루의 「부흥기의 정신」, 오오카 쇼헤이의 「포로기(俘虜記)」, 다케다 다이준
의 「심판」 「살무사의 후예(蝮のすゑ)」, 홋타 요시에의 「조국 상실」, 미시마
유키오의 「가면의 고백」, 시마오 도시오의 「꿈속의 일상(夢の中での日常)」,
아베 고보의 「종착로의 표지에서」 등을 갖고 창조적 전후 문학을 목표로 삼
아 제일성을 외쳤던 전후 문학자라고 하면 좋을 것이다. 나카무라 신이치로
처럼 après-guerre créatrice를 협소하게 파악할 필요도 없으며, 히라노 겐처
럼 어두운 계곡을 협소하게 파악할 필요도 없다. 전후 문학은 방법적으로도
존재적으로도 더욱 다양한 가능성을 간직했던 개개 작가의 집합이다. 그러
므로 하니야 유타카처럼 전후 문학을 당파성으로 파악하는 견해는 오히려
전후 문학의 본질을 간과하는 위험이 있다. 이런 모든 경직된 시선에서 자유

아라 마사히토

로워졌을 때 전후 문학은 그 본연의 모습을 나타낼 것이다.

전후 문학자의 실감

'전후 문학'이 어디에서부터 어디까지라고 구분하는 정설은 없다. 그러나 1945년 8월 15일, 일본의 패전에 그 출발이 있다는 것에는 이의가 없을 것이다. 그리고 그 도달점의 행방은 논자 각자의 사관(史觀) 혹은 사관(私觀)에 따라 두세 번 아니 몇 번이나 달라지는 것이 사실이다. 전후 문학을 지금까지 몇 번이나 재검토했던 역사가 이를 말해주고 있다.

따라서 여기에서는 하나의 시금석으로 『이야기 전후 문학사』 정·속·완결 편(『주간 독서인』, 1958. 10~1963. 11)에서 혼다 슈고가 내렸던 결론이라고 할 만한 글을 제시하고자 한다.

한국 전쟁부터 스탈린 비판(1956)까지의 시기는 '전후'에서 '이미 전후가 아닌' 시대로 점차 이행했던 시기였으며, 1954년이 되자 이미 후자를 향한 경사가 명료해졌다고 할 수 있다.

'전후 문학'의 시기를 언제라고 분명하게 선을 그어 구별하는 것은 곤란하며 또 그만큼 중요한 문제도 아니지만, 운동으로서의 전후 문학은 대개 1950년 무렵까지 존재했으며, 그 이후는 보다 많은 전후파 작가 한사람 한사람이 개인적으로 성숙했던 시기로 볼 수 있고, 그 개인적 성숙으로 1956년까지 전후의 색깔이 퇴색하게 되었는데, 그 퇴색 과정은 1953년부터 점차 분명해졌다고 할 수 있다.

이 정도의 문장을 인용할 때도 여러모로 주석을 붙이지 않으면 안 되겠지

유아사 요시코(좌)와
대담하는 혼다 슈고

만, 첫째 주목할 것은 "운동으로서의 전후 문학이 존재했다"는 관점이다. 그리고 "운동으로서의 전후 문학의 종언"을 말했던 시기와 '전후'가 '이미 전후가 아니다'라고 했던 시기가 겹쳐진다는 점이다.

아라 마사히토는 「전후 문학의 총결산」(『근대문학』, 1953. 1)에서 "1950년, 즉 한국 전쟁이 일어났던 이 해에 전후 문학이라는 것이 일단 군학적인 운동으로는 종언을 고했던 것은 아닐까. 그 이후는 새로운 혼란 내지 새로운 창조의 시기에 들어갔던" 것이 아닌가 생각하고 있다. 이 경우도 "운동으로서의 전후 문학의 종언"이라는 것을 의식하고 있다.

그리고 운동으로서의 전후 문학이 존재한다는 확신이 혼다 슈고와 아라 마사히토의 주장을 뒷받침하는 기초가 되고 있다. 이는 마르크스주의의 세례를 받은 것을 공통적인 출발점으로 하는 『근대문학』에서 활약한 문학자들의 사고의 특징을 잘 나타내고 있다.

하지만 혼다 슈고와 아라 마사히토의 주장이 전후 문학사 전체를 지배할 수는 없다. 그것은 전후 문학사의 일부이다. 가령 다케다 다이준은 순문학은 고향을 상실한 문학이라는 고바야시 히데오의 말에 동의하면서 "우리들은 수풀도 없고 샘도 없이 서쪽에서 불어오는 바람과 이국의 하늘에서 내리쬐는 맹렬한 햇빛 아래에서 문화의 황량한 고향을 또렷이 보았던 것이다. 생각할 고향을 잃은 것이 아니라 좋아하지 않음에도 불구하고 우리가 밟는 땅이 고향의 진흙 땅이라는 사실을 알게 되었던 것이다"(「다니자키 준이치로론」, 1948)라고 쓰고 있다. 일개 병사였던 다케다 다이준이 파악한 전후 문학은 '문화의 황량한 고향'이라는 각성 위에서 새로운 문화의 고향을 만드는 일이었다. 혼다 슈고, 미시마 유키오와 좌담했던 '전후 작가'에서 다케다 다이준은 이렇게 말하고 있다. 소세키, 오가이, 가후, 준이치로, 류노스케로 출발했던 그들은 바위처럼 우뚝 솟아 있다. 이들 사이에 있는 것은 이끼가 낀 평지와 같아서 우리들에게는 너무나 손쉬운 상대이다. 그런 것은 매력이 없

이부세 마스지(좌), 다케다 다이준과
함께 교외의 꽃밭에서

기 때문에 역시 무엇인가 우리들을 부숴버릴 듯한 모서리를 가진 바위를 찾고 있다. 나카노 시게하루와 미야모토 유리코, 이부세 마스지에게는 그런 모서리를 가진 바위가 있다. 전후 문학은 이런 선배들을 필적하고 능가하는 바위처럼 우뚝 솟은 존재가 되지 않으면 안 된다.

같은 좌담회에서 미시마 유키오는 자신에게는 혼다 슈고가 문제로 삼고 있는 세 가지가 결여되어 있다면서 다음과 같이 말하였다. 첫째, 전후가 되었다고 해서 자유롭게 모든 것을 말할 수 있게 되었다는 것은 아니다. 둘째, 지금부터 어떻게 해야 할까 하는 사명감이 없다. 셋째, 정치와 문학이라는 식으로 둘을 대립시켜서 생각하는 정신 구조를 갖고 있지 않다.

이런 생각은 다케다 다이준과 미시마 유키오만 따로 갖고 있었던 것은 아니다. 오오카 쇼헤이도 후쿠나가 다케히코도 갖고 있었다. 가령 후쿠나가 다케히코는 「매서운 겨울(嚴しい冬)」(『군상』, 1965. 1)에서 "전쟁이 끝났다는 실감 때문에 문학이라는 것이 대단히 친근한 요컨대 실현 가능한 존재처럼 보였다. 〔……〕 문단은 천황제와 함께 괴멸했다. 다음은 우리들이(요컨대 『근대문학』을 포함해서 아직 무명의 새로운 작가들이) 제휴해서 지금까지와는 전혀 다른, 세계적 시야에 서서 문학을 구축할 것이라고 공상했다"라고 패전으로 느꼈던 감회를 쓰고 있다. 후쿠나가 다케히코의 이런 생각 또한 혼다 슈고나 다케다 다이준, 미시마 유키오와 미묘하게 다른 것이다. 다만 전후 문학의 시기를 언제까지라고 선을 그어 구분하거나 운동으로서의 전후 문학은 언제까지라고 구분한다든가 하는 식으로 생각할 때, 이는 자칫하면 미시마 유키오가 이토 세이와 혼다 슈고와 좌담했던 「전후의 일본 문학」(『군상』, 1965. 1)에서 "이 기회에 나를 전후파에서 빼어달라"는 발언처럼 표현되기도 하는 것이다. 혹은 또 나카무라 신이치로처럼 자신은 제1차 전후파가 아닐 터, 적어도 자신과 후쿠나가 다케히코는 전후 문학의 혼란기에는 부재하고 있었던 것이 아닌가라는 발언으로 나타나기도 한다. 나카무라 신이치로

오자키 가즈오(좌)와
환담하는 미시마 유키오

가 부재했다고 생각하는 전후 문학의 혼란기란 이를테면 혼다 슈고나 아라 마사히토가 말하는 운동으로서의 전후 문학이 존재하고 있었던 시기에 해당할 것이다. 혼다 슈고, 아라 마사히토의 주장에 따른다면 「죽음의 그림자 밑에서」(1947)를 비롯한 5부작을 썼던 나카무라 신이치로, 「풍토(風土)」(1952)를 썼던 후쿠나가 다케히코는 이 기간, 전후 문학의 공간에서 부재했던 것이 된다. 그러나 그것은 부재해도 좋은 일은 결코 아니었다.

전후 문학은 일본의 패전과 동시에 출발해서 1971년에 일제히 간행된 『레이테 전기』『풍요의 바다』『청년의 환』『후지』로 끝날 때까지 그 명맥을 유지했던 것이다.

전쟁 책임과 전후 책임 1

전후에 일어났던 주체성 논쟁, 문학자의 전쟁 책임 논쟁, 정치와 문학 논쟁은 그 하나로 독립된 문제는 아니며 말하자면 연속된 문제이다.

이 연속된 문제의 단서를 어디에서 볼 것인가는 간단하지 않다. 하나의 견해는 1945년 10월 3일 마쓰도의 사사키 기이치 집에서 『근대문학』의 재경 동인 다섯 명이 모였던 회의에서 결정한 편집 방침에서 비롯된다는 견해이다. 이 방침 결정을 받아들여 같은 해 11월 23일 혼다 슈고는 「예술·역사·인간」을 썼다. 이 혼다 슈고의 논문에 이어 아라 마사히토가 "역사의 어두운 계곡을 지나왔던 30대의 숙명과도 흡사한 사명"(「제2의 청춘」)감에 바탕을 둔 30대 주류설을 주장했다. 아라 마사히토의 사고의 기반에는 "우리들 30대, 20대가 지불한 피의 희생 위에서 '포츠담 선언'이 수락되었다"(「아들의 거부권」, 1947)는 생각이 깔려 있다. 혼다 슈고, 아라 마사히토는 논문에서 프롤레타리아 문학에서 벗어날 것을 주장하기도 했다.

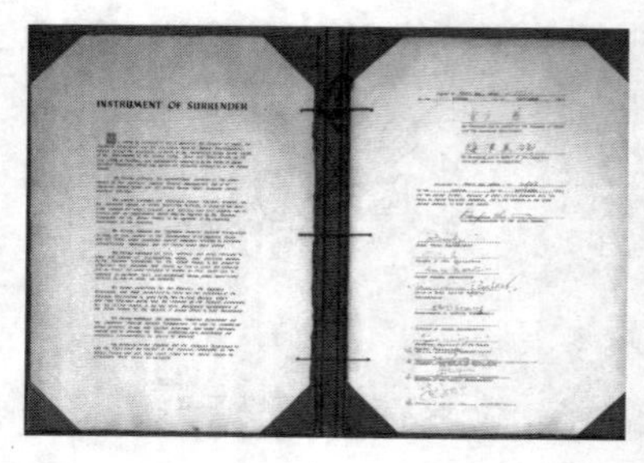

'항복 문서' 전문

　이런 생각은 가령 1945년 9월 6일, 미 통합 참모 본부를 통해 맥아더 D. MacArthur 원수에게 하달된 「연합국 최고사령관의 권한에 관한 통지」 가운데 "천황 및 일본 정부의 권한은 맥아더 원수의 지배하에 둔다. 연합국과 일본의 관계는 계약 기초 위에 있는 것이 아니며, 일본은 연합국에 대해 무조건 항복한 것이다. 맥아더 원수의 권위는 일본에 대해 지상적이기 때문에 맥아더 원수의 권위의 범주에 대한 일본인의 질문을 허용해서는 안 된다"(에토 준, 「잊은 것과 잊게 된 것」)는 미국측의 방침과 기묘하게 부합한다.

　에토 준은 "요컨대 포츠담 선언을 수락한 결과 '무조건 항복'을 했던 것은 '전일본국 군대'였지 일본국은 아니었다. 선언 제13항에 '전일본 군대의 무조건 항복 *the unconditional surrender of all Japanese armed forces*' 이라는 문구가 있지만 '무조건 항복' 이라는 말은 이 한 곳에서만 사용되었을 뿐이며, 그 밖의 조항에서 이 말은 단 한 번도 사용되지 않았다"(「전후사의 막다른 골목〔戰後史の袋小路〕」, 1978)라고 하면서 "일본은 무조건 항복한 것이 아니다"라고 표명한다. 포츠담 선언을 읽으면 법률론적으로는 에토 준이 지적한 대로이다. 하지만 다음과 같은 점을 확인해놓지 않으면 안 될 것이다. "천우(天祐)를 보유하고 만세일계의 황조(皇祚)를 실천하는 대일본 제국 천황"이 "미국 및 영국에 대해 싸울 것을 선언"했던 것이며, '전일본국 군대'를 구성한 것은 "천황 폐하의 어명에 따라 단지 몸 하나로 행했던"(다케다 다이준, 「지나 문화에 관한 편지」, 1940) 국민 한사람 한사람이었다는 사실이다. 그 '천황 폐하'는 대일본제국헌법 제1조에서 "대일본 제국은 만세일계의 천황이 통치한다"고 결정했던 존재이다. 그 '대일본 제국'을 '통치하는' 천황의 이름으로 "미국 및 영국에 대해" 개전의 조서가 나왔던 것이다. 그 천황의 이름으로 나온 종전의 조서가 없으면 '전일본국 군대'의 즉시 무장 해제는 의심스럽다고 연합국측은 판단했던 것이다. 그리고 본토에서 결전에 돌입했더라면 일본은 독일과 마찬가지로 군사 점령을 당하고, 일본인의 비극은 차

아쓰기(厚木) 기지에
도착한 맥아더

마 눈을 뜨고 보지 못할 지경이 되었을 것이다. 이는 역사를 보면 누구나 알 수 있는 엄연한 사실이다. 이를 피하기 위해 천황과 정부는 포츠담 선언을 수락했다. 연합국과 일본의 판단은 어느 쪽이건 정치적 판단이었다. 일본측이 어떻게 판단했다 하더라도 일본이 연합국에게 무조건 항복했다는 미국측의 확신은 그 대일 방침에서 보더라도 틀리지 않다. 그리고 일본의 민주주의 진영은 일본의 무조건 항복을 믿고 있었다. 가령 나카노 시게하루는 다음과 같이 쓰고 있다. "천황의 무조건 항복과 나라의 피점령이 있었다"(「저자 후기」, 『나카노 시게하루 전집』 제7권, 1977)라고. 나카노 시게하루의 이런 내면에는 '천황의 일본'에 의해 억압을 받았던 시대가 "천황이 다스리는 일본의 무조건 항복"으로 종언되었으며, 이어 연합국에 의한 '나라의 피점령' 시대가 왔다는 인식이 담겨 있다. 하지만 일본이 항복했을 때 일본의 민주주의 진영 내에서는 '피점령'의 중량을 느끼지 못했으며, 스스로 쟁취한 자유와 민주주의가 아님에도 불구하고 일본의 연합국측에 대한 무조건 항복으로 자유와 민주주의가 도래했다고 착각했던 사람이 있었던 것 또한 틀림없는 사실이다. 따라서 무조건 항복 논쟁이란 '천황의 일본'을 긍정하느냐 부정하느냐로 귀착한다. 그리고 이는 일본국 헌법을 긍정하는가 부정하는가, 전후를 긍정하는가 부정하는가, 민주주의와 자유를 긍정하는가 부정하는가의 문제로 귀결된다.

"맥아더 원수의 권위는 일본에 대해 지상적인 것"이라는 미국측의 판단을 정확하게 파악했다면, 전후 문학사의 공간은 일전했을지도 모른다. 또한 전후 문학은 '천황의 일본'이 끝난 다음에 일본의 민주주의와 인간의 자유란 어떻게 존재해야 하는가 하는 모델을 제출하는 장소로 나왔을지도 모른다. 하지만 그렇지 않았다. 역으로 말해서 그 정확한 파악이 없었다면 전후 문학사의 공간은 1971년의 『레이테 전기』『풍요의 바다』『청년의 환』『후지』까지 명맥을 보전했다고 할 수 있는 것이다.

미야모토 겐지와
미야모토 유리코

혼다 슈고와 아라 마사히토가 논문을 썼던 거의 같은 시기에 미야모토 유리코는 「노랫소리여 일어나라(歌聲よ おこれ)」(『신일본 문학』 창간 준비호, 1946. 1)를 집필하였다.

이 글에서 미야모토 유리코는 "오늘날, 어느 정도 문학적 업적을 쌓은 작가들을 보면 거의 40살 전후의 사람들이다. 그러나 뒤를 이어 보다 젊고, 보다 미숙하지만 전도가 양양한 작가들의 계층은 비어 있다"고 쓰고 있다. 그리고 이어 다음과 같은 유명한 글을 썼다.

작가들은 자신들의 살아가는 의의로서, 오늘날 진솔한 정열로 자신이 과거에 붙잡지 못했던 자각이 있다면 그 인생적 모멘트를 다시 포착해서 억압받았던 인민의 괴로운 여러 경험의 하나로 분명하게 사회의 역사 위에서 움켜잡고, 그것으로 생활과 문학의 일보 전진한 재출발을 하지 않으면 안 된다. 민주 문학이란 우리 한사람 한사람이 사회와 자신의 역사로 사리에 맞는 발전을 위해 헌신하고, 세계 역사의 필연적인 작용을 감추지 말고 반영하면서 사는 그 노랫소리라는 것 이외의 의미는 없다고 생각한다.

전시에 저항을 관철했다고 확신하는 미야모토 유리코는 자신들이 걸어왔던 길을 중심으로 결국 "새로운 일본의 풍부하고 웅대한 인민의 합창으로 나아가지 않으면 안 된다"는 40대 사명설 같은 것을 갖고 있었다. 그러나 아라 마사히토나 히라노 겐의 내면에는 가령 구라하라 고레히토, 미야모토 겐지, 나카노 시게하루, 미야모토 유리코라는 사람들조차 정말 "전쟁에 전혀 책임이 없다고 할 수 있을까"(「문학자의 책무」, 『인간』, 1946. 4)라는 의문이 있었다. 여기에 프롤레타리아 문학의 재검토·초극의 문제가 있다.

미야모토 유리코로 대표되는 이 입장과 혼다 슈고, 아라 마사히토, 히라노 겐 등 『근대문학』에 모였던 문학자의 입장은 대립하는 숙명을 갖고 있었

석방된 정치범들. 도쿄의 후츄(府中) 형무소를 나오는 일본 공산당 지도자. 앞줄 왼쪽이 도쿠다 규이치 (1945. 10. 10)

다. 여기에 연속하는 문제의 싹이 있다. 『근대문학』에 모였던 문학자들은 전쟁 책임을 문학자의 양심의 문제로 제출했다. 이렇게 제기하는 방식은 사타 이네코처럼 전후 일관되게 전쟁 협력을 자기 문제로 질문했던 작가에게는 무거운 의미를 가졌지만, 1948년 무렵에는 전쟁 책임을 지탄받았던 작가들이 잇달아 부활하면서 무기력해졌다.

이에 대해 『신일본 문학』, 1946년 6월호는 오다기리 히데오의 이름으로 「문학에 있어서의 전쟁 책임의 추구」를 발표했고, 이하 25명을 '문학에서의 전쟁 책임자'로 거론했다.

기쿠치 간, 구메 마사오, 나카무라 무라오, 다카무라 고타로, 노구치 요네지로(野口米次郎, 1875~1947), 사이조 야소, 사이토 류, 사이토 코키치, 이와다 도요(시시 분로쿠), 히노 아시헤이, 요코미쓰 리이치, 가와카미 데쓰타로, 고바야시 히데오, 가메이 가쓰이치로, 야스다 요주로, 하야시 후사오, 아사노 아키라, 나카가와 요이치, 오자키 시로, 사토 하루오, 무샤노코지 사네아쓰, 도가와 사다오(戶川貞雄, 1894~1974), 요시카와 에이지, 후지다 도쿠타로(藤田德太郎), 야마다 요시오(山田孝雄, 1873~1958).

'문학에서의 전쟁 책임자' 추궁의 역점은 "특히 문학 및 문학자의 반동적 조직화에 직접 책임을 갖고 있는 사람, 또 조직상 그렇지는 않았지만 침략을 찬미하는 메가폰이 되고도 부끄러워하지 않았고 그것이 그 인물이 갖고 있던 종래의 문단적 지위 때문에 문학자 및 인민들에게 광범위하게 심각하고 강대한 영향을 미쳤던 사람" 두 종류 위에 놓였다.

이와는 별도로 1946년 3월에 G·H·Q가 추방지령 문학자에 더한 적용을 발표했다. 그 제1차 지정은 다음의 6명이었다.

혼다 슈고의
『이야기 전후 문학사』

아사노 아키라, 하야시 후사오, 기타무라 고마쓰, 우에다 히로시, 야마나카 미네타로, 나카가와 요이치.

이처럼 문학자의 전쟁 책임 추궁은 문학자 내부와 G·H·Q 지령 두 개의 방향에서 이루어졌다.

문학에서의 전쟁 책임의 문제는 복잡하다. 오다기리 히데오가 썼던, 그래서 『신일본 문학』의 입장이기도 했던 전쟁 책임론은 단순 명쾌하다. 문제는 그 앞에 있었다. 그것을 혼다 슈고는 『이야기 전후 문학사』에서 이렇게 쓰고 있다.

그건 그렇고, 나카노 시게하루의 『비평의 인간성 2』인데, 전쟁 책임의 추궁, 그 본질적인 의미에서의 추궁은 추궁자 자신의 자격의 재음미라는 방향으로 역전되었다. 여기에서 전향 문제가 새롭게 재연되었다. 그 자체가 나쁜 이치는 아니지만 그 결과 "추방되어야 할 문학자가 오히려 횡행하고, 자기 비판을 통해 용기를 갖고 일어나야 할 많은 작가들이 의기소침해하고 있다"는 사실, "전쟁으로 압박을 받고 침묵을 강요당했던 작가들이 전쟁에서 해방됨과 동시에 오히려 심리적 허탈에 빠졌고, 전면적 패전으로 허탈에 빠져야 할 전범적 작가들이 살쩌 날뛰고 있"는 사태가 나타났다. 여기에 나카노 시게하루가 이의를 제출했던 것이다.

나카노 시게하루에 의하면 "오류의 근본은 전쟁 책임의 추궁이 주로 양심의 문제, 윤리의 문제로 추상적이고 관념적으로 다루어졌다는 사실에 있다"는 것이다. 여기에서 나카노 시게하루의 다음과 같은 비판이 나온다.

사실, 대체적으로 문제는 자각의 강약이라는 구체적 해부로 다루어지지 않

대담하고 있는 오다기리 히데오(좌)와
나카노 시게하루

았다. 많은 사람들이 양심을 추상적으로 다루었다. 추궁하는 자는 따졌다. 추궁당하는 자의 약점을 따지면서 그들이 군국주의와 싸우고 하다못해 항거했던 면은 무시하고 오로지 그 굴복했던 측면만을 적발하는 데 힘을 쏟았다. 이는 완전한 양심의 가정 위에 서서 부족했던 점을 상대방에게 따지는 것이다. 추궁하는 자신은 가정된 양심에 편승하고 이를 이용하면서 비판했다. 모든 것이 양심으로 귀속되는 이 관념론 때문에 가장 악질적인 전쟁 책임자는 원래 양심이 없던 존재로 치부되어 추궁에서 자유로워졌으며, 약점을 갖고 싸웠던 작가들은 윤리적으로 무한정 추궁을 당하게 되었다. 이와 같이 희유하고도 완전한 양심의 가정에 의지하였기 때문에 그들은 지금부터라도 양심과 자각을 갖고 과거의 사상사를 추적하는 작업에 참가할 수 없게 되었다. 이는 연장되고 있던 1930년대 진보적 작가들의 이른바 전향 문제의 해결도 그 실마리에서부터 미해결로 몰아넣었다. 완전한 양심의 가정은 전향 문제의 일방적 모면 또는 작가의 주관이 사회적인 조건에 따라 결정되는 측면만을 전쟁 시대로 끌어들여 강조하면서 그대로 남겨놓았다. 따라서 이는 이른바 전향 작가들 거의 모두가 일방적으로 외부로부터 압력을 받았던 사실을 강조함에 따라 전향을 부당하게 합리화했다. 그러나 그렇게 한다고 내면의 수치가 완전하게 덧칠될 수는 없었다. 오히려 이 사실 때문에 쾌활하게 부활해야 했던 전향 작가들은 전쟁 책임의 문제에 말려들어 부활을 포기할 수밖에 없었다. 이른바 전향의 문제는 전향 이후의 반동과 전쟁 기간을 통해 일본 문학자들의 굴복의 연쇄를 이끌어냈다는 사실로 역사적으로 추적되어야 했던 것이다.

이에 대해 "1945년 패전 바로 다음에 이른바 '민주주의 문학'은 쇼와 초기의 프롤레타리아 문학 운동과 어떤 관계를 갖고 있는가 하는 곤란한 문제에 부딪히고 있다"(「'민주주의 문학' 비판」, 1956)고 생각했던 요시모토 다카아키는 "자기 진영의 전쟁 책임은 근본적으로 검토하지 않고 오로지 '문학

요시모토 다카아키

반동'과 벌였던 투쟁의 집중점의 하나로 삼기 위해 문학자의 전쟁 책임 문제를 제출한" 나카노 시게하루의 태도를 '틀렸다'고 재단했다. "추궁하는 자는 따졌다." 이하의 "나카노의 이 논리는 아름답다. 그 아름다움 자체, 나카노의 굴절된 후퇴전(後退戰)의 아름다움을 실증하는 것처럼 아름답다. 그러나 그렇기 때문에 논리 자체는 허위에 빠졌던 것"이라고 요시모토 다카아키는 설명한다. 여기에서 다음의 논리가 서게 된다.

'민주 혁명'과 '민주주의' 문학이란 이 경우에 한해 최저의 윤리적 수준까지 가면을 쓰며, 그렇기 때문에 프롤레타리아 문학 계열의 문학자만이 거의 완벽하게 '양심의 가정' 위에 섰던 전쟁 책임의 추구에서 벗어나게 된다. 아니, 벗어나기는커녕 오히려 뻔뻔했던 것이다. 의심스러운 사람은 이와카미 준이치(岩上順一, 1907~1958)의 『전시하의 문학』(현대일본문학론, 진광사)의 도둑놈 배짱을 보라. 쓰보이 시게지(壺井繁治, 1898~1975)의 『다카무라 고타로』(문춘, 1946. 4)의 시치미를 보라.

요시모토 다카아키의 이 논리는 민주주의 세력이 "연합국에 의해 패전을 맞이했음에도 불구하고 자력으로 전쟁을 종결시킨 것처럼 착각하고 자위한"(「전세대의 시인들——쓰보이·오카모토의 평가에 대하여」) 결과라는 인식으로 지탱된다.

요시모토 다카아키의 이 논리는 소급해서 "말하자면 내부가 사상적인 측면과 생활 의식의 측면에서 협공을 받았다는 것이지만 이는 동란기의 일본적 자아에 언제나 따라다니는 숙명에 다름아니었다"(『다카무라 고타로』, 1958)라는 인식으로 지탱되고 있으며, 지식인들의 일본적인 근대 의식과 일상 생활에 있어서의 서민의 생활 의식 사이의 단층을 응시하는 곳에서 발생하고 있다. 그는 일본에서 전개된 전쟁 책임론은 이런 의식의 단층 문제를

다카무라 고타로

극복하지 못했을 뿐 아니라 자력으로 전쟁을 종결하는 힘과 논리를 갖지 못했다는 점에서 최대의 약점을 갖고 있다고 보았던 것이다.

일본의 전쟁 책임은 이래서 전쟁 책임과 전후 책임이 맞닿아 있는 문제로 논하지 않으면 안 되는 운명을 부여받았던 것이다.

정치와 문학 논쟁 1

정치와 문학 논쟁이 어떤 심리에서 어떤 경위로 싸우게 되었는지는 지금은 분명하다. 그리고 그 귀착점도 알 수 있다.

정치와 문학 논쟁은 나카노 시게하루가 「비평의 인간성 1」(『신일본 문학』, 1946. 7)에서 히라노 겐, 아라 마사히토를 가리켜 "그들은 옳지 않으며 틀렸다. 그들은 아름답지 않으며 추하다. 그들은 비평 그 자체에서 비인간적"이라고 비판하면서 그 막을 열게 되었다.

나카노 시게하루의 논점은 "민주주의 혁명의 시작은 반혁명의 시작"이라는 부분에 있으며, 히라노 겐, 아라 마사히토를 '반혁명'으로 단정했다. 나카노 시게하루의 이 입장은 히라노 겐이나 아라 마사히토가 "주어진 자유를 남용하고 있는" 데 대해 자신들 민주주의 혁명 진영은 '쟁취한 자유' 위에서 있다는 인식을 보여준다. 이것은 착오의 논리였다. 왜냐하면 '쟁취한 자유' 따위는 현실의 그 어느 곳에도 없었기 때문이다.

나중에 나카노 시게하루는 "예전에 나는 히라노 겐, 아라 마사히토와 논쟁하면서 주로 나의 결점 때문에 쓸데없는 혼란을 일으켰던 적이 있다. 〔……〕 지금 생각하면 거기에는 미 제국주의 이데올로기의 일본판 발생에 대한 나의 반사적 반응에서, 내용 전체의 조사와 착실한 전망이 결여되었기 때문에 문제점의 행방이 묘연하게 된 경향이 있었다"(「우리들 자신 속의 버

나카노 시게하루(좌)
오카다 요시코(우)

리지 못하는 하나의 상태에 대해서」, 1954)라고 자기 비판과 후회의 말을 쓴 적이 있지만, 논쟁은 민주주의 혁명과 반혁명, 옳으냐 그르냐, 아름다우냐 추하냐, 인간적이냐 비인간적이냐 하는 일도양단적인 방식으로 시작되었다.

이 정치와 문학 논쟁의 싹은 어떻게 자랐던 것일까.

히라노 겐은 『신생활』, 1946년 4·5월 합병호에 「하나의 반규정(ひとつの 反措定)」을 썼다. 이 글에서 히라노 겐은 스기모토 료키치와 오카다 요시코의 사할린 월경(越境) 사건을 거론하면서 "스기모토 료키치가 아무리 비장한 이상을 품었다고 해도 그 이상을 실현하기 위해서 살아 있는 한 여성을 발판으로 삼았다는 점은 가혹한 비판을 받아 마땅하다"고 지적했다.

역사는 잔혹하다. 1938년 1월, 사할린의 일소 국경을 넘어 소련에 망명했다가 옥사했다고 알려졌던 연출가 스기모토 료키치가 실제로는 월경 후 일년 반 만에 스탈린의 탄압·숙청의 물결 속에서 고문을 받고 총살당했다는 사실을 1989년 4월 15일 각 신문들이 보도했다. 이것이 이상의 현실적인 모습이다. 스기모토 료키치 한 사람의 죽음 아래에는 반혁명이라는 낙인 밑에 살해당한 수많은 사자들이 잠들어 있다. 그 사실은 나카노 시게하루의 상상력 바깥에 있었다. 스탈린 숙청이라는 사실을 알았더라면, 최소한 거기에 이르는 상상력이 있었다면, 반혁명의 구호 아래에서 '적을 죽여라'라는 식의 정치 논리는 무너졌을 것이다. 즉 정치와 문학 논쟁은 일어나지 않았을 것이다.

히라노 겐이 「하나의 반규정」에서 월경 사건을 꺼낸 것은 좌담회 「문학자의 책무」(『인간』, 1946. 4)에서 스기모토 료키치의 월경이 "문학자가 이번 전쟁에 반대했던 유일한 최고의 예라는 식으로 일컬어질지 어떨지 의문이다"라고 했던 말과 관련된다. 그러므로 히라노 겐은 "수단 그 자체에서 역으로 실현되어야 할 목적 자체가 검토되지 않으면 안 되는" 예로 월경 사건을 제시했던 것이다. 히라노 겐에게 스탈린 숙청으로 죽은 스기모토 료키치의 죽

고바야시 히데오

음 따위는 상상력 바깥에 있었고, 그는 전후 얼마 안 된 시점에 스키모토 료키치가 돌아오리라 의심하지도 않았던 것이다. 만일 스키모토 료키치가 숙청당한 사실을 알았더라면 히라노 겐의 입론 또한 무너졌을 것이다. 여기에 오류의 역사의 중복이 있다. 히라노 겐이 수단과 목적과의 관계를 다룬 이론의 서문으로 "어쨌든 정치는 이미 사절이다"라고 한 것은 『근대문학』, 1946년 2월호의 좌담회 「고바야시 히데오를 둘러싸고」에서 고바야시 히데오가 했던 발언을 받아들였던 말이다. 정치는 싫다, 사절이라는 것은 전후가 시작될 때 히라노 겐이 고바야시 히데오와 일맥상통하여 갖고 있었던 본심이었다.

히라노 겐은 말한다.

문학자의 전쟁 책임이라는 테마와 마르크스주의 문학 운동의 공죄 및 그 전향 문제란 거의 불가분의 것으로 문학계 전체의 자기 비판에 박아넣어야 할 큰 쐐기라고 믿기 때문이다. 나는 현재 과거의 마르크스주의 문학 운동을 이른바 고스란히 있는 그대로 소생시키려는 기운에 약간 의문을 품지 않을 수 없다. 〔……〕

고바야시 다키지의 생애가 여러 가지 편향과 오류를 내포한 마르크스주의 문학 운동의 가장 충실한 실천자였다는 사실에서 생긴 시대의 희생자를 의미하는 것과 정반대로 『보리와 병사』로 출발했던 히노 아시헤이의 문학 활동 또한 침략 전쟁을 수행하는 격렬한 물결에 떠밀려갔던 시대적 희생의 하나가 아니었던가. 오해를 두려워하지 않고 말한다면 고바야시 다키지와 히노 아시헤이를 표리일체로 바라볼 수 있는 성숙한 문학적 육안이야말로 혼돈스런 현재의 문학계에는 필요한 것이다.

쇼와가 끝난 오늘의 시점에서 보면 조금도 이상하지 않은 이 의견이 전후

『근대문학』, 1946년 2월호

의 출발에 해당하는 '현재'에서 보면 민주주의 혁명의 터부를 건드렸던 것이다. 한편에 고바야시 다키지의 신성화가 있고, 다른 한편에 전쟁 범죄자 히노 아시헤이의 추궁이라는 시대의 물결이 있었다.

사람의 눈을 휘둥그래 만든 것은 고바야시 다키지와 히노 아시헤이라는 서로 용납되지 않는 사람을 시대의 희생자로 바라보게 하는 문학적 육안을 요구했던 점에 있다. 히라노 겐이 히노 아시헤이를 화제로 꺼냈던 것은 미야모토 유리코의 「노랫소리여 일어나라」와 관계가 있다. 이 유명한 글에서 미야모토 유리코는 다음과 같이 히노 아시헤이를 언급하고 있다.

히노 아시헤이가 단 하나의 감명을 추구하고 인간의 생명이라는 존재의 존엄에서 사태를 검토하기만 했어도 그의 인간 및 작가로서의 후반 생애는 오늘처럼 되지는 않았을 것이다. 인간으로서 부정직했기 때문일까, 의식했던 악보다도 나쁜 나약함 때문일까. 그는 인생의 이런 몇 개의 발전적 모멘트를 자신의 생애와 문학의 길에서 놓치고 말았다.

고바야시 다키지와 히노 아시헤이를 표리일체로 본다는 것은 강인함과 나약함을 인간적인 자질로 똑같이 본다는 뜻이다. 히라노 겐은 미야모토 유리코의 글에서 "의식했던 악보다도 나쁜 나약함"을 탄핵하는 시선과 구제하는 시선이 함께 있음을 발견했던 것이리라.

문학자의 전쟁 책임과 마르크스주의 운동의 공죄 및 전향 문제를 불가분의 관계로 보는 시점은 히라노 겐의 이원론적 특징이다. 이 이원론이 문학자의 전쟁 책임과 민주주의 혁명의 문제를 애매하게 만들었던 것은 사실이다. 그러면 문학자의 전쟁 책임과 민주주의 혁명의 문제를 일본인의 정신사의 중대한 모멘트로 논의하려는 토양이 전후의 일본의 토양에 존재했는가 묻는다면 그 대답은 '아니다'이다. 그런 것은 어디에도 존재하지 않았다. 나카노

오자키 시로(좌)와
히노 아시헤이

시게하루도 상처를 입었다. 히라노 겐도 상처를 입었다. 아라 마사히토도 상처를 입었다. 서로 상처입은 동지들이 논쟁을 벌였다. 상처를 입었기 때문에 논쟁을 벌였던 것이다. 그러므로 그 논쟁 자체는 필연적이었고 그렇기 때문에 빈약하게 끝나지 않을 수 없었다.

정치와 문학 논쟁 2

"추궁하는 자는 따졌다. 추궁당하는 사람의 약점을 따지면서 〔……〕"라고 썼던 나카노 시게하루의 말은 아름다웠다. 거기에는 "결국 우리는 정신의 빈약함 때문에 모르는 가운데 막판을 피했고, 또 다른 경우에는 외부에서 온 우연이 막판에 봉착하고 있던 우리를 모면하게 해주고, 이렇게 하면서 '궁지'에 빠지지 않고 일생을 지냈던 것은 아닐까"(『노래의 이별』, 1940)라는 자기 성찰이 있다. 우리는 여기에서 전후를 척결하려는 그의 의사 표시를 인정할 수 있다. 그것은 나카노 시게하루에게 획기적인 일이었다.

히라노 겐은 '궁지'에 빠진 인간의 인간성에 마음이 이끌리면서도 스스로는 '궁지'에 빠지는 일을 피했던 인간이다.

1941년 2월부터 1943년 4월까지 나는 일개 촉탁으로 정보국에서 녹을 받았다. 그 동안에 일본문학보국회, 대일본언론보국회 성립 경위를 직접 보고 들었다. 〔……〕

과거에 나는 나카노 시게하루와 고바야시 히데오를 은밀하게 경모했으며, 그들에게 문학적 영향을 받고 싶었다. 아니, 지금도 바라고 있다. 아마 사람들은 어처구니없이 쳐다볼 것이다. 그러나 겨우 각오했던, 다름아닌 이 이중성, 중도반단성(中途半端性) 속에, 바로 나 자신의 문학적 숙명이 존재한다는

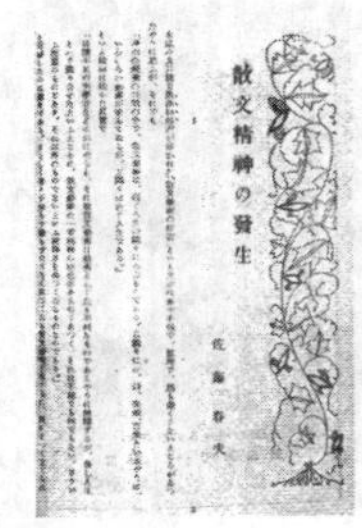

히로쓰 가즈오의
「산문 정신의 발생」(『신조』, 1924)

것을. (「나 같은 것〔わたくしごと〕」, 1946)

"나는 지나치게 엉거주춤했다"는 숙명적 자각은 결국 "'파멸도 못 하고 조화도 못 한 채' 살아가고 싶다"(「쇼와 문학의 가능성」, 1972)는 신조로 굳어지게 된다.

이 "파멸도 못 하고 조화도 못 한 채"는 이토 세이가 말한 조화형과 파멸형의 태도에 대한 제3의 길로 규정되었던 것이다.

이 길은 1936년 히로쓰 가즈오가 발표했던 「산문 정신에 대하여」(강연 메모)에서 "그것은 어떤 일이 있어도 굴복하지 않고, 인내심 강하고 집념 있게, 무작정 비관도 낙관도 하지 않고 살아가는 정신——그것이 산문 정신이라고 생각한다"는 사고의 형식에서 비롯되고 있다. 히로쓰 가즈오의 이 산문 정신이란 "현실에서 도피하여 사회의 격동과 무관하게 자기의 협소한 영역에서 길을 탐구하려고 하는 금욕주의 *stoicism*는 아니며"(「다시 산문 정신에 대해서」), "어디까지나 현실과 대결하고 역사에 책임을 갖고 상심하지 않고 집념 있게 최선을 다해 살아가려는 정신"(「다시 산문 정신에 대해서」)이다. 이런 산문 정신은 생활을 위해 예술을 희생하고 예술을 위해 생활을 희생하는 생활 태도가 "점차 예술의 고갈이나 생활의 파멸밖에 가져오지 않았다"(「쇼와 문학의 가능성」)는 일본 사소설의 전통이 가지고 있었던 모순을 지양하는 정신으로 생각되었던 것이다.

히라노 겐은 고바야시 다키지와 히노 아시헤이야말로 이런 일본의 사소설적인 토양 위에서 꽃을 피웠던 시대의 희생자를 상징한다고 보았던 것이다. 그러므로 일본의 정신적 토양에서 이런 사소설적 토양이 일소되는 것과 동시에 산문 정신 또한 소멸될 숙명을 갖고 있었다.

히로쓰 가즈오가 말하는 것처럼 "근대의 산문 예술이란 자기의 생활과 그 주위에 관심을 갖지 않고 살아갈 수 없는 데에서 생긴"(「산문 예술의 위치」,

기쿠치 간

1924) 것이며, 그것은 근대 일본의 소산이었다. 정치와 문학 논쟁도 이런 근대 일본의 정신적 토양 위에서 벌어졌던 것이다.

오다기리 히데오의 「내가 본 쇼와의 사상과 문학 50년」에 의하면 아라 마사히토가 일본 공산당의 입당 수속을 마쳤던 것은 1946년 5월 중순이었다고 한다. 추천자는 나카노 시게하루와 오다기리 히데오였다. 입당한 직후 나카노 시게하루는 히라노 겐과 아라 마사히토를 비판한 「비판의 인간성 1」을 발표했다. 논쟁이 시작되었을 때 아라 마사히토는 나카노 시게하루와 마찬가지로 당적을 가진 당원이었다.

여기에서 "오히려 과장해서 말하면 히라노 겐이 나카노 시게하루와 이른 바 '문학 논쟁'을 일으켰다면, 이에 비해 아라 마사히토는 그와는 양상도 내실도 전혀 다르며 이후의 당의 문예 정책에도 큰 영향력을 갖는, 말하자면 '당내 논쟁'을 일으켰던 것"(하니야 유타카, 「손그림자의 시대(影繪の時代)」, 1977)이라는 결론을 이끌어내게 된다.

이 정치와 문학 논쟁이 "시작된 지 얼마 안 된 어느 날 동인회 석상"에서 히라노 겐이 혼다 슈고, 아라 마사히토, 사사키 기이치, 하니야 유타카 앞에 "구문예가협회장이었던 기쿠치 간에게 문학보국회에 입회하기를 간청했던 나카노 시게하루의 편지"를 꺼냈다. 그 편지에는 "민족적 통일의 강화, 국가적 역량의 증대, 이를 위해 이런 내용을 더욱 분명히 써보고 싶다"(나카노 시게하루, 「갑을병정〔甲乙丙丁〕」)라는 견해가 씌어 있었다. 이때 아라 마사히토는 "문학보국회 앞으로 보낸 이런 편지를 전시중에 써두었으면서 어떤 자격으로 우리들을 책망하는가" 분격했던 것이다. 바로 이때 아라 마사히토는 그(나카노 시게하루)는 옳지 않으며, 틀렸다. 그는 아름답지 않으며 추하다. 그는 비평 그 자체에서 비인간적이다. 이렇게 보았음에 틀림없다. 여기에서 세대 교체를 모색하는 아라 마사히토의 필봉은 예리해졌다.

나카노 시게하루도 이 편지가 『근대문학』에서 활약하는 문학자들이 갖고

1953년 하네다에서의
나카노 시게하루(좌)와
구라하라 고레히토

있는 사실을 알았다. 이리하여 논쟁이 종식될 기운은 무르익었다.

아라 마사히토의 「논쟁의 추억에서」(『히라노 겐 전집』 제3권 월보, 1975)에 의하면 논쟁을 종결하라는 지령은 "도쿠다 규이치(德田球一, 1894~1955)가 논쟁이 반당적이라고 말하고 있다"는 형태로 왔다. 아라 마사히토는 구라하라 고레히토, 미야모토 겐지를 만난 결과 "이런 상태에서는 끝까지 계속해도 허사라는 것을 알았다. 나는 더 이상 계속하는 것은 의미가 없다고 단념"했다. 이렇게 해서 정치와 문학 논쟁은 정치적인 논리로 종지부를 찍었다.

그러면 "논쟁의 상대는 구라하라 고레히토도 미야모토 겐지도 아닌 나카노 시게하루였"는데 어째서 아라 마사히토는 구라하라 고레히토와 미야모토 겐지를 만났고, 그 결과 논쟁을 중단하게 되었던 것일까.

첫째는 아라 마사히토에게 상대주의를 받아들일 이유가 있었다는 점이다. 아라 마사히토는 나카노 시게하루로 체현된 농촌형 가족주의, 즉 가부장적 권위주의라는 절대주의에 저항했다. 이에 대해 자신은 자신이라는 절대를 인정하고, 타인은 타인이라는 절대를 인정하는 것이 상대주의라고 생각했던 것이다. 아라 마사히토는 '당생활자'를 묘사했던 고바야시 다키지에 대해서 그것은 그 시대에는 절대였지만 이 시대의 평가는 별개라는 역사적 상대주의에 섰다. 동시에 논쟁 상대인 나카노 시게하루의 절대는 물론 논쟁 중단을 지령했던 마쓰모토 마사오(松本正雄, 1901~1976), 구라하라 고레히토, 미야모토 겐지의 절대 또한 자기의 절대와 동등하게 인정했던 것이다.

둘째는 신일본문학회 중앙위원회의 당그룹 회의의 "이면에는 미야모토 겐지가 있었고(그는 여기에는 언제나 출석하지 않았다) 그가 나카노를 선동해서 아라 마사히토, 히라노 겐 공격을 단행하게 했던 것이 아닌가"(오다기리 히데오, 「내가 본 쇼와의 사상과 문학 50년」)라는 내막이 있었다. 나카노 시게하루는 "거의 절대적으로 신봉하고 있던" 미야모토 겐지에게 선동을 받

구라하라 고레히토

고 "본래의 자신과는 달리"(「내가 본 쇼와의 사상과 문학 50년」) 히라노 겐, 아라 마사히토를 비난했다는 주장이다. 이는 「갑을병정」에 나타난 나카노 시게하루의 심리적·실감적·논리적 전개에 비춰볼 때 정확하다고 생각된다. 좀더 구체적으로 말하면 「다섯 홉의 술(五勺の酒)」(1947)에서 "그렇다, 그리고 그래서 바로 저 강력한 지도자들을 존경해야 하리라. 세상에서도 지루한 소리로 불렸던 저 비전향의 십여 년, 18년, 이를 음악처럼 칭송할 수 있으리라. 그들을 보물로 만들어라. 그리고 민족의 것으로 만들어라. 민족의 도덕을 그곳에 뿌리내려라"는 말로 뒷받침되는 것이다. 1929년에 「'패배'의 문학」으로 출발했던 미야모토 겐지에게는 "정치가가 된 다음에도 여전히 문학에 대한 끊기 어려운 집착"(「내가 본 쇼와의 사상과 문학 50년」)이 있었다.

아라 마사히토는 미야모토 겐지, 구라하라 고레히토, 나카노 시게하루에게 체현되었던, 이 가부장적인 정치의 우위성 이론에 절대 따위를 인정할 수 없었다. 그러나 만일 이 절대를 인정하지 않으면 정치를 믿고 개인주의를 믿는 아라 마사히토의 절대도 그 지주를 잃어버리는 것에 다름아니었다. 여기에 정치와 문학 논쟁의 근대적 성격이 있다. 공격하는 자도 공격받는 자도 자기의 근대적 성격을 각각 극복할 수 없었던 것이다.

전쟁 책임과 전후 책임 2
―일본의 혁명적 전통의 혁명적 비판 1

하나의 증언이 있다.

정치와 문학 논쟁 과정에서 오다기리 히데오가 미야모토 겐지를 만났을 때 미야모토 겐지가 꺼낸 말은 "프롤레타리아 문학 이후의 정치적·사상적 입장 우선론"(「내가 본 쇼와의 사상과 문학 50년」)이었다. 이것이야말로 『근

미야모토 겐지

대문학』에서 활약한 문학자들이 비판하고 있었던 점이다. 그리고 "당이 통일되어 미야모토가 당 내의 권력을 장악하면 곧 미야모토 및 미야모토식의 당 운동 진행 방식과 문학 관계 당원들 사이에 위화감과 대립이 확대될 것이고, 결국 문학 관계 당원 대부분이 제명 또는 탈당하게"(앞의 글) 될 것이다.

이런 현상에 대해서 하나다 기요테루는 "전쟁중, 오랫동안 옥중에 있거나 망명했던 혁명가들 중에는 전쟁중 감옥 바깥에서 이루어진 저항을 과소 평가"(「젊은 세대들에게」, 1957)하거나, "겉만 보고 감옥 바깥에 있던 사람들의 저항 부족을 마음속으로 은근히 깔보면서 갑자기 진공 지대에서 운동의 와중에 뛰어들었기 때문에 운동 그 자체도 독선적이지 않을 수 없었다. 그들에게 전쟁 책임은 없었을지 모르지만 그러나 분명히 전후 책임은 있다"(앞의 글)라고 썼다.

진공 지대의 내부에서 자기의 정의를 지켰다고 믿었던 인간은 쇼와 초기 이후의 정치의 우위성을 반성할 수 없었다. 미야모토 겐지, 구라하라 고레히토 등 옥중 18년의 영웅들은 민주주의 혁명에 대한 이론을 갖지 못했다. 그들은 여전히 점령군 밑에서 프롤레타리아 문학 이후의 정치적·사상적 우위론에 매달려 있었다. 단 한 줌의 인간의 정의를 선으로 삼고 절대화해서 이것의 신성화를 맹세하려고 했다. 여기에서 당 신성화의 기만이 계속되었으며 많은 문학자들이 그 함정에 빠졌다. 옥중 18년과 옥외 18년을 겹쳐서 볼 수 있는 관점이 없었다. 민주주의 혁명의 빈약과 파탄은 여기에 뿌리를 갖고 있다.

60년 안보 투쟁이 실패로 끝났을 때 일본의 민주주의 혁명의 이런 정신적 위약함은 백일하에 드러났다. 이런 일본인의 정신적 토양을 분석해서 이론으로 만들지 않고 프롤레타리아 문학과 민주주의 문학을 일직선으로 결합하려고 했던 곳에 치명적인 결함이 있다. 당과의 관계가 어느 정도 절실했던 것인가를 사타 이네코는 「계류(溪流)」(1964)에서 다음과 같이 쓰고 있다.

사타 이네코

　도모에가 공산당을 우리집이라고 한다. 그것은 사실이었다. 그녀의 이 감각은 전쟁 전부터 당에 대한 그녀의 관계에서 오는 것임에 틀림없다. 전전의 비합법 시대의 당 활동 때문에 야스카와 도모에(安川友江)와 당의 관계는 은폐된 채로 있었지만 그녀에게는 자신이 거기에 있었다는 실감이 있다. 그 실감이 있기 때문에 전쟁 말기에 범한 자신의 전쟁 협력이라는 오류를 혀를 깨무는 생각으로 가슴에 간직하고 있다. 하지만 지금 그녀는 현재 자신이 조직에서 하고 있는 활동을 치욕을 씻는 일로 파악하고 있는 것은 전혀 아니다. 오류를 저질렀다는 수치는 수치 그대로였고, 전전에 거기에 있었던 자신은 역시 거기에 있다는 그런 생각이었다. 야스카와 도모에가 전쟁중에 범한 오류는 그것으로 지워버릴 수 없다. 하지만 도모에는 그것이 오류이며 배신이었음을 인정하고 실감하고 있기 때문에, 오늘도 자신을 당에 두는 것이다. 정치 활동이 진전되지도 않고 정치 활동을 하려는 의지도 없다고는 하나 야스카와 도모에의 당에 대한 관계는 단순히 그녀의 입장이었다. 도모에는 당을 떠난 곳에 자신을 놓고 생각할 수는 없었다. 당에 소속되어 있다는 것은 그녀의 생활적 신조였다.

　이처럼 사타 이네코는 「계류」와 「소상(塑像)」(1966)에서 당을 ‘우리집’이라고 썼는데, 여기에서는 당뿐만 아니라 당과 자기 가족 모두를 ‘우리집’으로 다루고 있다.

　자기 가족을 말한다면 「계류」에서는 구보카와 쓰루지로와 결혼할 때 아버지에게 맡겼던, 작품에서는 ‘치카에(ちかえ)’로 나오는 장녀 내면에서 자신과는 “전혀 다른 여성의 유형을 발견”하는 부분이 있다. 이 장녀에 대해서 ‘뭐야’라고 소리를 지르려고 하는 부분과 세차게 때리는 장면이 있다. 이때 ‘뭐야’라고 외치면서 사타 이네코는 장녀를 품안에 끌어안는다.

가루이자와 역에서
쓰보이 사카에(좌)와 사타 이네코

이 '뭐야'라는 부르짖음은 사타 이네코의 감각의 심층부에서 나온 것이다. 이와 동일한 부르짖음을 사타 이네코는 「시간에 멈추어서 4(時に仃つ·その四)」에서도 터뜨리고 있다. 다음은 내가 걸어온 길이라는 내용의 텔레비전 출연 준비 때문에 스태프가 '나'를 방문하고 '나'가 대답하는 장면이다.

"전쟁터에 나갔던 것을 당시 나쁜 일을 한다고 생각하셨습니까?"
"나쁜 일? 아니오. 그렇게 생각하지는 않았습니다."
나는 그를 쳐다보며 대답했다.
"아, 그렇습니까."
그는 웃지도 않고 "그러면 좋습니다"라고 사무적인 대답을 했다.
그 대답을 들었을 때 나는 마음속으로 '무엇이?'라고 외쳤다.

이 '무엇이?'도 동일한 감각의 심층부에서 나오는 소리이다. 전쟁 책임의 생각은 "그렇게 가벼운 것은 아니었"으며, 전후 다시 당을 '우리집'으로 정하고 여기에서 초극하지 못하면 회복할 수 없을 정도로 깊은 것이었다.
사타 이네코의 전후 책임은 쇼와 초기의 『당나귀』동료들과의 만남, 여기에서 시작된 구보카와 쓰루지로와의 결혼(가족 형태의 원형을 만드는 것), 그리고 프롤레타리아 문학에의 참가라는 원초 형태까지 소급해서 다시 검증하지 않으면 안 되는 것이다. 여기에 전후의 자신을 새삼 응시하는 것을 주제로 삼았던 「나의 도쿄 지도」(1949), 「톱니(齒車)」(1959), 「회색의 오후」(1960), 「계류」「소상」에 이르는 사타 이네코의 중심 작업이 있다.
1931년부터 1934년에 걸쳐 사타 이네코는 구라하라 고레히토나 미야모토 겐지와 마찬가지로 당이 문화 단체에 개입하는 것을 인정했다. 그러나 「계류」가 다루고 있는 50년 문제의 시대에는 당이 신일본문학회나 부인민주구

환담하는 사사키 기이치(좌)와
사타 이네코

락부를 이끌고 개입하는 일에 단호히 반대하고 저항하였다. 사타 이네코는 당은 '우리집'이라는 당의 태도에 저항했던 것이다. 이때 사타 이네코의 가부장적인 당에 대처하는 자세는 180도로 바뀌었다. 대중 단체에 대한 당의 주도는 정치와 문학 혹은 정치와 민주 단체의 태도를 그르친다는 신념이 여기에 있다. 이것이 표현자로서 전쟁 책임을 자각했던 사타 이네코가 도달했던 전후 책임을 지는 입장이다. 그것은 당의 존재를 완전히 부정했던 것이 아니라 현실의 당과 결별하고 내 마음의 내면인 당으로서 나의 역사와 감각 속으로 거두어들였던 것이다. 이처럼 당을 장송(葬送)하지 않으면 전후 책임은 완수될 수 없었다.

한편으로는 당의 태도에 저항하고 다른 한편으로는 모성에 눈을 뜨면서 모계 중심의 가족을 만들고 있는 상세함이 「계류」와 「소상」에서 점차 분명해진다. 이 두 가지는 둘이며 하나인 불가분의 관계에 있다. 사타 이네코는 근대 일본 여자라면 누구나 통과하지 않으면 안 되었던 남자를 대할 때 나타나는 여자의 감각을 확인하고 자립된 존재로 확립되는 과정을 걸어갔던 것이다.

전쟁 책임과 전후 책임 3
──일본의 혁명적 전통의 혁명적 비판 2

사타 이네코의 「계류」에는 "그것은 다무라 야스지(田村康治)가 그녀의 반대측에 섰다는 것이며 자신감을 잃은 일이었다"라는 한 줄이 있다. 이 '다무라 야스지'란 나카노 시게하루였다. 전후 일관되게 나카노 시게하루를 지지하며 정치와 표현의 장에 나아갔던 사타 이네코의 주관은 나카노 시게하루의 배신으로 고통을 받았지만, 이를 초월한 인간적 연대가 있었던 것은 「여름의 안내표──나카노 시게하루를 보내며(夏のしおり──中野重治をおく

사타 이네코의 『여름의 안내표
—나카노 시게하루를 보내며』

る)」(1983)에서 분명히 나타난다. 사타 이네코는 나카노 시게하루에게 "정치는 그의 문학과 별개의 존재가 아니었을 것"(「소상」)이라고 생각하고 인정했던 것이다.

이 정치가 오랫동안 나카노 시게하루를 속박했다. 그가 좌담회 「나카노 시게하루를 둘러싸고」(『근대문학』 제3호, 1946. 4)에서 「노래의 이별」(1940)이나 「거리를 걷다(街あるき)」(1940)의 후속편을 쓸 의지가 있음을 표명했지만 실제로 「마음」을 썼던 것은 1954년이다.

「마음」은 대학생이 된 가타구치 야스키치(片口安吉)가 1925년 신인회에 입회하면서 높은 쪽의 생활에 있는 일종의 합리성 · 소부르주아적인 것에서 낮은 쪽의 생활에 있는 일종의 불합리성 · 프롤레타리아적인 것으로 자신을 "다시 이식하고 싶지"만 거기에는 "미래에서 오는 불안한 무엇인가"가 있다고 느끼는 장면에서 출발하고 있다.

합리성 · 소부르주아적인 것에서 "생활을 뽑아버리고 싶다. 그러나 뽑히지 않는" 인간이 '무엇인가'에 쫓겨 자신을 거기에서 뽑아버린다. 그 '무엇인가'에 대해 나카노 시게하루는 「저자 후기」(『나카노 시게하루 전집』 제5권, 1976)에서 이렇게 쓰고 있다.

노동자, 스트라이크, 노동자 계급이라는 것을 나는 말로 알았다. 그러나 특수한 조건이건 또는 극히 잠깐이건 인간으로 함께 지내는 것은 거의 완전히 별개의 일이다. 처자를 고향에 맡겨놓고 돈지갑, 현금, 장부 그 밖의 것들을 몸에 동여매고 변소에 가는 일도 참고 있는 경리계 남자, 또 대공장과 그 소재지 거리와의 거의 생리적이라고도 할 수 있는 관계, 이런 것들과 상관없었지만 어쨌거나 손으로 만지는 존재로 이들을 접했던 것은 나에게는 분명 무엇인가였다. 술을 마시는 야스키치를 향해 술이라는 것은 맛있는가, 어떤 식으로 맛있는가, 그것은 진기한 동물의 습성인가를 물어보게 하고 물어보는

292

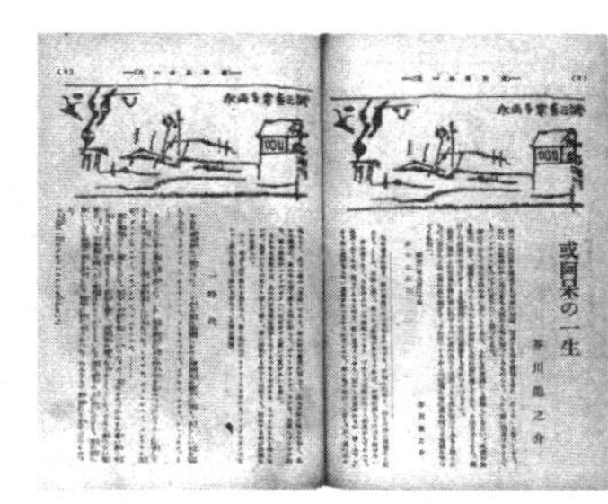

아쿠타가와 류노스케의
「어떤 바보의 일생」
(『개조』, 1927. 10)

학생과 함께 생활했던 것도 나에게는 분명 무엇인가였다.

확실히 「마음」은 이 '무엇인가'에 쫓겨 인생에 맞서는, 쇼와 초기에 성립했던 어떤 정신의 형태를 각인하고 있다. 이는 나카노 시게하루와 아쿠타가와 류노스케가 대면하는 장면으로 표현된다.

히라노 겐은 『쇼와 문학사』(1963)를 '아쿠타가와 류노스케의 죽음'부터 쓰기 시작했다. 그는 이 책에서 「마음」에서 나카노 시게하루와 아쿠타가와 류노스케가 대면하는 장면을 분석하면서, 이때 나카노 시게하루는 "통한으로 가득 찬 아쿠타가와 류노스케의 불안감을 뛰어넘을 수 있는 입장에 이미 서 있다고 확신했기 때문이기도 할 것이다. 그 입장이란 말할 것도 없이 마르크스주의가 가리키는 방향이었다"고 규정했다. 그리고 다음과 같이 유명한 글을 내놓았다.

나카노 시게하루의 마르크스주의 문학의 방향과 호리 다쓰오의 서유럽의 전위 문학의 방향은 단순히 나카노 시게하루와 호리 다쓰오뿐만 아니라 기성 문학에 대립하는 젊은 쇼와 문학 전체의 동향을 대표하는 것이다. 아쿠타가와 류노스케의 불안을 받아들이고 초극하려는 방향은 이미 일찍이 나카노 시게하루와 호리 다쓰오에 의해 이른바 문학적으로 정착되었던 것이다.

쇼와가 끝난 현재, 히라노 겐의 이 확언은 정정되지 않으면 안 된다.

서유럽의 전위 문학이 일본의 토양에 정착하는 데 얼마나 많은 곤란을 가져왔는가는 전후에도 여전히 나카무라 미쓰오의 『풍속소설론』을 비롯한 많은 일본 문학·문화 비판이 씌어지지 않으면 안 되었던 점이나, 호리 다쓰오의 명맥을 이은 나카무라 신이치로와 후쿠나가 다케히코 등이 봉착했던 악전고투를 보면 알 수 있다. 아쿠타가와 류노스케의 불안을 초극하려는 방향

호리 다쓰오(오른쪽에서 두번째)

은 이미 일찍이 나카노 시게하루와 호리 다쓰오에 의해 정착된 것은 아니었다. 그 두 방향은 확실히 멀리 있는 것처럼 보이지만 이것을 정착시키기 위한 곤란한 제일보를 쇼와의 초기에 내디디려고 했던 것에 지나지 않는다.

나카노 시게하루는 「마음」의 마지막에서 "야스키치 너희들은 현존의 문학 운동, 그 마르크스주의적 전개를 위해 거기에 들어간다는 명확한 의식으로 나아가야 한다고 지껄였을 때 '잘난 척하지 마라!'고 생각했지만 야스키치는 잠자코 있었다"고 적고 있다.

가쓰시카 노부타로(葛飾伸太郎)(아쿠타가와 류노스케)가 가타구치 야스키치를 향해 "그거야 『흙덩이(地くれ)』의 제군도 좋지만 〔……〕" "재능으로 인정을 받는 건 후카에(深江)군과 자네뿐이겠지?"라고 중얼거렸을 때, 가타구치 야스키치가 "천만에. 천만에. 도덕적으로 벗어나서 〔……〕 이 사람은 틀렸다. 학문·도덕적으로 틀렸다. 이 사람은 우리들 앞에서 자신을 낮추고 있다. 낮아졌다"라고 생각한다. 이 부분은 몇 번이고 거듭 생각해도 지나치지 않은 중대한 의미를 갖는다. 이때 가타구치 야스키치가 "우리들은 이미 낡았다. 사상에서도, 감각에서도"라고 생각하는 가쓰시카 노부타로 스타일의 대극에 놓은 것이 스탈린의 스타일이다.

스탈린의 스타일에 대해 나카노 시게하루는 "농업적·예술적인 레닌의 스타일에 비해 근대 공업적·전기 용접적인 스탈린의 스타일"이라 표현하고 있다. 이 "근대 공업적·전기 용접적인 스탈린의 스타일"을 나카노 시게하루는 바로 "거의 새로운 스타일"로 실감했던 것이다.

쇼와 초기에 나카노 시게하루가 막연하게 보고 있었던 것은 스탈린의 스타일이다. 나카노 시게하루는 이 스타일을 스스로 제작하기 위해 마르크스주의 문학 운동의 내부로 들어갔던 것이다.

「마음」을 썼던 1954년은 흐루시초프가 스탈린을 비판하기 약 2년 전이다. 하니야 유타카는 스탈린 비판을 예감으로 미리 알고 있었다. 그러나 나카노

나카노 시게하루의
『갑을병정』

시게하루에게는 이런 예감이 없었다. 그뿐만이 아니다. 「갑을병정」에서 쓰고 있는 것처럼 스탈린 비판이 세계적 규모로 문제되었을 때조차 일본에서는 그냥 넘어갔던 것이다. 여기에 일본의 혁명 운동의 어쩔 수 없는 병원(病源)이 있다. 나카노 시게하루가 설정했던 새로운 스타일은 스타일 자체 속에 그런 어두운 부분을 내포하고 있다.

나카노 시게하루는 "미래에서 오는 불안한 무엇인가" 속에 있는 '향기'에 이끌려 문학과 정치에 들어갔으나, 그 '불안'이 현실화되었으므로 이 과제를 사상적·감각적으로 매듭짓는 일을 평생의 테마로 삼았다.

이 새로운 스타일의 밑바닥까지 소급해서 자기를 비판하는 것이 나카노 시게하루가 전쟁 책임과 전후 책임을 통해 해결해야 할 책무였다. 「갑을병정」에서 그는 그것을 쓸 필요가 있었다.

프롤레타리아트와 운명을 함께하려는 것과 프롤레타리아트의 전위대, 요컨대 공산당과 운명을 함께하려는 것 사이에는 완전한 결합이면서도 오히려 거대한 차이가 있다.

이 글을 쓰기 위해서는 40여 년이라는 세월이 필요했다.

요시노(吉野)의 문제는 승부에 있는 것 같았고, 이기기 위해서는 무엇을 사용해도 상관없다고 하는 태도를 일이 년 사이에 볼 수 있다.

신성화를 점차 부정했던 그가 미야모토 겐지 비판을 쓰기 위해서는 25년이 필요했다. 여기에는 전중·전후의 일은 어느 의미에서는 어쩔 수 없지만 전후의 일은 그래서는 안 된다, 살려둘 수는 없다는 나카노 시게하루의 결단이 있었다. 전후의 일까지 어쩔 수 없는 것으로 하면, 그것은 미래에도 어쩔

1936년 무렵의
나카노 시게하루

수 없으며 돌이킬 수 없는 화근을 남기게 된다는 결의이다.

　나카노 시게하루는 1927, 28년, 자신이 마르크스주의 문학 운동의 내부에 들어갔던 시점까지 소급해서 자기를 비판하지 않으면 안 된다는 사실을 파악했다.

　1927, 28년 시절, 다무라(田村)는 정치와 예술을 혼동했다고 볼 수 있는 주장을 해서 사이토(佐藤)에게 비판을 받았다. 그는 문제에 논리적인 결론을 내리지 않은 채 그것을 따랐다. 그리고 30년, 31년이 되었고 이번에는 논의가 정치해졌지만 그만큼 풀기 어려워져서 말하자면 다무라 설로 역전되었다. 그리고 그대로 중심 세력이 고스란히 검거 · 체포당하게 되었다.

　오류의 역사의 싹은 바로 쇼와 초기에 생겼던 것이다. 중화인민공화국의 성립, 50년 문제, 이루즈 성명, 강화 조약, 코민포름 *cominform*의 일본 비판으로 그 오류의 역사는 누적되었다.

　신일본문학회의 창립도, 그것은 창립이긴 했지만, 이전의 프롤레타리아 문학의 재건, 재출발이라고 나카노 시게루는 인정했다. 이것이 정치와 문학 논쟁의 최종적인 귀추였다. 그리고 프롤레타리아 문학에서 민주주의 문학으로 반세기에 걸친 꿈으로 최종적인 결단을 내렸다.

　스탈린 문제라는 것은 개인 숭배 따위는 아니다. 우리 인간이 점점 아래부터 쌓아올렸던 것이었으리라. 〔……〕

　그러나 필자 자신(사토 = 구라하라 고레히토)은 의기양양했으니까 말이다. 관념론적이지만 로맨틱하기조차 했을 것이다. 그러므로 읽는 사람이 감동을 받은 것이다. 그것은 학문적으로 아주 조잡했지만 제 스스로 문학이 없지는 않았기 때문이다. 그래서 읽는 사람이 감동을 받고 요컨대 격려를 받았던 것

독·소 불가침 조약을 맺고
리벤트로프 독일 외상과
악수하는 스탈린

이지만 그 편달과 격려는 차가운 늦서리처럼 모처럼 나온 뽕잎을 시들시들하게 만들었다.

일본의 프롤레타리아 문학은 쇼와 초기 그리고 전후 초기에 같은 오류를 범했다. 그것은 나카노 시게하루가 자기 비판을 하면서 거듭 보여주었던 관점이다. 나카노 시게하루가 감행했던 이 '일본의 혁명적 전통의 혁명적 비판'을 초극하지 못하는 한, 어떤 혁명·민주주의의 이론도 정서적 수준을 초월할 수는 없을 것이다. 그것을 초극하지 못하는 이론은 그 자체로 무효인 것이다.

이상의 글을 쓴 다음에 하니야 유타카의 『나카노 시게하루와 전후 문학』(1989)과 『나카노 시게하루와의 동시대』(1989) 두 권이 나왔다. 하니야 유타카의 글은 단조롭지 않고 변화가 많아 직접성을 결여하고 있지만 주로 개인적으로 확인했던 부분 곧 기쿠치 간에게 보낸 일본문학보국회 입회 의뢰장 사건과 1943년 9월 이세 진구에서 했던 '미소기' 사건 두 가지에 대한 비판이었음을 알 수 있다. 기쿠치 간에게 보낸 편지에 관해서 말한다면 "나는 전쟁중에 오류를 저질러 문학보국회의 소설부회와 평론부회에 들어갔던 적이 있으며 그때 기쿠치 간에게 입회하도록 주선해달라는 편지를 냈고, 거기에 어떤 말을 썼는지 지금은 잘 생각나지 않는다. 그러므로 자기 반성을 하기 위해 그 편지를 다시 한번 보고 싶다고 생각한다. 자네가 갖고 있는 듯하니 돌려주었으면 좋겠다고 솔직하게 쓸 작정이었으리라고 나는 생각했다. 그러나 나카노 씨는 자기를 반성하기 위해서가 아니라 그 자료를 그저 없앨 의도로 돌려달라고 말했던 것이다"(『나카노 시게하루와 전후 문학』)라는 곳에 하니야 유타카의 비판의 안목이 있다. 이세 진구에서 거행하는 참회 하기 위해 몸을 씻는 의식인 '미소기'까지 하고 있다면 모든 것이 끝이라는 생각을 하니야 유타카는 갖고 있었다.

1936년경, 자택에서 가족들과
함께한 하니야 유타카

하니야 유타카의 이 의견은 정론이다. 나카노 시게하루도 반론의 여지는 없을 것이다. 나카노 시게하루가 전중에 그렇게 살았다는 흔적은 분명하기 때문이다. 나카노 시게하루가 옥중 18년과 옥외 18년이라고 썼을 때, 그 옥외 18년의 인간이 공산주의자가 아님을 증명하기 위해 밟지 않으면 안 되었던 사상 조사의 발판이 어디에 있었는지 분명하게 각인되고 있다. 나카노 시게하루는 '미소기'라는 사상 조사의 발판을 밟았던 것이다. 그 사상 조사의 발판이 어떤 것이었는가를 나카노 시게하루는 「갑을병정」에서 쓰고 있다. 주인공 다무라는 다음과 같은 「황국민의 신념(皇國民ノ信念)」을 합창했다.

대일본은 신국(神國)이며
천황 폐하는 현인 신(現人神)이며
나는 일본 신민이다.
우리들은 천업익찬(天業翼贊)을 위해 태어났고
우리들은 천업익찬을 위해서 활동하며
우리들은 천업익찬을 위해서 죽으리라.

그리고 기쿠치 간에게 보낸 일본문학보국회에 입회를 의뢰했던 편지의 문면도 「갑을병정」에서 인용하고 있다. 나카노 시게하루는 이런 사실이 있었다고 솔직하게 쓰고 있다. 이는 사타 이네코가 말한 "전쟁 말기의 나의 전쟁협력이라는 오류"와 마찬가지로 나카노 시게하루가 저지른 '오류'의 역사이다. 그것은 말하자면 "야스카와 도모에가 전쟁중에 범한 오류는 그것으로 지워질 수 없다. 하지만 도모에는 그것이 오류이자 배반이었음을 인정하고 실감하고 있기 때문에 오늘도 당에 자신을 두는 것"(「계류」)이라고 사타 이네코가 생각했던 것과 같은 위치에서 생각해보지 않으면 안 되는 '오류'이며 '실감'이었다. 그러나 나카노 시게하루는 전후에 문학자로서 가져야 했

일본인들이 벌인 전범 추급 집회

던 솔직성과 실감을 사타 이네코처럼 갖고 있지는 않았다. 기쿠치 간에게 보낸 편지의 문면은 「갑을병정」에 나온다. 「황국 신민의 신념」을 합창한 것도 나온다. 그러나 그것은 나왔을 뿐이다. 쇼와 초기에 마르크스주의 문학 운동에 참가, 1934년의 전향, 전쟁 말기의 사상 조사의 발판, 전후의 재입당과 민주주의 혁명에 참가. 이런 일련의 생의 흐름 속에서 기쿠치 간에게 보낸 편지와 이세 진구에서 했던 '미소기'란 나카노 시게하루의 인생에서 '막다른 골목'이었고 '궁지'였을 것이다. 나카노 시게하루는 그 '막다른 골목'과 '궁지'에 "몰린 곳에서 자신을 벗어나게 만들었던"(「노래의 이별_) 것이다. 이는 「노래의 이별」 무렵부터 은밀하게 자각하고 있었던 나카노 시게하루의 '정신의 빈약함'(「노래의 이별_)이 드러났던 것에 다름아니다.

「갑을병정」에서 나카노 시게하루는 자신의 이런 '정신의 빈약함'을 남김 없이 묘사했다고 할 수 있다. '스탈린 문제'라는 것은 이런 '인간의 정신의 빈약함'을 뿌리로 해서 발생했던 것이다. 나카노 시게하루는 자신이 마르크스주의 문학 운동의 내부에 들어갔던 1927, 28년의 시점까지 이 '인간의 정신의 빈약함'이 소급되고 있음을 확인했다. 그것은 괴로운 일이었다. 하지만 그것은 누구인가 그 생애를 걸고 고백하지 않으면 안 되는 것이었다. 나카노 시게하루는 그것을 했다.

「이방인」 논쟁

논쟁가에게는 논쟁가의 얼굴이라는 것이 있다. 논쟁가 나카노 시게하루에게는 논쟁가일 수밖에 없는 나카노 시게하루의 얼굴이 있었다. 그것은 "아라 마사히토나 히라노 겐은 종장(宗匠) 근성에 빠졌다. 인간의 옹호, 예술의 방위를 간판으로 삼는 종장 근성은 비인간적이며 반인간적이다. 그것은 비

나카무라 미쓰오

천하다"는 격렬한 말을 늘어놓는 부분에서 볼 수 있는 얼굴이다. 이에 비해 "나카노 시게하루는 오랫동안 내가 은밀하게 존경했던 시인이었다. 〔……〕 지금 그 사람에게 나는 '반혁명' 진영의 선동자로 낙인을 찍히고 말았다. 나는 슬프다"(「정치와 문학 2」, 1946)라고 썼던 히라노 겐 같은 인간은 본래 논쟁가다운 얼굴의 소유자는 아니다.

이것은 논쟁이란 허리를 세우고 상대방의 얼굴을 부수는 것, 날카롭게 기합을 지르며 제일격을 가하는 것, 상대가 그것을 능가하는 기력으로 반격하는 곳에서 논쟁의 막이 열린다는 사실을 전해주고 있다. 그러므로 여기에는 개인 공격적인 의미를 자주 내포하면서도 나중에도 기억될 유명한 말이 남게 된다.

「이방인」 논쟁에서 나카무라 미쓰오가 남긴 것은 다음과 같다.

일찍이 「신경병 시대(神經病時代)」를 썼던 작가의 '신경'도 지금은 이런 상식 도덕의 대변자로 되어버렸다면 나는 나이를 먹고 싶지 않다. 카뮈가 이 소설을 쓴 것은 바로 이런 기성 인간 관계의 틀에 대해 반역하기 위해서이며, 이는 마치 젊었을 때 히로쓰 씨가 '신경병'과 '성격 파탄'으로 괴로워하는 청년들을 묘사해서 어른들 세계의 허위에 대해 의혹을 던졌던 것과 같은 것이다.

「이방인」 논쟁의 의미나 구체적인 내용 등을 잊어버린 사람들에게도 이 "나이를 먹고 싶지 않다"라는 말만은 떠오를 것이다. 그것은 훗날 나카무라 미쓰오가 "문학은 노년의 사업"이라고 했던 말과 비교할 때 무엇이라 말하기 어려운 아이러니를 사람들에게 느끼게 했던 말이기도 하다. 나카무라 미쓰오에게 "나이를 먹고 싶지 않다"와 "문학은 노년의 사업"이라는 명제는 모두 진심이었다.

히로쓰 가즈오

나카무라 미쓰오에게는 자신과 자신이 살아왔던 시대를 절대화하려는 의사가 있었음을 알 수 있다. 그것이 분명하게 나타난 것이 「이방인」 논쟁이다.

「이방인」 논쟁이 시작되기 전에 나카무라 미쓰오는 「지드에의 편지」(1951)를 썼다. 그는 서구 문화의 가치는 보편성 · 인간성 · 세계성에 있다고 기술한 후 다음과 같이 쓰고 있다.

> 그러나 동시에 우리들은 동양의 한구석에서 서구 문화의 소산에 갇혀 생활하면서 그것이 창조의 근원에서 갖고 있었던 유기성을 잃고 비인간적인 추상성을 띠었던 것처럼 느낀다. 〔……〕
>
> 우리들은 유럽 정신의 바탕에는 적어도 르네상스 이후 강력한 반순응주의 *non-conformism*의 흐름이 있었다고 믿는다. 남에게 의지하지 않고 자기 눈으로 보고, 자기 마음으로 느끼며 주어진 자아의 가능성을 끝까지 추구했던 소수의 개인과 그것을 ── 그럭저럭 뒤늦게나마 ── 이해했던 총명한 대중에 의해 오늘의 문화가 구축된 것이라고 생각한다.
>
> 그러나 그 모조품 *pastiche*으로 현대 세계를 뒤덮은 기계력과 순응주의의 야합은 바로 그 역이라고 생각한다. 그것은 오늘날 두 개의 거대한 강국이 조직하고 우리들의 생활을 지배하고 혹은 위협하고 있다.〔……〕
>
> 그러므로 우리들이 기계력과 순응주의에 의해 세계 지배가 완성되려는 전야에 인간은 어떻게 살아가야 하는가를 묻는다는 것은 그만큼 기회를 놓친 질문이 아닐까 생각한다.

이 글에 나카무라 미쓰오의 육성이 있다. 「이방인」 논쟁을 시작하기 직전 나카무라 미쓰오의 마음을 차지하고 있었던 것은 서구 문화가 창조된 근원에서 갖고 있던 유효성을 회복하는 일이며, 기계력과 순응주의라는 세계 지

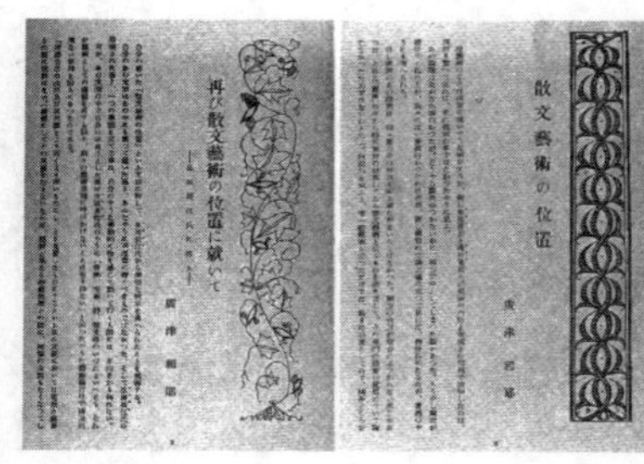

히로쓰 가즈오의
「산문 예술의 위치」(『신조』, 1924. 9)

배에 저항해서 인간은 어떻게 살아가야 할 것인가를 묻는 일이었다.

히로쓰 가즈오는 「카뮈의 「이방인」」(1951)에서 먼저 뫼르소가 '신경 질환을 앓고 있는 증상'으로 모친이 양로원에서 죽었을 때 원장이 "어머니 얼굴을 보고 싶지 않습니까?"라고 묻자 주인공이 "보고 싶지 않다"고 대답하는 장면과, 아라비아인을 향해서 피스톨의 방아쇠를 당겼던 주인공이 재판장을 향해 "그것은 태양 탓입니다"라고 대답하는 장면을 들었는데, 논쟁이 깊어지면서 궁극적으로는 "요컨대 이 사상소설은 철두철미 추상적으로 'what is life'를 다룬 소박한 작품이므로 구체적으로 살아가는 일의 근원인 'how to live'의 문제를 여기에서는 전혀 다루고 있지 않다"(「다시 「이방인」에 대하여」, 1951)고 비판했다. 그는 'what is life'의 추상적 사고에는 개인의 책임이 없다는 측면을 비판의 기반으로 삼았던 것이다.

그러나 이 「이방인」 논쟁이 일어났던 지층을 파고들어가면 거기에서 분명해지는 것은 히로쓰 가즈오의 'how to live'와 나카무라 미쓰오의 'how to live'의 명확한 차이이다.

히로쓰 가즈오는 개인의 책임을 주장한 다음 "역사를 만드는"(「아직 납득되지 않는다」, 1952) 것이 'how to live'라는 식으로 전개했다.

역사의 방관자에게 이 세계는 부조리하겠지만 역사를 만드는 사람에게는 부조리 따위는 없다는 그(사르트르)의 견해에 나는 찬성이다.

실은 이 말은 나카무라 미쓰오의 아픈 곳을 찔렀다.

나카무라 미쓰오는 "이런 소설의 주인공은 이미 우리들의 정신에서 그 기능의 일부로 살고 있는 것"(「히로쓰 씨의 「이방인」론에 대하여」, 1951)이라고 말했다. 하지만 그는 동시에 뫼르소의 고백이 "'허위'의 고백"(「히로쓰 씨의 「이방인」론에 대하여」, 1951)이라는 것도 간파하고 있었다. 이 작은따옴표를

우스이 요시미

친 '허위' 두 글자가 "그래서 나는 우리들이 허위에 질식하고 죽음에 빠지고 있다고 믿는다"고 그에게 답장을 보냈던 앙드레 지드의 편지에서 인용했던 것이라는 사실은 분명하다. 지드는 "허위를 증오하는 일이야말로" 우리들의 중심점이자 지주라고 말했던 것이다.

나카무라 미쓰오가 카뮈의 「이방인」의 세계를 옹호하고 히로쓰 가즈오의 비판을 정밀하게 논박하면서도 적극적으로 작품을 평가하지 않았던 것은 그가 진정으로 찾고 있는 만큼 허위를 증오하는 지주를 「이방인」에서 발견할 수 없었기 때문일 것이다. 나카무라 미쓰오에게 뫼르소는 "아직 어머니를 '엄마' 라고 부르는 젖비린내 나는 어린애"에 지나지 않았던 것이다. 그런 의미에서 「이방인」의 카뮈보다 나카무라 미쓰오 쪽이 노성했다고 할 수 있다. 하지만 카뮈와 나카무라 미쓰오가 결정적으로 다른 것은 카뮈 쪽이 일단 서구 문화 창조의 원천적인 토양에 서서 뫼르소를 조형했다면, 나카무라 미쓰오의 토양에는 뫼르소 한 사람을 창조할 수 있을 정도의 장소도 대중도 존재하지 않았다는 것이다. 여기에 서구 문화를 우리 것으로 삼고 창조 활동을 시작했던 근대 일본인의 비극이 있다.

우스이 요시미(臼井吉見, 1905~1987)가 말했듯이 "근대 문학의 전통이 없다는 것, 끝내 그것을 낳을 수 없었던 이질적인 정신 풍토에 그것을 이식하려고 악전고투했던 것이 다름아니라 후타바테이 시메이(二葉亭四迷, 1864~1909)의 문학적 생애였기 때문에 문학의 길에 뜻을 품었던 나카무라 미쓰오가 제일 먼저 부딪쳤던 것이 이 문제"(「우렁이의 중얼거림〔田螺のつぶやき〕」, 1974)였으며, "일본 근대 문명의 근간을 움켜잡고 비평 작업을 시작했던 나카무라 미쓰오에게는 전전 · 전중 · 전후의 차이는 존재하지 않았"(「우렁이의 중얼거림」)던 것이다.

나카무라 미쓰오의 불행은 근대부터 전전 · 전중 · 전후에 걸쳐 문화 창조의 원천에 이어지는 형태의 문화가 일본에 존재하지 않았다는 것이다. 전중

나카무라 미쓰오의
『후타바테이 시메이전』

에 개최된 '근대의 초극' 논쟁에 참가하면서 나카무라 미쓰오가 느꼈던 괴로움은 문화 창조의 원천에 이어지는 형태의 문화가 부재한다는 인식을 갖지 못하고 '근대' 의 '초극' 을 운운하는 우스꽝스런 단막극에 스스로 참가하지 않으면 안 되었던 아이로니컬한 자각에서 비롯되었을 것이다. 그러므로 그는 전후가 되자 「후타바테이 시메이론」(1947), 「풍속소설론」(1950), 「다니자키 준이치로론」(1952), 「시가 나오야론」(1954), 「사토 하루오론」(1962)으로 문화의 검색을 계속했던 것이다. 그러나 파면 팔수록 구멍은 깊어졌지만 그 구멍은 그가 지표로 삼는 서구의 반순응주의 흐름과 합류되지는 않았고 그가 찾는 대중 또한 거기에는 없었다.

나카무라 미쓰오에게는 "모든 사상의 자기 방기로 자기를 증명"(「카뮈의 「이방인」에 대해서」)하는 것이야말로 제일의였다. 이것이 사상이라고 노골적으로 제시되었던 것은 모두 그의 마음에 들지 않았던 것이다. 그러므로 그에게는 문화 창조의 뿌리에 이어지지 않는 전후 문학은 단순히 '점령 치하의 문학' 에 지나지 않았다. 그러나 그는 "인간이 신이 되고 신이 인간이 되는 희극을 방관"(「카뮈의 「이방인」에 대해서」)했던 방관자이기도 하다.

'방관' 했다는 이 말은 히로쓰 가즈오가 "역사의 방관자에게 이 세상은 부조리하겠지만 역사를 만드는 사람에게 부조리 따위는 없다"라고 했던 말과 부합되는 것이다.

나카무라 미쓰오는 그가 격렬하게 비판했던 시가 나오야나 전후 문학자만큼 시대를 껴안을 수 있는 용량을 가질 수 없었다. 만일 그랬더라면 거기에 나카무라 미쓰오의 사상이 생겼을 것이다. 나카무라 미쓰오가 「이방인」에서 보았던 것은 이런 사상이나 관념은 아니었다. 그는 현대 생활 속에 있는 '부조리' 시를 발견하려고 했던 것이다. '부조리' 시라면, 미국에도, 프랑스에도, 알제리에도, 인도에도, 일본에도, 전쟁중에도, 전후에도 있었다고 할 것이다. 분명 전후의 일본인들이 느꼈던 것도 이런 '부조리' 시였으며, 부조리

시가 나오야(좌)와
히로쓰 가즈오

의 관념이나 사상은 거의 시이나 린조 혼자 짊어지고 그 무게에 비틀거렸던 종류의 것이다. 그러므로 나카무라 미쓰오가 문제는 '부조리' 시를 느꼈는가 느끼지 않았는가라고 말했던 것은 일본의 실상에 비추어볼 때 옳다. 그리고 나카무라 미쓰오는 시이나 린조가 추구했던 실존주의를 결코 인정하지 않았다. 그럼에도 불구하고 시이나 린조 쪽이 전후라는 시대를 껴안았다는 실감이 전후 문학사의 실감으로 남아 통용되었던 것이다.

그런 시대와 국가를 살았던 것은 나카무라 미쓰오의 비극이지만 동시에 그것은 나카무라 미쓰오가 그렇게 볼 수밖에 없었던, 아니 그렇게 느낄 수밖에 없었던 근대로부터 전전·전중·전후에 걸쳐 전개된 일본 문화 그리고 문학이 갖고 있던 비극이기도 하다.

제2장

전후 문학의 의미

전후 문학을 전후 문학으로 특징짓고 있는 것은 사소설에서의 탈출과 거기에서 생긴 본격소설(전체소설이라든가 총합소설로 바꿔 말해도 좋다)의 창조와 변용이기도 하다.

1935년, 「사소설론」에서 고바야시 히데오는 이렇게 썼다.

루소는 『참회록』에서 단지 자기의 실생활을 묘사하려고 했던 것은 아니다. 하물며 이를 교묘하게 표현하려고 괴로워했던 것은 더욱 아니다. 그를 몰아세웠던 것은 사회에 있어서의 개인이라는 존재가 갖고 있는 의미이며, 나아가 자연에 있어서의 인간의 위치에 관한 열렬한 사상이다. 중요한 것은 〔……〕 그의 사상은 가령 그가 입으로 말하지 않아도, 흉내를 내지 않아도 괴테에게도 세낭쿠르에게도 콩스탕에게도 스며들고 있다는 것이다. 그들이 쓴 사소설의 주인공이 어떤 식으로 자기의 실생활적 의의를 회의하고 있다고 해도 작가들의 머리에는 개인과 자연, 사회와의 확연한 대결이 존재했던 것이다. 〔……〕

실생활과 결별했던 모파상의 작품은 다야마 가타이에게 실생활의 지침과

다야마 가타이와
『이불』 삽화

기쁨을 주었다. 이 사정, 일본 근대 사소설의 효시인 「이불(蒲團)」의 성립에 관한 기괴한 사정에 훗날 사소설론이 일어난 비밀이 있다. 그러나 이 비밀의 구조는 적어도 원리적으로는 매우 간명하다. 어떤 천재 작가도 자기 한 사람의 손으로 시대 정신이나 사회 사상이라는 것을 만들어낼 수는 없다. 어느 보잘것없는 사상이라도 작가가 이를 전혀 새롭게 발명하거나 발견하는 것은 아니다. 그는 이미 사람들 속에 살아 있는 사상을 작품에 실현하고 명료하게 만들었을 뿐이다. 사상이 어느 시대에는 물질처럼 딱딱하고 어느 때는 인간처럼 유연하며, 시대의 현실 속에 살아 있을 때 작가에게 사상이란 정당한 적이기도 하고 친구이기도 하다. 가타이가 모파상을 발견했을 때, 그는 문학의 바깥에서 자신의 문학 활동을 부정하는 것처럼 혹은 격려하는 것처럼 강력하게 작용하는 시대의 사상력을 전혀 조망할 수가 없었다. 외부에서 살아 있는 존재처럼 문학 자체에 작용하는 사회화되고 조직화된 사상의 힘이라는 것을 당시 작가들은 꿈에도 생각할 수 없었던 것이다.

전후 문학은 '실생활과 결별' 하는 문학으로서 그 첫걸음을 내디디려고 했다. 이는 선행 문학자들, 가령 다자이 오사무나 이토 세이, 다카미 준이 전후, 실생활에 취재한 사소설적인 고백의 장소에서 출발하지 않으면 안 되었던 것과 사정을 달리한다. 또 미야모토 유리코, 사타 이네코, 나카노 시게하루 등 민주주의 문학 진영의 작가들이 "'사회적 의의'가 있는 사소설"(나카무라 미쓰오, 『풍속소설론』)을 쓰는 장소에서 출발하지 않으면 안 되었던 것과도 사정을 달리한다. 혹은 또 제3의 신인이라 부르는 야스오카 쇼타로(安岡章太郎, 1920~), 고지마 노부오(小島信夫, 1915~), 쇼노 준조(庄野潤三, 1921~), 요시유키 준노스케(吉行淳之介, 1924~1994), 엔도 슈사쿠(遠藤周作, 1923~1996) 등 나중에 나온 문학자들이 일상 생활적인 '나'의 장소에서 출발했던 것과도 다르다.

1939년 무렵의 고바야시 히데오

　전후 문학자들은 전전·전중에 자기를 형성했던 인간들이다. 그들은 마르크스주의 운동 속에서, 혹은 일개 병사로 나갔던 외국에서 나·자연·사회·국가·역사와 대면하면서 자기를 형성했다.

　1945년 8월 15일, 그렇게 그들을 단련시켰던 "정당한 적이기도 하고 친구이기도 한" 국가가 파괴당했다. 이는 그들을 에워싸고 있던 '사상'의 틀이 파괴된 것을 의미한다. 간략하게 말한다면 "정당한 적이기도" 하며 동시에 "친구이기도 한" 국가의 사상이 파괴되었다는 사실을 자각하면서 여기에서 사상과 관념을 창조하려고 했던 것이 전후 문학자들이다. 따라서 선행 문학자와 후행 문학자 그리고 전후 문학자를 나누는 하나의 구분은 여기에 존재한다. 고바야시 히데오는 이 국가가 파괴되었을 때 "사상이 어느 때에는 물질처럼 딱딱하고, 어느 때에는 인간처럼 유연하게" 작용하는 장소에 다시 나가는 것을 단념하고 포기했던 것이 아닌가 생각된다. 그는 "국민은 묵묵히 사변에 대처했다"(「의혹 Ⅱ」, 1939)고 쓰면서 국민의 입장에서 자기와 역사의 관찰점을 정했다. 그때 그는 깨어 있었다. "의심하려면 오늘날만큼 의심의 원인이 갖추어져 있는 때는 없다. 일체가 의심스럽다. 그런 때가 되었는데도 무엇 때문에 의심하면 의심할수록 관념의 말단이나 이데올로기의 쓰레기를 믿는 것 같기도 하고 믿지 않는 것 같기도 한 얼굴을 하고 있는 것일까. 의심스러운 것은 일체 의심해보라. 인간의 정신을 우습게 보는 듯한 적나라한 사물의 움직임이 보일 것이다. 그리고 성욕처럼 의심할 수 없는 군의 자만심 *egotism*, 즉 애국심이라는 것이 보일 것이다. 그 두 가지 사실만이 남으리라. 여기에서 바로 서지 않으면 안 되는 그런 때, 이를 비상시라고 한다"(「가미가제라는 말에 대하여〔神風という言葉について〕」, 1939). 이처럼 고바야시 히데오는 깨어서 역사를 보았다. 그리고 그가 보았던 것이 "적나라한 사물의 움직임"이며, 이것이 그의 애국심이었다. 사상이란 이렇게 그의 육체와 정신에 동시에 작용하는 것이었다. 그런데 그가 전후에 들어오면서

출발하는 특공대원들

정치는 이제 혐오스럽다고 말했던 것이다. 여기에 "정치는 변전하는 사회 사정에 지체없이 대응하는 정책을 필요로 한다. 그러나 임기응변은 정치에 필수적인 원리이지만 이것이 문학의 세계, 아니 좀더 넓게는 정신 문화의 세계에서도 반드시 통용된다고 할 수는 없다. 무리하게 통용시키려고 하면 문학이나 문화의 저력을 말살하게 된다"(「사변과 문학」, 1939)라는 사실을 다 알면서도 임기응변하는 정치의 계절을 살았던 사상가의 얼굴이 있다. 그는 사상이란 이렇게 자기의 정신과 육체를 다스리는 필연적인 존재라는 사실을 알고 있었다. 그러므로 전후에 그는 그런 사물로 움직이는 사상을 만드는 일을 거부했던 것이다.

이에 대해 전후 문학자들은 전후야말로 "사상이 어느 때는 물질처럼 딱딱하고 어느 때는 인간처럼 유연하며 시대의 현실 속에 살아 있는 시기"라는 사실을 자각했던 사람들이었다.

그 자각은 "정당한 적이고 친구이기도 한" 자연이나 국가·사회·역사 등의 가치관이 붕괴된 '무' 또는 '공백'의 시간과 공간 속에 내던져졌다는 실감에서 일어났다. 그들이 전후의 출발을 '폐허'라는 말로 규정한 것은 이 때문이다. 그들에게 정치란 임기응변하는 존재인 동시에 새롭게 창조해야 할 보편적 가치가 아니면 안 되는 것이기도 하다.

완전히 새롭게 창조되지 않으면 안 되는 자연·국가·역사·사회 등은 "성욕처럼 의심할 수 없는 군의 에고티즘, 즉 애국심"과는 전혀 다른 새로운 사상이 아니면 안 되었다. 따라서 그들은 그것을 정신과 육체로 삼아 이제까지 일본에 없었던 '정신 문화의 세계'를 전개하지 않으면 안 되었다. 그것이 전개되었더라면 여기에 새로운 문화의 '고향'이 탄생했을 것이다. 그것이 그들이 열었던 제1의 봉인이다.

그들도 "자기 한 사람의 손으로 시대 정신이나 사회 사상이라는 것을 만들어낼"(「사소설론」) 수는 없었다. 전후 문학자라는 일군의 문학자들의 개

별적 집단이 시대의 정신과 사회 사상을 창출하였다. 여기에 전후 문학이 전후 문학으로 성립되기 위한 의미가 있다고 할 수 있다.

우리는 이제 전후 문학을 말하기 위해서 마르크스주의 사상의 세례를 받았다거나, 전향했다거나, 전시하에 전쟁에 대해 비판적으로 살았다거나 하는 규정에서 자유로워질 필요가 있다. 그러면 전후 문학은 민주주의 혁명을 거쳐 성취되는 전후 사회의 이미지라는 환영에서도, 또 전향자 또는 전쟁 방관자의 문학이라고 지탄하는 사람들의 목소리에서도 자유로워질 것이다.

전후 문학은 하나의 개체인 문학자가 전후의 공간에서 했던 언어 실험의 집합이었다. 그것은 거대한 가능성과 불가능성을 간직한 실험의 장이었다. 이제야말로 그 다양한 실험의 결과를 전후의 공간에서 현재의 공간으로 해방하지 않으면 안 되는 시점이 도래한 것이다.

고백의 문학
── 하니야 유타카의 「사령」의 세계

하니야 유타카의 「사령」을 어떤 관점에서만 논한다는 것은 쉬운 일은 아니지만 굳이 그 어려운 일에 발을 들여놓는다면 '고백의 문학'이라는 관점이 성립한다. 「사령」을 구상했던 것은 1932년부터 1933년에 걸쳐 유폐의 장소가 되었던 독방 내부에서였다.

하니야 유타카는 청년 시절에 아나키즘에서 코뮤니즘으로 이행했는데, 그 이행의 출발점에서 그가 보았던 것은 죽음이었다. 그리고 독방의 내부에 앉았던 그를 맞은쪽 벽에서 응시했던 것은 사자의 눈이었다. 죽음을 응시하고 코뮤니즘에 들어갔던 그는 독방의 내부로 들어감으로써 죽음 쪽에서 보여지는 인간으로 변화한다. 그때 그가 보았던 것은 정치 속의 죽음이었을 것이

하니야 유타카의 『사령』

다. 그것을 그는 가령 이렇게 말했던 것이다.

> 정치의 폭은 언제나 생활의 폭보다 좁다. 본래 생활로 지탱되고 있는 정치가, 그럼에도 불구하고, 생활을 지배하고 있다고 사람들이 자주 착각하는 것은 그것이 검은 죽음을 초래하는 권력을 갖고 있기 때문이다. 한 순간의 죽음이 백년의 삶을 위협할 수 있는 비밀을 안 이후 정치는 수천 년에 걸쳐 일찍이 단 한 번이라도 손바닥에서 죽음을 내놓은 적이 없다. (「권력에 대하여」, 1958)

「사령」에서 등장인물의 한 사람인 구비 다케오(首猛夫)가 말한 것처럼 "현대는 아직 죽음의 시대"에 지나지 않는다. 이에 대해 하니야 유타카는 같은 「사령」의 등장인물의 한 사람인 미와 요시(三輪與志)가 말하듯이 "하나의 기본 관념에서 출발하지 않고 전혀 다른 영구 운동을 창출"하려고 했다. 여기에서 하니야 유타카는 일본이라는 현실의 장소에서 출발한 것이 아니고 nowhere, nobody, 즉 비현실의 장소에서 출발하게 되었다. 여기에 그의 독창이 있다.

그의 독창은 그가 놓였던 불행한 위치의 자각에서 비롯된다. 그것은 다음의 말에서 잘 나타난다.

> 예를 들면 『대심문관(大審問官)』을 읽을 때 내가 피부로 느낀 것은 그런 황량한 장소였다. 묻고 또 묻고 청산유수처럼 변증하는 대심문관에 대해 그리스도는 최후까지 묵묵히 대답하지 않는다. 말은 끝났다 *dixi* 라는 말을 토했을 때 그리스도는 비로소 영겁의 서리가 내린 듯한 대심문관의 입술에 가볍게 키스한다. 위대한 우수로 둘러싸인 대심문관의 영혼은 그때 벼락을 받은 것처럼 전율한다. 그 영혼은 전율하지 않을 수 없었다. 왜냐하면 그리스도의 무

루오의 「성안(聖顔)」

언의 키스 속에는 명상과 순교와 유혈로 쌓인 수천 년의 역사가 결정되고 있었기 때문이다. 그리고 그때 우리들은 『대심문관』을 쓴 작가의 고뇌가 얼마나 강렬하건 그는 여전히(우리들과 비교해서 보다 강렬하고 행복하게도) 팔을 내리면 쿵 하고 부딪쳐 되돌아오는 수천 년의 견고한 실체 위에서 지탱되고 있다는 사실을 알 수 있다. 만일 우리들이 이 끝을 알 수 없는 무게를 갖고 침묵하고 있는 그리스도를 묘사하려고 한다면, 그 작품 속에 수천 년에 걸쳐 쌓인 역사를 창출하지 않으면 안 된다. 그것은 의심할 여지도 없이 불가능하다. (자서, 「사령」)

"수천 년에 걸쳐 쌓인 역사를 창출하지 않으면 안 되는" 불가능성에 직면했을 때, 하니야 유타카가 생각했던 것은 그 역사의 폭을 초월하는 '일탈의 역사'를 창조하는 것이었다. 그가 '사고 실험'에서 '망상 실험'으로, 이렇게 말했을 때 여기에는 "역사를 초월하기란 절대로 불가능하다고 깨달았던 것이 근대의 절망적인 표정이다"라고 「사령」에서 말하고 있는 또 한 명의 등장인물 구로카와 겐키치(黑川建吉)처럼, 근대를 초월하는 사상적인 실험은 이런 방법을 철저하게 할 때만 이루어진다는 각오가 담겨 있다.

「사령」의 주요 등장인물은 미와 요시, 미와 다카시(三輪高志), 구비 다케오, 야바 데쓰고(矢場徹吾)인데, 이들은 모두 미와 히로시(三輪光志)의 아들로 '미와 가의 사람들'이다. 정확하게 말하면 다카시와 요시는 미와 가의 직계이지만 구비와 야바의 어머니는 서로 다르다. 그리고 다카시와 요시가 미와 가라는 틀의 내부에서 '자동률(自動律)의 불쾌' '허체' '몽마(夢魔)'라는 형이상학적 사색에 몰두하고 있는 데 반해 이른바 소외된 입장에 있는 구비와 야바는 탄핵 사상에 빠진 체현자로 등장한다.

네 명 가운데 요시를 제외한 세 명은 혁명당 내부의 비밀 지하 운동에 가담한다. 그리고 체포되어 독방 생활을 하게 된다. 이들은 모두 독방 내부에

도스토예프스키

서 죽음과 마주본다. 그런 의미에서 이들은 작가의 분신이다.

Villon, our sad bad glad mad brother's name! 이 구절이 네 명의 형제들에게 붙여지고 있는데 새드가 요시, 배드가 다카시, 글래드가 구비, 매드가 야바이다.

이런 인물 설정은 도스토예프스키의 『카라마조프의 형제』에서 이끌어낸 발상을 따르고 있다. 그리고 「사령」 4장까지는 『카라마조프의 형제』와 마찬가지로 19세기적인 근대 문학의 구조를 갖고 전개된다. 여기에서 볼 수 있는 사고 또한 근대 문학적인 구조를 뛰어넘지는 못한다.

「사령」은 1장부터 4장까지 『근대문학』에 1946년부터 1949년에 걸쳐 발표됐고, 이후 5장 「몽마의 세계」(『군상』, 1975. 7), 6장 「'우수의 왕'('愁いの王')」(『군상』, 1981. 4), 7장 「'최후의 심판'」(『군상』, 1984. 10), 8장 「월광 속에서」(『군상』, 1986. 9)를 발표했으며, 지금도 역시 미완성으로 남아 있는 작품이다.

이 중에 4장까지는 역사에서 일탈하는 사고 실험의 상상력적인 준비 체조와 같다. 그러나 1949년에 4장이 미완성으로 중단되고, 1951년 이후에 5장 「몽마의 세계」를 발표했던 시점에서 하니야 유타카 자신에게도 '애매' 했던 작품 전체의 전망에 한 줄기의 빛이 비치면서 섬광처럼 눈부신 전망을 전체적으로 표현하는 도정 또한 명시되었다. 그 각성의 기본이 된 것은 '고백' 이라는 장치이다.

5장에서 미와 다카시는 요시에게 '몽마의 세계' 를 고백한다. 5장에서 미와 다카시와 혁명당 내부의 비밀 지하 운동에 참가했던 인간들은 조직 내부의 특이한 스파이를 살해한다. 이때 다카시는 스파이를 '저' 쪽——상부·하부라는 계급 사회가 폐절되고 영구 혁명을 성취한 세계——에 달겨둔다는 것을 살해 정당화의 이유로 삼았다. 가석방되어 사경을 헤매며 침상에 누워 있는 다카시 곁에 나타난 몽마는 "궁극 혁명의 끝에 이루어진 자유로운 나

환담하고 있는 다케다 다이준과
시이나 린조, 하니야 유타카(왼쪽부터)

라"에서 왔지만, 몽마가 살고 있는 곳은 실은 "생각하고 생각하고 깊이 생각하다 지쳤으나 아직도 많은 생각을 남긴 죽은 자들이 일제히 가게 되는 망령 우주"라고 말한다. 그리고 이어 "지금은 네가 나의 그림자이다. 죽음을 움켜 잡은 자가 죽음에 다시 붙잡히듯이, 죽은 자뿐만 아니라 죽인 자 또한 생각하고 생각하다 지쳐 생각에 생각을 남기고 끝내 쉴 수 없는 그곳, 망령 우주로 가는 것이 좋다!"고 최후의 통고를 내린다. 이것이 「사령」을 궁극적인 전망을 표현하는 장으로 이끄는 거대한 발판이 된다.

5장에서 미와 다카시는 '몽마의 세계'에 대해 고백한다. 그리고 야바 데쓰고는 7장에서 '최후의 심판'에 대해 고백한다.

4장까지 있는 것은 어둠이며 안개로 덮인 세계이다. 여기에서는 등장인물들이 자동률의 불쾌, 일탈의 역사, 유령 저택, 묵광(默狂)에 대해 관념적인 잡담을 하는 데 지나지 않으며 역사를 초월해서 창조해야 할 세계는 아직 나타나지 않는다. 하니야 유타카의 사고 자체가 죽음의 어둠 속에 어둡게 갇혀 있다.

5장 이후에 있는 것은 이에 비해 '빛'의 세계이다. 어둠 속을 돌진한 끝에 어둠——미래의 암흑 세계에서 환원해오는 것은 빛이다.

하니야 유타카의 전후는 이 빛의 창조에 있었다. 이는 다카시, 요시, 구비, 야바가 고백하는 네 개의 빛줄기가 교차하고 그 우주 공간을 왕복하는 존재의 혁명이라는 꿈으로 말해야 하는 것이기도 하다.

하니야 유타카에게 현실의 혁명 따위는 혁명으로 부를 수 없는 것이었다. 현실의 혁명 다음에 생과 존재의 혁명이 이어지지 않는다면, 현실의 혁명 따위는 무이며 어떤 사자도 보상할 수 없는 것이다. 하니야 유타카는 이 사자의 보상이 없이 쇼와를 초월하는 사상을 구축하는 것 따위는 생각하지도 않았다. 그가 자신의 상상력의 중핵에 '꿈'을 놓은 것은 바로 이 존재의 있는 그대로의 혁명을 겨냥했기 때문이다.

아직 완성되지 않은 「사령」의 세계의 구조를 읽는다면, 5장에 미와 다카시의 고백이 있고 7장에 야바 데쓰고의 고백이 있다. 미와 요시와 야바 데쓰고의 고백을 이끌어내기 위한 간주곡으로 6장이 있고, 이 6장은 근대 문학의 소설 체재를 갖추고 있다. 마찬가지로 야바 데쓰고가 구비 다케오에 대해 고백하게 하는 간주곡으로 9장이 있으며, 그것이 쓰다 야스코(津田安壽子)의 생일 모임이 된다. 그리고 그 다음 10장에 구비 다케오의 고백이 있다. 그리고 구비 다케오가 미와 요시에 대해 고백하게 하는 간주곡으로 11장이 있고, 미와 요시가 고백하는 12장으로 작품은 완결된다.

주안점은 미와 다카시, 야바 데쓰고, 구비 다케오, 미와 요시 순서로 이루어지는 사상적인 고백에 있다. 이 고백은 일찍이 일본의 근대 문학에 없었던 것이다. 고바야시 히데오와 나카무라 미쓰오 역시 이런 고백 문학이 없었기 때문에 근본적으로 왜곡되었던 일본의 근대 문학을 탄식한 바 있다. 하니야 유타카가 구축한 것은 과거 일본 근대 문학에 없던 고백 문학이다. 그것은 근대를 초월하는 시선에서 바야흐로 존재를 초월하는 시선으로 연장되었던 것이다.

이를 위해 하니야 유타카가 채용한 방법은 극단화와 애매화 그리고 신비화이다. 이런 방법의 철저화가 전후 문학자가 갖고 있던 상상력의 전후적 방법의 한 형태이다. 하니야 유타카로 하여금 여전히 구비 다케오와 미와 요시의 고백의 장을 쓰지 못하게 하고, 미와 다카시와 야바 데쓰고의 고백을 완성한 장소에 머물게 하는, 이런 곤란한 장소야말로 또 전후 문학자가 선택한 상상력적인 공간의 한 형태라고 할 수 있는 것이다.

다케다 다이준

신의 손가락
── 다케다 다이준이라는 존재

다케다 다이준과 하니야 유타카는 전후 문학에 나타났던 정신적인 형제이다.

하니야 유타카는 "허에서 허체를 만들기" 위해 nowhere, nobody의 장소에서 출발했으며, 그런 창조의 원리가 성립하기 위해서는 "실에서 출발하여 허에 이른" 다케다 다이준이라는 존재가 없으면 안 되었다. 그런 존재가 없었다면 하니야 유타카라는 존재는 전후 문학에 단순한 이단아로 머물렀을 것이다.

다케다 다이준은 1937년 10월 "천황 폐하의 어명에 따라 오직 몸 하나로 갔던"(「지나 문화에 관한 편지」, 1940) 중국 대륙의 전쟁터에서 '적'(「전선의 독서」, 1940)과 맞부딪쳤을 때 비로소 "아시아적인 것, 동방 문화의 한 원류를 이루는 중국"(「토착민의 얼굴〔土民の顔〕, 1938)과 '중국인'의 얼굴을 만났다. 다케우치 요시미(竹內好, 1910~1977) 등과 『중국 문학 월보』를 창간하고 중국 문학을 연구했던 그는 이때 전쟁터에서 살아 있는 중국 문명과 중국인을 만났던 것이다.

전쟁터에서 귀환한 다케다 다이준은 「사마천」(1943)을 쓰고 "일본이 세계의 중심이라고 믿고 있는 일본인, 또 그 지속을 믿고 있는 일본인"의 대극에 "세계의 중심을 믿지 않았던" 사마천이라는 모조품 인간, 모조품 존재를 창조했다. 여기에서 모조품의 사마천상이 세계의 중심을 믿는 일본인상을 침식한다.

「사마천」의 세계에서 공간은 어쨌든 충실하게 지속되는 세계이다. 이것은 고대부터 중국에서 있었던 연속사관이다. 이에 반해 1944년 재차 중국 대륙

다케우치 요시미

으로 건너가 상해에서 패전을 맞았던 다케다 다이준이 본 것은 일본의 멸망이었다. 파멸의 격렬함에 충격을 받고 일본의 파멸이 '최후의 심판'(「멸망에 대하여」, 1948)이라고 느꼈던 그는 패전을 통해 묵시록의 세계가 시작되는 것을 보았던 것이다. 다케다 다이준의 이 멸망관은 독특한 것으로 그는 "전쟁으로 어느 국가가 멸망하고 소멸하는 것은 세계라는 생물의 대수롭지 않은 소화 작용이며 월경 작용이며 하품이기조차 하다"(「멸망에 대하여」)고 간파했다.

그렇지만 멸망이 문화를 낳는다는 것은 멸망 본래의 의미에서 말하면 불가능하다. 문화를 낳는 이상은 거기에 '비멸망'인 한 선, 극히 세밀하고 보기 어려운 한 선이 있음에 틀림없다. 다케다 다이준의 전후는 이 비멸망의 선 하나를 창조하는 곳에서 시작된다. 그 창조의 첫걸음으로 다케다 다이준은 전쟁터에서의 살인의 '고백'을 다룬 「심판」(1947)을 썼다.

「심판」의 '나＝니치로(二郎)'는 '나＝스기(杉)'에게 전쟁터에서 저질렀던 살인을 고백한다. '나＝니치로'의 고백 장면에서는 살인을 할 때 '사람을 죽이면 왜 안 되는가'라는 생각이 머리를 스쳐갔다고 기술하고 있다. '나＝니치로'는 적을 죽이려고 하는 순간, "진공 상태처럼 납처럼 무신경한 것이 남"는다. 진공 상태에 들어간 '나＝니치로'에게는 인간이 원자로 환원한 물질로 보인다. 이 물질을 쏘면 왜 안 되는가. 전후 문학은 이런 극한 상황에서 일어난 인간의 적나라한 영혼을 언어로 보편화하는 숙명을 짊어진다. 그런 의미에서 다케다 다이준이라는 존재는 하나의 전형이다.

예를 들면 오오카 쇼헤이의 「포로기」에서 '나'는 '남을 죽이고 싶지 않다'는 혐오와 '나는 죽고 싶지 않다'는 소망이 완전히 똑같은 지점에 선다. 전쟁터란 이 '나'의 혐오와 소망이 파괴당하는 장소이다.

전쟁터에 선 인간의 원리는 자신은 죽고 싶지 않으며, 남을 죽이고 싶지 않음에도 불구하고 자신도 죽고 남도 죽여야 하는 장소에 던져지는 것이다.

다케다 다이준의 『사마천』

「심판」의 '나＝니치로'가 직면하지 않으면 안 되었던 무서운 원리란 태초부터 인간이 원자로 환원되는 물질이라고 생각했기 때문에 본 적도 없고 알지도 못하는 타인을 '죽이면 왜 안 되는가'라는 생각에 사로잡혀 무감각해진 상태에서 총부리를 겨누는 측면에서 발생한다.

그리고 「심판」의 고백이 또 하나 새로운 것은 단지 '남을 죽이는' 원리를 제출하는 데 그치지 않고, 살해당한 늙은이의 배우자인 '귀머거리' 노파의 공포와 고독의 영토까지 들어간 부분에 있다. 「심판」은 노파의 고독과 절망과 공포의 회로를 통해서 죄의식에 눈을 뜬 '나＝니치로'가 속죄하기 위해서 중국에 남는다고 고백하면서 끝난다.

다케다 다이준이 「사마천」에서 「심판」「풍매화(風媒花)」를 거쳐 「후지」로 이어지는 작품에서 결실을 본 '멸망' '악' '묵시록' '무의미한 살인' '신의 먹이' '신의 손가락' 등의 주제는 '나＝니치로'의 이 고백을 기점으로 하여 전개된 것이다. 하지만 「심판」의 고백은 아직 일본 근대의 리얼리즘의 범주에 한쪽 발만을 들여놓았던 것이다.

중국 대륙을 두 번 여행하면서 다케다 다이준은 내면에서 '아시아적인 것, 동방 문화의 한 원류를 이루는 중국'을 발견하는 동시에 '아시아적인 것, 동방 문화의 한 원류를 이루는' 중국에 대해 보상하는 기분을 갖게 된다. 그는 생애를 걸쳐 보상을 한다. 그의 문학은 그 보상을 뿌리로 하고 비멸망의 문화를 창조하는 그 정신의 진폭의 깊이와 격렬함으로 성립하고 있다.

「심판」에 이어 곧 다케다 다이준은 「살무사의 후예」(1947)를 발표한다. 「살무사의 후예」란 성경 「마태복음」 제3장에 나오는 "이 독사의 족속들아! 닥쳐올 그 징벌을 피하라고 누가 일러주더냐? 너희는 회개했다는 증거를 행실로써 보여라"에서 따온 말이다. 문화를 낳기 위해서는 "회개했다는 증거를 행실로 보여"주지 않으면 안 된다. '살무사의 후예'인 다케다 다이준은 참혹하게 파괴된 상해라는 파멸의 장소에서 '일 대 일적인 필사'로 살인 행

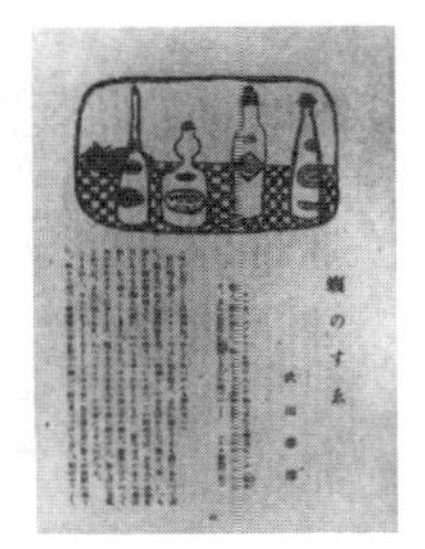

다케다 다이준의 「살무사의 후예」
(『진로(進路)』, 1949. 8)

위를 벌이는 공간에서 살아가는 '나'의 모습을 창조한다. 이것은 허의 공간이었다. 이 허의 공간이 창조되기 위해서 작품의 첫부분에서 "무감동한 인형 같았던" '나'는 마지막에서는 살아 있는 것 모두가 괴롭다고 실감하는 존재적인 인간으로 변화한다.

이 살아 있는 것이 괴롭다고 실감하는 인간이야말로 멸망 따위는 세계의 생리 현상에 지나지 않는다고 하는 존재의 악의에 대해서, 비멸망의 한 선에 서서, 이에 맞서 싸우는 원시의 인간상에 다름아니다. 또 이것은 살인이 없다면 역사는 없다는 근대 문학의 중대한 테마에 다케다 다이준이 독자적인 허점을 창조한 것을 의미한다.

「살무사의 후예」에서는 사자 쪽에서 보여지는 '나'가 창조되고 있는데, 죽는 자는 '나'를 향해 "내가 죽고 당신이 살아남는 것은 참으로 기묘한 일일 것"이라는 탄핵의 눈을 보내는 것이다. 이 사자의 눈은 하니야 유타카가 「사령」에서 창조했던 망령 우주의 사자들 눈과 같다고 할 수 있다. 이런 허점을 창조하면서 사자 쪽에서 보는 눈을 창조하는 사고 실험을 했던 것이 전후 문학의 한 특징이다.

다케다 다이준은 「살무사의 후예」를 쓰면서 아직 근대 문학의 고백 수준에 있던 「심판」의 고백자도 죽여버릴 수 있었다고 할 수 있다. 그는 결국 그때부터 "모든 존재는 변화한다. 변화하는 존재는 서로 관계하면서 변화한다. 기쁨도 슬픔도 변화 속에 있다"는 적극적인 제행무상으로 발걸음을 크게 내딛는다. 이는 선악·생사·고락을 모두 집어삼킨 곳에서 성립하는 거대한 긍정의 세계이다.

다케다 다이준의 작품 세계는 '영리한 야수'와 '위험한 물질'이라는 개념을 마련하고 '나'가 또 한 사람의 '나'인 '나'와 겹쳐서 살아가는 겻을 썼던 「'사랑'의 형태」(1948)에서 하나의 전환을 이룬다. 여기에서 그는 무한으로 변용이 가능한 '허'이며, 변환이 가능한 '나'를 창조한다.

대담하는 다케다 다이준(좌)과
시마나카 호지

　우리는 전후에 다케다 다이준이 발표한 작품에서 살아 있는 것이 괴롭다는 목소리를 끊임없이 들을 수 있는데, 그 살아 있는 것이 괴롭다고 하는 지옥의 밑바닥에 바로 광명이 비추는 것이라고 썼던 사람이 또한 다케다 다이준이기도 하다. 그 첫번째 광명은 「반짝이끼(ひかりごけ)」(1954)에서 나왔다. 「반짝이끼」를 구성하는 서파급(序破急)은 다음과 같다.

　서는 홋카이도의 시베쓰(標津)에서 라우스(羅臼) 일대로 가는 기행문 체재를 갖추고 있다. '나'는 중학교 교장의 안내로 '맛카우시(マッカウシ)' 동굴에 가서 반짝이끼를 보게 된다. '나'에게 말하기 시작했던 중학교 교장도 반짝이끼를 볼 수 있다. 그리고 1944년 12월부터 다음해 2월에 걸쳐 난파선 제5 아오가미마루(淸神丸)의 생존자들이 페킹 곶(ペキン岬)에서 인육을 먹었던 참극을 알게 된다.

　파는 희곡의 형식으로 쓴 「제1막(맛카우스 동굴의 장)」(맛카우시 동굴이 아니다)이며, 인육 먹기와 살인 문제를 구체적으로 다루고 있다. 인육을 먹지 않아 끝내 희생되는 야조(八藏)는 죽기 직전에 인육을 먹고 살아남은 니시카와(西川)의 "머리 뒤로 불상의 배광 같은 광륜이 금녹색 빛을 뿜는" 것을 본다. 이 광륜을 볼 수 있는 사람은 여기에서는 먹힌 야조뿐이다. 선장은 니시카와를 죽이고 혼자만 살아남는다.

　급은 마찬가지로 희곡 형식으로 쓴 「제2막 법정의 장」이며, 인육을 먹은 죄로 재판을 받는 선장은 "나는 참고 있었을 뿐"이라고 진술한다. 그리고 "내 머리 뒤에는 광륜이 달려 있소. 잘 보시오. 잘 보면 곧 보일 것이오"라고 말한다. "광륜이 달려 있는 자에게는 보이지 않소. 그짓을 한 자에게는 보이지 않소"라고 말하기도 한다. 그런데 선장의 머리 뒤에 달려 있는 광륜을 보지 못하는 검사·재판관·변호인·방청인 들의 머리 뒤로 점점 광륜이 만들어진다. 마지막에 선장 주위에 모인 사람들의 "그 무리를 지어 모여 있는 모습이 처형을 받기 위해 골고다의 언덕에 끌려가는 예수를 둘러싼 구경

다케다 다이준의
『숲과 호수의 축제』

꾼들을 닮았다"고 기술하고 있다.

「반짝이끼」는 서파급에서 각각 다른 문체로 쓰고 있다. 서는 '입니다' 와 '습니다' 체이다. 파는 홋카이도의 '요코하마 말로 쓰고 있다. 급은 표준어이다.

「반짝이끼」는 실제로 라우스에서 일어났던 '난파선장 인육 먹은 사건' 을 소재로 하고 있는데, 법정 기록에 따르면 사건을 일으켰던 선장이 돗카리 (トッカリ) 껍질을 벗겨 니시카와(실제 인물)의 사체 부위를 베는 부분부터 그때까지 사용했던 표준어에서 '입니다' 와 '습니다' 체로 바뀌는 것을 알 수 있다. 즉 「반짝이끼」에 나오는 '입니다' 와 '습니다' 의 문체는 이미 인육을 먹은 선장이 사용하는 언어와 동일하며, 다케다 다이준은 그 선장과 동일한 문체로 「반짝이끼」의 세계를 창조하고 있는 것이다.

이때 다케다 다이준은 "결국 우리들은 인육을 먹어도 좋은 것인가, 나쁜 것인가"(「인육 먹기에 대하여〔人肉食について〕」, 1973)라고 했던 오오카 쇼헤이의 입장과 인간은 인육을 먹어서는 안 된다는 입장에서 썼던 노가미 야에코의 「가이진마루(海神丸)」의 레벨에서도 크게 발을 내딛고 있다.

그러므로 「반짝이끼」에서 '맛카우시 동굴' 은 '맛카우스 동굴' 로 변화하고, '맛카우스 동굴' 은 '법정의 장' 으로 변화한다. '맛카우스 동굴' 의 중학교 교장은 '맛카우스 동굴' 의 선장으로 변화하고, '법정의 장' 의 선장 = 중학교 교장은 처형대로 향하는 예수로 변화한다. '맛카우시 동굴' 과 '맛카우스 동굴,' 그리고 '법정' 은 하나의 우주를 형성하고, 그 공간을 '빛' 이 자유자재로 질주한다. 반짝이끼가 반짝이듯이 인간도 빛난다. 문제는 그 '빛' 을 보는 눈을 가졌는가 그렇지 않은가 하는 점이다.

「반짝이끼」는 '본다' 와 '보여진다' 는 관계가 총체적으로 변화하며, 적극적으로 제행무상을 확립한 기념비적인 작품이다. 반짝이끼가 생물의 변화 법칙에 따라 살아남아 빛나듯이, 인간도 생물과 같은 변화의 법칙에 따라 살

1944년 동부(東部) 제2부대에서의
오오카 쇼헤이

아남아 빛난다고 다케다 다이준은 생각했다. 이때 다케다 다이준은 인간이나 세계, 신의 조그만 틀을 깨뜨리고 하나의 거대한 정신체가 되어 우주 모델을 창조하는 곳으로 도약했던 것이다.

그 후 다케다 다이준의 행보는 「숲과 호수의 축제(森と湖のまつり)」(1955), 「추풍추우인을 슬퍼하다―추근 여사전(秋風秋雨人を愁殺す―秋瑾女士傳)」(1967), 「내 아들 그리스도」(1968), 「쾌락」(1972)으로 이어지며, 이 모두를 집약하는 형태로 '모든 것은 허락되었는가' 아닌가를 물으면서 인간은 신의 손가락이라는 장엄한 대답을 마련한 「후지」를 썼던 것이다.

여기에서 인간은 "인간, 이 의심스런 존재"인 동시에 "인간, 이 역겨운 존재"이며, 그것은 또 동시에 "인간, 이 갸륵한 존재"이기도 하다. 즉 인간은 끝없이 신에게 가까이 나아가는 것이다. 다케다 다이준을 한마디로 형용한다면 망양하고 거대한 정신이라고 하겠는데, 이는 쇼와라는 시대를 상징하는 전쟁에서 발생했다. 그의 보상은 개인 차원에서 비롯되었지만 그의 언어는 쇼와라는 시대를 보상하는 데 그치지 않았으며, 언어는 한 시대에 있어서 그 시대마저도 초월하는 망양거대한 정신 자체를 표현할 수 있다는 사실을 입증해서 보여주었다.

거대한 꿈의 집약
──오오카 쇼헤이의 「포로기」「야화」「레이테 전기」의 전체성

"무력한 일개 시민과 일국의 폭력을 행사하는 조직을 대등하게 놓는"(「포로기」, 1948) 생각은 성립하는가?

전후에 오오카 쇼헤이가 적었던 제일성을 검증해보면 예상대로 이 말에 부딪힌다. 「포로기」에서 기술하고 있는 '나'는 현실의 오오카 쇼헤이와 등

오오카 쇼헤이의 『포로기』

신대인 '나'이며, 이른바 일본의 전통적인 사소설에서 말하는 '나'와 같은 '나'이다. 이 '나'는 출정하는 날까지 "조국과 운명을 함께할 때까지"라는 관념에 안주했던 '나'이다.

오오카 쇼헤이가 평생 스승으로 인정했던 고바야시 히데오는 "국민은 묵묵히 사변에 대처했다"고 쓰고, 이어 "사태에 대해 적확하고 유효하게 대처할 수 있는 국민의 지혜는 아직 새로운 사상 표현을 갖지 못했다. 왜냐하면 그런 지혜는 사태의 새로움, 곤란함에 온몸을 던졌을 때 떠오르는 표현 따위를 가질 여유가 없었기 때문"(「의혹 Ⅱ」)이라고 말하고 있다.

오오카 쇼헤이의 전후는 고바야시 히데오가 말하는 "새로운 사상 표현"을 창조하는 곳에서 출발했다고 해도 좋다. 오오카 쇼헤이가 그것을 서둘러 추구할 수 있었던 것은 일개 병사로 필리핀에 출정했던 그가 "사태의 새로움, 곤란함에 온몸을 던졌기" 때문이다. 여기에서 지적해두지 않으면 안 되는 것은 고바야시가 말하는 '국민'의 언어 레벨과 오오카 쇼헤이가 말하는 '무력한 일개 시민'의 언어 레벨이 갖고 있는 명확한 차이이다.

'무력한 일개 시민'이 만드는 '새로운 사상 표현'은 죽음이 필연적인 존재로 '나'의 눈앞에 턱 걸터앉아 움직이지 않는 곳에서 창조하지 않으면 안 되는 것이다.

지금 하나 지적해두고 싶은 것은 오오카 쇼헤이가 말한 '무력한 일개 시민'의 사상 표현이란 나카무라 미쓰오가 회구했던 '강력한 반순응주의' — 타인에 의지하지 않고 자기 눈으로 보고 자기 마음으로 느끼며 주어진 자아의 가능성을 끝까지 추구했던 소수의 개인과 그것을 이해하는 총명한 대중이 전후에 창조한 것이라는 의미를 갖고 있다는 점이다.

그런데 전쟁터에서 오오카 쇼헤이는 "스탕달의 한 인물이 말하듯이 '자기 생명이 상대방의 손에 있는 이상, 그 상대방을 죽일 권리가 있다'고 생각했다. 따라서 전쟁터에서는 원하지 않지만 나를 죽일 수 있는 무고한 사람들에

미군의 유황도(硫黃島) 점령
(1945. 2. 23)

대해 가차없이 나의 폭력을 쓸 작정이었다"고 말한다. 그러나 전쟁터에서 '나'의 눈앞에 젊은 미군 병사 한 명이 나타났을 때 '나'는 총을 쏘고 싶은 생각이 들지 않는다.

여기에 '나'는 '나'이면서도 '나'를 초월하는 눈이 돋아나고 있음을 알 수 있다. '나'는 이때 '죽이지 말라'는 '절대적 요청'에 부딪히지 않을 수 없었기 때문이다.

오오카 쇼헤이의 '죽이지 말라'와 다케다 다이준의 '사람을 죽이면 왜 안 되는가'는 전후 문학이 짊어졌던 절대 명제의 진폭의 예리함과 깊이를 측정할 수 있는 두 개의 저울추이다.

오오카 쇼헤이는 '죽기보다는 죽여라'는 금언을 검토하고 여기에 '피할 수 있다면 죽이지 말라'는 도덕이 포함되어 있음을 발견했다. "병들고 지쳐 보행할 힘을 잃은 고독한 병사이며, 이미 자기 생명에 희망을 갖지 않았"던 오오카 쇼헤이는 '죽기보다는'이라는 전제가 뒤집어졌을 때 곧 '죽이지 않는다'는 쪽을 선택했던 것이다.

전쟁터에서 '죽이지 않는다'는 논리를 파고들면 어떻게 되는가.

결국 포로가 되었던 오오카 쇼헤이는 그 당시의 일을 되돌아보며 '쏘지 말라'는 '신의 음성＝침묵의 음성'을 들은 것이라고 하면 어떻겠는가 하고 생각한다.

이 신학을 오오카 쇼헤이는 일단 부정하지만 '쏘지 말라'는 '신의 음성＝침묵의 음성'은 그 후 오오카 쇼헤이가 창조하는 반순응주의의 밑바닥에 놓이게 된다.

거기에서 오오카 쇼헤이는 하나의 발견을 한다. 그것은 이런 것이다.

실제로 내게는 국가가 강요한 '적'을 쏘는 것을 '방기'했다는 한 순간의 사실밖에 없었다. 그리고 그 한 순간을 결정한 것은 내가 처음부터 스스로 이

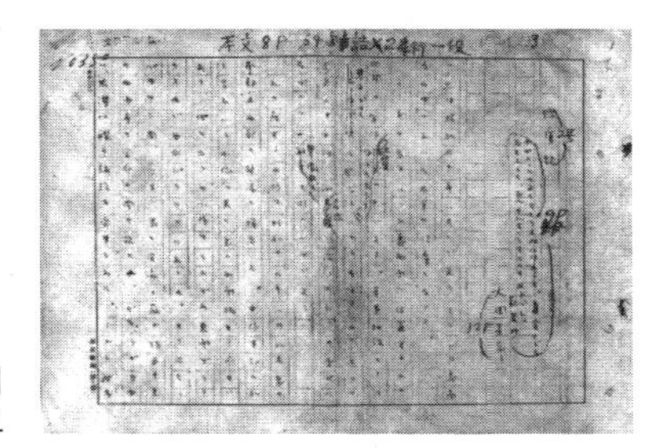

오오카 쇼헤이의
「포로기」 원고

적을 선택한 것이 아니었기 때문이다. 모든 것은 내가 전쟁터로 출발하기 전
부터 결정되어 있었다.

이때 나를 향해 왔던 것은 적이 아니었다. 적은 다른 곳에 있었다.

'적'의 다의성과 '적'을 발견하는 과정의 다층성 속에 한 발의 총탄으로
'적'을 쏘느냐 마느냐 하는 절대적 명제가 모두 담겨 있다.

이것이 「포로기」가 전후의 공간에 제시한 제1의 시점이다. 여기에는 문화
를 구축하기 위해서 '나'는 먼저 무엇을 선택하고 구축해야 하는가라는
'나'의 시점이 제시되고 있다.

여기에 '조국이 멸망' 한 다음에도 "나는 지금 포로로 살아남아 어떻게 해
서라도 일본에서 살지 않으면 안 된다"는 자각이 이어진다.

일본의 "일개 무명 시민"은 '나' 처럼 "지금 포로가 되어 살아남든가" 총탄
에 쓰러지든가 굶어죽든가 하는 길을 모색할 수밖에 없다.

총탄에 쓰러진 사자는 무수. 굶어죽었던 사자도 무수……

포로가 되어 삶을 얻은 '나' 란 이 무수한 사자와 대치하는 곳에서 성립하
는 개아(個我)이다. 이런 하나의 삶이 성립하기 위해서는 무수한 개아의 소
멸이 선행되어야 한다.

전후는 이런 "일개 무명 시민"의 무수한 죽음 위에서 구축되고 있다. 이것
이 오오카 문학의 출발점이다.

「전진훈(戰陣訓)」에서는 "살아서 포로의 치욕을 받지 말라"고 말한다. 이
는 전쟁터로 송출되는 "일개 무명 시민"의 생을 옥조르는 말이었다. "살아
서 포로의 치욕을 받"았던 곳에서 성립하는 오오카 쇼헤이의 '나' = 개아는
「전진훈」의 말로 결실을 맺었던 일본 근대 사상과 대립하는 곳에서 창조되
었던 반순응주의의 싹이다.

오오카 쇼헤이가 전후의 공간을 이 반순응주의 싹을 뜯어내는 곳으로 보

유황도에서 죽은 병사들

았다고 해도 이상한 일은 아니다. 그의 눈은 포로의 공간에서 이미 반순응주의의 싹이 뜯겼던 것을 분명히 보고 있었다.

결국 포로들은 급속히 타락하기 시작했다.

전쟁이 끝남과 동시에 레이테 섬 제1수용소 3,000명 포로들의 마음에서 유일한 도덕적 가시는 뽑혔다. 그들이 적중에서 삶을 탐하고 있는 동안 태평양 각지에서 속속 생명을 빼앗기고 있는 동포들에 대한 꺼림칙함이 돌연 사라졌다. 죽은 자는 운이 나쁘고 우리들은 운이 좋았다라는 식으로 되고 말았다.

이 '타락'과 '유일한 도덕적 가시'가 뽑히는 과정은 바로 포로의 공간에서 연합국이 점령한 공간으로 이어진 일본의 전후 공간에서 전개되었다. 여기에 오오카 쇼헤이의 "사람의 마음이란 것은 변하지 않는 것이다. 종교가 사회적 제재에서 내면의 제약으로 도덕을 옮기고 이천 년이 지났지만 사람의 마음은 전혀 개량된 자취가 없다"는 체념 또한 성립한다. 그러나 그런 체념에 시달리면서도 "내 마음이 좋아서 죽이지 않는 것은 아니다"(「탄이초〔歎異抄〕」)라는 정리(定理)를 확립한 것이 오오카 쇼헤이가 전쟁터의 포로 체험에서 이끌어낸 정신이다.

오오카 쇼헤이는 『오오카 쇼헤이 전집』 제3권(1982)의 「작가의 말」에서 "작품은 『야화』 초고(「소금〔鹽〕」 장까지)──『무사시노 부인(武藏野夫人)』──『야화』 초고 「정고──완결」이라는 순서로 만들었다. 그래서 「출현」의 장 이후 특히 「화(火)」의 장으로 마련했던 부분, 즉 절망적 개인이 자연 속을 걸어가는 부분이 『무사시노 부인』에 들어가서 『야화』의 그 부분이 짧아지는 결과가 되었다"고 적고 있다.

이 글에서 알 수 있듯이 『야화』와 『무사시노 부인』은 절망적 상황 속에서 자연을 상대로 싸우는 인간의 모습을 전후의 공간 속에서 창조했던 두 가지

오오카 쇼헤이의 『야화』

형태로 드러난다. 그는 『야화』에서 극한적인 상황 아래에 있는 인간의 모습을, 『무사시노 부인』에서는 전후의 일상적 상황 아래에 있는 인간의 모습을 묘사하고 있는 것이다.

이 일상적 상황 아래에 있는 인간의 태도를 어떻게 묘사하는가 하는 문제는 전후 문학의 걸림돌로 남아 있었다. 물론 오오카 쇼헤이 또한 이 걸림돌을 밟지 않을 수 없었다. 그러나 그 돌을 밟고 지나가기에는 그의 의식과 이성이 지나치게 명석했다고 할 수 있을 것이다.

『포로기』에서 "전쟁터의 극한 상황을 일상 차원으로 돌려 썼던"(「전후 문학의 29년」, 1974) 오오카 쇼헤이는 『포로기』 이상으로 절실했던 일상 차원의 실재감을 전후의 공간 속에서 창조하기 어려웠다.

『야화』의 공간은 절망·고독·공포에 빠진 '일개 무명 시민'인 한 병사가 가혹한 '자연'을 상대로 어디까지 살 수 있는가를 사고로 실험하고 '나'와 '신'을 그 궁극의 장소까지 추적했던 곳에서 성립하고 있다.

여기에서 오오카 쇼헤이는 전쟁터에서 사람을 죽이지 않는다는 마음을 정했던 그의 개아에 전쟁터에서 무고한 사람에 대해 가차없이 폭력을 휘두르고 사람을 죽이는 쪽의 인간의 입장, 그리고 가혹한 자연에 내몰린 끝에 사람을 죽이고 인육을 먹는 쪽의 인간의 입장까지 거듭 겹쳐서 철저하게 추구하였다.

『야화』의 '나'는 『포로기』의 '나'와 마찬가지로 원래 인간을 죽이지 않는다는 입장에 서 있는 인간이다. 그런데 '나'는 필리핀 여자가 느닷없이 소리를 지르는 바람에 그녀를 사살한다. 그것은 '나'를 엄습한 '사고'였다. 하지만 이 '사고'가 일어난 순간부터 '나'는 이미 정상적인 인간 세계에 돌아가는 것이 불가능한 인간으로 변해버렸다.

가령 시가 나오야의 『암야행로』에서 오야마(大山) 산속을 헤매던 도키토 겐사쿠는 거대한 자연에 용해되어 자기 스스로 자연으로 환원한다. 그러나

오오카 쇼헤이의
『레이테 전기』

『야화』의 주인공은 이런 자연에게 거부를 당한 인간이다. 『야화』의 '나'는 이미 언제까지나 깨어 있지 않으면 안 되는 인간이다. 왜냐하면 '나'는 사람을 죽임으로써 '신'과 같은 어떤 사람── '누구인가'에 의해 끊임없이 '보여지고 있는' 존재가 되었기 때문이다. 자연 속에서 잠들 수 없는 '나'는 광인이 될 수밖에 없다. 사람을 죽이고 인육을 먹는 새롭게 발생한 '자연'을 극복할 수 없는 전후의 공간이란 오오카 쇼헤이에게 광인의 공간에 다름아니다. 그것은 '신의 분노의 자취'인 것이다.

오오카 쇼헤이는 '신의 분노의 자취'에 일본과 일본인이 두번 다시 발을 딛지 않고 살아도 되는 '자연'상을 전후의 공간 속에서 창조하려고 했다. 하니야 유타카도 말했듯이, "『야화』를 갖지 못했더라면 전쟁에 대한 응시와 반성의 절실성은 후대의 역사에, 현대 우리들 정신의 생각지도 못할 정도의 빈곤성의 밑바닥만을 남기게 되었을 것이다. 바꾸어 말하면 『야화』한 편이 아마 이후에는 없을지도 모를 정도로 광범위하게 전개되었던 과거의 거대한 전쟁에서 우리들 정신의 심층부를 간신히 지탱했던"(「『야화』와『무사시노부인』」, 1982) 것이다. 그러므로 쇼헤이가 『포로기』에서 『야화』로 이행했던 과정은 거대한 전쟁을 경험했던 한 일본인의 정신 확립의 궤적이 개아의 집합체로서의 일본인의 정신 확립으로 전개되었던 역사라고 할 수 있다.

전후 문학은 『포로기』와『야화』가 없었더라면 거대한 전쟁을 경험한 다음에 생기는 일본인의 정신 모델을 끝내 표현할 수 없었을 것이다.

다음에 이런 오오카 쇼헤이 앞에 전쟁으로 죽었던 사람들이 나타났다. 다시는 전쟁이 되풀이되지 않게 해달라는 소망을 간직했던 그는 레이테 섬에서 죽었던 사자들을 진혼하기 위해 『레이테 전기』(1971)를 썼다.

오오카 쇼헤이가 『레이테 전기』에서 실현했던 것은 "이른바 전사(戰史)는 아니다. 레이테 섬이라는 한정된 장소에서 펼쳐졌던 하나의 극이다. 이 섬이 미일 양군의 결전장으로 선택된 결과 일본인·미국인·필리핀인이 선택하

미시마 유키오

지 않을 수 없었던 여러 행동을 열대 공간 속에서 자리매김하는 것이었다"(「후기」).

그는 『레이테 전기』에서 이미 무력한 일개 시민과 일국의 폭력을 행사하는 조직을 대등하게 놓는 생각을 아득하게 뛰어넘은 곳에서 성립하는 공간을 다루고 있다. 그것은 "구일본 육군의 체질 문제뿐만 아니라 메이지 이후 발돋움하면서 근대적 식민지 쟁탈에 한몫 꼈던 일본 전체의 정치적·경제적 조건의 결과이다. 레이테 해전에서도 마찬가지이며 여기에서도 일본의 역사 전체가 작동하고 있다"는 인식으로 지탱되는 세계이다. 여기에 일본과 일본인은 '일본의 역사 자신과 싸웠다' 라는 확고한 인식이 있으며, 역사 그 자체와 싸움으로써 역사를 초월하는 일본인의 정신사가 있다.

부정의 미학
—— 미시마 유키오의 절대

전후 문학은 미시마 유키오를 가짐으로써 화룡점정(畵龍点睛)을 할 수 있었다.

그는 전후에 대한 거대한 부정자였다. 전후의 긍정자에 의해 전후가 성립되는 동시에 전후의 부정자에 의해서도 전후는 성립한다. 아니, 부정자에 의해 비로소 전후는 그 전체를 보다 명백하게 볼 수 있다는 역설 또한 진실이다.

미시마 유키오의 초기 작품을 읽노라면 「꽃피는 숲(花ざかりの森)」(1941)과 「옷토와 마야(苧菟と瑪耶)」(1942) 사이에서 전생(轉生)의 꿈을 보았던 자취를 더듬고 있고, 「세상에 남기자(世世に殘んて)」(1943)에서 윤회를 말하고 있음을 알 수 있다. 16살에서 18살의 나이로 윤회 전생의 꿈에 들린 소년이 여기에 있다.

미시마 유키오의
『꽃피는 숲』

　이런 소년의 영혼에 깃들이고 있는 것이 무엇인가를 고백한 작품이 「가면의 고백」(1949)이다.

　「가면의 고백」은 미시마 유키오 스스로 "이번 소설은 태어나 처음 쓰는 사소설이다. 물론 문단적인 사소설은 아니며 지금까지 가상의 인물에 대해 날카로웠던 심리 분석의 날을 자신에게 향하고 스스로 자신의 생체 해부를 하려는 시도이며, 될 수 있는 한 과학적 정확성을 기해 보들레르의 이른바 '사형수이면서 사형 집행인'이 되려고 한다"(사카모토 가즈키〔坂本一龜, 1921〜 〕,「『가면의 고백』무렵」,『문예』, 1971. 2)라고 집필 전부터 각오하고 썼던 자기 고백의 작품이다.

　이 작품에서 미시마 유키오는 요절의 절대성을 말하고 있다. 전쟁이 계속되었더라면 그는 아름다운 죽음을 가질 수 있었을 것이다. 「가면의 고백」의 '나'는 "죽고 싶은 인간이 죽음에게 거부를 당했다는 기묘한 고통"을 맛보는 배리(背理) 한가운데에 놓여 있다.

　죽음은 전후 문학의 모든 곳에 존재했다. 사람은 죽음의 절대성이라는 고통에서 해방되려고 생의 절대성이라는 장으로 내려온다. 하지만 미시마 유키오는 그런 생의 절대성 속에서 '나'는 '나'가 되고 싶지 않다고 외친다.

　「가면의 고백」에서 성 세바스찬의 순교도(殉敎圖)가 나온다. 소년인 '나'는 성 세바스찬의 순교도를 보고 비로소 성적인 도취를 느낀다. 성 세바스찬이 보여주는 미는 "죽는 아름다움"이며, 불길하게 죽는 아름다움과 그 전설적인 소생에 미시마의 전생에 대한 꿈이 있다.

　패전 당시 미시마 유키오는 20살이었다. 전쟁에서 그는 죽어야 했다. 그러나 패전은 그에게 죽음을 박탈했다.

　이소다 고이치는 "미시마의 불행은 그리고 그의 본질적 비극은 '생'과 '사'의 의미를 부여하는 원리의 붕괴, 요컨대 그로부터 '아름다운 요절'의 가능성을 약탈한 '패전'으로 초래된 것"(「순교의 미학」, 1964)이라고 말한

하야시 후사오(우)와
대담하는 미시마 유키오

다. 여기에서 이소다가 말하고 있는 것은 명백한 사실이며, '생'과 '사'의 의미를 부여하는 원리를 상실하면서 미시마 유키오는 '생'의 원리를 확립할 수 없게 되었다. 그에게 패전이란 "불길한 좌절의 시대"(「하야시 후사오론」, 1963)의 경험에 다름아니었다. 그는 "어렸을 적에 만난 2·26 사건 이후 좌절이라는 관념을 자신의 미적 관념의 중심에 놓았던" 인간이다. 그런 인간에게 패전 때문에 살아남았다는 사실은 생의 최대의 좌절이었다. 그 불길한 좌절 위에서 그의 미적 관념은 성립한다.

「가면의 고백」은 이런 불길한 좌절 위에서 미적 관념이 성립하는 것을 말했던 한 영혼의 고백이다.

여기에서 미시마 유키오는 정직하게 자신의 영혼을 고백했다. 그는 융이 말한 것처럼 그렇게 창조하고 싶다고 생각하는 이상적 인간상을 은폐하기 위해 가면을 썼던 것은 아니다. 그는 무엇이건 영혼 그대로 말했다. 그러므로 그가 말한 것은 '가면'이 아니라 벌거벗은 영혼이었다. 하지만 이 벌거벗은 영혼은 인간 중심주의의 근대에서 '가면'의 위장으로 말하지 않으면 영혼의 본질을 모두 말할 수 없다.

미시마 유키오는 「가면의 고백」에서 진심을 말했다. 이 진심을 말한다는 사실은 그에게는 굴욕이었을 것이다. 왜냐하면 패전 다음에는 저 무서운 '일상 생활'이라는 나날이 기다리고 있었기 때문이다. "저 천연스럽고 자연스러운 자살——전쟁에 의한 죽음——의 희망이 이미 사라진" 다음에 오는 것은 지루한 일상 생활이며, 여기에서 미는 그 어디에도 존재할 수 없는 것이다.

「가면의 고백」에서 맨얼굴의 영혼을 말했던 미시마 유키오는 이후 거꾸로 가면을 쓰고 철저하게 '나'를 죽였다.

「가면의 고백」에서 남색(男色)이라는 사실의 황홀함을 고백했던 '나'는 소노코(園子)와의 사랑에서 "이상한, 정체를 알 수 없는 불안"을 느낀다. 그

미시마 유키오

러나 이어 「금색(禁色)」(1951~1953)에서는 남색이라는 '이상한 세계'에 들어가는 인간을 조형한다. 여기에서 그는 상대가 되는 인간에게 정신을 느껴서는 안 되고 상대를 물질로 생각하라는 사상을 만든다. 육체가 알몸이 되는 쾌락 따위는 아무것도 아니다. 남자 대 남자의 시간이야말로 영혼이 벌거벗는 시간이다. 이런 장소에서 미시마 유키오의 '사랑'의 형태가 만들어진다. 그것은 우리들에게 다케다 다이준이 「'사랑'의 형태」에서 말한 '영리한 야수'와 '위험한 물질'처럼 전후 문학에서 독자적인 '사랑'의 형태가 창조되었음을 생각하게 한다.

그리고 「금색」에서 인간은 '보고' '보이는' 관계성 속에서 자유롭게 변용하고 전환하는 장치를 완성하고 있다. 하지만 여기에서 다시 미시마 유키오는 패배한다. 왜냐하면 작품은 절대적인 사랑의 영역에서 상대적인 사랑의 세계로 축을 이동했기 때문이다.

1952년 그리스로 갔던 미시마 유키오는 바다와 태양이 결혼해서 아름다운 신들을 낳은 나라를 보았다. 이 아름다운 신들을 낳은 나라는 그에게 하나의 이상향으로 보였다. 그 또한 하나의 이상 왕국을 창조하고 싶다고 희망했던 흔적을 볼 수 있다. 「금색」이나 「해조음(潮騒)」(1954)의 주인공은 '헬레니즘 이상'을 체현한 청년들인데, 그는 이런 이상적인 인간상을 창조하면서 거꾸로 가면이 부서지는 것을 의식하지 않을 수 없었다.

혼다 슈고에 의하면 "개인적 무의식을 덮고 있는 억압을 제거하고 그 깊숙한 곳에 있는 집합적 무의식층에 도달해서 의식적 자아와 무의식 사이에 통로가 열리면 페르소나 *persona*는 해소되며, 여기에 본래의 자기 *das Selbst*가 나타난다. 본래의 자기를 발견한 사람은 인격이 확대되고, 생의 감정이 고양되며 안정을 얻는다"(「시가 나오야론」)고 한다. 시가 나오야는 이 견고한 페르소나를 벗어던진 사람이었다.

시가 나오야를 근대인의 북극으로 한다면, 미시마 유키오는 그런 근대인

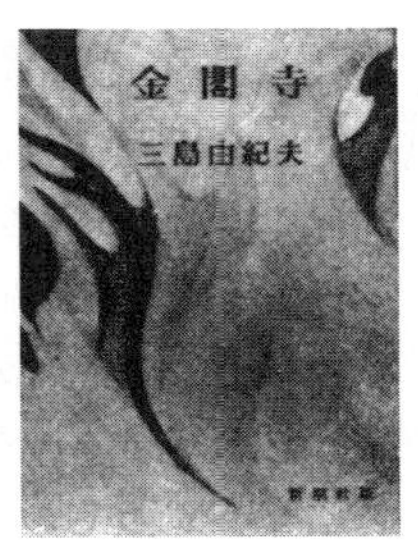

미시마 유키오의
『금각사』

과 대립하는 북극에 섰던 사람이다. 미시마 유키오는 그런 근대를 부정하는 곳에서 미의 형이상학을 확립하려고 했기 때문이다. 그것은 바로 미시마 유키오가 전후에서 출발했던 작가였기 때문이다. 미시마 유키오가 「금각사(金閣寺)」를 썼던 것은 이미 전후는 끝났다고 했던 1956년이다. 그때 그는 바로 전후를 썼던 것이다.

나를 불태워버리는 불은 금각도 불태워버리리라……

「금각사」의 '나'는 그 지복(至福)한 순간에 죽음을 갈망하였다. 그러나 금각사는 불타 사라지지 않고 남는다. 남아 있는 금각사를 보았을 때 '나'의 내부에 말할 수 없는 단절감이 생긴다.

"금각과 나의 관계는 단절되었다"고 나는 생각했다. "그래서 나와 금각이 같은 세계에 살고 있다는 몽상은 무너졌다. 또다시 본래 가지려고 하지 않았던 사태가 시작된다. 미가 거기에 있고 나는 여기에 있다고 하는 사태. 이 세계가 끝까지 이어지는 한 변하지 않는 사태……"

패전은 나에게 이런 절망의 체험에 다름아니었다. 지금도 내 앞에는 8월 15일의 불꽃 같은 여름 햇살이 보인다. 모든 가치가 붕괴되었다고 사람들은 말하지만 나의 내부에서는 그 반대로 영원이 눈을 뜨고 소생하며 그 권리를 주장한다. 금각이 거기에서 미래 영겁으로 존재한다는 사실을 말하고 있는 영원.

금각이 영원히 영겁의 미로서 "건너편에 있고" '나'는 "여기에 있다." 미시마 유키오는 이 관계를 부정한다.

'나'가 절대를 '보는' 눈과 모든 것을 상대화해서 '보는' 눈을 동시에 갖

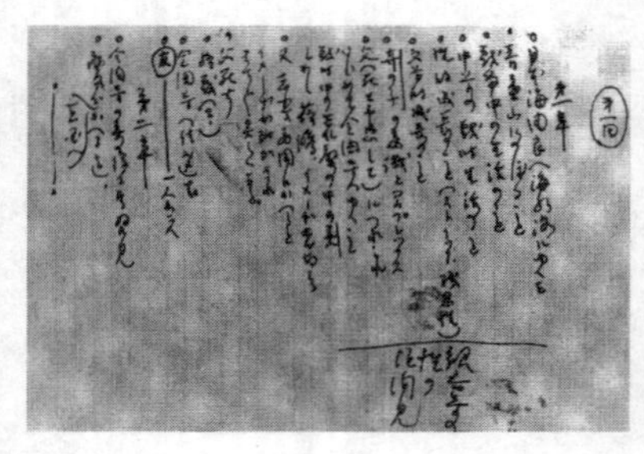

미시마 유키오의
「금각사」 창작 노트

고 있다는 사실을 주의하지 않으면 안 된다.

미시마 유키오는 「금각사」의 마지막 부분에서 벌의 눈이 되는 것과 '나' 의 눈으로 돌아오는 것을 대비하면서 이 인간의 두 눈을 묘사하고 있다.

나는 빛과 빛 아래에서 이루어지고 있는 영위에 거의 현기증을 느꼈다. 문득 또 벌의 눈을 떠나 내 눈으로 돌아왔을 때 이것을 바라보고 있는 내 눈이 꼭 금각의 눈 위치에 있는 것을 생각했다. 그것은 이렇다. 내가 벌의 눈이기를 그만두고 내 눈으로 돌아오듯이, 생이 나에게 쫓기는 찰나 나는 내 눈이기를 그만두고 금각의 눈을 내 것으로 만든다. 이때 바로 나와 생 사이에 금각이 나타나는 것이라고. 〔……〕

영원의, 절대적인 금각이 출현하고, 내 눈이 그 금각의 눈으로 변할 때 세계는 이처럼 변모하는 것을. 그리고 그 변모한 세계에서는 금각만이 형태를 보유하고 미를 점유하며 그 나머지는 잿더미로 돌아가게 된다는 것을.

'나' 는 금각사를 태우는 것이 "헛되다고 집요하게 말하는" 소리를 듣고 있다. 하지만 미시마 유키오는 그 소리를 부정한다. '나' 의 내면에서 헛됨을 극복하게 하는 소리가 울려오고 있기 때문이다. 그것은 『임제록(臨齊錄)』의 「시중(示衆)」 장에 나오는 "안을 향하고 바깥을 향해서 만나면 죽여라. 부처를 만나면 부처를 죽이고, 조상을 만나면 조상을 죽이고, 나한을 만나면 나한을 죽이고, 부모를 만나면 부모를 죽이고, 친척을 만나면 친척을 죽여 비로소 해탈을 얻으라. 사물에 얽매이지 말고 초탈자재(超脫自在)하라"는 소리이다. 「금각사」에서 '나' 는 "나의 힘은 허사를 두려워하지 않는다. 헛되기 때문에 나는 해야 했다"는 경지에서 금각사를 불태우는 것이다.

금각사를 불태움으로써 '나' 는 모든 것에서 초월한다. 금각사와 '나' 는 '거기' 와 '여기' 가 아니라 영원한 지금 여기에서 일체화한다. 여기에 소멸

노마 히로시

해야 하는 존재로서 미의 평등성이 성립한다.

미시마 유키오는 부정의 미학을 낳았다. 그는 헛됨을 알면서도 미의 완성을 위해서 금각사를 불태워버리는 인간의 내면에서 미를 완성했다. 여기에서 그는 이미 죽음의 철학을 만들고 있다.

죽음의 철학의 절대성을 창조했던 부분에 미시마 유키오의 독자적인 존재가 있다. 그것은 전후를 부정하면서 태어난 전후적인 절대성의 한 전형이며, 미시마 유키오의 부정의 절대성이 예사롭지 않았기 때문에 전후, 나아가 쇼와 시대의 정신 또한 그 완벽한 모습을 나타낼 수 없었던 것이다.

지옥으로부터의 해방
──노마 히로시의 『붕해 감각』

노마 히로시가 「어두운 그림」(1946)에서 브뤼겔 P. Brueghel의 그림을 묘사했을 때 전후 문학은 일본 문학으로부터 자립하는 선 하나를 확보했다.

브뤼겔이 묘사한 것은 어두운 중세이다. 그것은 "짓눌려 으깨진 생명이 그 어디에선가 최후의 한 장소에서 살고 있"기 때문에 꽉 움켜잡지 않을 수 없는 것이다. 또 그것은 "간신히 인류의 르네상스를 맞이하려고 하는 역사 속에서 갈가리 난도질을 당한 아메바가 그럼에도 살려고 가까스로 태어나서 발생한 개인, 개체의 자취"라고 말할 수도 있다.

브뤼겔의 이 그림이 환기하는 이미지는 전후의 출발점에 섰던 노마 히로시의 정신과 육체를 상징하는 풍경이다.

"상징시와 혁명 운동에 끼여 그 사이에서 흔들렸던"(「상징시와 혁명 운동 사이」, 1957) 것이 학생 시절의 노마 히로시였다. 그런 노마 히로시의 맞은편에 「어두운 그림」에서 썼던 나가스기 에이사쿠(永杉英作)와 하야마 준이

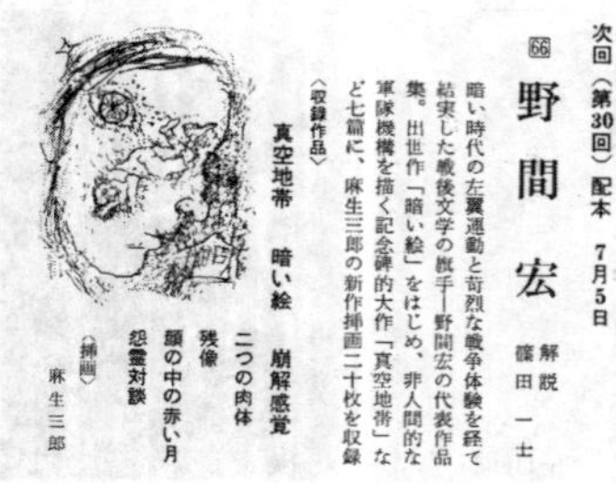

노마 히로시의
『붕해 감각』광고 삽화

치(羽山純一)가 있고, 이 통일 전선에 영혼을 빼앗겼던 사람들은 검거당하고 옥사했다.

「어두운 그림」의 주인공 후카미 스스케(深見進介)는 나가스기 에이사쿠를 보며 "자신의 절대성이 움직이지 않는다"고 느낀다. 후카미 스스케와 나가스기 에이사쿠를 나누는 것은 '자신의 절대성'이 움직이는가 움직이지 않는가 하는 차이이다. 사람들은 '자신의 절대성'이 움직일 때 비로소 간신히 태어나서 발생하기 시작하는 개인·개체를 움켜잡는다. 후카미 스스케는 움직이기 시작한 자신의 절대성을 움켜잡지 못하고 죽을 수는 없다고 결심했던 인간이다.

혁명 운동 속에도 절대성은 있다. 미래에 가교가 되는 그 절대성을 위해서 나가스기 에이사쿠도 하야마 준이치도 죽는다. 하지만 거기에서는 자신의 절대성이 사라진다. 후카미 스스케는 자신의 절대성을 위해 짓눌려 으깨진 생명을 지켰던 것이다.

혼다 슈고는 그런 후카미 스스케의 모습을 "사회적 책임의 한복판에서 공산주의 학설을 배웠던 청년 지식인이 안팎으로 최악이었던 날에 배교자도 순교자도 될 수 없었던 새로운 길――과연 있는가 없는가 하는 저 새로운 길의 탐구로 통하는 것"(「「어두운 그림」과 전향」, 1953)으로 보았다.

하지만 인간은 십자가에 못 박혀 죽은 예수처럼 죽을 수는 없다. 인간에게는 삶에 대한 강한 집착이 있다.

노마 히로시가 브뤼겔의 그림을 빌려서 표현했던 상징이란 그런 인간의 극한적인 생존 본능 그 자체의 형태이다.

노마 히로시는 「어두운 그림」의 첫머리에 쓰고 있는 것처럼 "풀도 없고 나무도 없고 열매도 없이 휘몰아치는 눈바람이 황량하게 불고 지나가는" 풍경 속을 분명 걸었던 것이리라. 그것은 아마 「어두운 그림」에서 쓰고 있는 학생 시절의 혁명 운동에서 끄집어낸 풍경만은 아닐 것이다. 그는 필리핀 전

시노다 하지메(좌)와
대담하는 노마 히로시

선 바탄에서 보았던 죽음의 행진이나 오사카 육군 형무소의 생활에서도 그런 광경 속을 걸었음에 틀림없다.

「붕해 감각(崩解感覺)」(1948)을 읽으면 그것은 명료하다.

가령 오오카 쇼헤이의 「포로기」를 읽으면 '나'가 수류탄으로 자살하려는 장면이 나온다. 이때 '나'의 수류탄은 폭발하지 않는다. 그리고 「포로기」의 세계는 이 수류탄이 폭발하지 않음으로써 육체의 감각 위에서 성립한다.

그러나 「붕해 감각」의 세계는 그렇지 않다. 「붕해 감각」의 세계는 수류탄이 폭발한 다음의 세계에서 비로소 성립하는 세계이다. 그것을 노마 히로시는 다음과 같이 쓰고 있다.

호물호물하게 살이 허물어지는 감각, 그리고 척추 속을 치달리는 신경 다발이 갈가리 찢겨 자기 주위에 존재하고 있는 외적 세계와 자기 내부에 자신을 만들고 있는 내적 세계가 형태를 잃어버리는 듯한 불쾌한 붕해감.

이런 붕해 감각을 알아차렸던 인간이 노마 히로시라는 존재이다.

이와 같은 붕해 감각은 정신에서만 일어나는 것은 결코 아니다. 그것은 육체의 아주 깊은 곳에서 무엇인가 확실히 붕괴되었다는 사실을 분명하게 실감한 인간에게 일어나는 실존적인 감각이다. 노마 히로시는 그 실감을 골수까지 알고 있었다.

그러므로 노마 히로시는 「두 개의 육체」(1946), 「육체는 젖어(肉體は濡れて)」(1947), 「붕해 감각」 등에서 남녀의 관계를 육체를 통한 욕망·감각 그 자체로 추출하려고 한다. 그것은 육체의 만남을 통해서 느끼는 쾌감으로 쓴 것은 아니다. 바로 과학적인 조작으로 자기 완성을 추구하는 방법으로 육체를 통해 자기를 회복하려고 했던 것이다. 그러나 그런 남자를 보는 여자의 얼굴에는 언제나 "일종의 고통스러운 표정"이 있다. 남녀는 상실의 끝에서

각국어로 번역된
노마 히로시의 『진공 지대』

무엇인가를 얻고 성숙할 수 있는가를 질문하고 있는 것이지만, 남자는 그런 생활은 불가능하다고 믿고 있다. 이 불가능의 자각이야말로 노마 히로시의 생의 기반이었다고 할 수 있다. 그는 불가능성의 기반 위에서 창조해야 할 것을 구축하려고 했다. 여기에 전후 문학자 노마 히로시가 에고이즘의 형벌을 인수하고 걸어가는 모습이 있다.

「진공 지대(眞空地帶)」(1952)에서 그는 병영을 진공관이라 부른다. 분할이 불가능한 단위의 집합을 물질이라고 한다면, 그 용기인 공간은 진공이 아니면 안 된다. 군대의 내무반이란 바로 진공의 공간이다.

노마 히로시는 이 분할이 불가능한 진공관인 군대 내부에 있는 비인간성에 대해 썼다.

절도로 2년 2개월 간 육군 형무소에 갇혀 있다가 포대 일반에 편입한 기타니(木谷). 기타니의 비밀을 아는 인텔리 소다(曾田). 작품은 이 두 사람을 중심으로 전개되는데, 노마 히로시의 독창성은 바로 자유로운 일본이라는 추상적 개념과 대립하고 이를 부정하는 진공 지대 일본이라는 구체적 개념으로 군대의 모습을 제출한 점에 있다. 작품으로 「진공 지대」가 갖고 있는 깊은 의미는 진정한 평화, 자유라는 추상 개념에 대한 반대 개념으로서 전쟁·억압이라는 구체 개념의 현실성을 제시한 측면에 있다. 이 부정의 변증으로 하나의 세계의 모델이 제시되면서 평화·자유라는 개념이 전후의 공간에서 시민의 상식으로 구체화되었다.

연기와 자유
──시이나 린조의 예수

"시이나 린조의 첫인상은 괴물"(「이야기 전후 문학사」) 같은 느낌이었다고

혼다 슈고는 쓰고 있다. 시이나 린조는 왜 '괴물'이라는 인상을 갖고 사람들에게 나타나지 않으면 안 되었을까. 이 물음 속에 전후 문학자 시이나 린조가 등장한 비밀과 의의가 있다.

시이나 린조에게 패전은 해방이 아니었다. 문학자들은 여러 가지 의미와 의장을 갖고 있는 패전을 해방으로 받아들였다. 그러나 시이나 린조는 그렇지 않았다. 그는 깊은 자기 반성으로 전전·전중의 생활과 사상이 죄 많은 것이었다고 자각하였다.

시이나 린조는 미래에 다가올 혁명, 여러 민주주의 혁명을 믿었던 사람들이 꿈에 그렸던 미래를 죽음을 통해서 볼 수밖에 없었다. 장구한 미래에 걸친 징역인의 자각이 여기에 있다. 그의 실존주의는 죽음에서 탈출한 죄수가 출구가 보이지 않는 장소에서, 그럼에도 인간은 살아가는 존재라는 고통을 짊어져야 했던 그것이다.

「심야의 주연」(1947)에서 주인공 스마키(須卷)는 무정부주의의 깃발과 같은 아파트 내부에 틀어박혀 있다. 이것은 대단히 상징적이라고 할 수 있다. 그는 과거에 공산당원이었으며 옥중에서 미쳤던 일이 있었다. 그러나 지금은 절망을 사랑하고 오로지 "참기 어려운 현재를 참고 있을" 뿐이다. 백부 센조(仙三)는 사상으로 친구를 죽인 너는 죄인이며, 징역인이라고 그를 탄핵한다. 그는 그 점을 자각한다. 그리고 사상을 믿었던 죄를 보상하기 위해 굶기에 굶기를 거듭하면서 가까스로 살아간다.

시이나 린조는 서민들에게 이처럼 철저하게 탄핵을 당하는, '사상을 믿었던 인간' 상을 전후의 공간에서 창조했다.

이렇게 탄핵하는 센조는 나카노 시게하루가 「마을의 집」에서 벤지의 아버지 마고조로 창조했던 것과 동일한 인간상이다. 하지만 센조는 마고조보다 훨씬 도시화된 사회의 저변에서 탄핵하는 인간이다.

이 탄핵하는 센조와 그 탄핵을 인내하는 스마키라는 상대적인 인간상을

시이나 린조의
『무거운 흐름 속에서』

제시했다는 것, 여기에 시이나 린조의 전후 출발이 있고, 그 이상한 긴장 관계를 제출함으로써 그는 전후의 공간 속에서 '괴물'의 풍모로 출현했던 것이다.

「심야의 주연」「무거운 흐름 속에서(重き流れのなかに)」(1947), 「후카오 마사하루의 수기(深尾正治の手記)」(1948), 「영원한 서장(永遠なる序章)」(1948), 「붉은 고독자(赤い孤獨者)」(1951)로 나아갔던 시이나 린조는 이 작품들에서 일체는 "무의미하다, 그럼에도 불구하고 나는 살아 있다"는 생의 전율과 환희의 실감을 누누이 '고백'했던 것이다.

그러면 정말 나는 대중을 사랑하고 있을까, 정말 나는 대중을 위해 죽을 수 있을까 하는 물음이 공명판처럼 떨리며 죄어오는 것이다. 그러나 이에 대한 대답은 없다. 주인공은 단지 그 물음을 인내하고 있을 뿐이다.

시이나 린조의 비극은 일개 무명의 생활자가 혁명이나 신을 관념적으로 파악하고, 그래서 생활과 관념이 공존하고 있는 어떤 장소에서 실천적으로 살아가기 위해 사고를 실험했던 측면에서 발생한다. 즉 그는 혁명이나 신에 사로잡힌 한 인간의 인생과 예술을 실존적으로 통일하려고 했던 것이다.

인간이 부부도 아니고 연인도 아니고 동지도 아니고 친구조차 아니면서 서로 자유롭고 자유 그대로 자유롭게, 어째서 사랑할 수 없는 것일까! (「붉은 고독자」)

이것은 영원한 테마이며, 시마오 도시오도 나카무라 신이치로도 쇼노 준조도 오카마쓰 가즈오(岡松和夫, 1931~)도 이 물음 앞에서 좌절했지만, 시이나 린조의 경우 이는 개인적인 물음이라기보다 한층 사회적인 의미를 갖는, 대중을 사랑할까 혁명을 사랑할까 신을 사랑할까 하는 물음이었던 만큼 그 물음 앞에서 크게 좌절했던 것이다. 그는 「무거운 흐름 속에서」에서 신이

1962년 NHK의 「나의 비밀」에
출연했을 때의 시이나 린조(좌)

'나' 앞에 나타난다면, 그놈을 죽일 수도 있지 않을까라는 경지까지 내몰렸던 것이다.

시이나 린조는 일체가 무의미하다고 느끼면서도 자유를 찾는 '나'의 마음만은 진실하다고 믿었다. 이 대답 없는 물음의 중첩이야말로 그가 사유하고 짊어졌던 전후 문학이 갖고 있는 '고백'의 무게였다고 할 수 있다. 정치인가 문학인가, 개인인가 전체인가, 자기인가 사회인가, 인간인가 조직인가, 혁명인가 신인가, 이런 것인가 저런 것인가, 어느 쪽이 인간에게 진정한가를 결정하지 않을 수 없었던 것이 전후 문학의 한 특징이다. 그런데 이것인가 저것인가 그 양자택일을 추구하는 이런 물음은 문제의 소재를 첨예하게 만들지만 동시에 인간의 자유와 상상력을 빈약하게 만든다. 이것이 전후 문학에 들이닥쳤던 양날의 칼이다.

다만 문학에서는 이것인가 저것인가를 믿었던 인간의 업의 깊이가 그 업 자체로 결실을 보는 경우가 있다. 그래서 결실을 본 업의 깊이가 작품의 생명력으로 바뀌고 사람들의 영혼을 두드린다.

시이나 린조는 그 업의 깊이로 우뚝 멈춰 섰다.

그때 그에게는 어디에도 탈출구가 없었다. 그에게는 죽는 것밖에 그 장소에서 탈출하는 방법이 없는 것처럼 보였다.

실제로 다자이 오사무가 자살한 다음 "이번에는 시이나 린조가 자살할 것이라 수군거렸던"(「'부활'에 이르기까지」, 1973) 형편이었다.

자기가 놓인 이런 장소에서 시이나 린조는 '죽음'을 보았다. 여기에 예수가 나타난다.

그에게 십자가 위의 죽음은 "신의 아들 그리스도의 죽음이 아니라 엄밀하게 인간 예수의 죽음"(「나의 성서 이야기」, 1957)에 다름아니었던 것이다.

그렇다면 인간 예수의 생애는 무한하게 희극적이다. 결국 도움이 되지 않

시이나 린조의
『아름다운 여자』

왔던 수많은 기적이나, 권위 있는 사람처럼 말했던 수많은 말이나, 천국에서
온 인간처럼 천국에 대해 말했던 여러 가지 예들이나, 그리고 필요도 없었는
데 고생하면서 일부러 처녀에게 태어났던 그의 탄생까지 나에게는 희극적으
로 보이는 것이다. (「나의 성서 이야기」)

"내가 이 그리스도의 죽음에 대해 느꼈던 것은 철저한 공허"(「나의 성서
이야기」)였다고 그는 쓰고 있다. 시이나 린조의 개심은 이 '철저한 공허'라
는 실감 속에서 일어났다.

하지만 그리스도의 죽음은 나마저도 진짜가 아니고 진짜처럼 연기해서 보
여주었을 뿐이라는 사실을 나에게 결정적으로 폭로해버렸던 것이다. (「나의
성서 이야기」)

그리스도의 죽음은 공허이며 그는 신의 아들임을 자랑한 나머지 죽은
것이라는 생각은 「심야의 주연」「무거운 흐름 속에서」「영원의 서장」「붉
은 고독자」를 쓰면서 자유를 찾는 마음만은 진실이라고 믿었던 '나'의 확
신이 몹시 잔인하지만 '연기'에 지나지 않는다는 눈을 그에게 열어주었던
것이다.

여기에는 엄숙해야 할 죽음조차 우스꽝스럽게 만드는 눈이 있다. 그의
부활은 성서 「누가복음」에 나오는 예수의 부활을 이해하는 곳에서 이루어
졌다.

여기에서 예수는 '살아 있음'을 증명하기 위해 자신의 손이나 발, 살과 뼈
를 제자나 동료들에게 여러 차례 만지게 한 것은 물론 구운 물고기까지 먹는
모습을 보여주었다. 이러한 예수의 모습은 그에게 끝없이 우스꽝스러운 것
이었다. 결국 예수가 자신이 자신이라는 사실을 증명하려고 애썼던 것처럼,

환담하는 시이나 린조(좌)와
혼다 슈고

'나'가 '나'라는 사실을 증명하기 위해 인간은 고통을 받는 존재라는 각성이 여기에서 이루어졌다.

시이나 린조는 이 부활한 예수를 믿었다. 그리고 마찬가지로 「심야의 주연」에서 「붉은 고독자」에 이르는 '고백'하는 '자기' 모습을 '나'가 '나'라는 사실을 증명하려고 고심하는 우스꽝스런 인물로 긍정했다.

「해후(邂逅)」(1952) 이후 시이나 린조는 그리스도에게 부여받은 이 관점으로 일관된 작업을 진행하였다.

그는 이 장소에서 일상성으로 회귀했다. 일상성으로 회귀하면서 그는 살아서 존재하는 자유를 얻었다. 그러나 동시에 '나'는 '나'인가 질문하는 영원한 탄핵자——센조에서 시작되며 끝까지 추구해야 했던 전후 문학의 새로운 가능성의 싹을 스스로 움켜잡았다.

시이나 린조가 볼 때 신에게 절대는 없다. 그것은 영원에서 보고 있는 눈이다. 「심야의 주연」에서 「붉은 고독자」에 이르는 시이나 린조의 작품에는 절대를 추구하는 눈이 있다. 하지만 그는 "이 세상의 경련적인 것, 비장한 것 일체를 거부하지 않을 수 없다"(「비장한 경련〔悲壯な痙攣〕」, 1963)는 지점까지 물러설 수밖에 없었다.

결국 시이나 린조에게는 '아름다운 자유 = 아름다운 사람'(「아름다운 여자」, 1955)이라는 테제가 성립한다. 다만 이 자유에는 한계가 있으며, 무슨 일이건 '과도'는 있을 수 없다는 명제 또한 성립한다. 왜냐하면 과도적인 것은 과도라는 사실 때문에 경련적인 것, 비장한 것이 발생하기 때문이다. 시이나 린조가 「징역인의 고발」(1969)에서 고발했던 것은 이 과도한 자유가 낳는 경련적인 것, 비장한 것 일체였다.

후지에다 시즈오

'비극'의 원형
—— '나'와 자연을 추구했던 후지에다 시즈오

후지에다 시즈오(藤枝靜男, 1908~)는 사소설 작가로 불렸고 스스로 사소설 작가로 자처했다. 분명 그는 스승 시가 나오야에게 물려받은, 작가의 정신에서 울려오는 리듬이 강한 작품을 썼다. 그것은 사소설이라 부르는 범주에 속하는 작품이었다. 하지만 그것만은 아니다. 그의 사소설은 '나'를 초월한 것이었다.

후지에다 시즈오의 생애에서 그를 괴롭히면서 문학의 테마가 된 몇 가지 사실이 있다.

첫째는 아버지의 결핵과 가난으로 인한 영양 불량, 잇달은 형제자매의 죽음이었다. 둘째는 일족의 음탕한 피와 성욕을 괴로워하는 자기의 모습이 겹쳐지면서 발생하는 자기 혐오이다. 자기 내면에 있는 것은 매슥거림 *das Ekel*, 즉 혐오라고 표현했던 그는 매스꺼운 *ekelhaft* 인간 그대로 이 혐오스러운 예토(穢土)를 벗어나 정토를 희구하는 방법을 추구했다. 셋째는 아내가 발병하고 입원과 퇴원을 거듭하면서 비롯된 끊임없는 생의 위기 의식이다. 넷째는 학생 시절 혼다 슈고, 히라노 겐과 교우하면서 싹텄던 마르크스주의의 '막연한 정의감'을 극복하는 것이었다.

후지에다 시즈오는 이 생애의 테마를 언어로 표출하면서 모두 헤쳐나갔다.

첫째 테마는 「가족 역사(家族歷史)」(1949)에서 「일가 단란(一家團欒)」(1966)에 이르는 작품에서 다루었다. 둘째 테마는 「초산은(醋酸銀)」(1966)과 「겨울 무지개(冬の虹)」(1967)로 집중해서 매듭지었다. 셋째 테마는 「길(路)」(1947)에서 「초산은」 「공기두(空氣頭)」(1967)로 이어지며, 아내의 죽음

344

후지에다 시즈오의
『공기두』

을 썼던 「히나마쓰리(雛祭り)」(1977), 「슬플 뿐(悲しいだけ)」(1977)으로 끝났다. 넷째 테마는 「봄물(春の水)」(1962), 「어느 해의 겨울, 어느 해의 여름(或る年の冬, 或る年の夏)」(1969~1970)에서 결말을 맺었다.

이들은 모두 "나의 생애의 적이며 이를 해치우지 않으면 죽을 수 없다고 생각했"(「이기주의의 소설」, 1968)던 테마였던 것이다.

이와는 별도로 후지에다 시즈오는 현세를 염리예토(厭離穢土)로 생각하고 현실을 초월한 '허의 세계'를 구축하려는 의지를 일찍부터 갖고 있었다. 1952년에 발표한 「공기두」(초고)는 그 뚜렷한 예이다. 그는 여기에서 '나'가 '나'를 벗어나 마음이 자유로워지고 '모두 좋다'는 세계의 출현을 관념적으로 추구하고 있다. 이는 그로부터 15년 후 「공기두」에서 "나로부터 벗어났음에도 여전히 강력하게 나에게 입각하는" 방법을 발견하면서 가까스로 정착했던 세계였다.

이때 실현된 세계란 "과거도 미래도 소실했다. 아니 그렇다기보다는 현재의 한 순간에 응결해서 움직이지 않으려는 묘한 상태"가 현현하는 세계이다. 즉 '지금·여기'라는 현재에 실재하는 '나'와 없는 '나'가 구별되지 않고 모든 '나'로 드러나고 여기에서 '모두 좋다'는 세계가 출현하는 세계이다. 분명한 것은 후지에다 시즈오의 개아를 옥졸랐던 부정적인 요인이 현세에서 염리예토로 나타나지만 현실을 초월한 '허의 세계'가 그곳에 구축되면서 역전되어 흔구정토(欣求淨土)에 이르는 세계로 전환하게 된다는 것이다. 이처럼 과거도 미래도 소실한 '지금·여기'를 창조했던 것은 후지에다 시즈오의 독창이다.

시가 나오야의 「암야행로」에서 도키토 겐사쿠는 오야마 산속에서 "예토를 염리하고 정토를 회구하는 간절함이 있다면 어찌 왕생하지 못하랴"라는 말로 합장하고 싶은 마음에 도달한다.

시가 나오야와 후지에다 시즈오는 이 장소에서 부모와 자식처럼 상사형

시가 나오야

(相似形)을 이루고 있다. 다만 시가 나오야의 경우 겐사쿠는 "그는 자신의 정신도 육체도, 지금 이 거대한 자연 속에 용해되는 것을 느꼈다. 이 자연이라는 존재는 겨자씨처럼 작은 그를 무한한 크기로 감싸고 있는 기체 같아서 눈으로 느낄 수는 없었지만 그 속으로 용해되고 환원되는 느낌은 말로 표현할 수 없을 만큼 상쾌했다. 아무 불안도 없이 잘 때 잠에 빠져드는 느낌과도 다소 비슷한" 상태에서 안심입명의 경지에 도달한다. 그러나 후지에다 시즈오의 경우 겐사쿠처럼 거대한 자연 속에서 겨자씨처럼 축소된 개아로 감싸 안겨지는 것은 아니다. 후지에다 시즈오는 '나'의 정신도 육체도 있는 그대로, 자연스런 '나' 그대로, 예토를 혐오하고 정토를 기꺼이 맞이하려고 한다. 그러기 위해서는 있는 그대로의 '나'의 외부에, 또 하나의 '나'의 세계 = 허의 세계가 창조되어야 하는 것이다.

　후지에다 시즈오에게 "어떤 사람의 사상이라는 것은 그 사람이 변절이나 전향을 어떤 모양으로 했는가 하지 않았는가, 또는 병고나 육친의 죽음과 굶주림을 어떤 몸짓으로 통과했는가, 그 육체와 정신 운동의 총화"(「염리예토」, 1969)이며, 그 육체와 정신 운동의 총화는 모두 미세하게 묘사되지 않으면 안 된다. 그의 모든 작품은 이 육체와 정신 운동의 총화를 표현한 것이다. 다만 그는 인간이란 불완전한 존재이며, 자연 쪽이 인간보다 훨씬 분명한 사상을 체현하고 있는 것으로 보고 있다. 한 그루의 고목은 생에서 죽음까지의 일체를 훌륭하게 현현한다. 인간의 경우, 이처럼 일체가 현현되는 것은 없다. 그러므로 한 그루의 고목은 후지에다 시즈오에게 자연 그 자체이며 완전한 사상인 것이다. 어느 의미에서 이것은 후지에다 시즈오의 허무이며, 여기에 나타나는 것은 체관이다. 이 체관과 그의 허 세계의 창조는 관계가 없는 것은 아니다.

　후지에다 시즈오가 도키토 겐사쿠처럼 자연에 용해될 수 없었던 것은 무엇인가. 우리는 그것을 후지에다 시즈오의 '비극'의 원형이라고 불러야 할

시마오 도시오

것이다.

　아내의 죽음으로 '나'를 오랫동안 옥죌랐던 이성이나 인내력은 모두 소멸했지만 그럼에도 여전히 '나'에게는 무엇인가 "생각이 떠오르기는커녕 상상도 불가능한"(「슬플 뿐」) 형태 없는 고통이 마음속에 존재한다. 모든 것이 소멸했음에도 여전히 지워지지 않고 남아 있는 그 형태 없는 고통이야말로 후지에다 시즈오가 자신의 인생을 묘사하지 않을 수 없도록 재촉했던 소화액과 같은 것이다. 그것은 "내가 낳은 비극은 아무리 노력해도 처리할 수 없"(「모두 수포〔みんな泡〕」, 1981)는 고통으로 최후까지 그의 옆에 남아 있었던 것이다.

　후지에다 시즈오는 그 극점까지 '나'와 자연을 추구하고 거기에서 손을 놓아버렸다.

꿈속과 현실 속
──「죽음의 가시」와 시마오 도시오

　시마오 도시오가 죽은 다음 「「진양발진」에 대한 추억(「震洋發進」への思い)」(시마오 도시오, 「진양발진」, 1987)에서 시마오 미호(島尾ミホ)는 다음과 같이 쓰고 있다.

　저는 제18 진양대에 특공대 발동 신호가 떨어졌던 1945년 8월 13일, 종전 이틀 전날 밤, 시마오 대장과 짧은 이별을 나눌 때의 일을 회상했습니다. 그때도 저는 지금처럼 이 모래사장에서 정좌하고 있었습니다. 진양대의 출격을 전송하고 곶(岬)의 뾰족하게 튀어나온 바위 위에 서서 양발을 묶고 단검으로 목을 찔러 바다로 떨어질 결심을 하고 가만히 시간이 되기만을 기다리고 있

화염에 싸인 항공모함 스와니

었던 것입니다.

시마오 도시오에게 8월 13일부터 15일에 이르는 3일 간의 경험은 심신에 깊숙하게 파고드는 것이었다. 그는 이것을 「출고도기(出孤島記)」(1949), 「출발은 끝내 찾아오지 않고(出發は遂に訪れず)」(1962), 「그 여름의 지금은(その夏の今は)」(1967)에서 썼다.

대학 재학중, 해군 병과 예비 학생에 자원해서 어뢰정 학생이 되고 다시 특공대에 지원하여 진양 특공대장이 되었던 시마오 도시오는 느닷없이 죽음과 관계를 맺고 말았다.

1945년 8월 13일 밤을 정점으로 시마오 도시오가 깨달았던 죽음의 자각은 순수하고 투명했다. 그리고 잊어선 안 될 것은 시마오 도시오와 함께 황천 여행을 떠날 각오로 단검을 쥐고 마침내 바위 위에 섰던 시마오 미호가 외동 딸로 자란 유년기 이후 "시기나 증오의 훈련이 결여된"(「죽음의 가시[死の 棘]」) 천성적인 자연아였다는 점이다.

가게로마시마(加計呂麻島) 노미노우라(呑の浦)에 있었던 시마오 도시오는 생의 투쟁에 대한 공포 감정을 갖고 있었다. 그 노골적인 감각 때문에 그는 평상심을 잃었다. 그런 죽음의 절대성이 노골적으로 드러났던 상황 속에서 이루어진 미호와의 사랑은 생의 절대성에 넘친 것이었다. 그러나 시마오 미호도 생의 절대성에 넘쳤을 때 그들의 사랑은 그대로 죽음의 절대적인 시간으로 이어졌던 것이다.

시마오 도시오는 자신에게 사랑을 느끼는 처녀가 8월 13일 밤 단검을 갖고 있는 것을 알았다. 하지만 특공대에 출격 신호가 떨어지고 하룻밤 대기하는 가운데 죽음과 대면했던 그는 그 처녀가 갖고 있던 죽음의 절대성을 충분히 파악할 수 없었던 것은 아니었을까.

출발 명령은 끝내 내려지지 않았다. 그런 "이상한 완결적인 예정의 행동

348

아베 고보, 홋타 요시에와
환담을 나누는 시마오 도시오(왼쪽부터)

이 연기되자 일상의 모든 행위가 숨을 돌리기"(「출발은 끝내 찾아오지 않고」) 시작한다. 이것은 오오카 쇼헤이가 포로 수용소에서 보았던 것과 동일하다.

10년의 세월이 흐른다. 그러자 전쟁으로 밤낮을 보냈던 돈노우라는 "괴이한 폐허의 장소"(「폐허〔廢址〕」, 1960)로 생각되기도 한다.

'나'는 10년 만에 정신병원에서 막 나온 아내와 함께 돈노우라에 선다. 그때 이런 생각에 사로잡힌다.

전쟁 동안 여기에서 꾸미고 있었던 죽음의 준비는 방자한 허구였다고 할 수 있다. 거기에서는 고대만이 임시로 전개되었다. 하지만 패전 후 도시의 혼잡 속에서 K…… 섬은 현실에서 점점 멀어져갔다. K…… 섬에서의 나날의 일들은 모두 옛날이야기가 되고 기억 속에 남아 있는 섬사람들은 표본장에 진열된 화석과 다르지 않다.

여기에서 말하고 있는 '허구' '고대' '화석'이라는 말. 이 말을 낳은 것은 시마오 도시오의 일상과 생활이었다.

「내 깊은 심연에서(われ深き淵より)」(1955), 「어떤 정신병자」(1955), 「광인의 학습(狂者のまなび)」(1961) 등 '병든 아내 이야기(病妻もの)'라 부르는 일련의 작품은 남편에게 애인이 생겼다는 사실에서 시작되며, 정신 질환을 앓는 아내와 함께 정신병원의 한 방에서 기거하는 '나'의 상태를 예리하게 파헤치고 있다. 아내와 마찬가지로 '나' 또한 미치는 것이다. 그렇게 하는 것 이외에는 두 사람이 심연에서 기어오르기란 불가능하다.

미친 아내는 '당신은 내 것'이라고 분명하게 단정한다. 비정상 상태에서 싹튼 올가미는 일상 속의 이상을 놓치는 법 없이 꽉 비끌어맨다. 아내는 남편을 '타자'로 용납하지 않는다. 어디까지나 '내 것'이다. '나'와 '너'는 개미 한 마리가 비집고 들어올 수 없을 만큼 일치되어 있지 않으면 안 된다.

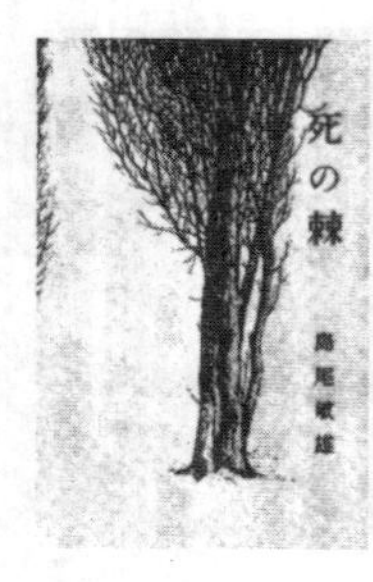

시마오 도시오의 『죽음의 가시』

여기에 개미 한 마리라도 들어올 틈이 있으면 아내는 미친다. 아내는 남편에 대해 절대적인 탄핵자가 된다. 아내는 '나'에게 과거 일체를 '고백'하라고 강요한다. '나'는 아내 앞에서 일체를 '고백'한다. '본심을 말하라'고 강요하는 아내는 감정의 소통을 거부하는 "하나의 무자비한 기계적인 장치"(「치료」, 1957)가 된다. 그 기계적인 장치에서 '나'를 끄집어내면 아내는 파멸한다.

무엇이 '본심'인가. 아내를 납득시키는 '본심' 따위는 과연 이 세상에 있는 것인가. '나'가 함몰하는 것이 이 생의 올가미이다. 그곳은 '아수라'이다. '나' 또한 아내와 함께 미칠 수밖에 없는 것이 아닐까.

이 절망적인 상황 속에서 "뱀이 별안간 대가리를 쳐드는 것처럼 자아의 숨결이 억누를 수 없이 뿜어나오는"(「치료」) 것이다. 동시에 이는 "나를 예속하고 혹사함으로써 억눌리고 엉클어진 마음의 거무죽죽한 덩어리를 풀어내고 미묘한 균형으로 그녀의 자아를 정상으로 되돌리는"(「치료」) 작업이기도 하다. 이 전과정을 통해 "사람을 용서할까 미워할까 하는 딜레마에 섰던"(「죽음의 가시」) 한 여자의 재생과 부활하는 모습이 거의 원시적인 모습으로 창조되었던 것이다.

거기까지 처자와 함께 걸었을 때, 시마오 도시오는 이미 현실에서는 더 이상 걸을 수 없는 곳까지 걸어갔던 것이다. 더 이상 한걸음도 걸을 수 없는 장소까지 걷고, 그 처음과 마지막의 일부를 세부의 주름살에까지 걸쳐 표현했던 것이 시마오 도시오의 전후였다.

「꿈속의 일상(夢の中の日常)」(1948)에 나오는 일상에는 분명 전후의 그림자가 드리워져 있다. 꿈은 그로테스크한 모습을 하고 있으며, 꿈과 일상은 연결되고 있다.

「나의 심연에서」등 '병든 아내 이야기'와 「죽음의 가시」를 거친 다음, 시마오 도시오에게 이 '꿈과 현실'은 대립하는 것이 아니었다. 현실에는 생시

우메자키 하루오

였을 때의 현실과 꿈의 현실 두 가지가 있으며 그것은 구별이 불가능하다.

꿈은 과거의 소생이며, 현실은 꿈과 생시의 구별이 없는 세계로 성립한다.

그때 과거의 '나'는 옛날의 감각을 정화하고 자연과 동화되는 친근한 존재로 소생한다. 그리고 저 숨막혔던 가게로마시마는 "황천으로 가는 통로"(「진양발진」)가 된다. 그곳에서는 생과 사가 모두 긍정되는 것이다.

꿈의 현실이 없이 시마오 도시오의 생과 사는 없다. 그리고 죽음과 생과 꿈의 왕복이 없으면 이 무너지기 쉽게 희유한 정신의 해방 또한 없는 것이다.

인생은 꿈과 비슷하고
——다른 세계를 보는 우메자키 하루오

전후 문학자에게 전후의 시간과 공간은 기본적으로는 긍정되어야 하는 것이었다. 그러나 우메자키 하루오에게는 그렇게 간단한 일은 아니었다.

전후의 첫번째 작품 「사쿠라시마」(1946)에서 '나'는 오른쪽 귀가 없는 기생을 만난다. 그 기생이 "아, 죽는 거요. 어떻게 해도 죽겠지요. 네, 가르쳐주세요. 어떻게 죽어야 하는지"라고 말을 걸어온다. 그때 "가슴속을 빠져나가는 듯한 바람 소리를 나는 들었다."

가슴속을 빠져나가는 바람 소리를 듣고 있는 동안 사람은 살아 있다. 「사쿠라시마」 한 편을 잘라 말한다면 그렇게 단정할 수밖에 없다.

'사쿠라시마'라는 이향(異鄕)에서 전쟁이 끝나려고 할 때 왜 '개아'로서의 '나'는 멸망하지 않으면 안 되는 것일까. 그 숙명을 '나'는 끝내 믿을 수 없다. '개아'의 대극에는 '국가'가 있겠지만 우메자키 하루오는 '개아'의

서재에서의 우메자키 하루오

대극에 '국가'를 놓는 것을 참을 수 없다.

전후 문학자 중에도 이처럼 무너지기 쉬운 나약하고 부드러운 정신이 있었다. 이런 정신은 천성이며, 그 천성이 국가의 비정한 폭풍을 맞았을 때 그 마음은 상처받은 전후의 공간에서 오래 살 수 없었다. 하라 다미키나 가토 미치오(加藤道夫, 1918~1953)의 자살은 이런 정신의 전후적인 죽음이었다고 할 수 있다. 우메자키 하루오의 너무 이른 죽음(1965. 7)도 이런 전후적인 죽음의 한 전형이다.

「사쿠라시마」의 '나'는 "저런 무성한 자연 속에서 인간이 나방처럼 불타 죽는" 것을 '희한하게 아름답다'고 느끼고 있다. 거기에는 멸망의 아름다움만 우뚝 서 있는 것이며, 그 무성한 자연 속에 놓인 '나'의 존재는 보잘것없으며, 자신이 무엇인지 파악하지 못한 채 이미 이향에서의 생활을 여생으로 실감하고 있다.

한 나라의 패전은 사쿠라시마 산악을 물들이고 있는 낙조 광경으로 묘사되었다. 그 낙조의 광경에 이르는 전과정에서 '나'가 들었던 것은 무성한 자연과 대조되는 마음속을 빠져나가는 바람 소리였다.

전후는 바람 소리와 무성한 자연을 상실하게 만드는 존재였다.

우메자키 하루오는 데카당스나 무목적인 방황에 빠져드는 것에 대한 절망과 황홀을 갖고 있었다. 하지만 한편으로 근대인이었던 그의 명석한 이지(理智)는 그런 절망과 황홀에 과도하게 몰입하는 자아에 제동을 걸었다.

아프레게르적인 것 또한 우메자키 하루오에게는 과도한 것이었다. 그런 의미에서 그는 지나치게 깨어 있던 전후 문학자였다. 그는 전후의 공간에서 능동적·창조적으로 활동하는 사실에 수치를 느꼈다. 이렇게 말해도 좋다면 그에게 전후의 공간은 부정의 부정으로 긍정되어야 할 것이었다. 그러므로 전후가 끝났다고 자각했을 때, 그는 부정의 부정이라는 번거로운 어깨 힘을 빼버렸다. 그때 전후의 공간에서 그는 이탈할 수 있었다. 여기에서 그의 체

352

우메자키 하루오의 『사쿠라시마』

관이 생겼다.

「판잣집의 봄가을(ボロ家の春秋)」(1954)에서는 타자는 악의 · 증오 · 해학을 통해서만 발견할 수 있다는 블랙 유머가 성립하고 있다.

우메자키 하루오가 「바람 빛나고(風ひかる)」(1957), 「회오리바람(つむじ風)」(1957), 「사람도 걷는다면(人も歩けば)」(1959), 「덴시루치시루(てんしるちしる)」(1962) 등 수많은 풍속소설을 썼던 이유가 여기에 있다. 부정의 부정 다음에 왔던 공간은 그에게 그만의 독자적인 긍정의 공간을 쓰게 하지 않았다. 죽음과 이웃하지 않고 살아가면서 생의 의의를 잃고 그저 빈둥거리며 살아간다. 그것은 참을 수 없다. 그럼에도 불구하고 죽음의 관념은 부정되지 않으면 안 된다. 여기에 그의 딜레마가 있다.

「환화(幻化)」(1965)에서 우메자키 하루오는 회생한다. 「환화」의 구즈미 고로(久住五郎)는 정신병원에서 탈출해서 비행기로 가고시마(鹿兒島)에 온 인간이다. 이 정신병원은 전후 공간의 비유로 읽을 수 있다.

그는 지란(知覽), 마쿠라자키(枕崎), 보노쓰(坊津), 도마리(泊), 후키아게하마(吹上浜), 이사쿠(伊作), 유노우라(湯之浦), 구마모토(熊本), 아소(阿蘇)로 계속 걷는다. 우리는 우메자키 하루오가 그의 청춘이 빛났을 때부터 "나의 청춘은 끝났다"(「사쿠라시마」)라고 실감할 때까지 걸었던 길을 역행해서 걷고 있다. 죽음의 실감에 깊숙이 흔들리면서 그는 생의 출발점을 향해 회귀하고 있는 것이다.

보노쓰 거리에 발을 들여놓으면서 고로는 여기가 '명부(冥府)'라고 깨닫는다.

후쿠나가 다케히코가 「명부」(1954)에서 명부를 모든 사후의 기억으로 이미 '발견된 eureka' 곳으로 간주하고 있다면, 우메자키 하루오는 현실을 걸으면서 있는 그대로의 모습으로 명부에 들어간다.

여기에서 발견한 자연의 풍경은 우메자키 하루오에게 '감동과 황홀의 원

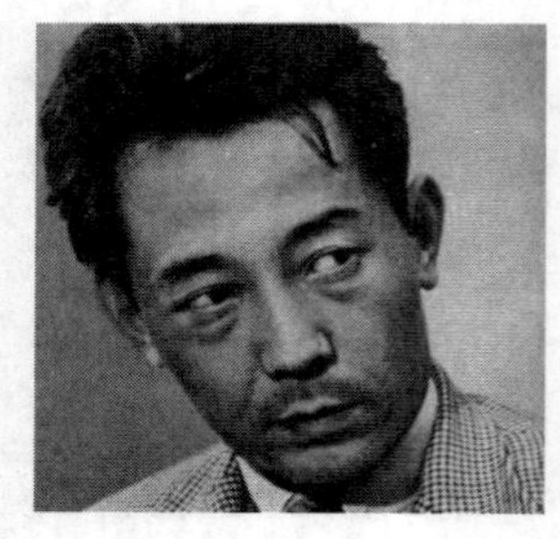

가토 슈이치

형'이었다. 그는 지금은 잃어버린 것, 20년 전에는 있었던 것, 그리고 청춘이 빛나고 있었던 풍경으로 어디까지라도 거슬러 올라간다.

그의 앞에는 이 풍경들이 그에게 말을 걸어오기 전에는 아무것도 존재하지 않았다. 풍경을 발견함으로써 말은 그의 입을 타고 오른다. 그는 그 말을 기술한다. 여기에 전개되는 것은 명부인 동시에 현실이며, 현실인 동시에 명부인 것이다. 그는 과거·현재·미래에 걸치면서 명부이자 현실인 지금이라는 장소를 걷는 것이다.

인생은 꿈과 비슷하고
마지막에는 무로 돌아간다

우메자키 하루오는 「환화」를 씀으로써 인생이 왕복이라는 사실에 도달했다. 자연의 영위 속에 몸을 놓을 때 인간은 영겁으로 회귀한다. 이것이 그의 앞에 펼쳐친 긍정의 세계이다. 그때 그는 전후의 공간에서 벗어날 수 있었지만, 바쁘게 살았던 그의 생명의 불꽃은 거기에서 꺼지고 말았다.

『1946 · 문학적 고찰』
——가토 슈이치의 지성

가토 슈이치는 「후기 30년 후(あとがき三十年後)」(『1946 · 문학적 고찰』, 부산방〔富山房〕백과문고판, 1975)에서 "『1946 · 문학적 고찰』의 의도는 정치적 급진주의와 문학의 고전적 개념이 공존할 수 있다는 사실의 증언에 다름아니다"라고 쓰고 있다. 이 가운데 문학의 고전적 개념이란 "서양 특히 프랑스의 근대 문학과 일본의 고전 문예"의 그것이다. 『1946 · 문학적 고찰』을 쓴

『1946 · 문학적 고찰』

가토 슈이치, 나카무라 신이치로, 후쿠나가 다케히코는 전쟁중 가루이자와에 있던 호리 다쓰오와 교유하면서 그 영향을 받았던 사람들이다.

그들은 죽음의 모습 밑에서 현실을 직시했다. 그것은 정치적 행동의 모습 밑에서 분석한 것은 아니었다. 이런 점에서 그들은 다케다 다이준이나 오오카 쇼헤이, 시이나 린조, 노마 히로시 등 전후 문학자들이 전전이나 전쟁중에 경험하지 않으면 안 되었던 가혹한 원체험을 갖고 있지 않았다.

가령 후쿠나가 다케히코는 이렇게 쓰고 있다.

정말 위대한 문학은 전쟁이나 전후에 관계없이 인간 그 자체를 진지하게 응시함으로써 태어날 것이다. 우리들이 기대하고 또 각오하지 않으면 안 되는 것은 그런 제일의적인 작품이다. (『1946 · 문학적 고찰』)

이는 전후의 공간에서 나온 반시대적인 선언으로 읽을 수도 있다. 한편 그런 후쿠나가 다케히코의 내면에도 다음과 같은 시대 인식은 있었다.

패전 후 일 년 반 사이에 무혈 혁명은 대단히 느리기는 하지만 진행되고 있으며 우리들은 여기에 우리 인민의 행복을 걸고 있다.

이런 시대 인식 위에서 세계 문학의 주류와 연결되는 일본 문학을 창조하지 않으면 안 된다. 이들은 이런 생각에 입각해서 『1946 · 문학적 고찰』의 여러 글들을 썼던 것이다.

이 책에서 기치가 선명한 것은 가토 슈이치이다. 그는 일본인의 이성에 대해 묻는다.

한 조각의 이성이 있었더라면 세 살짜리 아이라도 태평양 전쟁의 결말을

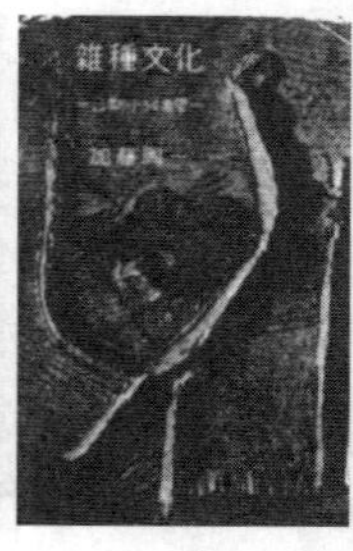

가토 슈이치와 『잡종문화』

알 수 있었으리라.

26살의 가토 슈이치는 일본인의 이성은 세 살짜리 아이가 가질 수 있는 이성마저 결여하고 있는 것으로 보았다.

미학은 도쿄의 파괴가 바로 파괴되어야 할 것에 대한 파괴였다는 통렬한 견해를 우리들에게 강요한다. 일찍이 도쿄의 거리를 헤매고 도쿄의 건물과 그 속에서 영위했던 생활을 세밀하게 바라보고, 그곳에서 태어나서 그곳에서 자라고 그곳을 누구보다 강하게 사랑했기 때문에 그곳을 누구보다 격렬하게 혐오할 수 있는 사람만이 그 불탄 폐허의 미의 진실에서 비극적인 의미를 올바르게 느끼고 이해할 수 있을 것이다. 〔……〕 옛날 도쿄의 거리에서—그렇다. 그럼에도 불구하고 그 일체가 위조품이며, 수상쩍은 모방이며, 뿌리 없는 문명의 위조 지폐이며, 매장해야 할 사소한 감상도 될 수 없는 것이다. 〔……〕 파괴되어야 할 것은 도쿄의 그 어떤 건물만이 아니다. 그 속에 있던 생활, 그 속에서 키우고 있었던 사상, 그 속에서 영위된—요컨대 일체이다. 비참한 희극을 낳은, 아직 깨어나지 않은 악몽을 준비했던 그 일체를 부정하지 않는다면 우리들은 도대체 무엇을 시작할 수 있겠는가.

이 말 하나하나에는 전후의 공간에 던졌던 이상주의의 목소리가 있다. 미성숙한 일본의 근대가 불타버리는 것을 미로 느끼는 감성의 소유자들은 일체의 파괴, 일체의 부정 위에서 새로운 미가 창조되지 않으면 안 된다고 생각한다. 그것은 가령 사카구치 안고가 도쿄가 불타는 것을 바로 도쿄의 지도(지상)에서 보고 거기에서 멸망의 미를 보았던 정신과 분명히 다르다. 가토 슈이치에게 '멸망해야 할 것'은 일본의 군국주의와 함께 성장했던 것이며, 저주받은 청춘을 떠맡았던 세대들에게 그것은 털끝만치도 애석한 대상

나카무라 신이치로

이 될 수 없었던 것이다.

그런 의미에서 『1946·문학적 고찰』은 전후의 공간에서 가장 젊은 세대의 발언이었다.

가토 슈이치는 30년 후에 다시 이 시기를 회고하면서 여기에 있었던 것은 '젊은 혈기의 꿈'이었다고 말한다. 젊은 혈기의 꿈은 언제인가 깨어나게 마련이지만 "군국주의를 저주하고 시를 사랑한 일본 청년의 지적인 객기"는 일본인의 이성이 나아갈 방향을 가리키면서 출발의 노래를 크게 불렀던 것이다.

왕복하는 영혼의 기록

——나카무라 신이치로의 '죽음의 그림자 밑에서' 5부작과 '사계' 4부작

나카무라 신이치로는 "나의 생애를 말하는 일련의 이야기"를 말하고 말을 마쳤다는 실감을 가질 수 있었던 행복한 작가이다.

전후 가장 먼저 발표했던 『죽음의 그림자 밑에서(死の影の下に)』(1947), 『시온의 처녀들(シオンの娘等)』(1948), 『애신과 사신과(愛神と死神と)』(1950), 『영혼의 밤 속을(魂の夜の中を)』(1951), 『긴 여행의 끝(長い旅の終り)』(1952) 5부작은 '조사카에(城榮)'라는 한 청년의 유년기에서 청년기에 이르는 성장 과정을 더듬었던 작품이다. 이 중에 『영혼의 밤 속을』까지는 조사카에의 '수기' 형식을 취하고 있다. 여기에서 그는 예술을 마음의 양식으로 삼고 계획적인 삶을 살려고 하는 청년의 내면을 말하고 있다. 이런 내면에 있는 생의 의식을 파악하는 일이 바로 그가 갖고 있는 생의 제일의이며 여기에 직접 맞닿지 않는 생은 그에게 무의미한 것이다.

조사카에는 사랑을 갈망하고 있지만 그 사랑은 그의 현실에서 손에 넣을

나카무라 신이치로의
「시온의 처녀들」 창작 노트

수 있는 사랑이 아니며, 환영 속을 나비가 춤추듯이 어지럽게 나는 것이었
다.

　　나의 꿈속에서 소녀들의 영혼은 실재로 존재하는 그녀들 가운데를 마음대
로, 공상대로, 분방하게, 환생을 거듭했던 것이다. (「시온의 처녀들」)

　　이 시온의 처녀들은 "저 초자연적인 백일몽 같은 분위기를 갖고 현실의
도쿄 가운데를 마치 무지개처럼 향기를 풍기면서 지나갔"던 것이며, 이 시
온의 처녀들의 이미지야말로 '나'의 꿈의 존재였다.

　　한편에 시온의 처녀들이라는 꿈같은 존재가 있고, 다른 한편에 "사랑과
생에 대해 불능자인 나"라는 존재가 있다. 이런 '나'의 모습이야말로 죽음
의 그림자 밑에 있는 '나'라는 존재의 상징에 다름아니다.

　　5번째 작품인 「긴 여행의 끝」에서 나카무라 신이치로는 한 세대의 청춘의
종말을 다 말했다고 고백한다. 또한 여기에서 그는 "그들 세대는 실제로 망
각의 세대"였다고 고백한다. 분명 조사카에는 내면적으로 성장하고 싶으면
서도 그 성장의 과정을 말하는 데 어려움을 겪고 있다. 나카무라 신이치로는
이런 난파선처럼 바다를 떠도는 세대의 청춘을 여기에서 말하고 있는 것이
다.

　　나카무라 신이치로가 「사랑의 샘(戀の泉)」(1962), 「공중 정원(空中庭園)」
(1965), 「오가는 구름(雲のゆき來る)」(1966)에서 추구한 테마는 "내가 잇달
아 여자를 사랑했던 것은 그 사랑의 행위를 통해 내 생명력을 불태우려고 했
기 때문이다"(「사랑의 샘」)라는 말에 잘 드러나고 있다. 여기에서 성의 쾌락
을 추구하는 것은 영혼이 자아의 감옥에서 도망칠 수 있는 거의 유일한 방법
이다.

　　'죽음의 그림자 밑에서'의 5부작이 사랑의 존재를 추구하기 위한 자기 성

미요시 다쓰지

찰의 노트였음에 반해 이후의 작품은 현세에 있는 몇 명의 여인으로 변화하면서 영원히 한 여인으로 결정될 사랑의 샘의 정수를 추구한다.

「공중 정원」에서 아내는 집착에서 헤어나지 못하는 한 자살의 길을 더듬을 수밖에 없다. 여기에서는 일상성을 거부한 사랑의 관념이 그 관념성 때문에 붕괴됨을 보여준다.

우리들은 지상에서 떨어져나온, 공중 정원의 주인이라는 인식, 여기에는 아내의 죽음으로 생긴 신경 불안증을 치유하는 사실이 그림자를 깊숙이 드리우고 있는데, 이는 전쟁으로 인한 생의 위기 의식에 이어 두번째로 찾아온 생의 위기였다.

> 일본어의 바다에는 어머니가 있고
> 프랑스어의 어머니 *meer* 속에는 바다 *meer*가 있다.

나카무라 신이치로는 미요시 다쓰지의 이 구절을 좋아했는데, 아내이며 동시에 어머니인 여성의 이미지는 아내의 죽음으로 인해 무한정 사랑하는 사람의 이미지로 변형된다.

나카무라 신이치로는 이 작품을 통해서 무한정 사랑하는 사람——바다이면서 어머니인 사람을 찾았다. 이 무한정 사랑하는 사람——어머니를 찾아 그 성의 욕망을 해방시켰다. 여기에서 그는 친화력의 발로를 인정하려고 했다. 하지만 그 무한정 사랑하는 사람——어머니를 찾는 일은 한편으로는 대단한 유아성 퇴행을 불러일으키는 것이기도 하다.

『사계』(1975), 『여름(夏)』(1978), 『가을(秋)』(1981), 『겨울(冬)』(1984) 4부작은 우리들의 청춘 시절은 자연의 따스한 전개에 맡길 시간적인 여유를 갖지 못했지만, 그때 몸에 익었던 '기묘한 감각'과 50살이 지나 느끼는 '생의 기묘한 감각'이 비슷하다는 실감에서 출발하고 있다. 이는 눈앞에서 죽음을

나카무라 신이치로의
'사계' 4부작 『여름』

쑥 내밀고, 자 살아보라고 말을 거는 것과 같다는 것이다. 단 '사계' 4부작과 '죽음의 그림자 밑에서' 5부작에는 분명한 차이가 있다.

하나는 전쟁(『사계』), 신경증(『여름』), 큰 병(『가을』)이라는 인생의 세 차례 위기를 통과하고, 죽음이 눈앞에 들이닥친 것으로 존재한다는 실감이 '사계' 4부작의 밑바닥에 흐르고 있다. 그리고 '사계' 4부작에서 하나의 꿈의 세계였던 서구가 지금은 '나'의 내부에 현실화된 존재로 있는 데 비해, 현실 그 자체였던 인생이 지금은 하나의 꿈으로 보이기 시작한다는 역전 현상이 일어나고 있는 것이다.

이 꿈이란 남은 짧은 시간을 가능한 풍요롭게 살기 위해서 꿈의 증식 작용을 행한 결과 거기에서 불타오르는 코로나 *corona*처럼 '아가씨'라는 관념이 떠오를 때부터 시작된다. 이 꿈은 '죽음의 그림자 밑에서' 5부작에서 그 정체를 성급하게 추구했던 미의 원천이었다. 성적 직접성과 사회적 직접성이 침입할 때 이 '아가씨,' 즉 과거의 시온의 처녀들의 이미지는 파괴된다. 그러나 지금 50살이라는 생의 절정을 지나 성적 직접성과 사회적 직접성에서 이탈하고 있을 때, '죽음의 그림자 밑에서' 5부작에서 출발했던 세계가 나카무라 신이치로 옆으로 다시 회귀한다.

인생의 여름에는 성적 방종으로 영혼이 젊어지고 그곳에서는 지옥의 순례가 이루어진다. 성행위는 인간의 이성이 지배하는 영역을 초월한다. 성은 인간 해방의 가장 중요한 모멘트의 하나이며, 성행위는 신경증을 치유하는 과정에서 인간성을 회복시킨다고 믿어지고 있다.

인생의 가을에는 육체에서 마음이 이탈되며 과거의 모든 기억은 윤회 전생하는 것으로 감싸인다. 그리고 여자들은 모두 죽어간다. 그 여자들은 '나'라는 존재와 기억의 용기 속에 무한정 사랑스러운 사람으로 밀봉된다. 특히 아내 M의 죽음은 "신에게 축복받은 그들의 세계와 인간의 도덕이 지배하는 이 일상의 세계 사이에서 찢긴 비극"으로 조형된다. M에 대한 진혼가

후쿠나가 다케히코

를 쓰면서 나카무라 신이치로는 자신의 사계 이야기를 일단 끝냈다고 할 수 있다.

'죽음의 그림자 밑에서' 5부작에서 시작해서 '사계' 4부작으로 끝나는 생의 왕복 형태가 나카무라 신이치로의 '전후'라고 할 수 있다. 그에게 전후의 공간은 '사계' 4부작에서 '나 = 화자'가 영혼의 출구를 찾아 헤맨 유암(幽暗) 세계의 소식을 모두 보고하면서 끝난 것이다.

시노다 하지메는 "무엇보다도 사랑의 형태를 표본식으로 만들었다가 느닷없이 사랑의 형태를 직시하는 강행책을 감행하지 않을 수 없었던 점에서 4부작 '사계'의 영광과 비참을 읽어내지 않으면 안 된다"(「『겨울』에서 『사계』를 바라보며」, 1985)고 말하고 있다. 분명한 것은 이 '사랑의 형태'를 언어화하지 않으면 '나 = 화자'는 이 세계에서 살아남을 수 없다는 것이다. 그리고 잊어선 안 될 것은 이 '나 = 화자'의 내면에는 나카무라 신이치로 자신의 개아의 위기와 거기에서 이루어지는 회생이 중요한 위치를 차지하고 있다는 점이다. 여기에서 일본제 로마네스크 *romanesque* 창조의 한 특징을 볼 수 있다.

'죄'의 용서
——후쿠나가 다케히코의 언어 실험

전후 문학은 하니야 유타카도 말했듯이 "실존주의적인 경향도, 사회적인 확산도, 방법에 대해 모색했던 아방가르드의 움직임도, 예술파의 다양한 실험적 추구도 모두 아말감으로 크게 감싸였던 하나의 통일체"(「나카무라 신이치로에 대해서」, 1977)였으며, 그 중에서도 일관되게 예술적인 실험을 했던 작가는 후쿠나가 다케히코였다.

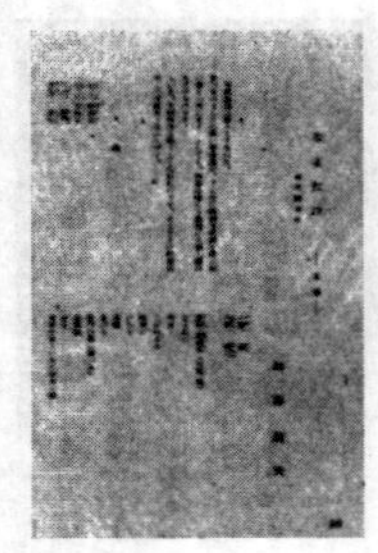

가토 미치오의
「나요타케」

　후쿠나가가 평생에 걸쳐 목표로 삼았던 것은 "로망이 만들어내는 내면 세계의 견고함, 즉 그 강인함"(시노다 하지메, 『일본의 현대 소설』, 1980)이었다.

　"이 작품을 호리 다쓰오에게 바칩니다"라고 썼던 처녀작 「풍토(風土)」 이후 후쿠나가 다케히코는 죽음과 함께 살았던 작가이다. 「풍토」에는 이미 "생은 질풍처럼 지나가고 죽음은 심연처럼 부르고 있다"는 불길한 한 행이 있으며, 인간이 죽음으로 씻어낸 생에서 사는 것에 대해 말하고 있다.

　「풀꽃(草の花)」(1954)에서 그는 그 자신이 죽음에서 탈출할 수 있었기 때문에 역으로 죽은 인간의 수기를 쓸 수 있었다. 요컨대 그는 사자의 눈으로 사적인 경험인 죽음의 심연에 있는 인간의 감정과 생과 사의 실감 등을 보고 있는 것이다.

　후쿠나가 다케히코는 「명부」(1954), 「심연」(1954), 「밤의 시간」(1955)의 '밤 3부작'에서 '암흑 의식이라는 주제'를 다른 세 측면에서 다루고 있다. 그것은 "무의식 그 자체를 환각화하여 추상적인 형태"(「초판 서문」, '밤 3부작(夜の三部作),' 1967)로 쓰는 실험이며, 그에게 이렇게 쓰도록 촉구했던 것은 친구 가토 미치오의 자살이었다.

　「명부」에서 모든 것은 사후의 기억으로 발견되고 *eureka* 있다. 「심연」에서는 순수를 상실함으로써 어두운 밤을 걷는 것처럼 살아가려는 인간에 대해 쓰고 있다. 「밤의 시간」에서는 죽음에 사로잡혀 죽음을 생각하고 있는 것만으로 생은 연소하지 않는다, 생 *leben*을 완전히 연소하기 위해서는 스스로 신이 되는 행위가 필요하다고 쓰고 있다.

　과거를 망각하는 것은 후쿠나가 다케히코에게 중요한 테마였다. 죽은 인간은 살아 있는 인간의 삶을 포박한다. 여기에 자유란 없다. 망각이라는 것은 소극적인 생의 암유(暗諭)가 아니라 적극적인 생의 암유인 것이다.

　생은 죽음으로 증명되는 것이 아니며 죽음에 이르기까지 무한하게 펼쳐진

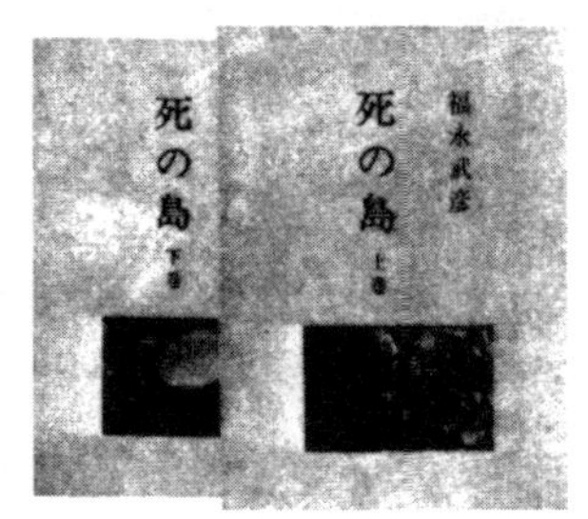

후쿠나가 다케히코의
『죽음의 섬』 상·하

시간 속에서 언제나 확실하게 증명되지 않으면 안 되는 것이다.

후쿠나가 다케히코의 생 속에는 늘 죽음이 있었고, 그래서 외부의 현실은 문제가 되지 않았다. 그에게는 언제나 내부의 현실만이 문제였다. 그리고 그는 한곳에 머물지 않았다. 한 작품이 완결되면 그 연장선상에서 새로운 내면의 세계가 떠올랐다. 이렇게 말하는 것은 죽음의 관념이 그의 내부에서 끊임없이 그의 영혼을 움직이고 있었음을 의미한다.

결국 후쿠나가 다케히코의 내면에서 '죄의 용서'가 시시각각 형태를 드러내게 된다.

「망각의 강(忘却の河)」(1964)은 암흑 의식 ──어렸을 때 잠든 가운데 깨어 있는 의식을 환한 대낮에서 현실화했을 때 찾아오는 단 하나의 어둠── 을 구상화하거나 추상화하면서 그것을 '망각' 함으로써 죄를 분명히하는 동시에 구원받고 싶은 경지 앞에 서는 언어 실험이었다. 청결한 것, 성스러운 것을 응시하는 것만으로 인간은 '죄의 용서'에 도달할 수 없다. 죄의 원천인 불결한 것과 속스러운 것, 그 암흑 의식을 현실화하고 그곳을 통과하면서 인간은 살아가게 되고 더러워진 영혼과 죄의식에 고통을 겪는다. 그 고통으로 비로소 '죄의 용서'가 이루어진다.

이 '죄의 용서'는 오에 겐자부로가 그 오랜 지옥 순례 끝에 연옥의 피안으로 생을 유도하기 위해 발견했던 것과 동일하다. 후쿠나가 다케히코는 그것을 일관되게 언어로 실험했다. 그리고 마지막에 나타난 것이 「죽음의 섬」(1971)에서 썼던 "시간은 영원에서 영원을 향해 하늘의 무지개처럼 걸려 있고, 모든 고뇌는 가라앉아 맑게 흐르며 다만 투명한 하나의 구(球) 같은 것이 거기에 있다"는 투명한 경지이다.

그때 카론(カロン)의 거룻배에 타는 사람의 눈에 보인 것은 영생이었다. 후쿠나가 다케히코는 거기까지 걸어갔던 언어의 실험자이며, 그의 작품은 전후 문학이 달성했던 큰 성과이다.

아베 고보

유동하는 물체
——아베 고보의 눈의 위치

「종착로의 표지에서」의 첫머리 부분은 초출형, 진선미사 판, 동수사(冬樹社) 개정판 세 종류가 있다.

여행은 걸음이 끝난 곳에서 시작하지 않으면 안 된다. 묘지와 손을 묶어버린 탄생을 쓰지 않으면 안 된다. 어째서 인간은 이처럼 존재하지 않으면 안 되는가? (『개성(個性)』, 1948. 2)

여행은 걸음이 끝난 곳에서 시작하지 않으면 안 된다. 묘지와 손을 묶어버린 탄생을 쓰지 않으면 안 된다. 어째서 인간은 이처럼 존재하지 않으면 안 되는가?…… 아아, 이름을 부를 수 없는 사람들이여, 이 방랑을 당신께 바치노라. (진선미사 판, 1948)

끝난 곳에서 시작하는 여행에 끝이란 없다. 묘지 속의 탄생을 말하지 않으면 안 된다. 어째서 인간은 이렇게 존재하지 않으면 안 되는가? (동수사 개정판, 1965)

17년을 거쳐 이루어진 이 개정에는 중요한 의미가 있다. 왜냐하면 개정으로 '고향'이라는 말의 존재성과 의미성이 역전되고 있기 때문이다. 초출형, 진선미사 판에는 "고향은 숭고한 망각"이라고 되어 있다. 여기에서의 키워드는 '망각'이다. 망각한 다음에 "존재의 고향을 만들기" 위해 '나'는 '방랑'하는 것이다.

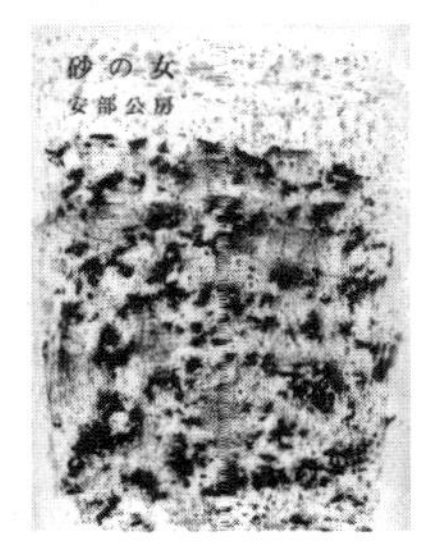

아베 고보의 『모래의 여자』

　그러나 그는 동수사 개정판에서 '나'가 분명 '고향'으로부터 '도망 = 탈출'하기 위해 끝없는 여행을 떠났던 것처럼 고치고 있다.

　이 개정판에서 볼 수 있는 것은 이미 방랑은 아니다. 그것은 고향——그것은 국가이며, 또 '나'에게 망각을 강요하는 일체를 상징하는 일종의 암유이리라——에서 적극적으로 도망치려는 자유에의 의지일 뿐이다.

　아베 고보는 도주할 수 있음에도 의지력으로 도망하지 않는 자유, 달성될 수 없는 유한에 몸을 놓는 감각을 선천적으로 갖추고 있었다. 「종착로의 표지에서」를 읽어보면 그가 거의 무의식 속에서 이런 실존적인 감각을 획득했음을 알 수 있다. 「종착로의 표지에서」 개정판에는 다음과 같은 말이 덧붙어 있다.

　　나는 존재하고 있다. 주위의 밀도를 참으면서, 마치 사물 그 자체처럼 존재하고 있다.

　이 "사물 그 자체처럼 존재"하는 것이 바로 자유이다. 이 발견은 「모래의 여자(砂の女)」(1962)에서 중대한 테마가 된다. 「모래의 여자」에 나오는 '남자'는 밀폐된 모래집에서 탈출하기 위해 모든 방법을 모색하고 실천한다. 그것은 거의 헛된 행위이다. 하지만 '남자'는 언제라도 도망칠 수 있는 사실을 발견했을 때, 자신의 의지력으로 도망치지 않겠다고 결심한다. 달성될 수 없는 유한 속에서 자유로워진 자신을 발견했기 때문이다.

　이 자유는 원래 「종착로의 표지에서」 속에 삽입되었던 자유의 테마와 동일한 것이다.

　작가는 개인이나 국가나 고향이라는 범주에서 자신을 해방시킬 필요가 있다. 전후의 공산당 경험이나 문학적 실험으로 그는 이런 실존적인 감각을 심화시킬 수 있었다.

아베 고보의 『벽』

「텐도로카카리야(デンドロカカリヤ)」(1949)에서 '컴온 군(コモン君)'은
식물로 변형한다. 그 얼굴은 뒤집어진다. 여기에서 하나의 물체는 유동체가
되어 다양하게 변형된다. 우리는 이 작품이나 「시인의 생애」(1951)가 공산
당에서 활동했던 그의 정치 경험에서 취재한 작품임을 알 수 있다.
　「벽」(1951)의 'S. 카르마 씨'는 현대의 분열과 해체 끝에 새롭게 등장한
인물이다. 그는 반란을 일으키고 도망쳤던 명함에 의해 분열되고 해체된다.
그는 사물 그 자체가 되어 공허하고 황량한 그의 고향을 방황한다.
　「벽」의 존재는 자연으로부터 인간 해방을 가져온다.

　　나는 너를 부른다
　　인간의 가설이라고

　이 테제가 제시하는 의의는 대단히 중요하다.
　「바벨탑의 너구리(バベルの塔の狸)」의 그림자 세계와 「세계의 끝에(世界
の果て)」를 합성하면 무라카미 하루키의 「세계의 끝과 하드보일드 원더랜드
(世界の終りとハードボイルド・ワンダーランド)」의 세계가 되고, "바벨탑——
꿈은 현실이다"라는 세계에서 온 '잡을 수 없는 너구리'는 하니야 유타카의
「사령」의 '몽마의 세계'에서 사는 몽마의 존재를 연상하게 한다.
　아베 고보는 물질 개념 그 자체의 철저한 변혁과 물질의 인과 관계의 변
경을 생각했던 것이다.
　「종착로의 표지에서」는 고향을 떠난 끝에 실존적인 고향을 창조했던 남자
의 '고백' 형식을 갖추고 있다.
　「종착로의 표지에서」를 쓴 아베 고보는 가장 먼저 이 고백 형식을 벗어던
졌다.
　인간은 사물 그 자체로 변형되고 새로운 자유를 획득한 존재 그 자체로

1951년 이시카와 준(우)과 아베 고보

성형되며, 또 변형된다. 그는 이런 무한한 변형 장치를 조형했던 것이다.

이런 실험을 종합한 작품으로「모래의 여자」는 성립한다.

모래의 불모는 보통 생각하고 있는 것처럼 단순한 건조 때문만이 아니라 그 끝없는 유동으로 어떤 생물도 일체 받아들이려고 하지 않는 점에 있는 것 같다.

여기에서 확실한 것은 일체를 부정하는 모래의 유동성이다. 이 모래의 유동성에 저항하는 것은 불모이다. 요컨대 이 모래의 유동성에 몸을 맡겨버리는 것이다. 역으로 자신이 모래가 되고, 모래의 눈을 갖고 사물을 보면 모든 것을 잘 볼 수 있다.

「모래의 여자」의 '남자'는 행선지는 물론 돌아갈 장소도 본인이 자유롭게 써넣을 수 있는 여백의 왕복표를 입수한다. 그러나 그때 그는 이미 "부랴부랴 일부러 도망칠 필요는 없었던" 것이다.

「종착로의 표지에서」의 '도망 = 탈출'과「모래의 여자」의 "도망의 불필요 = 탈출의 불필요 = 자유"가 여기에서 단단한 하나의 원을 이루고 있는 것을 알게 된다.

태풍의 눈을 묘사하다
── 하나다 기요테루의 『부흥기의 정신』

하나다 기요테루에게 전후란 행복한 것이었던가, 아니면 불행한 것이었던가. 그것은 뚜렷하지 않다. 그러나 적어도 생각했던 것만큼의 재미는 없었을 것이다.

하나다 기요테루

    그는 전쟁중에 썼던 에세이를 『부흥기의 정신』(1947)으로 간행하고 훼예 포폄을 당했을 때 실망했다고 쓰고 있다. "그것은 전쟁중에 내가 기대했던 그런 전후는 아니었기"(「신판 후기」, 『부흥기의 정신』, 1966) 때문이었다. 『부흥기의 정신』에는 다음과 같은 유명한 글이 있다.

    이미 영혼은 관계 그 자체가 되고, 육체는 사물 그 자체가 되고, 심장은 개에게 주어버렸던 내가 아니던가. (아니, 이미 '나' 라는 '인간' 은 없는 것이다.)

    이 문장을 인용할 때 반드시 뒤에 붙은 "아니, 이미 '나' 라는 '인간' 은 없는 것이다"가 삭제될까, 주의를 기울이지 않게 되지 않을까 하는 것이 의문으로 남게 마련이었다.

    하나다 기요테루는 원래 '나' 로 묶이는 근대적 자아 따위에는 눈을 돌리지 않았다. 그는 '브리던의 당나귀' 에 대해 말한다. 당나귀는 자발적인 선택 능력이 없기 때문에 물통과 구유 사이에 놓아두면 어느 쪽을 먼저 먹어야 좋을지 몰라 헤매고 결국 안절부절못하다가 굶어 죽게 된다고 하지만 그런 일은 결코 없다. 당나귀는 한 순간도 망설이지 않고 맹렬하게 물을 마시고 여물을 먹을 것이다.

    이 물을 마시고 여물을 먹는다는 실감이야말로 전쟁중에 하나다 기요테루가 가지고 있던 실감이다. 이는 전향을 한다면 코페르니쿠스적인 전향을 하라, 일본적 근대적인 전향 따위는 개에게 주어버리라는 하나다 기요테루의 경구가 된다.

    하나다 기요테루만큼 인간중심주의의 근대를 거부했던 전후 문학자는 없다. 그는 바로 인간중심주의의 사고 방법을 전향시키려고 했다. 그런 의미에서 그의 과제는 일관되게 근대라는 사소한 것을 초월하는 것이었다.

하나다 기요테루의 『부흥기의 정신』

그러면 쇼와가 끝난 현재, 그리고 포스트모던을 말하는 현재, 하나다 기요테루가 살아 있었다면 그의 마음은 즐거울까. 그 대답은 완전히 부정적이라고 하지 않을 수 없다. 왜냐하면 오늘날은 그가 전쟁중에 생각했던 르네상스라는 전형기의 정신, 60년 안보라는 전형기에 일본의 중세말, 즉 동란기의 정신에 몰두했던, 그런 정신의 토양이 뿌리째 뽑혔기 때문이다.

「로빈슨의 행복」(1942)과 「로빈슨 크루소」(『착란의 논리』, 1947)는 동일한 글을 다시 쓴 작품인데, 개고(改稿) 이후를 보면 좋을 것이다.

　우리들은 난파했다. 가라앉는 배에서 물에 젖은 물건 몇 개를 건져내고, 얕은 곳을 건너, 눈앞에 전개되는 불모의 섬 풍경에 지금 우리들은 망연자실해서 어쩔 줄을 모르고 있다.

이것은 「로빈슨 크루소」 첫머리에 하나다 기요테루가 가필했던 말이다. 여기에 전후에 대한 하나다 기요테루의 예언이 있다. 그리고 이는 현재에도 통용되는 하나다 기요테루의 예언이다.

하나다 기요테루에게는 모든 것이 지나치게 보였다. 그는 「변형담——괴테」(1946)에서 다음과 같이 말하고 있다.

　본래 괴테는 형체 *Gestalt*라는 말이 갖는 고정적인 반향을 싫어해서 일부러 형성 *Bildung* 및 변성 *Umbildung*이라는 말을 썼으며, 이 두 개의 생성 과정으로 식물의 변형 *Metamorphose*을 파악하고 있다. 〔……〕 따라서 한쪽 초점에 생생유전하는 변형의 과정이 있고, 다른 쪽 초점에 확고부동한 종속점(種屬点) 고정성이 있으며, 이 두 개의 초점을 기점으로 묘사하는 타원이야달로 괴테의 자연과학을 상징한다는 마이어 J. R. von Mayer의 주장은 낭만파적 관점에서는 여러 비판도 받았겠지만 대단히 정확하다고 할 수 있다. 단지 자연과

도쿄 신바시(新橋)의 암시장 풍경

학뿐만이 아니다. 참으로 괴테는 타원이다. 그는 언제나 타원이며 처음부터 끝까지 타원이었다.

하나다 기요테루는 하나의 관점에 서지 않고 "무수한 관점에 서서 완벽하게 타원으로 발견할 수 있는 무수한 성격을 탐구"(「타원의 환상——비욘」, 1943)하려고 했다. 하지만 그는 전후의 공간에서 그것을 발견할 수 없었다. 점차 그는 현실을 벗어나 영원 속에서 그의 현실을 발견하게 된다. 그가 말한 아방가르드 예술이란 "태풍의 눈을 묘사함으로써 역으로 외측의 바람 운동을 분명하게 했던"(「뎃사이의 좌절[鐵齊の挫折]」, 1953) 것이지만 전후에 그런 것은 없었다고 할 수 있다.

기묘하게도 하나다 기요테루가 생각했던 것은 인간에서 출발했던 다케다 다이준의 「반짝이끼」와 「후지」로 전후의 공간에서 달성된 것으로 생각된다.

하나다 기요테루가 「조수희화(鳥獸戲話)」(1962)에서 원숭이 · 여우 · 부엉이 · 승냥이 · 멧돼지 · 사슴 · 뱀 · 개구리 등 동물을 끄집어내고 생생하게 역사를 위조 · 변조 그리고 창조해서 보여주었던 것은 다른 것이 아니다. 그는 여기에서 일본의 부흥기의 정신을 창조해서 보여주었던 것이다. 그런 언어로 이루어지는 변성(變成)의 세계를 살기 위해서 그는 자신에게는 일시적이었던 전후라는 동란의 시대를 잠시 살면서 보여주었던 것이다.

지(知)와 살(殺)과 마(魔)
——언어로 역사를 바꾼 이시카와 준의 상상력

전후의 폐허 속에서 새롭게 출현했던 인간을 묘사한 「폐허의 예수(燒跡の イエス)」(1946)의 여인 이미지만큼 강렬한 존재는 없다.

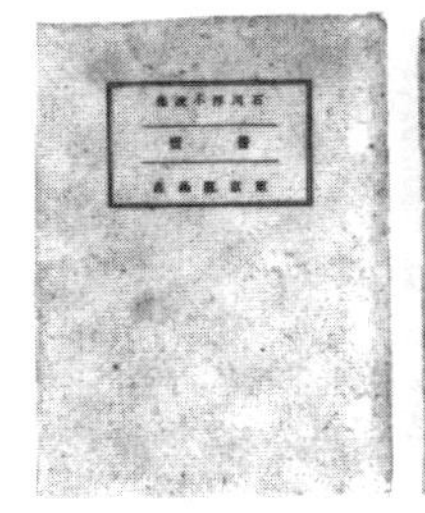

이시카와 준의 『보현』

나이는 얼마나 되었을까, 아니 다만 젊다고 할 수밖에 없는, 젊음이 넘쳐 흐르는 살집, 달아오를 정도로 햇볕에 그을린 피부의 솜털 위로 기름지게 감도는 혈색이 향기를 풍기고, 정욕을 주체하지 못하는 몸을 뒤로 젖혔는데, 하얀 슈미즈로 비치는 유방은 비수처럼 번뜩이고, 역시 하얀 스커트의 짧은 자락을 한껏 올려붙이고, 허리에 걸쳐 있는 채 드러나는 외다리를 부끄러워하지도 않고, 무릎 위에 올려놓은 자세는, 말하자면 스스르 자신의 정욕을 도발하는 모습이면서도 몸을 놓을 방법은 이것밖에 없다는 것 같고, 더구나 추악하게 보일 정도로 자연스럽게 표현해서 강렬한 정열이 용솟음치고 있다.

이 여자로 체현되고 있는 '야만적인 형식'이야말로 이시카와 준이 보았던 전후의 원초적인 이미지이다.

이시카와 준은 「보현」(1936) 이전에는 아직 '추악'의 단계에 머물고 있었고, 「보현」 이후에는 "추악을 기이할 때까지 높인" 단계에 있었다. 그러나 전후의 공간에서는 '추악'이 바로 자연이며, "건전한 도덕이란 음탕에 다름 아니며, 육체 또한 하나의 광원이며, 어지럽게 눈을 찌르며 빛나는 백주의 환한 빛은 차라리 인공적으로" 보인다고 했던 것이다.

이처럼 이시카와 준은 전후의 공간에서 인간의 원시적인 생명력의 약동을 보았다.

폐허에 나타난 예수는 넝마·종기·고름·이 등이 암시하는 이미지 그것에 다름아니다. 이 또한 '사람의 아들'에서 '악귀에 들린 돼지의 후예'를 거쳐 '나사렛 예수'로 자유자재로 변화하는 하나의 이미지이며, '야만적인 형식'의 한 제시이다.

그 나사렛 예수의 얼굴을 가진 자는 '적'으로 나타난다. 그것은 "나라는

이시카와 준의 『황금 전설』

존재가 이 풍토에 진자(振子)"가 되어 폐허에 섰을 때 사력을 다해 싸우지 않으면 안 되었던 '적'이다. 이 나사렛 예수를 '보았'을 때 "나는 한 순간 황홀하게 전율했던" 것이다. 이 '적'이 바로 "나를 위해 구원의 메시지를 가져왔던 것에 틀림없다"고 직감했기 때문이다. 「폐허의 예수」 한쪽에 바로 이시카와 준의 회천(回天)이 있다.

이시카와 준이 보았던 것은 야만과 추악이 자연스러운 표현으로 솟아오르는 전후적인 광원의 눈부심이었다.

이런 음탕함이 표현하는 자연스러움을 앞에 놓으면 「황금 전설」(1946)에서 묘사했던, 과거에 "내가 은밀히 사모하던 여인"의 이미지는 파괴된다. 전쟁중에 '나'가 중요하게 여기고 패전 직후 '나'가 찾아다녔던 것은 부서진 시계와 모자, 그리고 이 여인의 세 가지 이미지로 모아진다. 시계와 모자, 여인이야말로 이시카와 준에게 근대의 상징적인 기호이다. 이 여인이 "얼굴이 검고 완강한 한 병사"에게 "나비가 나뭇가지에 앉듯이" 안겼을 때, 이는 일본의 점령을 상징적으로 훌륭하게 묘사했던 대목이며, 여기에서 여인의 이미지는 "유방을 비수처럼 번뜩이는" 여인의 이미지로 변환한다.

이시카와 준의 세계에서 시계 바늘은 「백묘(白猫)」(1939)에서 한번 부러졌다. 부러진 그때부터 그의 생을 각인하는 지침으로서의 시간은 사라졌다. 이 바늘이 없는 시계란 전쟁의 시대를 살아남았던 이시카와 준의 생을 암시한다. 이미 시간은 사라졌기 때문에 설사 일 초이건 일억 광년이건 제로에 둘 수 있다. 요컨대 전쟁중에는 제로이기 때문에 다시 시계가 움직이는 날까지 느긋하게 기다리면 되는 것이다. 정신의 운동으로 보면 전후에 외견으로 드러나는 파란은 실로 무의미한 지평에서 파도치는 것일 수밖에 없다. 전후의 공간은 평지에 진정한 파란을 일으켜야 할 날이었다.

그 전후의 공간에서도 시계는 미치는 것이다. 전후는 이시카와 준에게 인

아베 고보

간이 만드는 역사의 의미가 얼마나 공허한가를 알려주었다.

「매(鷹)」(1953)에서는 내일의 말을 해석하고, 내일의 사건을 알고 있는 인간의 세계까지 꿰뚫어보고 있다. 자신이 이렇게 믿고 있는 생활이란 다만 말의 유희에 지나지 않는다. 이시카와 준은 원래 생활로 환원하는 작품 따위를 허락하지 않았다.

인간은 관념 속에서 살아간다.

이 말은 중요하며 「무지개(虹)」(1954)를 쓸 무렵부터 이시카와 준은 이 말을 축으로 크게 전환하기 시작한다.

결국 이시카와 준은 자신의 작품에서 생활의 냄새를 지워버린다. 여기에 이르기까지의 길이 이시카와 준의 전후 10년이었다.

이시카와 준은 쇼와 30년대에 들어오면 「시온 이야기(紫苑物語)」(1956)에 나오는 가미 다테요리(守宗頼)라는 "난폭한 신의 분노"의 화신을 창조한다. 그는 '지(知)'와 '살(殺)'에 '마(魔)'를 추가한다. "지의 화살, 살의 화살"은 짐승의 지혜이며, 제3의 화살인 '마'는 바로 "나의 힘으로 이 세상에 모습을 나타내는 것, 내 스스로의 손으로 만든 것이다. 지와 살과 마, 세 개의 화살이 한 가닥이 되어 이 세상은 내가 생각한 그대로의 세상으로 변모한다"고 쓰고 있다. 즉 이것이 '마신'의 탄생이다. 「가인」(1935)에서 시작되어 「무지개」로 끝나는 이시카와 준의 문업(文業)은 마신의 창조에 이르는 도정이었다고 할 수 있다.

「아수라(修羅)」(1958)에서는 구기비권(舊記秘卷)을 모두 없애고, 역사를 쓴다면 바로 지금부터 쓸 것이라고 말한다. 말로 역사를 바꾼다는 것이다. 이것이 이시카와 준 문학의 진수이다.

이시카와 준은 이때부터 마고(マゴ)와 히메(ヒメ)가 고대로 소급하고 현대로 출몰하는, 시간과 공간을 불기분방하게 치닫는 「광풍기(狂風記)」(1980)까지의 세계를 말을 지팡이로 삼아 유유히 걸어다니면서 보여주었다.

사카구치 안고

모든 것의 최정점 시간
──사카구치 안고의 광대

전후 얼마 안 되어 다자이 오사무, 사카구치 안고, 오다 사쿠노스케, 이시카와 준, 이토 세이 등이 활약하기 시작했을 때, 사람들은 그들을 '무뢰파(無賴派)'나 '신희작파(新戱作派)'로 불렀다.

이런 호칭의 유래에는 "오다 사쿠노스케가 참수당하듯이 죽고, 다자이 오사무가 악전고투 끝에 자살하고, 사카구치 안고가 정신병원에 들어갔으며, 또 이 일파와 가까웠던 다나카 히데미쓰가 다자이 오사무의 뒤를 따라 자살했던"(사사키 기이치, 「전후의 문학」, 『쇼와문학사』 하권, 1956) 현상 등이 겹쳐졌다. 하지만 그들을 '신희작파'로 묶는 것은 사사키 기이치도 말했듯이 "이른바 독으로 독을 제압하려는 역설적인 모랄로 한 시대의 현실을 표현했던 것, 그렇게 함으로써 과거 문학의 개념 내측에 일격을 가했던 점에 이 일파의 문학적 공적이 있다"(같은 글)는 사실만으로는 이미 충분하지 않다. 가령 전후 문학적 명작을 사람들이 좀처럼 읽지 않아도 다자이 오사무나 사카구치 안고의 작품이 계속 사라지지 않고 읽히고 있는 현실이 쇼와 말기에도 여전히 나타나기 때문이다.

「타락론(墮落論)」(1946)에서 사카구치 안고는 패전으로 인간이 변한 것은 아니다, 변한 것은 세상의 껍질뿐이라고 말한다.

이 생각은 "법륭사(法隆寺)와 평등원(平等院)이 불타버려도 조금도 곤란하지 않다. 그런 것으로 우리 민족의 문화나 전통이 결코 사라지지는 않는다. 우리들의 실제 생활이 뿌리를 내리고 있는 한 그것이 어떻게 아름답지 않을 수 있겠는가"라는 『일본 문화사관』(1942)의 역사관으로 이어지고 있다. 또한 일본인의 생활이 건강하기만 하다면 일본 그 자체가 건강하다는 생

각이 여기에서도 일관되게 드러나고 있다.

사카구치 안고가 전후의 공간에 내던졌던 "인간은 살며 인간은 타락한다"(「타락론」)는 말은 유명한데, 이는 전쟁에 졌기 때문에 타락하는 것이 아니라 인간이기 때문에 타락하는 것이며, 살고 있기 때문에 타락한다는 것이다. 여기에 전후의 공간을 절대화하는 전후 문학자와 사카구치 안고의 차이가 있다.

「백치(白痴)」(1946)에 나오는 여자는 공습을 받으면서 한 마리의 돼지가 되어 살아가고 있다. 이 여자는 "눈을 떴을 때도 영혼은 잠들고, 잠들었을 때도 그 육체는 눈을 뜨고 있다. 존재하는 것은 단지 무자각한 육욕일 뿐"인 여자이다.

사카구치 안고가 전쟁중에 썼던 작품에는 불감증 여자가 자주 등장하며, 이 불감증 여성의 상대방이 겪는 육욕의 고통을 말하고 있으나, 전후의 「백치」나 「외투와 푸른 하늘(外套と靑空)」(1946)에 등장하는 여자는 '육욕의 눈' 그 자체를 갖고 있다. 이 전환은 사카구치 안고의 전후에서 언어 공간이 전환된 것을 의미한다.

공습을 받는 불안과 공포는 "맹목적이고 무자각한 절대의 고독"이었으며 그것은 '애벌레의 고독'이었다.

광폭하게 파괴당하던 그때만큼 인간이 사랑스럽고 그리운 적은 없었다고 사카구치 안고는 「타락론」에서 쓰고 있다. 아마 사카구치 안고는 공습으로 모든 것이 불타 사라지는 와중에서 일본과 일본인을 긍정했을 것이다 그것은 슬플 정도로 우스꽝스런 인간의 발견이 아니었을까.

1932년, 25살의 사카구치 안고는 쓰고 있다.

광대란 가장 미묘하게 인간의 '관념' 속에서 춤을 추는 요정이다. 현실로서의 공상──여기까지는 틀림없는 현실이지만, 여기에서 앞으로 한걸음을

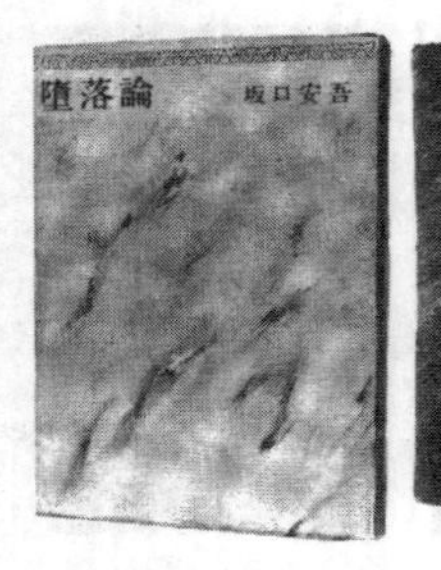

사카구치 안고의
『타락론』과『백치』

내디디면 참된 '무의미 *nonsense*'가 된다고 한다. 이런 기쁨이나 슬픔, 탄식이나 꿈, 재채기, 중얼거림, 모든 사물의 혼돈, 모든 사물의 모순, 이 모든 것의 최정점에서 정도를 지나쳐 야단법석을 연출하는 사랑스런 괴물, 사랑스런 임금님이 바로 틀림없는 광대이다. (「광대에 대하여〔FARCEに就て〕」)

젊은 사카구치 안고는 광대*farce*가 되고 싶었다. "부정을 긍정하고, 긍정을 긍정하고, 그리고 다시 긍정하고, 결국 인간에 관한 한 모든 것을 영원에서 영겁으로 영구히 긍정 긍정 긍정하여 마지않기를"(「광대에 대하여」) 희망했다. 이런 말을 썼던 사카구치 안고라는 존재는 애달픈 생물이다.

전후의 푸른 하늘은 사카구치 안고에게 "모든 것의 최정점"에서 살라고 명령했다. 그는 전력을 다해서 살았고 타락했다. 그렇게 겨우 전후 10년을 질주했던 사카구치 안고를 대신해서 「벚나무 숲이 만개한 그 아래에서(櫻の森の滿開の下)」(1947), 「야장희와 이남(夜長姫と耳男)」(1952) 등 영원에서 영겁으로 영구히 축제적인 공간을 창조했던 작품 몇 편만이 남았다.

소멸의 눈
──다자이 오사무의 공격 유발성

전후 문학자 대다수는 전쟁이 끝났을 때 거기에서 멸망을 보았다. 그 멸망을 본 장소에서 그들은 삶에의 욕구를 느꼈다. 왜냐하면 "죽음을 함수로 가지면서도 문학은 어디까지나 생을 대상으로 하고 미래를 향해 열려 있지 않으면 안 된다"(오오카 쇼헤이, 「전후 문학의 29년」)고 생각했기 때문이다.

그러나 다자이 오사무는 그렇지 않았다. 그는 멸망 옆에서 '전후'를 보았다.

야마구치 마사오(山口昌男, 1931~)나 오에 겐자부로가 정의하고 사용하고 있는 공격 유발성 *vulnerability*이라는 말이 있다. 이것은 육체적으로나 정신적으로 상처받기 쉽고 무방비적이며 비판을 받기도 쉽고 유혹에도 약한 성격을 말한다. 다자이 오사무의 작품이 전해주고 있는 것은 이 vulnerability 이다.

잘 알려진 것처럼 다자이 오사무는 「잎(葉)」(1934)의 첫머리에 이렇게 썼다.

다자이 오사무

죽으려고 생각했다. 금년 정월 타관에서 옷감을 한 벌 받았다. [……] 여름에 입는 옷이리라. 여름까지 살아보려고 생각했다.

여기에서 우리가 생각하지 않으면 안 될 것은 말은 어떻게 태어나는가 하는 문제이다. "죽으려고 생각했다"와 "여름까지 살아보려고 생각했다"는 말의 레벨 사이에는 죽음의 의사와 생의 의사가 있다. 다자이 오사무는 "죽으려고 생각했다"라고 했지만 어쨌든 "여름까지 살아보려고 생각"했던 것이다. 그리고 이것이 중요한데, 이 생의 의사와 죽음의 의사를 처음에는 완전히 개인적인 의사로 표현했다는 사실이다. 다자이 오사무는 「잎」의 첫머리에 이 글을 쓰고 15년을 더 살았다. 이 15년 동안 집이나 사회, 역사의 규범이 그의 생을 옭아맸다. 집이나 사회, 역사가 그의 생을 옭아매는 플러스(+)로 작용할 때 그의 생은 마이너스(-)로 작용했다. 그때 공격 유발적인 그의 성격은 상처를 받았다. 정사 미수, 자살 미수, 검사국 출두, 이는 모두 그의 공격 유발성에서 나온 것이다. 그것이 약물이나 알코올 기호로 확대되었고 다자이 오사무의 생의 형태를 결정했다.

하지만 다카하시 가즈미도 말했듯이 "시대 전체의 불행이 하나의 불행한

다자이 오사무의 「잎」

정신을 일시적으로 구제할 수 있다"(「소멸의 사도—다자이 오사무」). 전쟁으로 인한 외적 주박(呪縛)의 거대함은 그의 개체를 묶고 있던 주박을 하찮은 것으로 느끼게 했다. 이 실감은 그의 공격 유발성을 약화시켰다. 요컨대 「호소(驅翔み訴え)」(1940), 「달려라 메로스(走れメロス)」(1940), 「쓰가루(津輕)」(1944) 등을 썼던 시대에 그는 공격 유발적인 그의 생의 형태와는 다른 또 하나의 생의 형태를 결정지었던 것이다.

다자이 오사무는 일본의 패전으로 '시대 전체의 불행'이 얼마나 허망한가를 알았다. 모든 절대적인 것, 황홀하게 하는 것, 피가 끓고 살이 떨리는 것, 이들이 단숨에 무화된다.

그 무화는 1945년 8월 15일 정오에 천황이 읽었던 종전의 조서를 들었을 때 일어났다. 이를 다자이 오사무는 「땅땅땅(トカトントン)」(1947)에서 상징적으로 이렇게 쓰고 있다.

아아 그때입니다. 뒤에 있는 병사(兵舍) 쪽에서 누군가 망치로 못을 박는 소리가 아득하게 땅땅땅 들려왔습니다. 눈에서 비늘이 떨어진다는 건 그럴 때의 느낌을 말하는 것일까요, 비장도 엄숙도 한 순간에 사라지고, 마귀에게 벗어난 것처럼 씻은 듯이 이상하게 말짱한 기분으로 여름 한낮의 모래 벌판을 바라보는 저에게는 어떤 감개도 아무것도 없었습니다.

이 망치 소리가 땅땅땅 들려오기 바로 전에 「잎」 첫머리에 나오는 "죽으려고 생각했다"는 문구와 동일한 말을 쓰고 있는 사실에 주의하고 싶다. 이것이 「잎」에서 「땅땅땅」까지 다자이 오사무가 썼던 언어의 한 사이클이다. 이후 사물에 감격하거나 흥분하는 마음이 일어나면 '나'의 내면에서 모든 것을 무화하는 '땅땅땅' 치는 소리가 들려온다.

'땅땅땅,' 이 소리는 일본의 근대를 거부하고 전후를 거부한다.

다자이 오사무의 『사양』

　　"선택되었다는 황홀과 불안, 이 두 가지가 우리들에게는 있다"고 다자이 오사무가 말할 때, 그를 선택된 자로 존재하게 했던 것은 일본의 근대였다. 이 근대는 지금 무화되었다. 그리고 그에게 전후는 어떤 새로운 미래를 잉태하고 있는 것으로 보이지 않았다.

　　다자이 오사무는 히라노 겐이 말하듯이 "운명의 아들인 동시에 시대의 아들"(「연기설 수정」, 1954)이었지만, 사실 그는 전후라는 시대의 아들은 아니었다. 만일 이렇게 말해도 좋다면 다자이 오사무는 전후를 거부했던 시대의 아들이었다.

　　전후의 첫 작품 「판도라의 상자(パンドラの匣)」(1945~46)에서 "인간은 죽음으로써 완성된다. 살아가는 중에는 모두 미완성이다"라는 말을 볼 수 있다.

　　다자이 오사무는 소멸하는 것의 아름다움을 담은 눈으로 「비욘의 아내(ヴィヨンの妻)」(1947), 「사양(斜陽)」(1947), 「인간 실격」(1948)을 썼다. 여기에는 살아 있는 것은 슬프지 않을 수 없다는 비탄이 담겨 있다. 소멸의 눈으로 보았을 때 그의 내면에 제3의 생의 형태가 결정되었던 것이다.

　　「인간 실격」에서 작중인물과 작가는 동격이 되고 있으며 허구로서의 차이는 없는 것 같다. 현실도 생도 허구라고 크게 외칠 정도의 힘은 여기에는 없다. 이미 그런 장소에 서 있는 인간에게는 죽음으로써 생을 완성하는 것 이외에 자기 생을 완수할 방법은 없는 것이다.

오사카라는 그릇
——질주하는 오다 사쿠노스케

　　전후를 가장 단거리로 질주했던 것은 오다 사쿠노스케였다.

오다 사쿠노스케

「세태(世相)」(1946)에서 그는 쓰고 있다. 스타일은 데카당스이다. 절규도 빛난다. 진지한 정서도 빛난다. 고백도 빛난다. 이것이 '우리' 제너레이션이다.

오다 사쿠노스케가 마음의 양식으로 삼았던 것은 이하라 사이카쿠의 리얼리즘이었다. 사이카쿠는 지카마쓰 몬자에몬(近松門左衛文, 1653~1724)처럼 미화된 죽음을 묘사할 때까지 노래할 필요가 없었다. 사이카쿠가 있는 그대로 묘사하려고 했던 겐로쿠(元祿)의 조닌(町人) 생활 그 자체가 이미 노래였다.

모든 이상적인 것을 거부하는 곳에서 성립하는 오다 사쿠노스케의 문학의 이상향은 이 조닌 생활 속에 있는 노래를 창조하는 것이었다. 이는 철저한 리얼리즘의 눈을 가졌을 때 비로소 창조 가능한 것이었다.

전쟁중 오다 사쿠노스케는 「부부선재(夫婦善哉)」(1940)를 쓰고 오사카의 조닌들 생활 속에 있는 안타까운 생명의 숨길을 정착시켰다. 여기에 있는 것은 파멸적인 생활 태도이면서도 그 생활 태도 자체에는 서민의 흔들리지 않는 페이소스가 있다. 그는 페이소스 자체를 긍정했던 것이다. 그렇게 함으로써 오사카 사람 = 간사이 사람의 특유한 감각의 덩어리가 정착한다. 오사카 사람 = 간사이 사람 특유의 감각, 이는 거의 오사카 사람 = 간사이 사람의 실제 그 자체가 되었던 것이며, 이런 오사카 사람 = 간사이 사람의 생존의 감각을 추출함으로써 오다 사쿠노스케의 문학은 보편성을 획득한다. 이 보편성에는 다른 모든 통속성을 무산시켜버리는 힘이 있다. 왜냐하면 이 통속성이야말로 오사카 사람 = 간사이 사람의 긍정적인 생명력을 되살리는 토양 그것이기 때문이다.

전후의 시대 감각은 오다 사쿠노스케가 생각했던 시대 감각과 미묘하게 어긋났다. 그는 전쟁중에 자신들은 쓰고 싶지만 쓸 수 없는 제약 속에 놓였다고 생각했다. 그러나 쓰고 싶지만 쓸 수 없었던 그 상황에서 그의 이상은

지카마쓰 몬자에몬

달성되었다. 그는 뜻대로 되지 않는 생활 속에서 노래가 생기는 사실을 선천적으로 알고 있었다. 「부부선재」에 나오는 방종하고 흐리멍덩하게 파멸하면서 살아가는 남자와 그런 남자를 끌어안고 억척스레 분투하는 여자의 생태와 생활 속에 바로 생활에서 나오는 노래가 있었던 것이다. 그러므로 그 실생활을 그대로 예술로 만들 때 거의 무의식적으로 오사카 사람 = 간사이 사람의 생활에서 나오는 노래가 만들어졌던 것이다. 그러나 이런 시대의 제약이 풀려 자유롭게 쓸 수 있었을 때, 그의 내부에서 일어나는 창작에 대한 광속력은 급속하게 소멸됐다.

오다 사쿠노스케가 스스로 문학의 키워드로 삼았던 것은 '자존심'과 '질투'였다.

전후, 오다 사쿠노스케는 스스로 「부부선재」의 등장인물 야나키치(柳吉)처럼 파멸형의 인간이 되려고 했다. 그러나 야나키치는 흐리멍덩한 가운데 그 흐리멍덩함을 받아주는 오사카 = 간사이 세간(世間)이라는 그릇을 선천적으로 갖추고 있었다. 이 그릇 자체의 실재 크기를 묘사했던 것이 「부부선재」가 갖고 있는 그릇으로서의 크기와 깊이였다.

이 그릇으로서의 크기와 깊이를 부조(浮彫)하기 위해 오히려 오다 사쿠노스케의 '나'는 그릇 밑바닥에 가라앉아 볼 수 없는 장치가 되었다.

전후 무질서한 풍경 속에서 오다 사쿠노스케는 그 밑바닥에 가라앉아 있는 '나'를 부상시키려고 했다. 전후의 세상 속에 있는 그대로의 '나,' 즉 자존심과 질투의 형태를 부상시킬 수 있었다면 그때까지 썼던 작품의 감각이나 풍경에 그대로 연결되었을 것이다. 그의 내면에는 그때까지 억압을 받았던 괴로움이 있었을 것이다. 그는 그것을 다카미 준처럼 사소설로 토해내지 않았다. 그의 내면에서는 자신의 토양이었던 오사카 = 간사이라는 공통적인 그릇이 부서진 폐허 속에서 어떤 것에도 영혼을 빼앗기지 않는 새로운 정신으로 나타났던 것인지도 모른다. 그러나 그가 이런 새로운 세

오다 사쿠노스케의 『부부선재』

태를 묘사할 때, 이는 풍경의 표면을 쓰다듬는 풍속소설이 될 수밖에 없었
다. 그는 그 풍경을 끝까지 긍정하기 위해 작가의 개아를 질주시키고 파멸
시켰다.